Andreas Schnabel
Braune Orchideen

Monogramm Verlagsgesellschaft

Heideweg 12
28844 Weyhe
Germany

Kontakt@Monogramm-Verlag.de
www.Monogramm-Verlag.de

Titelgestaltung: attentus GmbH, Bremen
Satz: Creative Design, Lukas Fieber, Mannheim

Alle Personen und Handlungen sind frei erfunden. Ähnlichkeiten mit lebenden Personen oder tatsächlichen Ereignissen sind nicht beabsichtigt und somit rein zufällig.

ISBN 978-3-945458-01-3

1

Margot Jänicke verbrachte auch diesen, wie eigentlich all ihre Abende, in der Küche. Dort saß sie an ihrem Küchentisch, machte meist Handarbeiten und genoss die Stille. An diesem Tag häkelte sie am Saum einer Strickdecke, die sie schon seit Monaten ihrer Tochter Steffi versprochen hatte.

Die Küche war seit Jahrzehnten ihr Reich und in den letzten Jahren auch ein Zufluchtsort vor der infernalischen Lautstärke des Fernsehers ihres Mannes, der ihr einen längeren Aufenthalt im Wohnzimmer unmöglich machte. Nicht dass Pastor Jänicke für sein Alter übermäßig schwerhörig gewesen wäre. Er liebte es einfach laut. Vielleicht seine Art der Rache an seiner so stillen, dennoch in ihrem Tun und Handeln so unbeirrbaren Ehefrau. »Auf einen groben Klotz gehört eben ein grober Keil«, sagte sie immer und meinte mit grobem Klotz den unglaublichen Starrsinn ihres streng calvinistisch ausgerichteten Ehemannes. Es heißt ja, dass strenge Menschen im Alter weich und gütig werden, in Pastor Jänickes Fall bestätigte die Ausnahme wieder einmal die Regel.

Es klopfte an der Fensterscheibe der Küche. Vor lauter Schreck ließ sie eine Masche fallen. Das war ihr schon seit Jahren nicht mehr passiert. Ängstlich erhob sie sich und machte ein paar vorsichtige Schritte auf das Fenster zu. Erleichtert erkannte sie das Gesicht ihrer Hausärztin und öffnete einen Fensterflügel. »Hallo, Else, was machst du denn noch so spät bei uns? Wolltest du nach Karl sehen?«

»Komm doch mal kurz vor die Tür. Ich habe etwas mit dir zu besprechen.«

Margot Jänicke sah irritiert zur Uhr. »Jetzt noch, um halb 10 in der Nacht?«

»Kennst du eine bessere Zeit, damit Karl nicht irgendwo lauscht? Du weißt doch selbst, wie misstrauisch er ist.«

Ihr lief es heiß und kalt den Rücken hinunter. Sollte ihr Mann etwa der Nächste sein, jetzt, wo sie es so kategorisch abgelehnt hatte, selbst die Kapsel zu nehmen? Sie schloss das Fenster und griff sich eine leichte Wolljacke, denn um diese Zeit war es ihr selbst im Sommer immer ein wenig kühl. Trotzdem sie ihre Hausärztin schon seit einem halben Jahrhundert kannte, erfüllte sie dieser ungewöhnliche Besuch mit Unbehagen. Mit fahrigen Bewegungen schloss sie ihre Wohnungstür auf und trat ins Freie. »Was gibt es denn so Wichtiges, dass du um diese Zeit noch vorbeikommst?«

»Ich muss dir hinten im Garten etwas zeigen.«

Sie runzelte die Stirn. »Was kann denn bei meinen Blumen so wichtig sein, dass sich eine Ärztin darum kümmern muss?«

»Du wirst es kaum glauben, wenn du es siehst«, versuchte die Ärztin sie im Ungewissen zu lassen, um ihr den Überraschungsmoment zu erhalten.

»Geht es um Karl oder willst du mir wieder mein Ende aufschwatzen?« Mit dieser Frage versuchte sie, ihre eigene Aufregung zu überspielen.

»Natürlich geht es um Karl. Ginge es nicht um ihn, dann könnten wir ja in deiner Küche alles miteinander besprechen.«

Das leuchtete ihr ein und ihr Puls beruhigte sich sofort wieder. Sie folgte der Ärztin, die mit einer starken Taschenlampe den Weg ausleuchtete, nun argloser. Als sie zwischen den Blumenbeeten angekommen waren, drehte sich Frau Dr. Kleefisch um. »Margot, es geht um Folgendes.«

Ein fürchterlicher Schlag mit dem flachen Spaten traf die Pastorenfrau auf ihren Hinterkopf. Durch die Wucht knickten ihre Beine ein und sie landete schmerzhaft auf den Knien. Mit einer Hand konnte sie sich gerade noch so abstützen, dass sie nicht lang auf den Steinweg hinschlug. Ungläubig drehte sie sich um und erkannte den Sohn des Fleischers, der hinter ihr stand und wie gebannt auf sie hinunterschaute.

»Das haben wir gern«, hörte sie die Ärztin schimpfen. »Ein Kalb mit bloßen Händen erwürgen können, aber bei so einer alten Schachtel schlappmachen.«

Verwundert drehte sie sich wieder zu ihrer Ärztin um. »Was soll das?«, fragte sie.

Else Kleefisch kümmert sich nicht um eine Antwort auf ihre Frage. Sie schien andere Probleme zu haben. »Ich habe dir auch einen scharfen Spaten gegeben, damit du Depp mit dem flachen Blatt zuschlägst.«

»Dann mach du es doch, du dusselige Kuh. Was soll ich denn hier, wenn du doch alles besser kannst?«

Margot Jänicke nahm in ihrem Schock nur noch durch einen Schleier wahr, wie die Ärztin vor ihr nach dem Spaten griff, der ihr von hinten gereicht wurde und damit ausholte. Bevor er mit aller Wucht auf sie niederging, konnte sie durch einen Reflex ihren Kopf ein wenig zur Seite kippen. Das Blatt rauschte dicht an ihrem Ohr vorbei und spaltete ihre linke Schulter. Der irrsinnige Schmerz raubte ihr fast die Sinne. Ihr Leben lang war sie eine sehr leise Frau gewesen, fest aber leise, und so still war sie auch im Tode. Sie murmelte nur etwas, als sie zur Seite kippte. Das Blut schoss in einer hohen Fontäne aus ihrer furchtbaren Schulterwunde.

»Das haben wir gern«, höhnte eine Männerstimme. »Was du töten nennst, nenne ich abschlachten. Bei Schweinen ist das verboten.«

Als der Spaten ein zweites Mal auf sie niederrauschte, spürte sie den Schlag, der ihr fast den Schädel spaltete, kaum noch, dennoch war sie noch immer nicht tot.

»Mein Gott«, greinte der junge Mann, »die lebt ja noch immer.« Er hielt inne und horchte. »Ich fürchte, die betet. Wieso kann die noch beten, das ist doch gar nicht mehr möglich.«

Der Fleischermeister griff nach dem Spatengriff, riss ihn der Ärztin aus der Hand, zielte auf den Hals seines Opfers und stach mit aller Kraft zu. Der Kopf der alten Frau rollte vielleicht noch einen halben Meter weit und blieb mit dem Gesicht zu ihnen gewandt im Sandboden liegen. In ihren toten Augen stand zwar noch die Frage nach dem Warum geschrieben, doch selbst jetzt hatte sie noch so etwas wie ein liebenswürdiges Lächeln für ihre Mörder übrig.

***

Steffi war gerade dabei zu töpfern. Erst im vergangenen Herbst hatte sie auf dem Flohmarkt die alte Töpferscheibe erstehen können. Keine mit Motor, sondern eine, die man mit den Füßen immer wieder anschieben musste. Eine elektrische hätte sie sich schon längst im Katalog bestellen können, aber sie wollte, dass in ihren Vasen, Kannen, Schalen und Skulpturen nicht nur etwas von ihrer Lust, sondern auch etwas von ihrer Kraft steckte und sie auf diese Weise konserviert wurde. Dann war sie nicht ganz weg und sie würde sie in ihren Figuren und Gefäßen spüren, wenn sie sie betrachtete. Sie hatte im Augenblick sowieso nicht so viel Power.

Den ganzen Tag schon hatte sie das Verlangen nach feuchtem Ton, eigentlich nach Sex, nach wildem, hemmungslosem Sex, aber dazu fehlte ihr der passende Mann. Ton hatte sie noch im Haus. Beim Sex zerbricht so leicht etwas. Beim Töpfern auch, nur tut es nicht so weh, es ärgert einen nur und verletzt nicht.

Endlich war es so weit. Sie hatte Ruhe, eine Tasse warmen Tees dampfte auf dem Beistelltischchen und sie dachte nach. Der Gottesdienst war heute Morgen gut besucht gewesen, das erfüllte sie mit Freude. Ihr Sohn Benny war unterwegs, sie hatte etwas Zeit für sich. Der feuchte, schwere Ton fing gerade an, sich in ihren kräftigen Händen geschmeidig zu verformen, aber irgendetwas stimmte dennoch nicht. Sie schaffte es einfach nicht, sich der sinnlichen Masse hinzugeben. Das kannte sie schon. Dann konnte sie machen, was sie wollte, es wurde den ganzen Tag lang kein feuchter Ton, sondern blieb nasse Pampe, so sehr sie sich auch bemühte.

Das Klingeln des Telefons erlöste sie von ihren trüben Gedanken. Mit nassen Fingern klemmte sie sich das Handy zwischen Kinn und Schulter.

»Hallo.« Sie meldete sich nie mit ihrem Namen.

Die Stimme des Mannes klang weit weg und hörte sich unsicher an. »Steffi?«

Sie stutzte. Irgendwie kannte sie den Mann. Nicht seine Stimme war ihr vertraut, sondern die Art, wie er ihren Namen sagte. »Spreche ich mit Stefanie Jänicke?«

»Äh, ja.« Sie war irritiert. Sie wurde schon seit Urzeiten nicht mehr mit ihrem Mädchennamen angesprochen. »Wer ist denn da?«

»Hier ist Frank!«

»Frank? Welcher Frank?« Sie wurde langsam ungeduldig.

»Frank Posselt!«

Ihre Gesichtszüge hellten sich auf. »Straps, bist du das?« Sie waren in einer Grundschulklasse bei Fräulein Grabert zusammen gewesen. Seine beinlangen Wollstrümpfe waren immer durch Strapse an einem Leibchen gehalten worden. Daher der Name.

»Hallo, Steffi!«

»Mensch, altes Haus, was treibt dich denn ans Rohr?« Sie freute sich herzlich, ihren alten Spiel- und Schulkameraden wieder zu hören. Gleichzeitig machte sich aber auch Spannung in ihr breit. Sie hatten sich mindestens 30 Jahre lang nicht mehr gesehen oder gesprochen. Was wollte er nach so langer Zeit von ihr?

Es machte ihm sichtlich Mühe, den folgenden Satz zu formulieren. »Du, Steffi, ich rufe leider dienstlich an.«

»Dienstlich, mein Gott, Straps, ich weiß ja noch nicht einmal, was du geworden bist!« Sie lachte betont fröhlich, um ihre Unsicherheit überspielen zu können.

»Ich bin stellvertretender Leiter der Polizeiinspektion hier in Schwalbach.«

Sie wurde unsicher. »Ist was mit meinem Vater? Ist er schon wieder Auto gefahren und hat seine Tabletten nicht genommen?«

»Nein, Steffi, mit deinem Vater ist alles in Ordnung. Ich rufe wegen deiner Mutter an.«

Ihre Augen wurden feucht. »Ist sie mit dem Auto verunglückt? Liegt sie im Krankenhaus?«

»Nein, Steffi, es tut mir leid, sie ist tot.«

In ihr krampfte sich alles zusammen. »Mama ist tot? Ja, aber wie konnte ... also, ich meine ... was ist denn passiert?«

»Frau Kruse, eure Haushälterin, hat sie heute Morgen im Garten gefunden.«

Sie musste sich erst einmal setzen. Ihre Augen starrten auf die halbfertige, sich noch immer auf der Töpferscheibe drehende Vase.

»Im Garten? Wie ist sie denn um Gottes Willen im Garten zu Tode gekommen? War es das Herz?«

»Nein, Steffi, also ich bin kein Arzt«, druckste er herum. »Aber es sieht eigentlich eher nach einem Gewaltverbrechen aus.«

In ihr stieg Angst auf. »Ein Gewaltverbrechen? Ausgerechnet in Schwalbach?« Sie schüttelte heftig den Kopf. »Was kann denn in diesem Dorf passiert sein, dass da jetzt plötzlich Menschen umgebracht werden, im eigenen Garten! Bist du dir sicher, dass es ein Überfall war?«

»Wie schon gesagt, ich bin kein Arzt und schon gar kein Rechtsmediziner«, versuchte er seiner ehemaligen Spielkameradin Details zu ersparen.

Ein unfassbarer Gedanke machte sich in ihrem Kopf breit. »Ist sie, also wie soll ich das jetzt sagen, ist sie etwa …« In ihr weigerte sich alles, das Wort überhaupt nur auszusprechen.

Frank war ein erfahrener Polizeibeamter. Er wusste, was sie fragen wollte. »Nein, sie ist nicht vergewaltigt worden. Es sieht für mich alles danach aus, als sei sie von hinten erschlagen worden.«

Sie begann leise zu weinen. »Mein Gott, Mama!« Sie suchte in ihrer Hose nach einem Taschentuch. »Wer erschlägt denn eine alte Frau am helllichten Tage zwischen ihren eigenen Rosen?«

»Der Körpertemperatur nach zu urteilen muss das alles schon heute Nacht passiert sein.« Er war froh, dass seine Gesprächspartnerin die schlimme Nachricht so gefasst aufnahm. »Wie schon gesagt, ich bin kein Mediziner, aber ich bin fest davon überzeugt, dass sie von all dem überhaupt nichts mitbekommen hat. Der Schlag muss von hinten gekommen sein.«

Es entstand eine lange Pause. In ihrem Kopf wirbelte alles durcheinander. »Du, Frank, da stimmt irgendetwas nicht. Mama konnte keine Dunkelheit ertragen. Sogar im Hochsommer weigerte sie sich, das Haus nach 17 Uhr zu verlassen. Und plötzlich soll sie nachts allein im Garten spazieren gegangen sein?«

»Sie sei in letzter Zeit sehr verwirrt gewesen, sagte Frau Kruse bei der ersten Vernehmung aus.«

»Sie war hin und wieder etwas tüddelich, ja das stimmt, aber doch nicht verwirrt. Wenn man mit ihr sprach, dann entfiel ihr vielleicht schon mal der Name des aktuellen Bundespräsidenten, aber sie war doch nicht verhuscht!«

»Es tut mir leid Steffi, ich kann dazu überhaupt nichts sagen. Ich habe deine Mutter schon seit Monaten nicht mehr getroffen.«

Stefanie schüttelte den Kopf. In ihr keimte Hoffnung auf, dass dies alles nur ein ganz böser Scherz ihres alten Klassenkameraden sein könnte. »Gib mir doch bitte mal meinen Vater oder Frau Kruse.«

»Das würde ich gerne, aber ich bin hier auf der Wache. Oberinspektor Bornheim hat die ganze Untersuchung an sich genommen und mich zur Stallwache, wie er es formulierte, abkommandiert.«

»Mein Gott, der alte Wachtmeister Bornheim ist dein Chef? Der muss doch auch schon hundert sein!«

»Ende des Jahres geht er in Pension, aber so lange hat er hier noch das Sagen.«

Ihr Gesicht verfinsterte sich erneut. »Kannst du mir sagen, warum ich erst jetzt von dem offensichtlichen Mord an meiner Mutter erfahre?«

»Ich war nach dem Notruf der Erste am Tatort. Nachdem ich alles an die große Alarmglocke gehängt hatte, wollte ich dich anrufen, aber Frau Kruse sagte, dass du wohl beim Gottesdienst seist. Eine Handynummer hatte sie nicht.«

»Aber mein Vater hat doch meine Handynummer.«

»Der Herr Pastor war doch auch beim Gottesdienst.«

»Moment bitte, sag das noch mal!« Sie war fassungslos. »Meine Mutter wurde gerade eben erschlagen, und mein

Vater geht einfach so zum Arbeitsalltag über? Frank, was ist da los?«

Sie überlegte kurz. »Also, ich werde jetzt meinen Sohn informieren, und dann setze ich mich ins Auto. Wie lange bist du noch im Dienst?«

»Ich gehe gleich nach Hause, wenn hier alles in die Wege geleitet wurde. Heute ist schließlich Sonntag. Aber ich bin jederzeit für dich auch zu Hause zu erreichen.«

Sie notierte sich seine Privat- und sicherheitshalber auch seine Handynummer.

»Ich danke dir, Frank. Ich hoffe, gegen sechs bei euch in Schwalbach zu sein, und dann wäre ich dir dankbar, wenn wir uns heute noch kurz sehen könnten. Ich raffe das alles noch nicht so richtig.«

»Kein Problem. Ich warte auf dich. Fahr vorsichtig!«

Bedächtig legte er den Hörer auf seinen Dienstapparat. Er war gespannt auf sie. Als Kind hätte er alles für seine Steffi getan. Wie war sie heute? Pastorin soll sie sein, in Hannover. Geschieden ist sie auch, so wie er, und nun diese furchtbare Tragödie mit ihrer Mutter.

Er war noch immer sauer auf seinen Vorgesetzten. Schließlich war er der Erste am Tatort gewesen und hatte die viel bessere Ausbildung für derartige Einsätze. Aber der *Wachtmeister* – er dachte an Steffi, wie sie das gesagt hatte, und musste lächeln –, der Alte, war sein Chef, und da gab es nichts zu nörgeln. Wenn der wollte, dass er Innendienst machte, dann war das eben so.

Der Vormittag ließ ihn nicht los. Die tote Frau Jänicke ging ihm nicht mehr aus dem Kopf. Wie sie da lag, ihr weißes Haar voller Blut, ihre Augen, die ihn fragend ansahen. Er kannte diese herzensgute Frau schon seit seiner Kindheit. Sie hatte immer Hoppel-Poppel in den Garten gebracht, eine unglaublich süße Schokoeier-Pampe, die Steffi und er schlecken konnten, bis ihnen schlecht wurde.

Und dazu gab es die wohl köstlichste Zitronenlimonade, die er sich überhaupt nur vorstellen konnte. Wenn es heiß war, dann dachte er oft an diese Limonade. Und als er Frau Jänicke da so liegen sah, da trauerte er wirklich, aber weniger um sie als um die verpasste Gelegenheit, sich noch einmal das Rezept für diese Limonade von ihr geben zu lassen, einen Schlüssel zu seiner Kindheit.

Er konnte es noch nachfühlen. Das letzte bisschen ihrer Wärme war nutzlos im Garten versickert, während ihr Mann, starr und stumpfsinnig, wie er mit den Jahren geworden war, einen öden Gottesdienst vor einer Handvoll debiler Christenmenschen zelebrierte.

Plötzlich sah er das Gesicht seines Chefs vor sich. Er erschrak etwas. Wieso war ihm nicht schon heute Morgen aufgefallen, dass es völlig verzerrt war? Wieso bemerkte er erst jetzt diese Anspannung? Warum hatte er plötzlich das Gefühl, vom Tatort weggeschickt worden zu sein?

***

Die Autobahn verschwamm immer wieder zwischen ihren Tränen. Einmal abgesehen von der Gefahr, die es mit sich brachte, bei 130 km/h zu heulen, ärgerte sie sich über sich selbst. Sie war schließlich ausgebildete Notfallseelsorgerin. Wie oft hatte sie als Pastorin beruflich mit Menschen zu tun, die gerade einen ihrer Familienangehörigen auf gewaltsame Weise verloren hatten. Aber nun war sie plötzlich selbst betroffen und hatte das Gefühl, völlig zu versagen.

Sie hielt inne und wunderte sich über die freie Sicht. Auf einmal waren ihre Tränen versiegt. Das war für sie ein sicheres Zeichen, dass das noch nicht alles war, was auf sie zukommen würde. Der Rosenkrieg hatte lange Jahre gedauert, nachdem ihr ehemaliger Mann seinen ersten Seitensprung beichtete, und da hatte sie sich zunächst auch nicht richtig ausweinen können.

Ihr erwachsener Sohn hatte die Nachricht vom Tode seiner Oma relativ gelassen entgegengenommen. Sie erschrak ein wenig über dieses Coole in seinem Wesen. Das war eigentlich gar nicht ihr Benny. Aber vielleicht gestand er sich auch nicht mehr Trauer zu, weil sie selbst immer wieder losheulen musste.

»Was bist du dusselige Kuh doch für eine saumäßige Pastorin, wenn es um deine eigene Familie geht«, ärgerte sie sich über sich selbst. »Du solltest dir dein Lehrgeld zurückgeben lassen!«

Sie hätte beinahe die Ausfahrt verpasst und scherte nach rechts aus. Hinter ihr hupte ein verärgerter LKW. »Leck mich, du Arschloch«, rief sie aufgebracht, und machte mit Daumen und Zeigefinger das entsprechende Zeichen. »Den ganzen Tag über schneidest du die Leute, und wenn du mal selbst geschnitten wirst, dann machst du gleich einen Aufstand.«

Der Fahrer quittierte ihre Handbewegung mit einem akustischen Inferno aus einem riesigen, verchromten Horn auf dem Fahrerhaus.

Sie erschrak fürchterlich.

»Mach dir doch nicht gleich ins Hemd, du Penner!«, brüllte sie aus dem geschlossenen Fenster. Mit den Nerven völlig am Ende, fuhr sie erst einmal rechts ran, als sie auf der Landstraße eine Haltebucht entdeckte. Auf der Gegenfahrbahn kam ihr ein Leichenwagen entgegen. Das war zu viel. Sie heulte wie ein Schlosshund los und suchte im Handschuhfach nach Taschentüchern. Als sie keine fand, wischte sie sich das Gesicht mit ihrem Ärmel trocken. »Mein Gott, warum hilfst du mir nicht«, begann sie zu beten. »Ich sollte meine Mitmenschen auf der Autobahn segnen und sie nicht anpöbeln!«

Sie steckte sich ein Zigarette in den Mundwinkel und suchte nach ihrem Feuerzeug. »Herr, warum heiße ich nicht Don Camillo, und warum sprichst du nicht mit mir? Du kannst mit Priesterinnen wohl nichts anfangen, wie? Oder bist du sauer auf mich, weil ich ab und zu mal einen Kerl brauche? Nun guck bloß nicht so komisch. Du sollst ja auch was mit der Maria Magdalena gehabt haben!« Sie nahm einen tiefen Zug. Das Nikotin ließ den Frust von ihrer Seele gleiten. »Mein Gott, bin ich froh, dass ich mit der Raucherei noch nicht aufgehört habe. An einem Tag wie heute hätte ich mit Sicherheit wieder angefangen, und das wäre doch jammerschade!«

Sie startete den Motor, fuhr wieder an und betete weiter. »Kannst du dir überhaupt vorstellen, wie es in mir aussieht? Nun gut, in deinem Falle bist du umgebracht worden und nicht deine Mutter. Was wäre eigentlich gewesen, wenn sie statt deiner erschlagen worden wäre? Hättest du sie auch auferstehen lassen?«

Ihr rollten schon wieder Tränen über die Wangen. »So ein Blödsinn, eben waren meine Augen doch noch leer, wo kommt denn plötzlich das ganze Wasser her?«

Sie fühlte, dass sie immer weinerlicher wurde, je mehr sie sich ihrem Elternhaus näherte. In wenigen Minuten würde sie am Tatort sein. Sie grübelte darüber nach, ob ihre Mutter wohl noch immer da liegen würde. Noch mehr Angst hatte sie davor, nur noch eine von der Spurensicherung im Garten aufgeklebte Silhouette von ihr anzutreffen.

***

Frank war gerade dabei, seine Kaffeetasse für den nächsten Tag abzuspülen, da kam sein Chef mit der denkbar miesesten Laune herein. »Hör mal, gibt es eigentlich irgendjemanden, den du heute Morgen nicht alarmiert hast?«

Frank trocknete ungerührt seine Tasse weiter ab. »Ich habe nur das zusammengetrommelt, was absolut nötig war. Mordkommission, Spurensicherung und die Rechtsmedizin.«

»Vielleicht rückst du das nächste Mal auch noch mit der S-FOR an, nur weil eine Oma auf die Fresse gefallen ist!«

Frank war völlig irritiert. So in Rage hatte er seinen Chef eigentlich noch nie erlebt. Nach diesem Vorwurf ging er innerlich in Habachtstellung, nach außen hin rieb er lediglich seine Tasse mit stoischer Ruhe trocken.

»Was ist«, schnaubte der alte Mann wütend. »Willst du jetzt auch noch die Farbe vom Porzellan abrubbeln?«

»Du willst mir doch wohl nicht allen Ernstes erzählen, dass Frau Jänicke durch einen harmlosen, nächtlichen Sturz ums Leben gekommen ist.«

»Deine Frau Pastor ist nicht ums Leben gekommen, die ist einfach nur gestorben. Es war ein tragischer Unfall, basta!«

Dem jungen Inspektor fiel beinahe seine Tasse aus der Hand. «Ach, und als sie merkte, dass sie durch den Sturz noch nicht ganz tot war, hat sie sich in suizidaler Absicht noch selbst den Spaten über den Schädel gezogen, um danach wiederum so unglücklich mit dem Hals auf das Spatenblatt zu stürzen, dass sie sich autoenthauptet hat?«

»Frau Doktor Kleefisch und ich haben den Hergang so rekonstruieren können, dass sie sehr schnell gestürzt sein muss, und der Spaten ist ihr dann wahrscheinlich nachträglich auf den Kopf gefallen.«

Frank glaubte seinen Ohren nicht zu trauen. »Da geht also eine greise, alte Dame nachts, nur mit einem Spaten bewaffnet, in ihrem dunklen Garten spazieren, wirft sich aus unerfindlichen Gründen auf den Gartenboden, um sich dabei mit dem Spaten erst die Schulter und dann den eigenen Schädel zu spalten. Um ihr Pech dann komplett zu machen, bäumt sie sich noch einmal auf, um dann erneut so unglücklich in das Spatenblatt zu fallen, dass sie sich unglücklicherweise selbst enthauptet. Habe ich das so richtig wiedergegeben?«

Der Alte starrte ihn trotzig an. »So in etwa wird es wohl gewesen sein, wenn man deine etwas süffisante Ausdrucksweise einmal weglässt.«

Frank trocknete noch immer an seiner Tasse herum. »Wenn du diese Räuberpistole so auch dem Rechtsmediziner erzählt hast, wird er sich, so nehme ich an, vor Staunen gleich neben Frau Jänicke gelegt haben, oder?«

»Was für ein Rechtsmediziner?«

Franks Augen verengten sich. »Natürlich der, den ich angefordert habe.«

Bornheim lachte gekünstelt. »Quincy in Schwalbach! Das hätte dir so gepasst, nicht wahr, mein Junge? Aber daraus ist nichts geworden. Den habe ich wieder abbestellt. Warum in die Ferne schweifen, wenn das Gute so nahe liegt.«

»Du willst doch wohl nicht etwa behaupten, dass du Frau Dr. Kleefisch angefordert hast.«

»Warum nicht? Die Frau ist im höchsten Maße kompetent.« Der Alte liebte es, seine Macht ausspielen zu können.

»Die Frau mag ja vielleicht kompetent sein. Aber was nützt ihr das. Dieser Vorgang heißt Leichenschau, nur leider ist sie blind wie ein Maulwurf. Als Bäcker Schrempp vor Jahren nachts in seiner Backstube überfallen wurde, hat sie einen Herzinfarkt festgestellt. Dabei hat sie leider übersehen, dass der Mann eine Axt bis zum Schaft im Rücken hatte.«

Bornheim guckte beleidigt. »Der Mann starb durch einen akuten Herzstillstand, das hat sie erkannt und nur das war ihr Job.«

«Sein Herz war ja auch von hinten gespalten worden. Das mit dem Stillstand war demnach wirklich eine diagnostische Meisterleistung, das muss man euch lassen.« Er verbeugte sich vor seinem Chef.

Bornheim wurde ganz leise. «Dein Ton gefällt mir nicht.«

»Und mir deine seltsamen Alleingänge nicht. Man könnte fast meinen, der Blindfisch und du, ihr steckt unter einer Decke.«

»Was willst du damit sagen?« Bornheim war jetzt außer sich. Er bekam hektische Flecken um seine Nase herum und begann an seinen Nagelbetten herumzupulen. Das tat er immer, wenn er nervös wurde.

Frank fixierte ihn. Sein Chef hatte ihn bestimmt noch nie so sauer gesehen. »Ich will damit sagen, dass deine Amtsführung langsam zur Gutsherrenart wird. Was du heute im Pfarrhaus veranstaltet hast, das hat nichts mehr mit polizeilicher Ermittlung, sondern nur noch mit staatlicher Vertuschung zu tun.«

»Und was gedenkst du dagegen zu tun? Ich bin immerhin dein Chef.« Er fixierte ihn mit stechenden Augen.

»Ich gedenke Meldung zu machen.«

»Das wagst du nicht!«

»Und wie ich das wage. Wenn du nicht bis morgen Mittag die Rechtsmedizin und die Spurensicherung wieder eingeschaltet hast, dann werde ich im Präsidium Meldung machen, verstanden?«

Bornheim wurde leichenblass. »Ich gehe zwar in gut einem halben Jahr, aber das reicht allemal, um dir deine Karriere zu versauen, ist dir das klar?«

Frank stand auf, um das Büro zu verlassen. »Mensch, Willy, du müsstest mich doch nun kennen. Du hast mich schließlich ausgebildet. Meine Chefs aus dem Präsidium sehe ich nur alle hundert Jahre. Am Spiegel komme ich jeden Morgen vorbei, und ich möchte nicht zu denen gehören, die vorm Rasieren erst einmal abkotzen müssen!« Er knallte die Tür hinter sich zu und ließ einen am ganzen Leibe zitternden Hauptkommissar zurück.

In seinem Kopf jagten sich die Gedanken. Er saß einfach nur an seinem Schreibtisch und versuchte, eine Panikattacke zu bekämpfen. Ihm war völlig klar, dass dieser junge Schnösel Ernst machen würde. Posselts Ruf im Präsidium konnte besser nicht sein, und ihm war klar, dass umgehend eine Untersuchung eingeleitet werden würde. Vielleicht könnte er es schaffen, mit einem blauen Auge aus dem ganzen Schlamassel herauszukommen, aber seine Reputation wäre dahin. 45 Jahre Polizeidienst einfach hin. Wenigstens seine Pension könnten sie ihm nicht nehmen. Nach kurzem Überlegen griff er zum Telefon und wählte. »Hauptinspektor Bornheim hier, kann ich mal bitte Frau Dr. Kleefisch haben?« Er wartete eine kleine Weile. »Hallo Else, der Posselt fängt an zu stänkern. Hast du den Totenschein schon fertig? Okay. Liegt sie auch schon beim Ederer im Kühlhaus?« Ihm wurde heiß. Er lockerte seine Krawatte und öffnete den obersten Hemdknopf. »Dann sag dem Ederer, dass er sie sofort nach Luxemburg ins Krematorium bringen muss.«

Er begann unruhig auf der Schreibtischplatte zu trommeln. »Nein, nicht morgen, sondern sofort. Der kann dann dort auch gleich auf die Einäscherung warten und die Urne gleich wieder mitbringen. Er soll aber vorher hier vorbeikommen, ich fülle die polizeiliche Freigabe gleich aus und dann fehlt dann nur noch dein Freigabeschein. Du bist für die finale Leichenschau schließlich befähigt.«

Müde knallte er den Hörer auf die Gabel. Er begann sich leicht zu beruhigen und bekam sich langsam wieder in den Griff.

***

Stefanie betrat mit klopfendem Herzen den Vorgarten des elterlichen Pfarrhauses. Es lag wie ausgestorben da. Sogar die vielen noch von ihrer Mutter gepflanzten Blumen schienen nicht mehr so farbenfroh wie früher zu sein. Früher hatte sie diesen Blick so sehr genossen, wenn sie kam. Dann ging spätestens immer jetzt die Tür auf, und ihre Mutter stand mit ihrem wunderbaren Lächeln dort, aber heute passierte gar nichts. Mit der Seele ihrer Mutter schienen Haus und Garten von allem Wärmenden verlassen zu sein.

Sie schloss auf und betrat die kleine Diele. »Hallo, Papa, Frau Kruse, ich bin es!«

Sie horchte angestrengt auf irgendeine Reaktion. Es war vergebens. Nur das laute Ticken der Wohnzimmeruhr war zu hören.

Sie ließ ihr Gepäck einfach stehen und strich durchs Haus. Küche, Wohnzimmer, Esszimmer, alles war verlassen. Die Verandatür war nur angelehnt. Vorsichtig schaute sie in den Garten. Ihr Vater stand in Gummistiefeln auf dem Beet und grub es mit einem scharfen Spaten um.

Sie ging auf ihn zu. »Hallo Papa!«

Er hielt inne und schaute zu ihr auf. Seine Augen waren genauso kalt und leer wie das Haus. »Was machst du denn hier?«

Stefanie blieb wie vom Donner gerührt vor ihm stehen. Eigentlich wollte sie ihren Vater umarmen, doch sie erstarrte in ihrer Bewegung.

»Wie, was mache ich hier!«

Er grub weiter um. »Na, das ist doch nicht normal, dass du einfach deine Gemeinde im Stich lässt, um zu verreisen!«

»Aber Papa, ich bin nicht einfach so verreist. Mama ist tot! Sie ist hier in diesem Garten ermordet worden.«

Davon wollte der alte Mann überhaupt nichts wissen. »Blödsinn. Hier ist niemand ermordet worden.«

Sie war völlig fassungslos. »Willst du vielleicht behaupten, dass Mama gar nicht tot ist?«

Ihr Vater grub weiter. »Sie ist beim Herrn, das ist wahr.«

In diesem Augenblick betrat Frau Kruse, seine langjährige Haushälterin, den Garten und kam mit ausgestreckten Armen auf sie zu. »Fräulein Stefanie, es ist alles so furchtbar!«

Die beiden Frauen umarmten sich. »Es ist schön, dass Sie so schnell kommen konnten.«

»Warum bin ich erst so spät durch die Polizei benachrichtigt worden? Warum haben Sie oder Papa mich nicht angerufen?«

Die Haushälterin nickte in Richtung des alten Herrn. »Er wollte es so. Sie sollten nicht bei Ihrem Gottesdienst gestört werden.«

»Und so einen Schwachsinn machen Sie mit?«

»Ich werde mich doch nicht den Anordnungen Ihres Herrn Vaters widersetzen! Sie kennen ihn doch in seinem heiligen Jähzorn.«

Sie war sofort beleidigt. »Sie haben gut reden. Sie können jederzeit nach Hause, wenn Ihnen etwas nicht passt, ich kann mir das nicht leisten. Ich muss hierbleiben und alles ausbaden!« Stinksauer wandte sie sich um und ging leise vor sich hin schimpfend ins Haus.

»Mein Gott, da haben sich ja zwei Sturköpfe gefunden.«

Sie ging wieder zu dem alten Herrn und sah ihm beim Umgraben zu. Es war ihr Vater, aber ihr schauderte vor ihm. Er wirkte wie eine aufgezogene, verbitterte Puppe, wie er da so stand und grub. »Papa«, versuchte sie ihn liebevoll zu unterbrechen. »Nun mach doch mal eine kleine Pause.«

»Warum soll ich?« Er sah nicht einmal zu ihr auf.

»Hättest du Lust mit mir zusammen zu beten?«

»Ich habe heute schon gebetet.« Er grub immer weiter.

Ihr Ton wurde eindringlicher. »Ich möchte gerne mit dir zusammen für Mama beten!«

»Wieso für Mama? Sie ist beim Herrn, ihr geht es gut. Ich bin es, der hier im Dreck steht! Und wer betet für mich?« Bei der Frage nahm er den Spaten in beide Hände und hackte auf einem großen Erdklumpen herum. »Und nun lass mich endlich in Ruhe den Garten umgraben. Ich muss fertig werden, bevor es dunkel wird.«

Als Seelsorgerin wusste sie, dass sie diesem Mann seine Ruhe lassen musste. Vielleicht konnte er sich so seine unendliche Trauer um seine Frau von der Seele buddeln. Doch als Tochter hätte sie ihn am liebsten am Revers gepackt, angebrüllt und wie ein unartiges Kind durchgeschüttelt.

Es kostete sie Überwindung, sich in dieser Situation von ihrem Vater abzuwenden, aber ihn so zu sehen, ging über ihre Kraft. Sie schaute sich im Garten um. Wie sie Frank verstanden hatte, musste die Mutter dort, an der kleinen Steintreppe, die zu den Gemüsebeeten führte, gelegen haben. Sie ging hin. So sehr sie auch schaute, sie konnte absolut nichts finden, was darauf hindeutete, dass hier vor Kurzem ein Mensch gestorben war, dass hier ihre Mutter ermordet worden war. Die Spurensicherung schien wirklich alles entfernt zu haben, was an ihre Mutter erinnerte. Nur die Blumen standen traurig dort, wo sie sie noch selbst gepflanzt hatte. Es waren viele Blumen, es waren immer noch ihre Blumen. Plötzlich keimte in ihr eine Idee. »Wenn Pflanzen wirklich eine Seele haben, dann müssten die doch wissen, was sich hier heute Nacht abgespielt hat.« Sie schaute sich um. Plötzlich hatte sie das Gefühl, dass, wo sie auch hinschaute, alle Blüten ihr zugewandt waren. Sie begann leise zu beten. Ihr war klar, dass sie nicht für ihre Mutter betete, sondern gegen die Angst ankämpfte, die sich langsam in ihr ausbreitete.

2

Die Tagesschau dröhnte wie jeden Abend aus dem Fernseher des Hauses Jänicke. Die Orgel sei an seinem schlechten Gehör schuld, wurde der alte Pastor nie müde zu behaupten. Aber das war früher. Heute schwieg er, und so sehr sie sich auch bemühte, an ihren Vater war einfach nicht ranzukommen. Jeder Versuch, über seine Frau zu sprechen, wurde sofort von ihm abgeblockt. Er verbat sich sogar jede Nachfrage, als er kurz vor dem Abendbrot noch mit einem Spaten auf den Kirchhof ging. Stefanie nutzte die Gelegenheit, um sich im Zimmer ihrer Mutter umzusehen, aber es war alles so, als sei sie nur kurz zum Frisör gegangen. Sie wusste auch nicht annähernd, wonach sie suchen sollte. Sie öffnete verstohlen die oberste Schublade des wunderschönen, kleinen Sekretärs, hatte aber gleich ein furchtbar schlechtes Gewissen. Hatte sie überhaupt ein Recht dazu, in den Sachen ihrer toten Mutter zu stöbern? Eigentlich war ja ihr Vater der Haupterbe.

Sie ging in die Küche, um mit Frau Kruse ein paar Worte zu wechseln. Diese war gerade dabei, das Abendbrotgeschirr abzuwaschen. Stefanie bemerkte ihre Tränen und legte einen Arm um ihre Schulter.

»Was soll denn nun werden«, schnäuzte sie. »Ohne Ihre Mutter ist der Pastor doch völlig aufgeschmissen.«

»Seit wann ist das denn so schlimm mit ihm?« Sie reichte ihr ein Taschentuch. »Da, schnauben Sie erst einmal richtig.«

Frau Kruse trocknete sich kurz die Hände und nahm das Angebot dankend an. »Viel gesprochen hat er ja nie, das ist für Sie ja nun weiß Gott nichts Neues, aber so richtig wunderlich wurde er eigentlich erst seit einem halben Jahr. Von Tag zu Tag wird das schlimmer. Ich werde immer häufiger darauf angesprochen, was denn mit dem Herrn Pastor los wäre. Seine Predigten werden auch immer wirrer. Heute Morgen kam er mir wie ein gewürgter Racheengel vor.«

»Und warum haben Sie mich nicht schon viel früher mal angerufen?«

Die Haushälterin schnaubte wieder. »Weil mich Ihr Vater sonst mit Sicherheit rausgeschmissen hätte. Gedroht hat er ständig damit.«

Es klingelte. Bevor die beiden Frauen überhaupt eine Chance gehabt hätten zu öffnen, stürzte der alte Pastor an die Haustür.

Stefanie schaute verwundert. »Nanu, was ist denn mit dem los? Das ist ja, als ob er den ganzen Tag auf Besuch gewartet hätte.«

Sie blickte kurz aus dem Küchenfenster, um zu sehen, wer geschellt hatte. Sie erkannte den Seniorchef des Bestattungsunternehmens Ederer, der ihrem Vater einen Pappkarton in die Hand drückte.

»Nanu«, wunderte sich Stefanie. »Hat Papa denn schon die Trauerkarten bestellt? Wann will er denn das gemacht haben?«

»Die haben heute Vormittag miteinander gesprochen, als sie Ihre Mutter abgeholt haben.«

»Der Ederer hat Mama abgeholt?« Stefanie war sichtlich irritiert.

»Ja, warum denn nicht? Das ist doch der einzige Bestatter in Schwalbach.« Die Haushälterin schaute jetzt auch aus dem Fenster.

»Ich denke, sie haben Mama in die Rechtsmedizin nach Stuttgart gebracht.«

»Ja, aber warum das denn?«

»Der Frank Posselt hat mir das gesagt, weil doch Mama höchstwahrscheinlich ermordet wurde.«

»Jesus Maria und Josef! Ihre Mutter wurde ermordet?« Frau Kruse wurde ganz blass im Gesicht.

»Sie wurde höchstwahrscheinlich erschlagen, hat man mir gesagt.«

»Aber Fräulein Stefanie, dass ist ja furchtbar. Warum hat mir denn der Bornheim nichts davon gesagt. Der hat doch den Frank heute Vormittag abgelöst! Und die Doktorin Kleefisch hat auch nichts davon gesagt. Sie hat gemeint, Ihre Mutter wäre unglücklich gefallen!«

In der jungen Pastorin stieg Zorn auf. »Also, wenn Mamas Leiche nicht beschlagnahmt wurde, dann möchte ich sie heute Abend noch sehen.«

»Das würde ich an Ihrer Stelle lieber nicht.« Die Haushälterin versuchte sie zu beruhigen. »Sie sollten sie so in Erinnerung behalten, wie sie war.«

»Papperlapapp, ich weiß, wie Leichen aussehen. Sie ist schließlich nicht aus dem vierten Stock gestürzt. Sah Mutter denn so schlimm aus?«

Frau Kruse nickte betreten.

»Egal!« Stefanie schob Frau Kruse, die sich ihr in den Weg gestellt hatte, beiseite. »Ich will jetzt wissen, was Sache ist!« Sie ging auf den Kirchhof zu den Männern.

Es bot sich ihr ein seltsames Bild. Beide standen um ein namenloses Grab herum, ihr Vater klopfte mit einer

Schippe die Erde fest und der Bestatter versuchte, einen Karton hinter seinem Rücken zu verbergen, als er Stefanie ankommen sah.

»Einen schönen Abend auch, Herr Ederer. Haben Sie sich ein wenig Arbeit für den Abend aufgehoben?« Sie schaute auf ihren Vater, der sie böse anfunkelte. »Und du, Papa? Ein paar Beerdigungen nach dem Essen halten fit, oder?»

»Guten Abend auch, Fräulein Steffi!« Ederer versank fast in den Boden vor Scham. »Ich meine natürlich Frau Steffi, äh Frau Pastorin! Schöner Abend heute, nicht wahr?«

»Ganz vortrefflich. Wie für eine kleine Beerdigung gemacht, findest du nicht auch, Papa?« Ihre Frage blieb unbeantwortet.

»Ach, Herr Ederer, worum ich Sie bitten möchte, wäre es vielleicht möglich, dass ich meine Mutter heute Abend noch einmal sehen könnte? Ich würde mich sehr gerne von ihr verabschieden.«

Dem Bestatter wurde sichtlich unwohl. »Tja, Fräulein äh, Pastor, also heute noch, das wird wohl nicht gehen.«

»Warum nicht, sie liegt doch in Ihrem Kühlhaus, oder!«

»Tja, Frau Steffi, also nicht direkt.« Er wand sich wie ein Aal.

»Wie nicht direkt. Liegt sie bei Ihnen oder nicht?« Ihren Augen entnahm der Mann, dass er keine Chance hatte, sie mit irgendwelchen Phrasen zu vertrösten. Er stieß ihren Vater mit dem Ellbogen an. »Mein Gott, nun sag du doch auch mal etwas.»

Ihr Vater wandte sich von ihr ab. »Sie liegt nicht im Kühlhaus, und du kannst sie nicht sehen. Ich erlaube es nicht, basta!« Er machte Anstalten, ins Pfarrhaus zu gehen.

»Moment mal, Papa. Was ist hier eigentlich los?« Sie hielt ihn am Ärmel fest. »Ich möchte jetzt sofort wissen, wo die Leiche meiner Mutter ist. Ich habe, verdammt noch mal, ein Recht darauf, das zu wissen!«

»Ihre Seele ist beim Herrn«, murmelte ihr Vater, riss sich los und klopfte mit seiner Schippe wieder auf der Erde herum.

Auch das war ihr an Auskunft zu wenig. »Das weiß ich, aber wo bitte ist der Rest?«

Der Bestatter stand mit gesenktem Kopf vor ihr. »Ihr Körper wurde bereits der Erde übergeben.«

Stefanie war fassungslos. »Jetzt sagen Sie nur noch Erde zu Erde, Asche zu Asche, dann haue ich Ihnen, so wahr ich hier stehe, eins auf die Schnauze!« Sie bebte vor Zorn.

»Aber Fräulein Steffi, ich bitte Sie«, der Mann stand wie auf Kohlen da. »Ihre Mutter wurde bereits in einem christlichen Ritual, so wie es ihr zusteht, beerdigt.«

Sie schaute ihn lange an, so lange, als würde sie den Sinn seiner Worte gar nicht richtig begreifen. »Wollen Sie damit allen Ernstes sagen, dass mein Vater und Sie gerade eben meine Mutter beigesetzt haben?«

»Ihre Urne«, verbesserte er sie.

»Ach, meine Mutter war also noch nicht ganz kalt, da ist sie also schon eingeäschert worden. Ich nehme an, lieber Herr Ederer, Sie haben das aus alter Freundschaft zu meiner Mutter schnell auf dem Würstchengrill erledigt und dazu Mozarts Requiem auf dem Kamm geblasen, oder?«

»Ich bitte Sie, Fräulein Steffi, versündigen Sie sich nicht!«

Sie griff ihn am Revers und schüttelte ihn, außer sich vor Wut, mit beiden Händen durch. »Ich mich versündigen? Ausgerechnet Sie müssen mir das sagen? Sie verscharren, mitten in der Nacht, den liebsten Menschen, den ich hatte. Mein Gott, warum haben Sie nicht auf Vollmond gewartet, dann hätten Sie nebenbei noch schnell ein paar Warzen ausdrücken können.«

Ihr Vater stützte sich schwer auf seine Schippe. »Lass gut sein, Kind. Der Ederer tat nur, was ihm geheißen ward.«

»Oho, wie es ihm geheißen ward. Das muss aber ein ziemlich eindrucksvoller Engel gewesen sein, der diese Anweisungen erteilt hat. Potztausend aber auch.«

»Ich habe ihm den Auftrag erteilt, und damit ist die Diskussion beendet.« Er machte Anstalten, ins Pfarrhaus zu gehen.

Sie war entrüstet. »Papa, das kann doch nicht dein Ernst sein. Du willst doch nicht wirklich behaupten, dass du meiner Mutter, deiner Ehefrau, eine würdige Trauerfeier verweigert hast?«

Ihr Vater entfernte sich langsamen Schrittes von ihnen. Sie zitterte am ganzen Leib. »Du hast das Liebste, was wir hatten, wie einen räudigen Straßenkater verscharrt!« Wäre sie nicht selbst so aufgebracht gewesen, hätte sie an seinen Schultern sehen können, dass ihr Vater weinte.

Sie wandte sich an den völlig blassen Ederer. »Und Sie, wie konnten Sie das als Christenmensch überhaupt zulassen?«

Die nackte Panik stand ihm ins Gesicht geschrieben. »Ich habe dabei gebetet, Fräulein Steffi. Hier, schauen Sie mal«, er schlug demonstrativ das Kreuz vor sich und murmelte. »Im Namen des Vaters, des Sohnes und des Heiligen Geistes.«

Sie sagte nur: »In Ewigkeit, amen«, und schlug ihm mit aller Kraft ihre Faust mitten ins Gesicht.

***

Das Gasthaus *Die Quelle* war gut gefüllt. Frank betrat den Schankraum mit gemischten Gefühlen. Natürlich merkte er, wie er als Polizist, auch wenn er in Zivil war, argwöhnisch von den anwesenden Gästen beäugt wurde. Am liebsten hätte er sich woanders mit Steffi getroffen, aber sie wollte in ihrem Zustand nicht mehr Auto fahren. Er wunderte sich noch immer über den von ihr erwähnten Zustand. Betrunken oder bekifft hatte sie sich eigentlich nicht angehört. Er war unheimlich gespannt darauf, sie wiederzusehen, gespannt und aufgeregt, als würde er sich zu einem Blind Date mit ihr treffen.

Die Gasthaustür ging auf, und da stand sie vor ihm. Kurze blonde Haare, schlank, modisch gekleidet, eigentlich eine tolle Frau, viel schöner, als er sie in Erinnerung hatte, aber das Gesicht total verquollen und verheult.

Er erhob sich von seinem Platz und ging auf sie zu. Sie erkannte ihn sofort und stellte sich zugleich lachend und weinend vor ihn. Er konnte einfach nicht anders und nahm sie herzlich in den Arm.

»Hallo, Maggi, was ist denn mit dir los?« Maggi war ihr früherer Spitzname, weil sie als Kind nichts mehr liebte, als sich ein paar Tropfen Maggi in die Handfläche zu schütten, um diese dann genüsslich wegzuschlecken. »Welches Pferd hat dich denn getreten?«

Zum ersten Mal seit Jahren fühlte sie sich in männlichen Armen wieder einmal geborgen und fing hemmungslos an zu weinen. Er zog sie neben sich auf die Sitzbank und streichelte ihr mit seiner Hand tröstend über die Haare.

»Mensch, Straps«, heulte sie los. »Was ist eigentlich los in diesem Kaff?« Es wurde im Gastraum totenstill. »Ich war doch vor einem halben Jahr noch hier, und nun ist alles anders. Was ist hier los?«

Sie nahm ihre Zigaretten aus der Tasche und zündete sich eine an.

Er zuckte mit den Achseln. »Weiß der Teufel, Maggi. Ich kenne mich langsam auch nicht mehr aus. Aber nun erzähl doch mal, was dir passiert ist, das dich so aus der Fassung gebracht hat.«

Nachdem er aus seinem Auto Taschentücher besorgt hatte, begann sie unter Heulen und Schnauben zu erzählen. Je weiter sie kam, desto ernster schaute der Polizist. Als er hörte, dass Frau Jänicke in einer Nacht- und Nebelaktion bereits eingeäschert worden war, schüttelte er erschüttert den Kopf. Erst jetzt bemerkte er, dass sie an der rechten Hand etwas blutete.

»Bist du gefallen?«

»Nein. Ich habe dem Ederer eins auf die Schnauze gehauen.«

Er schaute sie zweifelnd an. »Was hast du gemacht?«

»Was guckst du mich so an? Was sollte ich denn machen? Er stand vor mir und hat sich bekreuzigt.«

»Und da hast du amen gesagt und einfach zugeschlagen?«

Sie schnäuzte sich kräftig. »Ich fürchte, genauso war es.«

»Na, diesen Segen wird er sein Lebtag nicht vergessen.« Er schaute sie an. »Und was soll nun werden?«

»Woher soll ich denn das wissen.« Sie schnaubte erneut kräftig in ein neues Taschentuch.

»Na super. Jetzt hat Hannover nicht nur seinen Pinkel-Prinz, sondern auch seinen Prügel-Pastor. Kannst du mir mal sagen, welcher Deibel dich da geritten hat?«

Sie kam schon wieder in Rage. »Na, ich hatte doch wohl alles Recht der Welt dazu!«

»Nein, das hattest du nicht. Die Lebenseinstellung *Und willst du nicht mein Bruder sein, so schlag ich dir die Fresse ein* ist falsch und vor allem einer Pastorin nicht würdig. Mit dieser Nummer bekommst du vielleicht am Damenstammtisch Beifall, aber auch nur, wenn alle besoffen sind.«

Sie sackte in sich zusammen. »Ich fürchte, du hast recht. Mensch, Straps, was soll ich nur machen. Wenn der Anzeige erstattet, dann kann ich meinen Job an den Nagel hängen.«

»So weit wird es nicht kommen, dann müssen sich nämlich die Kleefisch, der Ederer und Bornheim auch einen neuen Job suchen.«

Sie wurde neugierig. »Warum denn?«

»Weil sie die Leiche deiner Mutter beseitigt haben.«

»Wie kommst du denn darauf. Das hört sich ja an wie bei einem Mafiakrimi.«

»Ich habe das dumme Gefühl, da sind wir mitten drin.«

Sie schaute ihn fassungslos an. »Wurde Mama doch ermordet?«

»Ich bin mir sicher. Komm, lass uns lieber gehen. Ich habe das Gefühl, die Wände bekommen hier langsam Ohren.«

Frank bezahlte sein Bier, und beide verließen die *Quelle*.

Sie zeigte auf eine Parkbank vis-à-vis. »Wollen wir uns da drüben hinsetzen?«

»Bist du des Wahnsinns? Der Dorfbulle und eine Pastorin nachts zusammen auf einer Bank. Wenn die Wände schon in der Kneipe Ohren haben, dann ist das hier draußen geradezu ein großer Lauschangriff. Weißt du, ob hinter den geschlossenen Jalousien nicht eventuell die Fenster geöffnet sind? Komm mit, da drüben steht mein Auto, wir fahren zu unserer Stelle am See.«

Keine 15 Minuten später waren sie da. Nach der Enge des mittelalterlichen Städtchens, in dem sich Gassen und kleinste Gässchen zwischen den unzähligen Fachwerkhäusern hindurchquetschten, kam ihr die freie Natur unendlich weit vor.

Gierig sog sie die kühle, würzige Nachtluft durch die Nase. »Mein Gott, tut das gut! Und was wollen wir nun hier?«

Er lächelte sie an. »Genau das, was wir augenblicklich tun, durchatmen.«

Sie saßen eine Weile schweigend nebeneinander auf einem Baumstamm. Die Luft war wie Seide. Es war im Juni viel angenehmer als im Spätsommer, es flirrte auch nicht alles vor Insekten.

Er malte mit seinem Hacken ungeordnete Striche in den Sandboden. »Du hast mich zweimal am Telefon gefragt, was hier in Schwalbach eigentlich los sei. Ich würde es dir gerne beantworten, aber ich kann es leider nicht. Ich weiß es doch selbst nicht.«

»Mann, das hört sich ja richtig geheimnisvoll an.«

»Das ist es auch. Eigentlich hätte ich schon längst im Präsidium Krach schlagen müssen, aber was meinst du, was die Kollegen mit mir machen, wenn ich dem Bornheim nichts nachweisen kann.«

»Warum bist du dir denn so sicher, dass Mama ermordet wurde?«

»Entschuldige bitte, wenn ich das jetzt so frei heraus sage, aber wenn jemandem der Schädel gespalten und dieser jemand anschließend geköpft wurde, dann war das kein Unfall.«

Sie erschrak. »Eingeschlagen, geköpft?« Sie wurde blass. »Mein Gott, bist du dir wirklich sicher?«

»Absolut. Ich habe sicherheitshalber Fotos mit meinem Handy gemacht, nicht dass es später heißt, ich hätte halluziniert.«

»Hast du es hier?«

»Ja, aber ich würde dir nicht raten, sie dir anzusehen. Du solltest sie in schöner Erinnerung behalten.«

»Im Augenblick erinnere ich mich nur an eine verscharrte Kreatur.«

Er bemerkte, wie allein bei dem Gedanken der Zorn in ihr hochstieg. Er legte seine Hände beruhigend auf ihre geballten Fäuste.

»Zeig mir bitte die Bilder. Dann weiß ich wenigstens, dass sie mit Sicherheit tot ist.«

Er nickte, suchte kurz im Speicher seines Handys und stellte das erste Bild ein. Es zeigte die Großaufnahme eines freundlichen Frauengesichts, das grenzenloses Erstaunen ausdrückt.

Stefanies Körperhaltung entspannte sich. »Sie scheint wirklich überhaupt nichts von dem mitbekommen zu haben, was da mit ihr geschah. Das ist schön.«

Das zweite Bild zeigte den Hinterkopf von der Seite. Man musste kein Fachmann sein, um zu sehen, dass er völlig zertrümmert war. Wortlos blätterte er immer mehr Großaufnahmen auf das Display, bis plötzlich nur noch der bloße Kopf im Sand lag.

»Aber wenn du diese Fotos nur für dich gemacht hast, dann musst du es doch schon geahnt haben, dass Bornheim dich wieder aus der Ermittlung ausklammert. Hat er das denn schon öfter getan?«

»Nicht so direkt. Er und seine Dr. Kleefisch waren wie der berühmte Igel immer schon da, teilweise aus den dusseligsten Gründen.«

Sie schaute nachdenklich. »Und waren die Todesursachen genauso dämlich vorgeschoben?«

»Wenn ich es mir recht überlege, dann ja, aber du weißt doch, wie die Realität ist. So dämlich, wie es kommt, kann es sich keiner vorher ausmalen.«

»Und was waren das genau für Todesursachen?«

»Die alte Zeitungs-Nolte ist bei minus 22 Grad Celsius, nur mit dem Bademantel bekleidet, auf dem Weg zum Zigarettenautomat gestürzt und erfroren. Die Mutter vom Bäcker Franze ist an einer Fischgräte erstickt und der Opa vom Heinrichshof ist vom eigenen Mähdrescher überfahren worden. Den hat man erst abends gefunden, als man nach ihm gesucht hat.«

»Und wie kann das passieren, dass der Fahrer sich selbst überfährt?«

»Der hat wohl versucht, ein Rehkitz zu bergen. Die Viecher rennen ja nicht weg, die kauern sich nur ins Gras.«

»Tja, und dann hat man ihn und das Rehkitz mühsam aus dem Mähdrescher gepult?«

»Eben nicht, nur ihn, und da wurde ich stutzig. Wie kommen die auf die Nummer mit dem Reh, wenn gar keins da war? Allein aufgrund dieser zarten Nachfrage wurde ich zur Unperson erklärt und als kleiner Denkzettel mein bereits genehmigter und gebuchter Urlaub wieder gestrichen.«

»Und gab es noch irgendwelche Ungereimtheiten in letzter Zeit?«

»Ungereimtheiten nicht unbedingt. Ich habe ja mit meinen Nachforschungen gerade erst begonnen, aber auf einen Klops bin ich schon gestoßen.«

»Nämlich?«

»Die Bäckermeisterin«

»Die mit der Fischgräte?«

»Genau die. Die hatte eigentlich eine bekannte Eiweißallergie.«

»Mein Gott, warum isst sie dann ausgerechnet Fisch, dann kann sie sich ja gleich erhängen?«

»Eben!«

***

Harald Giesecke war unwohl zumute. Heute Abend war wieder Versammlung, und zum ersten Mal hatte er richtig Angst davor. Bei jedem Thing kamen Neue auf die Aspirantenliste. Schwalbach wurde eben auch nicht jünger. Bisher konnte er sich immer auf sein Glück verlassen, dass es ihn nicht erwischen würde. Diesmal aber war er sich sicher, dass ihn das Kreuz treffen würde. Hastig verschloss er die Tür seines Kurzwarenladens und wie immer schaute er sich erst um, dann zog er das Rollgitter herunter und sicherte es. Er konnte selbst nicht sagen, warum er sich immer nur dann noch einmal umsah, wenn er sich auf den Weg zur Versammlung machte. Vielleicht konnte er das Gefühl nie abstreifen, dass sie etwas machten, was nicht ganz legal war, und das hatte er nun seit 60 Jahren. Ein Mann als Besitzer eines Kurzwarenladens war selten, aber sein ganzes Wesen war so feminin, dass Nadel, Zwirn und Litze ausgezeichnet zu ihm passten. Er hatte auch die Figur eines Rehs, wenn auch eines inzwischen alten. Dementsprechend behände war sein Schritt zum Sitz derer von Minkwitz hinauf, einem gut erhaltenen kleinen Schloss, das mitten auf dem Schlossberg thronte. Der amtierende Graf hatte eine kleine Fabrik, die Zündmechanismen für Airbags und hochwertige Motoren herstellte. Der größte Arbeitgeber weit und breit.

Wie jedes Mal, wenn er den Weg hinaufhastete, achtete Giesecke peinlichst genau darauf, von niemandem verfolgt oder gesehen zu werden. Ständig sah er sich vorsichtig nach allen Seiten um. Jemand, der ihn verfolgen wollte, hätte ihm auch nur sehr schwer folgen können, denn urplötzlich war Harald Giesecke verschwunden, als hätte ihn die Felsenwand förmlich vom Serpentinenweg aufgesogen.

Dieser winzige Felsspalt, gut von Moosen und Farnen getarnt, war sein persönlicher Eingang zu dem weitgestreuten Höhlenlabyrinth unter der alten Burg. Selbst wenn sich mal ein Kind in diesen Felsspalt zwängen würde, müsste es sich schon gut auskennen, um auf Gieseckes Geheimnis zu kommen, das er mit vielen der alten Dorfbewohnern teilte.

Obwohl er auf dem Weg von nichts aufgehalten wurde, war der Kurzwarenhändler ein wenig spät dran. Der Graf wirkte leicht verärgert, als er ihn mit einem kurzen Nicken begrüßte. Giesecke rutschte, ohne auch nur den leisesten Laut zu verursachen, auf seinen Platz.

Der alte Pastor und die anderen waren gerade dabei, für seine verstorbene Ehefrau ein Gebet zu sprechen. Als sie fertig waren, segnete der alte Mann die seltsame Gemeinde.

Der Graf erhob das Wort. »Schwestern und Brüder, ich freue mich, dass alle vollzählig erschienen sind. Leider lässt es sich nach Anraten von Frau Dr. Kleefisch nicht vermeiden, ein weiteres Mitglied unseres Bundes heimzuführen.« Ein Geraune ging durch die Menge.

Die alte Ärztin erhob das Wort. »Ich und die Kommission sind einstimmig der Meinung, dass eine Geheimhaltung unserer Sache durch Erich Maubach, unseren sehr geschätzten Altmeister von der Fleischerei Maubach, leider nicht mehr gewährleistet ist.« Sie schaute prüfend über den oberen Rand ihrer Halbbrille in die Runde. Ihre Blicke blieben bei dem schlohweißen Sohn des Fleischers stehen.

»Aber meine Herrschaften!« Er rang sichtlich nach Worten. »Mein Vater ist in die Jahre gekommen, aber er ist doch nicht debil. Ihn zu töten ...«

Er wurde vom offensichtlichen Chef der Versammlung rüde unterbrochen. »Hier wird niemand getötet. Wir unterliegen einer uns allen auferlegten Heimführungspflicht der Wissenden. Darf ich Sie daran erinnern, dass Sie, Herr

Maubach, dieser gegenüber genauso verschworen sind wie wir und wie auch Ihr Herr Vater?«

Der junge Mann war verzweifelt. »Aber mein Vater ist doch völlig harmlos. Der tut doch keiner Fliege etwas zuleide!«

Frau Dr. Kleefisch unterbrach ihn. »Vor einer knappen Woche waren Sie und Ihr Vater in der *Quelle*?«

»Ja«, ihm floss plötzlich der Schweiß von der Stirn. »Da hatten wir Schützenabend. Das hatte mit dieser Bruderschaft nichts zu tun!«

Sie wurde ärgerlich. »Sie wissen nur zu genau, dass einige der alten Schützen auch unsere Brüder sind!«

»Ja natürlich«, nun wurde ihm der Kragen zu eng. »Mein Gott, Papa hatte etwas getrunken und fing an zu schwafeln!«

»Aha!« Ihre Stimme wurde unangenehm schneidend. »Sie wissen also ganz genau, welche Passagen *seines Geschwafels*, wie Sie sagen, wir beanstanden müssen?« Er stand auf der Stelle und machte mit den Armen seltsam eckige Bewegungen. »Aber ich war doch bei ihm und hätte ihn unterbrechen können!«

»Und warum haben Sie ihn nicht unterbrochen, als Sätze fielen wie zum Beispiel«, sie las demonstrativ von einem Zettel ab, *»Wenn ihr Idioten wüsstet, worauf wir Schwalbacher sitzen, dann gingen euch aber die Augen über!«* Sie durchbohrte ihn förmlich mit ihren Blicken. »Ist das so korrekt wiedergegeben?«

Er sank in sich zusammen. »Ja, ich glaube schon!«

Ihr Ton bekam nun etwas Triumphierendes, wie man ihn sich bei einem Großinquisitor vorstellte, der eine Hexe frisch überführt hatte. »Und warum haben Sie das nicht unterbunden, wo Sie doch direkt neben ihm saßen?«

»Ich kann ihm doch nicht bei jedem Pieps, den er von sich geben will, einen Knödel ins Maul stopfen!«

Ihr Ton wurde zur Abwechslung mütterlich. »Genau das meinen wir auch, ohne Ihnen, lieber Herr Maubach, einen Vorwurf machen zu wollen.«

Jetzt ging er zum Angriff über. »Woher wissen Sie denn eigentlich, was an unserem Tisch gesagt wurde? Weder Sie, Frau Doktor, noch einer unserer Brüder saß an unserem Tisch!«

Jetzt griff der Chef der Versammlung wieder ein. »Sie wissen, Bruder Edwin, dass unserer Bruderschaft nichts verborgen bleibt, was hier in Schwalbach getan oder gesagt wird?«

Der junge Mann wurde ärgerlich. »Genau das ist es, was mich langsam stört. Hier herrschen Zustände, wie sie die Stasi oder die Gestapo nicht perfekter hätte inszenieren können!«

Der Anführer dieser Versammlung reagierte verärgert. »Bruder Edwin, ich spreche Ihnen hiermit eine scharfe Rüge aus.« Er schaute in die Runde. »Uns mit der Stasi oder gar mit der Gestapo zu vergleichen, ist eine Unverschämtheit. Wir versuchen nur etwas zu schützen, das unseren Ort seit knapp 70 Jahren am Leben erhält, und zwar gut. Und um das zu erhalten, müssen wir alle Opfer bringen. Von nichts kommt eben nichts! So, wenn wir schon mal bei dieser unerquicklichen Aussprache sind, können wir ja auch die anderen fragen. Hat sonst noch jemand etwas zu diesem Thema beizusteuern?«

Ein dünnes, gepresstes Stimmchen hallte leicht durch das große Felsengewölbe. »Ja, ich.« Alles schaute völlig erstaunt auf den kleinen Giesecke. »Ich hätte etwas anzumerken.«

Der Chef erteilte ihm mit einer Armbewegung das Wort. »Also mir sind, ehrlich gesagt, die Heimführungen in letzter Zeit auch ein wenig viel geworden.« Durch die Menschenmenge ging ein Gemurmel. »Ich fürchte, unsere Bruderschaft übernimmt hier in Schwalbach langsam die Herrschaft über Leben und Tod.«

Alles schaute völlig entgeistert auf den kleinen Mann.

Die Stimme Pastor Jänickes riss alle aus ihrem Erstaunen. »Giesecke hat recht, wir versündigen uns gegen Gott!«

»Du redest im Zorn, nur weil deine Frau auf Beschluss der gesamten Bruderschaft heimgeführt wurde!« Die Ärztin versuchte, durch die Schärfe ihrer Stimme jegliches Widerwort schon im Keim zu ersticken.

Jetzt war es der Lottomann, der das Wort ergriff. »Sie wurde nicht heimgeführt, sie wurde zwischen ihren eigenen Rosen wie eine tollwütige Füchsin abgeschlachtet! In einer Bruderschaft, wie unsere es ist, gehört sich das einfach nicht.«

»Das war auch ein Unfall. Sie weigerte sich die Kapsel zu nehmen, die ihr angedient wurde«, versuchte der Chef zu argumentieren. »Dem Vollstrecker tut das auch alles wirklich sehr leid.«

»Gab es einen Kampf?«, rief eine aufgebrachte Schwester dazwischen.

»Nein«, versuchte der Chef zu beruhigen. »Den gab es nicht. Ich versichere Ihnen allen, dass Schwester Margot, Gott habe sie selig, mit Sicherheit nichts gespürt hat.«

Wieder murrte alles unzufrieden durcheinander.

»Brüder und Schwestern«, unterbrach sie der Anführer wieder. »Darf ich Sie daran erinnern, dass alles, was geschehen ist, unser aller, absolut notwendiger Wille war. Darf ich alle Anwesenden darauf hinweisen, dass jeder von uns im Laufe der vergangenen 70 Jahre mehr als eine halbe Million Euro bekommen hat? Darf ich allen in Erinnerung rufen, dass ein jeder von uns und noch unsere Kinder, wenn wir sie in die Bruderschaft aufnehmen können, eine gesicherte, monatliche Rente haben werden?«

Er unterbrach wieder aufkommendes Gemurmel. »Und darf ich abschließend daran erinnern, dass das Geheimnis unseres Erfolges nur auf unserer absoluten und rigorosen Geheimhaltung beruht?«

Eine andere Frau rief dazwischen: »Das war mehr als deutlich, liebe Schwestern und Brüder. Lasst uns darüber abstimmen, wer die nächste Heimführung vollstrecken wird!«

Das Schicksal des alten Fleischermeisters war damit beschlossene Sache.

Nach kurzer Zeit ging Bruder Franz, der Bestatter, mit einer Wahlurne durch die Reihen, aus der sich jeder bis auf Maubach junior einen Stimmzettel nahm. Wer den Kreis auf seinem Stimmzettel hatte, der konnte ruhig schlafen. Wer das Kreuz aus der Urne zog, der war der nächste Vollstrecker.

Mit zitternden Fingern zog sich Giesecke einen der zusammengefalteten Zettel. Er war sich sicher, dass er das Kreuz gezogen hatte. Schweißperlen rannen über seine Stirn.

»Mein Gott«, dachte er verzweifelt. »Ich könnte doch keiner Fliege etwas zuleide tun, und nun muss ich einen Menschen umbringen.« Er gab sich einen Ruck und öffnete das Papier. Er hatte noch niemals in seinem Leben einen so schönen Kreis gesehen. Die Erleichterung raubte ihm die Sinne. Er merkte es zwar, aber er konnte nichts dagegen machen. Seine Knie gaben nach und er sackte langsam zu Boden.

3

Wie es Stefanie auch versuchte, an ihren Vater war einfach kein Herankommen möglich. Er vermied es sogar, mit ihr in einem Raum zu sein. Sie würde ihm so gerne helfen, denn sie spürte, dass ihn schwere Depressionen gepaart mit Selbstvorwürfen schüttelten. Hinzu kam noch, dass er als Pastor einer Gemeinde nicht mehr tragbar war. In seinen sonntäglichen Predigten beschwor er nur noch in düsteren Tiraden die Apokalypse herauf. Seine Gemeinde traute sich nicht mehr in ihre eigene Kirche.

Schweren Herzens hatte sie am Vormittag ihren Onkel, den zuständigen Bischof, erstens über den Tod seiner Schwester und über alles andere aufgeklärt. Sichtlich erschüttert kündigte er sein Kommen für den nächsten Abend an. Das Telefon klingelte. Kurz darauf kam Frau Kruse mit dem Handy auf die Veranda.

»Das Polizeirevier ist für Sie dran.«

Erstaunt hielt sie sich das Telefon ans Ohr. »Ja, bitte?«

»Hallo, hier ist Frank. Ich habe eine Bitte an dich. In der Fleischerei Maubach muss es wohl zu einem fürchterlichen Unfall gekommen sein. Deinen Vater möchte ich nicht an der Unfallstelle haben. Könntest du wohl bitte mitkommen, den Angehörigen in ihrer Not ein wenig helfen?«

»Ja natürlich. Was ist denn passiert?«

»Der junge Meister liegt wohl mit irgendetwas erstochen in der Werkstatt, und sein Vater ist nirgends aufzufinden.«

»Um Gottes Willen, schon wieder ein Mord?«

»Wir werden sehen. Übrigens, mein Chef ist auf einer Tagung in Stuttgart. Heute werde ich die Untersuchungen leiten, und ich werde Fachleute ordern und keine größenwahnsinnigen Landärztinnen.«

Fünf Minuten später nahm er sie mit dem Streifenwagen vor dem Pfarrhaus auf.

»Weißt du denn schon etwas Näheres?«

Er konzentrierte sich aufs Fahren. »Eigentlich nicht viel mehr, als ich dir schon am Telefon gesagt habe. Das Einzige, was mich stört, ist die Tatsache, dass die Kleefisch wahrscheinlich schon wieder eher da sein wird als die Polizei.«

Sie konnte es kaum glauben. »Hört die denn den Polizeifunk ab oder wie macht die das?«

»Keine Ahnung.« Er stoppte den Wagen vor der Fleischerei. »Da steht sie, fragen wir sie selbst.«

Beide stiegen aus und gingen auf die Ärztin zu, die auf der Straße stand und eine Zigarette rauchte.

Er versuchte, so freundlich wie möglich zu sein. »Guten Tag, Frau Doktor. Haben Sie die Polizei alarmiert?«

Sie nahm einen tiefen Zug. »Warum sollte ich? Das hier ist ein ganz normaler Unfall, bei dem die Polizei eigentlich gar nichts zu suchen hat. Sie können eigentlich gleich wieder fahren.«

»Moment bitte. Wir wurden zusammen mit dem Rettungswagen auf das Stichwort *schwere Stichverletzung* alarmiert.«

Die Ärztin lachte gequält auf. »Da können Sie mal sehen, Herr Wachtmeister, was dabei herauskommt, wenn keine Profis am Werk sind.«

»Erstens, liebe Frau Doktor, dürfen Sie mich getrost Kommissar nennen, und zweitens können Sie mir glauben, dass dieser Titel nur an Profis vergeben wird.«

Sie grinste ihn an. »Geruhen der Herr Dorfprofi neuerdings auf die Rechtsmedizin zu verzichten und sich dafür von einer Pastorin beschützen zu lassen?«

Stefanie lächelte zuckersüß zurück. »Aber nicht doch, liebe Frau Doktor, ich bin nur eine einfach Soldatin Gottes. Ein Nichts gegen die ganze Armee der Exekutive, die hier gleich anrücken wird.«

Die Gesichtszüge der Ärztin verhärteten sich. »Die können Sie getrost zurückpfeifen, Herr Kommissar. Es handelt sich um einen ganz normalen Unglücksfall!«

Der Polizist wollte an ihr vorbei. »Dessen würde ich mich gern selbst überzeugen!«

Sie stellte sich ihm in den Weg. »Wenn Sie in der kommenden Nacht schlafen wollen, dann würde ich lieber darauf verzichten. Das ist wirklich nichts für einen einfachen Polizistenmagen.«

»Das lassen Sie«, er schob sie freundlich, aber bestimmt zur Seite, »mal getrost meine Sorge sein.«

In der Wurstküche der Metzgerei bot sich ihnen ein skurriles Bild. Der junge Maubach lag auf dem Rücken. Über seinem Gesicht lag ein grenzenloses Staunen. Sein Körper war völlig unversehrt, nur in seiner Stirn steckte eine krumm gebogene Klinge. Um ihn herum waren Wände, Decke und Fußboden über und über mit Bratwurstbrät bespritzt. Erst jetzt sah er, dass der Fleischcutter förmlich explodiert sein musste. Er staunte. »Wie kann denn so etwas passieren?«

Stefanie schaute interessiert auf die Maschine. Plötzlich sah sie eine Art Edelstahlschale, in die die rotierenden Cutter-Messer tiefe Scharten eingewetzt hatten. Sie zeigte darauf. »Das Ding scheint irgendwie in die Messerwalze geraten zu sein. Tja, und die ist dem armen Kerl dann irgendwie um die Ohren geflogen.«

Doktor Kleefisch stand plötzlich hinter ihnen. »Glauben Sie mir nun, dass das ein ganz normaler, dummer Unfall gewesen ist? Sie können Ihre Armee also wieder abbestellen.«

»Augenscheinlich haben Sie recht, Frau Doktor, aber das war dann hier ein Arbeitsunfall mit Todesfolge, und da kommen das LKA und die Berufsgenossenschaft automatisch.«

»Also, Ihr Chef ist nun wirklich Profi genug, um so etwas allein zu regeln.« Sie versuchte ihn zu provozieren.

Die Pastorin setzte ihr liebenswürdigstes Lächeln auf. »Wenn Sie auf ganze Kerle stehen, dann heiraten Sie ihn doch, den guten Bornheim. Und selbst wenn der ein Wunderpolizist sein sollte, ändert das nichts an der Tatsache, dass er bei einem Arbeitsunfall nicht zuständig ist. Doch vor allem ist er nicht da.«

Die Ärztin wurde blass vor Zorn und verließ die Wurstküche.

»Na, der hast du es aber gegeben.« Die Genugtuung war ihm anzumerken. »Ich könnte wetten, dass die sofort das Handy scharf macht, um beim Alten Alarm zu machen.«

»Na und, du machst doch nichts Falsches. Im Gegenteil. Du tust nichts weiter, als dich peinlich genau an die Vorschriften zu halten.« Interessiert betrachtete die Pastorin die seltsame Metallschale. »Wenn das Ding in den Cutter gefallen ist, dann muss es doch irgendwo hergekommen sein.«

Beide schauten sich suchend um.

Er nickte. »Wenn diese Schale irgendwo hergekommen ist, dann müsste sie jetzt auch irgendwo fehlen. Nur wo? In so einer Fleischerei ist ja alles aus Edelstahl.«

Ein kurzer Blick auf Stefanie zeigte ihm, dass ihr das Ganze doch wohl etwas auf den Magen geschlagen sein musste, denn sie schien ihm plötzlich etwas blass um die Nase zu werden. »Vielleicht sollten wir nach vorn ins Geschäft gehen. Die Verkäuferin, die ihn gefunden hat, ist wohl ziemlich fertig mit den Nerven.«

Sie nickte dankbar und beide gingen nach vorn.

Eine Polizistin kümmerte sich um die weinende Frau. »Mein Gott, was ist das nur für eine Welt. Vorhin habe ich doch noch mit dem Junior gesprochen!«

Frank wartete nicht, bis sich die Frau beruhigt hatte. »War er denn allein in der Wurstküche?«

Während sie kurz überlegte, stoppte auch der Tränenfluss. »So weit ich weiß, ja. Den Altmeister habe ich heute noch gar nicht gesehen. Eigentlich komisch, wo wir doch montags immer Kochwurst machen.«

Stefanie gab ihr ein neues Taschentuch. »Na, vielleicht hat er sich heute einmal frei genommen, das ist doch möglich!«

Die Verkäuferin war dankbar für diese Geste. »Nein, Fräulein Pastor, Kochwurst allein machen, das ist fast ein Ding der Unmöglichkeit. Einmal hat der Junior allein gekocht, und da hat er noch die halbe Nacht damit zugebracht. Dass der Altmeister nicht da ist, ist mir unbegreiflich. Da muss etwas passiert sein.«

Frank wurde hellhörig. »Eltern und Sohn wohnen doch hier oben gemeinsam über dem Laden. Dann wird doch die alte Meisterin wissen, wo ihr Mann ist. Ist sie oben? Weiß sie überhaupt schon von dem Unfall?«

Die Frau schüttelte den Kopf. »Aber die wohnt doch schon lange nicht mehr hier. Sie ist vor einem Jahr nach Teneriffa gezogen, wegen der Seeluft. Sie hatte schwer allergisches Asthma.«

»Na, dann wissen wir doch, wo der Altmeister hingefahren ist«, unterbrach sie Stefanie.

Die Frau schüttelte wieder den Kopf. »Und wer soll dann Wurst kochen? Nein, weder der Altmeister noch der Junior waren jemals da unten. Na ja, wenn man ehrlich ist, die hatten sich auch nichts mehr zu sagen, als sie noch hier wohnte. Sie hat zwar ständig gejammert, dass sie keine Luft mehr bekäme, aber dafür, um ihrem Sohn und ihrem Mann das Leben mit Gehässigkeiten zur Hölle zu machen, hat die Luft noch gereicht.«

Sie schaute mit einer entschuldigenden Geste auf den Polizisten und die Pastorin. »Glauben Sie mir, die beiden

Männer hatten erst dann ihre Ruhe, als die Alte endlich im Süden war. Da können Sie jeden fragen, der hier gearbeitet oder gekauft hat, es gab dann sogar wieder Dinge, über die der Altmeister mit seinem Bub gelacht hat. So wahr ich hier sitze!«

Frank lächelte sie freundlich an. »Das kann ich verstehen, dass Ihnen dann die Arbeit auch wieder Spaß gemacht hat.«

Die Verkäuferin nickte dankbar. »Das will ich wohl meinen!«

Er wurde wieder dienstlich. »Wissen Sie, wie man Frau Maubach telefonisch erreichen kann oder wo sie wohnt?«

Sie wurde etwas ungehalten. »Na, in Teneriffa. Glauben Sie mir nicht, was ich Ihnen erzählt habe? Wollen Sie sie jetzt selbst fragen?«

Stefanie beruhigte sie gleich wieder. »Nein, wo denken Sie hin, aber wir müssen doch die Altmeisterin darüber informieren, dass ihr Sohn tot ist, oder haben Sie das schon gemacht?«

Die Frau war völlig entsetzt. »Wie komme ich dazu, die Altmeisterin anzurufen, und dann auch noch im Ausland. Wer soll denn das bezahlen? Außerdem habe ich gar keine Telefonnummer oder Adresse. Sie schickt nur ab und zu eine Ansichtskarte, und die wird dann hinten ans schwarze Brett gehängt.«

Beide standen mit schiefen Köpfen vor der Pinnwand und lasen die vermeintlichen Urlaubsgrüße. Nichts in deren Inhalt deutete darauf hin, dass da jemand ausgewandert war. »Findest du hier irgendwo eine Adresse oder Telefonnummer?«

Er nahm eine Karte ab und drehte sie um.

»Nee, nicht den kleinsten Hinweis. Das Wetter ist schön, mir geht es gut, der Strand geht direkt bis zum Wasser.«

»Also alles ganz normal.«

»Eben nicht.« Sie kratzte sich nachdenklich an der Nase. »Wenn ich wegen eines lebensbedrohlichen Asthmas Deutschland verlasse, dann schreibe ich doch wenigstens ein einziges Mal, ob es mir damit in der Fremde besser geht oder nicht.«

»Stimmt, das fehlt völlig.« Er drehte sich zur Verkäuferin. »Sind das alle Karten, die von der Meisterin geschickt wurden?«

Sie schnäuzte sich wieder. »Meines Wissens ja. Wenn sie der Postbote gebracht hat, und der legt mir alle Post auf den Tresen, dann habe ich sie immer gleich ans Brett gehängt, damit die Männer sie sofort lesen konnten.«

»Und, haben sie die Karten gelesen?« Stefanie wurde neugierig.

»Woher soll ich das wissen.« Die Stimme der Verkäuferin bekam schon wieder einen beleidigten Ton. »Meine Aufgabe ist es, Wurst zu verkaufen, und nicht, darauf zu achten, dass die mütterlichen Grüße auch ankommen.«

Frank unterbrach ihren Redeschwall. »Haben Sie die Schlüssel für die Wohnung des Altmeisters?«

Die Verkäuferin nickte. »Der liegt da, wo er immer liegt. In der Kasse, unter den großen Scheinen.«

Er öffnete sie, nahm den Schlüsselbund heraus und verließ, ohne ein Wort zu sagen, den Verkaufsraum. Stefanie gab der jungen Polizistin ein Zeichen, dass sie sich wieder um die Frau kümmern solle, und folgte ihm.

Er lächelte, als er die Treppen hochstieg. »Na, na, Fräulein Pastor, Sie können doch nicht einfach ein Schäfchen so allein im Strom seiner Tränen sitzen lassen?«

»Kann ich wohl. Du hast ja in weiser Voraussicht eine uniformierte Bademeisterin postiert. Und außerdem werde ich einen Teufel tun, dich hier allein herumtappen zu lassen. Nachher behauptet Bornheim noch, du hättest etwas geklaut.«

»Hör bloß auf. Wenn ich nur an den Terz denke, den ich heute Abend mit dem haben werde, dann wird mir jetzt schon ganz schlecht.«

Sie erreichten die Wohnungstür. Frank schloss auf, und sie betraten die Diele. Stefanie genügte nur ein Blick durch die offenen Türen der anderen Zimmer, da stand es schon für sie fest. »Also entweder haben die für Muttern einen Privatjet engagiert oder sich irgendeine Hausdame engagiert. Diese Ordnung hier stammt jedenfalls von einer Frau.«

Er musste lächeln. »Wie kommst du denn darauf?«

»Das sieht man!«

»Woran willst du denn bitte sehen, dass der Laden hier von einer Frau in Schuss gehalten wird?«

»Ich kann dir sogar sagen, dass sie über sechzig und eine ziemliche Spießerin ist.«

Er machte mit der Hand eine einladende Geste. »Wohlan, Mrs. Holmes, machen Sie Ihren dummen Dr. Watson etwas klüger.«

»Ganz einfach. Unter dem Trenchcoat an der Garderobe schaut ein weißer Hauskittel hervor, einer, der eigentlich nur von älteren Frauen getragen wird. Neben dem Schuhschrank stehen Pantoffeln mit lila Puscheln oben drauf.«

»Moment«, unterbrach er sie, »diese Dinge können auch noch von der Meisterin hier hängen oder stehen!«

»Nein, die ist seit einem Jahr nicht mehr hier gewesen. Dann würde der Kittel auch noch unter dem Wintermantel versteckt sein. Und die Hausschuhe wären auch nicht da. Solche Ausgeburten an Geschmacklosigkeit gab es erst vor einem Monat bei Lidl im Angebot.«

»Okay, ich gebe mich geschlagen, aber wie kommst du darauf, dass die Frau über sechzig sein muss?«

»Weil erstens die Sofakissen alle einen Genickschlag bekommen haben, das machen Jüngere einfach nicht mehr, und zweitens die Dame ziemlich dicke Füße haben muss, sonst wären die relativ neuen Puschen nicht schon so weit ausgelatscht.«

»Kombiniere; die heulende Wurstfachverkäuferin von unten hat sich im wahrsten Sinne des Wortes hochgedient?« Er schaute sie triumphierend an. »Na, ins Schwarze getroffen?«

»Es tut mir leid, Herr Hauptkommissar, noch nicht einmal die Scheibe gestreift!«

Er schaute beleidigt. »Aber wieso das denn?«

Sie ging jetzt sichtlich in der Rolle der Privatdetektivin auf. »Du hast dir deine Wurstfachverkäuferin genau angeschaut?«

Er nickte.

»Und wie ist ihre Figur?«

»Eher schlank.«

»Richtig. Und was hätte es zu bedeuten, wenn eine so schlanke Frau so dicke Füße hätte, um diese Pantoletten dermaßen zu weiten, wie sie zweifelsfrei geweitet worden sind?«

»Sie wäre krank?«

»Korrekt Watson, korrekt. Und was hätte sie für eine Krankheit?«

»Irgend etwas mit dem Herzen, nehme ich an.«

»Schon wieder richtig. Und was würde eine derartig geplagte Wurstfachverkäuferin machen?«

Er nickte begreifend. »Auf jeden Fall keinen Job, bei dem sie den ganzen Tag über stehen und laufen müsste.«

Sie tätschelte seine Wange. »Oh, wie ich schlaue Polizisten doch liebe!«

Er lächelte sie bitter an. »Gibt es für schlaue Polizisten eigentlich mildernde Umstände, wenn sie klugscheißende Pastorinnen ermorden?«

»Also, wenn du noch meinen Vater als Zeugen der Verteidigung aufrufen ließest und er das Plädoyer halten könnte, dann bekämst du höchstens ein paar Sozialstunden aufgebrummt, allerhöchstens!« Sie drehte sich um und ging in die Küche. »Komm, lass uns hier keine Zeit vertrödeln.«

Vorsichtig schritten sie die verlassene Wohnung ab, jederzeit darauf vorbereitet, hier auch noch den toten Altmeister zu finden, aber da war nichts. Keine Leiche, und auch sonst nichts, was sie derzeit weitergebracht hätte.

***

Zur gleichen Zeit schloss Miguel Hernandez in Buenos Aires seine Wohnungstür gründlich ab. Obwohl er in seinem Häuserblock ein beliebter und durchaus auch geachteter Mann war, fürchtete er sich vor einem Wohnungseinbruch. Überfälle und Diebstähle gab es schon immer in San Telmo, dem historischen Stadtkern dieser riesigen Stadt. Früher waren meist die Touristen die Leidtragenden gewesen. Seitdem es aber mit der Wirtschaft so sehr den Bach runterging, waren auch die einfachen Bürger immer mehr davon betroffen. Hinzu kamen jetzt auch viele Einbrüche, vor denen die Täter sogar in den ärmeren Stadtvierteln nicht mehr zurückschreckten. In Rivoletta, dem Stadtteil der Reichen und Schönen, wusste man sich davor mit einer Armee von Wachleuten und geradezu unbezahlbaren Alarmvorrichtungen zu schützen. Diese Tatsache brachte diesem Stadtteil auch den zweifelhaften Namen *Ghetto de Monedas* ein.

Seinem Äußeren nach hätte Miguel Hernandez durchaus auch dahin gehört. Mantel und Anzug saßen dem schlanken und großen Mann derart gut, dass sich der Betrachter absolut sicher sein konnte, Maßarbeit vom Feinsten vor sich zu haben. Vielleicht lag das aber auch an der ganzen Körperhaltung dieses alten, vornehmen Mannes. Er hätte sich auch mit einem Jutesack behängen können, und es hätte dennoch Klasse gehabt.

Trotz seiner Extravaganz schien er ungemein beliebt in seinem Wohnblock zu sein, denn als er wie immer um Punkt 16 Uhr sein Haus verließ, um wie jeden Tag zum Frisör zu gehen, wurde er von seinen Mitbürgern mit größter Achtung gegrüßt. Die Kinder liebten ihn geradezu. Vielleicht lag es an seinen hellgrauen Gamaschen, die er stets über seinen blitzblank geputzten Schuhen trug. Für sie war es ihr *Conde Poalina,* ihr Graf Gamasche, der immer ein paar Süßigkeiten für sie aus seinen Manteltaschen zauberte. Die Damen hingegen waren ihm gegenüber etwas zurückhaltender. Dennoch gab es keine Señora über fünfzig, die nicht vornehm errötend ihre Blicke senkte, wenn er mit einer leichten Verbeugung an ihr vorüberging. An heißen Tagen hatten sie es einfacher, da versteckten die alten Mädchen ihre glühenden Gesichter kokett hinter ihren Fächern.

Auch beim Frisör schien alles wie immer zu sein. *El Conde,* wie er dort auch genannt wurde, war aber bei der Rasur tief in sich versunken. Er kämpfte mit seiner Angst. Heute Vormittag war der Anruf seines Freundes und Hausarztes gekommen. Worauf der Doktor ihn nun schon seit knapp zwei Wochen schonend vorzubereiten gesucht hatte, war seit heute Gewissheit. Das weggeschnittene Muttermal war bösartig. Miguel Hernandez hatte ein malignes Melanom.

***

Bei der Besichtigung der Maubach'schen Privatwohnung hätte der junge Kommissar fast das Eintreffen der Kollegen von der Spurensicherung überhört. Leider gelang es ihm dadurch nicht, diese vor dem Zusammentreffen mit Frau Dr. Kleefisch noch einmal allein zu erwischen. Sie stand bereits wild gestikulierend vor ihnen. »Meine Herren, Sie können es mir wirklich glauben, hier gibt es absolut nichts für Sie zu tun.« Sie versperrte den Kollegen dadurch, dass sie mitten in der Tür stand, den Weg.

Der ältere der beiden Polizisten ließ sich dadurch aber nicht beirren. »Wir möchten Ihre fachliche Kompetenz ja nicht anzweifeln, Frau Doktor. Wir sind für Ihre Mitarbeit sogar ausgesprochen dankbar, denn um amtlich den Tod des Mannes festzustellen, fehlt sie uns. Auf diese Weise sparen wir uns den Anruf beim Polizeiarzt und das Warten auf ihn.«

»Na, sehen Sie. Dann können Sie doch gleich wieder nach Hause fahren.« Sie wirkte erleichtert.

Der Beamte schüttelte den Kopf. »Sie, Frau Doktor, können nur feststellen, dass jemand tot ist, und wodurch sein Tod unmittelbar eintrat. Wir hingegen sagen Ihnen, wie es dazu kam. Das ist unser Job, und den werden wir jetzt auch ausüben. Wir wären Ihnen dankbar, wenn Sie uns jetzt dafür durchließen.«

Die alte Ärztin bebte vor Zorn, besann sich aber und trat beiseite.

In diesem Augenblick kamen auch Frank und Stefanie die Treppe hinab in die Werkstatt. Der Oberkommissar war froh, bekannte Gesichter zu sehen. »Das ist schön, dass ihr gekommen seid.«

»Was ist hier eigentlich los, in eurem Schwalbach? Erst das Ding mit dem Mord im Rosengarten, der dann aber gar keiner war, und nun diese Nummer hier, was soll denn das?« Der jüngere der beiden Kripobeamten grinste. »Dein Laden hier scheint etwas aus dem Ruder zu laufen.«

Frank lächelte zurück. »Wieso mein Laden? Ich bin nur Ober, der Haupt hat einen Lehrgang.«

»Was denn«, lachte der Ältere der beiden. »Ich denke, der geht in einem halben Jahr. Aber dafür hast du ja eine nette Assistentin an deiner Seite.« Er grinste Stefanie an. »Na, Süße, wir zwei beiden Hübschen hatten noch keine Leiche im Keller, oder?«

Sie lächelte ihn breit an. »Erstens, Herr Kollege, von uns beiden bin nur ich hübsch, und zweitens, Süßer, bei dieser dämlichen Anmache wird sich wohl kaum etwas Lebendes in deinen Keller verlaufen!«

Frank und der jüngere der beiden Polizisten lachten schallend, während der Sprücheklopfer mit einem knallroten Kopf da stand.

»Darf ich vorstellen, das ist Pastorin Strelow, die Tochter vom alten Pfarrer Jänicke.«

Der ältere Beamte war sichtlich irritiert. »Entschuldigen Sie bitte, Frau Pastor, es war nicht so gemeint. Es ist sonst wirklich nicht meine Art, eine Frau der Kirche einfach so anzubaggern.«

Sie lächelte versöhnlich. »Kein Problem, ich kann mich wehren.«

Frank musste wieder lachen. »Wo hast du das gelernt, in der Gefängniskapelle vielleicht?«

»In der Strafanstalt Hamburg Fuhlsbüttel war ich auch tätig, aber in meiner Ausbildung wurde ich zwei Jahre lang in St. Pauli eingesetzt, und in dieser Zeit habe ich mehr Nächte auf der Reeperbahn verbracht als jeder kleine Freier.«

Er schüttelte den Kopf. »Nach dieser harten Schule könnte man dich auch bei der Polizei einstellen. Soweit ich weiß, wird für unsere Polizeidirektion ein Seelsorger gesucht. Hättest du nicht Lust?«

»Lass mal stecken. Wenn ich mir unseren alten Bornheim ansehe, da hat es auf der Reeperbahn erheblich heftiger gemenschelt.«

Bei der Leiche des jungen Metzgermeisters angekommen, wich die gute Stimmung augenblicklich einer wohltuenden, professionellen Sachlichkeit. Beide Beamten verschafften sich einen kurzen Überblick. Der jüngere der beiden schüttelte den Kopf. »Also so etwas habe ich noch nie gesehen. Die Messerwalze hat die Schutzabdeckung glatt durchschlagen. Dabei muss sich eine Klinge gelöst haben.«

Die Pastorin nickte. »Und die steckt nun in der Stirn des jungen Meisters. Aber wo ist der Rest der Messerwalze?«

Der ältere Beamte zeigte nach oben. »Der hat sich in die Betondecke gebohrt. Da kann man mal sehen, was für eine Gewalt dahintersteckt.«

Frank war sich unsicher. »Wollt ihr damit sagen, dass es sich also doch um einen ganz normalen Arbeitsunfall handelt?«

»Ein tödlicher Arbeitsunfall ist niemals normal, das nur vorneweg.« Der junge Kollege kratzte sich am Kinn. »Das Messer bekam eine so erhebliche Unwucht, dass es durch die enorme Zentrifugalkraft außer Kontrolle geriet. Weiß der Geier, wie viele tausendmal sich das Ding in der Minute dreht. Beim Hacken wird das Fleisch derartig heiß, dass es durch Eis gekühlt werden muss.«

Stefanie nickte. »Ach, deshalb steht da drüben die Eismaschine.«

»Richtig«, fuhr der Jüngere fort. »Wir haben jetzt zwei Dinge zu klären. Erstens, wodurch wurde diese Unwucht ausgelöst, und zweitens, wie konnte die Messerwalze den Schutzdeckel durchschlagen?«

Frank wurde ungeduldig. »Und wieso konnte diese Messerwalze nun das Schutzblech durchschlagen?«

Der Alte zuckte mit den Achseln. »Woher sollen wir das wissen? Wir sind von der Spurensicherung und keine Unfallsachverständigen.«

Stefanie zeigte auf diese Art von Metallglocke. »Das Ding da scheint der Übeltäter zu sein.« Sie schaute an die Decke. »Von irgendwoher muss das Ding runtergefallen sein, und peng, haben fertig, aus die Maus.«

Frank lächelte. »Diese Formulierung sollten wir in unserem Bericht verwenden. Todesursache: Voll eins auf die Zwölf!«

»Ach«, ertönte es hinter ihnen. »Dann bin ich hier wohl überflüssig, wenn schon alles klar ist?«

Alle fuhren herum. Frank verzog sein Gesicht zu einem Lächeln. »Stefanie, darf ich vorstellen, der Mann mit der großen Tasche ist Prof. Himmer, unser forensischer Kellermeister.«

Sie lächelte zuckersüß zurück. »Ach, und aus dem Koffer springt gleich Alberich, der Sektionszwerg?«

Der Professor stellte sein Gepäck neben die Leiche. »Fast richtig, Gnädigste, aber der Typ ist schon veraltet. In Kürze verfügen wir über eine neue Generation. Das sind dann nur noch zwei Zentimeter große Gnome, die wir durch ungeöffnete Leichen schicken können.«

Der junge Kollege mischte sich ein. »So eine Art forensische Frettchen, die kriminalistisch relevante Karnickel aus dem Gekröse jagen.«

Der Professor schaute etwas irritiert auf ihn. »Respekt, Herr Kollege. Ein Beamter mit Humor, Respekt. Melden Sie sich bitte bei mir, wenn Sie tot sind. Sie würde ich gerne sezieren.« Er schaute auf Stefanie, tätschelte dem älteren Kollegen die Schulter und lächelte. »Sonst trifft man immer nur alte Gesichter neben neuen Leichen. Heute ist es umgekehrt.«

Stefanie lachte etwas irritiert. »Ich nehme an, die Herren kennen sich?«

Der alte Kollege nickte. »Das kann man wohl sagen. Für die vielen Leichen, die wir schon miteinander hatten, suchen wir dringend einen größeren Keller.«

Der Professor lachte. »Hör mal, Manfred, für einen Außenstehenden muss sich das anhören, als hätten wir eine Beziehung miteinander.«

»Haben wir doch auch. Dich sehe ich in letzter Zeit öfter als meine Frau.«

4

Miguel Hernandez betätigte den goldenen Türklopfer, der an der Haustür der riesigen Villa angebracht war, vor der er wartete. Ein Butler in Livree öffnete ihm. »Buenos Dias, Commandante«, wurde er begrüßt. »Darf ich Ihnen gegenüber meine große Freude ausdrücken, Sie so wohl anzutreffen?«

Hernandez trat ein. »Sie dürfen, lieber Schulz, Sie dürfen. Ist der Padrón da?«

Der Butler schloss die schwere Haustür. Als er sich sicher sein konnte, dass ihn niemand vor dem Haus hören konnte, sprach er in Deutsch weiter, während er die Hacken zusammenknallte. »Herr Generalleutnant, darf ich Sie bitten, mir zu folgen!«

Hernandez gab ihm seinen Hut und seinen Gehstock, den der Butler im Entree ablegte, und folgte ihm dann durch eine riesige Wohnhalle in ein Arbeitszimmer. Am Fenster stand der alte Hausherr in ganz normaler Straßenkleidung. Für sein greises Alter war er noch enorm fit. Wenn man sich mit ihm unterhielt, dann hatte er fast schon etwas Jugendliches, aber sowie er sich bewegte, war ihm sein Alter anzusehen. Ohne sich umzudrehen, begrüßte er den Besucher auf Deutsch. »Moin, von Tirpitz.«

Hernandez knallte die Hacken zusammen. »Moin, Obergruppenführer!«

Der Hausherr drehte sich zu seinem Besucher um. »Stehen Sie bequem, lieber Tirpitz. Was treibt Sie um diese Zeit zu mir, mein Lieber? Ich hoffe, Sie haben keine schlechten Nachrichten aus der Heimat!«

»Ich komme zumindest nicht mit unlösbaren Problemen.«

Der alte SS-General setzte sich an seinen Schreibtisch und öffnete ein schwarz-braunes Holzkästchen, das mit einem großen Reichsadler verziert war, der ein Hakenkreuz in seinen Fängen hielt. »Zigarre, lieber Tirpitz?«

Hernandez knallte wieder mit den Hacken. »Verbindlichsten Dank, Obergruppenführer, ich rauche immer noch nicht.»

»Menschenskind, von Tirpitz, nun setzen Sie sich schon hin, und seien Sie etwas locker. Hätte ja nicht gedacht, dass das so eine Arbeit ist, aus Ihnen einen Menschen zu machen.«

Hernandez setzte sich gepresst lächelnd und stocksteif auf den Besucherstuhl vor dem Schreibtisch. »Verzeihen Sie, Obergruppenführer, man kann halt nicht raus aus seiner Haut.«

»Mein Gott, von Tirpitz, Sie sind doch nicht irgendwer. Sie stammen aus preußischem Adel, dessen vornehmste Aufgabe es von jeher war, dem deutschen Vaterlande vorbildliche Offiziere zu schenken. Nach einem Ihrer Vorfahren wurde ein deutsches Schlachtschiff benannt, und Sie sitzen hier derartig verklemmt vor mir, als hätten

Sie einen Schirm im Hintern!« Er lachte meckernd. »Nun mal raus mit der Sprache, gibt's was Neues aus unserem schönen Schwalbach?«

»Nicht direkt, Obergruppenführer, Graf von Minkwitz liefert nach wie vor pünktlich, wie ein Schweizer Uhrwerk.«

»Genau das ist seine Aufgabe! Wo bitte ist das Problem?«

»So wie ich den Grafen am Telefon verstanden habe, gibt es einige Schwierigkeiten mit den Heimführungen der Brüder und Schwestern.«

Der Hausherr war erstaunt. »Nanu, bisher waren die doch recht einfallsreich, wenn es darum ging, den natürlichen Verfall ihrer Dorfältesten zu beschleunigen.«

»Schon ...« Hernandez rutschte unruhig auf seinem Sitz hin und her »... aber die können ja nicht immer die gleichen Heimführer wählen. Und so kam es erst kürzlich vor, dass eine alte Schwester wie ein tollwütiger Köter erschlagen werden musste, weil sie partout nicht die Kapsel nehmen wollte.«

»Ach, Sie meinen, wir sollten dort mit einem Profi aushelfen?«

»Das wäre, so wie ich den Grafen verstanden habe, seine Bitte.«

»Na, na, wegen einer einzigen dementen Pappnase schicke ich doch niemanden über den Ozean!«

»Vielleicht könnte ein professioneller Heimführer dann auch ein wenig breiter gefächert tätig werden. Der Graf ist schließlich auch nicht mehr der Jüngste.«

Der Obergruppenführer lächelte. »Respekt, von Tirpitz, Sie mögen vielleicht ein etwas steifer Hund sein, aber Ihre Planungen sind umso geschmeidiger.«

***

Während die beiden Beamten der Spurensicherung den Fleischcutter genau untersuchten, beendete der Professor die erste Leichenschau und ging in den Vorraum zur Werkstatt, in dem Stefanie und Frank im Gespräch vertieft waren. »Der arme Kerl hatte es sofort hinter sich, darauf würde ich mich jetzt schon festlegen. Die Zertrümmerung des Hinterkopfes erfolgte durch den ungebremsten Fall auf die Fliesen. Als er aufschlug, war er aber schon tot.«

»Woraus schließen Sie das«, fragte Stefanie interessiert.

»Hätte sein Herz nach dem Aufprall noch gepumpt, dann wäre die Blutung sehr viel stärker gewesen. Dass die Fraktur des Hinterschädels von dem Aufprall auf die flachen Fliesen herrührt, schließe ich daraus, dass die Kopfschwarte bis auf ein großes Hämatom noch unversehrt ist.«

»Und wenn die Kopfschwarte, wie sie sagen, Wunden aufweisen würde?«

»Dann wäre entweder er mit dem Hinterkopf auf einen am Boden liegenden stumpfen oder spitzen Gegenstand gefallen oder der Gegenstand auf ihn.« Der Professor schaute Stefanie fragend an. »Haben Sie mit meinen Ausführungen ein Problem?«

Sie schüttelte den Kopf. »Nein, ganz und gar nicht. Ich hätte nur noch eine kurze Bitte.« Sie gab Frank ein Zeichen. »Zeig dem Professor doch mal die Bilder auf deinem Handy.« Und wieder zu ihm gewandt: »Können Sie mir vielleicht auf den ersten Blick sagen, was mit dieser Frau passiert ist?«

Es dauerte einen Augenblick, bis Frank die Bilder auf dem Display hatte. Dann schaute sich der Professor eines nach dem anderen in Ruhe an. »Diese Frau wurde von einem unglaublichen Stümper geköpft. Genaueres ergibt aber erst eine Obduktion.«

Frank wurde unruhig. »Und woraus schließen Sie das?«

»Schauen Sie sich doch einmal die Schulterwunde an. Da hat jemand mit einem schweren Säbel am lebenden Objekt geübt. Es ist gut, dass Sie auch die Hände fotografiert haben. Daran kann man sehen, dass sie nicht versucht hat, sich abzustützen oder zu wehren, was bedeutet, dass das Opfer schon betäubt oder zumindest sediert war.«

Franks Gesichtszüge versteinerten sich. »Könnte diese Steintreppe da im Hintergrund bei der Todesursache ein Rolle gespielt haben?«

Der Professor schüttelte seinen Kopf. »Nur, wenn sie damit von hinten betäubt wurde, bevor der wild gewordene Ritter mit seinem blutigen Handwerk begonnen hat.«

Stefanie büßte wieder einen guten Teil ihrer Gesichtsfarbe ein und setzte sich auf den Rand einer großen Fleischwanne aus Edelstahl.

Der Professor schaute sie besorgt an. »Ist Ihnen nicht gut?«

Sie winkte ab. »Es geht schon wieder.«

Er hörte nicht auf zu bohren. »Wer war denn die Tote?«

Frank unterbrach die beiden. »Die habe ich aus dem Internet heruntergeladen.«

Der Professor nickte. »Na, dann werde ich mich mal um die Formulare kümmern.« Er ging an seine große Tasche und zog eine Kladde mit diversen Papieren heraus und verschwand auf dem Hof.

»Kannst du mir mal sagen, was das eben war? Wie kommst du dazu, so einen Quatsch zu verbreiten. Bilder meiner toten Mutter im Internet, na, da hört sich doch alles auf.«

»Was sollte ich denn machen? Wenn ich die Wahrheit gesagt hätte, dann hätte der Professor sofort ein Ermittlungsverfahren einleiten müssen. Das ist kein Wald- und Wiesendoktor, sondern ein vereidigter Rechtsmediziner.«

»Willst du den Mord an meiner Mutter etwa auch unter den Tisch kehren?«

»Im Gegenteil. Aber um den oder die Mörder zu entlarven, dürfen wir nicht den kleinsten Fehler machen. Wenn wir die ganze Sache unvorbereitet angehen, dann wird uns der gute alte Wachtmeister Bornheim aber so was von den Arsch aufreißen, dass uns Hören und Sehen vergehen wird.«

Stefanie kam sich nun selbst vor wie ein schmollender Teenager. »Sorry, Frank, ich weiß, ich bin zu ungeduldig. Wenn ich zu ungestüm vorpresche, dann musst du mich an die Zügel nehmen, versprochen?«

Er lächelte. »Versprochen.«

In diesem Augenblick kam der jüngere der beiden Kripobeamten mit einem merkwürdigen Metallsplitter in einem kleinen Zellophantütchen aus der Werkstatt und schaute sich fragend um. »Wo ist denn der Prof?«

»Draußen beim Auto, nehme ich an«, antwortete Frank, als der Mediziner gerade in der Hoftür erschien.

»Können Sie hier mal einen Blick drauf werfen, Professor, das habe ich aus dem Bratwurstbrät herausgefischt, und ich bin mir relativ sicher, dass das da nicht reingehört.«

Der Professor schaute sich das Teil ganz genau an. »Hm, so verrückt sich das auch anhören mag, aber die Sau, die da vom Juniormeister verwurstet wurde, hatte wohl eine künstliche Hüfte.«

»Ist ja merkwürdig. Ich habe hier noch so ein komisches Ding aus dem Wurstbrei herausgefischt.«

Stefanie sah ihm neugierig über die Schulter. »Das ist diese seltsame Glocke, die dem Junior vermutlich das ganze Schnitzwerk um die Ohren fliegen ließ. Jedenfalls deuten die Kratzer darauf hin.«

Der Professor musterte die vermeintliche Glocke aufmerksam. »Gibt es hier irgendjemanden in Schwalbach, der im Krieg oder kurz danach eine schwere Kopfverletzung hatte?«

»Ja, der alte Metzger Maubach«, antwortet Stefanie. Frank fiel ihr ins Wort. »Richtig, und immer wenn es kalt und feucht wurde, dann hatte der Mann wohl ziemliche Kopfschmerzen und dadurch wohl auch höllisch schlechte Laune. Dann machten wir Kinder immer einen riesigen Bogen um die Metzgerei. Sein Sohn hatte darunter ziemlich zu leiden.«

»Damit ist jetzt Schluss, Herrschaften.« Der Professor schaute Frank und Stefanie abwechselnd an und zeigte auf die Metallglocke. »Das, meine Herrschaften, ist mit ziemlicher Sicherheit die silberne Schädeldecke des alten Herrn Maubach.«

Frank traute seinen Ohren nicht. »Wollen Sie damit etwa sagen, dass der Meister jetzt doch nicht etwa ...«

Der Professor lächelte freundlich. »Das will ich. Wenn ich recht habe, ist der jetzt ein ganz armes Würstchen.«

***

Harald Giesecke saß bei einem Tee in seinem Kurzwarenladen und versuchte, seine Panikattacken zu beherrschen. Der Ohnmachtsanfall in der Grotte hätte ihm einfach nicht passieren dürfen. Giesecke befürchtete, dadurch ebenfalls als unsicherer Kandidat zu gelten, dessen Name nun wohl auch bald auf der Todesliste der Bruderschaft erscheinen würde. Fast zum Bersten angespannt saß er auf der vorderen Sitzkante seines Bürostuhles und wippte mit dem Oberkörper hin und her. Im Grunde wurde

Giesecke schon seit Jahrzehnten von diesen Ängsten geplagt. Sein größter Wunsch war es schon immer, eine Therapie zu machen, sich irgendwem anvertrauen zu können, aber wie sollte er das tun, ohne die Bruderschaft zu verraten? Vor allem galt es, der Kleefisch zu zeigen, wie gesund und zuverlässig man war, sonst wäre sowieso alles zu spät. Sie war die Frau, vor der alle Brüder Angst hatten. Natürlich gingen alle zu ihr, wenn sie einen Arzt benötigten, auch wenn sie nur Privatpatienten behandelte. Natürlich war kaum jemand in Schwalbach privat versichert, bis auf den Grafen und seine Familie natürlich. Trotzdem ging man zu ihr und zahlte lieber aus eigener Tasche. Es gab auch einen anderen niedergelassenen Arzt in Schwalbach, aber dort konnten sich nur die Doofen sehen lassen, so wurden in der Bruderschaft diejenigen genannt, die nicht in das große Geheimnis eingeweiht waren. Das nutzte die Kleefisch natürlich unverschämt aus. Unter 500 Euro kam bei einem lächerlichen Schnupfen kaum jemand weg, und diese Schweinepreise zahlte auch keine Zusatzversicherung mehr. Giesecke war schon immer der Meinung, dass der Segen, der ihnen zuteil wurde, mehr und mehr ein Fluch war, unter dessen Druck er zu ersticken drohte. Er musste unbedingt jemanden finden, dem er sich öffnen konnte, aber wen? Die beiden alten Pastoren machten in der Bruderschaft ganz dick auf Ökumene. Zwischen denen gab es kein Beichtgeheimnis. Der junge Kaplan könnte noch infrage kommen. Der war nicht in der Bruderschaft, aber galt so ein Beichtgeheimnis auch unter katholischen Priestern, vor allem wenn der eine der Chef des anderen war? Nein, diese Nummer war dem Kurzwarenhändler zu heiß. Da bliebe eigentlich nur die Tochter des Pastors. Sie sollte ja selber auch Pastorin sein, in Hannover, und die Evangelischen durften auch nichts verraten, was ihnen unter dem

Mantel der Verschwiegenheit gesagt wurde. Seelsorgerische Schweigepflicht hieß es bei denen – glaubte er zumindest. Er schüttelte den Kopf. »Solange ich das nicht genau weiß, werde ich lieber die Schnauze halten«, murmelte er. Doch er spürte genau, wie ihm allein das Wissen um so viel Mord und Geldgier immer mehr die Luft zum Atmen nahm. Plötzlich hatte er die rettende Idee, wie er sich anonym mitteilen konnte. Hastig zog er das Telefonbuch aus dem Regal. Immer wieder den Zeigefinger mit der Zunge anfeuchtend, blätterte er aufgeregt darin herum. »Mein Gott, worunter steht denn das? Diakonie?« Er blätterte weiter. »Nee, vielleicht unter Kirche, aber welche dann, evangelisch oder katholisch?« Plötzlich hatte er die Idee, einfach unter T nachzuschauen, und da wurde er fündig. Mit zitternden Händen nahm er sein Festnetzhandy aus der Ladestation. Er wählte.

»Telefonseelsorge Heilbronn«, meldete sich eine junge, männliche Stimme, »mein Name ist ...«

»Nein«, fuhr Giesecke dazwischen. »Bitte keine Namen. Ich werde auch keinerlei Namen nennen, wenn es Ihnen recht ist!«

»Ist gut, dann nennen wir keine Namen«, antwortete der junge Mann. »Was kann ich für Sie tun?«

Giesecke tupfte sich den Schweiß von der Stirn. »Ich kann doch ganz offen zu Ihnen sein?«

»Natürlich können Sie das!«

»Also, ich meine«, Gieseckes Kragen schien sich immer mehr zusammenzuziehen, »das, was wir hier bereden, bleibt doch ganz unter uns?«

»Richtig, was wir miteinander bereden, fällt unter das Beichtgeheimnis.«

»Trotzdem werde ich keinerlei Namen oder Orte sagen, ist Ihnen das wirklich recht?«

»Kein Problem, mein Herr.«

Giesecke fühlte, wie seine Kehle immer trockener wurde. »Darf ich mir noch schnell ein Glas Wasser eingießen?«

»Natürlich dürfen sie«, erwiderte die junge Stimme geduldig.

Giesecke goss sich ein. »Und Sie haben auch wirklich Zeit für mich?«

»So lange Sie wollen.«

Der Kurzwarenhändler war erleichtert. »Am besten fange ich gleich nach dem Krieg an, da wurde von den Amerikanern nämlich das halbe Dorf beschlagnahmt.«

***

Die Fleischerei Maubach glich inzwischen einem Tollhaus. Alles, was die regionale Kripo an Forensik aufbieten konnte, drängelte sich auf dem engen Betriebshof. Mit jedem neuen Auto, das vorfuhr, wurde Frank unbehaglicher zumute. Inzwischen konnte er dem jungen Zauberlehrling nachfühlen, der Kräfte entfesselte, denen er dann nicht mehr Herr werden konnte.

Mittendrin wuselten auch noch Rettungssanitäter mit einer Trage herum, um zu Ilse Schrader zu gelangen, die gerade von einem Notarzt versorgt wurde. Natürlich war die Nachricht, dass der junge Meister Maubach tödlich verunglückte, als er dabei war, seinen ebenfalls toten Vater zu verwursten, ein Schock für sie. Als ihr dann aber einfiel, dass sie von dem frischen Bratwurstbrät beinahe gekostet hätte, wie sie es immer tat, versagte ihr Kreislauf. Und immer dann, wenn sie aus ihrer Ohnmacht erwachte, erbrach sie sich so heftig, dass sie immer wieder ohnmächtig wurde. Selbst die inzwischen wieder anwesende Frau Dr. Kleefisch sah sich machtlos und stimmte missmutig zu, als Frank endlich einen Notarzt alarmierte. Erschöpft setzte er sich auf den Rand eines großen Blumenkübels und staunte über das, was sich um ihn herum tat.

Stefanie bemerkte die Angst, die langsam in ihrem Schulfreund aufstieg. Sie klopfte ihm aufmunternd auf die Schulter. »Na, mein Alter, weiche Knie?«

»Butterweich, wenn du mich fragst«, lächelte er verschämt. »Also frag mich dann lieber nicht.«

»Aber du bist doch völlig im Recht. Wenn man nach der ersten Beweisaufnahme geht, dann ist hier ein Mörder tödlich verunglückt, der gerade die Leiche seines Opfers auf eine ausgesprochen geschmackvolle Art und Weise aus dem Weg räumen wollte.«

»Bitte, Stefanie! Rede in diesem Zusammenhang bitte nicht mehr von geschmackvoll, sonst lege ich mich gleich neben die Schrader und fange an zu kotzen!«

Sie winkte ab. »Nur zu, was raus muss, muss raus. Solange du dabei keine Spuren verwischst!«

Er schüttelte den Kopf. »Mein Gott, Maggi, wenn du keine Frau wärst, dann würde ich sagen, du wärst ein ... ein ...«

Sie strich ihm mit den Fingern durch seine Haare. »Ein abgebrühter Hund?«

Er genoss die liebevolle Berührung. Er musste sich fast dazu zwingen, seinen Kopf nicht gegen ihre Hand zu drücken. »Genau das meine ich. Macht dir das wirklich nichts aus oder kannst du dich so zusammenreißen?«

Sie lächelte müde. »Ich war als Notfallseelsorgerin in Eschede dabei, und seitdem ist mir nichts mehr fremd, was mit menschlichen Körpern zu tun hat.«

Er lächelte sie sarkastisch an. »Dann wäre der Professor ja eine richtig gute Partie für dich. Bei so einer Gattin könnte er sich sogar etwas Arbeit mit nach Hause nehmen!«

Sie lachte. »Straps, du bist unmöglich!«

Franks Handy klingelte.

»Oberkommissar Posselt«, meldete er sich.

Sein Vorgesetzter polterte sofort los, ohne sich groß zu melden. »Hör mal, stimmt das, was die Kleefisch mir auf die Mailbox gesprochen hat? Ich wollte in der Kaffeepause nur kurz mal abhören, ob was ist, und dann werden mir die obskursten Schauermärchen aufgetischt?«

»Was wurde Ihnen denn gemeldet, Chef?«

»Na, dass der alte Maubach von seinem eigenen Sohn durch die Wurstmaschine gedreht worden und das Ding dabei explodiert sei!«

Franks Körper straffte sich. »Im Prinzip ist genau das passiert. Auf jeden Fall haben wir hier zwei tote Maubachs, einen in und einen neben der Pelle!«

Stefanie begann zu lachen. Auch Frank fing an, über seinen versehentlichen Scherz mit seinem Zwerchfell zu kämpfen. Sein Chef bekam das am anderen Ende der Leitung natürlich mit und tobte dementsprechend.

»Hör mal, du willst mich doch wohl nicht etwa verarschen, oder?«

Frank fiel es immer schwerer, gegen das Lachen anzukämpfen. »Nein, Chef, so wahr ich hier stehe!«

»Und warum trommelst du gleich wieder die gesamte Mordkommission zusammen? Frau Dr. Kleefisch sagte etwas von einem Unfall!«

Frank nickte. »Das war's ja auch. Das ist ja schließlich nicht normal, dass einem der Cutter um die Ohren fliegt, nur weil man seinen Vater durchdrehen will!«

Stefanie bekam einen Lachkrampf, als sie das hörte. Auch um Franks Contenance war es geschehen. Er lachte nun ebenfalls laut ins Handy. »Sorry, Chef, aber ich weiß auch nicht, was mit mir los ist. Das ist hier alles andere als komisch. Ich melde mich in zwei Minuten zurück!« Hastig beendete er das Gespräch.

Beide schütteten sich aus vor Lachen.

***

Kaplan Wallner stand an einen Tisch angelehnt in der Teeküche und war noch immer ganz von der Geschichte ergriffen, die er eben am Telefon gehört hatte. Schon während seines Studiums hatte er viele Storys aus der Telefonseelsorge gehört, aber das übertraf wirklich alles. Er konnte es nicht fassen. Da sollte es doch wirklich ein Dorf oder eine kleine Stadt geben, die oder das sich im Laufe der nächsten Zeit selbst ausrotten würde, wenn man dem Mann am Telefon Glauben schenken durfte. Er nahm einen großen Schluck Tee.

Eine Kollegin gesellte sich zu ihm. »Du siehst aus, als wäre gerade eine Hexe mit ihrem Besen auf deinem Schreibtisch gelandet.«

»Auf meinem Schreibtisch nicht, aber in meinem Hirn.«

Sie lächelte ihn an. »Mit Besen?«

»Aber was für ein Ding!«, lächelte er zurück.

»Willst du darüber reden?«

»Tut mir leid, ich bin noch viel zu ergriffen. Wenn von dem, was mir da eben bei der Seelsorge erzählt wurde, auch nur ein Drittel stimmt, dann wäre das der größte Kriminalfall der deutschen Nachkriegsgeschichte.«

Sie schüttelte den Kopf. »Moment mal, hast du es nicht ein bisschen dünner?«

»Nee, das war schon die abgespeckte Version.« Er strich mit einem Zeigefinger über den Tassenrand, als wolle er ihn zum Singen bringen, und erzählte dann doch in groben Zügen, was er soeben gehört hatte.

»Aber du weißt, dass du jederzeit auch zur Polizei gehen kannst, wenn du wirklich der Meinung bist, ein Verbrechen verhindern zu können. Wenn ich deinen Worten folgen konnte, leben die ja noch alle, oder?«

Er nickte. »Nicht mehr alle, ein paar mussten schon über die Klinge springen.«

»Also, wenn schon ein paar tot sind, dann hätte man doch schon längst irgendetwas in der Zeitung gelesen.«

Er lächelte sie erleichtert an. »Stimmt eigentlich. Gerade in unserem Kreis spricht es sich doch herum, wenn nur ein Sack Rüben umfällt. Eigentlich hätte der Buschfunk schon etwas melden müssen.«

Sie spülte ihre Tasse aus. »Auch wenn es nur Fantasie ist, es ist schon erschreckend, was sich ein ganz normales Hirn an Grausamkeiten so ausdenken kann.«

Er nickte ihr dankbar zu. »Hoffen wir, dass es wirklich nur Hirngespinste sind.«

Sie hatte schon längst die Teeküche verlassen, da stand er noch immer unentschlossen an die Küchenzeile gelehnt. Sollte er zur Polizei gehen oder nicht? Auf jeden Fall wollte er sich darüber mit seinem Dechanten unterhalten. Bei dem trafen sich heute noch alle Praktikanten der Diözese und sein Pfarrer wollte auch kommen. In so einem Kreis konnte man das Problem bestimmt für alle Seiten befriedigend besprechen.

***

Miguel Hernandez alias Wilhelm von Tirpitz saß auf dem internationalen Flughafen von Buenos Aires in der Senator Lounge der Lufthansa. Er selbst kam meist zu seinen Terminen sicherheitshalber zehn Minuten zu früh, die Scharnows hingegen waren immer auf die Sekunde pünktlich. So auch der Lieblingsenkel des Alten. Falk war das, was man sich im Dritten Reich als Vorzeige-Germanen vorstellte. Mit seinen knapp zwei Metern überragte er die meisten seiner Mitmenschen, an seinem durchtrainierten Körper war nicht ein einziges Gramm Fett zu viel, und nur um seine langen, blonden Locken einmal berühren zu dürfen, wäre wohl jeder schwule Frisör bedenkenlos zum Mörder geworden. Er beherrschte vier Fremdsprachen in Wort und Schrift perfekt und vor allem ohne jeglichen Akzent, wobei Deutsch und Spanisch nicht mitgerechnet waren. Das waren schließlich seine Muttersprachen. Einzigartig machte ihn auch nicht sein überdurchschnittlich hoher IQ, sondern die schon fast *göttliche Begabung*, wie es sein Großvater nannte, geradezu *virtuos* zu morden. Dabei bediente er sich eines ungeheuren Fachwissens über pflanzliche Gifte, die er sich samt und sonders nach einem langen Studium des tropischen Regenwaldes selbst zusammenbraute. Hinzu kam bewundernswerter Einfallsreichtum, wie er diese Gifte, in welcher Form auch immer, in den Körper der Feinde seines Großvaters verbrachte.

»Den Seinen schenkt es der Herr im Schlaf«, dachte von Tirpitz müde lächelnd und schüttelte sein Haupt. »Wozu muss ein junger Mann mit derartigen Fähigkeiten auch noch so unverschämt gut aussehen. Es erliegt doch sowieso schon alles seinem Charme, wozu braucht der dann noch Gift.« Von Tirpitz erhob sich leicht von seinem Stuhl und winkte ihm lächelnd zu. Falk erkannte ihn und quittierte seine Bemühungen mit einem kurzen Nicken.

»Nur in die eiskalten, stahlblauen Augen darf man dem Adonis nicht blicken, dann bekommt jede menschliche Seele sofort einen Schnupfen«, lächelte von Tirpitz, als er Falk begrüßte.

»Commandante.« Falks Begrüßung war für seine Verhältnisse geradezu herzlich, indem er darauf verzichtete, preußisch korrekt die Hacken zusammenzuknallen. »Ich freue mich, Sie wiederzusehen. Mein Großvater sagte, dass ich Sie hier treffen würde. Gibt es ein paar neue Instruktionen?«

»Neu nur insofern, dass niemand etwas von Ihrer Reise weiß, bis auf Ihren Großvater und mich. Es darf in Schwalbach niemand etwas von Ihrer Anwesenheit wissen. Anweisungen gibt es also nur von Ihrem Großvater oder mir über Satellitentelefon oder Internet.«

»Selbstverständlich, und wo werde ich wohnen?«

»Wir haben für Sie das Hotel Palm in Heilbronn gebucht. Adressen, Tickets, Bargeld und Traveller Checks sind in diesem Kuvert.« Von Tirpitz überreichte einen mittelgroßen braunen Umschlag. »Machen Sie sich um Landkarten und Stadtpläne keinerlei Sorgen, wir haben für Sie einen SLK mit Navigator bestellt.«

Falk lächelte ihn an. »Vielen Dank, Commandante. Ihre Vorbereitungen sind wie immer perfekt. Wie werde ich heißen?«

»Alexander von Steuben.«

»Wieso gerade von Steuben?«

Der Alte winkte ab. »Das ist alter, aber völlig verlotterter Deutscher Landadel. Da weiß keiner vom anderen, besteht keinerlei Gefahr, dass sich jemand Gedanken machen könnte, dass er dich eventuell nicht kennt.«

»Verstanden.« Falke machte wieder eine kleine Verbeugung. »Und gibt es sonst noch irgendetwas, das ich wissen sollte?«

»Ja.« Von Tirpitz machte eine kleine Pause, um nachzudenken. »Unsere Schwalbacher haben alle ohne Ausnahme jahrzehntelang wirklich gute Arbeit geleistet, nicht zuletzt auch für uns. Lassen Sie bitte niemanden unnötig leiden.«

Falk verbeugte sich wieder leicht. Es sollte wohl feierlich wirken. »Niemand wird auch nur annähernd ahnen, dass er eigentlich schon tot ist, wenn es denn sein muss. Das verspreche ich Ihnen.«

***

Normalerweise hätte sich Schwalbach schon längst zur Ruhe begeben, wenn da nicht dieser ungewohnte Lärm rund um die Metzgerei Maubach gewesen wäre. Die Spurensicherung und der Professor waren noch immer dabei, die Vorfälle zu rekonstruieren, aber sie kamen bisher auf kein schlüssiges Ergebnis. So gingen sie alles noch ein weiteres Mal durch. Ihre braune Arzttasche in der Hand, erschien Frau Dr. Kleefisch in der Wurstküche. »Noch immer bei der Arbeit, Herr Kollege?«

Der Professor schaute erstaunt auf. »Nanu, was bitte ist geschehen, dass mich eine praktizierende Humanmedizinerin freiwillig mit Kollege anredet?«

Sie lächelte ihn übertrieben freundlich an. »Sie sind doch Humanmediziner, oder?«

»Schon, aber das wird gerne übersehen. Ein Drei-Sterne-Koch würde schließlich nie auf die Idee kommen, jemanden, der nur in den Abfällen herumstochert, als Kollegen zu bezeichnen.«

»Na, aber hoppla! Höre ich da etwa den beleidigten Akademiker heraus? Ich dachte immer, Ihre Patienten sind so pflegeleicht, weil sie Ihnen nicht ständig dazwischenquatschen.«

»Dafür erschwert ihr Schweigen die Anamnese.«

»Das ist unser Schicksal, verehrter Kollege. Ich kann nicht jeden heilen, und Sie wissen nicht immer, warum ich das nicht kann.«

Sie lächelte ihn zuckersüß an. »Manchmal verlaufen Arbeitsunfälle eben so unglücklich, dass der genaue Hergang für immer ein Geheimnis bleibt.«

Eigentlich wollte der Professor etwas erwidern, aber irgendetwas hielt ihn davon ab. Wie gerne hätte er dieser hochnäsigen Landärztin die Leviten gelesen, aber er spürte instinktiv, dass er sie damit nur noch mehr gegen sich aufgebracht hätte.

Draußen wurde eine Autotür zugeknallt und gleich darauf stürmte der alte Bornheim zur Tür herein. »Wer ist hier der verantwortliche Rechtsmediziner?«

»Ich«, murmelte der Professor, ohne dabei aufzuschauen.

Das brachte Bornheim natürlich sofort auf die Palme, so angefressen wie er schon war. »Und was treiben Sie da?«

»Forensik«, kam es trocken vom Prof. Der Ton des alten Polizisten gefiel ihm nicht.

»Na, da habe ich aber Glück, mit Ihnen so ein ausgeprägtes Plaudertäschchen erwischt zu haben.«

Der Professor blieb stoisch bei seiner Arbeit. »Ich bin Rechtsmediziner und kein Märchenonkel.«

»Aber auch als Rechtsmediziner könnten Sie mich vielleicht anschauen!«

»Warum, Sie leben doch noch.«

Die Kollegen von der Spurensicherung fingen an zu kichern.

Bornheims Gesichtsfarbe signalisierte, dass er kurz vor einem Schlaganfall stand. Wütend stürmte er in ihre Richtung und kickte dabei aus Versehen ein gelbes Schildchen mit einer Zahl quer durch die Halle. »Was soll das Gekicher? Ich bin hier der leitende Polizeibeamte in Schwalbach!«

Der ältere der beiden Kripobeamten richtete sich auf. »Na, dann gehen sie hübsch auf die Kreuzung, Herr Kollege, und regeln den Verkehr. Aber lassen Sie uns hier bitte unsere Arbeit machen und zerstören Sie hier keine ungesicherten Spuren, verstanden.«

Bornheim war entrüstet. Hilfe suchend schaute er sich nach der Ärztin um. »Else, muss ich mir das als alter Kollege von diesen Rotzlöffeln bieten lassen?«

Frau Doktor Kleefisch spürte, dass ihr Verbündeter hier keinen Blumenstrauß mehr gewinnen konnte. Im Gegenteil. Bornheim war drauf und dran, sich um Kopf und Kragen zu bringen, und ohne einen einflussreichen Kontaktmann bei der Polizei wäre die ganze Bruderschaft erheblich geschwächt. Beruhigend legte sie ihre Hände auf seine Schultern und versuchte ihn behutsam wegzuführen. »Komm, Willy, lass die Herren in Ruhe ihre Arbeit machen.«

Er sträubte sich gegen ihren sanften Griff. »Aber was haben die überhaupt hier zu suchen. Ich habe die doch gar nicht bestellt.«

»Aber Frank hat sie gerufen, als er gesehen hat, was hier passiert ist.«

Er jammerte wie ein kleines Kind, ließ sich dennoch langsam von der Ärztin in Richtung Hof ziehen. »Aber das habe ich ihm doch gar nicht erlaubt. Warum macht der immer so was, wenn ich gerade nicht da bin?«

»Na, weil es seine Pflicht ist. Bei einem tödlichen Arbeitsunfall müssen die alle kommen.«

Die drei Beamten schauten den beiden völlig entgeistert nach, als sie die Werkstatt in Richtung Hof verließen. »Gibt die ihm jetzt die Brust, oder was geht hier ab?«

Der Professor kümmerte sich wieder um die exakte Vermessung der Blutspritzer des jungen Fleischermeisters. »Da sage noch mal jemand, unsere Beamten würden zu spät in Pension geschickt werden. Vielleicht ist der noch nicht alt genug, aber reif ist der schon seit Jahren.«

Vor der Tür angekommen kämpfte der alte Bornheim mit den Tränen. »Mensch, Else, ich habe das Gefühl, dass hier Endstation ist. Die ganze Sache beginnt mir über den Kopf zu wachsen.«

Ihre Stimme wurde leicht ungeduldig. »Ja, aber warum rennst du auch wie so ein oller Kampfstier gegen jedes Hindernis an?«

Er war entrüstet. »Wie kommst du denn darauf, das mache ich doch gar nicht.«

»Aber natürlich machst du das. Das sind schließlich keine kleinen Kinder mehr. Da kannst du nicht einfach als großer böser Onkel kommen und versuchen, den ganzen Spielplatz einzuschüchtern.« Sie bückte sich, griff in ihre Tasche und zog ein Blutdruckmessgerät hervor. Ohne zu fragen schob sie einen Hemdsärmel nach oben, legte die Manschette an und begann zu messen.

»Wieso machst du das? Ich bin doch nicht krank. Ich fühle mich famos.«

Sie schüttelte den Kopf. »190/135, na klasse. Hast du heute Morgen deine Beta-Blocker wieder nicht genommen?«

»Du weißt ganz genau, dass ich heute Morgen in Stuttgart war. Ich kann doch nicht überall mit meinen Pillen aufkreuzen. Was sollen denn meine Vorgesetzten davon halten?«

»Und was sollen die davon halten, wenn du mit einem Schlaganfall umkippst?« Sie zischte ihm ins Ohr. »Wenn du so weitermachst, dann kann ich ja der Bruderschaft melden, dass du deine Heimführung eigenverantwortlich durchziehst, soll ich das?«

Seine Stimme wurde schon wieder weinerlich. »Jetzt bist du es aber, die hier gleich ein Fass aufmacht.«

Sie zog eine Spritze auf und gab sie ihm gleich intravenös. »So, du Irrer, das holt dich erst einmal wieder runter von der Palme. Und vorm Schlafen misst du gefälligst noch mal deinen Blutdruck.«

Bornheim war leicht genervt. »Ja, mach ich. Aber zuerst muss ich noch auf die Wache, meinen Schreibtisch aufklaren.«

»Und wenn der Frank da ist, dann fang nicht schon wieder Streit an.«

Er schaute an ihr vorbei, um sicher zu sein, dass sie nicht belauscht wurden. »Hast du eine Ahnung, was hier überhaupt schiefgegangen ist? Der junge Maubach hatte doch gar nichts mit seinem Vater zu schaffen.«

Sie flüsterte zurück. »Ich habe keinen blassen Schimmer, aber ich schwöre es dir, das bekomme ich raus.«

***

Stefanies Onkel war schon eine gute Stunde im Haus seines Bruders, als sie abgehetzt eintraf. Er saß bei einer Tasse Tee in der Küche, und es deutete nichts darauf hin, dass ihr Vater ihm dabei Gesellschaft geleistet hätte.

Sie umarmte ihn und gab ihm einen Kuss auf die Wange. »Was sitzt du denn in der Küche? Ist Vater nicht da?«

Er schüttelte den Kopf. »Ja, er sitzt in der Stube und liest in der Bibel.«

»Ja, weiß er denn nicht, dass du da bist?«

»Natürlich weiß er das, das glaube ich zumindest, er hat mich ja begrüßt.«

»Und dann?«

»Dann hat er wieder gelesen.«

Sie setzte sich neben ihren Onkel. »Du kommst also auch nicht an ihn heran?«

»Kein Stück. Der Tod seiner Frau scheint ihn in eine Art Trance versetzt zu haben. Er weigert sich einfach darüber zu reden, vielleicht auch darüber nachzudenken.«

Sie goss sich ebenfalls Tee ein. »Ich weiß nicht, ob es das ist. Mir kommt es so vor, als würde er alles ganz genau realisieren, es aber völlig verdrängen.«

Sie begann zu erzählen, und fassungslos hörte der Superintendent zu, in welcher Form seine Schwägerin beerdigt worden war. Er überlegte kurz. »Liebe Stefanie, ich weiß nicht so genau, wie ich es dir beibringen soll, aber ich bin nicht nur hier, weil ich meinem Bruder helfen will, ich fürchte, ich muss ihm auch wehtun.«

Sie schaute ihn ungläubig an. »Ist er gefeuert?«

Er nickte leicht. »So kann man es nennen. Mir bleibt da wirklich keine andere Wahl. Vor vierzehn Tagen habe ich mich in den Gottesdienst reingeschlichen, weil mich die gute Anja darum gebeten hatte.«

»Und, war es schlimm?«

Er schüttelte mit Tränen in den Augen den Kopf. »Stefanie, es war noch viel schlimmer.«

»Aber du machst doch jetzt Frau Kruse keinen Vorwurf, dass sie dich geholt hat?«

»Aber nein. Ich könnte höchstens etwas vorwurfsvoll fragen, warum sie mich erst jetzt geholt hat. Stefanie, ich schwöre dir, so einen zornerfüllten Schwachsinn habe ich in meinem ganzen Leben noch nicht gehört, schon gar nicht von einem Pfarrer.« Er stand auf, um ein paar Schritte zu gehen. »Mein Gott, was ist mit dieser Gemeinde los, dass man deinen Vater so lange hat gewähren lassen?«

»Wenn ich das wüsste, dann wäre ich auch klüger. Das ist ja nicht das einzige, was hier aus dem Ruder gelaufen ist.«

Und dann erzählte sie ihm von allem, was in Schwalbach in den letzten Monaten vorgefallen war.

Je weiter sie in ihrem Bericht kam, desto entsetzter waren die Blicke ihres Onkels. »Tja, mein Kind, wenn du eine Konfirmandin wärst, würde ich mich einmal mit deinen Eltern treffen, um mit denen über deine blühende Fantasie zu reden, aber jetzt siehst du mich hilflos. Und die Polizei, sagst du, tritt ebenfalls auf der Stelle?«

»Im Augenblick noch. Straps«, sie wurde etwas verlegen, »also ich meine Polizeioberkommissar Posselt, müsste mit einer offiziellen Untersuchung seinen Chef schwer belasten, und dazu hat er einfach noch zu wenig Fakten.«

»Wie kommst du bitte auf den Namen Straps? Rennt der Mann in Frauenkleidern herum, oder wie?«

Sie lachte auf. »Ich bitte dich. In Schwalbach wäre vieles möglich, aber kein Polizist in Pumps. Der Name Straps kommt noch aus der Grundschulzeit. Da musste der arme Kerl immer mit dicken Wollstrümpfen und Leibchen herumrennen.«

Der Superintendent lächelte. »Gegen diese Dinger habe ich auch kämpfen müssen.«

Erst lächelten beide still vor sich hin, dann verfinsterten sich ihre Züge. »Weiß Papa schon, dass er geschasst ist?«

Er schüttelte den Kopf. »Kind, in Kirchenkreisen nennt man das Ruhestand.«

»Na ja, alt genug ist er ja nun weiß Gott. Aber weiß er es?«

Ihr Onkel begann sich zu winden. »So ganz direkt noch nicht. Ich habe ehrlich gesagt darauf gehofft, dass du mir dabei ein wenig hilfst.«

»Onkel Heinrich, du bist ein Feigling, weißt du das?«

Er lächelte sie an. »Schon lange. Und, wirst du mir helfen?«

»Das ist keine Frage. Wichtig ist der Punkt, wie ich Papa helfen kann. Der Pastor a.D. würde ihn wenig stören, aber dieses Haus zu verlassen, würde ihn schlichtweg töten.«

»Dessen bin ich mir bewusst. Vielleicht könntest du diesen Job hier erst einmal übernehmen.«

Sie schaute ihren Onkel ungläubig an. Er ließ ihr etwas Zeit für ihre Antwort, die aber nicht kam. »Ich habe auch schon mit der Bischöfin gesprochen.«

»Ich denke, du hast einen Bischof.«

Er nickte. »Ja, der hätte auch nichts dagegen.«

Ihre Stirn legte sich in Falten. »Moment mal, du hast mit meiner Bischöfin darüber gesprochen, bevor ich überhaupt davon wusste?«

»Du weißt, dass wir miteinander studiert haben, und seitdem dick befreundet sind. Mit ihr telefoniere ich so gut wie wöchentlich, mit dir nur alle Jubeljahre.«

»Und was ist mit Benny? Der Junge steht mitten im Abitur. Der kann doch jetzt nicht die Schule wechseln.«

»Deine Wohnung und deine Stellung in Hannover bleiben für mindestens ein Jahr erhalten. Du kannst jederzeit zurück, und mit Benny habe ich auch schon geredet, der findet das super.«

»Kein Wunder. Der sieht nur das Jahr sturmfreie Bude. Onkel Heinrich, so gut sich das Ganze auch anhören mag, ich kann von einem Gehalt nicht zwei Wohnsitze finanzieren!«

»Du bekommst hier das Grundgehalt deines Vaters, plus Dienstalterzuschlag, zuzüglich der Warmmiete für Hannover, okay?«

»Wie viele Monate hat euer Kirchenjahr?«

»Zwölf und einen halben.«

»Ich arbeite grundsätzlich nur in Schaltjahren.»

»Du bist eine Blutsaugerin!«

»Also, was höre ich?«

»Mein Gott, du verdienst jetzt schon mehr als der Papst!«

»Der hat auch keine Kinder. Was höre ich also?«

»Sagen wir dreizehn.« Sie gab ihm lächelnd deinen Klaps auf die Schulter. »Na also, Onkelchen, es geht doch!«

»Kannst du mir mal sagen, wer das meinem Chef beibringen soll?«

»Ich denke, du hast alles im Voraus geklärt!«

***

Kaplan Wallner kam nach der Arbeit ins Pfarrhaus. Hier in St. Adomar hatte der junge Geistliche endlich das Zuhause gefunden, das er in den langen Jahren des Klosterinternats und des anschließenden Priesterseminars gesucht hatte. Mit Pfarrer Nickel hatte er einen Vorgesetzten, der ihn alles machen ließ und mit dem man auch über alles reden konnte. Mehr noch, denn er hatte das Gefühl, von seinem Chef als so eine Art Sohn des Hauses angenommen worden zu sein. Die Mutter des Hauses war Katharina Chmiel, die polnische Haushälterin. Katharina war eine wunderbare Frau mit einem riesengroßen Herzen, das zwischen zwei noch größeren Brüsten nur für ihren Pfarrer schlug; und Hochwürden horchte es mit Hingabe ab.

Seltsam, dachte er, als er die Haustür aufschloss. Ich habe noch nie zwei Menschen gesehen, die sich mit so viel Hingabe und nicht enden wollender Kraft liebten, und ausgerechnet das verbietet Mutter Kirche. Als er seinen Mantel aufgehängt hatte, entschloss er sich doch noch, mit dem Pfarrer über das heutige Telefonat zu sprechen. Es beschäftigte ihn zu sehr, als dass er einfach so zur Tagesordnung hätte übergehen können. Vorsichtig klopfte er an Pfarrer Nickels Tür zum Arbeitszimmer und öffnete sie. Sein Chef saß am Schreibtisch und schaute freundlich lächelnd auf. »Hallo, mein Junge, komm rein. Wenn du dir ein Glas mitbringst, kannst du gleich den neuen Messwein mitverkosten.«

Er holte sich schnell ein Glas aus der Küche. »Wurde er heute nun endlich geliefert?«

»Und was für ein leckeres Tröpfchen. Also gäbe es sie nicht schon, allein dafür würde es sich lohnen, die Sakramente neu zu erfinden.«

Wallner goss sich ein halbes Glas ein und setzte sich.

»Na, Junge, gibt es Probleme?«

Er lächelte. »Wieso, sieht man mir das an?«

»Du schwitzt es sozusagen aus allen Poren. War was mit der Telefonseelsorge?«

Er lächelte. »Und schon wieder ein Volltreffer. Heute gab es einen Anruf, der mich einfach nicht mehr loslässt.«

Der Pfarrer erhob sich von seinem Schreibtisch, ergriff sein Glas und kam zur Sitzecke herüber. »Na, dann mal raus damit.«

Wallner fing ohne Umschweife an zu erzählen, und je weiter er mit seiner Geschichte kam, desto ernster wurde das Gesicht seines Gegenübers. Als er geendet hatte, entstand eine lange Pause.

Der Pfarrer kratzte sich nachdenklich am Kinn. »Und der Mann klang für dich glaubwürdig?«

»Unbedingt! Ich glaube diesen Mann sogar schon einmal kennengelernt zu haben, ich habe nur keinen blassen Schimmer, wo!«

Pfarrer Nickel schüttelte ungläubig den Kopf »Dann müsste dieses Dorf der Mörder doch Schwalbach sein! Woanders treibst du dich doch gar nicht rum, oder?«

Der Kaplan nickte. »Sonst nur noch in Heilbronn, wenn ich Telefonseelsorge habe. Aber wenn sich das Ganze wirklich dort abspielen würde, dann hätte der Anrufer doch von unserer Stadt geredet, und nicht von unserem Ort.«

»Das stimmt. Mit Ort bezeichnet der Schwabe gemeinhin sein Dorf. Aber wo soll das sein. Der Heilbronner Bezirk für die Medienseelsorge reicht von Rheinland-Pfalz bis runter nach Ludwigsburg. Da gibt es Tausende von Dörfern.»

»Trotzdem habe ich das Gefühl, diesen Ort zu kennen. Wenn er auch anonym beschrieben wurde, mir war das alles so vertraut.«

Der Pfarrer stand auf, um im Zimmer auf und ab zu gehen. »Ich kann es durchaus verstehen, dass man nach so einer Geschichte nachdenklich wird, aber man muss sich ja nicht gleich völlig damit identifizieren. Dafür, dass es sich bei diesem Ort um Schwalbach handeln könnte, gibt es keinerlei Indizien!«

»Und was ist mit der alten Silbermine, von der manchmal erzählt wird? Könnte da nicht das Gold liegen?«

»Wenn eine alte Mine ein Anhaltspunkt sein sollte, dann wimmelt das ganze Ruhrgebiet von Riesenschätzen.«

»Aber im Ruhrgebiet gibt es nicht so viele ungeklärte Todesfälle wie hier.«

Nickel wurde sauer. »Nicht ein einziger ist hier ungeklärt. Manche waren tragisch, zugegeben, aber nicht ungeklärt!«

»Also ist das für unsere Breiten normal, dass man beim Zigarettenholen erfriert?«

»Normal nicht, aber es kann passieren!«

»Und es kann einfach so passieren, dass man vom eigenen Mähdrescher überfahren wird?«

»Na, aber jederzeit, man muss sich nur davor werfen.«

»Und ein rachsüchtiges Wildschwein finden, das das Ding in Bewegung setzt, was?«

Nickel ging auf den jungen Kaplan zu, der in seiner Aufregung ebenfalls aufgestanden war, legte ihm beide Hände auf die Schultern und versuchte ihn aus einer Art Trance wachzurütteln. »Junge, nun wach doch mal aus deinen bösen Träumen auf. In deinem Dickschädel ist gerade eine fixe Idee dabei, die denkende Gehirnmasse völlig zur Seite zu drängen.«

»Und was soll ich nun Ihrer Meinung nach machen?«

»Gar nichts.«

»Wie, gar nichts?«

«Na, eben gar nichts, nada, niente. Schnapp dir eine Kiste Messwein und feiere meinetwegen die Eucharistie. Dich ganz einfach nur mal besaufen tust du ja nicht, dafür bist du dir ja zu fein.«

Der Kaplan war außer sich. »Am Messwein werde ich mich nicht vergreifen. So weit hat mich das Leben noch lange nicht korrumpiert!«

»Mein Gott, wie jung muss man eigentlich sein, um so eine Scheiße zusammenzulabern?«

»Und wie tot muss man sein, um derartig blind durch den Alltag zu rennen? Hier in Schwalbach stinkt es ganz gewaltig, Herr Pfarrer!«

»Ach, ist ja interessant. Ich rieche davon aber nichts, wie kommt das?«

»Weil sie Ihre Nase nur noch zwischen die Brüste Ihrer Haushälterin stecken, darum!«

»Na und! Dreimal dürfen sie raten, warum ich so ein guter Seelsorger bin, warum ich menschliche Wärme weitergeben kann. Weil ich nämlich welche empfange!«

»Dann wünsche ich weiterhin eine fröhliche Empfängnis! Aber sehen Sie zu, dass Sie unten liegen, damit Gott Ihnen nicht dabei zusehen muss.«

»Wenn Gott nicht wollte, dass ich Liebe empfange, dann hätte er nicht dafür gesorgt, dass ich welche geben kann«, kam lautstark die Retourkutsche.

Wallner verließ das Arbeitszimmer und knallte die Tür hinter sich zu. Er hatte das dringende Bedürfnis, seinen Vorgesetzten die ganze Verachtung spüren zu lassen, die er im Augenblick für ihn empfand. Vielleicht half ihm diese glühende Verachtung über die eigene Einsamkeit hinweg. Vielleicht brachte ihn Hass auf alles Fleischliche endlich davon ab, in Lederklamotten auf Heilbronns Herrentoiletten nach flüchtiger Entspannung zu suchen.

Wallner zog sich nur kurz um, danach verließ er, die Haustür hinter sich zuknallend, das Pfarrhaus. Die frische Nachtluft tat ihm gut. Er war erleichtert. Endlich konnte er wieder durchatmen, ohne den Mief des menschlichen Alltags schmecken zu müssen. Auf direktem Wege ging er zum Dorfkrug, um sich dort erst einmal ein großes Bier zu genehmigen, mit dem er seinen unglaublichen Frust hinunterspülen konnte.

»Euch Schwalbachern werde ich auf die Schliche kommen, das schwöre ich, so wahr mir Gott helfe«, dachte er grimmig, als er das Gasthaus betrat. Eigentlich wollte er gleich zum Tresen durchgehen, als er zum ersten Mal in die Augen des jungen Grafen sah. Große blaue, wunderschöne Augen, die ihn selbst auf das Angenehmste musterten. Es wurde für ihn ein unvergesslicher Abend und eine unglaubliche Nacht. Er hätte nie gedacht, so intensiv empfinden zu können, und er war überwältigt davon, wie viel leidenschaftliche Lust das Leben für ihn bereithielt.

5

Die Vorstellung beim Landesbischof war für Stefanie reine Formsache. Sie war glücklich, dass sie mal aus Schwalbach herauskam, das ihr nach vier Tagen Aufenthalt schon wieder viel zu klein war, der Bischof war glücklich, einen qualifizierten Nachfolger gefunden zu haben, und Frank, der sie begleitete, war geradezu überglücklich, wieder jemanden in Schwalbach zu haben, mit dem er über alles reden konnte. Wie mit ihrem Onkel abgemacht, hatte sie dem Bischof nichts über die näheren Umstände des Todes ihrer Mutter gesagt.

»Hast du eigentlich schon mit deinem Vater darüber sprechen können?«

Sie schüttelte betreten den Kopf. »Ich habe es versucht, doch immer wenn ich mit dem Tod von Mama anfing, hat er mich einfach stehen lassen.«

»Weiß er überhaupt, dass er in der Gemeinde nichts mehr zu sagen hat?«

»Ich glaube schon. Als ich gestern in die Küsterei kam, waren sein Talar und alle seine persönlichen Sachen nicht mehr da. Dafür hing sein Generalschlüssel sauber am Schlüsselbrett.«

»Mein Gott, wenn ich nach über vierzig Jahren Dienst meinen Arbeitsplatz an meine Tochter übergebe, dann bin ich doch stolz, dann sage ich doch etwas zu ihr!«

»Nach vierzig Jahren Ehe würdest du die Urne deiner Frau auch nicht noch an ihrem Todestag bei Nacht und Nebel verscharren!«

»Wohl dem, der was zu verscharren hat.«

Sie nahm ihn bei der Hand. »Auch du, mein Straps, findest noch mal die Richtige. Das geht manchmal schneller, als man denkt. Zu jedem Pott passt ein Deckel.«

Bevor sie nach Schwalbach zurückfuhren, wollten sie auf jeden Fall noch in der Rechtsmedizin vorbeischauen. Vielleicht hatte der Professor ja schon ein paar Ergebnisse für sie. Nachdem Frank sie angemeldet hatte, machten sie sich auf den Weg. »Er freut sich, hat er gesagt, er freut sich auf alles, was sich in seinem Keller bewegt.«

Eine Viertelstunde später standen Frank und Stefanie in den Katakomben der Rechtsmedizin. Der Empfang durch den Professor war geradezu überschwänglich. Er schaute von seiner Arbeit auf und lächelte beide an. Eine höhere Anerkennung hatte er nicht zu bieten. »Na, Herr Kollege, schon wieder mit kirchlichem Beistand?«

»Wer hat, der hat, Herr Professor. Nun, haben Sie denn auch etwas für uns?«

»Aber reichlich. Sie müssen nur in den Kühlraum gehen, da kann jeder seine eigene Leiche haben.«

Sie lächelte ihn an. »Wir dachten eigentlich eher an Fakten.«

»Die habe ich auch für Sie.« Der Professor richtete sich auf, legte sein Skalpell zur Seite und zog sich die Gummihandschuhe aus. »Kommen Sie, meine Lieben. Gehen wir in die Kantine, da kann ich Ihnen zu den News auch einen Kaffee spendieren.«

Fünf Minuten später saßen die drei vor ihren dampfenden Tassen.

»Hieb- und stichfest ist meine Beweiskette noch nicht, aber ich arbeite daran.«

Frank rührte seinen Kaffee um. »Und um was für eine Behauptung handelt es sich dabei?«

»Der alte Fleischermeister wurde mit ziemlicher Sicherheit ermordet, und zwar ausgesprochen bestialisch. Es spricht alles dafür, dass er bei vollem Bewusstsein mechanisch vom Leben zum Tode befördert wurde. Ich tippe darauf, dass man ihn mit gefesselten Händen an den Füßen über einer Fleischwanne aufgehängt hat. Dann durchschnitt man ihm mit einem Messer die Halsschlagader und ließ ihn langsam ausbluten.«

Stefanie war fassungslos. »Und wie kommen Sie darauf?«

»Wir haben an einem scharfen Haken am Flaschenzug seine DNA festgestellt. Dann deuten die Verteilung und die Form der Spritzer des menschlichen Blutes auf dem Wannenrand und dem Fußboden darauf hin, dass er hin und her gebaumelt ist Die Amplituden der Bewegung des Körpers zeigen an, dass er dabei heftig gezappelt haben muss. Außerdem ist die Adrenalinansammlung so enorm hoch konzentriert, wie es eigentlich nur bei einem heftigen Todeskampf geschehen kann.«

Frank konnte es nicht fassen. »Mein Gott, man hat den armen Kerl nach guter, alter Vätersitte abgestochen wie eine abgeferkelte Zuchtsau!«

»Und das ging sogar so weit, dass man ihn auch noch ausgenommen hat. Seine Innereien haben wir in der Tonne für Schlachtabfälle gefunden.«

Stefanie wurde blass. »Wollen Sie damit sagen, dass der liebende Sohnemann seinen Daddy wirklich verwursten wollte?«

Der Professor lächelte in die Runde. »Es spricht alles dafür, dass er in die Wurst sollte, aber dass das wirklich der Sohn war, ist für mich nicht so sicher. Zwischen den Innereien haben wir auch noch die Geschlechtsteile des Meisters gefunden, und die waren stark verstümmelt. Aber alles deutet darauf hin, dass die Verletzungen des Penis post mortem zugefügt wurden.«

Stefanie verzog angewidert ihr Gesicht. »Welcher Sohn ermordet bitteschön seinen Vater, um danach dessen Geschlechtsorgane zu verstümmeln?«

Der Prof schlürfte ungerührt seinen Kaffee. »Ein Sohn, der zum Beispiel von seinem Vater vergewaltigt wurde. Aber er muss es nicht getan haben.«

Frank machte sich während des ganzen Gesprächs Notizen. »Dann haben wir eventuell einen Doppelmörder?«

»Nein, nicht unbedingt.« Der Professor nahm wieder einen Schluck Kaffee zu sich. »Derjenige, der den Meister verwursten wollte, hatte keine Ahnung vom Fach. So ein Cuttermesser läuft mit einer derartigen Geschwindigkeit, dass das Fleisch durch eine nicht unwesentliche Menge Eis dabei gekühlt werden muss. Wie viel Eis das war, sieht man nachher an der Wasserkonzentration im Brät, und Wasser haben wir so gut wie gar keines nachweisen können. Was noch auf die fehlende Kühlung weist, sind kleinste Fleischstückchen, die teilweise Verbrennungen aufweisen.«

Stefanie fuhr dazwischen. »Und wenn Sohnematz einfach nur schusselig war?«

Der Prof schüttelte den Kopf. »So eine Messerwalze kostet zigtausend Euros. Kein Mensch vom Fach würde auf die Idee kommen, etwas ohne Kühlung zu cuttern.«

Frank wurde ungeduldig. »Und wie lief das Ganze denn nun ab?«

»Ich tippe darauf, dass da noch ein Dritter am Werk war. Dafür spricht, dass wir am Kittel des Juniors nicht einen einzigen Blutstropfen seines Vaters gefunden haben, und wenn man jemanden derartig brutal absticht, dann spritzt das erheblich. Der große Unbekannte verarbeitete den Altmeister, wie man übrigens auch an den Innereien sehen konnte, ausgesprochen unprofessionell, und wuchtete ihn mit den Füßen voran in den Cutter. Dann stellt er das Ding an. Durch die Beinknochen geht das Schnitzwerk wie Butter, dann gibt's den ersten Knall. Eines der Messer bricht an der künstlichen Hüfte des Meisters ab. Im rasenden Walzwerk entsteht eine Unwucht, der Cutter fängt tierisch an zu rappeln. Das hört der Junior sogar oben in der Wohnung. Dann bekommt die künstliche Schädelplatte den ersten Schmarren. Das zweite Messer fliegt weg, die Unwucht wird noch heftiger, und das Ding rappelt noch mehr. Wie in Panik jagt der Junior nach unten in die Wurstküche. Er will gerade den Notausknopf drücken, da kommt die Schädelplatte ein zweites Mal in die Messerwalze. Nun explodiert das ganze Schnitzelwerk und durchschlägt den Deckel der Maschine. Ein Messer löst sich dabei völlig aus der Verankerung und ersticht den Junior. Der Unbekannte gerät in Panik und verlässt fluchtartig die Wurstküche.«

Frank nickte betreten. »Tja, so könnte es wirklich gewesen sein!«

Stefanie schüttelte den Kopf. »Aber wenn man einen Menschen mitten in der Nacht abschlachtet, dann gibt das doch Geräusche, die man in der Wohnung darüber hört, vor allem nachts, wenn es überall totenstill ist. Warum ist der Sohn nicht schon viel früher in die Wurstküche gekommen? Vielleicht hätte er seinen alten Herrn noch retten können?«

Der Professor fuhr fort. »Vielleicht wollte er das gar nicht, weil er von dem Mord an seinem Vater wusste, und er kam nur deswegen herbeigestürzt, weil er hörte, dass etwas mit dem teuren Cutter nicht in Ordnung war.«

Frank kratzte sich am Kopf. »Und wer ist der große Unbekannte?«

»Wieso muss das unbedingt ein Mann sein?«, unterbrach ihn Stefanie.

»Weil eine Frau kaum die Kraft dazu hätte, oder?«

»Ob Mann oder Frau, ist in diesem Fall egal«, winkte der Professor ab. »Die Werkstatt war mit elektrischen Flaschenzügen und Laufschienen an der Decke so gut ausgerüstet, dass jeder eine schwere Last dort anheben und absenken konnte, wo er nur wollte.«

Frank begann zu rekapitulieren. »Wir haben also einen toten, mitwissenden Pechvogel, und suchen einen flüchtigen Hobbyschlächter.«

Der Prof nickte. »Exakt!«

»Wie war das doch gleich mit der Nadel im Heuhaufen?«

»Die zu finden, sind die Chancen ungleich höher. Wir haben so unendlich viele verschiedene Fingerabdrücke genommen, dass wir die noch nicht annähernd komplett zuordnen können.«

Stefanie schaute auf Frank, der etwas blass geworden war. »Was ist denn mit dir los?«

Es schien, als würde er mit Übelkeit kämpfen. »Mir wird soeben klar, dass ich als Stammkunde der Fleischerei Maubach mitgeholfen haben müsste, die spurlos verschwundene Altmeisterin aufzufressen.«

Stefanie strich ihm besorgt über den Rücken. »Soll ich dir ein Glas Wasser holen?«

Er schüttelte den Kopf. »Runtergespült habe ich sie ja schon.«

Er machte eine kurze Pause. »Und plötzlich erscheinen die vielen ungeklärten Todesfälle in Schwalbach in einem völlig anderen Licht.«

Der Professor wurde hellhörig. »Was denn für ungeklärte Todesfälle?«

»Die alte Zeitungs-Nolte, die auf der Straße erfroren sein soll, dann die Fischgräte im Hals der Bäckerin Franze.«

»Das kann aber vorkommen, das haben wir öfter hier«, unterbrach ihn der Professor.

»Aber nicht im Hals einer Frau, die nachweislich unter einer Eiweißallergie leidet.«

Stefanie fuhr fort. »Dann kommt noch Opa Heinrich, der von seinem eigenen Mähdrescher überfahren wurde, und last but not least meine Mutter. Die Bilder von ihrer Leiche haben Sie ja schon gesehen und kommentiert.«

Frank nickte. »Und jetzt sollten wir auch noch einmal alle Todesfälle der vergangenen 10 Jahre und alle Wohnortwechsel genauer unter die Lupe nehmen.«

Der Prof lächelte sarkastisch. »Na, da wird sich Ihr alter Chef aber mächtig freuen, dass er so kurz vor der Rente noch mal richtig zu tun bekommt.«

Sie schüttelte den Kopf. »Wird er nicht. Der darf davon gar nichts erfahren. Der und Frau Dr. Kleefisch haben nämlich meine Mutter zum Sturzopfer deklariert und umgehend eingeäschert.«

Der Professor war irritiert. »Was gibt das für einen Sinn? Der ist doch nicht dement, oder?«

»Eigentlich nicht. Ich befürchte, da steckt mehr dahinter, doch so lange ich nichts beweisen kann, werde ich den Teufel tun, auch nur die kleinste Kleinigkeit an die große Glocke zu hängen.«

Frank stand abrupt auf. »Komm, Maggi, lass uns nach Hause fahren. Wir sollten gleich mit der Arbeit beginnen.«

Der Professor erhob sich ebenfalls. »Kann ich irgendwie helfen?«

»Ja«, lächelte Frank ihn an. »Sie sind doch mit dem Polizeidirektor unseres Kreises befreundet.«

»Befreundet nicht, er ist mein Stiefbruder.«

»Noch besser. Könnten Sie den bitten, meinen Chef für die nächsten paar Wochen in Stuttgart zu beschäftigen. Da wird sich doch bestimmt etwas finden lassen, so etwas Sinnvolles wie Urlaubsanträge bügeln oder so.«

»Ich werde sehen, was sich machen lässt, aber mir wird schon etwas einfallen.«

***

Frau Dr. Kleefisch hatte eine unruhige Nacht, daher tat ihr der Spaziergang gut. Der Allgemeinzustand ihres Freundes Bornheim machte ihr zu schaffen. Seit dem kleinen Zusammenbruch vor der Fleischerei war er schon x-mal bei ihr, zum einen, um sich Spritzen gegen seinen viel zu hohen Blutdruck geben zu lassen, und zum anderen, um sich bei ihr auszuweinen. Der Mann war einfach fix und fertig und nervlich nicht mehr in der Lage, der Bruderschaft effektiv zu dienen. So sehr sie ihn auch mochte, so lange sie sich auch kannten, in diesem Zustand war er letztendlich auch für sie eine Gefahr. Sie musste einfach handeln und hatte daher schon gestern den Grafen um ein Gespräch mit dem Großmeister gebeten. Den Grafen deshalb, weil er der einzige war, der wusste, wo man diesen unbekannten Großmeister erreichen konnte. Durchlaucht war eine Art Hofmarschall für diese nicht nur graue, sondern völlig unsichtbare Eminenz. Jeder von ihnen hatte schon ein oder mehrere Gespräche mit diesem Phantom gehabt, aber es gab niemanden, der es schon einmal gesehen hatte, der ihm schon einmal bewusst begegnet war. Diese seltsamen Treffen fanden immer außerhalb Schwalbachs statt und sie war schon auf dem Weg dorthin. Mit Treffen war das Ganze eigentlich nicht korrekt umschrieben. Man konnte immer nur mit ihm sprechen, von ihm war weit und breit nichts zu sehen, obwohl man das Gefühl hatte, von ihm gesehen zu werden. Else Kleefisch wurde wieder zum alten Hochstand im Jagen 73 bestellt. Da war sie schon zwei oder drei Mal gewesen. Dort angekommen, bestieg sie mit klopfendem Herzen die lange Leiter, die zur Plattform hochführte. Bei jedem Schritt sah sie sich sorgfältig um, ob sie auch niemand beobachtete. Selbst wenn, warum sollte sich eine Ärztin nicht einmal dafür interessieren, was so ein Jäger alles von da oben sehen konnte. Sie begann leise zu pfeifen, hatte aber Mühe, es sorglos klingen zu lassen. Sie war auch in einem Alter, in dem ihr die Luft für so eine Extradarbietung fehlte, und war schließlich froh, überhaupt oben angekommen zu sein.

Es war noch die Zeit dafür, ganz in Ruhe den wirklich einzigartigen Ausblick zu genießen. Um Punkt 13 Uhr zog sie den Pfropf aus dem Astloch eines der vier Eckpfeiler. Sofort begrüßte sie eine weit entfernte Stimme, die aus dem so entstandenen Loch zu ihr sprach. »Hallo, Frau Doktor, wie geht es Ihnen?«

Es ärgerte sie furchtbar, wie verlegen und unsicher sie wurde. »Bruder Großmeister, entschuldigen Sie bitte, dass ich Sie um diese Unterredung bat!«

»Keine Ursache, Schwester Else, ich bin immer für Sie da!«

»Ich komme wegen unseres überaus verdienten Bruders Willy Bornheim!«

»Was ist mit dem Herrn Hauptkommissar?«

Ohne Umschweife erzählte sie dem imaginären Astloch alles, was sie in der letzten Zeit mit dem Polizisten erlebt hatte, und wie sie ihn sowohl physisch als auch psychisch in den letzten Tagen hatte stützen müssen.

Nach kurzem Zögern antwortete die Stimme. »Würden Sie sich in der Lage sehen, in diesem Fall eine friedvolle Heimführung selbst vorzunehmen?«

Sie zögerte betreten. »Bruder Großmeister, also wenn ich ehrlich bin, gerade bei Willy Bornheim hätte ich doch ein Problem.«

Die Stimme unterbrach sie. »Sie können immer ehrlich zu mir sein, liebe Schwester. Ich weiß von den Liebesnächten Ihrer früheren Jahre.«

Die Ärztin wurde rot wie ein verliebter Backfisch. »Aber Bruder, ich kann, äh ich habe, bitte verstehen Sie.«

»Es ehrt Sie, liebe Schwester, dass Sie trotz Ihrer engen Bindung zu unserem Bruder zu uns gekommen sind. Das Leben wird für Bruder Willy zur Qual, und wir wollen ihm dabei helfen, den verdienten Frieden zu finden.«

»Dann gibt es wieder einen Thing der Bruderschaft?«

»Nein, liebe Schwester, das machen diesmal alles wir.«

Else Kleefisch schaute verdutzt auf das Astloch. Sollte das Gespräch hiermit beendet sein?

»Hallo«, rief sie zögerlich in das Loch. »Bruder Großmeister, sind Sie noch da?«

Sie horchte angestrengt, doch so sehr sie sich auch bemühte, sie hörte nichts weiter als die Vögel um sich herum und weiter entfernt einen Specht. Sie verschloss das Astloch wieder so, wie sie es vorgefunden hatte, stieg vom

Hochstand und machte sich auf den Heimweg. Sie musste sich beeilen, denn um 15 Uhr begann ihre Sprechstunde und vorher wollte Willy bestimmt wieder eine Spritze. Sie lächelte leise vor sich hin. »Er wird sich freuen, bald seine verdiente Ruhe zu haben.« Verlegen wischte sie sich eine Träne von der Wange. Aber was hieß *das machen alles wir*? Sollte die Bruderschaft einen speziell geschulten Todesengel haben? Wenn ja, warum war der nicht schon früher zum Einsatz gekommen?

***

Stefanie und Frank hatten den Rückweg nach Schwalbach schon fast geschafft, da bog er auf den Weg hoch zum gräflichen Schloss ab. Auf einem öffentlichen Parkplatz gab es einen Aussichtsplatz, von dem aus man die ganze Stadt überblicken konnte. Hierher zog sich der junge Polizist gerne zurück, wenn er über etwas nachgrübelte. Oben angekommen, präsentierte er dieses wunderschöne Fleckchen Erde mit einer eleganten Handbewegung. »Bitteschön, gnädige Frau, darf ich vorstellen, mein ganz persönlicher Schmollwinkel!«

»Und gibt es jetzt etwas zu schmollen?«

»Nee, aber hierher ziehe ich mich auch zum Denken zurück.«

Sie grinste ihn frech an. »Und wenn du zu Ende gedacht hast, dann fängst du an zu dichten?«

»Dazu hat es bisher nicht gereicht. Ich bin ja schon froh, wenn ich überhaupt zum Nachdenken komme, und jetzt brauche ich einfach eine Denkpause, sonst werde ich wahnsinnig in der Birne.«

Sie verließen das Auto und setzten sich auf eine Aussichtsbank. Sie zog ihren Mantel etwas enger um ihre Schultern. Es war plötzlich windig. »In meinem Kopf rauscht es auch. Gehen wir doch mal davon aus, dass die Zeitungs-Nolte, Bauer Heinrich, die Fleischermeisterin und ihr Mann ermordet wurden, dann ...«

Er unterbrach sie. »Du hast deine Mutter vergessen.«

Sie nickte. »Richtig, das ist für mich immer noch so unwirklich, dass ich es einfach ausblende. Also, Mama noch dazugerechnet, dann ist der kleinste gemeinsame Nenner doch nur der Tod. In der Art und Weise, wie sie, um es mit dem Professor zu sagen, vom Leben zum Tode befördert wurden, gibt es schon gewaltige Unterschiede.«

»Richtig, das reicht von absolut elegant, wie bei der Zeitungs-Nolte, bis hin zum blindwütigen Gemetzel, wie beim alten Maubach. Wenn sich das wirklich so zugetragen hat, wie es der Professor bisher aus den Fakten rekonstruieren konnte, dann hat da nicht nur einer gemordet, sondern sich furchtbar gerächt.«

Sie nickte wieder. »Richtig, das schoss mir auch sofort durch den Kopf. Wenn man nur wüsste, ob die Meisterin noch lebt, und wenn nicht, wie sie umgebracht wurde.«

»Und wenn sie umgebracht wurde, dann sollte auch noch geklärt werden, was mit ihrer Leiche geschah.«

Sie grinste wieder. »Da bekommt die Frage *was haste denn auf der Stulle?* eine ganz andere Bedeutung, gelle?«

»Hör bloß auf, sonst wird mir gleich wieder mulmig.«

»Allein die Frage, was es zwischen der Zeitungs-Nolte, der Meisterin und meiner Mutter eventuell gemeinsam gibt, überfordert mich schon völlig. Mutter war in keinem Verein, sie hat in keinem Kirchenchor mitgesungen, sie leitete keinen Bibelkreis und hat sich noch nicht einmal in den Ablauf des Kindergottesdienstes eingemischt. Diese Menschen lebten einfach nur gemeinsam in Schwalbach, sonst gab es nichts Verbindendes.«

»Frag doch mal deinen Vater.«

»Da hat es augenblicklich mehr Sinn, den Professor im Gekröse des alten Maubach lesen zu lassen. Aus meinem alten Herrn ist momentan nichts herauszubekommen.«

Frank hatte plötzlich eine Idee. »Kann es sein, dass das so eine Art Schocksymptom ist? Das liest man doch öfter, dass sich Menschen durch derartige Einflüsse wesentlich verändern können.«

»Ja schon, aber so seltsam ist er nicht erst seit Mamas Tod. Nun gut, eine Betriebsnudel war er noch nie, aber wenn man von einer Wesensveränderung sprechen kann, dann eigentlich seit dem vergangenen Herbst.« Sie dachte nach. »Richtig, Anfang Oktober war ich das letzte Mal hier, und da druckste Mama auch schon komisch herum, und sowie Papa zu Hause war, konnte man jedesmal die Luft förmlich schneiden.«

»Hatten deine Herrschaften vielleicht Zoff miteinander, das kann auch bei Pastors mal vorkommen?«

»Nee, das war nicht nur Zoff, das war mehr. Ich kann mich noch daran erinnern, dass ich meinem Sohn auf dem Nachhauseweg gesagt habe, dass über meinem Elternhaus so eine Art Damoklesschwert schwebe.« Sie fröstelte leicht. »Es ist zwar ein schöner Gedanke, mit dir hier oben Wurzeln zu schlagen, aber wir sollten uns vielleicht an die Arbeit machen und beginnen zu recherchieren.«

»Gerne, aber wo denn? Auf dem Revier ist so lange nicht daran zu denken, wie Bornheim in Schwalbach ist.«

»Ich denke, der ist augenblicklich krank.«

»Ist er auch. Er rennt alle naselang zur Kleefisch und lässt sich Spritzen gegen seinen Bluthochdruck geben. Aber zwischendurch kreuzt er immer wieder auf und treibt auf dem Revier alle in den Wahnsinn.«

»Darauf kannst du keine Rücksicht nehmen. Als Stellvertreter hast du ein eigenes Büro, und da kannst du schalten und walten, wie du willst.«

»Und wenn er begreift, woran ich da sitze?«

»Warum nicht, er ist schließlich auch Polizist!«

»Ja, aber hast du vergessen, was der Mann in dem ganzen Puzzle für eine unsägliche Rolle spielt? Wäre Bornheim vorgestern hier in Schwalbach gewesen, dann hätten die Kleefisch und er die ganze Nummer als normalen Arbeitsunfall deklariert, und der Altmeister wäre uns als falscher Hase verkleidet über den Esstisch gehoppelt!« Er schlug mit der Faust auf die Bank. »Nein, verdammt noch mal, dass mit den beiden etwas nicht stimmt, dafür würde ich ein Jahresgehalt verwetten.«

»Okay, dann hätten wir schon mal drei, mit denen in letzter Zeit etwas nicht stimmt. Meinen alten Herrn, die Kleefisch und deinen Chef. Wir sollten mal recherchieren, was die Überlebenden der Todeswelle gemeinsam haben. Vielleicht kommen wir mit diesem Ansatz weiter.«

Er erhob sich. »In Ordnung, das machen wir. Du kümmerst dich um die Lebenden, ich um die Toten.«

Sie erhob sich ebenfalls. »Hoffentlich haben wir in den nächsten Tagen keine feierliche Übergabe von meinem in dein Ressort zu beklagen.«

Franks Handy klingelte. Er ging ran und horchte. »Ach du Scheiße. In zehn Minuten bin ich da. So lange sagst du nichts, okay?« Er legte auf.

Sie schaute besorgt. »Schon wieder eine Leiche?«

»Nee, aber die Aasgeier kreisen über Schwalbach. Im Revier wartet ein Reporter der Bildzeitung, der etwas von einem Gemetzel in der Fleischerei gehört haben will.«

Sie schüttelte den Kopf. »Na Servus. Schwalbach mag bisher vielleicht ein Irrenhaus gewesen sein, jetzt aber wird es zum Hexenkessel.«

***

Kaplan Wallner schwebte auf einer rosa Wolke. Nichts von dem ganzen Hass, der sich seinem Chef gegenüber angestaut hatte, war mehr übrig. Im Gegenteil, er war tiefem Verständnis dafür gewichen, wie sehr sich alles im Leben verändern kann, wenn man nur liebt und obendrein noch dieses unglaubliche Gefühl genießt, geliebt zu werden. Er saß, wie so oft, einsam in den Bankreihen zum Marienaltar hin und wollte beten. Eigentlich hatte er gesündigt, aber wie kann man überhaupt sündigen, wenn einen so etwas Reines und Zartes wie eine Liebe erfüllt. »Man tut doch nichts weiter, als einem Geschöpf Gottes seine ganze Wärme und Zuneigung zu geben«, murmelte er bewegt. »Wer hat mir denn all das gegeben, wodurch ich diese unbändige Lust empfange. Das warst doch du, Herr!« Verstohlen blickte er sich immer wieder um, damit ihn auch wirklich niemand belauschen konnte. »Soll ich denn wirklich an meinem Glück verzweifeln müssen, um ein guter Priester zu werden?« Wallner kniete betend auf einer Kirchenbank, seine Augen füllten sich mit Tränen. Er wusste nicht, ob er vor Scham oder vor Glück weinte.

Er war viel zu sehr mit sich beschäftigt, als dass er hätte merken können, wie sich Harald Giesecke in die Kirche schlich. Er wollte es gar nicht, aber Giesecke konnte nicht hörbar schreiten, er war schon sein ganzes Leben lang geschlichen. Dem jungen Kaplan blieb beinahe das Herz stehen, als sich direkt hinter ihm jemand räusperte. Wie von der Tarantel gestochen schoss er hoch. »Mein Gott, sind Sie wahnsinnig!« Giesecke erschrak ebenfalls über die heftige Reaktion des Geistlichen. »Entschuldigen Sie bitte. Ich bin ganz normal hier reingekommen. Sie waren so ins Gebet vertieft, dass Sie mich nicht gehört haben.«

Wallner war ernsthaft verärgert. »Was wollen Sie um diese Zeit in der Kirche? Sie sehen doch, dass zur Zeit kein Gottesdienst ist.«

»Aber ich wollte doch nur fragen, ob Sie mir eventuell die Beichte abnehmen könnten«, stammelte der kleine Mann.

»Wie kommen Sie da ausgerechnet auf mich?«

»Weil Sie ein Priester sind, oder irre ich mich da?«

Jetzt war es Wallner, der einen irritierten Eindruck machte. »Entschuldigen Sie bitte. Natürlich bin ich Priester, selbst wenn ich meine Ausbildung noch nicht ganz abgeschlossen habe. Soll ich lieber meinen Chef holen?«

Giesecke schüttelte den Kopf. »Nein, danke, Herr Kaplan. Sie wurden uns ja schon im Gottesdienst vorgestellt.«

Wallner richtete sich auf. »Na, dann kommen Sie mit rüber zu den Beichtstühlen.«

Es dauerte ein wenig, bis sich Wallner bereit gemacht hatte, Giesecke hingegen sah zu, dass er sich so schnell wie möglich hinter seinen Vorhang verkroch, da fühlte er sich etwas geborgen. Als er durch das kleine Gitter, durch das sie voneinander getrennt waren, sah, dass der Kaplan bereit war, begann er stockend mit dem Begrüßungsritus. »Im Namen des Vaters, des Sohnes und des Heiligen Geistes, amen.«

Wallner lief es kalt über den Rücken. Irgendwie kam ihm die Stimme plötzlich bekannt vor. »Gott, der unser Herz erleuchtet, schenke dir wahre Erkenntnis deiner Sünden und seiner Barmherzigkeit.«

Giesecke konnte es gar nicht erwarten, seine geplagte Seele zu erleichtern. »Amen. Heiliger Vater vergib mir, denn ich habe gesündigt.«

Die Art, wie Giesecke das Wort *gesündigt* aussprach, verriet ihn. Wallner war plötzlich klar, dass er seinen Anrufer bei der Telefonseelsorge nun leibhaftig vor sich hatte. Der Ort, in dem sich das für Wallner Unfassbare abspielte, war also doch Schwalbach.

Am liebsten hätte er jetzt um Zeit gebeten, um seinen Vorgesetzten holen zu können. Aber konnte er diesen kleinen Mann, aus dem es geradezu vulkanartig heraussprudelte, überhaupt unterbrechen? Wallner überlegte fieberhaft. »Wenn das wirklich alles wahr sein sollte, was mir dieser Mensch erzählt, dann kann ich dem doch unmöglich die Absolution erteilen. Das geht doch gar nicht«, schoss es ihm durch den Kopf. »Und wenn der wirklich nicht lügt, dann sollte hier kein Pfarrer, sondern ein Staatsanwalt sitzen!«

Völlig ratlos ließ Wallner diese Beichte über sich ergehen. Er war viel zu entsetzt, als dass er sich das Ganze noch ein zweites Mal aufmerksam anhören konnte. Wie er feststellte, waren einige Formulierungen gleich, aber vielleicht lag das daran, dass der arme Mann diese Beichte regelrecht hatte üben müssen, bevor ihm das Unfassbare über die Lippen kam. Als Giesecke geendet hatte, entstand eine kurze Pause.

»Und wie soll das nun alles weitergehen, mein Sohn?«

Giesecke rang die Hände. »Woher soll ich das wissen, Herr Kaplan? Ich bin unserem Herrgott so dankbar, dass ich in all den Jahren noch niemanden habe umbringen müssen, aber wer weiß, wie lange mir das Glück noch treu bleibt. Wir werden doch alle älter und wunderlicher und es müssen immer mehr Brüder und Schwestern heimgeführt werden. Heute Abend ist wieder ein außerordentlicher Thing der Bruderschaft, und worum es da geht, ist uns allen klar.«

»Und was wird da beschlossen?« Wallner wollte jetzt Fakten.

»Dass irgendjemand dem ewigen Frieden anempfohlen wird.«

Der junge Priester wurde ärgerlich. »Hören Sie doch auf, von Frieden zu faseln, Menschenskind, das ist nichts weiter als heimtückischer Mord, was Sie da so verklärt mit Heimführen umschreiben. Mitwisser werden ganz brutal umgebracht. Da meuchelt lediglich ein Kumpan den anderen.«

Giesecke wurde es unheimlich. »Kann jemand, der so emotional reagiert, das Beichtgeheimnis überhaupt einhalten«, fragte er sich. Seine Gesichtszüge verhärteten sich. »Sie urteilen über Dinge, Herr Kaplan, von denen Sie gar nichts verstehen können. Schwalbach lebt seit 60 Jahren von der Bruderschaft, und wir Schwalbacher sind auch jederzeit dazu bereit, für die Bruderschaft zu sterben.«

Wallner wurde ungeduldig. »Was macht die Bruderschaft so reich, dass eine ganze Stadt seit einem halben Jahrhundert von ihr leben kann, und wer leitet das Ganze?«

»Herr Kaplan, allein das Wissen, das Sie jetzt durch meine Beichte haben, reicht aus, für die Bruderschaft als eine potenzielle Gefahr eingestuft zu werden. Wenn ich Ihnen auch noch Ihre Fragen beantworten würde, dann würden Sie diese Antwort keine 24 Stunden überleben. Ich möchte Sie nicht in Gefahr bringen. Ich bin nur hier, um von Ihnen die Absolution zu erlangen.«

Der Kaplan schüttelte den Kopf. »Und genau diese Absolution werde ich Ihnen nicht erteilen, dazu sehe ich mich außerstande. Ihre Bruderschaft scheint ja einen ganz heißen Draht zu unserem Herrgott zu haben, dann beichten Sie ihm doch bitte selbst. Seien Sie versichert, dass Ihre Beichte unser beider Geheimnis bleibt, aber wer bin ich denn, dass ich Ihnen Gottes Vergebung zusprechen könnte.«

Im ersten Augenblick war Giesecke sprachlos. Er wollte nichts weiter, als seine Seele zu erleichtern, und nun spürte er die Last der Schuld um ein Vielfaches. Er suchte nach Worten für seine Entrüstung. »Sind, äh, sind Sie überhaupt dazu berechtigt, mir die Sakramente zu verweigern?«

Mit dieser Attacke hatte nun wiederum Wallner nicht gerechnet. »Ich glaube, wenn ich ehrlich bin, nicht.« Er nickte betroffen. »Ja, vielleicht darf ich es wirklich nicht, und mache mich jetzt vor Gott und Ihnen schuldig. Es tut mir leid, aber ich kann nicht anders.«

Giesecke schluckte betroffen und bekreuzigte den Priester durch das kleine Gitter. »Gott, der barmherzige Vater hat durch den Tod und die Auferstehung seines Sohnes die Welt mit sich versöhnt und den Heiligen Geist gesandt zur Vergebung der Sünden. Durch den Dienst der Kirche schenke er Ihnen, Herr Kaplan, Verzeihung und Frieden.«

Wallner war völlig perplex. »Moment mal, das zu sagen ist mein Job!«

Giesecke stand auf und trat ins Freie. Bevor er ging, schob er den Vorhang des Priesterabteils etwas zur Seite. »Richtig, Herr Kaplan, und Ihren Job weigern Sie sich ja zu machen.«

Ohne ein weiteres Wort verließ der Kurzwarenhändler die Kirche. Vielleicht hatte er jetzt seine Unschuld für immer verloren, aber er hatte seinen Stolz wieder.

***

Stefanie saß am Küchentisch, dort, wo sie als Kind schon immer ihre Hausaufgaben gemacht hatte, und versuchte, ihre Predigt für den kommenden Sonntag zu schreiben. Sie hatte ein wenig Angst vor ihrem ersten Gottesdienst. Die meisten, die kamen, kannten sie noch als Tochter des Hauses. Man akzeptierte es, wenn sie sich als Theologiestudentin in den Ferien um das Zeltlager am See kümmerte, wenn sie ab und zu Diskussionen bei den Konfirmanden leitete, aber würde man sie auch als Pastorin respektieren?

Wenn es früher in der Schule irgendwie eng geworden war, und sie für eine wichtige Arbeit hier an diesem Tisch Vokabeln gepaukt hatte, dann hatte ihr die Anwesenheit ihrer Mutter geholfen, die dann meistens in der Küche stand und irgendetwas kochte oder einweckte. Und wenn sie nicht in der Küche zu finden war, dann schuftete sie in ihrem geliebten Garten, aber dann war das Wetter so gut, dass Stefanie ihre Schularbeiten auf der Terrasse machte. Aber ihre Mutter war immer in der Nähe und stützte sie allein durch ihre Anwesenheit. Sie sollte in ihrer Predigt auch die Hauptrolle spielen. Im Grunde war Stefanie noch immer über ihren Vater entrüstet, der ihrer Mutter eine würdige Beerdigung verwehrt hatte, und sie auch um einen wichtigen Teil ihrer Trauer betrog. Mit der Geste dieser Predigt, und mehr konnte es nicht sein, wollte sie wenigstens an diesen wunderbaren Menschen erinnern. Das war aber eine ganz schmale Gratwanderung, dessen war sie sich bewusst. Wenn sie zu sehr menschelte, ja, vielleicht sogar weinte, dann ging das ganz klar zu Lasten der Autorität, und darin musste sie sich zwangsläufig mit ihrem Vater messen. Würde er auch da sein? Würde sie überhaupt die Kraft haben, vor ihm zu predigen, ohne erneut die Fassung über sein Handeln zu verlieren?

So saß sie schon seit Stunden an ihrem alten, vertrauten Schul-, Küchen-, Schreib- und Esstisch und wurde von ihren eigenen Gedanken gejagt. Plötzlich hatte sie die rettende Idee. Sie wollte aus einer alten Predigt ihres Vaters zitieren. Damit ehrte sie ihn, und vor allem machte sie der Gemeinde damit klar, dass sich inhaltlich nicht so viel ändern würde. Seit ihr Vater als blutjunger Pfarrer diese Pfarrstelle übernommen hatte, fand ihre Mutter es der Mühe wert, jede einzelne seiner Predigten, die er stets vorher peinlichst genau auf einem großen Blatt Schreibpapier niederschrieb, zu sammeln und zu archivieren. Mit den Festgottesdiensten, Hochzeiten und Beerdigungen kamen da immer weit über 100 Bögen zusammen, die sie Jahr für Jahr in schwarzem Leder binden ließ, und in so einem langen Pastorenleben kam da einiges zusammen.

Sie ging ins Arbeitszimmer ihrer Mutter und betrachtete die lange Reihe dieser Werke. Anerkennend musste sie feststellen, dass die väterlichen Schriften die Marx-Engels-Werke an laufenden Regalmetern weit übertrafen. Nur inhaltlich hinkte er doch erheblich hinterher, daran konnte sie sich noch ganz genau erinnern. Manche seiner Predigten waren nicht nur schlecht, sondern aus ihrer heutigen Sicht auch noch peinlich gewesen. Da hatte er Mitte der fünfziger Jahre zu Kollekten aufgerufen, um möglichst allen Juden die Heimreise ins gelobte Land zu finanzieren, und noch viel Überzeugungsarbeit müsse geleistet werden, damit auch alle führen. Anfang der Sechziger hatte er sich nicht entblödet zu bemerken, dass es Dr. Martin Luther King sogar als Neger gelungen sei, einen ganz passablen Pastor abzugeben. Allein der Gedanke daran ließ sie erröten, aber das war es, was und wie die Leute früher dachten. Jedoch hatte es auch Sternstunden ihres Vaters gegeben, und danach wollte sie suchen, denn dafür hatte ihn ihre Mutter geliebt.

Wahllos zog sie einen Band aus dem ersten Viertel seines Lebenswerks. Zu ihrer Überraschung enthielt es Seiten über Seiten nur Zahlen. Zum Beispiel 22041958/1800 oder 20111963/2000. Sie schaute auf die weiteren Zahlenkolonnen. Die Zahlen vor dem Schrägstrich konnten durchaus auch fortlaufende Daten sein. Ziffer drei und vier ergaben zusammen niemals mehr als 12 und waren immer fortlaufend. Und die restlichen Ziffern mussten die Jahreszahlen sein, denn 1963 z.B. gab es, wie alle anderen auch, immer 12 mal. Sollten die Zahlen hinter dem Schrägstrich etwa Geldsummen sein? Aber wofür sollte ihr Vater 1958 monatlich 1.800 Mark eingenommen haben? Das bekam ja zu der Zeit noch nicht einmal ein Generaldirektor.

Jetzt wurde Stefanie neugierig. Sie zog aus der obersten Regalreihe einen geschlossenen Schuhkarton mit der Aufschrift *Kontoauszüge 63-78* heraus. Sie blätterte die ersten durch. Daraus war ersichtlich, dass ihr Vater 1965 jeden Monat 1.163,38 DM Gehalt bezog. Sie pfiff durch die Zähne. Dafür, dass Wohnen und Heizung, Strom, Wasser und Telefon frei waren, konnte man über so ein Gehalt zu der Zeit wahrlich nicht meckern. Dann wurde im Januar 63 noch die Lebensversicherung seltsamerweise für Mutter und Vater getrennt abgebucht und das war es dann. Am Ende des Monats ging dann alles, was über den Betrag von 100 DM hinausging, automatisch an ein gesondertes Sparkonto. So ging das Monat für Monat und Jahr für Jahr, nur dass sich die Summen durch Teuerungen und Gehaltserhöhungen jährlich änderten. Irgendwann kamen dann auch noch die Fernsehgebühren dazu, aber sonst nichts. Ihre Eltern hatten in den ganzen Jahren nicht ein einziges Mal etwas Geld fürs tägliche Leben vom Konto abgehoben, und wenn sie das hier richtig überblickte, müssten auf diesem ominösen Sparkonto Hunderttausende sein. Ihr wurde ganz schlecht, denn so etwas gab es doch nur, wenn irgendetwas nicht mit rechten Dingen zuging.

Mit zitternden Fingern zog sie den nächsten Lederband aus dem Regal. Langsam schlug sie ihn auf. *Sparkonto Mama und Papa* stand auf der ersten Seite. Sie überflog die Seiten. Hier hatte sie es schwarz auf weiß, jeden Monat ging ihr gesamtes Geld auf dieses Konto, und es wurde nie etwas abgehoben. Im Gegenteil, denn 1995 wurde die gesamte Lebensversicherung ihrer Eltern voll auf dieses Konto ausgezahlt, immerhin 300.000 DM. Als sie die letzte Seite aufschlug, wurde ihr fast schwindelig. Immer wieder zählte sie die Ziffern der Summe, die sie da ungläubig bestaunte. Ihre Eltern hatten 1.186.403,12 Euro auf ihrem Sparkonto!

Völlig entgeistert setzte sie sich auf den Schreibtischstuhl ihrer Mutter. »Verdammte Scheiße, meine Eltern waren Drogenbarone oder so etwas!«

Sie stürmte los, um ihren Vater zu suchen. Der grub wieder einmal den Garten um, mindestens zum zehnten Mal in dieser Woche, und von Tag zu Tag schien er dabei immer mehr physisch einzufallen. Seine Bewegungen wurden immer langsamer und unsicherer.

»Papa, jetzt hör mit der Buddelei auf und erkläre mir bitte, wie Mama und du in den Besitz von über einer Million Euro gekommen seid?«

Ihr Vater schaute sie wie durch einen Nebel an. »Frag Mama. Sie hat sich um unsere Finanzen gekümmert.«

»Mama kann ich nicht fragen!«

Der alte Mann begann wieder umzugraben. »Warum nicht? Sie ist in der Küche und backt sicher einen Kuchen.«

Ihr schossen die Tränen in die Augen. »Papa, Mama ist tot!«

Er schaute sie erstaunt an. »Das kann ich mir nicht vorstellen, davon hätte sie mir doch etwas erzählt!«

Sie bekam einen Schreck. War ihr Vater denn nun von einem Tag auf den anderen völlig verblödet?

***

Falk Scharnow oder Alexander von Steuben, wie er sich in Deutschland nannte, fuhr mit seinem gemieteten SLK zum ersten Mal in seinem Leben durch Schwalbach. Er fühlte sich vom ersten Augenblick an wohl in der Stadt seiner Vorväter. Es war nur schade, dass er niemanden seiner Familie mehr hier wohnen hatte. In den letzten Kriegswochen waren alle noch lebenden Scharnows per Schiff über Marseille nach Argentinien entkommen. Dort hatte dieser alte Familienname wieder den Klang bekommen, der ihm zustand. Hier in Deutschland hingegen würden alle männlichen von Scharnows sofort verhaftet werden, zumindest die, die den Krieg noch miterlebt hatten. Sein Großvater war schließlich einer der jüngsten SS-Generäle gewesen und erst 1945 von Himmler persönlich dazu gemacht worden. Unter seiner Führung war es noch zur Ardennenoffensive gekommen. Sämtliche Orte der Schlachten hatte Falk auf Bitten seines Großvaters schon abgeklappert und immer fleißig Handyphotos über Satellit nach Hause geschickt. Natürlich hatte die Kranzniederlegung am Bitburger Grab seines Großonkels, eines SS-Oberscharführers, nicht fehlen dürfen.

Für Falk war es höchst erstaunlich, dass sich Deutschland ohne seine wirkliche Elite, wie er sie nannte, die entweder tot oder vor den Alliierten geflüchtet war, so gut hatte entwickeln können. Über Internet hatte er stets den einsamen Kampf seiner deutschen Gesinnungsgenossen verfolgt, aber Kontakt wollte er nicht mit ihnen aufnehmen. Erstens sollte sein Deutschlandaufenthalt absolut geheim bleiben und zweitens waren diese Leute ganz erheblich unter seinem gesellschaftlichen und intellektuellen Niveau. Darauf legte Falk wie seine ganze Familie erheblichen Wert.

Als der junge Mann Schwalbach passierte, fuhr er hoch zum gräflichen Schloss und machte auf dem gleichen Parkplatz halt, auf dem Frank und Stefanie zur Mittagszeit noch die Aussicht auf Schwalbach genossen hatten.

Auch er war über den wunderschönen Ausblick entzückt. »Mein Gott, was ist Deutschland nur für ein schönes Land! Wie schön wäre es, wenn man hier auch so deutsch sein könnte, dass man wieder frei atmen dürfte!«

Es war aber weniger die Aussicht auf den Ort, die ihn interessierte, sondern vielmehr die direkte Umgebung. Schwalbach war rundherum von bergischem Gelände umgeben und lag in einem kleinen Tal. Sämtliche Hügelketten um den Ort herum waren mit dichten Wäldern überzogen, in denen es auch noch jede Menge Naturhöhlen gab. Für einen Menschen wie ihn, der beim chilenischen und argentinischen Militär diverse Einzelkämpferlehrgänge und Überlebenstrainings absolviert hatte, ein geradezu ideales Terrain, um sich für eine Weile verborgen zu halten. Wenn er sich noch ein oder zwei frische Autobatterien und ein paar Solarzellen besorgte, dann hätte er sogar Internet und Telefon in seiner Höhle. Also geradezu ein Luxusappartement in unmittelbarer Nähe seines zukünftigen Einsatzgebietes. Er beschloss, am nächsten Tag in Heilbronn alles das einzukaufen, was er benötigte, um damit seinen Umzug vom Hotel in die Natur einzuleiten. Wenn er erst einmal seine Basis eingerichtet hätte, dann würde er bereit sein, die Befehle seines Großvaters umzusetzen.

Er verließ sein Fahrzeug und machte einen ausgiebigen Spaziergang durch die Schwalbacher Wälder. Er musste sich richtig Mühe geben, wie ein wandernder Tourist zu erscheinen, falls er jemandem begegnete. Viel lieber wäre er schon jetzt mit dem Wald verschmolzen, aber er hielt sich diszipliniert an seine Rolle. Hier und da machte er einen kurzen Abstecher ins Dickicht, um die Fauna etwas näher zu studieren, und befriedigt stellte er dabei fest, dass auch die deutsche Natur über genug Pflanzen und Kräuter verfügte, um ihm zu ermöglichen, sein grausiges

Handwerk als Öko-Killer mit einheimischen Produkten auszuüben.

***

Inzwischen war Frau Kruse, die Haushälterin, vom Einkaufen zurückgekommen. Die Entdeckung mit dem Sparbuch behielt Stefanie erst einmal für sich.

Besorgt schaute sie auf ihren Vater, der auch noch bei beginnender Dämmerung nicht aus dem Garten wegzubekommen war.

»Anja, ist Ihnen an Papa in den letzten Tagen etwas aufgefallen?«

Sie wischte sich die Hände an ihrer Schürze ab. »Ich wollte es Ihnen ja auch schon sagen, Fräulein Pastor, aber irgendetwas stimmt mit Ihrem Herrn Vater nicht. Der hat in den vergangenen vier Tagen derartig erschreckend abgebaut, dass einem ganz Angst und Bange werden könnte. Und wenn Sie dem mal eine Weile beim Arbeiten zuschauen, dann macht der auch so komische Bewegungen zwischendurch. Als wenn er immer mal so einen Tic bekommt.«

Stefanie schüttelte den Kopf. »Und er gräbt nur noch den Garten um, was anderes macht er nicht mehr. Er hat auch völlig vergessen, dass Mama tot ist.«

Anja stellte sich neben Stefanie ans Fenster. »Und schauen Sie doch mal, Fräulein Pastor, wie Ihr Herr Vater da gräbt. Da ist doch überhaupt kein System mehr drin. Er verhält sich wie so eine verrückt gewordene Wühlmaus.«

Die Pastorin wandte sich von dem Anblick ab. »Ich werde morgen mal mit ihm zur Dr. Kleefisch gehen.«

»Aber die war doch jeden Tag hier und hat ihm irgendwelche Spritzen gegeben.«

Stefanie wurde hellhörig. »Die war jeden Tag hier, um Vater zu behandeln?«

»Aber ja, wenn ich es doch sage! Heute Morgen hat sie ihm wieder eine Spritze gegeben, und das war so eine alte, so eine aus Glas, wie man sie immer mal wieder in uralten Arztfilmen sieht.«

»Und das erkennen Sie?«

»Aber natürlich. Die modernen Spritzen, die sind doch aus Kunststoff, in Spezialpapier eingewickelt, das man so aufreißen muss. Die kann man auch immer nur ein Mal verwenden.«

Stefanie nickte anerkennend. »Das ist aber erstaunlich, worauf Sie achten, Frau Kruse.«

Sie winkte ab. »Das sehe ich doch immer im Ämmergenzi Ruhm, das ist doch meine Lieblingssendung. Da kriegen die besonders Kranken auch immer so einen elektrischen Schlag fürs Herz.«

Es klingelte an der Haustür.

Stefanie wollte schon losstürzen, aber Frau Kruse war schneller. »Das mache ich schon, Fräulein Pastor!«

Nach ihrer Entdeckung des Sparkontos hatte die Pastorin gleich bei Frank angerufen, um ihm davon und von dem sichtlichen Verfall ihres Vaters zu erzählen. Er hatte versprochen, nach Dienstschluss gleich bei ihr vorbeizukommen. Nun war sie glücklich, dass er es schon so früh geschafft hatte.

Frau Kruse geleitete ihn ins Wohnzimmer. »Ist das nicht schön, Fräulein Pastor, der Herr Wachtmeister macht seinen Antrittsbesuch!«

Stefanie nickte ihr zu. »Danke, Frau Kruse. Wenn Sie in der Küche fertig sind, dann können Sie für heute Feierabend machen.«

»In Ordnung, Fräulein Pastor, dann werde ich mal nach Hause gehen.«

Als sie die Tür hinter sich verschlossen hatte, musste Frank damit kämpfen, nicht laut loszulachen. »Habe ich da richtig gehört, Fräulein Pastor? Das muss doch für so einen ollen Blaustrumpf wie dich die Höchststrafe sein, oder?«

Stefanie lächelte. »Eigentlich schon, aber bei der alten Kruse ist das Fräulein eine Auszeichnung!«

Er lächelte. »Wieso das denn?«

»Weil sie meine Mutter ja schon immer mit Frau Pastor angeredet hat, und dabei war sie ja gar keiner. Ich bin doch aber nun eine gelernte Pastorin, und Frau Kruse drückt mit ihrem Fräulein Pastor nichts weiter als ihre Hochachtung davor aus. Und wenn sie dich nur mit Wachtmeister anredet, dann zollt sie dir damit ihren allerhöchsten Respekt. Für sie steht der Wachtmeister eben ganz oben in der Ordnungswelt. Da stinkt so ein normaler Kommissar aber ganz gewaltig gegen ab.«

Er schüttelte den Kopf. »Das muss man wissen! So, nun zu deinem alten Herrn, den du mir zeigen wolltest. Wo ist er denn?«

Sie zeigte nach draußen. »Im Garten und gräbt um.«

»Und das macht er schon seit vier Tagen?«

»Seitdem ich aus Hannover gekommen bin, gräbt er um. Zwischendurch hat er auf dem Kirchhof Mamas Urne verbuddelt, aber das war die einzige Abwechslung.«

»Ist er denn sonst normal?«

Sie schüttelte den Kopf. »Nein, ganz im Gegenteil. Papa ist völlig neben der Spur. Er begreift noch nicht einmal mehr, dass Mama tot ist, vorgestern hat er das zumindest noch gewusst.«

»Macht er denn zwischendurch so komische Bewegungen?«

Sie nickte. »Ja, woher kennst du das?«

»Von meinem Vater. Du weißt ja, dass meine Mutter bei einem Verkehrsunfall ums Leben kam. Sie ist in ihrem dementen Zustand direkt ins Auto gelaufen und von dieser Sekunde an hat Papa geradezu stündlich abgebaut. Das hat eine Woche gedauert, da hatte der eine komplette Alzheimerkrankheit mit allen Stadien durchgemacht.«

Sie war erstaunt. »Das gibt es doch gar nicht. Und was haben die Ärzte dazu gesagt?«

»Denen war das völlig schleierhaft. Zuerst kam die Kleefisch jeden Tag und hat noch was mit Aufbauspritzen fürs Gehirn versucht, aber am fünften Tag habe ich ihn abends noch ins Krankenhaus gebracht, wo er dann genau sieben Tage nach Mama einschlief.«

»Und kam das dir und den Ärzten nicht komisch vor?«

»Zumindest so komisch, dass eine Obduktion angeordnet wurde, um eine Vergiftung auszuschließen.«

Sie war gespannt. »Und, was kam dabei heraus?«

»Alzheimer im letzten Stadium.«

Sie schüttelte wieder den Kopf. »Das gibt es doch gar nicht. Alzheimer in nur einer Woche, das ist doch kompletter Blödsinn.«

Er zuckte mit den Achseln. »Wem sagst du das, aber versuch doch mal als Dorfpolizist etwas gegen einen Herrn Doktor der Medizin zu sagen. Da hast du doch sofort verschissen!«

Sie schaute besorgt nach draußen zu ihrem Vater. »Also, wenn ich dich richtig verstanden habe, deutet alles darauf hin, dass mein Vater in drei Tagen tot ist?«

»Wenn das die gleiche Krankheit wie bei meinem ist, dann ja. Wenn es überhaupt eine Krankheit ist.«

Sie dachte nach. »Wer hat deinen Vater denn damals obduziert, der Professor?«

»Nein, wo denkst du hin. Das war ein ganz normaler Wald- und Wiesenpathologe aus dem Krankenhaus.«

»Sollten wir Papa nicht mal vom Professor untersuchen lassen?« Frank wich entsetzt zurück. »Na, hör mal, Maggi, noch lebt er ja!«

»Und warum kann der nicht mal einen Lebenden untersuchen, wenn er dadurch vielleicht verhindern kann, dass er stirbt?«

Frank nickte. »Okay. Du kannst ja inzwischen mal deinen alten Herrn einfangen, nicht, dass er sich da draußen eine Lungenentzündung holt. Ich alarmiere währenddessen den Professor.«

Stefanie ging nach draußen zu ihrem Vater. »Hallo, Papa, willst du nicht mal reinkommen? Es ist doch schon dunkel und ganz kalt. Du musst doch Hunger haben.«

Er schaute nicht einmal zu ihr auf. »Schickt dich die Mama?«

Ihr kamen wieder die Tränen in die Augen. »Ja, die Mama schickt mich. Du möchtest jetzt bitte reinkommen und dich in deinen Sessel setzen.«

Er ließ den Spaten einfach fallen und wackelte unsicher in Richtung Haus. »Wenn die Mama das sagt, dann komme ich. Sie wird sonst so schnell böse.«

6

Harald Giesecke hatte wieder seinen Platz beim Thing der Bruderschaft eingenommen. Er wunderte sich ein wenig über sich selbst. Als über die Heimführung von Bruder Maubach entschieden worden war, da war er noch ein Nervenbündel gewesen, heute hingegen war er absolut cool. Hatte sich eventuell auch etwas an seinem Äußeren geändert? Er schaute gespannt an sich hinunter. Als er nichts feststellen konnte, war er fast ein wenig enttäuscht.

Trotzdem beschloss er, sich von nun an in seiner Haut wohler zu fühlen.

Er zählte heute zu den Ersten, die in der Versammlungshöhle erschienen. Liebend gerne hätte er etwas von diesem unverschämten Priester erzählt, vor allem davon, mit welcher Klasse er sich gewehrt hatte, aber was sollte schon ein Giesecke gebeichtet haben, wofür einem wie ihm die Absolution verweigert worden wäre. Auch die Brüder und Schwestern, die mit ihm etwas zu früh eingetroffen waren, schienen heute nicht gerade in Feierstimmung zu sein, denn das, was über die Heimführung von Meister Maubach durchgesickert war, hatte alles andere als mit einem Akt der Barmherzigkeit zu tun. Vor allem der Lotto Schrader und der Bestatter Ederer ereiferten sich. »Wie geht das an, dass einer von uns regelrecht abgeschlachtet wird.«

»Und wie man hört, soll die Polizei Bruder Erich auch noch in der Wurstmaschine gefunden haben.«

Frau Dr. Kleefisch betrat die Höhle. »Mein Gott, Ederer, fühlst du dich um eine Leiche betrogen?«

Das blaue Auge, das ihm Stefanie verpasst hatte, schillerte inzwischen grünlich gelb. »Das gehört sich nicht, dass einem Bruder auf diese Weise die letzte Ehre der Bestattung vorenthalten wird!«

»Was heißt hier letzte Ehre? Man sagt, dass du dich bei der Beisetzung der Frau Pastor nicht gerade vor Feierlichkeit überschlagen haben sollst!« Die Ärztin machte eine abfällige Handbewegung. »Und wo käme unser Ederer auch hin, wenn die erlauchte Kundschaft plötzlich statt eines Sarges die Pelle wählen würde, was?«

Nun war es wieder Bruder Schrader, der seine Stimme erhob. »Also stimmt das mit der Wurst?«

Die Ärztin wurde ungehalten. »Blödsinn. Das ist ein bösartiges Gerücht!«

Ederer fuhr dazwischen. »Und wo bitte ist die Leiche? Den jungen Meister haben wir in die Rechtsmedizin gebracht, und was ist mit dem alten?«

Sie grinste ihn bösartig an. »Den hast du wohl vergessen noch zu Lebzeiten zu bearbeiten. Tja, mein Freund, der hat Fahnenflucht begangen. Der hat seine Leiche der Pathologie vermacht, und die haben ihn auch abgeholt!«

Giesecke hätte jetzt am liebsten etwas eingeworfen, nämlich dass das nicht stimmen konnte. Er hätte so ein Auto sehen müssen, sein Laden lag doch genau gegenüber der Fleischerei, und er hatte den ganzen Tag nichts anderes zu tun gehabt als zu gucken. Er schwieg aber lieber. Sein Instinkt sagte ihm, dass es für ihn ganz bestimmt nicht gut wäre, es sich mit der Ärztin zu verderben. Er war aber doch erstaunt, dass Frau Dr. Kleefisch so überzeugend lügen konnte. Er hatte sie in letzter Zeit oft so überzeugend erlebt. Sollte sie da auch immer gelogen haben?

Als der Abt der Bruderschaft den Thingplatz, wie die Höhle offiziell genannt wurde, betrat, herrschte schlagartig Stille. «Brüder und Schwestern, ich spüre eine ungute Stimmung unter euch. Was ist los?«

Wieder war es der Schrader, der seinem Unmut freien Lauf ließ. »Bei unserem letzten Thing wurde beschlossen, dass Bruder Maubach heimgeführt werden solle. Was man so hört, ist der regelrecht abgeschlachtet worden.«

Der Anführer schaute fragend zu Frau Dr. Kleefisch. »Schwester Else, du hast bei den Brüdern Erich und Edwin den Tod festgestellt. Kannst du das bestätigen?«

Sie schüttelte den Kopf. »Bruder Erich starb offensichtlich eines natürlichen Todes und der arme Edwin, Gott sei ihren Seelen gnädig, erlag einem tragischen Arbeitsunfall.«

Jetzt war es Hanne Winkler aus dem Bettengeschäft, die dazwischenrief. »Das ist doch Blödsinn. Es heißt, der Erich sei regelrecht geplatzt!«

Der Ton der Ärztin wurde resolut. »Er ist im Schlaf gestorben!« Der Graf versuchte zu beschwichtigen. »Siehst du, Schwester Hanne, es hat alles seine Richtigkeit!«

Eine männliche Stimme war aus dem Hintergrund zu hören. »Seit wann platzt man denn im Schlaf, da lachen ja die Hühner!« Allgemeines Gemurmel setzte ein.

Obwohl er lieber gleich zur Tagesordnung übergegangen wäre, sah sich der Abt dazu gezwungen, die Unzufriedenen in der Runde wieder etwas zu besänftigen. »Liebe Brüder und Schwestern«, rief er mit erhobenen Armen. »Bitte habt doch etwas Geduld. Es wird sich alles zu eurer Zufriedenheit klären. Seid versichert, dass Erich wirklich in Würde starb. Gegenteilige Gerüchte sind bösartig und falsch.«

Jetzt erhob wieder der Ederer das Wort. »Was ist denn mit unserem Bruder Hauptkommissar? Das ist der einzige, der es wirklich wissen müsste, und der schweigt! Wo ist der überhaupt?«

Die Stimme des Anführers wurde immer gereizter. »Bruder Willy ist nicht da.«

Die Ärztin fiel ihm ins Wort. »Er ist nicht da, liebe Brüder und Schwestern, er wurde nach Stuttgart beordert. Aber er ist nicht der Grund für unseren heutigen Thing. Wir sind wegen unseres Bruders Günther hier!«

In Ederers Stimme lag so etwas wie Mitleid. »Mein Gott, was hat er denn? Ich habe den Pastor doch heute noch in seinem Garten gesehen.«

Auch die Ärztin senkte wieder ihre Stimme. »Das kann sein, liebe Brüder und Schwestern, er hat die Alzheimer Krankheit, und zwar in der übelsten Form.«

Der Abt kratzte sich nachdenklich am Kinn. »Alzheimer ist eine Krankheit des Gehirns. Könnte seine Zurechnungsfähigkeit darunter leiden?«

Die Ärztin nickte. »Ja, bei dieser seltenen Form ist das zu erwarten. Der Verstand unseres Bruders ist schon eingetrübt und es wird bald ganz dunkel in seiner Seele.«

Eine Stimme von weiter hinten: »Das ist ja wie bei dem Bruder Posselt. Gibt es dagegen wirklich keine Medikamente?«

Frau Dr. Kleefisch zuckte mit den Achseln. »Dagegen ist leider noch kein Kraut gewachsen, aber bitte beruhigt euch, das ist definitiv nicht ansteckend.«

Der Ordenschef unterbrach sie: »Brüder und Schwestern, wir sollten darüber abstimmen, ob wir Bruder Günther, dem wir alle so viel verdanken, nicht ein irdisches Ende in Würde und Frieden gönnen wollen?«

Jetzt brauste Ederer wieder auf. »Wird das der Nächste sein, der im Schlaf platzt? Ohne mich!«

In der Runde war Zustimmung zu vernehmen. Jetzt drohte selbst dem Abt die Situation zu entgleiten. Er schaute flehentlich in Richtung von Pfarrer Nickel, der sich bei den Things stets in der zweiten Reihe aufhielt.

Als der das Wort erhob, öffnete sich vor ihm eine Gasse. »Liebe Brüder und Schwestern. Ihr wisst, wie ich allein schon wegen meines Glaubens den Heimführungen gegenüberstehe. Also kann meine Meinung hier nicht maßgebend sein. Aber ich weiß, wie ihr darüber denkt, einem lieben Mitmenschen unendliches Leid zu ersparen. Die meisten von uns können dies mit ihrem Gewissen vereinbaren, und um nichts anderes geht es hier.«

Einige nickten zustimmend, die anderen waren eher skeptisch. »Beim alten Maubach war auch nichts anderes geplant, aber es ist ja nun offensichtlich anders gekommen.«

Der Pfarrer schüttelte den Kopf. »Es ist so gekommen, wie es Gott für Bruder Erich geplant hat, so und nicht anders.«

Die Ruhe war hergestellt und der Abt ergriff, dem Priester mit einem Kopfnicken dankend, wieder das Wort. »Liebe Schwestern und Brüder, lasset uns nun zur Abstimmung kommen.«

***

Der alte Pastor saß inzwischen in eine Decke gehüllt in seinem Fernsehsessel. Neben ihm stand auf einem Beistelltischchen sein Abendbrot und eine Tasse Fencheltee und vor ihm flimmerte im Fernsehen das Vorabendprogramm. Stefanie und Frank hatten es sich in der Küche gemütlich gemacht. Auch sie gönnten sich frischen Tee.

»Nun, Herr Posselt«, lächelte sie ihn an, »was haben Sie beim Professor erreichen können?«

»Tja, Frau Pastor, entschuldigen Sie bitte, Fräulein Pastor heißt es ja neuerdings, wenn man Sie in Ihrem Job akzeptiert. Der Professor wird noch heute nach der Arbeit bei Ihnen aufschlagen. Ist Ihnen das recht?«

»Was denn, der kommt extra für uns hier raus?«

»Kommt er, aber er hat so viel zu tun, dass er mit Sicherheit nicht vor 22 Uhr hier sein wird. Ist das dem Fräulein Pastor so recht?«

»Hat der noch eine Rechnung bei dir offen oder ist das wissenschaftliches Interesse?«

»Ich würde sagen beides. Natürlich geht da mit ihm der Wissenschaftler durch, wenn er hört, dass es hier bei uns in Schwalbach einen tödlichen Alzheimer gibt und die Krankheit nur eine Woche dauert. Und obendrein mögen wir uns.«

»Ist ja auch ein Netter.«

Sie schlürfte nachdenklich ihren Tee. Er beobachtete sie aufmerksam.

»Und?«

»Was und?«

»Du wolltest mir doch etwas zeigen, oder erzählen, was du entdeckt hast.«

»Würdest du mir glauben, wenn ich dir erzähle, dass meine Eltern Millionäre sind?«

Er lächelte sie an. »Sofort.«

Sie schaute ihn verblüfft an. »Und du würdest keinen Augenblick an mir zweifeln?«

»Nicht eine Sekunde. Bei meinen war es ähnlich viel Geld, das sie mir hinterlassen haben. Und glaube mir, ich saß genauso bedeppert da wie du, nur hatte ich niemanden, dem ich es erzählen konnte.«

»Frank, sage mir bitte, was in diesem Kaff vor sich geht. Das ist doch nicht normal, dass ein kleiner Dorfpfarrer in seinem Leben Millionen anhäuft. Haben unsere Alten hier irgendwo Opiumfelder, Spielkasinos oder Kinderbordelle?«

Er lächelte verträumt. »Schön wär's. Dann hätten wir wenigstens Klarheit und wüssten, wogegen wir kämpfen könnten. Haben deine Alten nie auch nur eine Mark für ihr tägliches Leben abgehoben?«

»Nicht einen Groschen! Die hatten beide auf ihren Girokonten jeweils einen Dispositionskredit von 15.000 Euro. Und beide waren nicht mal mit einem Cent in den Miesen. Frank, das ist nicht normal.«

»Vielleicht doch.«

Sie schaute ihn verblüfft an. »Wie meinst du das?«

»So wie ich's sage. Vielleicht ist das für Schwalbacher Verhältnisse völlig normal.«

»Hm, um das rauszubekommen, müssten wir in die Sparbücher der anderen älteren Schwalbacher schauen dürfen.«

»Aber wenn unsere Altvorderen allesamt reich waren, dann hätte sich das doch rumsprechen müssen!«

Sie lachte auf. »Gerade hier, wo einer dem anderen nicht einmal das Schwarze unter den Fingernägeln gönnt? Nee, mein Lieber, da wird jeder geerbte Euro zum Familiengeheimnis erklärt.«

»Und wie kommen wir an die Konten unserer Mitbürger heran? Die in der Sparkasse würden mir etwas husten.«

»Selbst wenn du dort in Uniform erscheinst?«

»Selbst dann hätte ich keine Chance.«

Plötzlich hatte sie eine Idee. »Den Schlüssel für die Maubach'sche Wohnung hast du doch auf dem Revier, oder?«

»Klar doch.«

»Dann schnappen wir uns den und schauen dort mal nach. Wenn unser Verdacht stimmt, müssten wir dort ja auch die dicken Kontoauszüge finden, oder? Bis der Prof hier aufschlägt, sind wir längst wieder da.«

»Dann lass uns schnell gehen.« Er zögerte plötzlich. »Und was ist mit deinem Vater?«

»Der sitzt jetzt so lange in seinem Sessel, bis ich ihn da raushole. Dem fällt gar nicht auf, wenn wir mal kurz weg sind.«

Beide erhoben sich. Die Pastorin warf noch schnell einen Blick auf ihren alten Herrn, der nach wie vor regungslos vor der Flimmerkiste saß. Plötzlich zögerte Frank. »Moment, was sagen wir auf dem Revier, wenn mich einer fragt?«

Sie dachte kurz nach. »Dann sagen wir einfach, dass ich die Maubachs aus dem Kirchenregister und den Taufbüchern austragen muss, und dazu benötige ich die Taufbescheinigungen.«

***

Auf dem Thingplatz in der alten Silbermine waren inzwischen die Stimmzettel ausgegeben worden. Harald Giesecke staunte noch immer über sich selbst. Noch vor Kurzem hatte er hier gestanden, ebenfalls mit so einem Stimmzettel in der Hand, und war ein nervliches Wrack gewesen. Heute hingegen war er die Ruhe selbst. Er war sich sicher, heute das Kreuz des Todes gezogen zu haben. Ihm war völlig klar, dass er in den kommenden Tagen zum Mörder werden würde, aber es ließ ihn völlig kalt. »Mensch, Giesecke«, dachte er nicht ohne Bewunderung. »Du hast doch wohl nicht etwa das Zeug zum Bösen?«

Ein Gong ertönte und jeder klappte seinen Zettel auf. Es kam, wie er es schon gefühlt hatte, Giesecke hatte das Kreuz gezogen. Wie versteinert sah er unablässig auf das Papier, nicht sicher, ob er nicht doch vielleicht alles nur träumte, wie er es so oft schon getan hatte. Ganz in sich gekehrt wartete er darauf, dass er aufwachen würde, aber es wollte nicht klappen. Die Stimme des Abtes klang an sein Ohr. »Bruder Harald, ist alles in Ordnung?«

Giesecke zuckte zusammen. »Natürlich, Bruder Abt. Es ist alles wunderbar.«

Die Ärztin schaute verwundert zu ihm hinüber. Sie war sich sicher, von ihrem Platz aus das Kreuz auf Gieseckes Zettel entdeckt zu haben, als er ungeschickt versucht hatte, ihn zu verbergen. Sonst kippte er doch schon vor Erleichterung um, wenn er das Freilos sah, aber was war heute mit ihm los? Sie beschloss, ihn ganz genau im Auge zu behalten.

Giesecke selbst war wirklich cool bis in die Haarspitzen. Normalerweise pochte sein Herz schon heftiger, wenn er nur jemandem Guten Tag sagte. Nun sollte er jemanden ermorden, und ihm wurde noch nicht einmal heiß. Was würde er jetzt für einen Spiegel geben, um sich in diesem Augenblick von oben bis unten betrachten zu können. Er lächelte und stellte sich vor, wie er eine schöne Frau begrüßte. »Mein Name ist Giesecke, Harald Giesecke, und ich habe die Lizenz zum Töten, Kleines.« Dieses Männchen machte die Metamorphose zum Mann durch, vom Kurzwarenhändler zum Killer, und das berauschte ihn. Er spürte, wie er nach über 50 Jahren des Vegetierens anfing zu leben. Doch bevor er dieses Gefühl so richtig auskosten konnten, musste der gute, alte Bruder Karl Jänicke getötet werden, und zwar ohne Aufhebens. Natürlich hatte sich Giesecke schon lange mit dem Gedanken des Tötens beschäftigt. Er hatte viel darüber gelesen. Zum Beispiel, wie die Leute in Haiti mit so einem Problem umgehen. Da wird mit Voodoo gearbeitet, sauber, schnell und vor allem zuverlässig. In der Literatur wurden auch immer wieder die fernöstlichen Tötungsmethoden angepriesen. Gift zum Beispiel, das man an einem langen Faden von der Zimmerdecke direkt in den Mund des Opfers laufen lassen konnte. Wie er aber ohne Spuren zu hinterlassen an die Schlafzimmerdecke des Pastors kommen sollte, blieb in der Literatur unbehandelt. Giesecke war derartig in seine Gedanken vertieft, dass er gar nicht mitbekam, dass das Thing schon beendet war. Der Abt musste ihn quasi wecken. »Bruder Harald, was ist mit dir? Willst du nicht nach Hause? Suchst du ein Gespräch mit mir?«

Giesecke schreckte hoch. »Wie bitte?«

»Möchtest du mit mir reden, Bruder Harald?«

»Nein, danke, Bruder Abt.«

»Das Kreuz fiel durch Gottes Hand auf dich?«

Giesecke zuckte zusammen. Diese direkte Ansprache ließ seine Courage plötzlich wieder sinken. »Ja, Bruder Abt, aber woher wissen Sie?«

»Die Reaktion derer, die Gott zu seinem Werkzeug erwählt hat, ist meist dieselbe. Und, wirst du dieser Aufgabe gewachsen sein?«

Giesecke hatte es satt, von vornherein als Loser eingestuft zu werden und richtete sich auf. »Mein Schöpfer hat in mir immer einen zuverlässigen Diener gehabt, und daran wird sich auch in Zukunft nichts ändern.«

»Wird die Bruderschaft also auf dich zählen können?«

»Bisher gab ich keinen Anlass, dass ihr daran zweifeln könntet, oder?«

Der Abt verneigte sich vor ihm. »Das stimmt, Bruder Harald. Wer dich kennt, wird daran unmöglich zweifeln können.«

Diese Worte, und vor allem die Verbeugung vor seiner Person, war Balsam für die geschundene Händlerseele. Auch er verneigte sich leicht. »Ihr werdet nichts dagegen haben, wenn ich mich zurückziehe. Gott berief mich, und dem gerecht zu werden, bedarf meiner ganzen Aufmerksamkeit.«

Giesecke drehte sich um und ging. Er hinterließ einen völlig verdutzten Abt.

***

Die Wohnung der Familie Maubach lag in einem seltsamen Dunkel. Es war gerade so dunkel, dass man die Schatten der Nacht noch sehen und sich fürchten konnte.

»Kannst du mir mal sagen, warum wir kein Licht machen? Wir tun doch nichts Verbotenes, oder?«

»Doch, und das weißt du ganz genau.«

»Aber wenn wir uns wie die Diebe aufführen, wissen alle, dass unser Tun verboten ist. Wo Lux ist, ist auch Legis!«

Er lachte. »Wo hast du denn den Spruch her? Wo Licht ist, ist auch Gesetz, das habe ich ja noch nie gehört!«

»Ich denke, du bist nur ein kleiner, dummer Dorfpolizist. Solche Leute pflegen kein Latein zu beherrschen.«

»Und ich dachte, du bist Pastorin, und die pflegen im Allgemeinen nicht in Wohnungen einzubrechen, um fremde Konten zu inspizieren.«

»Touché, mein Lieber. Okay, machen wir nun Licht? Dann verleihen wir unserer Aktion wenigstens einen Hauch von Legalität.«

Frank betätigte den Schalter und beide sahen sich einem unvorstellbaren Chaos gegenüber. Der Polizist war sprachlos. »Mein Gott, ich dachte, so was gibt es immer nur in Krimis. Wer zum Teufel hat hier was gesucht?«

»Ich nehme mal an, das, was ich bei meinen Eltern auf dem Konto gefunden habe.«

»Aber die Maubachs waren Fleischermeister und keine Drogenbarone.«

»Das kannst du heutzutage kaum noch auseinanderhalten. Die Kontoauszüge vermuten wir einfach mal in der Nähe des Schreibtischs. Ich werde mich dort umtun. Du nimmst den Rest der Wohnung.«

Er zog mehrere Gummihandschuhe aus seiner Jackentasche. »Die sollten wir uns aber vorher anziehen.«

Sie lächelte ihn an. »Muss ich dabei auch so wichtig gucken wie die Damen und Herren in den CSI-Krimis?«

»Selbstverständlich!«

»Dann möchte ich aber auch so eine schicke Weste haben, wo hinten SBPD draufsteht.«

»SBPD, was soll denn das schon wieder heißen?«

»Schwalbach Police Departement, was sonst.«

Beide machten sich an die Arbeit. Im Arbeitszimmer der beiden Fleischermeister herrschte das größte Durcheinander. Dort war wirklich das Unterste zuoberst gekehrt, was aber Stefanie die Suche erleichterte. Die meisten der Bankordner lagen verstreut auf dem Boden und die Pastorin konnte auf den ersten Blick sehen, dass da nicht viel zu holen war. Nach genauerem Studium war aber zu erkennen, dass von den Konten jede Woche mindestens 2.000 Euro, und vor 2001 die gleiche Summe in DM als Barauszahlung abgehoben worden waren. Ordner über Aktiendepots und sonstige finanzielle Anlagen waren nicht zu sehen.

»Was ist, hast du was gefunden? Ich sollte jetzt lieber die Kollegen rufen und den Einbruch melden.«

»Was für einen Einbruch? Hast du irgendwelche Spuren gesehen, die darauf hindeuten?«

»Nein.«

»Und was für einen Einbruch willst du dann melden? Der Schlüssel lag auf dem Revier! Es kann also nur ein Polizist gewesen sein.«

»Richtig, und deshalb muss ich das hier an die ganz große Glocke hängen. Nachher heißt es noch, wir beide hätten das Chaos hier verursacht und vielleicht sogar noch etwas gestohlen.«

»Stimmt. Dann rufe die Kollegen jetzt. Ich habe alles gesehen, um sagen zu können, dass das dicke Geld, wenn es da sein sollte, nicht auf den hier ersichtlichen Konten liegt.«

Während Frank auf dem Revier anrief, blieb Stefanie grübelnd vor dem umgestürzten Sofa stehen. Irgendjemand hatte bei jedem einzelnen Sesselsegment den Juteboden aufgeschlitzt, um darin nach irgendetwas zu suchen, aber etwas stimmte nicht an diesem Bild. Sie versuchte sich vor Augen zu rufen, wie solche Durchsuchungen in den Krimis immer vor sich gingen. Da wurden die Möbel von vermummten Kerlen umgestürzt, ein Messer wurde in den Stoff gestoßen und dieses dann mit einem einzigen Ruck runtergezogen.

Plötzlich hatte sie die Erleuchtung. »Frank, das hier war kein Profi!«

»Hat dir das gerade eine himmlische Putte ins Ohr posaunt?«

»So in etwa. Schau dir doch mal die Sesselböden an. Ein Profi schlitzt so was mit dem Messer auf. Das hier wurde mit einer Schere geschnitten, und die haben sie auch noch auf dem Couchtisch liegen lassen.«

»Vielleicht gehört die Schere in diesen Haushalt.«

»Nehme ich an, aber ein Profi hätte sein eigenes Werkzeug mitgehabt.«

»Aber eines passt wieder zusammen.«

»Was denn?«

»Sie sind mit der Wohnung ähnlich verfahren wie mit dem alten Meister. Da passt es auch, dass sie kein eigenes Messer dabei hatten.«

»Warum das?«

»Weil das Messer, das sie beim Mord am alten Maubach bei sich hatten, inzwischen eine Mordwaffe war, und sowas lässt man nach der Tat verschwinden!«

Vor dem Haus hielt ein Auto und durch die Fenster konnten sie das Blitzen der Blaulichter sehen.

»Das ist ja ärgerlich, dass die so schnell hier sind, so können wir gar nicht mehr weitersuchen.«

»Natürlich können wir. Wenn die Kollegen da sind, machen wir uns nicht mehr verdächtig.«

»Bevor du unbefangen stöbern kannst, musst du mich aber noch nach Hause bringen. Der Prof kommt gleich!«

»Stimmt, den hätte ich glatt vergessen. Okay, dann aber gleich. Ich möchte dabei sein, wenn die Spurensicherung hier durchgeht.«

***

Falk Scharnow hatte seinen Wagen ein gutes Stück vor Schwalbach auf einem Feldweg geparkt. Hier, war er sich sicher, würde heute niemand mehr vorbeikommen, und von der Straße aus konnte man das Fahrzeug nicht sehen.

Bis ins Stadtzentrum hatte er keine 20 Minuten Fußweg, für einen durchtrainierten jungen Mann wie ihn war das keine Entfernung. Er war auf dem Weg, seinen ersten Auftrag, den er erst vor einer Stunde über Satellitentelefon aus Argentinien erhalten hatte, zu erfüllen.

In den Tagen zuvor hatte sich Falk einen genauen Lageplan aller relevanten Häuser von Schwalbach eingeprägt, sodass er für sich inzwischen von einem bekannten Terrain sprechen konnte. Vor allem hatte er sich sämtliche Fluchtwege genauestens eingeprägt, eine Vorgehensweise, an der man den Profi erkannte.

Sein Ziel war das Pastorenhaus der evangelischen Gemeinde des Ortes. Es war an der Zeit, so wurde befunden, Pfarrer Jänicke nach einem erfüllten Leben seinem Gott anzuempfehlen. Für diese Aufgabe war Falk ausgebildet worden und er hatte schon einige Male im Auftrag seines Großvaters bewiesen, dass er seinen Job geradezu virtuos beherrschte. Ganz im Gegensatz zu Harald Giesecke, der diese Aufgabe eigentlich selbst erledigen sollte, dem man dies aber nicht zutraute, jedenfalls nicht der Graf, und dies meldete er auch nach Argentinien. Falk hingegen war ein Künstler in puncto Mord und konnte für sich in Anspruch nehmen, bei seinem Handwerk weitaus gnädiger zu sein, als man es vom natürlichen Tod behaupten konnte.

Vorsichtig schlich er sich von der Gartenseite her an das Haus heran. Im Wohnzimmer brannte noch Licht. Mit geübtem Griff hielt er ein elektronisches Stethoskop an die Fensterscheibe. So konnte Falk alles hören, was im Haus vor sich ging. Das moderne Richtmikrofon war sogar in der Lage, Atemgeräusche aus entfernteren Zimmern zu übertragen und den im Wohnzimmer geradezu infernalisch lauten Fernseher auszublenden. Falk hatte Glück, denn bis auf den alten Mann, der vorm Fernseher eingeschlafen schien, war niemand im Haus. Er war sich sicher, sein Opfer gefunden zu haben.

Vorsichtig schlich er zur Terrassentür. Er fand sie verschlossen, was ihn aber nicht weiter störte. Über dem Boden befand sich in der Tür eine kleine Katzentür, die sich einfach nach innen öffnen ließ. Lautlos schob er einen rund vier Meter langen, relativ starren Plastikschlauch durch diese kleine Öffnung, fast neben den Sessel des alten Pastors. Das andere Ende verband er mit dem Ventil einer kleinen Gasflasche, die er aus seiner Lederjacke fischte. Zur eigenen Sicherheit zog sich der junge Argentinier eine kleine Gasmaske über das Gesicht, dann erst ließ er das Gas aus der Flasche ins Zimmer strömen.

Wäre der alte Pastor noch völlig bei Sinnen gewesen, hätte er sich vielleicht etwas darüber gewundert, dass sein Gott plötzlich Ähnlichkeit mit Frank Elstner hatte, den er gerade noch im Fernsehen hatte moderieren sehen, aber dazu war sein Gehirn schon zu geschädigt. So schien es, als hätte er zwischen zwei Atemzügen einfach nur den nächsten vergessen zu tun. Pastor Jänicke starb ganz leise, so, wie er gern mit seiner Frau zusammengelebt hätte.

Der junge Mann hatte kaum Zeit, den Plastikschlauch wieder einzuziehen, da wurde er durch einen vorm Gemeindehaus haltenden Wagen gestört. Blitzschnell, ohne einen Laut zu verursachen, packte er seine Utensilien zusammen und verschwand wie ein dunkler Schatten aus dem Pastorengarten.

Stefanie beeilte sich, ins Haus zu kommen. Dass sie ihren Vater schon fast zwei Stunden allein gelassen hatte, machte sie nun doch etwas unruhig. Hastig schloss sie die Wohnungstür auf und beruhigt stellte sie fest, dass alles so war, wie sie es mit Frank verlassen hatte. Der Fernseher brüllte in der vertrauten Lautstärke und sie sah schon aus der Diele ihren alten Herrn friedlich in seinem Sessel schlafen.

Als sie ihre Jacke an die Garderobe hängen wollte, schnüffelte sie plötzlich. Ein süßlicher Blumengeruch stieg ihr in die Nase. Wie ein Reh, das Witterung aufgenommen hat, drehte sie ihren Kopf hin und her, um die Richtung zu orten, aus der dieser seltsame Geruch kam. Kein Zweifel, er kam aus dem Wohnzimmer. Plötzlich merkte sie, dass sie mit jedem witternden Atemzug immer mehr der Wirklichkeit entrückte. Der Pastorin wurde schwarz vor Augen. Nach zwei Schritten, die sie ins Wohnzimmer machte, sackte sie bewusstlos in sich zusammen.

***

In der Wohnung der Familie Maubach lief inzwischen das ganze kriminaltechnische Programm ab. Nach und nach gab die Spurensicherung einen Raum nach dem anderen wieder frei, sodass Frank sich gründlich, ohne Verdacht zu erwecken, umsehen konnte. Ihm fielen an dem Schlüsselbund, den er von der Wohnung hatte, zwei Doppelbartschlüssel auf, die zu einem Safe oder zu einer schweren Geld- oder Schmuckkassette passen konnten, doch so sehr er auch suchte, er konnte nichts Derartiges finden, weder in der Wohnung noch in der Fleischerei, die er bei dieser Gelegenheit auch noch einmal durchsuchte. Sein Handy klingelte. Er war sich sicher, dass das eigentlich nur sein Vorgesetzter sein konnte, der mit Sicherheit Wind von der ganzen Aktion bekommen hatte. Es war aber der Professor, der sich meldete. »Hören Sie, Herr Posselt, stehe ich hier vor dem evangelischen Gemeindehaus richtig?«

»Nee, Herr Professor, nicht das Gemeindehaus, sondern das Pastorenhaus daneben. Nur über die Wiese gehen, dann sind Sie schon da. Sie können es gar nicht verfehlen, es müsste auch Licht brennen.«

Herr Himmer bedankte sich und beendete das Gespräch.

»Dann ist Bornheim der Nächste, der sich meldet«, dachte er, als er sich in der Fleischerei nach Kontoauszügen umsah. Schon klingelte es erneut.

»Posselt«, meldete er sich.

»Hallo, hier ist noch mal Himmer. Kommen Sie bitte ganz schnell zum Pastorenhaus. Ich stehe hier im Garten der Jänickes und kann durch das Fenster im Wohnzimmer zwei leblose Menschen sehen. Einer davon ist die junge Pastorin. Bringen Sie bitte schnell Kollegen mit!«

Innerhalb kürzester Zeit rasten ein Passat und ein Streifenwagen mit Blaulicht durch Schwalbach. Zwei Minuten, nachdem der Professor um Hilfe gerufen hatte, waren sie auch schon da. Frank rannte sofort um das Haus herum. Der Prof hatte inzwischen mit einer Holzlatte aus dem Gartenzaun eine Scheibe der Terrassentür eingeschlagen, sie von innen geöffnet und Stefanie ins Freie geschleift. Auch er roch diesen süßlichen Blumenduft und fühlte einen leichten Schwindel, doch bevor ihm ganz schwarz vor Augen wurde, hatte er Stefanie schon ins Freie gezogen. Kaum waren sie beide an der frischen Luft, hatte er auch schon wieder einen klaren Kopf, und die Pastorin fing an, sich zu regen.

Im Kommissar stieg Panik auf, als er Stefanie auf der Terrasse liegen sah. »Mein Gott, was ist denn passiert?«

Der Professor überprüfte ihre Reflexe, die sich langsam wieder zeigten. »Können Sie sich mal um sie kümmern, ich will nach dem Vater schauen. Der sitzt noch in seinem Sessel.«

Die anderen beiden Polizisten hatten sich inzwischen Tücher vor Münder und Nasen gehalten und in der ganzen Wohnung Fenster und Türen geöffnet.

Herr Himmer schnüffelte prüfend, als er das Wohnzimmer betrat, aber er konnte nichts riechen, was die Bewusstlosigkeit der beiden erklärt hätte. Sicherheitshalber schleifte er auch den leblosen Vater auf die Terrasse. Während Stefanie langsam wieder erwachte, konnte er bei ihrem Vater nur noch den Tod feststellen.

Die Pastorin schlug die Augen auf. »Nanu, was machst du denn hier? Ich denke, du bist in Maubachs Wohnung?« Sie schaute sich irritiert um. »Was machen wir denn auf der Terrasse? Und wonach riecht das hier?«

Der Professor fühlte ihren Puls. »Wie fühlen Sie sich, Frau Strelow?«

»Meine Lippen und meine Fingerspitzen sind ein wenig pelzig, aber sonst geht es mir gut. Was ist denn passiert? Was ist mit Papa?«

Frank ergriff ihre Hand. »Dein Vater ist leider tot, Maggi.«

Sie war fassungslos. »Aber wie denn, was ist denn passiert?«

Der Prof prüfte mit einer kleinen Lampe ihre Augenreflexe. »Ich möchte jetzt keine wilden Behauptungen aufstellen, aber es sieht alles danach aus, als hätte auf Ihren Vater und Sie ein Giftgasanschlag stattgefunden.«

Frank schüttelte den Kopf. »Giftgas, Mensch, Professor, tragen Sie da nicht ein wenig dick auf?«

»Sie haben doch noch diesen seltsamen Geruch in der Nase, oder?«

Stefanie richtete sich etwas auf. »Stimmt, das riecht hier nach Blumen oder nach einem ganz seltsamen Parfüm.« Sie schaute auf ihren Vater. »Aber gucken Sie doch mal, Herr Professor, mein Vater kann doch nicht tot sein.

So eine gesunde Gesichtsfarbe hat der die ganzen letzten Jahre nicht mehr gehabt.«

Der Prof schüttelte den Kopf. »Ich weiß auch nicht, was das war, aber es gibt Giftgase, die lassen das Blut fast grellrot werden und dann haben die Leichen eine Hautfarbe, die eher an ein Marzipanschweinchen erinnert als an einen toten Menschen.«

Sie richtete sich auf.

»Bleiben Sie bitte sitzen, Frau Strelow. Nicht, dass Sie wieder zusammenklappen. Herr Posselt und ich laufen schnell zu meinem Wagen und holen meinen ganzen Arbeitskram her. Vielleicht kann ich eine Gasprobe fixieren.«

Während sich die beiden Männer beeilten, die Arbeitsutensilien des Professors zu holen, kroch sie zu ihrem Vater und hob seinen Kopf auf ihren Schoß. »Mensch, Papa, vielleicht kannst du mich ja noch hören. Werde glücklich in deiner neuen Welt und grüß mir die Mama. Vielleicht auch unseren Herrgott, du siehst ihn ja heute noch. Bitte ihn doch darum, dass er mir ein klitzekleines Zeichen gibt, wenn ich zu großen Quatsch mache. Vielleicht kann er mir auch einen Tipp geben, was hier in Schwalbach passiert.«

Sie strich ihm die Haare aus der Stirn und küsste seine geschlossenen Augenlider. So vorsichtig, als sei es das kostbarste Porzellan der Welt, legte sie seinen Kopf auf den Steinfußboden und faltete seine Hände. »Ich verspreche es dir, Papa, ich bekomme heraus, wer das war. Frank wird mir dabei helfen. Du und Mama, ihr werdet eure Ruhe finden.«

Die Pastorin brauchte doch eine ganze Weile, bis sie wieder auf die Beine kam. Eigentlich fühlte sie sich nicht schlecht, aber anfangs machte ihr jeder Schritt, jede kleinste körperliche Anstrengung unendliche Mühe. Sogar das

Denken fiel ihr schwer. Inzwischen fühlte sie sich wieder so fit, dass sie etwas zu trinken auftischen wollte. »Wie ist es, Professor, ist die Küche schon wieder freigegeben? Ich würde gerne Kaffee kochen oder vielleicht einen Tee machen.«

»Und Ihre Beine machen das wieder mit?« Der Professor prüfte ihren Puls. »Da ist auch alles wieder in Ordnung. Von mir aus können Sie gerne in die Küche. Und gegen einen Kaffee hätte ich auch nichts einzuwenden.«

Sie richtete sich langsam auf. Frank stützte sie dabei. »Na, wie ist dir?«

Erleichtert stellte sie fest, dass ihr nicht mehr schwindlig wurde. »Es scheint wieder zu gehen. Was war das nur für ein Teufelszeug, und warum hat es Papa umgebracht und mich nicht?«

Der Professor nahm Kontaktproben von den Stuhllehnen. »Das würde ich auch zu gerne wissen. Ich zermartere mir schon die ganze Zeit mein Hirn, wo ich das schon mal gerochen habe.«

»Mir ist dieser Geruch noch nie begegnet, aber ich habe ihn noch immer in der Nase. Riecht ihr denn gar nichts mehr?«

Der Kommissar schnüffelte prüfend umher. »Also, hier ist absolut nichts mehr zu riechen.«

Stefanie verschwand in der Küche.

»Was ist, Prof? Ich kenne Sie lange genug, um zu wissen, dass Sie was auf der Pfanne haben.«

»Mit Konkretem kann ich leider nicht dienen, aber ich habe so leise Ahnungen.«

»Könnten Sie mich in Ihre Ahnungen einweihen?«

»Da gibt es nicht viel. Dieser Geruch macht mich völlig fertig. Ich bin mir sicher, dass ich das schon einmal gerochen habe, aber mir fällt nicht ein, wo.«

»Im Job oder privat?«

»Ich glaube, es war privat.«

»Vielleicht auf irgendeiner Ihrer Reisen?«

»Kann sein, muss aber nicht. Ich habe wirklich keine Ahnung. Aber eines kann ich jetzt schon sagen: Immer, wenn ich in meinem Job völlig ratlos war, dann war ein absoluter Profi am Werk.«

»Sie sind sich also sicher, dass das hier Mord war?«

»Absolut sicher. Und ich würde so weit gehen, dass hier in Schwalbach ein Mörder herumgeht, von dem wir alle noch sehr viel lernen können.«

»Bei der Metzelei des alten Maubachs hat sich unser Killer aber nicht unbedingt mit Ruhm bekleckert.«

»Ich bin mir absolut sicher, dass diese beiden Morde überhaupt nichts miteinander zu tun haben. Das hier ist eine ganz andere Liga. Der alte Fleischermeister wurde von einem Dilettanten umgebracht, der einfach nur blind vor Wut war. Der Pastor hatte von jemandem Besuch, der in der Champions-League der Todesengel spielt.«

»Können Sie das wissenschaftlich belegen?«

»Bei Maubach ja, aber hier juckt nur mein kleiner Finger. Zugegeben, das hat nichts mit Forensik zu tun, aber der Rechtsmediziner Himmer hat sich schon manches Mal geirrt, sein kleiner Finger noch nie. So, und nun gehe ich mal auf die Terrasse. Vielleicht finde ich da noch etwas Interessantes.«

Vor dem Haus war plötzlich Bornheims Stimme zu hören, der die ebenfalls gerade eben eingetroffenen Kollegen der Spurensicherung anblaffte.

»Was wollen Sie denn schon wieder hier, meine Herren? Hier ist nichts weiter passiert, als dass ein alter Mann vor seinen Schöpfer getreten ist. Mit wem wollen Sie eigentlich alles anrücken, wenn wirklich mal jemand ermordet wird?«

Er rauschte mit Frau Dr. Kleefisch ins Wohnzimmer.

»Mensch, Posselt, was machen Sie denn schon wieder hier? Ich habe Ihnen doch gesagt, dass ich unterrichtet werden möchte, wenn Sie meinen, wieder etwas Außergewöhnliches entdeckt zu haben.«

»Der Mord an Pastor Jänicke und der versuchte Mord an seiner Tochter ist ja wohl außergewöhnlich genug, oder? Außerdem habe ich augenblicklich die Leitung in Schwalbach, da Sie, Herr Hauptkommissar, zur Zeit nach Stuttgart abgeordnet sind, wie ich dem Rundschreiben entnehmen konnte.«

»Ha, mit dem Griff in die Trickkiste wollten Sie mich wohl los werden, oder? Wenn Sie sich da mal nicht irren. Ich kann auch auf zwei Hochzeiten tanzen, das ist eine meiner leichtesten Übungen!«

Die Doktorin schaute besorgt auf seine dick geschwollenen Adern auf der Stirn. »Willy, nun komm mal wieder von deiner Palme runter und schone deine Nerven etwas.« Sie sah sich suchend um. »So, und wo ist nun das vermeintliche Mordopfer, damit ich den Totenschein ausfüllen kann?«

Frank lächelte ungerührt. »Der alte Herr Pastor liegt auf der Veranda und schaut dort Professor Himmer bei der Arbeit zu.«

Das Gesicht der Frau Doktor Kleefisch verfinsterte sich. »Ach, haben Sie auch gleich Ihren Freund, den Abdecker, mitgebracht?«

Der junge Kommissar lächelte breit. »Diese Bezeichnung ehrt ihn bestimmt, vor allem, wenn sie von Ihnen kommt, Frau Doktor. Übrigens, Herr Hauptkommissar, der Pastor ist nicht vor seinen Schöpfer getreten, sondern er wurde geschubst.«

Bornheim schwollen schon wieder die Adern. »Machen Sie sich doch bitte nicht lächerlich, wer soll denn das gemacht haben?«

»Jemand, von dem wir hier in Schwalbach in puncto Mord noch eine Menge lernen können.«

Der alte Polizist lachte meckernd. »Guck mal einer an, hier in Schwalbach wohnt also ein Berufskiller. Hast du gehört, Else, unser Polizeiküken macht einen auf Kriminalhahn.«

Frau Dr. Kleefisch unterbrach ihn. »Nun reg dich nicht schon wieder neu auf. Lass uns lieber nach der Leiche sehen.«

Bevor sich Bornheim noch mehr ereifern konnte, zog sie ihn einfach hinter sich her, als sie durch die Terrassentür ins Freie trat.

Die Kollegen von der Spurensicherung hatten inzwischen schon Halogenscheinwerfer aufgestellt, die den Garten und die Terrasse in gleißendes Licht tauchten.

Bornheim baute sich mit einem arroganten Lächeln vor der Leiche des Pastors auf. »Na, das sieht man doch auf den ersten Blick, der Mann ist im Wohnzimmer ermordet worden und hat sich dann aus Angst vor der Obduktion auf die Terrasse geflüchtet, oder Else?«

Der Ärztin war beim Anblick des Pastors der Humor vergangen. »Halt die Klappe, Willy, davon verstehst du nichts.«

Der alte Polizist protestierte. »Na, hör mal, das sieht man doch auf den ersten Blick, dass der eines natürlichen Todes gestorben ist.«

»Du sollst, verdammt noch mal, deinen Mund halten.«

»Wieso, ich will dich doch nur unterstützen!«

»Dann mach bitte, worum ich dich gebeten habe!« Sie drehte sich zum Professor um, der mit einer Taschenlampe ein Blumenbeet untersuchte. »Wann werden Sie obduzieren, Herr Kollege?«

Der Professor schaute nicht einmal auf. »Noch heute Abend.«

Ohne die beiden nur eines Blickes zu würdigen, ließ er sie stehen, um in seinem Koffer, der im Wohnzimmer stand, etwas zu suchen.

Bornheim wähnte sich mit seiner Freundin allein. »Kannst du mir mal sagen, warum du mich vor versammelter Mannschaft so abkanzelst?«

»Weil Jänicke mit Sicherheit keines natürlichen Todes gestorben ist.«

»Und woran seht ihr das?«

»Schau dir doch mal sein Gesicht an. Da liegt ein grinsendes Marzipanschweinchen. Das ist nicht normal.«

Bornheim flüsterte nun aufgeregt. »Meinst du plötzlich auch, dass das hier ein Profi war?«

»Ich meine überhaupt nichts, aber vielleicht sollten wir uns mit dem Gedanken vertraut machen, dass unter uns Brüdern und Schwestern durchaus ungeahnte Talente schlummern.«

7

Inzwischen war es bereits 7 Uhr morgens und Frank stand in der Küche des Pastorenhauses, um Kaffee zu kochen. Er tat sich etwas schwer damit, wie immer, wenn er in einer fremden Küche werkelte. Hinzu kam, dass er höchstens drei Stunden Schlaf gehabt hatte, und das auch noch in einem ungewohnten Gästebett im Hause Jänicke. Stefanie hatte darum gebeten, wenigstens heute Nacht nicht allein gelassen zu werden. Gegen Mitternacht wurde ihr Vater abgeholt, um in die Rechtsmedizin gebracht zu werden, und gegen 1 Uhr machte sich auch der Professor auf den Weg. Für ihn dauerte die Nacht wohl am längsten, denn er wollte die Obduktion unbedingt noch durchführen, solange der Körper des alten Mannes noch nicht ganz ausgekühlt war. »Kälte«, sagte er, »kann nicht nur konservieren, sondern auch Spuren vernichten.« Aber genau sagen, welche, konnte er nicht, noch nicht.

Stefanie betrat im Morgenmantel noch völlig verschlafen die Küche. »Moin, Straps!«

Er nahm sie freundschaftlich in den Arm. »Moin, Maggi. Wie ist dir?«

»Mir kommt es so vor, als hätte ich einen ganz bösen Traum hinter mir, außerdem habe ich immer noch so einen seltsamen Geschmack im Mund.«

»Und wonach schmeckt das?«

Sie zuckte mit den Achseln. »Irgendwie nach vergammelten Narzissen oder Tulpen – ich kann es dir einfach nicht sagen.«

Sie schaute sich um. «Mensch, du hast ja schon Brötchen geholt. Also wenn du das jeden Morgen machst, dann heirate ich dich nach dem Essen schnell.«

Er lachte. »Mach dir bitte keine Hoffnungen. Wenn ich nur ein kleines bisschen besser geschlafen hätte, dann wäre ich nie und nimmer wegen eines Brötchens aufgestanden.«

»Wenn du also kein morgendlicher Stammkunde beim Bäcker bist, dann haben die doch einen mittleren Schock bekommen, als sie plötzlich die Polizei im Haus hatten.«

»Das ging eigentlich. Aber völlig irritiert schien mir der Kurzwaren-Giesecke gewesen zu sein, der auch gerade Brötchen holen war. Als die Bäckerin mir erzählte, dass dein Vater heute Nacht überraschend gestorben sei, da sagte er nur – Mensch, das ist ja enorm – und dann ging er einfach, ohne etwas gekauft zu haben.«

»Ist ja seltsam. Hat die Bäckerin denn schon die näheren Umstände gekannt?«

»Natürlich, sonst wäre sie nicht die Bäckerin.«

Sie lachte kurz auf. »Das kann ich mir lebhaft vorstellen. Was hat sie denn zu hecheln gehabt?«

Er imitierte die Frau. »Knallrot soll der alte Pastor gewesen sein und gelächelt soll er haben, als wenn der vor seinem Tod noch mal so richtig Spaß gehabt hätte. Na ja, je oller, desto doller, das kennt man ja, und gerade die Kirchenleute sind schon gar keine Kinder von Traurigkeit, gell!«

Stefanie lachte auf. »Das kann ich mir so richtig vorstellen. Was geht nur in den Hirnen dieser Menschen vor, ausgerechnet meinen Vater als klerikalen Lustgreis hinzustellen. Ich bin gespannt, was die mal aus mir machen werden.«

»Wieso das denn?«

Sie machte auch auf Bäckerin. »Ihr Vater ist noch nicht ganz kalt, da lässt sich dieses Pastorenflittchen doch schon vom erstbesten Polizisten durchbürsten.«

Er war entsetzt. »Maggi, ich bitte dich. Warum soll die das denn sagen?«

»Hast du nun hier geschlafen oder nicht?«

»Aber das ist doch noch lange kein Grund, so etwas zu behaupten!«

»Hast du eine Ahnung, du Schaf. Weiber können unglaublich bösartig sein.«

»Aber wenn du weißt, wie die ticken, warum hast du mich darum gebeten, heute Nacht hier zu schlafen?«

»Weil ich mehr Angst um mein Leben hatte als um meinen Ruf.«

Sie hörten, wie die Tür ging.

Frank stellte sofort seine Tasse ab. »Nanu, wer ist das denn?«

»Entspann dich, das ist Frau Kruse. Die ist jeden Tag spätestens um halb acht da.«

Die Haushälterin stürmte in die Küche. »Um Gottes Willen, Frau Pastor, stimmt das, was ich beim Bäcker gehört habe? Ihr Vater ist tot?«

Stefanie nickte betroffen. »Ja, leider, Frau Kruse.«

Sie konnte es nicht fassen. »Und man hat ihn wirklich umgebracht?«

»Ich fürchte, leider ja. Aber Genaueres wird sich erst im Laufe dieses Tages herausstellen.«

Frau Kruse wurde totenblass und musste sich erst einmal setzen. »Da liegt man friedlich im Haus gegenüber in seinem Bett und bekommt nichts von dem mit, was hier passiert ist! Aber wer macht denn so was, und vor allem, warum? Nun gut, Ihr Vater war in letzter Zeit vielleicht nicht der Umgänglichste und seine Predigten waren etwas heftig, aber das ist doch kein Grund, ihn gleich umzubringen!«

Die Pastorin schlürfte ihren frischen Kaffee, der ihr von Frank gereicht wurde. »Stimmt eigentlich, Frau Kruse. Man hätte auch einfach aus der Kirche austreten können!«

***

Harald Giesecke saß in seinem Laden wie auf Kohlen. Die Nachricht vom Tod des Pastors hatte ihn völlig umgehauen. Dabei hatte er noch gar nicht richtig ernst gemacht. Er hatte gestern Abend nur geübt. Immer wieder nahm er die Voodoo-Puppe in die Hand und schaute sie ungläubig an. Sie hatte nicht einmal Ähnlichkeit mit dem alten Pastor. Wie konnte der sterben, wenn er diesem Stoffding nur mal ganz kurz eine Nadel in das Strohherz gestochen hatte? Der Pastor konnte auch gar keine Angst gehabt haben, weil er doch noch gar kein Zeichen von ihm bekommen hatte.

Giesecke wurde unheimlich zumute. Sollte er wirklich eine derartige Macht haben? Sollte er wirklich in der Lage sein, seine Feinde mit einem einzigen Schnipp seiner Finger zu töten? Er merkte, wie sich in ihm eine Art Hochstimmung ausbreitete. Er fing an, sich bei dem Gedanken, Herr über Leben und Tod zu sein, wohlzufühlen.

Die Türglocke seines Ladens ging.

Da er mit Kundschaft rechnete, betrat er den Verkaufsraum, ohne zuerst vorsichtig durch den Vorhang zu spähen, der den Laden von der kleinen Küche trennte. Giesecke sah sich plötzlich Bruder Willy Bornheim gegenüber.

»Nanu, Bruder Willy, ich denke, du bist in Stuttgart.«

»Wie kommst du darauf?«

»Das wurde gestern beim Thing erzählt, als du vermisst wurdest.«

Die Aggressivität Bornheims war nicht zu überhören. »Und nun stört es dich, wenn ich dich wider Erwarten in deinem Laden überfalle, um Nadel und Faden zu kaufen?«

Giesecke war auf der Hut. »Ganz im Gegenteil. Ich freue mich über deinen seltenen Besuch. Welche Farbe soll es denn sein?«

Bornheim schaute ihn erstaunt an. »Was für eine Farbe?«

»Na, der Faden.«

»Gib mir einen weißen und einen schwarzen, das passt zu allem.« Er zögerte. »Sag mal, Bruder Harald, worum ging es denn bei unserem Thing?«

»Wir haben gemeinsam des Bruders Jänicke gedacht.«

Der Polizist lächelte zuckersüß. »Kaum gedacht und schon tot, das nenne ich aber effektiv.«

Giesecke grinste zurück. »Warum sollte man auch lange mit anderer Menschen Schicksal hadern.«

Bornheim wurde unsicher. Er hatte mit einer sehr viel verschreckteren Reaktion des Kurzwarenhändlers gerechnet. Der aber kramte völlig ungerührt nach den bestellten Garnrollen.

»Und weiß Bruder Harald eventuell auch, wer unseren Bruder so geschickt seinem Schöpfer anempfohlen hat?«

Giesecke schaute den Polizisten völlig unschuldig an. »Ich sehe da ein rein fachliches Interesse?«

»Selbstverständlich!«

»Es ist ja wirklich zu dumm, dass die Wahl zum Heimführer von der Bruderschaft geheim ausgeführt wird, nicht ohne Grund.«

Bornheim merkte schon wieder, wie sein Blutdruck stieg. »Manchmal ist es durchaus empfehlenswert, wenn man sein kleines Geheimnis mit einem guten Freund und aufrichtigen Helfer teilt.«

Giesecke beugte sich über seinen Ladentisch, um dem Wachtmeister etwas ins Ohr zu flüstern. »Manchmal, lieber Bruder Willy, ist es wichtig, auch mal ein Geheimnis für sich zu behalten. Ein geteiltes Geheimnis wird nämlich in solch unruhigen Zeiten ganz schnell zu einem geteilten Schicksal.«

Bornheims Augen wurden zu kleinen, bösartigen Schlitzen, die so gar nicht zu seiner butterweichen Stimme passten. Sollte ihm unser schmächtiger, kleiner Bruder Harald soeben gedroht haben?

Giesecke verbeugte sich leicht. »Es schaffen nur ganz wenige, Bruder Willy, den Faden zu verlieren, den sie noch gar nicht gekauft haben. Sie, Bruder Willy, haben es eben geschafft. Ich gratuliere Ihnen und wünsche noch einen schönen Tag.«

Bornheims Gesichtsfarbe wurde aschfahl. Er wusste nicht, wie er reagieren sollte. Ihm war nun völlig klar, wer der perfekte Killer war, der den Pastor so trefflich heimgeführt hatte, und es schien ihm nicht ratsam, sich so einen gefährlichen Menschen zum Gegner zu machen. »Da haben Sie etwas in den völlig falschen Hals bekommen. Ich wollte Ihnen nicht drohen, Bruder Harald, absolut nicht. Ich wollte nur, dass Sie sich meiner absoluten Loyalität vergewissern können. In den von Ihnen erwähnten schweren Zeiten braucht man ergebene Menschen in Rang und Würden.« Er verbeugte sich. »Guten Tag, verehrter Herr Giesecke. Ich würde mich freuen, bald wieder mit Ihnen plaudern zu dürfen.«

Ohne sich noch einmal umzudrehen, verließ der Polizist den Laden. Erst jetzt, wo Bornheim draußen war, merkte der Kurzwarenhändler, wie sehr seine Knie zitterten. Dennoch war er stolz auf sich. Lächelnd ging er wieder in seine kleine Küche zurück und griff nach seiner Voodoo-Stoffpuppe. Lächelnd schaute er sie an. «Es wird Zeit, mein kleines Püppchen, dass wir dich in Herr Hauptkommissar umbenennen. Natürlich habe ich gar keinen Auftrag dazu, aber einem derartig erfolgreichen Vollstrecker wie mich wird man eine gewisse kreative Eigendynamik nicht verwehren können.«

Hysterisch lachend griff er nach einer Stopfnadel und stach sie der Puppe in den Hintern. »Springen sollst du widerlicher, fetter Schleimbeutel, springen sollst du, und wenn ich in deiner Nähe bin, dann wird von nun ab nur noch gekuscht, verstanden!«

***

Else Kleefisch wollte gerade ihre morgendlichen Besorgungen machen, da sah sie Bornheim, wie er völlig blass um die Nase den Kurzwarenladen verließ. »Was ist denn mit dir los? Hast du dir an einem Stopfpilz den Magen verdorben?«

Der Polizist stand außer sich mit geballten Fäusten vor ihr. »Dieses kleine, miese Frettchen. Was erlaubt der sich eigentlich, mich derartig abzufertigen?«

Sie versuchte ihn zu beruhigen. »Nun reg dich doch bitte wieder ab und erzähl mir alles schön der Reihe nach.«

Nachdem sich Bornheim wieder etwas im Griff hatte, begann er.

Die Doktorin nickte. »Giesecke ein Meistermörder, wer hätte das gedacht? Aber nach dem, was du sagst, weist alles darauf hin.«

Sie dachte an ihre Unterredung mit dem Großmeister auf dem alten Hochstand. Sollte Bruder Giesecke wirklich der vom Großmeister angekündigte Spezialist sein? Wenn ja, dann wäre die Tarnung mehr als nur exzellent, denn Bruder Harald wäre der Letzte, dem man dieses spezielle Wissen und die notwendige Entschlossenheit zutrauen würde. »Wir sollten uns mit dem Mann gut stellen. Ist er wirklich der Killer, dann wäre seine Freundschaft unsere Lebensversicherung, und ist er es nicht, kriegen wir vielleicht mal eine Rolle Garn umsonst. Das kann auch nicht schaden. Aber was rennst du hier schon wieder rum? Du solltest doch deine Krankschreibung auf dem Revier abgeben!«

Bornheim jammerte wie ein Schulkind, das von seiner Mutter beim Schwänzen erwischt wurde. »Ja, aber ich wollte doch nur kurz mal recherchieren, ob Giesecke wirklich unser Mann ist. Du hast doch das Kreuz auf seinem Zettel selbst gesehen!«

»Ich glaube, es gesehen zu haben. Das ist für dich noch lange kein Grund, damit im Ort hausieren zu gehen. Aber lass uns nachher noch darüber sprechen. Ich muss mich beeilen, meine Sprechstunde beginnt. Und du gehst bitte gleich zu deiner Dienststelle, um die Krankmeldung abzugeben. Hast du deine Medikamente genommen?«

Er wirkte betreten und gleichzeitig auch von ihr genervt. »Ja, habe ich.«

»Na, dann ist es gut. So, nun erledige deinen Kram, wir treffen uns heute Nachmittag.«

Sie trennten sich. Bornheim war froh, noch relativ ungeschoren weggekommen zu sein. »Dann werde ich nachher mein Fett wegkriegen«, dachte er. »Aber vielleicht ist ihr Zorn bis dahin schon etwas verraucht.«

Der Hauptkommissar ging quer über den Marktplatz. Er war so mit sich und dem eben Erlebten beschäftigt, dass er gar nicht bemerkte, wie er einen gut aussehenden, blonden, sehr großen jungen Mann beinahe umrannte, der gerade ein Foto vom alten Rathaus machte. Bei dem Zusammenprall spürte er einen seltsam kalten Nebel in seinem Gesicht.

»Oh, entschuldigen Sie bitte, ich habe Sie nicht kommen sehen.« Der junge Mann war rührend um Bornheim bemüht und wollte ihm helfen, seine Kleider zu richten. Dabei fiel dem Alten gar nicht auf, dass der Fremde bei dieser Wärme Handschuhe trug.

Bornheim wehrte dankend ab. »Keine Ursache, mein Herr, ich war es, der nicht bei der Sache war.«

Der Polizist ging freundlich lächelnd weiter und wischte sich diesen seltsamen Nebel aus dem Gesicht. Er fühlte sich immer beschwingter und sog die frische Morgenluft genießerisch durch seine weit geöffneten Nüstern. »Ah, dieser wunderbare Frühlingsduft, herrlich«, dachte er genießerisch. Er erinnerte sich daran, dass Else nichts als ein ähnlich wunderbares Parfüm auf ihrer jungen Haut getragen hatte, als sie sich zum ersten Mal leidenschaftlich liebten. Es war ihm, als spüre er plötzlich diesen unglaublichen Orgasmus, den er damals hatte, noch einmal, aber noch viel heftiger, noch viel schöner, noch viel inniger.

Hauptkommissar Willy Bornheim fühlte hingegen nicht mehr, wie er mit der Schläfe auf das Kopfsteinpflaster schlug. Er lag nur da, er lächelte glücklich, er hatte seit Langem endlich wieder eine gesunde Gesichtsfarbe und er war tot.

***

Für Frank und Stefanie war die Nachricht von Bornheims Tod ein Schock. Sie machten sich sofort auf den Weg zum alten Markt und fanden ihn dort liegend vor. Noch auf der Fahrt alarmierten sie den Professor und die Spurensicherung.

Der Notarzt schrieb gerade Bornheims Totenschein aus, als sie eintrafen. Frank schaute ihm über die Schulter. »Sie kreuzen *natürlicher Tod* an?«

Der junge Doktor schaute sich irritiert um. Er war es nicht gewohnt, dass ihm widersprochen wurde. »Ich weiß ja nicht, mit wem ich die Ehre habe, aber Sie wollen doch wohl nicht etwa das Gegenteil behaupten!«

Der Polizist lächelte ihn freundlich an. »Doch, will ich. Schauen Sie doch mal das Gesicht des Herrn an, seine Hände auch, fällt Ihnen daran nichts auf?«

»Was soll mir daran auffallen? Sie sind geradezu makellos.«

»Vor allem in der Farbe, gelle?« Frank hob eine Hand Bornheims hoch und zeigte dem Doktor die Innenfläche. »Sehen Sie, wie gemalt. Der Mann liegt jetzt schon eine halbe Stunde hier und auf der Unterseite der Hände, der Arme, vermutlich auch der Beine und seinem Gesäß ist nicht das kleinste Hämatom zu sehen. Ich frage Sie, ist das normal?«

Der junge Mann schaute betreten und wurde kleinlaut. »Normal ist das wirklich nicht. Ja, meinen Sie denn, dass das kein natürlicher Tod war?«

»Nein, ich meine nur, dass das mit den fehlenden Hämatomen nicht normal ist. Hier sieht alles nach einer Kohlenmonoxidvergiftung aus!«

»Stimmt, jetzt wo Sie es sagen, sehe ich es auch.«

Frank tätschelte dem jungen Doktor freundschaftlich die Schulter. »Und ist das nicht seltsam, dass sich an der frischen Luft, unter Hunderten von gesunden, quicklebendigen Menschen ein einziger älterer Herr eine Kohlenmonoxidvergiftung gönnt?«

Der junge Mann nickte übereifrig. »Stimmt, aber Sie wissen, wie eigensinnig die Alten manchmal sein können.«

»Vor allem lerne ich gerade, wie unsagbar dämlich die Jungen sein können.«

Der Notarzt richtete sich auf. »Moment mal, wollen Sie mich beleidigen?«

Frank wurde etwas lauter. »Und damit allein wären Sie noch richtig günstig weggekommen. Finden Sie nicht auch?«

Nun war es für Stefanie Zeit, sich einzuschalten. »Herr Doktor, mein Name ist Stefanie Strelow, ich bin die evangelische Seelsorgerin dieses Ortes. Machen Sie einfach Ihr Kreuzchen bei Todesursache ungeklärt, und dann Schwamm über diesen ganzen Quatsch hier.«

Der junge Mann glaubte, jetzt Oberwasser bekommen zu haben. »Und wenn ich es nicht mache, was wollen Sie dann unternehmen, na?«

»Darf ich Ihnen noch einen Tipp geben?«

»Nur zu, Frau Pfarrerin!«

»Hüten Sie sich in Deutschland vor Menschen, die keine Dienstkleidung anhaben.«

Der junge Doktor schaute Frank fragend und etwas ängstlich an, strich das Kreuz bei natürliche Todesursache durch, kreuzte das Kästchen darüber an und raunte.

»Bitte, aber nur unter Protest!« Dann riss er den Schein vom Block, drückte ihn der verdutzten Stefanie in die Hand, und verschwand, ohne die beiden noch eines weiteren Blickes zu würdigen, schmollend in seinem Notarztwagen.

Während sich Frank mit dem jungen Mann stritt, bemerkte niemand, wie sich der Kurzwarenhändler langsam durch den dichten Menschenring, der sich um den Ort des Geschehens gebildet hatte, ganz nach vorn hindurchgearbeitet hatte. Totenbleich und sichtlich erschüttert stand er seinem Ordensbruder gegenüber. Er konnte es gar nicht fassen, dass man jemanden auch nur aus Versehen mit einer Voodoo-Puppe ermorden konnte.

Stefanie bemerkte, wie er um Fassung rang, und sprach ihn an. »Was ist denn, Herr Giesecke?«

Die Stimme des Mannes war brüchig. »Sie müssen mir glauben, dass das so nicht gewollt war. Das war ein Unfall.«

Stefanie versuchte den Mann zu beruhigen. »Herr Giesecke, beruhigen Sie sich bitte. Herr Bornheim ist einfach tot zusammengebrochen. Da kann niemand etwas für.«

Er hörte sie gar nicht richtig. »Sie müssen mir glauben. Das war ein Versehen! Das war doch nur in den Hintern und nicht in das Herz.«

Sie ging gar nicht darauf ein. »Das war mit Sicherheit ein Versehen, es kann auch mal vorkommen, dass sich die himmlischen Mächte irren. Machen Sie sich keine Sorgen, Herr Giesecke. Gehen Sie am besten wieder in Ihren Laden. Ich komme Sie nachher mal besuchen.«

Während sich Giesecke wie ein Roboter auf den Weg machte, kniete sich Stefanie neben den toten Hauptkommissar, betete das Vaterunser und segnete ihn.

In diesem Augenblick traf der Professor ein. »Was ist hier eigentlich los, Herr Kollege, Schwalbach ist ja im Augenblick gefährlicher als die New Yorker Bronx.«

Frank begrüßte ihn. »Stimmt, wenn das so weitergeht, bekommen wir bald eine eigene Rechtsmedizin. Apropos, haben Sie bei der Obduktion des alten Pastors etwas gefunden?«

»Ja und nein. Todesursache war quasi ein ähnliches Ersticken, wie zum Beispiel bei einer Kohlenmonoxidvergiftung. Das Blut war aus irgendeinem Grund nicht mehr in der Lage, Sauerstoff zu den einzelnen Zellen zu transportieren. Aber wodurch das ausgelöst wurde, da tappe ich völlig im Dunkeln. Natürlich wird das Blut und die Gewebeproben auf alle nur erdenklichen Gifte untersucht, aber das dauert noch mit den Ergebnissen.«

Frank zeigte auf seinen Vorgesetzten. »Dann wird das bei ihm ähnlich sein, wenn ich seine Gesichtsfarbe richtig deute.«

»Da kann ich Ihnen nur zustimmen. Was macht der eigentlich hier? Der sollte doch in Stuttgart irgendwelchen Schwachsinn sortieren oder organisieren.«

»Auf dem Revier wurde mir gesagt, dass sich Bornheim heute Morgen krank gemeldet hätte.«

Der Professor zog die Krankmeldung aus seiner Jacketttasche. »Aber deswegen tot zusammenzubrechen, wäre zu viel des vorauseilenden Gehorsams.«

Frank lächelte traurig. »Es würde aber zu ihm passen. Mein Gott, was war mit dem alten Willy nur los? Eigentlich war das mal ein wirklich klasse Polizist. Von dem habe ich unendlich viel gelernt. Bis er dann seltsam wurde, eigentlich zur gleichen Zeit, als die ganzen ungeklärten Todesfälle hier in Schwalbach begannen.«

Der Prof nickte. »Und genau deshalb sollten wir uns auch noch einmal zusammensetzen. Könnten wir uns vielleicht heute Mittag hier im Dorfkrug treffen?«

Die Pastorin stellte sich zu ihnen. »Ich habe schon mit halbem Ohr zugehört, als Sie über meinen Vater berichtet hatten. Mich interessiert nur eines, hat er etwas gemerkt?«

Der Professor schüttelte lächelnd den Kopf. »Das kann ich mit Sicherheit verneinen. Das ist auch so ziemlich das Einzige, was ich mit Bestimmtheit weiß.«

Sie lächelte dankbar. »Und darf ich an Ihrer konspirativen Sitzung heute Mittag teilnehmen?«

»Aber natürlich, ich bitte Sie sogar darum.«

Frank nahm sie freundschaftlich in den Arm. »Du gehörst ja jetzt zum Ermittlungsteam.«

»Dann sollten wir uns aber nicht hier im Krug, sondern im *Ochsen* in Heilbronn treffen.«

Der Prof war verwundert. »Warum, wenn ich fragen darf?«

»Da hat Stefanie recht. Unser guter alter Krug hat nicht nur einen Henkel, sondern auch sehr viele Ohren, und das, was wir miteinander zu besprechen haben, sollte wirklich unter uns bleiben.«

***

Nachdem Frank alles Nötige auf dem Revier geregelt hatte und Stefanie alles in der Gemeinde, saßen beide nach einer ziemlich schweigsamen Fahrt pünktlich im Heilbronner *Ochsen*. Nicht, dass sie sich gestritten hätten oder einer auf den anderen sauer gewesen wäre. Sie waren beide nur sehr in sich gekehrt.

Nach kurzer Zeit kam auch der Dritte im Bunde, wie immer in Hetze.

»Na, Herr Professor, reicht die Zeit denn für ein ganzes Süppchen?«, lächelte Stefanie ihn freundlich an.

»Sogar noch für ein Dessert. Ich habe mir für den Rest des Tages frei genommen.«

Frank wunderte sich. »Und was ist mit Bornheim?«

»Der wird von meinem Assistenten obduziert. Der weiß, wonach ich suchen würde, und ich weiß, was er findet. Nichts Neues, und deswegen bat ich um dieses Gespräch.«

Frank nickte. »Mir schwirrt auch langsam der Kopf und ich habe mir während der Fahrt hierher mal über die Chronologie Gedanken gemacht. Dass mir der Kollege Bornheim etwas seltsam vorkam, fing eigentlich mit dem Tod von Opa Heinrich an.«

Stefanie machte sich auf einem Block Notizen. »Das war doch der, der sich mit seinem eigenen Mähdrescher überfahren hat?«

»Richtig, der war das. Ich hatte zu dieser Zeit gerade Dienst und habe den Unfall aufgenommen. Da kam der Schrader vom Lottogeschäft angerannt und erzählte mir, dass Opa Heinrich wohl Panik bekommen hätte und vom fahrenden Mähdrescher abgesprungen sei, um ein Rehkitz vor dem Schnitzelwerk zu retten. Dabei sei er gestolpert und dann überfahren worden.«

Der Prof schüttelte den Kopf. »Na, so einen Schwachsinn habe ich schon lange nicht mehr gehört.«

»Ich auch nicht, deshalb habe ich alles gründlich vermessen und euch und die Spurensicherung alarmiert, weil es ja ein Arbeitsunfall war.

In diesem Augenblick sind Bornheim und die Kleefisch aufgeschlagen und haben die Untersuchungen an sich gezogen. Ich wurde aufs Revier geschickt, zur *Stallwache,* wie es dann immer hieß. Ihr und die Spusi wurdet wieder abbestellt, weil doch Opa Heinrich als Rentner nicht gearbeitet habe, sondern zum Spaß mit dem Mähdrescher gefahren sei. Frau Dr. Kleefisch hat die Leichenschau durchgeführt und festgestellt, dass kein Fremdverschulden vorliege. Es dauerte keine acht Stunden, da war Opa Heinrich schon in Luxemburg eingeäschert worden, mit dem offiziellen Segen der beiden.«

Sie wunderte sich. »Und was hast du dazu gesagt?«

»Was sollte ich dazu schon sagen? Hätte ich Alarm geschlagen, dann hätte Bornheim mit Sicherheit ein Disziplinarverfahren an den Hals bekommen, wenn es hochkommt mit einem halben Jahr Beförderungssperre, aber ich wäre noch nicht einmal mehr Dorfgendarm in Belgisch-Kongo geworden.«

Die Pastorin entrüstete sich. »Aber das hätten die doch gar nicht gedurft?«

Der Prof zuckte mit den Achseln. »Aber gekonnt hätten sie's, und gemacht hätten sie's, da können Sie Gift drauf nehmen!«

»Und obwohl ich meine Schnauze hielt, war ich bei Bornheim unten durch. Das änderte sich auch nicht mehr bis zum heutigen Tag.« Er kratzte sich nachdenklich am Kopf. »Dann, als Nummer zwei, stürzte ein halbes Jahr später bei minus 17 Grad die alte Zeitungs-Nolte auf dem Weg zum Zigarettenautomaten, im Bademantel, ohne Nachthemd und ohne Hausschuhe. So wurde es mir dann später von den beiden erzählt. Mir kam das natürlich spanisch vor, ich recherchierte und bekam heraus, dass dieser Erfrierungstod für eine 80-jährige Nichtraucherin ausgesprochen tragisch war. Aber was sollte ich machen, Frau Nolte war noch nicht richtig durchgekühlt, da war sie auch schon eingeäschert worden.«

»Aber das muss doch dem Kollegen, der vor jeder Einäscherung die Leichen noch mal untersucht, aufgestoßen sein!«

»In Luxemburg kommt kein Kollege. Da reicht die gesonderte Leichenschau eines jeden Arztes zur Einäscherung und die Freigabe der Behörden. Und so war es auch bei der alten Mutter vom Bäcker Franze, unserer Nummer drei, die an einer Fischgräte erstickt ist. So diagnostizierte es Frau Dr. Kleefisch. Die hat übrigens die in den Beneluxstaaten geforderte Prosektorenlizenz.«

Der Professor wehrte etwas ab. »Das mit der Gräte kann nun in der Tat jedem mal passieren.«

Frank wurde sarkastisch. »Normalerweise ja, aber nicht, wenn man weiß, dass man eine Fischallergie hat. Auch die war noch nicht richtig kalt, da war sie ebenfalls schon hinter der Ofenklappe.«

»Mit anderen Worten«, der Professor lächelte süffisant, »sämtliche Beweise wurden kremiert. Und wie ging's weiter?«

»Dann ging es meiner Mutter ans Leben, der Nummer vier in unserem Gruselkabinett.«

»Die Bilder, die Sie gemacht haben, die existieren aber noch, oder?«

Frank nickte. »Natürlich.«

»Die haben ja einige Beweiskraft. Tja, und ab da bin ich dann auf dem Laufenden. Es folgten die beiden Fleischermeister, Nummer fünf und sechs, wovon der Ermordete nicht zum Einäschern, sondern zum Verzehr freigegeben wurde, und dann der junge Maubach, der, so sehe ich es jedenfalls, aller Wahrscheinlichkeit nach wirklich durch einen Unfall zu Tode kam. Als Nummer sieben würde ich an dieser Stelle die Fleischermeisterin unter den Opfern einreihen. Ich bin mir bei der aber sicher, dass wir die nie wiedersehen werden.« Der Professor grinste beide freundlich an. »Bis zu diesem Punkt also sieben Tote. Sechs Morde und ein Fall von wahrscheinlichem *killed by killing*. Ihr wohnt da in einem netten Dörfchen, das muss ich schon sagen. Und dabei sind Sie, Frau Pastor, abgesehen von Ihrer Kindheit noch gar nicht lange dort.«

»Also mir reicht es jetzt schon.«

»Und haben Sie eine blasse Ahnung, was da vor sich gehen könnte?«

Frank schüttelte traurig den Kopf. »Ich bin da völlig doof. Egal, von welcher Seite ich es auch betrachte, ich sehe keine Gemeinsamkeiten, bis auf das Alter. Und streng genommen fällt Bornheim da auch raus.«

Stefanie schlürfte ihren Milchkaffee, der inzwischen von der Kellnerin gebracht worden war. »Ich bin ja nicht vom Fach, aber mir ist aufgefallen, dass die ersten fünf Morde, wenn man sie so nennen darf, von einem oder mehreren, durchaus talentierten, Laien verübt wurden. Da habe ich die Fleischermeisterin schon miteingerechnet. Bei Mord Nummer sechs, dem alten Maubach, gab es insofern eine Änderung, dass der Mörder dabei wohl ziemlich ausgetickt ist. «

Frank nickte. »Das kann man wohl sagen, mir wird immer noch schlecht.«

»Der siebte Tote war dann ein Unfall, wobei die Morde acht, Ihr Vater, und neun, der gute Bornheim, von einem absoluten Profi verübt wurden. Das muss der Neid ihm lassen.«

Stefanie war etwas entsetzt. »Ich bitte Sie, Herr Professor, Sie sehen mir das etwas zu sportlich!«

»Verzeihen Sie, aber jeder Mord ist in erster Linie eine Kriegserklärung an den Rechtsmediziner. Dass da ein gewisser Zweikampf entsteht, hat nichts mit Geringschätzung der Opfer zu tun.«

»Tut mir leid, Maggi, wenn ich drängle, aber das ist jetzt nicht wesentlich. Wie gehen wir jetzt vor, diese Frage sollte uns beschäftigen.«

Der Professor reinigte seine Brillengläser. »Ohne dabei großen Rummel zu veranstalten. Das wäre nämlich kontraproduktiv.«

Sie legte den Kopf leicht zur Seite. »Was meinen Sie bitte mit Rummel?«

»Er meint möglichst ohne Presse, und da kann ich mich nur anschließen. Wenn das morgen plötzlich in den Wurstblättern stehen würde, hätten wir in Schwalbach das reinste Irrenhaus. Der ganze alte Markt wäre dann mit Satellitenwagen nur so vollgeparkt und der Ort, an dem Bornheim heute Morgen starb, wäre in null Komma nix mit Blumen und Grablichtern geschmückt.«

Der Professor unterbrach ihn. »Schön beschrieben, Herr Oberkommissar, aber das bringt uns nicht weiter.«

»Wäre es nicht sinnvoll«, warf Stefanie ein, während sie einen Kreis um alle Namen auf ihrem Schreibblock zog, »wenn wir uns dransetzen und von allen Opfern einen möglichst genauen Lebenslauf erstellen? Vielleicht entdecken wir dann Gemeinsamkeiten.«

»Das wäre klasse, Maggi, und ich werde dann zusammen mit der Kripo eine *Soko Schwalbach* gründen. Vielleicht setzt es den oder die Täter so weit unter Druck, dass sie einen Fehler machen und sich verraten.«

»Was halten Sie davon, wenn wir sämtliche Urnen exhumieren würden?«

Frank schaute den Prof entgeistert an. »Bringt das denn was für die Ermittlung?«

»Nee, aber der oder die Hobbykiller würden nervös werden, das unterscheidet sie von den Profis.«

Stefanie spielte mit dem Schlüsselbund ihrer Mutter. »Aber rechtfertigt das, die Totenruhe zu stören?«

Der Prof wirkte entschlossen. »Wenn wir dadurch herausbekommen, wer für die Totenruhe überhaupt verantwortlich ist, dann ja.«

»Das würde ich auch so sehen.« Er schaute ihr ins Gesicht, dann auf ihre Hände. Plötzlich war er wie vom Donner gerührt. »Hör mal, was sind denn das für Schlüssel?«

Sie schaute erstaunt. »Welche?«

»Die da, mit dem Doppelbart.«

»Keine Ahnung, das ist Mamas Bund.«

Der Prof nahm ihr den Bund aus der Hand und betrachtete sich die Schlüssel genau. »Wenn mich nicht alles täuscht, dann ist das der Schlüssel eines Bankschließfachs. Warum fragen Sie?«

»Weil am Schlüsselbund der Maubachs auch solch ein Schlüssel ist. Das würde auch erklären, dass gar keine relevanten Kontoauszüge in der Wohnung waren.«

Der Professor winkte der Bedienung. »Na, dann aber nichts wie zur Staatsanwaltschaft, sämtliche Konten sperren lassen und die Einsichtsverfügung besorgen. Auch für die Konten und Schließfächer Ihrer Eltern, Frau Pastorin. Das mit dem Erbschein kann noch Wochen dauern. Ich werde meinem Bruderherz schon mal alles berichten, damit er nicht wieder meckern kann, von nichts gewusst zu haben.«

8

Natürlich waren dem jungen Kaplan die Todesfälle des Pastors und des Polizisten nicht verborgen geblieben. Obwohl er stets nur hörte, es handele sich um ganz normale Sterbefälle, brachte er sie zumindest gedanklich immer wieder mit der Bruderschaft in Verbindung. Je mehr er sich bemühte, sein Wissen um diese unsägliche Vereinigung zu verdrängen, desto machtvoller kam es dann wieder bei derartigen Gelegenheiten hoch, und das ärgerte ihn. Wie würde er sich freuen, seinen Nachmittag davon unbelastet mit dem jungen Grafen verbringen zu können. Heute war Freitag, heute war ihr Tag, den er schon seit vergangenem Wochenende herbeisehnte. Auch heute wollten sie sich wieder in ihrer Liebeslaube, der gräflichen Jagdhütte, treffen. Immer wenn er kam, war sein Geliebter schon eine Weile da und hatte alles für sie beide wunderbar dekoriert. Es gab dann herrliche Köstlichkeiten zu essen, aus dem Keller der Hütte wurden die erlesensten Weine geholt, und ein Meer von Kerzen übertünchte alles, was er sah und erlebte, mit einem angenehmen Weichzeichner. Mit jedem Schritt, den er tat, spürte er die Zärtlichkeiten immer deutlicher, die er gleich genießen würde, und schon jetzt begann ein bohrendes Gefühl der Begierde in ihm zu pochen. Doch immer, wenn er dann an sich hinuntersah, überkam ihn das schlechte Gewissen, das ihn seit der Zeit im Priesterseminar nicht mehr losließ. Nicht, dass er dort erst homosexuell geworden wäre, das war er schon früher, schon als Kind, wie er meinte. Aber dort, wo so viele wunderschöne, vor Kraft nur so strotzende junge Männer ihre Liebe und ihren Samen so großzügig unter ihresgleichen verteilten, hatte er seine Neigung zum ersten Mal praktiziert. Tagsüber taten seine Brüder und er Buße für das, wonach sie sich in der Nacht sehnten. Es war ein Teufelskreis. Je härter die Buße, desto härter wurde der Sex, und je intensiver er sich selbst geißelte, desto verächtlicher schaute er auf die hinab, die sich ihm hingaben.

In diesem Augenblick sah er die Jagdhütte schon vor sich. Er konnte es kaum erwarten, in den Armen seines Geliebten zu liegen. Er war sich sicher, dass Gott ihm diesen jungen Menschen geschickt hatte, damit er es lernte, seine Lust frei von Laster zu genießen und wirkliche Liebe wieder als Gottesgeschenk begreifen zu können. Erst jetzt hatte Sex für ihn wieder etwas damit zu tun.

Kaum hatte er die Tür der Hütte hinter sich verschlossen, da fielen beide Verliebte leidenschaftlich übereinander her.

***

Falk Scharnow hatte mittlerweile sein Hotelzimmer aufgegeben und sich die Höhle in einem der Wälder rund um Schwalbach nach seinen Bedürfnissen eingerichtet. Die Solarstromanlage, die er sich gekauft hatte, funktionierte tadellos. Er hatte nun das Leben eines Hightech-Eremiten, der jederzeit auf sämtliche moderne Errungenschaften wie Fernsehen, Internet, Radio und Satellitentelefon zurückgreifen konnte, das aber in völliger Einsamkeit, die er so liebte. Er war schon immer ein Einzelgänger gewesen, was ihm bei seinen unzähligen Überlebenstrainingslagern ungemein geholfen hatte. Selbst die vierwöchige Einzelhaft, in die man ihn als Deutschstämmigen in Chile gesteckt hatte, nachdem die ganze Affäre um die Colonia Dignidad und ihre Führer hochgekocht war, steckte Falk weg, ohne auch nur einmal mit der Wimper zu zucken. Und gegen die Gefängnisse in Südamerika war Falks Höhle geradezu ein Fünfsternehotel, vor allem durch die Ausstattung.

Er schaute auf die Uhr und fing an, sein Laptop aufzubauen und die Antenne für das Satellitentelefon auszurichten. Für 16 Uhr deutscher Zeit hatten sich von Tirpitz, sein Großvater und er zu einer Konferenzschaltung verabredet.

Auf die Sekunde pünktlich leuchtete ein Warnzeichen auf dem Desktop auf und Falk loggte sich ein. Auf der linken Seite des Bildschirms erschien der Obergruppenführer, auf der rechten war von Tirpitz zu sehen. Der alte General begann die Unterhaltung.

»Na, mein Junge, wie ich höre, hast du schon ganze Arbeit geleistet.«

»Ich danke dir, Großvater, das war aber kein Problem.«

»Wie ich feststellen musste«, meldete sich von Tirpitz, »bist du im Hotel nicht mehr zu erreichen. Dann bitte ich dich, in Zukunft mit deinem Satellitentelefon ständig auf Empfang zu bleiben.«

»Selbstverständlich, Herr Generalleutnant. Haben Sie versucht, mich zu erreichen?«

»Ja, heute Vormittag. Dein Großvater und ich hatten heute Morgen eine Unterredung, und da schien es uns für unsere Sache günstiger, mit der Liquidierung des Polizeichefs vielleicht doch noch etwas zu warten.«

Falk zeigte sich verwundert. »Und warum, wenn ich fragen darf?«

»Der gute Graf und Frau Doktor werden uns ein wenig zu mächtig.«

»Mit Verlaub«, unterbrach Falk ihn. »Der Stand des Polizisten war alles andere als sicher. Zum Schluss konnte er sich einer Zwangsversetzung nach Stuttgart nur durch eine Krankschreibung entziehen.«

»War er denn krank?«

»Er hatte ziemlich mit dem Blutdruck zu tun und die Stabilität seiner Psyche ließ auch ziemlich zu wünschen übrig.«

Der Großvater war beruhigt. »Dann hast du recht getan, mein Junge. In diesem Zustand hätte er für uns keinen Wert mehr gehabt.«

Von Tirpitz zündete sich eine Zigarette an. »Und wie stehen sonst so die Aktien in unserem guten Schwalbach? Alles im Lot?«

»Sonst läuft hier alles kontrolliert ab. Die einzigen, die mir ein wenig Sorgen machen, sind der Nachfolger vom alten Bornheim, ein gewisser Oberkommissar Frank Posselt, und die neue evangelische Pastorin.«

Von Tirpitz war erstaunt. »Was denn, der Alte ist noch nicht ganz kalt, da haben die schon eine Neue?«

Falk schüttelte den Kopf. »Nein, das ist die Tochter des Alten, und die hatte schon das Amt ihres Alten kommissarisch übernommen. Die Kleefisch hatte ihren Vater ja schon völlig schwachsinnig gespritzt, deshalb gab es ja für ihn das Thing.«

»Nun komm zur Sache, mein Junge. Warum können die uns gefährlich werden?«

»Der junge Kommissar ist lange nicht so einfältig wie der alte, er hat von der Bruderschaft keine Ahnung und ist dementsprechend wachsam. Jeden neuen Todesfall hängt der jetzt gleich an die ganz große Glocke, mit Spurensicherung und Rechtsmedizin.«

Falks Großvater wurde hellhörig. »Und, werden die Pathologen fündig?«

Der junge Mann grinste. »Wie denn? Selbst, wenn sie wüssten, wonach sie suchen sollten, kann ich es mir beim besten Willen nicht vorstellen, dass die überhaupt von der Existenz der *Orchidea Marron* wissen. In der Literatur ist sie nicht verzeichnet und das Geheimnis dieser Pflanze wird in Papua-Neuguinea nur von Schamane zu Schamane weitergegeben.«

Von Tirpitz kratzte sich sein Kinn. »Wäre der junge Polizist eventuell zu kaufen?«

Falk schüttelte den Kopf. »Nein, Generalleutnant, der hat Geld genug. Sein Vater war ebenfalls Gründungsmitglied der Bruderschaft und der hat jeden Pfennig für seinen Jungen gespart. Es weiß zwar niemand in Schwalbach, aber der Junge ist Millionär.«

Der alte General grinste. »Wie ich merke, mein Junge, hast du dich in der Schwalbacher Sparkasse schon umgesehen?«

»Das war ein elektronischer Spaziergang. Was die Sicherung der Bankcomputer betrifft, sind das Stümper. Das hätte ich sogar von Buenos Aires aus machen können.«

»Sehr gut, mein Junge.« Der General war rundum zufrieden. »Sehen werden wir uns auf diesem Weg in zwei Tagen wieder, aber du bleibst mit deinem Handy auf Dauerempfang, falls etwas sein sollte. So, Junge, das war's von mir aus. Von Tirpitz, haben Sie noch was?«

»Ja, eine Kleinigkeit. Achte mal etwas auf den Jungen vom Grafen. Mir kam zu Ohren, dass der dumm, anmaßend und schwul ist. Das ist eine heikle Mischung, die könnte unserer Sache gefährlich werden.«

»Werde ich machen. In zwei Tagen kann ich über ihn berichten.«

Auf dem Bildschirm des Laptops erschien ein Farbbalken und die Schrift *end of safe transmission*. Falk räumte alle Geräte gewissenhaft weg und tarnte sie. Sollte sich jemand durch Zufall in diese Höhle verirren, würde nichts darauf deuten, dass sie bewohnt war. Als er damit fertig war, machte er sich sofort auf den Weg, um alles über den jungen Grafen zu recherchieren.

***

Für Frank und Stefanie hatten bereits alle Papiere für die Sperrung der verschiedenen Konten bei der Staatsanwaltschaft in Heilbronn bereitgelegen. Das Gespräch in der Polizeidirektion verlief ebenfalls sehr kurz und angenehm. Frank wurde offiziell zum Einsatzleiter einer sogenannten *SOKO Rosa* ernannt und ihm wurden für die nächste Zeit noch vier weitere Polizeibeamte und zwei Kripoleute zur Verfügung gestellt. Mehr sei einfach nicht drin, wurde ihm versichert, aber Frank war zufrieden, überhaupt Leute bekommen zu haben. Schon am kommenden Montag würden sie den Dienst aufnehmen.

Wieder in Schwalbach angekommen, bogen er und die Pastorin auf den Parkplatz der Schwalbacher Sparkasse ein.

Er schaute auf seine Armbanduhr. »Na, die werden nicht gerade begeistert sein, dass wir mit dem ganzen Quatsch ausgerechnet am Freitag um 15 Uhr kommen. Eigentlich wollten die in einer halben Stunde ins Wochenende.«

Sie schüttelte den Kopf. »Hauptsache, der Biegert ist schon zu Hause. Den kann ich auf den Tod nicht ausstehen, seit meiner Kindheit.«

»Und womit hat er sich deinen Hass verdient? Hat er dich um dein Taschengeld betrogen?«

»Nein, der arme Kerl war mit Sicherheit sein ganzes Leben über der Inbegriff von preußischer Korrektheit. Der ist mir einfach nur unangenehm. Gerade als junges Mädchen hatte ich das Gefühl, dass er mich mit seinen Augen ausziehen würde, vor allem im Sommer.«

Er lachte. »Dann sind das ja augenblicklich goldene Zeiten für den Mann. Bei der Wärme kommen die jungen Dinger schon nackt in die Bank, fast nackt zumindest.«

Beide betraten die Sparkasse. Stefanies Gesichtszüge verfinsterten sich, denn das Erste, was sie sah, war ihr Lieblingsbankier, der geradezu auf einer Schleimspur auf sie zugekrochen kam.

»Frau Pastorin, welch eine Ehre ist es für meine Bank, Sie heute begrüßen zu können. Erst einmal möchte ich Ihnen aber mein tief empfundenes Mitgefühl zu Ihrem so unermesslichen Verlust ausdrücken.« Er küsste ihr fast die Schuhe. »Kommen Sie doch bitte rüber in mein Büro.« Sie folgten ihm in einen durch Glaswände abgeteilten Raum, der sehr angenehm klimatisiert war. »Darf ich Ihnen noch schnell eine kleine Erfrischung bringen lassen?« Ohne eine Antwort abzuwarten verließ er die beiden kurz.

Sie setzten sich und Stefanie flüsterte Frank ins Ohr: »Der ist ja noch viel klebriger als früher. Pfui Teufel!«

Er grinste sie an. »Zwei Millionäre zur gleichen Zeit in nur einem Büro, das ist für einen Banker ein Fest.«

»Woher soll der denn das wissen, der kann doch nicht alle Konten im Kopf haben.«

»Die dicken schon, darauf kannst du dich verlassen. Zu mir war der damals auch stinkfreundlich, und da wusste ich noch gar nicht, dass ich so viel Geld geerbt hatte.«

Biegert kam mit einem Tablett hereinbalanciert, auf dem ein paar kalte Getränke und einige Gläser standen. »Was führt Sie zu mir, Frau Pastorin, Herr Hauptkommissar?«

»Oberkommissar bitte, mit dem *Haupt* dauert es noch eine Weile.«

»Ich denke, Sie werden der Nachfolger des armen Herrn Bornheim, oder?«

»Ich gehe auch davon aus, Herr Biegert. Aber leider muss ich dienstlich werden. Hier haben Sie alle nötigen Unterlagen. Konten, Depots und sämtliche Post- und Schließfächer des Ehepaars Jänicke, der beiden Herren Maubach inklusive der Fleischerei Maubach und des heute verstorbenen Willy Bornheim sind mit sofortiger Wirkung gesperrt. Bitte lassen Sie mir alle Unterlagen zur sofortigen Einsicht bereitlegen.«

Dem Bankdirektor gefror das Lächeln im Gesicht und Frank legte mit Wonne nach. »Bis das geschehen ist, möchte ich bitte die Bankschließfächer des Ehepaars Jänicke und das der Maubachs einsehen. Dafür habe ich die Schlüssel.«

Biegert konnte sich nur langsam wieder fassen. »Dürfte ich Sie darauf hinweisen, dass in zehn Minuten Schalterschluss ist?«

Frank setzte sein liebenswürdigstes Lächeln auf. »Sie dürfen, Herr Direktor, Sie dürfen. Aber wir stehen ja nicht am Schalter, oder?«

Der Bankier verließ mit versteinerter Miene sein Büro, um die nötigen Anweisungen zu geben.

Kurze Zeit später kam er mit einer jungen Angestellten wieder. «Fräulein Neumann wird Sie zu den Schließfächern begleiten, ich werde inzwischen die Sperrung der Konten in die EDV eingeben. Reicht Ihnen von den Konten je ein Jahresauszug?«

Die beiden erhoben sich und Frank nickte ihm kurz zu. »Das reicht völlig. Ich danke Ihnen, Herr Biegert. Kann es übrigens sein, dass Sie zwei Arten von Schließfächern haben? Im Besitz des Pastorenehepaars Jänicke befanden sich nämlich zwei verschiedene Schlüssel.«

Die junge Bankangestellte schaute in ihre Liste. »Das kann durchaus sein. Die Jänickes hatten einen Schlüssel für das Schließ- und einen für ihr Postfach.«

Er lächelte sie freundlich an. »Na, dann schauen wir uns zuerst einmal das Postfach an.«

Stefanie wurde etwas ungeduldig vor Spannung. »Das Postfach können wir allein anschauen, das ist im Vorraum der Bank. Lass uns erst einmal an die Schließfächer.«

Während der Schalterraum schon geschlossen wurde, zog die kleine Karawane unter größter Missbilligung Biegerts in den Keller der Bank, in dem sich die Schließfächer befanden. Nachdem die Angestellte eine Gittertür aufgeschlossen hatte, gingen sie zu dritt in einen weiteren, diesmal durch eine massive Holztür verschlossenen Raum. Das war das Herzstück der Bank, der Raum mit den Schließfächern.

Frank war beeindruckt. »Mensch, das sieht ja hier so aus wie in den Umkleidekabinen vom Schwimmbad.«

Die junge Frau lachte. »Nur die Schränke sind sehr viel kleiner und aus Edelstahl.«

Die Pastorin schaute sich verwundert um. »Je weiter man nach hinten geht, desto größer werden auch die Türen.«

»Manche haben eben größere Dinge als kleine Geheimnisse. Hinten haben die Fächer, da würden bequem ganze Gemälde reinpassen.«

Frank schüttelte ungläubig den Kopf. »Wozu braucht Schwalbach solche Schließanlagen, kannst du mir das mal verklickern?«

Stefanie lachte sarkastisch auf. »Stille Wasser sind nun mal tief. Vor allem die Schwalbacher Gewässer.«

Fräulein Neumann blieb vor Schließfächern stehen, deren Türen ca. 20 mal 40 Zentimeter groß waren. »Hier sind wir richtig.« Sie steckte ihren Schlüssel in eines der beiden Schlüssellöcher, drehte ihn und sah dann auffordernd zu Stefanie. »Bitte, Frau Pastor, jetzt müssen Sie aufschließen.«

Stefanie schloss ebenfalls auf und nun ließ sich die Klappe öffnen. Dahinter befand sich eine große Stahlkassette, die ganz genau in das Fach hineinpasste.

Die Bankangestellte ging ein paar Türen weiter und betätigte das dortige Schloss. »Bitte, Herr Kommissar. Hier ist das Fach der Familie Maubach, und dort drüben«, sie schloss ein drittes Fach auf, »ist das Fach des Herrn Hauptkommissar.«

Frank schaute sie irritiert an. »Aber dafür habe ich keinen Schlüssel.«

Fräulein Neumann schüttelte den Kopf. »Dann können wir es nicht öffnen. Das geht nur mit dem zweiten Schlüssel.«

»Sie als Bank können da doch wohl auch so rein oder etwa nicht?«

»Nein, können wir nicht. Sollte irgendjemand seinen Schlüssel verlieren, dann muss erst ein zweiter nachgemacht werden, und wenn es geöffnet wurde, kommen völlig neue Schließzylinder rein.«

»Gut«, beschloss Frank. »Dann müssen wir mit Bornheims Reichtümern noch warten, bis wir seine Wohnung untersucht haben. Beginnen wir mit dem, was wir haben.«

Er schloss das Fach der Maubachs mit seinem Schlüssel auf. Darin befand sich auch eine ebenso große Kassette.

»Ich darf mich jetzt entfernen?«

»Warum, Sie können ruhig hier bleiben.«

»Es tut mir leid, aber das ist den Bankangestellten nicht gestattet. Klingeln Sie bitte, wenn ich die Fächer wieder verschließen soll.« Mit diesen Worten verschwand sie durch die Holztür.

»Na, das ist ja super. Und was mache ich, wenn die Erben behaupten, da wären die dicken Diamanten drin gewesen?«

»Ich bin ja auch noch da. Nun mach hin, ich platze gleich vor Neugier.« Er zog die Kassette der Maubachs aus dem Schließfach und wuchtete sie auf den Tisch, der bereit stand. »Mein Gott, was haben die denn hier drin, etwa Zementsäcke?«

Er hob vorsichtig den Deckel hoch, und ein großer, brauner Umschlag kam zum Vorschein, der auf einem grünen Filztuch lag. Er schaute prüfend hinein. »Das scheinen Familienpapiere zu sein. Nanu?« Er zog einen noch gültigen Pass aus der Tüte, in dem sich ein ebenfalls noch gültiger Personalausweis befand. Er klappte ihn auf. »Schau mal einer an. Die gute Frau Maubach scheint völlig ohne Papiere zu reisen.«

Er ließ den Pass wieder in die Tüte gleiten und legte sie neben die Kassette. Vorsichtig hob er das Filztuch an. Beide glaubten ihren Augen nicht zu trauen. Da waren sechs große Barren zu sehen.

»Da musst du dich nicht wundern, dass die Kiste so schwer ist. Drei mal Gold und drei mal Silber, das wiegt.«

»Kennt sich eine Pastorin zufällig damit aus, wie viel so was wert ist?«

»Glaubst du vielleicht, dass wir jeden Sonntag die Kollekte umschmelzen? Ich habe kürzlich in der Zeitung gelesen, dass Gold wohl so rund vierzig Euro bringt.«

»Vierzig Euro pro was?«

»Pro Gramm natürlich.«

»Wenn die zehn Kilo stimmen, die da auf dem Feingoldbarren stehen, dann haben wir allein an Gold rund 400 000 Euro pro Barren.«

»Und das Silber? Die Barren sind noch etwas größer.«

»Keinen blassen Schimmer. Moment, da steht was drauf.« Er legte das Filztuch beiseite und verrückte die Kiste etwas, sodass mehr Licht auf den Stempel fiel. »Ich werde verrückt, dass ist kein Silber, sondern Platin.«

»Ist das mehr wert als Silber?«

»Das Doppelte von Gold.«

»Dann haben wir ja glatte 3,6 Milliönchen zusammen.« Sie zeigte auf einen kleinen Lederbeutel. »Und was ist da drin?«

Frank zog die Bändchen auf und schüttelte den Inhalt auf das Filztuch. Eine Handvoll Rohdiamanten kullerten heraus.

Sie war fassungslos. »Das ist hier alles genauso, wie sich Lieschen Müller das Sparschwein einer Mafiafamilie vorstellt.« Sie sah Frank ernst an. »Ich habe Angst, in die Kiste meiner Eltern zu sehen.«

»Kneifen gilt nicht.« Er ging zu ihrem Fach und zog die Kiste heraus. Sie war ebenso schwer. »Es sieht ganz so aus, als hättest du hier drin auch etwas Familienmetall.«

Zu ihrem Entsetzen lag da auch ein großer brauner Umschlag auf einem grünen Filztuch. Sie nahm ihn heraus und öffnete ihn.

»Und, was ist drin?«

»Das Stammbuch, einige Policen und hier ist ein kurzer Brief von Mama.« Sie öffnete ihn und las vor. »Hallo, mein Sonnenschein, das, was da noch drin ist, gehört jetzt alles dir und deinem Sohn. Das Konto ist nun auch etwas üppiger ausgefallen, als von dir gedacht, aber das musst du ja noch mit dem Finanzamt teilen. Vom Gold brauchst du denen ja nichts zu sagen.«

Frank hob das Filztuch hoch, und da lagen ebenfalls sechs Barren. Drei Mal Gold und drei Mal Platin. Im Gegensatz zu den Maubachs war da aber kein Lederbeutel zu finden.

Stefanie las weiter. »Vielleicht, mein Kind, wirst du dich fragen, wie wir zu diesem Reichtum gekommen sind. Ich kann dazu nur eines sagen. Lies in der Familienbibel, die Vater selbst gebunden hat. Er hat darin einige Seiten zugefügt. Falls dir das nicht weiterhelfen sollte, dann schau im Buch der Bücher, das 6. Buch Mose, der 14. Prophet, Psalm 164, Spruch 48.

Gott sei mit dir, mein Kind. Ich hoffe, er wird es auch noch mit uns sein, wenn er uns richtet.«

Frank wunderte sich. »Warum schaust du so ratlos?«

»Weil es nur fünf Bücher Mose, 150 Psalme und nur 31 Sprüche gibt. Vor allem gibt es keine vierzehn Propheten.«

»Aber du sagst doch selbst, dass deine Eltern zum Schluss etwas sonderlich waren.«

»Vater ja, aber Mutter nicht.«

»Okay, aber kann man sich als älterer Mensch bei so einem dicken Buch, wie es die Bibel ist, nicht mal vertun?«

»Theoretisch ja, aber das wäre das gleiche, wie wenn Bornheim in seinem Testament etwas von rosa Polizisten mit Gummipistolen und Streifentretautos faseln würde.«

»Doch so schlimm?«

»Noch schlimmer!«

***

Kaplan Wallner genoss die Liebkosungen seines Partners und sog sie mit jeder Faser seines Körpers auf. Er liebte es, völlig entspannt auf dem Bauch zu liegen, während ihm der Rücken massiert wurde. Der junge Graf küsste ihm seinen Nacken. »Ist irgendetwas?«

»Was soll denn sein?«

»Du bist nicht völlig entspannt!«

»Mir geht so viel durch den Kopf.«

»Etwas mit der Arbeit?«

»Etwas, das ich bei der Arbeit erfahren habe.«

»Und was?«

Der Kaplan kämpfte mit sich. Einerseits unterlag alles, was er bei der Beichte erfuhr, dem Schweigegelöbnis eines Geistlichen, zum anderen hatte er Angst davor, emotional zu platzen, wenn er sich nicht auch jemandem anvertrauen konnte, der ihn und seine Sorgen verstand.

»Ich darf es dir nicht erzählen. Ich habe schließlich geschworen, dass ich das Beichtgeheimnis wahren werde. Außerdem würde es dich dann genauso belasten wie es mich belastet, und das kann ich nicht verantworten.«

»Aber wenn ich dir dabei helfen kann?«

»Und wenn ich dich damit ins Unglück stürze?«

»Du weißt, dass mein Großonkel auch Pfarrer war?«

Der Kaplan horchte auf. »War er?«

»Das war er. Vor allem soll er im Bett ähnlich gut gewesen sein.«

Der Kaplan spürte, wie ihm der junge Graf einen Kuss auf seinen Hintern gab. Genüsslich drehte er sich auf den Rücken.

»Er soll auch ähnlich gut gebaut gewesen sein.«

Wallner genoss weitere Küsse und bemerkte erstaunt, dass sich unter diesen Liebkosungen wieder neues Leben in seinen Lenden regte. Der junge Graf kümmerte sich liebevoll darum.

In ihrem Glück bemerkten die beiden jungen Männer nicht, wie sich außen an einer Scheibe der kleinen Hüttenfenster eine Art Saugnapf auf dem Glas festsaugte. Jedes kleinste Geräusch drang auf dieses Weise, elektronisch vielfach verstärkt, an fremde Ohren. Falk wusste natürlich, wer sich hier in dieser Hütte traf, und wozu. Er wunderte sich etwas über die Häufigkeit der Vereinigungen und die Intensität. Das, was er hörte, erregte ihn ebenfalls und er neidete den beiden jungen Männern ihr Glück.

***

Stefanie und Frank waren verdattert über die inzwischen wieder verschlossenen und in die Schließfächer zurückgebrachten Schatzkisten und warteten darauf, dass das Fach der beiden Fleischermeister und das des Polizisten versiegelt werden konnten. Dazu mussten erst Polizeisiegel vom Revier gebracht werden. Beide waren etwas verstört. Ihnen drängten sich so viele Fragen auf.

»Was denkst du, was dein Chef in seinem Schließfach hortet?«

Er zuckte mit den Achseln. »Na, was schon? Gold und Platin natürlich. Was man von einem Dorfpolizisten mindestens erwarten kann, oder?«

»Wenn man das aufs gesamte Dorf hochrechnet, dann sitzen wir hier vor der wertvollsten Blechwand, die es je gegeben hat.«

»Aber warum? Was ist in diesem Kaff passiert, dass hier alles unter verstecktem Reichtum leidet?«

»Deine alten Herrschaften müssen doch auch zu diesem Geldadel gehört haben. Hast du denn nichts in ihrem Nachlass finden können, was auf die Herkunft des Geldes schließen ließ?«

Er schüttelte den Kopf. »Nichts, obwohl ich wirklich alles durchstöbert habe.«

Sie schaute verwundert. »Wenn deine Eltern zu diesem erlesenen Zirkel gehört haben, und darauf deutet ihre Hinterlassenschaft hin, dann frage ich mich, warum sie kein Bankschließfach hatten.«

Er nickte. »Jetzt, wo du es ansprichst, frage ich mich das auch.«

»Dann fragen wir doch mal das arme Fräulein Neumann, das inzwischen vor der Tür Wurzeln geschlagen haben müsste.«

Er stand auf und öffnete die Holztür. »Fräulein Neumann, kommen Sie mal bitte, vielleicht können Sie uns helfen.«

Die junge Bankangestellte kam etwas unsicher in den Saferaum. »Ja, bitte?«

»Fräulein Neumann, können Sie mir eventuell sagen, ob es hier auch ein Bankschließfach auf den Namen Posselt gibt?«

Sie schaute in den Papieren nach, die sie die ganze Zeit mit sich herumtrug. »Ja, Friedrich und Erna Posselt. Das steht aber kurz vorm Auflösungsverfahren, weil die Herrschaften mit der Miete im Rückstand sind.«

»Die Herrschaften sind tot, mein Fräulein.«

Das war ihr sichtlich peinlich. »Tut mir leid, Herr Kommissar. Das ist aus meinen Unterlagen nicht ersichtlich. Und die Namen zu den einzelnen Schließfächern habe ich auch nur ihretwegen. Normalerweise komme ich da gar nicht ran.«

Stefanie entdeckte in diesen Unterlagen plötzlich eine Seite, auf der Wappen dargestellt waren.

»Betreiben Sie auch Wappenkunde?«

Sie musste lächeln. »Normalerweise nicht, Frau Pastorin. Das sind auch keine Familienwappen, sondern Abdrücke der verschiedenen Prägestempel und Münzen der einzelnen Landesbanken.«

»Und wozu brauchen Sie die?«

»Weil ich sehr oft gefragt werde, ob die Barren oder Münzen echt sind. Dann kann ich das gleich mit den Mustern vergleichen.«

»Darf ich mal sehen?«

»Selbstverständlich.«

Sie gab ihr den Schnellhefter mit den Darstellungen. »Ich geh mal rasch nach oben und kümmere mich darum, dass Ihre Kollegen mit den Siegeln auch reingelassen werden.«

Stefanie blätterte interessiert in dem Schnellhefter und blieb bei einem Wappen hängen. »Schau doch mal, Straps. Das Wappen kennen wir doch von den Barren her, oder?«

»Na, dann schau doch mal schnell nach, zu welcher Landesbank wir die Nummer 23 zählen können, und am besten auch die 24. Dieses Wappen ist nämlich auf den Platinbarren.«

Sie blätterte mit zittrigen Fingern in den Unterlagen, bis sie mit ihrem Zeigefinger auf eine Nummer tippte. »Da haben wir die 23, Deutsche Reichsbank von 1934 bis 1945.«

»Und was sagt die 24 aus?«

»Das ist ebenfalls eine Prägung der Deutschen Reichsbank, aber speziell für 10 KG-Barren Industrieplatin. Hier steht, dass das Metall genauso rein ist, aber wegen des enormen Werts handelsunüblich war. Die 25 ist der Prägestempel für Handelsbarren von 100 und 200 Gramm Platin.«

»Kannst du mir mal sagen, warum die Nazis Industrieplatin benötigten?«

Frank zuckte mit den Achseln. »Vielleicht für die Rüstung. Sonst fällt mir da nichts ein. Vielleicht kommt das

Wort Platine von Platin, wer weiß. Aber was mich noch viel mehr interessiert ist, wie unsere Schwalbacher an Industrieplatin und an Gold der Deutschen Reichsbank kommen. Kannst du mir das mal sagen?«

»Vielleicht könnte uns da das weiterhelfen, was in diesem ominösen 6. Buch Mose, beim 14. Propheten, Psalm 164 und beim 48. Spruch steht, wenn es das nur gäbe.«

»Vielleicht wollte dir deine Mutter damit etwas sagen. Eine verschlüsselte Botschaft.«

Stefanie schüttelte den Kopf. »Mein Gott, Straps, erschieß dich einfach und frag sie, wenn du oben bist. Mehr fällt mir zu diesem Thema auch nicht ein.«

***

Harald Giesecke benötigte eine ganze Zeit, bis er sich nach der Todesnachricht von Bornheim wieder beruhigt hatte. Zuerst war er ob der furchtbaren Macht, die er plötzlich hatte, verängstigt, aber je mehr er überlegte, desto besser gefiel er sich in der Rolle des ultimativen Vollstreckers. Endlich war seine Zeit gekommen. Schlagartig würde er nicht mehr der einfache Kurzwaren-Giesecke sein, den man nach Belieben herumstoßen konnte, sondern ein Giesecke sein, vor dem man sich ruhig auch fürchten sollte. Mit der Macht über Leben und Tod ausgestattet, würde das wohlgefällige Nicken eines Harald Gieseckes plötzlich zur Gnade. Er stellte sich vor den Spiegel in der kleinen Küche und übte dieses huldvolle Nicken. Immer wieder nickte er sich selbst zu, aber er konnte sich selbst nicht überzeugen. Seinem Nicken fehlte das Huldvolle. Die Queen, ja, die war eine begnadete Nickerin, wo die einfach nur hinnickte, da schmolz vor Hingebung entweder alles nur so dahin, oder es wuchs an dieser Stelle kein Gras mehr, nie wieder – auch nicht das kleinste Hälmchen. Er betrachtete sich kritisch und nickte erneut. Nein, er konnte nicken, so viel er wollte, es wurde einfach nicht majestätisch. »Mein Gott«, schimpfte er vor sich hin. »So nickt ein Penner, wenn er Hunger hat und ihm eine Currywurst angeboten wird, aber doch keine Queen!«

Er versuchte, dabei mehr zu lächeln, doch so sehr er sich bemühte, es wurde lediglich ein dümmliches Grinsen.

Er beschloss, sich Zeit zu lassen. Majestät zu sein, lernt man nicht an einem Tag. Die Klingel der Ladentür ging und Giesecke schob die Vorhänge zur Seite. Erstaunt sah er sich Frau Dr. Kleefisch gegenüber. »Hallo, Schwester Else. Ich habe das mit Bruder Willy gehört. Mein Beileid, Schwester.«

»Wieso kondolierst du mir? Wir waren nicht verwandt.«

»Ich denke, da war ja doch etwas mehr als nur eine gemeinsame Mitgliedschaft in unserem Orden, oder?«

»Das ist doch wohl ganz allein unsere Sache, oder?«

»Natürlich, Schwester. Ich wollte dich nur meiner aufrichtigen Anteilnahme versichern.«

»Aus deinem Munde klingt das wie Hohn.«

Giesecke war entsetzt. »Wie soll ich das bitte verstehen?«

»Wenn man schon eine alte Dame die Treppe hinunterschubst, dann fragt man nicht auch noch – Oma, was rennst du so?«

»Meine Trauer um Bruder Willy ist aufrichtig.«

Sie lächelte ihn sarkastisch an. »Daran erkennt man den Profi. Hut ab, Bruder Giesecke, ich habe dich unterschätzt.«

Dem Kurzwarenhändler wurde schlagartig klar, dass die Ärztin um seinen versehentlichen Mord an dem Polizisten wusste. Ihm war zwar unklar, wie sie es herausbekommen hatte, aber sie wusste es. Dabei war er sich selbst gar nicht hundertprozentig sicher, ob er es überhaupt gewesen sein konnte, aber nun wurde es ihm bestätigt, auch noch von einer Ärztin. Er war hin- und hergerissen. Sollte er stolz auf sich sein oder Angst vor sich haben; sollte er sich bewundern oder bemitleiden?

»Tja, Schwester, was soll ich sagen?« Er war wirklich ratlos.

Ihr Ton wurde erheblich freundlicher. »Am besten gar nichts, Bruder Harald. Du tatest wie von der Bruderschaft geheißen und ich weiß, dass dich der Großmeister um die Heimführung von Bruder Willy gebeten hat.«

Giesecke lief es heiß und kalt den Rücken hinunter. Im ersten Augenblick wollte er heftig dementieren, aber warum? Ihm war schlagartig klar, dass er aus diesem Missverständnis Honig saugen konnte. Er wäre dumm, wenn er das nicht täte. Andererseits wurde ihm auch klar, dass ihre Things nichts weiter als ein billiger Budenzauber waren. Jetzt hatte er den Beweis, dass der umgebracht wurde, der dem Großmeister nicht passte, egal, was das Thing beschloss. Die edle Bruderschaft wurde mit einem Mal zur Mörderbande, mit ihm als Werkzeug.

***

Kaplan Wallner und sein Geliebter lagen bis eben noch nackt und eng umschlungen auf ihrem Lager. Nun löste sich der junge Graf aus den Armen seines Freundes. Das, was er gerade von ihm gehört hatte, schockte ihn.

»Was hast du denn?«

Der Graf zog sich fröstelnd die Decke um sein Schultern. »Ich habe Angst um dich, ich habe Angst um uns.«

»Warum denn?« Wallner richtete sich auf. »Hängst du da etwa mit drin?«

»Was heißt mit drinhängen? Ich bin als Graf geboren worden. Genauso könnte ich dich fragen, ob du bei den Kreuzzügen dabei warst, und warum du die Hexen mitverbrannt hast.«

»Hallo, das war vor tausend Jahren! Heutzutage gibt es in der Kirche niemanden mehr, der jemanden verbrennt, oder, wie ihr so nett sagt, heimführt.«

»Und heutzutage sind Grafen nur noch ganz normale Menschen.«

»Gibt es vielleicht etwas, das du mir beichten solltest?«

»Warum und wem vor allem, meinem Geistlichen oder meinem Lover?«

»Sag bitte nicht so was!«

»Warum nicht? Wenn du als Priester genauso gut bist wie als Beischläfer, dann bist du bald Papst, und die Enzyklika über die Liebe würde endlich mal von einem Fachmann geschrieben werden.«

»Ich verarsche nicht deinen Adel und du lässt mir bitte meine Kirche in Ruhe, verstanden? Also, gibt es etwas, was ich wissen sollte?« Mit Sorge beobachtete der Kaplan, wie schwer sich sein Freund tat.

»Und du schwörst mir bei allem, was dir heilig ist, dass davon nichts diesen Raum verlassen wird?«

»Ich schwöre es.«

Der junge Graf begann von der Bruderschaft zu erzählen, was er wusste. Dass es eine gab und er es für so eine Art Rotarierclub hielt und sich nie um eine eigene Mitgliedschaft bemüht hatte. »Das ist mir zu viel Vereinsmeierei, verstehst du?« Erleichtert hörte sich der Kaplan den Rest einer adligen und ziemlich schrägen Familienchronik an.

Natürlich ahnten beide nicht, dass sie belauscht wurden und ihr Schwur des Schweigens hinfällig war. Während dieser Lauscher noch die Geschichte des jungen Grafen zu Ende hörte, überlegte er schon, wie er die beiden Liebenden umbringen würde. Am besten natürlich bei ihrem nächsten Schäferstündchen in dieser Hütte. Und da er für beide Sympathie empfand, würde er sie erst beim Nachspiel ermorden. Er war ja schließlich kein Unmensch.

***

Nachdem Stefanie und Frank noch schnell die Postschließfächer im Vorraum der Bank überprüft und diese leer vorgefunden hatten, trafen sie auf der Schwalbacher Polizeidienststelle ein. Dort wurden sie von Professor Himmer begrüßt, der mit seiner Truppe bereits die Wohnung von Hauptkommissar Bornheim untersucht und versiegelt hatte. »Na, sind Sie auf der Bank fündig geworden?«

»Eine heiße Spur haben wir noch nicht, aber wir wissen vielleicht, worum es hier geht.«

Der Prof war neugierig. »Und?«

Frank setzte sich. »Um sehr, sehr viel Geld.«

»Mein Gott, wie einfallslos. Ich hatte gehofft, dass man in Schwalbach etwas mehr Fantasie hat.«

Stefanie wurde hellhörig. »Jetzt bin ich aber mal gespannt, womit Sie Ihre Hoffnung begründen.«

Himmer grinste sie an. »Ich dachte, im nördlichen Baden ist man pleite. Und wer keine Knete hat, der sollte wenigstens mit Grips glänzen.«

Frank goss sich einen Kaffee ein. »So ganz ohne Hirnschmalz wird hier aber nicht gemordet. Dürfte ich Sie an unsere beiden Marzipanleichen erinnern?«

»Ich hätte da das Schlachtfest in der Metzgerei entgegenzusetzen.«

Stefanie angelte sich ebenfalls die Kaffeekanne. »Wenn die beiden Herren schon dabei sind, sich beim Skat des

Lebens die Mordbuben um die Ohren zu hauen, dann habe ich einen Grand ohne vier zu bieten.«

Himmer lehnte sich zurück. »Passe!«

Frank nahm einen tiefen Schluck aus seiner Bürotasse. »Nun bin ich aber mal gespannt.«

»Wir Schwalbacher haben die Wurstbrotbestattung erfunden.«

Posselt winkte angewidert ab. »Mensch, Maggi, hör bitte auf. Da dreht sich einem ja der Magen um! Außerdem haben wir den alten Maubach noch vor der Pelle gerettet.«

»Und was ist mit seiner Frau?«

»Woher soll ich denn das wissen?« Frank süßte seinen Kaffee nach. »Vielleicht sitzt die quietschvergnügt irgendwo auf den Kanaren und lässt gerade ihre Familie hochleben.«

»Oder wir finden ihre DNA im kommunalen Klärbecken oder in Bornheims Verdauungstrakt.«

»Das Letzte, was der zu sich genommen hat, war Schweinskopfsülze.«

»Bingo, ich kenne Bilder von ihr, das könnte sie gewesen sein!«

Himmer lachte aus vollem Herzen. »Also, Frau Pastorin, wenn Sie in Ihren Predigten ähnlich schlagfertig sind, dann werde ich noch zum guten Christen.«

Frank wurde dienstlich. »Bitte, lasst uns alles noch einmal rekapitulieren.«

Er baute sich mit einem dicken Filzer bewaffnet vor einem Flipchart auf und arbeitete die ganze Sachlage grafisch auf. Jedes Opfer, auch die alten, bekam seine eigene Seite und bald war das ganze Büro mit Din-A2-Bögen zugehängt. Der Prof und Stefanie berichtigten ihn hier und da, aber meist waren sich die drei einig.

»Und womit starten wir morgen?«, fragte der Polizist in die kleine Runde.

»Morgen ist Samstag. Was willst du da groß starten?«

»Ich denke, wir wollen unseren oder unsere Mörder in die Enge treiben.«

»Willst du dich in Dienstkleidung auf den Marktplatz stellen und einen Trachtentanz aufführen?«

»Blödsinn, aber irgendwas muss doch jetzt von uns kommen.«

»Kommt ja auch!« Der Professor goss sich nach. »Am Montag werden wir exhumieren. Und zwar alles, was in letzter Zeit nicht an Altersschwäche gestorben ist. Was meinen Sie, was das für eine Aufregung in Schwalbach gibt!«

»Maggi und ich können uns ja dann vor die Apotheke stellen und alles verhaften, was vor Zorn einen zu hohen Blutdruck hat.«

9

Der Samstag verlief für alle recht entspannt. Sowohl Frank als auch Stefanie nutzten ihre Ruhe, um den Nachlass ihrer Eltern einmal systematisch durchzusehen. Jetzt wussten sie zumindest, wonach sie suchten, nämlich nach Schriftstücken und Dokumenten über all das, was ihre Eltern zwischen den Jahren 1930 und 1945 erlebt und getan hatten. Dabei waren beide etwas zwiegespalten. Einerseits waren sie begierig, mehr über ihre Eltern zu wissen, anderseits hatten sie Angst davor, Dinge zu erfahren, von denen sie lieber nichts gewusst hätten. Bei ihren Recherchen hielten sich beide besonders lange bei den Fotos auf. Bilder, die die eigene Familie betrafen, waren dabei meist säuberlich in Alben geklebt. Meist sogar mit Untertiteln, sodass beide in kürzester Zeit die Namen von Verwandten kannten, die sie nie in ihrem Leben gesehen hatten.

Erheblich effektiver waren da schon die Kartons und Pappumschläge, in denen die Fotos einzeln aufgehoben wurden. Was die relevanten Jahre betraf, waren diese Behältnisse besonders effektiv, vor allem bei Franks Eltern.

Während Stefanie an den vielen, jungen Gesichtern, denen sie sich gegenübersah, verzweifelte, ging Frank als erfahrener Ermittler systematisch vor. Er verbrachte fast den gesamten Samstag damit zu, sich Jugendfotos von allen Toten und deren Eltern der vergangenen Monate zu besorgen. Danach fuhr er nach Stuttgart, um sich beim BKA an einen Großrechner zu setzen und sämtliche Fotos einzuscannen. Jetzt konnte er den Rechner die einzelnen Gesichter vergleichen lassen, eine Arbeit, die ein Mensch nie mit dieser Genauigkeit hätte erledigen können, vor allem nicht innerhalb einer Stunde. Frank suchte vor allem nach Bildern, auf denen alle oder möglichst viele Präferenzpersonen auf einmal zu sehen waren. Erst am frühen Sonntagmorgen kam er mit dem Ergebnis nach Schwalbach zurück und legte sich sofort ein wenig hin, denn er wollte unbedingt Stefanies ersten Gottesdienst miterleben, in dem sie von ihrem Onkel offiziell in die Gemeinde eingeführt werden sollte.

Um kurz vor neun kletterte er noch ziemlich zerknittert aus seinem Auto und gesellte sich zu den vielen Menschen, die vor der Kirche standen. Normalerweise ging es bei dieser Gelegenheit eher lustig zu. Man hörte dann überall Menschen lachen oder zumindest freundlich miteinander reden, doch an diesem Sonntagmorgen herrschte Stille. Er war erstaunt, wie so viele Christenmenschen, die beieinander standen, eine so bösartige Stille erzeugen konnten. Betroffen versuchte er, mit ihm bekannten Menschen Blickkontakt aufzunehmen – selbst das war ihm nicht möglich. Sowie er jemandem ins Gesicht sehen wollte, schaute der zufällig gerade in eine ganz andere

Richtung. Dabei war ihm so, als würde er immer gerade noch den letzten Zentimeter des Wegdrehens mitbekommen.

Plötzlich sah er abseits der Menge einen jungen Kollegen seines Reviers mit seiner Frau stehen. Beide machten einen ausgesprochen angespannten Eindruck.

Er lächelte ihn an. »Na, Kollege Birnbacher, einen schönen Sonntagmorgen.«

»Guten Morgen, Herr Oberkommissar. Darf ich Ihnen meine Frau vorstellen?« Dann zeigte er auf seinen Kollegen. »Das ist Oberkommissar Posselt, Schatz, mein neuer Chef.«

Sie lächelte ihn an, erleichtert darüber, jemanden gefunden zu haben, der mit ihr sprach.

»Wird heute jemand beerdigt oder was ist hier los?«

»Keine Ahnung, Herr Kommissar. Wir beide dachten schon, dass mit uns etwas nicht stimmt. Egal, wo wir vorbeikamen, es wurde geschwiegen, und dort, wo wir uns dazustellen wollten, löste sich die Gruppe gerade auf.«

»Ihre Dienstkleidung hat die falsche Farbe, Herr Kollege. Das ist der Grund.«

»Wie kommen Sie denn darauf?«

»Die Staatsanwaltschaft hat die Exhumierung all der Menschen angeordnet, die im vergangenen Jahr nicht nachweislich an Altersschwäche gestorben sind. Und das wird wohl allgemein als Kampfansage betrachtet.«

Die junge Frau des Kollegen nickte. »Endlich wird da mal was gemacht. Das mit den vielen Unfällen hat doch in letzter Zeit kein Mensch mehr geglaubt.«

Der junge Beamte unterstützte seine Frau. »Das ist wieder mal typisch. Jeder hat sich seinen Teil gedacht, aber keiner hat sich getraut, etwas zu sagen.«

»Zu dieser schweigenden Masse gehören Sie dann aber auch, Herr Kollege, oder?«

»Es mag sich wenig glaubwürdig anhören, Herr Oberkommissar, aber ich habe wirklich versucht, mit dem Herrn Hauptkommissar darüber zu sprechen. Aber genauso hätte ich mich auch mit meinem nackten Hintern in einen Ameisenhaufen setzen können.«

Frank musste lachen. »Und zwar mit knallroten, fiesen, riesigen Feuerameisen.«

Birnbacher war erleichtert. »Ach, hat er Sie auch maßgenommen, als Sie damit ankamen?«

»Der hat mir schlicht und ergreifend mit dem Ende meiner Karriere gedroht, wenn ich irgendetwas davon zur Direktion weitermelde. Wir haben die letzten drei Tage kein Wort mehr miteinander gesprochen. Mich würde aber interessieren, was Sie ihm melden wollten.«

»Ich weniger. Meiner Frau ist aufgefallen, dass, wenn jemand umkam oder besser gesagt, gestorben ist, derjenige ihr Kunde war. Meine Frau ist bei der Sparkasse Kassiererin. Und es betraf immer nur Familien, die auch ein Postschließfach in ihrer Bank hatten.«

Frank wurde hellhörig. Das war schon wieder eine Gemeinsamkeit. »Kollege, wann kommen Sie wieder zum Dienst?«

»Mittwochabend zur Nachtschicht.«

»Nichts da. Sie sind morgen um 7 Uhr auf der Wache. Ab sofort gehören Sie zur *Soko Rosa.*«

Der junge Mann schaute seinen Chef zweifelnd an. »Was ist denn das für ein Name? Jagen wir plötzlich wieder Schwule? Dann möchte ich aber dankend ablehnen!«

»Das würden Sie also ablehnen?«

»Und zwar mit Nachdruck.«

»Hut ab, Her Kollege. Leute mit Rückgrat können wir ganz besonders gebrauchen. Machen Sie sich bitte keine Sorgen. Das Rosa bezieht sich auf die ungewöhnliche Gesichtsfarbe der beiden letzten Opfer.«

»Ist das nicht eine Provokation?«

»Richtig, Herr Kollege. Und ganz genau das soll es auch sein.«

Die Glocken begannen zu läuten. Die beiden jungen Leute küssten sich zum Abschied.

»Nanu«, wunderte sich Frank. »Geht einer von Ihnen wieder nach Hause?«

»Nein. Meine Frau singt im Kirchenchor mit und steht deshalb die ganze Zeit hinter dem Altar, neben der Orgel.«

»Gäbe es da eventuell noch einen Platz für mich?«

Sie lachte auf. »Wollen Sie mitsingen?«

»Nein. Ich hätte der Gemeinde gerne ins Gesicht geschaut und das geht von hinten nicht.«

»Wenn Sie mir versprechen nicht mitzubrummen, können Sie sich zu unserem Chor stellen. Von da aus haben Sie eine gute Sicht.«

»Sollten wir da nicht lieber den Kantor um Erlaubnis bitten?«

Sie lächelte ihn breit an. »Nee, lassen Sie mal. Der ist kurzsichtig wie ein Maulwurf, aber hören tut er wie ein Luchs. Wenn Sie sich wirklich nicht mucksen, dann passt es schon.«

***

Das Gehör des Kantors war wirklich exzellent. Beim Einführungschoral verbaselte ein Tenor neben Frank nur einmal kurz seinen Einsatz, schon verzog sich das Gesicht des grauhaarigen Mannes. Frau Birnbacher sang mit Hingabe mit, aber ließ ihn nicht eine Sekunde aus den Augen. Nicht ohne Grund. Es fiel wirklich schwer inmitten eines so guten Chores zu stehen und selbst nicht mitsingen zu dürfen, doch hätte er es getan, so hätte den alten Chorleiter mit Sicherheit der Schlag getroffen.

Die letzten beiden Strophen sollte die Gemeinde mitsingen. Das tat sie auch, aber es war dabei eine derartig eisige Ablehnung zu spüren, dass sich der Alte erschreckt zur Gemeinde drehte. So etwas hatte auch er noch nicht erlebt.

Diese Kälte blieb dem Superintendenten natürlich auch nicht verborgen. Besorgt schaute er auf seine Nichte und beugte sich an ihr Ohr. »Du sprachst von Zurückhaltung, nicht von totaler Ablehnung. Was ist hier los?«

»Wir sind der Natter wohl auf den Schwanz getreten.«

Er nickte ihr zu. »Lass uns nachher darüber sprechen!«

Obwohl Frank wirklich ausgesprochen günstig stand, um die wirklich schwarzen Schafe der Gemeinde beobachten zu können, hatte er eigentlich nur Augen für die neue Hirtin.

Umso genauer bekam er mit, wie sehr sie zusammenzuckte, als sie die Altarbibel öffnete und darin eine Notiz vorfand, die sie mit einer Hand zusammenknüllte und in die Tasche ihres Talars steckte. Er bemerkte auch ihren entschlossenen Gesichtsausdruck, bevor sie mit der Predigt begann. Es ging darin um Judas, der seinen Herren für nur 30 Silberlinge verriet. Um wieviel einfacher ist es da, für erheblich mehr Taler, und zwar alle aus Gold, für das eigene Wohlergehen einfach nur zu schweigen. Die Pastorin endete mit persönlichen Worten: »Liebe Gemeinde, ich trauere mit Ihnen um unseren alten Pastor. Ich trauere aber auch noch um meinen Vater und nicht zu vergessen um meine Mutter. Beide wurden unter den Augen und vielleicht auch mit dem Wissen derer, die mich heute während des Gottesdienstes mit so ungeheurer Wesenskälte strafen, ermordet.«

In diesem Augenblick bereute der Kommissar, dass er sich gerade in die Pastorin verliebte. Dadurch, dass er nur Augen für sie hatte, bekam er nicht mit, wer *Das war Gottes Wille* dazwischenrief. Er hörte nur, dass es eine Frau war.

Dem Superintendenten gefror das Blut in den Adern. Er schaute irritiert zu seiner Nichte auf der Kanzel.

Stefanie nickte ihm mutig zu. »Und wie ich an diesem Zwischenruf sehe, wird hier nicht nur unser Herr, sondern unser aller Glaube verraten. Ich bete darum, dass Gott seinen Segen auf den lenken wird, der uns von dem Fluch der Habgier befreien wird. Möge er sich aber auch derer annehmen, denen mit diesem Zwischenruf aus dem Herzen gesprochen wurde und sie mit später Erkenntnis segnen. Denn auch sie werden irgendwann vor ihrem Schöpfer stehen und Rechenschaft ablegen müssen, amen.«

Nach einem letzte Choral und dem Vaterunser war der Gottesdienst beendet. Es war totenstill, als die Gemeinde die Kirche verließ. Selbst draußen wurde kein Wort gesprochen und alle gingen sofort nach Hause.

Frank benötigte ein wenig länger ins Pastorenhaus als Stefanie und ihr Onkel.

»So, mein Kind, kannst du mir jetzt mal ganz in Ruhe erklären, was hier vor sich geht? So einen Gottesdienst habe ich wirklich mein Lebtag noch nicht mitfeiern müssen.«

»Ich auch noch nicht, aber das spiegelt augenblicklich die allgemeine Stimmung hier in Schwalbach wieder.«

»Es tut mir leid, Stefanie, aber vor einer Woche war das hier noch eine funktionierende Gemeinde.«

In diesem Augenblick betraten Frank und Frau Kruse die Küche der Jänickes. »Herr Superintendent, Sie tun dem armen Fräulein Pastor bitter unrecht. Funktioniert hat diese Gemeinde die vergangenen zwei Jahre schon nicht mehr«, äußerte sich Frau Kruse erregt.

»Aber ich habe nichts Negatives gehört.«

»Sie haben ja auch gar nicht in diese Richtung gehorcht, Herr Superintendent.«

Stefanie musste lächeln. »Reißen Sie meinem Onkel bitte nicht gleich den Kopf ab, Anja. Ich war ja selbst geschockt, als ich das heute erleben musste. Ich wäre Ihnen dankbar, wenn Sie uns einen Kaffee machen könnten.«

»Selbstverständlich, Fräulein Pastor.« Sie warf Stefanies Onkel einen vernichtenden Blick zu, als sie in die Küche ging.

»Sie brauchen gar nicht so zu gucken. Ich werde mich zukünftig benehmen, Frau Kruse, ich verspreche es.«

Bis auf die Haushälterin setzten sich alle an den großen Esstisch.

»Tja, Onkel Heinrich, was würdest du vorschlagen, was zu tun ist?«

»Erst einmal bin ich sprachlos. Als Zweites kann ich dir nur dringend raten, die seelsorgerische Arbeit vorläufig einzustellen und zu warten, was hier noch alles passiert. Dezent im Hintergrund abwarten, aus sicherer Entfernung zusehen und dann, wenn es nötig ist, helfen. Aber solange der Tod deiner Eltern nicht mit absoluter Sicherheit aufgeklärt ist, solltest du sowieso unter Polizeischutz bleiben.«

»Tja, Onkel, genau das mache ich schon seit einer Woche, nur komme ich mir dabei als Pastorin etwas fehlbesetzt vor.«

»Das kann ich mir vorstellen, aber du kannst nur so lange bei deiner Gemeinde bleiben, so lange du sicher bist.»

Sie wechselte das Thema. »Und was sagt unser neues Chormitglied zu diesem fulminanten Gottesdienst?«

Frank musste lächeln. »Hast du mich gesehen?«

»Natürlich, aber nicht gehört, schade. Was hattest du dort zu suchen?«

»Ich wollte die Gemeinde etwas näher im Auge behalten.«

»Dann hast du sicherlich die Zwischenruferin erkennen können?«

»Sorry, leider nicht. Da habe ich gerade die Pastorin«, er wurde verlegen, »etwas gründlicher observiert.«

Ihr Onkel schaute interessiert auf Frank. »Offensichtlich etwas zu gründlich.«

»Offensichtlich.«

Stefanie ergriff eine Hand des Kommissars. »Herr Superintendent, verschrecken Sie mir bitte nicht den örtlichen Polizeichef. Der ist nämlich sensibel und«, sie schaute ihn lächelnd an, »hat nicht ausgeschlafen.«

»Wie soll man auch ausschlafen, wenn man nachts in die Kirche muss.«

»Nun schiebe nicht alles auf die Kirche, du hast gesumpft, das ist der Grund.«

»Ich habe nicht gesumpft, ich habe gearbeitet.«

»Warst du denn nun in Stuttgart, beim BKA?«

»Natürlich war ich da.«

»Und?«

»Wir haben jetzt noch weitere Gemeinsamkeiten.«

Sie wurde unruhig. »Mensch, Straps, nun lass dir nicht jeden Wurm einzeln aus der Nase ziehen!«

»Unsere Herren Väter und Großväter waren gemeinsam bei der Reiter-SS.«

Er legte ein altes Foto auf den Tisch, auf dem junge Soldaten in Reih und Glied marschierten. »Das ist der Vater vom Bornheim, z.B., und der daneben ist kein Geringerer als der alte Graf Minkwitz. Und hier siehst du Vater Schrader, Vater Kleefisch und – hast du ihn schon gesehen?«

»Wen denn?«

»Na, deinen Opa. Herr Superintendent, Sie müssen Ihren Vater doch entdeckt haben, oder?«

»Woher?« Er setzte sich seine Lesebrille auf. »Ich kenne den Mann doch gar nicht.«

Frank war erstaunt. »Sie kennen Ihren Vater nicht?«

»Das einzige, was er für mich noch getan hat, war, meine Mutter zu schwängern. Dann ist er mit Hurra für seinen Führer gefallen.«

»War Opa denn so ein begeisterter Soldat?«

»Nicht nur das. Er war auch ein glühender Nazi.«

Sie schaute ihren Onkel verwundert an. »Davon hat Papa gar nichts erzählt!«

»Kein Wunder, er war ja selber einer.«

Sie protestierte. »Moment mal. Papa war 14, als der Krieg zu Ende war.«

»Richtig, und er hatte nichts anderes zu tun, als mit dem damaligen Junggrafen zusammen die Schwalbacher Wehrwölfe zu gründen.«

»Und Mama?«

»Die war zu der Zeit fünf Jahre alt, wie ich. Wir hatten die Gnade der späten Geburt. Wäre ich nur zehn Jahre älter gewesen, dann wäre ich genauso dabei gewesen wie mein Bruder.«

»Du ein Nazi? Nie und nimmer, Onkel Heinrich.«

»Natürlich wäre ich einer gewesen. Die Braunen hatten einem Menschen damals doch alles geboten, was ein junges Herz begehrte. Abenteuer, Anerkennung, einen sicheren Platz in einer starken Gruppe, die hübschesten Mädels. Wo gibt's denn heutzutage eine Jugendgruppe, in der du schießen, reiten oder fliegen kannst, ohne einen Pfennig Geld dafür zahlen zu müssen? Du musstest nur Juden und alles hassen, was anders war. Na, ich bitte euch, das war doch für einen jungen Menschen nun wirklich kein Problem.«

Die Pastorin war entsetzt. »War das jetzt eine Sympathiekundgebung für Nazis, oder wie soll ich das verstehen?«

»Mein Gott, was bist du für eine selbstherrliche Schnepfe. Nazis sind auch nur Menschen. Sie werden nicht dazu geboren, sie werden durch die Lebensumstände dazu gemacht. Du kannst von Glück reden, dass deine erste große Liebe ein glühender Antifaschist und Christenmensch war. Es hätte auch anders kommen können, mein Schatz, und dann würdest du jetzt ziemlich blöd dastehen. Sieh zu, dass mein Neffe in keinen braunen Sog gerät, aber verurteile keinen Menschen, der nicht das Glück hat, so eine Mutter zu haben.«

Sie schaute ihn betreten an. »War das jetzt als Onkel oder als Superintendent gesprochen?«

Er lächelte sie an. »Als vorgesetzter Onkel.«

Sie schaute Frank an. »Und was sagst du dazu?«

Er grinste sie an. »Lieber gar nichts. Ich bin schließlich nicht dein Punchingball.«

Frau Kruse servierte den Kaffee. Dabei schaute sie auf die alten Bilder, die auf dem Tisch lagen.

»Ach, das ist ja nett. Wo haben Sie die denn her?«

Stefanie schaute sie fragend an. »Kennen Sie die?«

»Aber natürlich. Mein Vater hatte auch welche davon.«

Frank wurde neugierig. »Und wissen Sie vielleicht, warum fast die ganze Schwalbacher Dorfjugend bei der Reiter-SS war?«

»Weil die Kaserne hier in Schwalbach war. Da wurde natürlich so lange von den stolzen Vätern gemaggelt, bis ihre Jungen dort anfangen durften. Aber schon Ende 1937 gab's dann gar keine Kavallerie mehr und die Jungs wurden alle Panzerfahrer bei der Wehrmacht. In die Waffen-SS kamen ja vor dem Krieg nur die Blonden, Blauäugigen, Hundertprozentigen.« Sie lachte. »Aber ich war 1937 grad mal geboren.«

»Können Sie sich zufällig noch erinnern, wer dann alles bei der SS unterkam?«

Sie überlegte kurz. »Soweit ich mich erinnere, der alte Graf, dann die Scharnow-Zwillinge, der alte Fleischer und der Vater von der Frau Doktor Kleefisch. Es können auch noch mehr gewesen sein, aber die bekomme ich jetzt nicht mehr zusammen.« Sie überlegte kurz. »Halt, da war auch noch der Vater vom Wilhelm Biegert, der Fritz Biegert. Das muss ein ganz Schwarzer gewesen sein.«

»Wieso?«

Frau Kruse wurde verlegen. »Ich bin es gar nicht gewohnt, dass man mich so ausfragt.«

»Wieso, Frau Kruse? Das ist doch interessant, was Sie zu erzählen haben. Also, warum war der ein ganz Schwarzer?«

»Der alte Biegert, der alte Maubach und die beiden Scharnow-Brüder, ich glaube, das waren sogar von Scharnows. Die waren die ungekrönten Könige von Schwalbach. Wenn die zum Beispiel angetrunken aus dem Dorfkrug kamen, dann musste sich alles, was weiblich war, in Sicherheit bringen. Und wenn sie keine Mädchen greifen konnten, dann wurde hin und wieder auch schon mal ein Knabe vergewaltigt.«

Stefanie war entsetzt. »Mein Gott, das ist ja furchtbar. Wer hat denn davon gewusst?«

»Alle.«

»Hat denn keiner etwas dagegen unternommen?«

»Doch, der damalige Apotheker. Der hat sich erst bei der SS beschwert, da flog er raus. Dann wollte er bei der Polizei Anzeige erstatten, da hat er zum ersten Mal Prügel bekommen.

Und in der Nacht kam dann eine ganze SA-Rotte und hat die Apotheke gestürmt. Seine zwei Töchter, seine

Frau und der kleine Junge wurden die ganze Nacht verprügelt und vergewaltigt. Den Alten haben sie dann im Morgengrauen nackt, kopfüber in die große Glocke der Kirche gehängt. Der soll bis Viertel vor sieben geschrien haben, bis zum Gottesdienst geläutet wurde. Da wurde er vom Glockenklöppel totgeschlagen.«

Frank war entsetzt. »Das waren ja richtige Herzchen, die Herren. Aber dann waren sie doch dran, oder?«

»Wo denken Sie hin. Offiziell hieß es, dass der Vater Selbstmord begangen hätte. Zwei Tage später hat sich die Mutter die Pulsadern aufgeschnitten. Als die beiden Töchter dann immer noch keine Ruhe gaben, wurden sie wegen Prostitution ins Erziehungslager gesteckt, und der Kleine ist in irgendeinem Heim verschwunden.«

Stefanie war erschüttert. »Und der alte Maubach war wirklich dabei?«

Frau Kruse nickte. »Ja, der, der alte Graf und die beiden Scharnows.«

»Wer sind die Scharnows? Von denen habe ich noch nie etwas gehört.«

»Die ganze Sippe ist damals vor den Alliierten geflohen. Der eine der Jungs kam um und der andere war der wohl jüngste SS-General. Es hieß mal eine Zeit lang, dass die möglicherweise nach Südamerika weg seien.«

Sie goss allen Kaffee ein. »Mehr kann ich Ihnen nicht erzählen, ich habe das ja auch nur alles so nebenher als Kind erfahren.«

Frank nickte ihr dankbar zu. »Das war schon eine Menge, Frau Kruse. Vielen Dank.«

Die Haushälterin verzog sich wieder in die Küche.

Der Superintendent verzog seinen Mund. »Meine Herren, das war ja starker Tobak. Hängen die den einfach in die Glocke rein.

Das habe ich noch nie gehört, dass jemand durch eine Kirchenglocke umgebracht wurde. Erschlagen durch eine, ja, aber ermordet mit einer, nein!«

Frank war nachdenklich geworden. »Wenn Maubach senior wirklich so ein Schwein war, dann macht dieses eigentlich erst sinnlose Gemetzel an ihm doch wieder Sinn.«

»Jetzt müssen wir nur noch die Namen dieser beiden Mädchen herausbekommen, dann haben wir unsere ersten Tatverdächtigen.«

»Wenn sie überhaupt noch leben, dann müssen die doch auch schon zwischen 70 und 80 sein, oder?«

»Wenn sie wirklich jünger als die Vergewaltiger waren. Wenn der Junge aber noch klein war, dann ist davon auszugehen.«

Stefanies Onkel seufzte. »Mein Kind, es tut mir wirklich leid, in was für einen Schlamassel ich dich hier reingeritten habe. Wenn du sofort deine Sachen packen und wieder nach Hause willst, dann hast du meine Rückendeckung.«

Sie lachte trotzig auf. »Nee, Onkelchen. Da müsstest du mich doch besser kennen. Außerdem rennt hier so ein depperter Dorfpolizist herum, der meinen geistlichen Beistand nötig hat.«

Frank tätschelte ihr die Hand. »Ganz abgesehen von einem völlig durchgeknallten Fräulein Pfarrer, das bewacht werden muss.

»Ihr werdet euch schon gegenseitig stützen, da bin ich mir sicher. Und wenn irgendwas in die Hose gehen sollte, dann könnt ihr ja euren alten Onkel Heinrich anrufen.« Er trank seine Tasse aus. »Ich werde mich jetzt wieder auf die Socken machen. Ich habe morgen zwei Beerdigungen und muss heute noch mit den Angehörigen sprechen.«

»Aber Onkelchen, ich denke, du machst keine zwei Beerdigungen mehr an einem Tag, nachdem du mal die Trauerreden verwechselt hast.«

Er zuckte mit den Achseln. »Was soll ich machen? Einer der Kandidaten ist bereits länger tot. Wenn wir uns nicht beeilen, fängt der an zu stinken.«

***

Wie verabredet war Falk vor seiner Höhle wieder mit dem Computer on air. Kaum hatte er seinen Code eingegeben, da erschien auch schon die Kennung des Satelliten und kurz darauf flimmerten sein Großvater und von Tirpitz auf dem Bildschirm. »Hallo, mein Junge. Was gibt es aus Schwalbach zu berichten?«

»Still ruht der See, Großvater.«

»Kann es sein, dass das die Ruhe vor dem Sturm ist?«

»Das ist durchaus möglich.«

»Du weißt, wir Deutschen reagieren langsam, aber wenn, dann gründlich.«

»Morgen beginnt die Woche und wir werden sehen, was der junge Inspektor zu tun gedenkt. Wenn er klug ist, dann hält er sich bedeckt. Sein Image ist augenblicklich etwas angekratzt, seitdem man ihn ständig mit der Pastorin zusammen sieht.«

»Ist das wirklich der einzige Grund?«

»Nein. Er beginnt, die ganzen Todesfälle der letzten Monate noch einmal gründlich aufzuarbeiten und zu recherchieren. Man hat hier lange gebraucht, bis sich der Alltagsstaub über die Todesfälle gelegt hatte, und nun reagiert man sauer, dass er ihn wieder aufwirbelt.«

Nun mischte sich von Tirpitz ein. »Hört man etwas aus unseren Kreisen?«

»Da rührt sich gar nichts.«

»Hast du etwas über den jungen Grafen herausbekommen?«

»Er ist wirklich ein unsicherer Kantonist.«

»Inwiefern?«

»Er hat eine stürmische Beziehung zu dem ortsansässigen Kaplan begonnen. Er weiß zwar kaum etwas, aber das bisschen beginnt er nun auszuplaudern.«

»Und wie reagiert der Kaplan?«

»Der weiß erheblich mehr über die Bruderschaft als der junge Graf und das macht mir Sorgen.«

»Hat er irgendetwas darüber gesagt, woher er sein Wissen hat?«

»Es wurde ihm gebeichtet.«

»Von wem?«

»Das hat er nicht gesagt.«

Der alte Scharnow wurde nachdenklich. »Da hat sich ein gewaltiges Leck aufgetan, das passt mir nicht. Ich fürchte, mein Junge, da kommt Arbeit auf dich zu.«

»Ich kann doch aber nicht jeden potenziellen Plauderer ausschalten. Da kämen viele infrage.«

»Siehst du eine Möglichkeit, aus diesem Kaplan etwas herauszubekommen?«

»Auf medikamentösem Wege mit Sicherheit.«

»Gut, dann möchte ich möglichst bald wissen, wer da plaudert.« Von Tirpitz schaltete sich wieder ein. »Aber sieh zu, dass der Mann überlebt. Wir wollen uns nicht mit der Kirche anlegen.«

»Großvater, ich denke, die steht bei dir auf der Gehaltsliste.«

Der alte General lachte. »Ja, hier, aber nicht in Deutschland. Wann erledigst du das mit dem jungen Priester?«

»Das kann ich noch nicht sagen. Ich weiß noch zu wenig über seinen Alltag. Mittwoch oder Donnerstag weiß ich mehr.«

»Wunderbar, dann bis dahin. Von Tirpitz, haben Sie noch was?«

»Ja, mein Junge, auch wenn du dann vielleicht noch nichts sagen kannst, möchte ich den Zweitages-Rhythmus einhalten. Mich interessiert doch sehr, was sich in den nächsten Tagen seitens der Polizei bei euch tut.«

***

Es schien wirklich die Ruhe vor dem Sturm zu sein, die über Schwalbach lag. Hinzu kam noch eine für Ende Juni höchst ungewöhnliche Hitze, unter der das Städtchen den Sonntagnachmittag verdöste. Selbst am frühen Abend war es noch 30 Grad warm.

Stefanie nutzte die Ruhe wieder, um in den Unterlagen ihrer Eltern herumzustöbern. Ziemlich verbuddelt, im väterlichen Schreibtisch, fand sie eine alte Zigarrenkiste mit Fotos aus der Jugendzeit ihres Vaters. Durch ihr Wissen um seine Zeit bei den Wehrwölfen sah sie die Bilder von einem Zeltlager der Pfadfinder, die mit *Treffen der Wölflinge 1946* gekennzeichnet waren, nicht ohne ein flaues Gefühl im Magen. Durch Franks Nachforschungen wusste sie nun auch, wer auf den Fotos noch alles zu sehen war. Zwischendurch las sie auch immer wieder die Zeilen, die ihre Mutter für sie ins Schließfach gelegt hatte.

Plötzlich klingelte das Telefon. Eine der Stimme nach ältere Frau meldete sich. »Sind Sie Pastorin Strelow?«

»Ja, die bin ich. Kann ich Ihnen helfen?«

»Mein Name ist Nowak, die Pächterin von *Gut Neuenfels*. Mein Mann liegt im Sterben und bittet um Ihren geistlichen Beistand. Ich muss Ihnen aber gleich sagen, dass wir schon lange nicht mehr zum Gottesdienst gehen.«

»Das ist schade, Frau Nowak, aber nicht ausschlaggebend. Wann soll ich denn zu Ihnen kommen? Reicht es, wenn ich morgen Vormittag komme?«

»Es tut mir leid, Frau Pastor. Wenn Sie kommen wollen, so müsste es schon gleich sein. Mein Mann wird die kommende Nacht kaum überleben und im Augenblick ist er durch die Medikamente, die er bekommt, auch ansprechbar.«

»Dann mache ich mich gleich auf den Weg, Frau Nowak. Wo liegt Ihr Gut?«

»Auf der Straße nach Röblingen. Nach etwa vier Kilometern kommt eine Panzerbrücke über die Brack, danach müssen Sie sich links halten und nach ca. einem Kilometer sehen Sie uns schon auf der rechten Seite.«

»Haben Sie etwas Weißbrot und Wein im Haus?«

»Haben Sie noch nicht zu Abend gegessen?«

»Ich würde Ihrem Mann gerne das Abendmahl reichen.«

»Wir werden schon etwas finden.«

»Ich mache mich dann gleich auf den Weg.«

Sie legte auf und machte sich rasch fertig. Bevor sie das Haus verließ, zögerte sie plötzlich. Ihr fiel ein, dass Frank mit Sicherheit in seinem Büro saß, um für morgen alles vorzubereiten. Die Zigarrenkiste mit den Fotos und einige Aufzeichnungen ihres Vaters wollte sie ihm sowieso vorbeibringen. Auf dem Rückweg würde sie dann noch einmal bei ihm anlegen.

Als sie die ganzen Unterlagen im Auto verstaute, ärgerte sie sich wieder einmal über ihre eigene Schlamperei. In der ganzen Woche hatte sie es nicht geschafft, ihre Klamotten auszupacken. Der Kofferraum wurde noch immer von zwei Reisetaschen blockiert, also legte sie die ganzen Unterlagen auf den Rücksitz.

Endlich kam sie los. Rund zwanzig Minuten später bog sie nach der ihr beschriebenen Panzerbrücke links ein. Nach exakt einem Kilometer stand auf der rechten Seite ein Schild Gut Neuenfels. Sie bog rechts ab und fuhr auf einem Wirtschaftsweg über einen kleinen Hügel zum Gut. Plötzlich lag es vor ihr, die Scheune verfallen, Stall und Gutshaus bis auf die Grundmauern heruntergebrannt. Fassungslos griff Stefanie nach ihrem Handy. Franks Nummer war eingespeichert und er meldete sich sofort. »Hi, Maggi, was treibt dich ans Rohr?«

»Ich weiß nicht, was hier gebacken wird, aber irgendjemand schiebt mich hier ganz gewaltig auf die Nudel.«

In kurzen Worten erzählte sie ihm von dem Anruf.

»Moment mal, Gut Neuenfels? Das ist doch schon vor über einem Jahr völlig abgebrannt.«

»Das sehe ich auch. Kannst du dir einen Reim darauf machen?«

»Nee, Maggi, tut mir leid. Ich kenne auch niemanden, der Nowak heißt.«

»Na, dann eben nicht. Hör mal, ich habe den ganzen Kram mit, den du noch an Unterlagen haben wolltest. Wo bist du im Augenblick?«

»An meinem Schreibtisch.«

»Dann komme ich schnell vorbei und bringe dir das alles vorbei, okay?«

»Ich freue mich, bis gleich.«

Auf der Rückfahrt überschlugen sich ihre Gedanken. Wieso wurde sie zu einem Haus gelockt, das ausgebrannt war? Sie ging noch mal im Geiste das ganze Telefonat durch, ob sie vielleicht etwas falsch verstanden haben könnte, aber da war eigentlich kein Irrtum möglich. Es war alles zu genau beschrieben.

Stefanie wurde es plötzlich heiß. In ihr stieg leichte Panik auf. Sie wurde von ihrem Haus weggelockt, aber warum?

Dort, wo sie eben noch mit 70 km/h versonnen vor sich hin getuckert war, raste sie plötzlich mit 120. Mit einer Hand fischte sie das Handy aus ihrer Handtasche und drückte auf die Wahlwiederholung. Frank war fast noch schneller dran als bei ihrem ersten Anruf. Er war sehr viel aufgeregter.

»Hallo, Maggi, bitte komm nicht zu mir aufs Revier, wir treffen uns bei dir.«

»Was ist denn?«

»Im Pastorenhaus wurde ein Feuer gemeldet, ich bin gleich da. Sobald ich weiß, was los ist, melde ich mich wieder bei dir.

Und bitte, Maggi, nimm den Fuß vom Gas. Wir haben alle nichts davon, wenn du dich jetzt totfährst.«

»In Ordnung, bis gleich.«

Trotz dieser Aufforderung traf sie nicht viel später als er ein. Dass es brannte, war schon von Weitem zu sehen, aber es schien nicht direkt das Haus zu sein. Hoffnung keimte in ihr auf. Als sie in den Kirchweg einbog, stand schon alles voller Löschfahrzeuge. Neben dem Haus qualmte es noch mächtig. Frank kam ihr entgegengelaufen. »Beruhige dich erst einmal. Was da brennt, ist die Terrasse.«

Sie umarmte ihn vor Erleichterung. In diesem Augenblick verfinsterte sich ihre Miene aber auch schon.

»Aber wie kann denn eine Terrasse von allein anfangen zu brennen, kannst du mir das mal sagen?«

»Woher soll ich denn das wissen? Lass uns nachschauen.«

Ein junger Feuerwehrmann versuchte, die beiden am Betreten des Grundstücks zu hindern, aber Frank schob ihn einfach zur Seite.

Die anderen Feuerwehrkollegen erstickten gerade die letzten Flammen unter einem Schaumteppich. Der Einsatzleiter kam auf Stefanie zu. »Frau Pastorin, Ihre Terrasse hat gebrannt. Aber wir haben alles im Griff.«

»Und was hat da bitte gebrannt? Ich habe doch gar kein Feuer angehabt, auch kein Elektrogerät.«

»Es war mit Sicherheit Brandstiftung, es sei denn, Sie haben alle Blumenkübel mit Benzin gegossen. Hier vorn, im Gebüsch, liegt auch noch ein großer Kanister.«

Sie war entsetzt. »Menschenskinder, wer zündet denn ein Wohnhaus an?«

Frank legte tröstend seinen Arm um ihre Schulter. »Jemand, der Hass in den Knochen hat, oder Angst.«

»Und wem bitte bin ich derartig auf den Schlips getreten?«

»Jemandem, der dir den Zettel in die Bibel gelegt hat.«

Sie war verwundert. »Hast du den gesehen?«

»Ja, als du ihn beim Gottesdienst in deinen Talar gestopft hast. Und was stand da drauf?«

»Nichts weiter.«

»Und deswegen versteckst du ihn auch so sorgfältig? Das kannst du einem Doofen erzählen, aber nicht mir. Also, was stand da drauf?«

»Wenn du es genau wissen willst: *Bullenschlampe*.«

»Und wo hast du diesen literarischen Erguss jetzt?«

»Der müsste noch in der Tasche meines Talars stecken. Willst du ihn dir einrahmen?«

»Obwohl es mich durchaus ehrt, aber als Trophäe brauche ich ihn nicht. Die Spurensicherung sollte sich das Ding mal ansehen. Die kommen sowieso gleich her.«

»Warum das denn?«

»Weil das hier mit Sicherheit kein Profi war und somit können wir auf verwertbare Spuren hoffen. Lass uns reingehen und das Ding holen, außerdem sollten wir nachschauen, ob im Haus alles in Ordnung ist.«

Ihr zitterten die Hände, als sie die Haustür aufschloss. Ein leichter Benzingeruch strömte ihnen entgegen. Sie verzog das Gesicht. »Pfui Teufel! Hoffentlich haben die nichts in die Wohnung gekippt.«

Er konnte sie beruhigen. »Das ist von draußen reingezogen. Sonst wäre dir längst die ganze Bude abgefackelt.«

Während Stefanie das Küchenfenster öffnete, zog sich Frank einen Gummihandschuh über, um den Zettel aus dem Talar für die Spurensicherung an sich zu nehmen. Vorsichtig zog er ihn aus der Tasche. Tatsächlich, Bullenschlampe stand darauf. Er musste etwas lächeln, er fühlte sich wirklich geehrt. »Sieh mal einer an«, murmelte er vor sich hin. »Da traut dir jemand so eine tolle Frau zu.«

Plötzlich hörte er Stefanie fluchen. »Diese Schweine! Der Teufel soll sie allesamt holen, diese Drecksäcke!«

Frank stürzte in das Arbeitszimmer des alten Pastors und betrachtete die Bescherung. All das, was einmal im Schreibtisch gewesen war, lag auf dem gesamten Fußboden verstreut. An der Wand über der Schreibtischplatte hing ein großer Spiegel, worauf mit Fettstift *Letzte Warnung* geschrieben stand.

Stefanie stand fassungslos davor. »Ich begreife das nicht, was haben wir gemacht, dass die sich jetzt schon bedrängt fühlen? Das geht doch morgen erst richtig los.«

»Es gibt zwei Möglichkeiten. Entweder es gibt eine undichte Stelle bei der Staatsanwaltschaft in Stuttgart oder bei der hiesigen Bank.«

Sie überlegte. »Solltest du mit der ersten Möglichkeit recht haben, dann kann diese undichte Stelle aber auch in Heilbronn oder beim BKA sein.«

»Und wenn die zweite zutrifft, dann muss die Sparkasse bei der ganzen Sache eine nicht unwesentliche Rolle spielen. Worauf tippst du?«

»Ich glaube jetzt einfach mal deinen Antennen und sage, die Sparkasse ist es.«

»Was haben meine Antennen damit zu tun?«

»Wer bekommt den Pickel, wenn der Biegert nur um die Ecke kommt?«

»Das bezieht sich aber nur auf seine schleimige Art.«

Er stutzte plötzlich und zeigte auf den Schreibtisch. »Hör mal, war das wirklich nur eine Warnung oder haben die was gesucht?«

»Das steht doch auf dem Spiegel!«

»Wenn aber einer nur warnen will, dann schmeißt der eines der Regale um und ist dann schnell wieder draußen. Den Schreibtisch so herzurichten, hat richtig Arbeit gemacht.«

Sie schaute sich fragend um. »Stimmt eigentlich. Komm. Lass uns nachsehen, was fehlt.«

»Moment bitte, erst muss die Spurensicherung nach Fingerabdrücken suchen, dann können wir loslegen.«

***

Es fing bereits an zu dämmern, als der junge Kaplan die Kirche betrat. Er war sauer, dass er als studierter Theologe zu Küsterdiensten eingeteilt wurde, während es sich Hochwürden zwischen den Brüsten seiner Haushälterin bequem machte. »Na ja«, dachte er, »selbst Jesus soll sich bei einer Dame wohl gefühlt haben. Vielleicht hat die auch solche Riesentitten gehabt, zwischen denen er über das Christentum nachgedacht hat.« Er lächelte. »Dann bekommt die Nummer mit der Bergpredigt eine ganz andere Dimension.« Sein Lächeln wich einem betretenen Gesichtsausdruck. Er kniete vor dem Altar nieder und betete um Verzeihung.

Als er sich wieder aufrichtete und zur Sakristei gehen wollte, sah er plötzlich einen riesigen Kerl in einer der

Kirchenbänke sitzen. Er war verwirrt, denn er war sich absolut sicher, dass dieser Hüne noch nicht da gesessen hatte, als er zum Altar gegangen war.

Wallner sprach ihn an. »Mein Herr, ich bitte Sie herzlich, Ihre Andacht zu beenden, die Kirche wird nun geschlossen.«

Er versuchte, in das Gesicht des Mannes zu blicken, das von einem Hut mit einer ziemlich breiten Krempe bedeckt wurde, aber er hob den Kopf nicht, als er ihn ansprach. »Herr Kaplan, ich möchte beichten.«

Wallner reagierte etwas ungeduldig. »Jetzt noch, um diese Zeit?«

Der Unbekannte nickte stumm.

»Na, dann kommen Sie, aber beeilen Sie sich bitte, auch ein Priester hat mal Feierabend.«

Beide gingen zum Beichtstuhl. Wallner griff hinter den Vorhang seines Platzes und zog seine schmale Schärpe, die er für die Beichte benötigte, hervor. Er küsste sie und legte sie um seinen Hals. Der Unbekannte wartete bescheiden. Erst als Wallner ihn aufforderte, betrat er seinen Teil des Beichtstuhls.

Der Priester öffnete die Tür seines Abteils, setzte sich müde auf seinen Stuhl und schloss die Tür wieder.

Er bekreuzigte sich, wie auch der junge Beichtende. Der begann mit einer sehr angenehmen Stimme die Einführungsworte zu sprechen. »Im Namen des Vaters, des Sohnes und des Heiligen Geistes, amen.«

Wallner fühlte so etwas wie Euphorie. Ihm wurde richtig warm ums Herz. Er hatte noch nie eine so warme und sympathische Stimme gehört.

»Gott, der unser Herz erleuchtet, schenke dir wahre Erkenntnis deiner Sünden und seiner Barmherzigkeit.«

Wallner war begeistert. Er empfand plötzlich seine eigene Stimme als unglaublich sexy und es roch so wunderbar nach Möbelpolitur. Er konnte es kaum erwarten, noch mehr davon zu riechen und dabei die Stimme des Unbekannten förmlich aufzusaugen.

»Amen. Heiliger Vater vergib mir, denn ich habe gesündigt.«

Wallner stöhnte, wie ihm schien, vor Wonne. Er war sich nicht sicher, aber er glaubte einen Samenerguss zu haben.

Rund eine Stunde später wunderte sich Pfarrer Nickel, dass noch Licht in der Kirche war. Ihm war völlig klar, dass da etwas nicht stimmen konnte, denn der Kaplan war, so aufbrausend er auch manchmal sein konnte, absolut zuverlässig. Beklommen betrat er das Gotteshaus. Er ging zum Altar und bekreuzigte sich. Während er ein kurzes Gebet sprach, horchte er plötzlich auf. Er hörte ein leises Stöhnen und drehte sich in die Richtung, aus der es kam. Es schien aus dem Beichtstuhl zu kommen. Vorsichtig ging er darauf zu. Das Stöhnen wurde immer deutlicher und, wie Nickel meinte, auch immer eindeutiger. Er war sich völlig sicher, Wallner in flagranti zu erwischen, und das im Beichtstuhl. Er war schon vorher entrüstet und riss fast gierig den Vorhang des Mittelteils zur Seite.

Wallner lag fast darin und röchelte in tiefer Ohnmacht vor sich hin. Er schüttelte ihn. »Mensch, Wallner, was ist denn mit dir los?«

Der Kaplan hörte die Stimme seines Vorgesetzten und ihm war so, als würde er ganz klar antworten, aber der Pfarrer konnte sich aus dem Geröchel keinen Reim machen. Das Gesicht des Kaplans war kaltschweißig und in seinen Augen sah man nur noch das Weiße.

Nickels Blicke wanderten etwas weiter hinunter. Um den rechten Oberarm seines Azubis war ein Gummischlauch geschlungen, über den Stoff der Soutane. Dann war der Ärmel irgendwie abgeschnitten. In der nackten

Armbeuge floss aus einer kleinen, punktförmigen Wunde Blut und tropfte langsam, aber stetig über den tiefblauen Arm des jungen Mannes auf den Holzfußboden des Beichtstuhls, wo sich bereits eine Blutlache gebildet hatte. Mitten in dieser roten Pfütze lag eine kleine Kunststoffspritze mit einer leicht nach oben gebogenen Injektionsnadel.

»Um Gottes Willen, Junge, was hast du gemacht?«

Wieder kam nur ein verzweifeltes Röcheln. Nickel wurde schlagartig klar, dass es hier um Leben und Tod ging. In heller Panik lief er in die Sakristei, um einen Rettungswagen zu rufen. Was sollte er nur seinem Bischof sagen? Ein offensichtlich homosexueller, blutjunger Priester setzt sich im Beichtstuhl den goldenen Schuss. Nickel sah schon die Überschriften in der Bildzeitung und die Übertragungswagen der einschlägigen Fernsehsender.

***

Frank und Stefanie warteten ungeduldig darauf, dass die Spurensicherung endlich das Arbeitszimmer des alten Pastors wieder freigeben würde.

»Mein Gott, was machen die denn so lange?«

Er versuchte sie zu beruhigen. »Du hast doch selber gesehen, was da alles im Zimmer herumlag. Das müssen die alles einzeln nach Fingerabdrücken untersuchen.«

»Na super, und ich darf dann wieder den Staub wegwischen.«

»Nun rede doch keinen Quatsch. Ich weiß aus zuverlässiger Quelle, dass du eine tolle Pastorin bist, aber eine nicht weiter erwähnenswerte Hausfrau.«

»Das weißt du also aus zuverlässiger Quelle?«

»Eine Frau Strelow hat mir das mal in einer schwachen Stunde mitgeteilt.«

Sie lächelte ihn an. »Was denn, mit dieser Bullenschlampe sprichst du noch?«

Er beugte sich zu ihr und flüsterte. »Wohl dem Bullen, der so eine Schlampe hat, mit der er sprechen kann.«

Sein Handy klingelte. Er schaute aufs Display. »Die Leitstelle.«

Er meldete sich und schlagartig verfinsterte sich sein Gesicht. »Der Kaplan bewusstlos im Beichtstuhl? Was, mit einer Spritze? Ich komme sofort!«

Sie schaute ihn ungläubig an. »Habe ich das eben richtig verstanden, der Kaplan hat sich im Beichtstuhl einen gedrückt?«

»Nie und nimmer!«

»Scheint aber so. Komm mit, wir müssen uns beeilen.«

Beide rannten zu Posselts Wagen und machten sich auf den Weg. Als sie an der Kirche vorfuhren, landete gerade der Rettungshubschrauber auf dem Marktplatz vor der Kirche.

Im Gebäude selbst fanden sie einen fassungslosen Pfarrer Nickel vor. »Das hätte ich nie gedacht. Mein Gott, ich bin ja so enttäuscht!«

Stefanie wurde sauer. »Herr Kollege. Ich muss doch sehr bitten. Würden Sie mit der Jammerei wohl erst dann beginnen, wenn die Fakten klar sind?«

»Na, was gibt es denn da noch zu klären? Haben Sie keine Augen im Kopf?«

Der Notarzt, der sich um Wallner kümmerte, sah zornig zu den beiden hoch. »Meine Herrschaften. Würden Sie sich bitte draußen streiten?«

Pfarrer Nickel wurde ungehalten. »Moment mal, bitte. Hier habe ich das Hausrecht, mein Herr!«

»Das gibt Ihnen aber noch lange nicht das Recht, einen Menschen, und schon gar nicht einen Kollegen, vorzuverurteilen. Ich weiß zwar nicht, worum es sich hier handelt, aber eines kann ich Ihnen mit Sicherheit sagen. Das, wonach es aussehen soll, ist es nicht!«

Frank wurde hellhörig. »Wie kommen Sie bitte darauf?«

»Wenn ich das hier richtig sehe, dann glaube ich an den Fingernägeln zu erkennen, dass der Mann Rechtshänder ist.«

Pfarrer Nickel war verblüfft. »Das stimmt. Woran erkennen Sie das?«

»Weil die Nägel der rechten Hand ungleichmäßiger geschnitten sind als die der Linken. Und schauen Sie selbst. Der Mann hat keinerlei Einstichstellen in beiden Armen, und das heißt?«

»Dass das seine erste Spritze ist.«

»Richtig, Hochwürden. Glauben Sie vielleicht, dass sich ein eingefleischter Rechtshänder die erste Spritze in seinen Arm ausgerechnet mit der linken Hand setzt?«

Nickel war bestürzt. »Dann muss ich mich wohl entschuldigen.«

»Hoffen wir, dass Sie nachher noch genug Zeit dafür haben werden.«

Zwischenzeitlich telefonierte Frank schon wieder. »Herr Doktor, ich habe hier unseren Pathologen am Handy, er will wissen, wonach der Atem des Kaplan riecht.«

»Mein Gott, der soll mich in Ruhe arbeiten lassen, sonst kann er nachher selber schnuppern.«

Frank flehte ihn an. »Bitte, Herr Doktor, es ist vielleicht lebenswichtig!«

Der Notarzt schnupperte an Wallners Mund. »Seltsam. Das riecht, als hätte der Mann Möbelpolitur getrunken.«

Frank war ungeduldig. »Genau wie Sie sagen, Herr Professor, es riecht nach Möbelpolitur.«

Er reichte dem Doktor das Handy. »Der Prof will Sie sprechen.«

Er gab ihm das Telefon.

»Hier Dr. Richter, was ist, Herr Professor?«

Der junge Arzt hörte konzentriert.

»Das wollte ich gerade geben.«

Dem Rettungssanitäter ordnete er an: »Sofort den Tropf abhängen.«

Der war verwundert, aber reagierte sofort.

»Vielen Dank, Herr Kollege.« Er nickte. »Okay, ich jage rein, was ich kann.«

Er gab Frank das Telefon wieder und informierte seinen Kollegen. »Wir dürfen kein Atropin geben, das wäre eine Kontraindikation.«

»Na, Herr Professor, können Sie mich vielleicht auch aufklären?«

Um den Notarzt nicht zu stören, ging er ein wenig beiseite.

Stefanie beobachtete aufmerksam Pfarrer Nickel, der ihr wie ein Kind vorkam, das Angst hatte, noch tiefer in irgendeinen Schlamassel hineinzurutschen.

Sie nahm ihn beiseite. »Herr Kollege, ich denke, es wäre an der Zeit, jetzt mal ein wenig zu erzählen.«

In Pfarrer Nickels Augen flackerte Unsicherheit. »Was meinen Sie bitte?«

»Meinen Sie nicht auch, dass sich unser schönes Schwalbach ein wenig zu seinem Nachteil verändert hat?«

»Ich weiß nicht, wovon Sie reden.«

»Ich habe das Gefühl, Sie wissen mehr darüber, als Ihnen lieb ist.«

Sein Gesicht verfinsterte sich. »Ich wäre Ihnen dankbar, wenn Sie mich mit Ihren Gefühlen in Ruhe lassen würden. Kümmern Sie sich um Ihre eigene Gemeinde, da haben Sie in den nächsten Wochen genug zu tun, wie man hört.«

Stefanie war verwundert. Ihr Kollege war eigentlich eine ehrliche Haut, sonst hätte er im Lügen mehr Routine.

Frank kam zu ihr und zog sie zur Seite. »Wir müssen leider heute schon in die Offensive gehen.«

»Wieso, ist denn noch etwas passiert?«

»Das hier reicht. So, wie es aussieht, ist der gute Kaplan mit einer Wahrheitsdroge vollgepumpt, die nach und nach zum Kreislauftod führt, wenn er erst einmal ausgepackt hat.«

»Woher weißt du das?«

»Der Prof kennt das Zeug von einer seiner häufigen Amazonasreisen.«

Sie war bestürzt. »Also könnte man das Ganze hier als einen weiteren Mordversuch einstufen.«

»Korrekt. Ich habe bereits Straßensperren rund um Schwalbach angeordnet.«

»Macht das denn Sinn? Es weiß doch kein Mensch, wie lange Wallner da schon so gelegen hat.«

»Allzu lange kann das nicht gewesen sein, sonst hätte der Prof ihn schon längst auf dem Tisch.«

Sie schüttelte nachdenklich den Kopf. »Was wusste Wallner, was wir nicht wissen?«

»Vielleicht kann uns bei dieser Frage der gute Nickel weiterhelfen.«

»Mit Sicherheit, aber der stellt sich stur. Ich habe schon versucht zu bohren, aber da wurde er gleich pampig.«

»Und wenn ich es mal versuche?«

»Da wirst du auf Granit beißen, nehme ich an.«

Frank ging zu Pfarrer Nickel. »Hochwürden, könnten Sie mir wohl bitte einige Fragen beantworten?«

»Ach, hat Sie etwa meine hochverehrte Kollegin von der anderen Fraktion geschickt?«

»Da wir beide neugierige Menschen sind, kann es durchaus zu Überschneidungen unserer Interessengebiete kommen.«

»Dann sage ich Ihnen das Gleiche wie der Pastorin. Scheren Sie sich zum Teufel.«

»Dürfte ich Sie dann rasch vor die Kirche bitten?«

»Wozu?«

»Das verrate ich Ihnen draußen.«

Beide gingen vor die Kirchentür. Stefanie folgte den beiden.

Draußen winkte Frank einen Kollegen herbei. »Hochwürden, Sie sind hiermit vorläufig festgenommen.«

Nickel schaute den Kommissar ungläubig an. »Hören Sie mal, sind Sie jetzt komplett wahnsinnig geworden? Sie können doch einen Priester nicht vor seiner Kirche verhaften.«

»Vor der Kirche schon.«

»Und weswegen, wenn ich fragen darf?«

»Wegen versuchten Mordes an Kaplan Wallner.«

Frank nickte einem Kollegen zu. »Bitte bringen Sie Hochwürden aufs Revier. Ich komme gleich nach.«

Stefanie nahm Frank ein wenig beiseite. »Hör mal, bist du denn jetzt völlig durchgeknallt? Du glaubst doch wohl nicht im Ernst, was du da sagst.«

Er lachte sie an. »Ich glaube mir kein einziges Wort.«

»Und was soll das Ganze dann?«

»Ich glaube ihm, wenn er sagt, dass er nicht weiß, was mit dem Kaplan passiert ist, aber er weiß auf jeden Fall mehr, als er uns glauben lassen will, und das will ich auch wissen.«

»Aber deswegen musst du ihn nicht gleich verhaften.«

»Stimmt, aber das macht mehr Aufsehen und jetzt müssen wir nur noch auf Leute mit hektischen Flecken achten. Die haben dann auch Dreck am Stecken.«

10

Oberkommissar Posselt kam mit strahlendem Lächeln zur ersten Besprechung der *Soko Rosa*.

»Hallo, meine Herren, herzlich willkommen im Luftkurort Schwalbach. Vielleicht darf ich alle vorstellen. Zu meiner Linken, die Kollegen Reindl und Schnitzler vom BKA in Stuttgart, dann die beiden Kripokollegen Heisele und Brandtner aus Heilbronn, die beiden Schwalbacher Kollegen Meiser und Birnbacher hier von unserem Revier, dann Professor Himmer von der Rechtsmedizin, ebenfalls aus Heilbronn, und dann als Notfallseelsorgerin und vielleicht auch als Profilerin Frau Pastor Strelow, hier aus der örtlichen evangelischen Kirche.«

Er schaute in die Runde. »Gibt es dazu schon einmal Fragen?«

Der BKA Reindl meldete sich. »Ja, warum gehört ein Rechtsmediziner zur Soko?«

»Herr Professor, ich glaube, dazu sagen Sie am besten etwas.«

»Tja, meine Herren, Frau Pastorin, anhand der bisher vorgenommenen Obduktionen können wir davon sprechen, dass in Schwalbach auf hohem Niveau gemordet wird. Ich kann mich in aller Bescheidenheit als Fachmann in puncto Südamerikanische Pflanzengifte bezeichnen, aber das Wissen, das wir Europäer darüber haben, reicht gerade mal dazu, die Giftart zu klassifizieren.«

»Und was wurden für Gifte angewandt?«

»Im Falle des jungen Geistlichen war es eine Wahrheitsdroge, die eigentlich harmlos ist, wenn nach dem Verhör das Gegenmittel verabreicht wird. Aufzuklären, warum es nicht gegeben wurde, bleibt Ihnen, sehr geehrte Kollegin und Kollegen, überlassen.

Im Falle der beiden anderen Gifttoten tappen wir völlig im Dunkeln. Es handelt sich dabei um ein pflanzliches Giftgas. Warum es nach der Assimilation für den einen binnen Sekunden absolut tödlich ist und bei dem anderen nur zu einer relativ harmlosen Bewusstlosigkeit führt, ist ungeklärt. Nach beiden Phänomenen wird weltweit in allen Giftzentren geforscht. Wir haben dementsprechende Anfragen gestellt.«

»Vielen Dank, Herr Professor, für diese Kurzunterweisung. Gibt es sonst noch Fragen?«

Nun war es der Kollege Heisele aus Heilbronn, der sich meldete.

»Ich habe gehört, dass es bereits schon Festnahmen gab?«

Frank lächelte. »Keine ernsthaften, Herr Kollege. Gestern Abend baten wir den vorgesetzten Priester des Herrn Kaplan etwas eindringlich zur Vernehmung. Das hatte eigentlich nur den Sinn, in Schwalbach die polizeiliche Welle zu machen. Ernsthaft verdächtig war der Mann zu keiner Zeit.«

»Und, hat die Welle etwas ausgelöst? Etwa einen ermittlungstechnischen Tsunami?«

»Es waren ehrlich gesagt gerade mal konzentrische Kreise, die aber mit Sicherheit einige Leute in Schwalbach aufgeweckt haben, und das war der Sinn der Übung. Noch mehr Bewegung kommt in die Sache, wenn wir im Laufe des Vormittags damit beginnen, die Exhumierungen, die ungewöhnlichen Todesfälle der letzten acht Monate betreffend, durchzuführen.«

Heisele fragte weiter: »Und gehört die offensichtliche Brandstiftung am Pastorenhaus zu den erhofften Reaktionen?«

Frank schüttelte den Kopf. »Nein. Womit wir diese heftige Reaktion ausgelöst haben, wissen wir noch gar nicht.« Er schaute in die Runde. »Gibt es sonst noch Fragen?«

Niemand meldete sich.

»Dann kommen wir zu den Aufgabenverteilungen.

Wir haben im Grunde drei Baustellen. Zum Ersten die vier seltsamen Todesfälle, die sich zwischen August und Mai hier in Schwalbach ereigneten, also der Bauer, der sich mit seinem eigenen Mähdrescher überfahren hat, die erfrorene alte Dame, die Fischgräte und die Pastorengattin im Rosengarten.

Zum Zweiten die drei Morde an der Fleischerfamilie Maubach, wobei wir nur die Leichen des Vaters und des Sohnes gefunden haben. Die Mutter gilt offiziell noch als vermisst, wir nehmen aber auch ihren Tod an.

Und zum Dritten die zwei Giftgasmorde, zu denen wir jetzt erst einmal den Mordversuch am jungen Kaplan dazuzählen.

Die ollen Kamellen übernehmen die Kollegen Reindl und Heisele. Um die Fleischerei kümmern sich die Kollegen Schnitzler und Brandtner und in der Giftküche mischen der Kollege Birnbacher und ich mit. Der Kollege Meiser und der Professor Himmer nehmen die Exhumierungen vor, Frau Strelow wird dabei sein und darauf achten, dass die Würde der Toten gewahrt bleibt. Wir haben täglich um 9 Uhr früh und um 18 Uhr abends je einen Jour fixe, der von mindestens einem Teammitglied wahrgenommen werden muss. Gibt es noch Fragen?«

Alle blickten sich um, niemand sagte etwas.

»Dann lasst uns anfangen.«

Er schaute auf Birnbacher. »Na, Kollege, was gibt es aus der Uniklinik Stuttgart zu berichten?«

»Der Stand von 8 Uhr ist, dass Kaplan Wallner im künstlichen Koma liegt. Im Laufe der Nacht wurde sein Blut fast komplett ausgetauscht. Die Ärzte bezeichnen seinen Zustand als ernst, aber stabil. Es ist jetzt die große Frage, ob seine Leber das alles mitmacht.«

»Drücken wir die Daumen. Haben die Straßensperren gestern Abend etwas gebracht?«

»Auf einem Feldweg wurde ein auf den Namen Alexander von Steuben gemieteter SLK ausgemacht, sichergestellt und ermittlungstechnisch untersucht. Mit Ergebnissen ist erst am Abend zu rechnen.«

»Okay, Birnbacher. Gibt's von Ihnen noch irgendetwas?«

Der junge Mann druckste herum. »Ich hätte da noch etwas, was meiner Frau aufgefallen ist. Sie arbeitet ja in der Sparkasse.«

Frank wurde hellhörig. »Und was gibt es da?«

»Ihr ist aufgefallen, dass sämtliche aufgeführten Toten Kunden der Sparkasse waren, und dass alle ein Bankschließfach in Kombination mit einem Postfach bei unserer Sparkasse hatten.«

»Und sind das ganz normale Kunden?«

»Ganz im Gegenteil. Sämtliche Konten, bis auf das Girokonto, sind mitarbeitergeschützt, das heißt, dass nur die Geschäftsleitung an die Daten herankommt. Was noch auffällig war, ist die Tatsache, dass jeweils am Anfang des Monats immer vom Chef, also von Herrn Biegert, Kuverts in die Postfächer gelegt wurden.«

»Und woher weiß Ihre Frau das alles?«

»Sie hatte, bevor wir uns kennenlernten, mal eine Affäre mit Biegerts Stellvertreter. Und wenn sie sich dann ab und zu mal in der Bank verabredet hatten, dann bekam sie schon einiges mit, was da außerhalb der Bürostunden abläuft. Biegert macht für diesen Inner Circle auch ganz spezielle Sprechstunden.«

»Na, da haben wir doch unsere erste zarte Fährte. Gratuliere, Herr Kollege, das könnte ein ganz wichtiger Hinweis gewesen sein. Versuchen Sie bis 18 Uhr alles über den lieben Herrn Biegert herauszubekommen und zwar restlos alles.«

***

Graf Minkwitz zu Kraichgau frühstückte mit einer ungeheuer schlechten Laune. Natürlich erreichte ihn die Kunde, dass sich der Kaplan selbst vergiftet hätte, noch am Vorabend, und dementsprechend schlecht hatte er geschlafen. Noch am Abend hatte er sich mit Else Kleefisch für den Vormittag am Hochstand verabredet, um mit ihr alles zu besprechen. Was ihm aber am meisten auf den Nerv ging, war, dass der junge Graf nur noch verheult durch das Schloss lief, gar nicht in der Lage, auch nur ein vernünftiges Wort mit ihm zu wechseln. Was er immer geahnt hatte, dass sein Sohn absolut nicht belastbar sei, hatte sich nun für ihn schmerzhaft bestätigt. Außerdem ahnte er nicht im Ansatz, warum er so seltsam auf das Unglück des Kaplans reagierte, denn die Homosexualität seines Sohnes wollte und konnte er nicht akzeptieren. Diese Veranlagung war außerhalb seines Vorstellungsvermögens. So musste der Junge seit seinem achtzehnten Geburtstag mit dem Vater einmal wöchentlich ins Bordell ziehen, in dem die Damen sich anfangs auch alle Mühe gaben, in ihm Feuer für das weibliche Geschlecht zu entfachen. Als dann aber die Puffmutter eine ungeheure Erektion an ihm wahrnahm, als er nur mal das Metropolitain durchblätterte, das dort herumlag, hielt sie an den bestimmten Tagen auch immer einen Strichjungen für ihren unfreiwilligen Stammkunden bereit, was der Vater natürlich nicht ahnte.

In diesem Augenblick kam der junge Graf mit verquollenem Gesicht zum Frühstück.

»Guten Morgen, Junge.« Die Laune des Grafen wurde noch schlechter, als er den jämmerlichen Zustand seines Sohnes bemerkte.

»Guten Morgen, Vater.« Er schluchzte.

»Würdest du bitte mit der Flennerei aufhören, das nervt mich!«

»Ich bin nun mal über das, was hier in Schwalbach vorgeht, erschüttert!«

»Ich auch, mein Junge, ich auch, und ich schwöre dir, dass ich damit nichts zu tun habe.«

Der junge Graf schaute seinen Vater entrüstet an. »Du, und damit nichts zu tun haben? Wer von uns beiden hat denn hier immer alle Fäden in der Hand?«

»Glaub mir, mein Junge, ich habe absolut keine Ahnung davon, was in den letzten Tagen hier in Schwalbach abgeht. Das ist ja mein Problem.«

»Sollte meinem Herrn Papa wirklich mal etwas entglitten sein? Da mordet doch irgendjemand frech und unkontrolliert vor sich hin! Erst den armen Bornheim und dann auch noch den Kaplan?«

»Es ist leider genau so, wie du es sagst. Und aus diesem Grund wäre ich dir dankbar, wenn du bei diesem Thema deine Ironie im Zaume halten würdest.«

»Das ist keine Ironie, das ist schiere Verzweiflung.«

»Quatsch doch bitte kein Blech. Was weißt ausgerechnet du von Verzweiflung. Dir wurde dein ganzes Leben lang Zucker in deinen gräflichen Arsch geblasen. Leiste erst einmal etwas, dann kannst du meinetwegen auch verzweifelt sein.«

»Vater, du bist es, der mich zur Verzweiflung bringt. Du und deine beispiellose Ignoranz.«

»Was redest du nur für einen Blödsinn? Manche junge Männer wären froh, so einen toleranten und weltoffenen Vater zu haben wie mich!«

»Du hast vergessen, dich auch noch als verständnisvoll und einfühlsam zu bezeichnen.«

»Und genau das bin ich auch!«

»Na, das ist ja mal wieder hochinteressant. Ich versuche dir seit meinem achtzehnten Geburtstag klar zu machen, dass ich mir aus den Damen, die du mir seitdem jede Woche präsentierst, aber auch nicht so viel mache.« Er zeigte mit Daumen und Zeigefinger etwa einen Zentimeter.

»Du hast eben noch nicht die richtige gefunden.«

»Genau das ist es, was mich zur Verzweiflung bringt. Du willst einfach nicht begreifen, dass ich homosexuell bin!«

Der Alte winkte ab. »Du weißt ja gar nicht, wovon du da redest. Mein Gott, wir waren doch auch mal jung, und wenn es früher mit unseren besoffenen Köpfen keine Mädels zum ficken gab, dann hat hier und da auch mal eine Rosette dran glauben müssen, aber deswegen waren wir doch nicht gleich schwul.«

Der junge Graf schaute verächtlich auf seinen Vater. »Und das soll normal sein?«

»Völlig normal, und zwar seit Jahrtausenden. Es kommt einzig und allein darauf an, wo man steht. Hinten hui, vorne pfui. So einfach ist die Welt gebacken.«

»Und wie ich dich kenne, wurde vorn auch gar nicht lange gefragt?«

»Das, mein Sohn, ist nun mal das Recht der Herrenrasse! Sei froh, dass du allein schon wegen deiner Geburt am richtigen Ende des Lebens stehst.«

Der junge Graf drehte sich angewidert von seinem Vater weg. »Jemand mit einer solchen Gesinnung gehört eigentlich in den Knast!» Er verließ den Speisesaal.

Der Alte beugte sich zur Seite und brüllte ihm nach. »Der Kerkermeister für einen von Minkwitz zu Kraichgau muss erst noch geboren werden!«

Er schaute auf seine Uhr und ärgerte sich darüber, mit welchem unsäglichen Mist man doch seine wertvolle Zeit verplempern musste.

Rasch zog er sich seine Jagdkutte über, nahm Gewehr, Pistole und Jagdmesser aus dem Waffenschrank und machte sich auf den Weg. Zum Hochstand, an dem er sich mit der Ärztin verabredet hatte, war es nicht weit, und er konnte mit seinem Geländewagen ganz in die Nähe fahren. Als Waldbesitzer hatte man so seine Privilegien.

Dr. Kleefisch erwartete ihn schon ungeduldig auf dem Parkplatz. »Guten Tag, Bruder Abt.«

«Guten Morgen, Schwester Else, was gibt's so Dringendes, dass wir uns unbedingt außer der Reihe treffen müssen?«

»Die Bruderschaft ist ungehalten über die neuesten Vorkommnisse.«

»Du meinst Bornheim und den Kaplan?«

»Genau, von Bornheims Heimführung wusste kaum jemand und der junge Kaplan war ja noch nicht einmal eingeführt.«

»Und beide Todesfälle haben auch nichts mit der Bruderschaft zu tun.«

Die Ärztin wurde bleich im Gesicht. »Moment mal, von der Heimführung von Bruder Willy weißt du gar nichts?«

Der Graf war verblüfft und ängstlich zugleich. Hatte sich etwas gegen ihn zusammengebraut? »Nein, absolut nichts.«

»Aber der Großmeister hat mir persönlich auf dem Hochstand gesagt, dass Willy heimgeführt wird, und dass er sich persönlich darum kümmert. Ich ging davon aus, dass du es weißt!«

»Das wäre auch der normale Weg gewesen.« Der Graf ließ sich kraftlos auf einen Baumstumpf fallen. »Und die

Bruderschaft ist verständlicherweise sauer, dass das Ganze ohne Thingbeschluss geschah.«

»Korrekt, und ohne diese Billigung der Bruderschaft ist das glatter Mord! Außerdem sind wir schon ein wenig entsetzt, dass uns der Großmeister mit Bruder Harald einen ausgebildeten Killer untergeschoben hat.«

»Darüber wollte ich auch mit dir reden. War das wirklich so professionell, wie er das mit dem alten Jänicke gemacht hat?«

»Das war absolute spitze, genauso wie beim Willy. Was jetzt beim Kaplan passiert ist, kann ich noch nicht sagen. Noch lebt er ja. Genauen Aufschluss gibt da erst die Obduktion.«

»Aber du musst mir glauben, Else, dass ich damit nichts zu tun hatte.«

»Und was machen wir nun? Woher wissen wir, dass wir nicht die Nächsten sind?«

Der Graf überlegte. »Wir müssen dem Großmeister zeigen, dass die Bruderschaft eine eingeschworene Gemeinschaft ist, die ihre Macht nicht so einfach aus den Händen gibt.«

Sie runzelte die Stirn. »Das käme einer Meuterei gleich. Wir haben dem Großmeister Treue geschworen.«

»Moment bitte, nicht dem Großmeister, sondern der Bruderschaft, darauf lege ich Wert.«

»Aber wenn wir ihm von heute auf morgen die Gefolgschaft verweigern, dann beschwören wir einen Krieg herauf, bei dem wir noch nicht einmal wissen, wer unser Gegner ist.«

»Dann sollten wir ganz rasch Feindaufklärung betreiben.«

»Und wie sollen wir das machen?«

»Ich werde Bruder Harald in den Puff einladen. Ob der nun ein Killer ist oder nicht, er ist auch eine Krämerseele.

Und Giesecke wäre der erste ledige Kurzwarenhändler, der nicht oben gesungen hätte, während ihm unten einer geblasen wird.«

***

Falk wartete ungeduldig auf den Verbindungsaufbau der abhörsicheren Satellitenleitung. Endlich hatte er die Kennung auf dem Bildschirm, die er mit dem Geheimcode bestätigte. Mit Befriedigung sah er, wie sich das Bild aufbaute.

Sein Großvater war ungehalten über diese außerordentliche Sitzung, woran Falk sah, dass er in den letzten Jahren doch ziemlich an Wendigkeit eingebüßt hatte.

»Hör mal, Falk«, raunte er. »Ich hoffe, du hast einen triftigen Grund, mich von der Krankengymnastik abzuhalten.«

»Es tut mir leid, Großvater, aber die Ereignisse hier in Schwalbach erfordern dieses Gespräch.«

Nun mischte sich von Tirpitz ein. »Und was ist so Außergewöhnliches passiert?«

»Ich habe inzwischen die undichte Stelle der Bruderschaft ausmachen können.«

Der Alte nickte. »Gute Arbeit, mein Junge. Wer ist es denn?«

»Der Kurzwarenhändler Giesecke. Der hat sich dem Kaplan im Beichtstuhl anvertraut.«

»Dann wird er der Nächste sein, der an der braunen Orchidee schnuppern darf. Wo bitte ist das Problem?«

Von Tirpitz wurde nachdenklich. »Das Problem ist, dass wir den noch brauchen. Alles denkt, dieser Mann sei der Superkiller, und in seiner Einfältigkeit glaubt der das auch noch selbst. Der ist für uns noch zu wertvoll, als dass wir ihn opfern könnten.«

Der Alte nickte. »Dann lassen wir ihn eben vorläufig noch leben. Was ist, von Tirpitz, Sie gucken immer noch so missmutig.«

»Die ganze Situation droht uns zu entgleiten. Wir sollten die gesamte Bruderschaft auflösen und das Material in Sicherheit bringen.«

Die Augen des Alten wurden kalt. »Wie siehst du das, mein Junge?«

»Es würde viel Arbeit bedeuten, bei der ich Hilfe benötige. Aber die Notwendigkeit sehe ich auch.«

Der Alte nickte. «Dann soll es so sein. Wen soll ich dir schicken?»

»Ich dachte an Wulfila, mit dem habe ich schließlich lange genug gedient. «

Von Tirpitz nickte. »Du und mein Großneffe, ihr habt die gleiche Ausbildung genossen. Ich werde sehen, dass ich ihn hier aus dem Tagesgeschäft herauslöse. Er kann aber frühestens am Donnerstag bei dir sein.«

Falk war zufrieden. »Bis dahin kann ich dann schon alles vorbereiten.«

Sein Großvater war ungeduldig, weil er wieder zu seiner Massage wollte. »Gut, dann hat dieser Giesecke noch bis Donnerstag zu leben, aber sieh zu, mein Junge, dass bis dahin nichts anbrennt.«

Die Transmission wurde beendet.

***

Schwalbach brütete in einer für den Monat Juni völlig ungewohnten Mittagshitze vor sich hin. Das Thermometer zeigte etwas über 34 Grad im Schatten an und alles stöhnte vor sich hin. Die Exhumierungen auf den Friedhöfen waren abgeschlossen und die Urnen bereits auf dem Weg zur Rechtsmedizin. Professor Himmer, Kollege Meiser und Stefanie hatten es sich auf der Terrasse der Konditorei Friede unter einem großen Sonnenschirm gemütlich gemacht.

Der Prof nahm die Kühle dankbar zur Kenntnis. »So ist es gut, und für den Rest des Tages nicht mehr bewegen.«

Er und Meiser bestellten sich je eine große Apfelschorle und Stefanie einen Eiskaffee. »Und es ist wirklich so, dass Sie an der Asche nichts mehr feststellen können?«

»Nichts Anatomisches. Hohe Konzentrationen von Schwermetallen und manche Gifte können sogar noch an der Asche festgestellt werden.«

»Und, werden Sie die Überreste untersuchen?«

»Wozu? Wir wollten ja nur ordentlich Staub aufwirbeln.«

»Ja, aber woran erkennen wir, dass wir das getan haben?«

Er runzelte die Stirn. »Zum Beispiel daran, dass Ihr Haus heute Nacht wirklich abbrennt.«

»Na, Sie sind ja ein Herzchen. Gibt es da nicht etwas über der Gürtellinie?«

»Natürlich könnte sich das Generalvikariat bei der zuständigen Polizeidirektion beschweren, aber das würde ja kein zorniges Mütchen kühlen. Ich werde es ja nachher sehen, wenn ich auf der Dienststelle eintreffe.«

»Müssen Sie heute noch obduzieren?«

»Ich hoffe es doch. Gibt es bei dieser Hitze eine angenehmere Arbeit als am Seziertisch?«

Meiser grinste beide an. »Ja. Als Bademeister.«

In diesem Augenblick kamen Frank und Birnbacher um die Ecke. »Jetzt verstehe ich, warum alles unbedingt in die Soko will.«

Er gab der Bedienung ein Zeichen für zwei weitere Apfelschorlen und setzte sich. »Na, ihr Lieben, habt ihr schon fertig gebuddelt?«

Der Professor nickte. »Ja, aber leider war in den Förmchen schon Asche drin. Und, wie war die Ausbeute bei euch?«

»Die beim Gemeindeamt haben sich natürlich bedankt, dass wir den ganzen Mittag bei denen am Rechner gesessen haben, aber wir wurden fündig.«

Stefanie wurde ungeduldig. »Was habt ihr denn gefunden?«

»Jede Menge Ungereimtheiten. Ich schwöre euch, es gibt kaum ein Dorf, in dem derartig viele Menschen mit einer unbekannten Herkunft leben.«

Der Prof schaute ratlos. »Wie soll ich das bitte verstehen?«

»Der alte Schrader zum Beispiel: Eltern unbekannt. Wurde in einem Bromberger Kinderheim der SS als Reichsbürger eingebürgert. Er lief den deutschen Truppen bei der Einnahme eines Kaukasusdorfs in die Arme. Das Kind war des Deutschen mächtig, erinnerte sich aber an nichts weiter. Dieses tragische Schicksal teilte der gute Schrader mit vier weiteren Bürgern unserer Stadt. Mit Willy Bornheim, der Bettenwinklerin, der Familie Franze und dem guten Ederer.«

Stefanie schüttelte den Kopf. »Na, das ist ja eine illustre Gesellschaft. Da war ja richtig Stimmung im Heim.»

»Da muss ich dich enttäuschen, es waren alles verschiedene Heime.«

»Und, haben wir noch ähnliche Herkunftsblüten?«

»Der kleine Harald Giesecke entkam noch ganz allein der Hölle von Dresden. Den Vogel abgeschossen hat meines Erachtens die Familie Heinrich, da haben nämlich durch einen Tieffliegerangriff alle eine Amnesie erlitten.«

Stefanie bohrte weiter. »Was ist mit diesen ominösen Scharnows?«

Birnbacher blätterte in seinen Unterlagen. »Das war eine Fehlanzeige. Die letzte Eintragung im Gemeinderegister war am 17.2.1943 die Geburt eines Knaben auf den Namen Oskar-Adolf.«

»Dann nichts mehr?«

»Dann nichts mehr.«

»Tja, Leute, wir wohnen schon in einem seltsamen Städtchen, findet ihr nicht auch?«

Stefanie gab sich noch nicht zufrieden. »Aber wie ist denn eine derartige Häufung von so vielen ausgesprochen schrägen Lebensläufen zu erklären?«

Frank lächelte sarkastisch. »Ganz einfach, liebstes Fräulein Pastor. Nach dem Krieg war ein gewisser Landrat Walter Benz im Amt. Ein gelernter Jurist und hochdekorierter Obersturmbannführer der Waffen-SS. Irgendwann in den Sechzigerjahren wurde er seines Amtes enthoben, weil er wohl als Leiter eines fliegenden Standgerichts sein Unwesen im Westfälischen getrieben hatte. Zig Morde konnten dem Kerl nachgewiesen werden.«

»Wurde er wenigstens verurteilt?«

»Ja, natürlich. Fünf Jahre Zuchthaus hat er bekommen.«

»Wenigstens etwas.«

»Nach acht Monaten wurde er wegen eines Diabetes Mellitus für haftunfähig erklärt und begnadigt, von unserem damaligen lieben Herrn Ministerpräsidenten.«

»Man lässt ja einen Kollegen schließlich nicht im Stich, oder?«

Der Professor schüttelte angewidert den Kopf. »Mann, Leute, ich könnte gar nicht so viel essen, wie ich kotzen möchte.«

Frank klappte seine Unterlagen zu. »Lasst uns auf der Dienststelle weitermachen. Da kommen dann auch noch die anderen dazu.«

Um Punkt 18 Uhr saßen wieder alle zusammen, um die Kollegen über die neuesten Erkenntnisse und Ermittlungen zu unterrichten. Frank begann damit, auch den Rest der Runde über das in Kenntnis zu setzen, was die Exhumierungsgruppe nun schon wusste.

»Gibt es Neues von unserem Kaplan? Der Kollege Meiser hat gerade mit Stuttgart telefoniert.«

»Seine Leberwerte haben sich stabilisiert, sie wollen ihn morgen im Laufe des Tages langsam aufwachen lassen. Dann erst können sie feststellen, ob das Gehirn etwas abbekommen hat.«

»Hat die toxikologische Untersuchung etwas ergeben?«

Der Professor schüttelte den Kopf. »Bisher noch nicht. Wir haben Blutproben mit ausführlichem Begleitmaterial an alle relevanten Labors geschickt. Ergebnisse sind nicht vor Freitag zu erwarten.«

»Was heißt alle relevanten Labors?«

»Das Tropeninstitut in Hamburg, das Robert-Koch-Institut in Berlin und drei Institute, die sich auf pflanzliche und tierische Gifte spezialisiert haben. Eines ist in São Paulo, eines in Santiago de Chile und das andere in Canberra, in Australien.«

Stefanie wunderte sich. »Warum denn ausgerechnet Australien?«

»Weil von den zehn giftigsten Viechern der Welt allein neun in Down Under leben.«

»Da fahre ich nie mehr hin.«

Frank lächelte sie an. »Warum nicht? Du lebst hier in einem Tal, in dem es vor braunen Klapperschlangen nur so wimmelt, und du hast auch keine Angst. In Australien siehst du die Viecher wenigstens noch kommen, hier nicht.« Er schaute aufmunternd in die Runde. »Und was haben unsere Fleischereifachangestellten zu berichten?«

Kollege Schnitzler öffnete seine Unterlagen. »Nach gründlichen Recherchen verdichtet sich der Verdacht, dass auch die Meisterin, bevor sie ins Paradies kam, erst einmal in irgendeiner Wurst gelandet ist.«

»Na, wunderbar, gab es das also wirklich, das berühmte Schwalbacher Corned Beast!«

»Es sieht wirklich fast so aus. Gesehen wurde sie zuletzt im August vorigen Jahres. Wir haben im Zentralcomputer der IATA sämtliche In- und Auslandsflüge nach ihren Personalien überprüft und es gab keinerlei Übereinstimmungen. Was den Meister betrifft, können wir mit Sicherheit von Mord ausgehen, beim Junior sieht wirklich alles nach einem tragischen Unglück aus, wenn man bei dieser makabren Tätigkeit überhaupt von tragisch reden kann. Wir stimmen mit der Mordtheorie des Professors völlig überein. Abgeschlachtet, und man kann es wirklich nur so nennen, wurde der Altmeister von einer Frau. Das wissen wir, weil wir im Abfallcontainer vor der Fleischerei Gummihandschuhe gefunden haben, bei denen außen die DNA des alten Maubachs nachzuweisen war. Innen fanden wir weibliche DNA und Fingerabdrücke. Von den vorhandenen DNA-Proben konnten bisher keine identifiziert werden.«

Frank überlegte laut: »Wenn es wirklich eine Frau war, die den Alten betäubt hat, um ihn zu fesseln und danach kopfüber aufzuhängen, dann muss es zweifelsohne eine Fachfrau gewesen sein. Mit dem ganzen Hebesystem und den Fleischerhaken an den Deckenrollen muss man sich erst mal auskennen.«

»Vielleicht hat der Sohn bereits dabei geholfen, seinen toten Vater aufzuhängen.«

»Die Blutspritzer belegen es ziemlich genau, dass der Alte noch gelebt haben muss, als ihm, mit dem Kopf nach unten über einer Stahlwanne hängend, die Kehle zum

Ausbluten durchgeschnitten wurde. Und hätte sein Sohn dabei geholfen, so müsste zwangsläufig auf seinem Kittel das Blut des Alten nachzuweisen sein.«

Der junge Birnbacher wurde blass um die Nase. Der Professor beobachtete ihn. »Na, Herr Kollege, wollen Sie vielleicht doch wieder in den normalen Streifendienst?«

»Nein danke, Herr Professor. Es geht schon.«

Frank resümierte: »Wir haben also unbekannte weibliche DNA in einem Handschuh gefunden, die weder von der Angestellten stammt noch mit den Maubachs verwandt ist. Und mit diesem Handschuh schützte sich die vermeintliche Mörderin.«

Schnitzler nickte. »Was noch eine Spur sein könnte, ist Folgendes: Wir haben oben, in der Wohnung der Maubachs, ein relativ frisches Kondom im Mülleimer gefunden. Wie wir wissen, wurde es vom Sohn benutzt.«

»Was heißt in diesem Fall relativ frisch?«

»Ein bis maximal zwei Stunden vor seinem Tod. Die DNA von der Vaginaflüssigkeit erwarte ich stündlich.«

Der Professor fischte ein Fax aus seinen Unterlagen. »Das hat man mir eben, als ich hochging, in die Hand gedrückt. Das ist von meinem Institut.«

Schnitzler griff danach und überflog es. »Das ist es wirklich. Also, demnach hat, Moment mal.« Er schaute ungläubig auf das Fax und reichte es an den Prof zurück. »Kann das sein, was ich da lese?«

Der Prof überflog die Zeilen ebenfalls. »Ist ja ein Ding.« Er schüttelte ungläubig den Kopf. »Das glaubt uns keine Sau!«

Stefanie wurde ungeduldig. »Nun machen Sie es bitte nicht so spannend!«

»Tja, liebe Leute, Maubach junior hatte der DNA nach mit der Mörderin seines Vaters Geschlechtsverkehr.«

Frank staunte. »Sohnemann bumst also die Dame seines Herzens, und die darf danach Daddy metzeln, habe ich das richtig verstanden?«

Der Prof nickte. »Das war eine Punktlandung.«

Die Pastorin war erschüttert. »Haben die denn in diesem Schwalbach vor gar nichts mehr Respekt?«

Frank zuckte mit den Achseln. »Was guckst du denn mich dabei so an? Das ist schließlich auch dein Dorf.«

Bevor es zum Streit kam, ergriff der Professor das Wort. »Da wird uns wohl nichts weiter übrig bleiben, als von allen Einwohnern dieses hübschen Städtchens Speichelproben zu nehmen.«

Frank nickte. »Darauf wird es hinauslaufen, aber weiß der Kuckuck, wie wir das personell schaffen sollen.« Er schaute auf seine Kollegen. »Gute Arbeit habt ihr da gemacht. Das war wirklich ein toller Job. Gibt es sonst noch etwas?«

Jetzt antwortete Brandtner. »Wir haben den Inhalt des Bankschließfachs nach Stuttgart zum BKA bringen lassen. Die Gold- und die Platinbarren stammen mit absoluter Sicherheit aus Beständen der Reichsbank. Bei dem Platin handelt es sich um Industrieplatin, das damals bei der Herstellung elektronischer Steuerungen der V1- und V2-Raketen gebraucht wurde. Bei dem Gold handelt es sich um 10-Kilo-Feingoldbarren, die in dieser Form eigentlich nur von Banken mit Banken gehandelt wurden. Solche Dinger hat ein Staat zur Währungssicherung gehortet. Und wenn der ganze Staat zerfällt, dann löst sich auch schon mal so eine Währungsreserve auf.«

Heisele kratzte sich am Kinn. »Ich denke, der Goldschatz der Reichsbank wurde von kriminellen Amis und Russen geklaut oder von Nazis, die damit auf dem Weg nach Südamerika mit irgendwelchen U-Booten versunken sein sollen.«

»Dann haben die offensichtlich nicht alles mitgenommen.« Frank überlegte kurz. »Das passt aber zusammen. Auf der einen Seite haben wir jede Menge Menschen, die sich nicht mehr an ihre braune Vergangenheit erinnern können, und auf der anderen haben wir ziemlich braunes Gold, an das sich niemand erinnern soll.«

Der Professor wurde hellhörig. »Wie kommen Sie darauf, dass sich niemand mehr an das Gold erinnern soll?«

»Weil die Alten, die sich noch an den Ursprung dieses Goldes hätten erinnern können, ja schon alle weggestorben wurden.«

»Und durch was können Sie Ihre Theorie belegen?«

Frank resignierte. »Durch ein Kitzeln in der Nasenspitze, sonst habe ich nichts.«

»Das ist aber ein bisschen wenig, um ein ganzes Dorf anzuklagen, finden Sie nicht auch?«

Die Pastorin mischte sich ein. »Bei mir kribbelt es aber auch in der Nase.«

»Dann werden Sie sich angesteckt haben. Ein eigener Schnupfen ist das nicht.«

Sie nickte. »Da mögen Sie recht haben, aber mir kommt es so vor, als ob hier alles unter einer Decke steckt, also sich eine größere Gruppe zusammengeschlossen hat, um ein ganz bestimmtes Ziel zu erreichen.«

Frank stimmte ihr zu. »Dann sprechen wir es offen aus: Wir sehen uns einer kriminellen Vereinigung gegenüber, was wir aber noch nicht belegen können. Was sagt denn das BKA dazu, Kollege Reindl?«

Reindl überlegte kurz. »Wenn wir beispielsweise allen in dieser Gruppe den Besitz nicht ordnungsgemäß angemeldeten Goldes in großen Mengen nachweisen können und die betreffenden Personen dieses Gold gemeinschaftlich erworben oder erschlichen haben, dann kann von einer kriminellen Vereinigung gesprochen werden.«

Frank überlegte laut weiter. »Und was wäre, wenn wir alle Schließfächer dieser Bank vom Staatsanwalt öffnen ließen?«

Reindl lächelte ihn an. »Es kommt darauf an, was Sie darin finden. Zaubern Sie aus allen Schließfächern derartige Barren heraus, dann sind Sie der Held des Tages.«

»Und wenn nicht?«

»Dann werden Sie sich in Zukunft nicht mehr den Strick leisten können, an dem Sie sich am liebsten aufhängen würden.«

Es war erst gegen 21 Uhr, als sie ihre Sitzung beendeten.

Für den nächsten Tag war erst einmal ein Termin bei der Staatsanwaltschaft fällig. Dann würden noch mehr Kripokollegen angefordert werden, um überhaupt gründlich ermitteln zu können. Aber das konnte erst gemacht werden, wenn der Staatsanwalt den Massen-Speicheltest angeordnet hatte. Frank rechnete fest damit, dass der Staatsschutz mit eingeschaltet werden würde, wenn die nur etwas von Nazigold hörten.

Nur Birnbacher, Stefanie und er waren noch geblieben. Der junge Mann reckte sich und Frank lächelte ihn an. »Na, Herr Kollege, hat sich der Magen wieder etwas beruhigt?«

»Hat er sich. War ja wirklich lecker vorhin.«

»Daran werden Sie sich gewöhnen müssen.«

»Wir werden sehen.« Er zögerte. »Herr Kommissar, wenn ich noch etwas fragen dürfte.«

»Gerne, was denn?«

»Warum schauen wir nicht mal in die Schließfächer der Bank rein?«

»Ja, wie denn? Die Bank hat einen Schlüssel und der Mieter hat einen. Wenn wir den nicht kriegen, bekommen wir die Fächer nicht auf.«

»Wir haben zwar keinen Mieterschlüssel, aber wir haben einen geradezu genialen Schlosser.«

»Und wie soll der bitte an die Schließfächer kommen?«

»Durch seine Schwester.«

»Und wer ist das?«

»Mein Frau.«

Frank staunte. »Na, guck doch mal einer an. Ist das etwa der Schlosser, der immer dann von der Bank geholt wird, wenn für die Schließfächer ein Schlosser gebraucht wird?«

»Genau der ist das.«

»Und was sagt Ihre Frau zu Ihnen, wenn sie ihr gegenüber derartige Ideen äußern?«

»Herr Kommissar, ich möchte mich nicht mit fremden Federn schmücken. Das war ihre Idee.«

»Sie können mir doch bestimmt auch sagen, welche Nacht ausgesprochen günstig für eine derartige delikate Hausdurchsuchung wäre?«

»Die morgige zum Beispiel. Dann kann meine Frau nämlich alle nötigen Vorbereitungen treffen.«

»Na, dann machen wir das doch einfach so, wie sich Ihre Frau, diese Schlingelin, das gedacht hat.«

»Wird noch jemand mitkommen?«

Frank schaute ihn verwundert an. »An wen dachten Sie denn?«

»Ich denke mir, dass ein Oberkommissar bei seinem ersten Bankeinbruch schon gerne geistlichen Beistand hätte.«

In diesem Augenblick kam Stefanie aus dem Waschraum. »Wer möchte gerne geistlichen Beistand?«

Frank grinste sie an. »Der Herr Wachtmeister lässt gerade bei Clyde anfragen, ob Bonnie morgen Nacht auf einen Bruch mitkommen will.«

»Na klar kommt Bonnie mit, aber nur, wenn sie auch mit dieser affengeilen Maschinenpistole schießen darf.«

Birnbacher schüttelte den Kopf. »Ich habe mir schon immer mal gewünscht, mit zwei Verrückten in eine Bank einzusteigen!«

11

Als Stefanie und Frank gegen 22 Uhr die Dienststelle verließen, war es noch immer etwas hell. Die extreme Hitze hatte zwar nachgelassen, es war aber noch immer sehr warm. Er fuhr sie zu sich nach Hause. Vor dem Pastorenhaus stand ein Streifenwagen, um weitere Brandanschläge zu verhindern. Sie zögerte mit dem Aussteigen.

Er lächelte. »Was ist, Maggi, hast du noch was auf dem Herzen?«

Sie war verlegen. »Es hört sich vielleicht etwas einfältig an, aber mir graut es davor, die erste Nacht allein im Haus meiner Eltern zu verbringen. Erst Mamas Tod, dann Papas Tod und dann der Brandanschlag. Das war doch ein wenig viel auf einmal.«

»Was hältst du davon, wenn du für ein paar Tage bei mir einziehen würdest? Die Gästewohnung oben steht dir zur Verfügung. Da kannst du auch erst einmal den ganzen Krempel von deinem Vater hinstellen, den du hier nicht lassen willst.« Sie lächelte ihn dankbar an. »Okay, dann fahre ich dir nach. Ich habe sowieso alles im Auto.«

Er merkte förmlich, wie ihr ein Stein vom Herzen fiel. Rasch gab sie ihm einen Kuss auf die Wange und sprang aus seinem Wagen.

Kurze Zeit später hielten sie vor seinem Haus. Inzwischen war es dunkel geworden. Sie brauchten jeder nur dreimal gehen, dann war alles in ihrer neuen, kleinen Wohnung untergebracht. Sie sah auf das gemachte Bett. »Hast du bereits mit mir gerechnet?«

»Schon ein wenig. Ich habe meine Putzfrau heute Morgen gebeten, hier oben sicherheitshalber alles für Besuch vorzubereiten. Ich hatte nämlich absolut keinen Bock, noch eine weitere Nacht auf eurem ausgelutschten Gästesofa zu nächtigen. Sicherheitshalber habe ich sie auch einkaufen lassen.«

»Das hört sich richtig gut an. Was gibt's denn?«

»Wie wäre es mit Chateau im Darm an Mousse von Senfkörnern mit einer raffiniert marinierten und geschnittenen Kreation von Erdknollen?«

Sie lächelte ihn zuckersüß an. »Und wenn man nicht unbedingt Appetit auf Wiener Würstchen mit Kartoffelsalat hat?«

»Dann könnte ich noch mit einem gemischten Salat als Vorspeise und einem schönen Pesto mit Spaghetti dienen.«

»Na, das ist es doch. Gibt es Zimmerservice oder wird im Speisesaal gedeckt?«

***

Harald Giesecke schaute sich unsicher im Brackenhausener Restaurant *Die Wachtel* um. Er konnte sich noch immer nicht vorstellen, dass ausgerechnet er dort eingeladen worden war, und dann auch noch vom Grafen höchstpersönlich. Der Kellner kam mit fragendem Blick auf ihn zu.

»Ich bin hier mit Graf Minkwitz verabredet. Mein Name ist Giesecke.«

Der Kellner verbeugte sich vor ihm. »Selbstverständlich, Herr Giesecke. Wenn Sie mir bitte folgen wollen?«

Sich immer wieder vergewissernd, ob ihm der Kurzwarenhändler auch folgen konnte, gingen sie zu einem festlich gedeckten Separee, in dem er den Grafen beim Studium der Speisekarte antraf.

Er sprang freudig auf, als er den kleinen Mann erkannte. »Mensch, Bruder Harald, ich hätte dich hier in der freien Wildbahn beinahe gar nicht erkannt.«

Sie setzten sich. Giesecke lächelte schüchtern. »Mich übersieht man gerne.«

Der Graf lachte dröhnend. »Nun stell dein Licht mal nicht unter den Scheffel, lieber Bruder. Hätten wir doch nur etwas früher von deinen wunderbaren Qualitäten gewusst, dann hätten wir dich doch schon viel früher und sehr viel sinnvoller einsetzen können.«

Giesecke war unwohl. Er war es nicht gewohnt, im Mittelpunkt zu stehen, und vor allem nicht, unter ausgestopften Reh- und Hirschköpfen zu sitzen. Direkt über ihm hing ein stattlicher Vierzehnender. Er kam sich vor, als hätte er das Geweih auf dem Kopf.

»Na, Bruder, was darf ich für dich bestellen? Wie wär's mit einer deftigen Gulaschsuppe vom Wildschwein, als Vorspeise sozusagen?«

Giesecke zuckte zusammen. »Ich bin Vegetarier.«

Der Graf lachte wieder dröhnend. »Deswegen müssen wir diese ganzen Viecher auch abschießen, weil du ihnen das Futter wegfrisst!« Von Minkwitz fand diesen Scherz ganz besonders gelungen. Sogar der Tisch wackelte beim gräflichen Lachen.

Er schaute die Kellnerin fast flehentlich an. »Hätten Sie vielleicht etwas gedünstetes Gemüse mit Kartoffelbrei für mich?«

Sie nickte lächelnd und verschwand in die Küche.

»Mensch, Giesecke, ich hoffe, ansonsten sind Sie kein Fleischverächter!«

»Bitte?« Der völlig verständnislose Blick des kleinen Mannes zeigte dem Grafen, dass er mit seinem kumpelhaften Getue etwas dick aufgetragen hatte. Er nahm sich deutlich zurück.

»Bruder Harald, nun sag doch mal, was du sonst so machst in deiner Freizeit. Man kennt sich ja so wenig, obwohl man schon so lange zusammen in der Bruderschaft ist.«

»Ich sammle Briefmarken. Deutsches Reich und Deutsche Kolonien.«

»Ist ja interessant. Kein Sport?«

»Nicht direkt. Ich gehe zweimal die Woche in die Sauna.«

»Ist ja interessant. Wo denn?«

»In die Aquinius-Thermen in Heilbronn.«

Der Graf freute sich. »Mensch, was für ein Zufall. Ich gehe auch gerne in die Sauna, jede Woche. Es gibt ja nichts, wo man besser entspannen kann.«

Giesecke wurde neugierig. »Auch in die Aquinius-Thermen?«

»Nein«, lächelte er ihm verschmitzt zu. »Der Genießer von Format geht da schon in ein etwas privateres Haus. Da sind die Massagen persönlicher, nicht ganz so medizinisch, eben was zum Genießen. Du verstehst, was ich meine?«

Der Graf lachte erneut. Giesecke nickte ihm wissend zu, obwohl er keine Ahnung hatte, was der Graf meinte.

»Was würdest du davon halten, wenn wir nach dem Essen dort einkehren würden?«

»Äh«, Giesecke war total überrumpelt. »Ich habe nichts dabei, kein Handtuch, keinen Bademantel und keine Latschen.»

»Gibt es alles dort.« »Der Graf hob vergnügt seinen Bierkrug und prostete Giesecke zu. »Wusste ich's doch, dass wir beide uns heute noch so richtig amüsieren werden.«

***

Stefanie hatte seit Wochen nicht mehr ein so gutes Essen genießen können. Der Salat war toll angemacht, die in Brühe gekochten Spaghetti schmeckten sensationell und das Pesto war einfach zum Niederknien. »Wie kann ein normaler Dorfwachtmeister ein derartig gutes Pesto machen?«

Er grinste sie frech an. »Dazu muss man die hohe Kunst des Gläseröffnens geradezu virtuos beherrschen.«

Sie saßen auf seiner riesigen Wohnzimmercouch vor einem prasselnden Kaminfeuer. Sie sah in seinem für sie viel zu großen Oberhemd, das sie als Bademantel trug, fantastisch aus. Er goss in beide Gläser Rotwein und sie stießen an.

»Morgen um diese Zeit sind wir schon auf Raubzug.«

»Nur auf Zug. Rauben tun wir ja nichts.«

»Hast du eigentlich schon mal geschaut, was im Schließfach deiner Eltern ist?«

»Ehrlich gesagt, nein. Es gab so viel zu tun.«

Sie lächelte ihn an. »Du bist ein unglaublicher Mensch.«

Er war erstaunt. »Wie kommst du denn darauf?«

»Andere hätten alles stehen und liegen lassen, wenn da eventuell noch eine schnelle Million auf sie warten würde.«

»Wenn man schon eine geerbt hat, dann sieht man das nicht mehr ganz so verkniffen. Ich bin allein. Was soll ich mit so viel Geld?«

»Noch reicher sein.«

»Okay, aber das werde ich ja auch, wenn ich dem Mammon nicht hinterherrenne, oder?«

Sie lächelte ihn an. »Das stimmt, aber wenn der Inhalt unserer Kästen offiziell wird, dann sind wir ihn auch gleich los.«

Er nickte bedächtig. »Das stimmt. Von der Seite habe ich das Ganze noch nicht betrachtet. Und, was gedenkst du zu tun?«

»Mir das zu sichern, was mir meine Eltern zugedacht haben.«

Er schaute ihr in die Augen. »So ganz überzeugend kam das nicht. Kann es sein, dass sich gerade der Mensch Strelow und die Pastorin Strelow gegenseitig in den Hintern treten?«

Sie nickte lächelnd. »Ein bisschen schon. Die Pastorin meint, dass es unrecht ist. Der Mensch sagt, dass es viel einfacher ist, gut zu sein, wenn man ausreichend Kohle auf dem Konto hat.«

Er lachte auf. »Bei der Pastorin scheint es sich um eine ziemlich dogmatische Tussi zu handeln, oder?«

»Ich sage es dir. Die geht mir auch zunehmend auf die Nerven.«

»Dann sollten wir unser Metall gemeinsam vor dem Fiskus in Sicherheit bringen, meinst du nicht auch?«

»Richtig, bevor der Hindukusch mit unserem Geld verteidigt wird.«

»Das wird er ja jetzt schon.«

»Schon, aber wir kaufen nicht gleich einen ganzen Panzer.«

»Und wie ziehen wir den Bruch durch?«

»Du bist der Kriminologe, nicht ich.«

»Was ist daran kriminell, wenn wir mit zwei leeren kleinen Köfferchen in die Bank gehen, unsere Schließfächer öffnen und dann mit zwei vollen kleinen Köfferchen wieder nach Hause gehen?«

»Irgendwie habe ich ein schlechtes Gewissen.«

Er legte den Arm um sie. »Siehst du, da fängt es mit dem Gutwerden schon an. Der Mensch Strelow hatte völlig recht.«

»Wie meinst du das?«

Sie nahm ihre Beine hoch, legte sich zur Seite, ihren Kopf auf seinen Schoß und streckte sich wohlig aus.

»Ganz einfach. Man fängt an, gut zu werden, wenn man ein schlechtes Gewissen bekommt. Wenn du keine Goldbarren klauen könntest, hättest du auch kein schlechtes Gewissen, also wärst du ohne diese Barren nicht gut.«

Er sah auf ihr Gesicht hinab und fing zärtlich an, ihre Stirn und ihre Haare zu streicheln. Sie genoss es mit allen Fasern ihrer Seele.

»Mit dieser Argumentationskette wärst du als Katholik schon längst Kardinal, Hut ab.«

Plötzlich bemerkte er, dass ihr Hemd verrutscht war und sich der oberste Knopf geöffnet hatte. Die Haut und die Form ihrer linken Brust schimmerten im Schein des Kaminfeuers ausgesprochen verführerisch. Er spürte ihren Kopf auf seinem Schoß. Er kämpfte wirklich mit sich, so sehr er konnte, aber er verlor. Verschlafen lächelnd spürte sie seine enorme Erektion an ihrer Wange. »Du würdest jetzt gerne mit mir ins Bett gehen, stimmt's?«

Er war sich nicht sicher, was roter leuchtete. Die Glut des Kaminfeuers oder sein Gesicht. Bevor er etwas antworten konnte, drehte sie ihr Gesicht zu ihm und gab ihm auf diese Beule in seiner Hose einen kleinen Kuss. Sie seufzte. »Machen wir das ein anderes Mal, ich fühle mich im Augenblick viel zu wohl dazu.« Dann drehte sie ihr Gesicht wieder zum Feuer und schlief mit einem wohligen Rekeln ein.

Er streichelte ihr noch ein wenig den Rücken und lächelte ebenfalls – zugegeben, nicht ganz so entspannt wie sie.

»Da verstehe noch einer die Frauen«, dachte er. »Wie kann man sich zu wohl fühlen, um miteinander schlafen zu wollen?«

Vorsichtig rutschte er unter ihr weg und legte stattdessen ein Kissen unter ihren Kopf. Dann deckte er sie liebevoll mit einer weichen Kamelhaardecke zu. Lächelnd betrachtete er sie, wie sie sich sofort in die Decke einkuschelte. Er küsste sie vorsichtig auf beide geschlossenen Augen, so, wie er es sich schon immer gewünscht hatte, es einmal bei seinen schlafenden Kindern zu tun. Jetzt war er sich sicher. Er liebte diese Frau.

***

Bei Bruder Giesecke konnte von Entspannung wahrlich keine Rede sein. Er war sich von vorneherein nicht sicher, ob er überhaupt mit in diese private Sauna wollte. Jetzt, wo er vor dem nackten Grafen stand, war er sich absolut sicher, sofort wieder gehen zu wollen, aber nun war es zu spät. Ein wirklicher, echter Graf, so wie ihn Gott geschaffen hatte, stand vor ihm. Bruder Harald fand an ihm nichts, was ihn geadelt hätte, und stellte ernüchtert fest, dass auch Gott in seiner Schaffensperiode schlechte Tage gehabt haben musste. Mit Schaudern dachte er daran, wie ihn Bruder Abt in seinem augenblicklichen Zustand kameradschaftlich umarmen würde, so wie er es heute schon mehrfach getan hatte. Der Graf gab ihm mit einer einfachen Geste zu verstehen, dass er ihm doch folgen solle. Bruder Harald war erleichtert, dennoch musste er allen Mut zusammennehmen. Er war nun einmal nicht der große Draufgänger, und nun splitternackt durch ein Haus gehen zu müssen, das ihm völlig unbekannt war, behagte ihm ganz und gar nicht.

Als sie durch die Tür der Umkleidekabine traten, traute der Kurzwarenhändler seinen Augen nicht. Sie standen plötzlich in einem riesigen Raum, der einem römischen Atrium nachempfunden war. In der Mitte, über einem großen Swimmingpool in ebenfalls römischem Stil, ein gut und gerne 10 mal 10 Meter großes Schwimmbecken mit einer kleinen Felslandschaft in der Mitte, auf der sich ein Wasserfall ergoss. Darüber sorgte eine Glaskuppel durch außen angebrachte Scheinwerfer für angenehmes Licht. Um dieses Schwimmbecken herum befanden sich Tische, umringt von Liegen, die durch Pflanzen wie Separees abgeteilt wurden. Auf den Tischen selbst standen die üppigsten Obstschalen, die Giesecke je gesehen hatte. Allein bei deren Anblick lief ihm das Wasser im Munde zusammen.

Ein äußerst knapp beschürzter, eingeölter muskulöser Jüngling geleitete sie zu einer der Liegegruppen. Der Graf benahm sich so gelöst, als ob er in seinem Wohnzimmer läge. Giesecke hingegen saß völlig verspannt wie auf einem großen Gymnastikball, der jeden Augenblick platzen könnte.

»Menschenskind, Bruder Harald, hättest du deine rohen Möhren vorhin auch gekaut, dann müsstest du jetzt nicht so stocksteif da rumsitzen.« Wieder das dröhnende Lachen des Grafen.

Giesecke hörte gar nicht richtig zu. Er beobachtete fasziniert, wie ihnen dieser makellose Jüngling aus einer römischen Karaffe Champagner eingoss und danach direkt vor ihm stehen blieb, um zu sehen, wie ihm das schäumende Getränk wohl schmecken würde. Dieser junge Mann war nicht nur eine Schönheit, sondern er roch auch geradezu betörend. In Giesecke stieg Unruhe auf. Eigentlich war er ein völlig asexueller Mensch. Sollte er plötzlich homosexuelle Tendenzen an sich entdecken?

Graf Minkwitz bemerkte, was in seinem Gegenüber vorging, und klatschte dem jungen Mann mit der flachen Hand aufmunternd auf das nackte Gesäß. »Das ist ein Knackarsch, gelle, wollen Sie auch mal?«

Giesecke war völlig verdattert, nippte an seinem Glas und versuchte an dem jungen Mann vorbeizuschauen, der zwischen den beiden Männern stand.

Zum Entsetzen Gieseckes hob der Graf nun auch noch den Lendenschurz an, unter dem sich ein ausgesprochen stattlicher Penis befand. »Und das ist vielleicht ein Leckerchen, gelle?« Er schaute triumphierend hinter dem Gesäß des Jünglings hervor. Sein Gast saß wie vom Donner gerührt da.

»Tja, lieber Bruder, das, was du zum Laufen hast, hat unser kleines Prachtstück hier zum Pinkeln.« Als der junge Mann zurücktrat, grinste er. »Nun schau doch nicht so entsetzt, mein Bruder. Ich denke, du hattest eine humanistische Ausbildung und weißt demnach, dass die Griechen alles Schöne geliebt haben, vor allem nach dem Essen.«

Giesecke fand kaum Worte. »Aber Bruder Abt, ich bitte dich, der junge Mann sieht ja fast aus wie ein Sklave.«

»Genau das ist er. Ein einziger Fingerzeig, und du kannst ihn von beiden Seiten haben.«

Giesecke schüttelte den Kopf. »Was ist das hier überhaupt für eine Sauna?«

»Eine vernünftige, Bruder, eine richtig vernünftige. Und wir sind hier, um etwas miteinander zu besprechen.«

»Und was, wenn ich bitten darf?«

»Es sieht so aus, als würde sich der Orden in naher Zukunft einen neuen Großmeister wählen. Schwester Else und ich möchten uns deiner Loyalität vergewissern.«

»Darüber ließe sich ernsthaft reden, aber mit Sicherheit nicht hier.«

»Okay, wenn du jetzt noch etwas zu naschen haben willst, dann können wir gleich servieren.« Er klatschte zwei Mal in die Hände und wie aus dem Nichts erschienen plötzlich vier bildschöne, wie Giesecke fand, junge Damen vor ihnen. Sie kamen wirklich aus dem Nichts und waren damit auch bekleidet.

Der Graf lachte, legte sich entspannt zurück, schnippte zwei Mal mit den Fingern und zwei dieser jungen

Frauen beugten sich zu ihm herunter und machten sich kichernd zwischen seinen gespreizten Schenkeln zu schaffen.

Giesecke war fassungslos. »Herr Graf, Sie glauben doch wohl nicht etwa, dass ich jetzt auch mit den Fingern schnipse?«

Der lag nur noch lächelnd mit geschlossenen Augen da. »Dann schnipse ich eben für Sie, wo ist das Problem?«

Bevor sich die anderen beiden Damen über ihn hermachen konnten, sprang der Kurzwarenhändler auf und flüchtete in die Umkleidekabine.

Graf Minkwitz ließ sich kopfschüttelnd ein Telefon reichen und wählte Else Kleefischs Nummer. Während er wartete, dass sie abhob, kämpften seine beiden Schönen gickelnd um jeden Zentimeter Wachstum.

»Ich bin es. Hör mal, Schwester, was ist eigentlich mit dem Giesecke los? Du, mit dem kann ich überhaupt nicht warm werden, der ist ja komplett frigide!«

Sie war wenig erstaunt. »Das hätte ich dir gleich sagen können.« Sie seufzte. »Da kann man nichts machen. Es war einen Versuch wert.«

Giesecke selbst war nur noch angewidert. Er ekelte sich vor dem Grafen, aber vor allem vor sich selbst, dass er überhaupt in diesem Gebäude war. So schnell er konnte, zog er sich an und verließ den Saunaclub. Er war in seiner Empörung fest dazu entschlossen, diesen Vorfall der Bruderschaft zu melden. Gleich morgen früh wollte er damit zu Schwester Else gehen. Sie genoss als Ärztin schließlich auch eine humanistische Bildung und bei ihr würde er Gehör finden mit seinem ehrlichen Entsetzen über diesen Bruder Abt.

***

Für Frank begann der nächste Tag äußerst turbulent. Es kam, wie es kommen musste, wenn man mit überregionalen Dienststellen zusammenarbeitete. Irgendjemand hatte immer einen guten Freund bei der Presse, dem er noch etwas schuldig war. Vor dem Eingang der Wache spielten sich, immer wenn jemand das Gebäude verließ oder betreten wollte, tumultartige Szenen ab. Die einzelnen Reporterinnen und Reporter benahmen sich, als wären sie Stadtstreicher, die davon gehört hatten, dass bei der Schwalbacher Polizei mehrere Paletten Single Malt kostenlos an die Penner verteilt werden würden.

Frank kam gerade dazu, als sich die Meute um ein Interview mit dem bischöflichen Privatsekretär prügelte. »Guten Morgen, Hochwürden. Was machen Sie denn hier?«

»Ich kämpfe um mein Leben. Die wollen alle, dass ich etwas zu den Vorfällen sage.«

Der Oberkommissar spielte den Ahnungslosen. »Was denn für Vorfälle. Haben Sie den Kardinal im Puff erwischt? Auch noch hier in Schwalbach?«

Der Sekretär wurde ärgerlich. »Reden Sie doch nicht so einen Blödsinn. In Schwalbach gibt es doch gar keinen Puff!«

Frank lachte und rief der Menge zu: »Den Mann können Sie ruhig befragen. Der hat den Durchblick!« Es bereitete ihm sichtlich Vergnügen, den Diener der Kirche der Presse zum Fraß vorzuwerfen.

Birnbacher empfing seinen Chef hinter der Eingangstür. »Morgen, Herr Oberkommissar. Ich habe da eben mitgehört. Das können Sie doch nicht machen. Von dem bleibt ja noch nicht mal eine blutige Socke übrig, wenn die mit dem fertig sind.«

»Dann holen Sie ihn lieber rein. Wenn der dabei umkommt, wird er womöglich noch seliggesprochen.«

Er hatte die halbe Treppe hinter sich, da wurde er von dem zeternden Sekretär aufgehalten, den Birnbacher einfach von den Mikrofonen weggezogen hatte. »Herr Posselt, ich muss schärfstens gegen diese Behandlung protestieren. Erst soll ich der Presse was sagen und nun werde ich von Ihrem Mitarbeiter mit Gewalt daran gehindert!«

»Das geschah zu Ihrem eigenen Schutz!«

»Zu meinem Schutz, dass ich nicht lache!«

»Was wollten Sie denen denn sagen?«

»Das, was passiert ist. Dass sich leider Gottes ein verirrter Mitarbeiter der Mutter Kirche dem Dämon des Rauschgifts hingegeben hat.«

»Und genau davor wollte Sie mein Mitarbeiter schützen. Das ist nämlich absoluter Schwachsinn, den Sie da verbreiten wollen.«

»Und was ist Ihrer Meinung nach passiert?«

»Jemand hat versucht, Ihren Kaplan im Beichtstuhl zu ermorden.«

Die Augen des Priesters weiteten sich vor Entsetzen. »Um Gottes Willen!«

»Wissen Sie das genau oder ist das auch nur wieder so ein Verdacht?«

»Was meinen Sie?«

»Dass der Mordversuch Gottes Wille gewesen sei!«

Der Sekretär verzweifelte fast. »Das habe ich doch nur so dahergesagt.«

»Eben, und deshalb haben wir Sie vor den Mikros gerettet.« Er gab Birnbacher ein Zeichen. »So, nun wird Ihnen mein Kollege erst mal einen Kaffee einschenken und dann reden wir in Ruhe miteinander.«

Frank ging angesäuert in sein Büro und murmelte: »Wenn ich das Schwein erwische, das uns die Presse auf den Hals gehetzt hat, werde ich zum Mörder.«

Die anderen Kollegen der Soko saßen bereits im großen Sitzungssaal. Sie warteten noch auf die angeforderte Verstärkung und den angekündigten Staatsanwalt.

Frank goss sich einen Kaffee ein. »Habt ihr euch den Weg mit dem Florett freigekämpft oder einfach nur freigeschossen?«

Der Prof sah sich suchend um. »Wo ist denn Frau Pastorin?«

Frank schlürfte seinen heißen Kaffee. »In Stuttgart. Der Kaplan soll heute aufwachen und dann möchte sie dabei sein. Vielleicht kann ihm eine Kollegin etwas entlocken.«

»Wenn man ihm überhaupt etwas entlocken kann.«

»Warum so skeptisch? Ihre Kollegen von der Inneren Intensivstation sind da doch etwas optimistischer.«

»Die glauben eben noch an sich und ihre Schulmedizin.« Er horchte auf. »Da wird gerade wieder jemand an die Reporter verfüttert, wie ich höre.«

Heisele schaute aus dem Fenster. »Entweder kommt da ein ganz hohes Tier mit einer eigenen Pressesprecherin oder wir bekommen eine neue Kollegin.«

***

Stefanie saß nun schon eine ganze Stunde lang im Wartezimmer der Intensivstation. Langsam lief ihr die Zeit davon.

Sie saß die ganze Zeit einem jungen Mann gegenüber, der ihr irgendwie bekannt vorkam. Ab und zu trafen sich ihre Blicke und dann huschte immer ein leichtes Lächeln über sein Gesicht.

Sie lächelte ihn an. »Wollen wir nicht mit dem Versteckspielen aufhören? Ich weiß, dass Sie ganz genau wissen, wer ich bin. Und Sie wissen ganz genau, dass ich mir das Hirn zermartere, wo ich Sie schon mal gesehen habe.«

»Sie haben mich beim 40-jährigen Dienstjubiläum Ihres Vaters gesehen, Frau Strelow, auf dem Schloss.«

Jetzt hatte sie auch einen Namen für dieses Gesicht parat. »Graf Minkwitz junior, stimmt's?«

»Korrekt, Frau Pastorin.«

»Darf ich fragen, wen Sie hier besuchen wollen?«

Sein Gesicht verfinsterte sich. In diesem Augenblick kam eine Schwester ins Wartezimmer. »Wer bitte ist der Besuch für Herrn Wallner?«

Beide erhoben sich und schauten verdutzt einander an. Die Schwester unterbrach die Spannung. »Es tut mir leid, aber es dauert noch ein wenig, bevor Sie zu ihm reindürfen. Er wird noch behandelt.«

Der Graf wollte noch etwas fragen, aber die Schwester war zu schnell wieder weg. Beide setzten sich zurück auf ihre Plätze.

Er fand als Erster Worte. »Was wollen ausgerechnet Sie bei Wolfgang? Ich hätte jemanden von der katholischen Kirche erwartet.«

»Da können Sie lange warten, nehme ich jedenfalls an. Die Herren gehen noch davon aus, dass sich Ihr Freund das Leben nehmen wollte.«

Er war entsetzt. »Wie kommen die denn darauf?«

»Na ja, so, wie man ihn auffand, sollten die das auch annehmen.«

»Ich entnehme Ihren Worten, dass Sie anderer Meinung sind, stimmt das?«

»Korrekt, die Spuren waren ein wenig zu deutlich.«

»Sie haben mir noch immer nicht beantwortet, was Sie hier wollen.«

»Ich möchte Ihren Freund fragen, wer ihm das angetan hat.«

Der junge Graf war entsetzt. »Wie kommen Sie bitte auf diese Ungeheuerlichkeit, dass es sich bei Kaplan Wallner um meinen Freund handelt?«

Sie lächelte ihn an. »Sie hätten sich in Ihre Augen sehen sollen, als eben gerade die Schwester reinkam. So guckt nur jemand, der hier einen Menschen liegen hat, den er von Herzen liebt.«

»Wollen Sie etwa behaupten, dass Wolfgang und ich schwul sind?«

»Wenn Sie es bisher selbst nicht wussten, ja, das will ich. Ich möchte es aber nicht behaupten, ich finde es nur bemerkenswert. In der heutigen Zeit ist jede Liebe etwas Bemerkenswertes, egal, wessen Geschlechts die Liebenden sind.«

Er errötete und saß da wie ein Teenager, der gerade von seiner Mutter beim Onanieren erwischt worden war.

»Dabei ist es so blödsinnig, dass ich hier rumsitze. Wir haben eh keine Zukunft, egal, wie das hier ausgeht.«

»Warum nicht?«

»Er ist mit seinem Beruf verheiratet. Es wird auch bald die Zeit kommen, da übernimmt Wolfgang eine Pfarre, und schwule Priester werden von der Kirche nicht akzeptiert.«

»Aber irgendwann wird die Zeit kommen, in der es zumindest geduldet werden wird.«

»Meinen Sie?«

»Ja. Es ist ja nun wirklich kein Geheimnis, dass Pfarrer Nickel sich am liebsten zwischen den Schenkeln seiner Haushälterin auf die heilige Messe vorbereitet.«

»Das Dorf weiß es, aber glauben Sie, dass es der Bischof weiß?«

»Wenn er keine Schenkel hat, die seine Ohren zuhalten, dann könnte er davon gehört haben.«

»Und warum hat er dann noch nichts unternommen?«

»Wo kein Kläger ist, muss nicht gerichtet werden.«

»Die Welt ist bigott.«

»Aber wir haben keine bessere.«

»Von der Kirche erwarte ich aber mehr.«

Sie schüttelte den Kopf. »Mit welchem Recht? Wie kann eine Institution unfehlbar sein, die von Fehlbaren erschaffen wurde?«

»Ein hässlicher Maler kann auch schöne Bilder malen.«

»Ja, aber er tut es nur, weil es so viel Hässliche gibt, die sich Schönheit kaufen müssen, wenn auch nur für die Wand.«

»Mein Gott, muss man eigentlich Pfarrer sein, um so selbstgefällig daherzureden?«

Sie musste lachen. »Im Prinzip nicht, es hilft bloß ungemein. Aber gestatten Sie eine Gegenfrage.«

»Gerne.«

»Muss man eigentlich ein katholischer Graf sein, um zu dem, was in unserem so schönen Schwalbach passiert, die Schnauze zu halten?«

»Was meinen Sie bitte?«

Sie grinste ihn provokant an. »Welche Schenkel verstopfen Ihre Ohren oder macht Sie der Ekel über sich selbst taub?«

»Was für einen Ekel meinen Sie bitte?«

»Den, den man hat, wenn man plötzlich gezwungen wird, dort zu buddeln, wo es stinkt.«

»Was wissen Sie denn über das, was da Ihrer Meinung nach stinkt?«

»Absolut nichts, Herr Graf. Ich wundere mich nur über den unangenehmen Geruch.«

»Dann akzeptieren Sie einfach, dass es in Schwalbach stinkt, und gut. Ihr Vater hat es auch getan.«

»Glauben Sie, dass ich der Typ für so etwas bin?«

»Nein.«

In diesem Augenblick kam die Schwester wieder. »Sie können jetzt zu ihm. Er ist wieder wach.«

Sowohl Stefanie als auch der Graf schossen hoch und schauten sich erwartungsvoll an.

Sie wurde ungeduldig. »Was ist nun, gehen wir beide zu ihm, dann müssen Sie ihn nicht mehr darüber ausquetschen, was ich gefragt habe.«

Sie wartete gar keine Antwort ab, sondern folgte einfach der Schwester. Der junge Graf kam hinterher. Sie mussten den Flur nur durchqueren, um in das Zimmer zu gelangen.

Der Kaplan bot einen jämmerlichen Anblick. Sein Gesicht war eingefallen und seine sonst so jugendliche Haut schien nur aus Pergament zu bestehen. Es war für einen Laien kaum zu fassen, dass aus einem einzigen Körper so viele Schläuche kommen konnten. Die ganze Wand um sein Bett herum war voll blinkender und fiepender Monitore und überall hingen tropfende Infusionen von der Decke herab. Sein Blick fiel zuerst auf Graf Ronald und er lächelte ihn müde an. Er ergriff dessen Hand und küsste sie liebevoll. Dann fielen seine Blicke auf sie. Er hatte Mühe zu sprechen. »Da ist man als Priester im Himmel und das Erste, was man sieht, ist eine Pastorin. Weiß das der Papst?«

»Wenn Sie im Himmel wären, dann würden Sie unseren Herrgott sehen, nicht mich.«

Der Kaplan streichelte die Hand des Grafen. Das Sprechen machte ihm Mühe. »Kann mir mal jemand sagen, was überhaupt passiert ist? Warum liege ich im Krankenhaus und warum fühle ich mich so beschissen?«

»Das hofften wir von Ihnen zu erfahren, Herr Wallner.«

Er schüttelte leicht den Kopf. »Ich habe vor dem Altar gekniet und gebetet. Mehr weiß ich nicht.«

»War noch jemand in der Kirche?«

»Gott war da, sonst niemand.«

Der Graf tupfte ihm mit einem Handtuch den Schweiß von der Stirn. »Der wird dich aber kaum vergiftet haben, oder?«

Wallner schaute sie fragend an. »Straft Gott mit Gift?«

»Gab es denn für Gott etwas zu strafen?«

Er schaute fragend auf ihn und drückte seine Hand. »Weiß sie etwas?«

»Sie weiß nur von uns.«

»Also weiß sie nichts.«

»Ich würde aber gerne etwas wissen.«

Der Kaplan schaute sie ernst an. »Wollen Sie gerne ins Nachbarbett?«

»Da kommt nur der hin, der überlebt.«

»Frau Pastorin, so gerne ich Ihnen etwas erzählen würde, ich darf es nicht. Das fällt unter das Beichtgeheimnis.«

»Das kann ich akzeptieren.« Sie schaute auf den Grafen. »Und unter was fällt das Schweigen bei Ihnen?«

»Unter Familienehre.«

Sie überlegte kurz, ob sie in die Offensive gehen sollte. »Herr Wallner, wissen Sie eigentlich, dass es ein ganz dummes Missgeschick ist, dass Sie noch leben?«

»Meinen Sie wirklich?«

»Meine ich. Ihr Mörder hat die Nummer nur verdaddelt. Deswegen schnaufen Sie noch. Und wenn Ihr Überleben bekannt wird, dann kommt der wieder.«

»Wer denn?«

»Das hätten wir gerne von Ihnen erfahren, aber da Sie es nicht wissen, werden wir auch kaum eine Chance haben, Sie vor erneuten Anschlägen zu schützen.«

Der junge Graf überlegte. »Und wenn wir Wolfgang sterben lassen würden?«

Wallner schaute ihn bedient an. »Weißt du denn auch, welchen Schlauch du rausziehen musst?«

»Mensch, ich mein das doch nur so!«

»Also nur einfach so tun als ob und dann in Schwalbach die Augen offen halten, wer sich die Hände reibt?«

»So in etwa.«

Sie überlegte. »Das müsste ich erst noch mit dem Leiter der Sonderkommission absprechen, ob die Polizei da überhaupt mitmacht.«

Der Graf nickte ihr zu. »Worauf warten Sie dann noch?«

***

Frank war froh zu hören, dass es dem Kaplan so viel besser ging. Nachdem er alles mit der neuen Staatsanwältin und dem Bischof persönlich besprochen hatte, konnte er grünes Licht geben. Weil die Panne mit der Presse passiert war, beschlossen sie, dass die Akte Wallner top secret blieb, also dass nur die Beteiligten und der Bischof vom Überleben des Kaplans wissen sollten. Der regelte auch sein weiteres Unterkommen. Der Rest der Soko wusste schon nichts mehr.

Stefanie freute sich darüber, wie problemlos alles ging. Plötzlich schaute sie aber doch etwas nachdenklich an ihrem Handy vorbei. »Und wo soll er als Leiche hin?«

Stephan musste lächeln. »Wallner ist tot und wird als Exitusabgang im Krankenhaus ausgetragen. Seine sterblichen Überreste werden noch heute mit einem Leichenwagen abgeholt.«

»Wie soll ich mich dabei verhalten?«

»Du machst bis auf ein trauriges Gesicht gar nichts. Der Bischof sorgt für alles. Übrigens ein Supertyp. Der würde dir gefallen. Sorge bitte dafür, dass der junge Graf neben der Kiste ein paar ordentliche Krokodilstränen vergießt.«

»Und was mache ich mit dem lebenden Kaplan, den es nicht mehr gibt?«

»Der wird in einer guten Stunde von einem Bundeswehrhubschrauber abgeholt.«

»Und wohin gebracht?«

»Das weiß nur der Bischof!«

»Okay, ich werde es den beiden so verklickern.« Ihre Stimme wurde weich. »Und was ist mit uns, gibt es uns noch?«

»Na, aber hallo. Clyde hat ohne seine Bonnie noch nie einen Bruch gemacht.«

Sie lächelte. »Ich freue mich schon auf die Schießerei danach.«

Frank legte auf. Mit betretener Miene ging er wieder in den großen Sitzungssaal der Dienststelle. »Frau Staatsanwältin, liebe Kollegen, ich muss Ihnen leider mitteilen, dass Kaplan Wallner vor ein paar Minuten in der Uni-Klinik Stuttgart verstorben ist. Er hat das Bewusstsein nicht wiedererlangt. Das heißt, im Mordfall Wallner müssen wir wieder von Null beginnen.«

Birnbacher meldete sich. »Herr Oberkommissar, draußen sitzt der Bischöfliche Sekretär, weiß der schon davon?«

Frank war dankbar. »Mensch, den habe ich total vergessen. Gehen Sie doch bitte rasch zu ihm raus und sagen ihm alles.«

»Mit dem Bischof habe ich schon telefoniert.«

»Und wie kommt der unten an der Presse vorbei, wenn er wieder geht?«

»Gar nicht. Er wird Rotz und Wasser heulend den tragischen Tod des jungen Geistlichen bekanntgeben und sich heute Abend in Regional Süd bewundern können.«

***

Die morgendliche Lagebesprechung war vorbei und die Teams konnten mit ihrer Arbeit beginnen. Die beiden Neuen und der Kollege Meiser bereiteten alles für die Speichelprobe vor und stellten mit den hiesigen Schutzpolizisten eine Liste der infrage kommenden Personen zusammen. So viele Mütter mit Töchtern in der relevanten Altersgruppe gab es in Schwalbach ja nicht. Um die Pressekonferenz, die um 13 Uhr stattfinden sollte, kümmerte sich Birnbacher. Die ebenfalls noch recht junge Staatsanwältin Tichel klopfte an Franks Tür und betrat sein Büro.

Er erhob sich sofort lächelnd und als sie die Tür geschlossen hatte, nahm er sie in den Arm und gab ihr einen dicken Kuss.

Sie strahlte ihn an. »Na, du Schwerenöter?«

»Wie kommst du denn darauf?«

»Vor unserem Wiedersehen hatte ich ehrlich gesagt etwas Manschetten. Du nicht?«

»Warum, ich hatte ja auch nichts zu Hause zu beichten.«

»Und ich habe zu Hause nichts gebeichtet.«

»Warum auch. Verbuchen wir es einfach unter der Rubrik *du warst so jung und ich hatte kein Geld*!«

»Wozu bitte keine Geld?«

»Na, um dich formvollendet zum Essen auszuführen. Da mussten wir eben miteinander vögeln.«

»Um quasi die Zeit totzuschlagen.«

»Ganz genauso war's.«

Sie grinste ihn an. »Schön war's!«

»Kann man wohl sagen. Und welcher junge Kommissaranwärter kann von sich schon sagen, dass er mit Justitia sogar in der Kiste war.«

Beide lachten.

»Und wie geht es dir hier so als Dorfgendarm?«

»Ich höre immer Dorf. Hier geht es zu wie in der Bronx in den Achtzigern.«

»Und privat?«

»Im Augenblick schwer und frisch verliebt.«

Sie lächelte. »Und, weiß sie es?«

Er wurde etwas verlegen. »Sie hat es, sagen wir Mal, schon gespürt.«

»Ich möchte nicht weiter ins Detail gehen. Also raus mit der Sprache, warum wolltest du mich privat sprechen?«

»Ich wollte für eine etwas krumme Nummer dein Okay.«

»Wäre ich unverschämt, wenn ich dich bitten würde, etwas ausführlicher zu sein?«

»Du hast selbst gesagt, dass wir mit dem bloßen Verdacht zu wenig in der Hand hätten, um für die Durchsuchung der Schließfächer eine richterliche Anordnung zu bekommen.«

»Richtig. Daran hat sich nichts geändert.«

»Trotzdem, ich würde da heute Nacht gerne mal reingucken.«

Sie schaute ihn skeptisch an. »Und wie willst du das machen?«

Er grinste verschmitzt. »Ich habe schließlich auch meine Bankverbindung, und ich verspreche dir, dass niemand etwas merken wird.«

»Du brichst wirklich nichts auf?«

Er schaute unschuldig. »So wahr ich hier sitze. Es wird nichts beschädigt, Hand drauf.«

Man merkte ihr an, dass sie sich etwas schwer tat. »Von mir hast du das Okay, aber offiziell bin ich doof und weiß von nichts.«

***

Stefanie schaute ungeduldig auf ihre Armbanduhr. In zwei Stunden wollten Frank und sie sich vor der Bank treffen, um ihre privaten Schließfächer etwas überschaubarer zu gestalten. Und nun standen sie und der junge Graf noch immer vor dem Krankenhaus herum und warteten auf den angekündigten Leichenwagen.

Graf Ronald hatte es sich auf einer Beeteinfriedung bequem gemacht und ließ sich von der Sonne bescheinen.

»Würden Herr Graf bitte etwas betretener aus der Wäsche gucken? So quillt Ihnen ja die Erleichterung und das Glück aus jeder einzelnen Pore.«

»Mir ist aber nach Jubeln und nicht nach Jammern.«

»Sie glauben gar nicht, wie dicht das beieinander liegt.«

»Was meinen Sie, wann kann sich Wolfgang wieder bei mir melden?«

»Solange es in Schwalbach spukt, nicht.«

»Wie lange wird es dort spuken?«

»So lange, wie alle Beteiligten aus falsch verstandener Nibelungentreue dichthalten.«

Er funkelte sie böse an. »Sie sind ziemlich hinterhältig.«

»Nicht ich bin hinterhältig, sondern das Leben. Und wenn Sie die rosarote Liebesbrille abnähmen und dann noch das Familienmonokel aus dem Auge entfernten, dann hätten Sie wieder klare Sicht auf die Realität.«

»Ich werde einen Teufel tun und Ihnen erzählen, was ich weiß.«

»Und warum, wenn ich bitten darf?«

»Weil ich Sie viel zu sehr mag. Ich könnte es nicht ertragen, an Ihrer Beerdigung teilzunehmen und zu wissen, dass ich daran schuld bin.«

»Glauben Sie nicht, dass Sie sich da ein bisschen zu wichtig nehmen?«

»Ich weiß, dass Sie sich unterschätzen.«

»Wenn Sie das sagen, hat Ihre Stimme einen leicht drohenden Unterton.«

Er brauste auf. »Sie wissen doch nur zu gut, was in Schwalbach los ist. Und ich fände es weiß Gott nicht komisch, wenn nun auch noch Sie oder Ihr Kommissar heimgeführt werden würden.«

»Heimgeführt, was ist denn das für ein Ausdruck.«

Er bekam einen Schreck. »Ach, lassen Sie mich doch in Ruhe, ich habe schon viel zu viel gesagt.«

Sie dachte über seine Worte nach. »Und überhaupt, was heißt hier eigentlich *Ihr Kommissar*?«

»Es heißt genau dasselbe, wie wenn Sie von *meinem Kaplan* sprechen.«

»Sie haben ja schließlich auch eine Beziehung!«

Er war erstaunt. »Haben Sie denn keine?«

Sie staunte. »Wie kommen Sie denn darauf?«

»Na so, wie sie miteinander umgehen?«

Sie wurde resolut. »Nein, wir haben keine Beziehung.«

»Dann sollten Sie sich aber mal damit beeilen, Frau Pastorin. Dann begreifen Sie vielleicht, was wirklich wichtig ist in unserem Leben.«

Sie wurden durch das laute Knattern eines auf dem Dach des Klinikums startenden Hubschraubers unterbrochen. Es war ein Militärhubschrauber von der Flugrettung, mit knallroten Schiebetüren.

Er schaute ihm versonnen nach. »Wo werden sie ihn wohl hinbringen?«

»Ich habe wirklich keine Ahnung!«

»Und werde ich ihn noch einmal wiedersehen?«

»Wir drehen uns im Kreise, Durchlaucht.« Sie nickte mit dem Kopf in Richtung Einfahrt. »Da kommt unser Leichenwagen.«

Der Wagen hielt, abgeschirmt von fremden Blicken, in einer Tiefgarage. Die Pastorin und der Graf hatten einige

Mühe, dort zur Stelle zu sein, bevor sich das Rolltor hinter ihnen schloss.

Der Fahrer schaute sie verwundert an. »Haben Sie es aber eilig.« Er stutzte. »Moment mal, sind Sie Frau Pastorin Strelow?«

Sie staunte. »Bin ich Ihnen denn gemeldet worden?«

»Ja, und das war ein ziemliches Hin und Her. Frau Schäufele sollte nun urplötzlich sofort und nicht erst morgen abgeholt werden, aber dann hieß es, wir sollen warten, bis Sie die Dame ausgesegnet hätten.«

Sie lächelte den Mann freundlich an. »Und was ist daran so außergewöhnlich?«

»Dass wir direkt vom Erzbistum aufgescheucht werden, damit die katholische Bewohnerin eines katholischen Altenheimes, die in einem katholischen Krankenhaus verstorben ist, noch schnell von einer evangelischen Pastorin ausgesegnet werden kann.«

Stefanie nickte. »Und das, mein Sohn, ist gelebte Ökumene.«

Nachdem die alte Dame eingesargt worden war, sprach Stefanie ein kurzes Gebet und segnete die Leiche.

»So, meine Herren, das war's. Sie können sie nun wegbringen.«

Die Herren taten, wie ihnen gesagt wurde, und verstauten den Sarg im Leichenwagen. Nachdem die Heckklappe geschlossen worden war, drehte sich der Fahrer noch einmal um. »Frau Pastorin, gestatten Sie mir bitte eine Frage, aus reiner Neugier.«

»Was ist denn?«

»Ist die alte Dame nun katholisch oder evangelisch?«

Sie lächelte. »Das ist wieder mal typisch, mein Herr. Erna Schäufele steht in diesem Augenblick vor unserem Schöpfer, und der würde nicht mal auf die Idee kommen, diese Frage zu stellen.«

Wie geprügelte Hunde verschwanden die Leichenträger im Führerhaus des Wagens. Gemessenen Tempos setzte sich dieser dann in Bewegung.

Stefanie stieß Graf Ronald in die Rippen. »Würden Sie bitte herzhaft weinen, da wird gerade die Liebe Ihres Lebens auf ihren letzten Weg geschickt.«

»Frau Schäufele ist die Liebe meines Lebens?«

»In diesem Auto liegt ein gewisser Kaplan Wallner, Sie Depp.«

Er begriff sofort und versuchte sich mit aller Kraft ein paar Tränchen herauszudrücken. Er zog sich sogar ein Taschentuch aus der Jackentasche und wischte sich damit übers Gesicht.

»Na, wie bin ich?«, tuschelte er zur Seite.

Auch sie bemühte sich, dem Leichenwagen hinterherzuschluchzen. »Sagen wir es mal so. Danken wir unserem Herrgott dafür, dass Sie kein Schauspieler geworden sind.«

12

Es war erneut ein heißer Tag und im Wartezimmer der Praxis Kleefisch stand die Luft förmlich. Giesecke schimpfte laut vor sich hin.

Die Sprechstundenhilfe war erstaunt. »Guten Tag, Herr Giesecke. Welche Laus ist Ihnen denn über die Leber gelaufen?«

»Wenn man hier schon als Privatpatient den neunfachen Satz bezahlen muss, dann kann man erwarten, dass Sie sich endlich einmal eine Klimaanlage zulegen.«

»Das habe ich nicht zu entscheiden«, entgegnete sie schnippisch. »Sie können gleich durchgehen.«

Missmutig setzte er sich in das Sprechzimmer und schaute sich um. Es sah wirklich noch genauso aus, wie er die Praxis vor über 50 Jahren als Kind kennengelernt hatte. Selbst die Stühle waren noch dieselben, nur neu gepolstert und mit einem dicken, durchsichtigen Plastiküberzug versehen. Bei diesen Temperaturen hatte man sofort das Gefühl, als würde einem der ganze Stuhl am Hintern festkleben.

»Na, Bruder Giesecke, was treibt dich denn hierher?«

Giesecke schoss herum. »Der gestrige Abend, den ich mit einem gewissen Herrn Grafen in einer Art Saunabordell verbringen sollte.«

Die Doktorin lächelte ihn an. »Und da gehst du gleich am nächsten Tag zum Arzt? Hast du dir etwa ein kleines Andenken geholt?«

Giesecke war entsetzt. »Aber Schwester Else, ich muss doch sehr bitten. Das war doch wohl keine Andeutung, dass du mich auf demselben Niveau wie diesen Schmuddelaristokraten siehst.«

Sie versuchte ihn zu beruhigen. »Nun halt mal den Ball flach, Sportsfreund. Nur weil du nichts mit Sex und anderen kleinen Freuden am Hut hast, müssen Menschen, die einfach nur Spaß daran haben, ja nicht gleich Wilde sein.«

Der Mann war außer sich. »Weißt du, was ich hätte machen sollen, wenn ich nur gewollt hätte?«

»Und, hast du gewollt?«

»Natürlich nicht.«

Sie schüttelte den Kopf. »Nein, Bruder Harald, natürlich wäre es für einen Mann deines Alters gewesen, wenn du gewollt hättest.«

Er kreischte sie fast an. »Mit einem Kerl?«

»Da wird es doch wohl auch Mädels gegeben haben, oder?«

»Natürlich waren da auch Frauen!«

»Und, hast du mit denen gewollt?«

»Natürlich nicht. Man hat mich diesen Damen doch gar nicht vorgestellt.«

»Bruder Harald, du magst ein wirklich exzellenter Killer sein, aber ein guter Casanova wirst du nie.«

»Willst du damit sagen, dass du dieses Verhalten unterstützt?«

»Wenn ich das täte, dann wäre ich gestern mitgegangen. Da soll es ja auch Kerle geben, wie ich gehört habe. Aber wie du siehst, bin ich hier und nicht dort.«

»Aber von dem Abt unserer Bruderschaft erwarte ich auch, dass er sich aus derartigen Etablissements fern hält.«

»Warum, Bruder Harald? Auch der Bruder Abt ist nur ein Mensch.«

»Dennoch bin ich zornig auf ihn, dass er mich da mit hineinziehen wollte.«

Sie redete auf Giesecke ein, als wäre er ein kleines, bockiges Kind. »Er wollte dich nicht mit in den Schmutz ziehen, so wie du es empfindest. Er sieht das ganz anders und wollte dich an dem, was er liebt, teilhaben lassen. Das war als eine Ehrung deiner Person gedacht.«

»Aber wo gibt es das denn in unserer christlichen Welt, dass jemand mit fleischlicher Lust belohnt wird?«

»Glaube mir, Bruder Harald, so etwas gibt es in jedem europäischen Schlafzimmer. Wenn Vattern gut funktioniert, dann darf er mal wieder. Was ein echter Mann ist, der ernährt sich von diesen Zückerchen.«

»Danke, ich habe keinen Bedarf. Könntest du mir vielleicht sagen, was der Graf von mir wollte?«

»Hat er denn keine Andeutungen gemacht?«

»Er sagte etwas von Loyalität dir und ihm gegenüber.«

»Weniger uns, Bruder Harald, als unserer Bruderschaft. Der Graf und ich haben kein gutes Gefühl mit den Geschehnissen in letzter Zeit. Wir müssen uns felsenfest auf dich verlassen können, um garantieren zu können, dass es unsere Bruderschaft auch noch in Zukunft hier in Schwalbach gibt.«

»Will sie uns der Großmeister denn wegnehmen?»

»Wir haben, ehrlich gesagt, ein wenig die Befürchtung.«

»Das wäre der Tod unseres Dorfes.«

»Dann hilf mit, dass es überlebt, Bruder Harald.«

***

Frank wollte gerade etwas verärgert den Italiener verlassen, in dem sich Stefanie und er zu Mittag verabredet hatten, da kam diese mit hängender Zunge durch die Tür gestürmt.

Sie sah ihm seine Laune sofort an.

»Sorry, Straps, aber es war wirklich nicht früher zu machen. Wir haben noch so lange auf den Leichenwagen gewartet.«

»Und, habt ihr auch den Rest auf den Weg gebracht?«

»Wir haben zumindest gesehen, wie er abgehoben hat. Welchem Kaplan wird schon vom eigenen Bischof die eigene Himmelfahrt organisiert?«

Er winkte nach der Kellnerin. »Nicht nur das, es wird in den nächsten Tagen noch eine Beerdigung geben.«

»Wallners?«

»Oui, Madame, seine höchsteigene, ebenfalls vom Bischof organisiert.«

Sie staunte. »Da kannste mal sehen. Du musst nur einmal zu diesem Verein gehören, das ist, als hättest du für dein Leben das Rundum-Sorglos-Paket gebucht.«

Er lächelte sie an. »Wenn da nicht das Zölibat wäre.«

»Apropos Sorglospaket, hast du auch in dein Schließfach schauen dürfen?«

»Ich hatte diesmal ja den Schlüssel mit.«

Sie wurde ungeduldig. »Nun lass dir doch nicht jeden Wurm aus der Nase ziehen!«

Er grinste sie an. »Ich liebe es, wenn du an meinen Würmern ziehst.«

»Red nicht, was ist nun?«

»Was soll sein, genauso wie bei dir. Dreimal Platin, dreimal Gold, leider.«

Sie bestellten beide Spaghetti Carbonara.

»Hast du mehr erwartet?«

»Ich hatte ehrlicherweise auf einen Brief gehofft wie den von deiner Mutter«, er zuckte mit den Achseln. »Aber war wohl nichts.«

»Sei froh darüber, sonst hättest du dich noch mit einem weiteren Rätsel herumschlagen dürfen.«

»Bist du denn mit deinen sechs Büchern Mose noch nicht weiter?«

»Wann soll ich denn mal zum Überlegen kommen? Ich werde ja ständig von irgend so einem Dorfgendarmen durch die Gegend gescheucht. Und wo hast du nun das ganze Altmetall?«

»Hier, unterm Tisch, im Rucksack.«

»Mein Gott, ein Polizist im Dienst mit einem Rucksack, das fällt doch auf! Hättest du nicht mit deinem Dienstmantel hingehen und alles in die Taschen stecken können?«

»Das fällt ja nun mal überhaupt nicht auf, wenn ein Bulle bei 32 Grad im Schatten mit einem Dienstmantel aus einer Bank kommt und unter dessen Last fast zusammenbricht.«

Sie schaute ihn abfällig an. »Nun übertreibst du aber.«

»Was heißt hier übertreiben. Ich kann ja mal versuchen, dich in die Tasche zu stecken, du wiegst aber nicht annähernd so viel.«

»Entschuldige, ich habe völlig vergessen, dass das ja dann runde 80 Kilo sind, die du geschleppt hast. Und wohin jetzt mit dem ganzen Edelschrott?«

»Erst einmal nach Hause, dort müssen wir uns ein Versteck einfallen lassen.«

»Und wenn wir das gefunden haben, eine möglichst verklausulierte Wegbeschreibung für unsere Angehörigen, falls uns etwas passiert.«

»Meine Großmutter hatte da ein ganz besonderes System für die Familienfotos. Sie hatte sieben Schubladen, für jedes Quartal eine, wie sie immer sagte.«

Sie schaute ihn zweifelnd an. »Es gibt aber nur vier Quartale, wie es der Name schon sagt.«

»Meine Oma hatte aber sieben und zwar für jedes Lebensjahrzehnt eines. Und da wurden die Bilder immer nach ihrem Entstehungsdatum einsortiert.«

»Wenn du mir jetzt noch sagen könntest, für was dann die sechs Bücher Mose stehen, wäre ich glücklich?«

»Gibt es bei euch zu Hause einen Schrank mit sechs Schubläden?« Sie schüttelte den Kopf. »Ein Zimmer mit sechs Türen?« Wieder verneinte sie. »Eine Schlange mit sechs Köpfen?«

»Werd nicht albern. Ich bin wirklich alles durchgegangen. Sogar die Bücherregale haben keine sechs Böden.«

Das Essen wurde serviert und Frank begann, ziemlich hastig die Nudeln auf seine Gabel zu wickeln.

»Kannst du mir mal sagen, warum du so schlingst?«

Er antwortete mit vollem Mund: »Weil in zehn Minuten die erste Pressekonferenz stattfindet, die es in Schwalbach je gab.«

»Ich denke, du wolltest keine Presse?«

»Wollte ich auch nicht. Die Presse will mich.«

»Ach du Schande. Aus ist es mit der ruhigen Zeit.«

»Aber wir haben noch Glück gehabt, die wissen so gut wie überhaupt nix.«

***

Falk war wieder dabei, seine Antenne für die Satellitenkonferenz auszurichten. Für Punkt 15 Uhr war der Transponder gemietet worden, von Argentinien aus, der Kosten wegen. Das Testbild stand gerade mal eine Minute, da war schon sein Großvater zu sehen.

»Hallo, mein Junge. Ich soll dich sehr herzlich von deinem Vater grüßen.«

»Vielen Dank, Großvater. Was ist mit von Tirpitz, ich sehe ihn nicht auf meinem Bildschirm?«

»Er ist im Krankenhaus. Dort wird ihm ein Geschwür aus der Haut geschnitten.«

»Ist es Krebs?«

»Ja.«

»Hat er Chancen?«

»Kann ich mir gut vorstellen. Zu wem würde eine schwarze Stelle auf der Haut besser passen als zu einem alten Nazi, oder?«

Falk lachte. »Und was ist mit Wulfila?«

»Du kannst ihn Donnerstag früh um 7.40 Uhr am Frankfurter Flughafen abholen.«

»Das geht leider nicht, denn sie haben unglücklicherweise meinen Mietwagen gefunden und einkassiert.«

»War er sauber?«

»Absolut.«

»Dann kann ja Wulfila wieder einen neuen mitbringen und ihr verabredet euch dann über eure Handys. Und was gibt es sonst noch?«

»Der Kaplan ist tot.«

»Sehr gut. Wie macht sich der junge Graf?«

»Er verhält sich klug und still.«

»Okay, wenn er sich weiterhin zurückhält, kann er meinetwegen am Leben bleiben. Und was ist mit Giesecke?«

»Der verhält sich ebenfalls ruhig. Der Mann hat deutlich an Sympathiepunkten zugelegt, weil die Ordensleitung davon ausgeht, dass er hier der große Killer ist. Und nun haben sie alle Angst vor ihm.«

»Und er wird nicht größenwahnsinnig?«

»Bisher nicht, soweit ich beobachten konnte. Er wundert sich nur.«

»Auch für ihn gilt: Wenn er ruhig bleibt, kann er vorläufig weiterleben. Gibt es sonst noch etwas?«

»Ja, ich habe das Gefühl, es kommt hier bald zum großen Machtkampf innerhalb der Bruderschaft. Sowohl die Kleefisch als auch der alte Graf versuchen, Giesecke in ihren Einflussbereich zu bekommen. Ich habe das Gefühl, die würden gerne ein paar persönliche Morde in Auftrag geben.«

Der Alte kratzte sich nachdenklich am Kinn. »Das gefällt mir ganz und gar nicht. Du bist näher dran, wen würdest du gerne als Sieger sehen?«

»Die Kleefisch, die scheint mir loyaler. Vor allem verpulvert sie nicht das ganze Metall im Edelpuff!«

»Gut, mein Junge, dann verschaffen wir dem jungen Grafen eine frühe Regentschaft. Bis Donnerstag, dann werde ich Wulfila und dich am Bildschirm begrüßen können!«

»Auf Wiedersehen, Großvater.«

Wieder erschien der Farbbalken auf seinem Desktop. Beim Zusammenpacken dachte er noch über seine Entscheidung nach, aber er fand sie nach wie vor richtig. Der Graf wurde ein wenig zu selbstherrlich und das schadete der Sache.

***

Die Pressekonferenz verlief aus Sicht von Frank und der Staatsanwältin geradezu grotesk. Da versuchten sich die Damen und Herren Journalisten mit ungeheuer wichtigen Gesichtern an der vermeintlichen Leiche des Kaplans festzubeißen und ahnten nicht, dass sie von einer unglaublichen Mordstory nur einen Zentimeter entfernt waren.

»Da kann man mal wieder sehen, wie schlampig recherchiert wird«, dachte Frank und lächelte in die Runde.

Stefanie hatte als Zuhörerin Platz genommen und ausreichend Zeit, die Staatsanwältin unter die Lupe zu nehmen. Frank hatte ihr auf dem Weg vom Restaurant zur Dienststelle schnell von der kurzen Affäre erzählt.

Sie musste sich eingestehen, dass sie diese Frau nicht mehr ganz unvoreingenommen betrachtete. Sie war plötzlich eine Konkurrentin, wenn auch eine abgelegte. Sie versuchte genau zu analysieren, was Frank wohl an ihr so sexy gefunden hatte. War es ihr braunes Haar, das sie so ähnlich kurz trug wie sie selbst ihr blondes? War es ihr doch ziemlich großer Busen? Sie verglich heimlich. Zugegeben, sie selbst hatte weniger, obwohl die da schlanker war. »Schlanker und mehr Busen, das ist bitter«, dachte sie etwas enttäuscht. »Dafür hab ich einen Arsch in der Hose. Worauf steht er wohl mehr?« Sie stellte sich vor, was geworden wäre, wenn sie gestern Abend doch nicht zu müde gewesen wäre. Hätte er wohl die Chance des sehr offenen Hemdes genutzt und ihre Brust gestreichelt? Plötzlich war ihr so, als würde sie seine Finger spüren, wie sie ganz zart ihre Brustwarzen kneteten. Sie schreckte etwas zusammen und sah an sich hinunter auf ihre Nippel, die sich deutlich unter dem dünnen Stoff ihrer Bluse abzeichneten. Sie beobachtete ihn, wie er da an seinem Tisch saß, der Staatsanwältin zuhörte und sich an ihren Brüsten freute, die er zu beobachten schien.

Nach der Pressekonferenz kam der Professor auf Stefanie zu. »Hallo, Frau Pastorin, störe ich?«

»Wie kommen Sie denn darauf?«

»Weil Sie hier noch so versonnen rumsitzen.«

»Ich warte darauf, dass sich der Herr Kommissar von der Frau Staatsanwältin losreißen kann.«

»Die beiden muss ich ganz dringend sprechen und das geht auch Sie mit an.«

Sie erhob sich von ihrem Sitz und stellte sich zu den beiden, die heftig diskutierten.

Der Prof unterbrach sie. »Frau Tichel, Herr Posselt, es gibt Neuigkeiten vom toxikologischen Labor.«

Sie war sofort ganz Ohr. »Bitte, Kollege Himmer.«

»Wir haben eine Substanz sowohl im Blut von Herrn Pastor Jänicke als auch von Herrn Bornheim nachweisen können, ein pflanzliches Gift, dessen Ursprung zweifelsfrei Südamerika ist.«

Die Staatsanwältin machte sich Notizen. »Und was bewirkt dieses Gift?«

»Es wirkt wie eine Art Blocker im Gehirn. Wenn man es über eine Zeit nimmt oder auch unfreiwillig bekommt, dann meldet sich nach und nach immer mehr Gehirnsubstanz ab. Es hat die gleiche Wirkung wie Alzheimer, aber das Gehirn löst sich dabei nicht auf, es meldet sich lediglich partiell immer weiter ab.«

»Hätte man meinen Vater retten können, wenn man es vorher gewusst hätte?«

»Nein.« Franks Gesicht wurde ernst. »Mein Vater war ja nun auch davon betroffen und zwischen diesen drei Personen gibt es eine auffällige Gemeinsamkeit.«

»Und welche?«

»Alle drei waren bei Frau Dr. Kleefisch in Behandlung. Hör mal, Maggi, deine Mutter war doch auch da, oder?«

»Nein, war sie nicht. Sie hat sich bis zuletzt geweigert.«

Der Prof wurde nachdenklich. »Vielleicht hat man sie deshalb ermorden müssen.«

»Vielleicht sollten wir«, die Staatsanwältin klappte ihren Notizblock wieder zu, »dieser Frau Dr. Kleefisch doch einmal ganz gewaltig auf die Finger klopfen.«

»Und wie, bitte?«

»Indem man die gesamte Patientenkartei beschlagnahmt und ein paar weitere Exhumierungen vornimmt. Sie wird ja nun nicht alle ihre Patienten zur Einäscherung empfehlen, oder?«

Frank überlegte. »Vielleicht sollten wir noch ein oder zwei Tage damit warten. Nehmen wir doch mal an, wir finden noch weitere Gründe, die eine Durchsuchung in Schwalbach rechtfertigen, dann wäre es doch sinnvoll, wir würden überall zur gleichen Zeit aufschlagen, oder?«

Frau Tichel nickte. »Das stimmt. Und wann wissen wir, ob wir noch mehr Durchsuchungen vornehmen sollten?«

Frank lächelte sie zuckersüß an. »Ich denke, morgen werde ich dir Bescheid geben können.«

»Und ich erwarte nach wie vor, Herr Hauptkommissar in spe, dass ich dich dann heute Nacht nicht irgendwo rauspauken muss?«

»Das, meine Liebe, hoffe ich auch. Übrigens, wenn wir schon mal beieinander stehen: Das ist Frau Pastorin Strelow.« Er zeigte auf die Staatsanwältin. »Und das ist Frau Staatsanwältin Tichel.«

Beide Frauen nickten sich freundlich zu. »Frau Pastorin, der Herr Posselt wird Ihnen mit Sicherheit erzählen wollen, dass er klein und sein Herz rein sei. Bitte, glauben Sie ihm kein Wort.«

Stefanie verneigte sich leicht. »Ich danke Ihnen für Ihren Tipp, Frau Staatsanwältin. Sollte sich etwas anderes herausstellen, so wird er die Kirche putzen.«

***

Frau Dr. Kleefisch ließ es sich diesmal nicht nehmen, den Grafen auf seinem Schloss aufzusuchen. Der Hausangestellte nahm ihre Karte nur äußerst widerwillig entgegen, um sie dem Grafen zu melden. Nachdem sie gut und gerne zehn Minuten in der Halle auf und ab gegangen war, kam der Butler und führte sie ins gräfliche Kaminzimmer. Es war ein düsterer Ort. Die Wände waren mit Bücherregalen vollgestellt, ansonsten war alles mit dunkler Eiche getäfelt.

Der Graf erhob sich. »Danke, Fritz.« Er wartete so lange, bis dieser sich wieder entfernt hatte. »Schwester Else, wir hatten vereinbart, dass ich nicht zu Hause aufgesucht werde. Unsere bisher ausnehmend gute Zusammenarbeit beruhte in erster Linie darauf, dass solche Regeln akzeptiert wurden.«

»Mein lieber Bruder Abt, bisher hattest du die Bruderschaft auch so gut im Griff, dass es nicht nötig war, von der Einhaltung derartiger Bitten abzusehen.«

»Wie soll ich denn das verstehen?«

»So, wie ich es gesagt habe.«

»Und was veranlasst dich, mir solche Unglaublichkeiten zu unterstellen, dass ich die Bruderschaft nicht mehr im Griff hätte?«

»Dein Killer scheint außer Rand und Band. Bevor Giesecke seinen ersten Mordauftrag erhalten hatte, war er ein Nichts, ein Würstchen. Jetzt, wo er den alten Pastor erfolgreich heimgeführt hat, fängt er an zu morden und aufzumucken.«

Der Graf hatte plötzlich Schweißperlen auf seiner Stirn. »Was kann ich denn dafür?«

»Du bist sein Boss, aber beherrschst ihn nicht mehr.«

Graf Minkwitz brauste auf. »Was soll ich nun machen? Ihn vielleicht umbringen? Ihn noch während der Geschäftszeit mit meiner Schrotflinte hinrichten? Mich danach auch noch selber erschießen?«

»Vielleicht solltest du diesen Einfaltspinsel einfach in sein Verderben rennen lassen.«

»Wie denn, ich komme nicht an ihn ran. Der hat sich ja noch nicht einmal von den geilsten Weibern vögeln lassen!«

»Dann gib ihm einfach die Anweisung.«

»Und was soll ich ihm sagen? Giesecke, machen Sie sich bitte selber fertig. Erschießen Sie sich, rennen Sie in Ihr Verderben oder hängen Sie sich auf, aber machen Sie was?«

Sie setzte sich unaufgefordert. »Vor vier Wochen hätte das dieser brave Mann auch noch gemacht, aber inzwischen?«

Er schaute sie missbilligend an. »Wer hat dir eigentlich erlaubt, dich zu setzen?«

Sie ließ sich gar nicht aus der Ruhe bringen. »Sag mal, findest du es klug, ausgerechnet den Menschen zu brüskieren, der dir deinen hochherrschaftlichen Arsch retten könnte?«

Er schaute sie unsicher an. »Und wie, bitte?«

»Indem wir beide unser Hirnschmalz anstrengen, um einen triftigen Grund zu finden, warum zum Beispiel die Pastorin weg muss.«

»Wie soll das denn gehen? Die hängt ja ständig mit dem Kommissar rum. Das wäre ja wirklich Selbstmord.«

Sie grinste ihn breit an. »Eben!«

»Aber was soll denn eine christliche Bruderschaft für einen Grund haben, ausgerechnet eine Pastorin umzubringen?«

»Den einzig wahren, mein Lieber, nämlich Geld.«

»Du willst ihm dafür etwas bieten?«

Sie lachte auf. »Im Gegenteil. Wenn er nicht spurt, dann bekommt er keines mehr. Dann ist Ende mit dem Reichtum.«

»Der hat genug auf dem Konto.«

»Das zu ändern wäre für Bruder Wilhelm eine Kleinigkeit. Wozu ist er der Bankdirektor?«

Die Züge des Grafen entspannten sich. »Du hast recht, Schwester, das könnte etwas werden. Und wer überbringt ihm die frohe Botschaft?«

»Das werde ich machen. Seit der Bordellgeschichte ist der nicht mehr so gut auf dich zu sprechen.«

Graf Minkwitz war erleichtert. »Schön, das wäre besprochen. Ich danke dir.«

Sie schaute ihn bestimmt an. »Aber eines rate ich dir, Bruder Abt. Komm nie wieder auf die Idee, mir einen Sitzplatz verweigern zu wollen.«

***

Stefanie und Frank fuhren auf dem Weg nach Hause noch schnell beim Bäcker vorbei. Sie hatten plötzlich Heißhunger auf Mohnschnecken und kauften eine ganze Tüte davon. Frank stellte sie auf den Küchentisch und fing gleich an, Kaffee zu kochen. Stefanie setzte sich an den Tisch und beobachtete ihn dabei. Sie genoss es, dass da plötzlich noch jemand war, er genoss es, nicht allein nach Hause gekommen zu sein.

Dann meinte sie: »Hör mal, Straps, du hast da eine Frage im Gesicht.«

Er lächelte sie an. »Stimmt, habe ich.«

»Raus damit.«

»Auf etwas Heißhunger zu haben, kommt bei Frauen hie und da schon mal vor.«

»Ist das jetzt ein mentaler Schwangerschaftstest?«

»Bist du es denn?«

Sie schüttelte den Kopf. »Blödsinn, und wenn ich's wirklich sein sollte, dann werde ich nächste Woche noch heiliggesprochen.«

»Dann gestatte mir bitte noch die Frage, warum wir jetzt zwei Wochen lang Mohnschnecken futtern müssen.«

Sie wurde trotzig. »Weil diese Bäckerin derartig unsympathisch war!«

»Das verstehe ich nicht?«

»Weil ich diese Frau nicht ab kann. Ich bekomme Pickel, wenn ich die nur sehe. Schon während des Gottesdienstes hat die mich so bösartig angesehen. Die *Bullenschlampe* ist bestimmt von der.«

»Und was hat das bitte mit den Mohnschnecken zu tun?«

Sie zuckte mit den Achseln. »Ich habe nirgendwo in der Auslage Mohnschnecken gesehen und wollte sie demütigen. Sie sollte sich über das entgangene Bombengeschäft ärgern.«

»Da hast du aus Rache einfach 15 Mohnschnecken bestellt?«

»Richtig, es konnte ja niemand ahnen, dass die abends, um kurz vor halb sechs, noch 15 Mohnschnecken in der Backstube hat.«

Er goss den Kaffeefilter noch einmal voll.

»Gibt es hier in Schwalbach noch keine Kaffeemaschinen?«

»Doch, aber so schmeckt er besser. Außerdem kochen Bullen den Kaffee immer so, wenn sie ihre Schlampen zu Hause haben.«

Er stellte sich hinter sie und begann ihren Nacken zu massieren. »Nun streich endlich diese Liebenswürdigkeiten einer einzelnen Dorfhexe aus deinem Hirn und entspann dich bitte, wir haben heute noch richtig viel vor.«

»Ich bin ja schon ruhig.« Sie genoss seine Massage und dachte an die kommende Nacht. »Liegt denn sonst noch etwas an, außer die Bank auszurauben?«

»Wir wollten noch die restlichen Bücher deines Vaters holen.«

»Das geht aber nicht so einfach hoppla hopp. Da brauchen wir jede Menge Kartons.«

»Habe ich im Keller.«

»Und jede Menge Platz.«

»Wie viele Bücher sind es denn?«

»Keine Ahnung, ich habe sie nie gezählt. Das sind allein in Papas Arbeitszimmer sechs Regale voll.« Sie zögerte plötzlich und schaute dann zu ihm hoch. »Mein Gott, sind wir blöd!«

»Da haben wir es, das sechste Buch Mose könnte das sechste Regal sein.«

Sie dachte nach. »Richtig, der 14. Prophet steht für Buch 14, Psalm 164 heißt Seite 164 und bei der Zeile 48 beginnt das Ganze.«

»Hat so eine Buchseite überhaupt 48 Zeilen?«

»Die Bücher meines Vaters sind DIN A4 und alle mit der Hand geschrieben.«

»Wer schreibt denn mit der Hand schon kleiner, als Bücher gedruckt werden?«

Sie sprang auf. »Mein Vater. Los, lass uns nachsehen.«

»Und was wird mit meinem Kaffee und deinen Schnecken?«

»Dann haben wir nachher beim Schmökern was zu knabbern.«

***

Im gräflichen Schloss aßen die Herrschaften zu Abend. Nach ihrem letzten Zusammenstoß herrschte zwischen Vater und Sohn absolute Funkstille.

Ab und zu schaute jeder abwechselnd zu dem anderen, machte den Ansatz etwas zu sagen, schwieg dann aber weiter.

Der alte Graf durchbrach die Mauer. »Kann es denn möglich sein, dass sich Vater und Sohn überhaupt nichts mehr zu sagen haben?«

»Warum sollen sie miteinander sprechen, wenn sie nicht einander zuhören?«

Der Alte schaute hoch. »Sollte ich da auch Selbstkritik vernommen haben?«

»Vater, du hast noch nie hören wollen, was in mir vorgeht, was ich denke und was ich will. Irgendwann habe ich dann auch aufgehört zuzuhören.«

»Aber der Grundtenor bleibt, der Vater hat Schuld! Ist das automatisch der Fluch der früheren Geburt?«

»Vater, nun fang nicht schon wieder an zu streiten.«

»Ich streite ja gar nicht. Ich nehme für mich nur das Recht auf freie Meinungsäußerung in Anspruch. Das wird ja innerhalb der Familie noch erlaubt sein, oder?«

»Habe ich nicht das gleiche Recht?«

»Dieses Recht musst du dir erst noch erarbeiten!«

»Etwa so erarbeiten, wie du es getan hast?«

»So weit, mein Junge, musst du es erst noch bringen. Leiste erst mal was, bevor du hier die großen Reden schwingst.«

»Ich gebe zu, dass meine Leistungsbilanz äußerst überschaubar ist.«

»Hört, hört!«

»Aber was ist denn mit deiner? Du bist als Graf geboren, hast Graf gelernt und danach Graf studiert. Danach hast du auf Opas Tod gewartet, um dann auch

Graf sein zu können. Ich muss schon sagen, dolle Leistung.«

Der Alte war außer sich. »Ich habe eine Menge geleistet!«

»Erzähle nicht ständig, dass du etwas geleistet hast, sondern sage mir endlich mal, was du geleistet hast. Ich zermartere mir ständig die Birne, was du immer damit meinst. Dein Abitur hat Großvater eine neue Schulturnhalle gekostet, dein Professor fuhr während deines Studiums einen dicken Daimler und wohnte nach dem Staatsexamen im eigenen Haus. Dann hast du für die Ländereien einen äußerst fähigen Verwalter und das Motorenwerk hat einen tüchtigen Geschäftsführer, beide wurden noch von Opa eingestellt. Er hat auch noch dafür gesorgt, dass du beide nicht entlassen kannst. Selbst deinen Jagdschein hast du geerbt. Sage mir jetzt bitte, was du geleistet hast?«

Graf Minkwitz war erschüttert. »Was, mein Junge, gibt dir das Recht, so mit deinem Vater zu reden?«

»Bei mir ist es das Recht der späten Geburt. Ich nehme eben nicht alles so hin, wie du es getan hast. Ich erlaube mir zu fragen, und ich bitte nicht um eine Antwort, sondern ich fordere sie.«

»Wie soll ich das verstehen?«

Der junge Graf stand auf und stellte sich herausfordernd vor seinen Vater. »Ich, Graf Ronald von Minkwitz zu Kraichgau, fordere hiermit mentale Satisfaktion, Väterchen.«

Der Alte schaute ihn fassungslos an. »Willst du denn wirklich alles zerstören, was zwischen uns war?«

»Aber Papa ...«

Der Alte erhob sich drohend von seinem Sitz. »Ich bin nicht dein Papa, sondern dein Herr Vater, verstanden?«

»Sehr wohl, Herr Vater, wie Herr Vater meinen. Und dann möchte ich den Herrn Vater höflichst darauf hinweisen, dass zwischen uns absolut nichts ist, was ich zerstören könnte.«

»Wir haben jede Menge gemeinsam, du willst es bloß nicht wahrhaben.«

»Und was bitte?«

»Einen gemeinsamen Namen, der es verdient, mit Stolz getragen zu werden.«

»Das habe ich bereits in der Schule getan. Auf dem Schulhof hieß ich nicht *Graf von Minkwitz zu Kraichgau*, sondern *Graf von Stinkwitz, die Kriechsau*. Da war ich mit meinem stolzen Namen aber so richtig weit vorn.«

Der Alte flehte fast. »Aber mein Junge, bedenke doch mal, was du alles erben wirst und was du noch alles als Graf lernen musst.«

»Jetzt komme mir bloß nicht mit deiner wahnsinnigen Bruderschaft!«

Der Alte war wie vom Donner gerührt. »Was weißt du von der Bruderschaft?«

»Alles.«

»Wie, alles?«

»Eben alles.«

»Aber wie kann das sein, ich habe nie mit dir darüber gesprochen?«

»Du hast mit mir auch noch nie über Liebe gesprochen und ich vermisse sie trotzdem!«

»Aber Junge, wenn ich mal nicht mehr bin, dann bist du der Abt!«

»Ich will mit diesem ganzen Quatsch nichts zu tun haben.«

»Aber Junge, das geht nicht. Wenn du nicht über kurz oder lang bettelarm sein willst, musst du die Bruderschaft übernehmen.«

»Dann nimm dir verdammt noch mal die Zeit und weihe mich ein, aber in alles, verstanden?«

»Gut, das machen wir dann die Woche irgendwann.«

»Nein, das machen wir heute.«

»Aber Junge, ich habe heute noch einen Termin.«

»Musst du wieder gräfliche Liebe machen? Wenn du es wirklich so nötig hast, dann lass dir einen von deinem Butler blasen. Wenn du etwas über die Bruderschaft zu sagen hast, dann hier und jetzt.«

***

Mit zitternden Fingern stand Stefanie vor dem sechsten Regal im Arbeitsraum ihres Vaters und zählte die Bücher ab. Sie zog eines heraus. »So, das müsste der 14. Prophet sein. Welche Seite war das noch mal?«

»Psalm 156.« Frank schaute ihr gespannt über die Schulter.

Sie blätterte. »Du hast recht, trotz der kleinen Schrift, das sind keine 48 Zeilen, es muss das 48. Wort gemeint sein.« Sie schlug die Seite 156 auf. »Was ist denn das für ein Scheiß!«

Frank schaute verblüfft auf die seltsamen Schriftzeichen. »War dein Vater Araber?«

»Quatsch, das ist Hebräisch.«

Sie schüttelte den Kopf. »Wir haben das mal so recht und schlecht im Studium gelernt, um die Bibel im Original lesen zu können, aber das war alles gedrucktes Hebräisch. Das hier hat Papa einfach so hingekritzelt.«

»Was machen wir nun?«

»Ich kenne in Hannover einen Rabbi, dem könnte ich das vielleicht rüberfaxen.«

»Dann rufe den gleich an. Im Gemeindebüro steht doch ein Fax, oder?«

»Stimmt, und die Nummer habe ich in meinem Handy. Aber um diese Zeit kann ich da nicht mehr anrufen, das ist ein älterer Herr. Das kann ich morgen machen.«

»Du kannst davon wirklich nichts entziffern?«

Sie schaute noch einmal drüber. »Hier und da einige Fragmente. Hier am Anfang steht *Herr, ich habe gesündigt,* das hier ist zum Beispiel eine Jahreszahl, 1946, und dieser Schnörkel hier heißt *ich.* Viel mehr erkenne ich nicht.«

»Toll ist das wirklich nicht.«

»Sag ich doch.«

»Sonst kennst du niemanden, der das beherrscht?«

Sie wunderte sich. »Kann es sein, dass du neugierig bist?«

»Natürlich ist das rein dienstlicher Natur. Ich werde mal den Prof anrufen, vielleicht kann der Hebräisch.«

Nur wenig später saßen sie wieder in seiner Küche vor reichlich Kaffee und Mohnschnecken. Ein paar davon hatten sie den Kollegen geschenkt, die vor dem Pastorenhaus brav Wache schoben.

»Wenn dein Vater sich solche Mühe gemacht hat, alles auf Hebräisch aufzuschreiben, dann muss das ja wirklich ein dicker Hammer sein.«

»Jetzt bin ich selbst scharf drauf, es zu erfahren. Wann sagte der Prof, dass er die Übersetzung hat?«

»Frühestens am Wochenende.«

»Dann wollen wir doch mal sehen, ob mein Rabbi nicht schneller ist. Aber jetzt sollten wir uns lieber mal auf unsere Nachtaktion vorbereiten. Hast du einen Zettel?«

»Zettel, ja.« Er kramte in der Küchenschublade außerdem nach einem Kuli. »Heureka!«

Er setzte sich wieder an den Tisch und machte sich schreibbereit. »Was soll ich notieren?«

»Wen wir schon mal sicher haben. Das wären die Maubachs ...«

»Die nicht aufschreiben, da wissen wir ja, was drin ist.«

»Okay, du hast recht. Bornheim, Kleefisch, Familie Nolte, Familie Franze, Familie Heinrich, die Grafen nicht zu vergessen.«

Sie tippte von der Seite auf den Zettel. »Dann sollten wir auch gleich mal anfragen, ob es ein Schließfach auf den Namen Scharnow gibt.«

»Wie kommst du denn darauf?«

»Von den Scharnows war ja nun schon öfter die Rede.«

»Stimmt eigentlich.« Er notierte den Namen. »Und wen haben wir dann noch?«

»Den Kaplan.«

»Meinst du, dass der schon dazugehörte?«

»Dann würde ich aber mal bei Pfarrer Nickel schauen und bei deinem Freund Biegert.«

»Und es würde mir so einen Spaß machen, den zu erwischen!«

In diesem Augenblick klingelte es und das Ehepaar Birnbacher kam wie verabredet.

»Es tut mir leid, dass ich meinen Bruder nicht mitbringen konnte, aber der liegt mit einem Hexenschuss auf der Couch und kann sich nicht mehr rühren.«

Frank war sichtlich enttäuscht. »Und was machen wir nun?«

Der Wachtmeister beruhigte ihn. »Wir haben alles mitgebracht, zum Üben.«

Seine Frau stellte eine große Holzkiste auf den Küchentisch. »Wir haben mal so ein Bankschließfach mitgebracht. Sehen Sie, hier vorn ist die Klappe mit den beiden Schlössern. Dahinter befindet sich die Wertkassette, die mit einem Klappdeckel versehen ist.«

Frank nickte. »Und ich klopfe dagegen und rufe: Gold, bist du da?«

Stefanie schüttelte den Kopf. »Und wenn du lange genug auf Antwort wartest, dann wirst du eines Tages Direktor.«

Alle lachten.

»Mein Bruder hat mir ein Endoskop mitgebracht, einen ganz dünnen Schlauch mit einer kleinen Kamera an der Spitze.«

»Und wer knipst da drin das Licht an?«

»Das ist alles mit im Schlauch.«

Sie öffnete einen größeren Kunststoffkoffer, in dem sich alles befand. Frank und Stefanie staunten über das Präzisionswerkzeug.

»Durch das linke Schlüsselloch gehen Sie mit dem Endoskop, und mit diesem Draht gehen Sie durch das andere Schlüsselloch und drücken den Deckel der Wertkassette leicht nach oben, sodass Sie mit dem Endoskop hineinschlüpfen können. Dann können Sie sehen, was darin aufgehoben wird.«

»Wissen die Bankkunden, wie einfach das ist?«

»Mit Sicherheit nicht, sonst würden sie sich kein Schließfach mehr mieten.«

Die Birnbachers standen wieder auf.

»Und nun?«, fragte Frank erstaunt.

»Nun gehen wir wieder und legen uns bis kurz vor 11 hin. Um Mitternacht treffen wir uns dann vor der Bank.«

»Und was machen wir so lange?«

»Üben, Frau Pastor, und wenn Sie es können, dann haben Sie während der Beichte freie Sicht auf die inneren Werte des Menschen.«

***

Die beiden Grafen von Minkwitz zu Kraichgau wanderten nun schon eine ganze Weile durch die verfallenen

Stollen der alten Silbermine. Jeder Schritt auf dem Felsboden hallte kilometerweit durch den Berg. Endlich standen sie vor einer Stahltür. »Hier, mein Junge, kommen wir in die allerheiligsten Gemächer der Bruderschaft.«

»Ist hier dieser Thingraum?«

»Nein, der ist ganz woanders. Hierher kommen nur ich und einige andere ausgewählte Personen.«

»Wer bitte?«

»Das werde ich dir nicht sagen, mein Junge, das Wissen darum wäre zu gefährlich.«

Der alte Graf lächelte geheimnisvoll, als er die Tür aufschloss. Quietschend öffnete sie sich und der Graf leuchtete mit seiner Taschenlampe hinein. Tastend griff er mit der Linken hinter die Türzarge. »Hier ist ein Lichtschalter.«

Der junge Graf staunte. »Und woher kommt der Strom?«

»Aus dem Schloss, mein Junge.«

Der Alte knipste das Licht an und rund 30 hüfthoch gestapelte Paletten waren zu sehen, alle mit einer dunkelgrünen Plane bedeckt.

»Das soll dieser sagenumwobene Schatz sein?«

»Das ist er, schau doch mal drunter.«

Er hob eine dieser Planen an und es blinkte und funkelte plötzlich in dem starken Lichtschein der Akkulampen.

Graf Ronald war beeindruckt. »Mein Gott, das ist wirklich alles Gold?«

»Nicht alles, die hinteren zehn Paletten sind Platin.«

»Und was schlummert hier unten also für ein Wert?«

»Das kannst du selber ausrechnen. Auf einer Palette sind zwanzig Lagen à zwanzig Barren gestapelt. Das sind vier Millionen Gramm Feingold, augenblicklich pro Gramm 40 Euro im Verkauf.«

Er rechnete fassungslos. »Dann kostet eine Palette runde 160 Millionen Euro?«

»Richtig, mein Junge. Hier unten hüten wir Edelmetall im Wert mehrerer Milliarden Euro. Wenn das publik wird, können wir alle einpacken. Dann kommt das Finanzamt oder die Mafia, und nur Gott weiß, was schlimmer ist.«

»Und es mussten so viele Menschen sterben, nur damit davon nichts bekannt wird.«

»Für so viel Geld lohnt es sich schon zu sterben, meinst du nicht auch?«

Graf Ronald war bestürzt. »Okay, Vater, ich habe das alles zur Kenntnis genommen und muss dir jetzt glauben, nachdem ich das alles gesehen habe. Ich begreife jetzt langsam, dass auch nur das Wissen darum gefährlich werden könnte. Und dennoch, deine Nachfolge werde ich nicht ums Verrecken antreten, hast du mich verstanden?«

»Aber Junge, du kannst doch die Sippe nicht derartig im Stich lassen. Mit diesem Schatz hätte die gesamte Bruderschaft noch 500 Jahre lang ein sicheres Auskommen, wenn die Preise so bleiben.«

»Und ich darf dann fleißig morden, wenn deine Generation in die Jahre kommt?«

»Du musst hier und da nur mal ein wenig nachhelfen, aber doch nicht gleich morden!«

»Wo ist da bitteschön der Unterschied?«

»Wir geben dem Herrgott lediglich die Anempfehlung einer uns lieb gewordenen Person.«

»Aha, wenn du einen Kardinal erschießt, dann ist das kein Mord, sondern nur ein Vorschlag zur Beförderung?«

Der Alte überlegte kurz. »Du drückst es etwas überspitzt aus, aber im Prinzip hast du es getroffen.«

»Nein, Vater, das ist einfach alles inakzeptabel, was du mir da eröffnest. Und das alles, nur damit die Kasse stimmt, nein danke, Herr Graf. Dann werde ich lieber bürgerlich.«

»Nun tu doch bitte nicht so, als hättest du überhaupt eine Wahl. Du wirst mitmachen, mein Sohn, aber nicht aus Liebe zum Detail, sondern weil du überleben willst. Stell dir nur einmal die Rechnung vom Finanzamt vor, mit der du 50 Jahre an Steuern nachzahlen musst.«

»Na und, ist ja genug Gold im Keller.«

»Das gehört aber nicht dir, sondern dem Staat, und dann hätten die auch noch gut und gerne zwei und eine halbe Palette Goldbarren von dir zurück.«

»Hast du die veruntreut oder habe ich das getan?«

»Ich hab's getan und du, mein Junge, musst dafür blechen oder die Schnauze halten.« Er lächelte ihn sarkastisch an. »So eine späte Geburt muss nicht immer eine Gnade sein, merk dir das.«

Ohne seinen Sohn eines weiteren Blickes zu würdigen, verließ er die Schatzkammer der Bruderschaft. Im Gehen rief er noch. »Der Letzte macht das Licht aus!«

Ronald Graf Minkwitz zu Kraichgau stand sprachlos in der Schatzkammer und schaute seinem Vater nach. Er konnte noch gar nicht richtig glauben, was er da eben alles gehört hatte. Dennoch, in einem Punkt musste er seinem Vater Abbitte leisten. Er hatte immer behauptet, der alte Graf hätte etwas Weltfremdes. Das war ein glatter Irrtum.

13

Es war inzwischen 22.30 Uhr und Frank stand mit einer frisch gebrühten Tasse Kaffee neben Stefanies Bett. Er stellte sie ab, setzte sich auf die Bettkante und begann ihren Nacken zu streicheln.

Sie rekelte sich verschlafen und machte genießerisch einen ganz langen Hals. »Wenn du schön artig weitermachst, dann kannst du mir ja hier, an Ort und Stelle erklären, wie es mit deiner Beamtenehre vereinbar ist, sich seiner Pastorin derartig unsittlich zu nähern.«

Er lächelte. »Ich muss die nicht gezahlte Kirchensteuer eben in Naturalien abarbeiten.«

Sie schaute auf die Uhr. »Mein Gott, warum hast du mich nicht geweckt!«

»Hab ich doch.«

»Aber erst so spät. Hast du bis jetzt noch mit diesem Endoskop geübt?«

»Ich habe alle Hohlräume inspiziert, die ich in diesem Haus finden konnte.«

»Hast du es auch mal an kleineren Dingen ausprobiert?«

»Selbstredend, Fräulein Pastor, dabei entdeckte ich bei einer Mücke ein Zwölffingerdarmgeschwür.«

»Lügner, so was haben Mücken gar nicht.«

Er erhob sich wieder. »Dann war ich eben im Zwölfrüsseldarm. So, nun steh auf, wir kommen sonst zu spät zum Einbruch.«

Sie tranken noch einige Tassen Kaffee und aßen ein paar Brote, bevor sie sich mit allem, was sie benötigten, auf den Weg machten.

Die Birnbachers waren beide schon pünktlich an Ort und Stelle.

Sie schloss die Türen auf, er schleppte sich mit einem Videorekorder ab.

Frank staunte über diese extravagante Ausrüstung. »Scheint ja eine lange Nacht zu werden, wenn Sie sich sogar Videos mitbringen.«

Sie lächelte. »Nein, Herr Oberkommissar, wir werden der Überwachungselektronik einen Film vorspielen.«

»Und was wird gegeben?«

Sie lachte. »Der Dieb und die Priesterin.«

»Und jetzt mal die reale Version?«

»Den Trick habe ich mir von unserem Direktor abgeschaut, wenn er mit dem Herrn Graf noch spät abends in den Safe ging. Er hat einfach einmal einen Videorekorder mit an die Kameras angehängt und die Überwachungsbilder aufgezeichnet. Das habe ich gestern Abend auch gemacht. Nun hole ich mir ein Strömchen für mein Gerät, schließe es hier bei Camera in an, und drücke auf *Play*. Nun läuft die Kiste. Dann schalte ich die Kameras ab und hier, sehen Sie selbst, das Überwachungssystem sucht sich das nächste Bildsignal. Nun zeige ich dem Sicherheitsrekorder einfach Bilder von gestern und wir können ganz in Ruhe werkeln. Nur wenn es eine Minute lang kein Signal mehr bekommen hat, dann schlägt es Alarm.«

»Aber gibt es denn keinen Alarm, wenn wir den Safe betreten?«

»Nein, wir haben ja einen Schlüssel und damit sind die Bewegungsmelder abgeschaltet.«

Ohne Licht zu machen, tasteten sie sich durch den Schalterraum.

Der junge Polizist tippte seiner Frau auf den Arm. »Und wo soll ich jetzt Schmiere stehen?«

»Du setzt dich am besten in Biegerts Büro, von dort aus kannst du alles ganz genau beobachten, was im Erdgeschoss vor sich geht.«

Er gab seiner Frau einen Kuss. »Na, dann brecht mal schön ein.«

Bis sie endlich unten im Schließfachraum ankamen, musste Frau Birnbacher noch mehrere Türen auf- und wieder verschließen. »Bitte keinen Lichtschalter betätigen, das wird nämlich von der Sicherheitszentrale aufgezeichnet. So, und was machen wir hier nun genau?«

»Ich werde mit dem Endoskop in jedes der Schließfächer kurz hineinsehen. Die Fächer, in denen wir zehn

Kilogramm schwere Gold- oder Platinbarren entdecken, werden wir notieren.«

Der alte Safe der Schwalbacher Sparkasse hatte weder ein Zeitschloss, noch war er durch andere moderne Schließvorrichtungen gesichert. Um ihn zu öffnen, benötigte man zwei Schlüssel. Frau Biegert wusste, wo sie lagen. Sie kannte auch die recht aufwendige Zahlen- und Buchstabenkombination für die elektronische Schließfreigabe.

Ohne Zeit zu verlieren, machten sich Stefanie und Frank an ihre Arbeit, die ohne Licht doch sehr viel schwerer durchzuführen war als noch bei der Probe zu Hause.

»Kann das sein, dass die Fächer hier doch ein wenig anders sind als unser Probefach?« Die Pastorin fummelte schon fünf Minuten lang mit dem Draht im Schlüsselloch des ersten Fachs herum, aber bekam den Deckel der Kassette einfach nicht zu fassen.

Er versuchte sie zu beruhigen. »Cool down, Frau Kirchenrat. Das kann nur etwas werden, wenn Sie die Ruhe behalten.«

»Du machst mich aber nervös mit deiner Ruhe. Ich kann so nicht arbeiten.«

Er schaute ihr bei ihren vergeblichen Versuchen durch das Endoskop zu. »Du musst den Draht etwas weiter durchstecken, dann erwischst du die Klappe.«

Sie beherzigte den Tipp und schaffte es beim nächsten Versuch.

Sofort glitt er mit dem Schlauch durch den kleinen Spalt, der sich gebildet hatte. Wie auch in ihren Kisten, stieß er zuerst auf grünen Filz. Er schlängelte sich an der Seite unter das Tuch und sah die Goldbarren vor sich. »Wollen Sie mal schauen, Frau Birnbacher, wonach wir suchen?«

»Gern.«

Sie warf einen Blick durch die Optik. »Ist es das, was ich denke, was es ist?«

»Sie denken goldrichtig.«

Sie schaute in ihren Unterlagen, wem das Schließfach Nr. 72 gehörte. »Das gehört Pfarrer Nickel, da mache ich gleich mal einen Kreis drum. Wollen Sie auch gleich wissen, wem die 71 gehört?«

Frank schüttelte den Kopf. »Nein, das wäre nicht fair. Einen Namen gibt es nur, wenn auch das Gold auftaucht.« Diesmal hatte Stefanie den Bogen raus und hob den Deckel schon beim ersten Versuch an. Sekunden später kam Frank mit dem Ergebnis. »Bingo, es gibt noch einen Kringel. Wer hat die 71?«

»Das Fach läuft auf den Namen Dorkas Chmiel. Das ist die zum Nachbarn passende Haushälterin.«

Stefanie verzog die Mundwinkel. »Wenn das so weitergeht, ist Schwalbach das reichste Dorf der Welt.«

Sie hatten vielleicht 20 Fächer geschafft und waren noch zweimal fündig geworden, da kam der junge Wachtmeister plötzlich angehetzt. »Leute, was sollen wir machen, der Biegert ist gerade mit seinem Auto vorgefahren.«

Frank schaute auf seine Uhr. »Mein Gott, es ist kurz vor eins. Was macht der Kerl hier mitten in der Nacht?«

Die Frau des jungen Wachtmeisters reagierte bewundernswert cool. »Hast du oben irgendwelche Sachen liegen?«

»Nein«

»Dann geh aufs Klo. Komm erst raus, wenn ich dich hole. Neben dem Safe ist eine kleine Besenkammer. Da gehen Sie beide rein. Ich verstecke mich hier im Schließfachraum. Selbst wenn er reinkommen sollte, kann ich mich in irgendeine Ecke verkrümeln.«

Sie packten blitzschnell ihren Kram und jeder stob auf seinen ihm angewiesenen Platz.

Ihre Herzen pochten bis in die Schläfen und Frank sah seine Polizeikarriere schon den Bach runtergehen. Nach kurzer Zeit hörte er Biegerts Schritte auf der Treppe und seine Gedanken überschlugen sich. »Wenn der Direktor auch in den Saferaum wollte, dann muss der doch auch einen Videorecorder anschließen. Dann muss der doch merken, dass schon einer läuft, obwohl Frau Birnbacher ihren ganz nach unten in das Rack gestellt hat.« Frank ärgerte sich darüber, dass er nicht darauf geachtet hatte, wie viele Kameras man hätte noch an diese Leiste anschließen können.

Stefanie hob ihren Mund an sein Ohr und flüsterte kaum hörbar. »Hat der jetzt auch seine eigenen Bilder mitgebracht oder warum macht der auch kein Licht?«

»Keine Ahnung, aber wenn er unseren Recorder gesehen hätte, wäre schon längst die Alarmanlage losgegangen.«

Frank steckte das Endoskop in das Schlüsselloch der Besenkammer. Er schaute durch und wunderte sich über die Qualität. Er konnte deutlich Biegert beobachten, wie er sich ganz hinten im Fächersafe an einer ziemlich großen Klappe zu schaffen machte. Mit einem ganzen Arm voll brauner DIN-A5-Umschläge kam er wieder aus dem Fächersafe und zog die Gittertür mit dem Fuß hinter sich ins Schloss. Danach ging er an ihnen vorbei zur Treppe.

»Was macht der Typ mit den ganzen Umschlägen und vor allem, was ist da drin?«

Sie warteten noch eine kleine Weile. Dabei hörte jeder den Herzschlag des anderen. Er fühlte sich wohl dabei, sie so eng an sich gepresst zu spüren. Auch sie fand es sehr angenehm.

»Was sollen wir nun während der Warterei machen?«, flüsterte sie fragend in sein Ohr.

»Ich wollte schon immer einmal eine Pfarrerin in der Besenkammer küssen.«

»Dann tu's verdammt noch mal.«

Ihre Lippen waren weich und verlangend zugleich. Sein Herz zersprang fast, als sie ihren Mund leicht öffnete und er ihre Zunge an der seinen spürte. Auch sie genoss es, wieder einmal küssen zu dürfen, und dann noch einen so liebenswerten Mann. Plötzlich spürte sie in ihrem Magen erst einen, dann mehrere und dann ganz viele Schmetterlinge. »Straps«, flüsterte sie, »ich fürchte, ich habe mich verknallt.«

»Ich habe gehofft, dass du das fürchtest.«

Eng umschlungen warteten sie darauf, dass Biegert wieder die Bank verließ.

Nachdem sie fünf Minuten lang nichts mehr vom Filialleiter gehört hatten, öffnete er vorsichtig die Tür und horchte angestrengt nach oben. Es war nichts von dem Direktor zu hören. Langsam schlichen sie zur Gittertür des Fächersafes. Dahinter waren schwach Frau Birnbachers Konturen zu sehen. »Haben Sie gesehen, wo er hin ist?«

»Ja, durchs Endoskop. Er verschwand, den ganzen Arm voller Umschläge, die er da hinten aus einem Fach geholt hatte, wieder nach oben.«

»Und nun?«

»Und nun bleibt ihr hier unten und ich schaue mich mal oben um.«

Ehe die beiden Frauen etwas sagen konnten, war Frank schon auf der Treppe. Je höher er stieg, desto deutlicher hörte er, wie sich oben jemand zu schaffen machte, aber an was?

Oben angekommen, lugte er vorsichtig um das gemauerte Treppengeländer und sah Biegert, der wie ein Briefträger vor den Postfächern der Bankkunden stand und in einige davon die Umschläge stopfte. Als er den letzten verstaut hatte, ging er in den Wachraum und kam unmittelbar danach wieder heraus. Er hatte einen kleinen Camcorder im Arm. »Ach, damit«, dachte Frank, »macht der Kerl seine Bilder für die Alarmgalerie.«

Biegert hatte es offensichtlich eilig, denn er verließ die Bank, ohne sich noch einmal prüfend umzusehen.

Frank ging wieder in den Safekeller. »Die Luft ist rein, meine Damen, Ihr Chef ist wieder nach Hause.«

»Warum flüsterst du dann noch?«

»Weiß nicht. Weil ich immer noch Schiss habe.«

Die Pastorin war erstaunt. »Nanu, vorhin wirktest du ganz relaxt.«

»Schön, dass du mir das geglaubt hast.«

Sie gab ihm einen Kuss.

Frau Birnbacher schaute etwas verlegen zu. »Ich werde mal meinen Mann aus dem Klo holen. Außerdem brauche ich jetzt auch einen Entspannungskuss.«

Frank knipste wieder die Lampe an seinem Endoskop an. »Komm. Lass uns weitermachen, sonst hängen wir morgen Vormittag noch hier.«

Nach einer weiteren Stunde hatten sich beide so weit eingefuchst, dass sie für jedes Fach nur noch zwei Minuten benötigten. Je größer die Fächer wurden, desto leichter ging es ihnen von der Hand.

»Wem gehören die großen Fächer 1055-1057?«

Die Bänkerin blätterte wieder in ihren Unterlagen. »Sie werden es nicht glauben, dem Grafen.«

Er lächelte gehässig. »Das zu zählen, wird mir morgen ein Fest sein. Warum hat der so viele Barren? Ein Bornheim ist dagegen ein armer Schlucker. Und wem gehört die 1058?«

»Keinem Geringerem als dem guten Herrn Direktor.«

Er schaute angestrengt durch sein Endoskop. »Biegert, du kleiner Drecksack. Dich nehme ich morgen auch hopp!«

Inzwischen war es 4 Uhr morgens geworden und sie beendeten ihre Arbeit. Vorsichtig verschlossen sie unten alles wieder und gingen in den dunklen Schalterraum.

Frank sah zu den Postfächern rüber. »Halt mal, in einen Umschlag hätte ich gerne noch reingeschaut. Maggi, hast du seinen Postfachschlüssel dabei?«

Sie nickte. »An meinem Bund.« Sie nahm ihn aus der Tasche ihres Overalls und reichte ihn Frank. Der öffnete das Fach und nahm einen dieser großen, braunen Umschläge heraus. Er riss ihn auf und sah hinein. »Du wirst es nicht glauben, ultimo ist Zahltag.«

Stefanie griff nach der Tüte und zählte kurz nach. »Das sind 1500 Euro. Da kann man mal wieder sehen, Papa hat sich hier noch nicht abgemeldet.«

Frau Birnbacher gähnte. »Und wie soll es nun weitergehen?

»Morgen gegen Mittag werden wir hier mit der Staatsanwaltschaft einrollen und den ganzen Laden hoppnehmen.«

Sie war entsetzt. »Mich etwa auch?«

»Sie natürlich nicht, aber wir beschlagnahmen alle Fächer mit Goldbarren, und Biegert wird uns erklären müssen, wie das Bargeld in das Fach des alten Pastors gekommen ist. Wer ist hier eigentlich Stellvertreter vom Filialeiter?«

»Ich bin das.«

»Na, dann lassen Sie sich mal ab morgen mit Frau Direktor anreden. Sie hätten es auch verdient, vielen Dank.«

Um halb fünf waren Stefanie und Frank zu Hause. Einerseits hundemüde, aber viel zu aufgeregt, um überhaupt an Schlaf denken zu können.

Frank erhob sich vom Küchentisch. »Ich gehe jetzt schön warm duschen, vielleicht beruhigt mich das.«

»Und was ist mit mir?«

»Geh doch auch einfach duschen.«

Im Bad zog er sich rasch aus, und wirklich, die warme Dusche war einfach herrlich. Plötzlich öffnete sich die Schiebetür und eine nackte Stefanie kam zu ihm rein. Er war völlig perplex.

Sie schaute ihn lächelnd an. »Nach einer Nacht mit dir in der Besenkammer reicht einfach nur duschen nicht, um mich zu beruhigen.« Sie küsste ihn.

Zärtlich biss sie ihm ins Ohrläppchen. »Wenn ich schon beschimpft werde, wollen wir die liebe Frau Bäckermeisterin doch nicht Lügen strafen, oder?«

Sein Blutdruck stieg deutlich an und nicht nur der.

Sie nahm das Duschgel, machte sich einen großen Klecks davon auf die Handfläche, verrieb ihn in ihren Handflächen und seifte ihn genüsslich überall ein. »Na, aber hoppla, wo wächst denn der hin, gibt es bei dir überhaupt noch Blut zum Denken?«

Er schloss genießerisch die Augen. »Kaum noch, und nun?«

»Jetzt möchte ich nichts weiter als in vollen Zügen genießen, eine Bullenschlampe zu sein.«

Sie kniete sich vor ihn hin. Frank war seit langer Zeit wieder ihr erster Mann. Sie fand ihn köstlich. Er schmeckte etwas nach Seife, aber dennoch köstlich.

***

Das Aufstehen war grausam. Sie hatten, wenn es viel war, vielleicht 90 Minuten geschlafen. Noch völlig zerknautscht nahm sie einen Schluck Kaffee.

»Sorry, mein Schatz, aber mehr Kaffeepulver habe ich einfach nicht in das Wasser bekommen.«

Sie nickte müde. »Hier zählt allein der gute Wille.«

Er schaute sie lange an. »Diese Nacht war unglaublich. Ich möchte dir dafür danken.«

Sie lächelte versonnen. »Und, ist das Blut wieder an der richtigen Stelle?«

»Jetzt, wo du es erwähnst, wandert es auch schon wieder ab. Aber macht nichts. Wenn Polizisten nicht mehr denken können, dann fällt es nicht weiter auf. Willst du eigentlich zur Besprechung mitkommen?«

Sie schaute ihn enttäuscht an. »Ich denke, ich gehöre zum Team.«

»Natürlich, aber du hast ja auch noch eine ganze Pfarre an der Backe.«

»Schon, aber vorm nächsten Gottesdienst wird erst einmal die Stadt gefegt.«

Pünktlich um acht saßen die beiden am großen Konferenztisch in der Dienststelle. Frank kam sich etwas seltsam vor, denn so wunderbar, wie er sich fühlte, war er sich eigentlich sicher, dass ihm alle Kollegen an der Nasenspitze ansehen mussten, was für eine fantastische Nacht er hinter sich hatte. Und schon wieder war er in Gedanken dabei, ihre wunderbaren Brüste zu liebkosen.

»Erde an Posselt, Erde an Posselt, sind Sie empfangsbereit!«

»Bitte?« Er schaute irritiert in das fragende Gesicht der Staatsanwältin.

»Ich wollte eigentlich wissen, was heute Nacht los war.«

Er lächelte sie selig an und hauchte. »Es war einfach nur sensationell.«

Frau Tichel runzelte die Stirn. »Ich bin mir nicht ganz sicher, ob wir das Gleiche meinen.«

Frank zuckte zusammen und bekam einen roten Kopf. »Es war einfach sensationell, was wir heute Nacht alles herausbekommen haben. Herr Birnbacher wird Ihnen noch eine Liste erstellen, welche Schließ- und Postfächer für unsere Untersuchungen relevant sind.«

Sie schüttelte den Kopf. »Die habe ich schon, Herr Kollege. Es liegen aber hinreichend Verdachtsmomente vor, alle Schließfächer der Bank zu beschlagnahmen. Wenn wir zu punktuell vorgehen, dann wirft uns die Verteidigung unlautere Methoden bei den Ermittlungen vor. Das würde das ganze Verfahren erheblich erschweren.«

Frank nickte und versuchte sich wenigstens für die Besprechung ein wenig Blut von seinen Lenden auszuleihen.

Stefanie war heilfroh, nichts zur allgemeinen Diskussion beitragen zu müssen. Aufgrund ihrer weiblichen Physis hatte sie auch weniger körperliche Probleme, sich an die Nacht zurückzuerinnern. Sie wusste nur eines, davon wollte sie mehr, möglichst bald. Beide hatten also Probleme damit, sich in den Arbeitsalltag einzufinden.

Nachdem alle Kollegen aus ihren Teilbereichen berichtet hatten, ergriff die Staatsanwältin das Wort. »Meine Herren, meine Dame, was zuerst wie eine kleine Dorfaffäre aussah, ist nun zu einer Dimension angewachsen, die für unser Häuflein kaum noch zu bewältigen ist. Wenn sich alles bewahrheitet, was sich hier in Schwalbach überall aufzutun scheint, dann wird das der größte Kriminalfall in der Geschichte der Bundesrepublik. Hinzu kommt noch das gewaltige Interesse der Presse, die natürlich genau spürt, dass hier mehr abgegangen ist, als dass sich ein AZUBI-Pfaffe aus Liebeskummer den goldenen Schuss gesetzt hat. Allein dafür würde es auch keine Soko geben.

Okay, die Gruppe um Brandtner wird sich mit dem Prof und der Frau Pastorin um die letzten Exhumierungen kümmern und den Rest der Kompanie benötige ich heute für Folgendes: Erstens werden wir die Bank- und Postschließfächer durchsuchen, dafür sind der Kollege Posselt und ich zuständig, und dann wird die Patientenkartei der Frau Dr. Kleefisch beschlagnahmt und möglichst schnell ausgewertet. Das sind die Aufgaben der Kollegen Heisele und Reindl, die sich mit der Exhumierungsgruppe kurzschließen. Der Speicheltest muss erst einmal wegfallen, dafür bekommen wir keine Leute. Gibt es sonst noch Fragen?«

Sie schaute in die Runde. »Also, frisch ans Werk, und Frank, wir gehen das mit der Bank noch einmal in deinem Büro durch.«

***

Frank war etwas beklommen zumute. Er war noch nie in sein eigenes Büro zitiert worden, so kam es ihm jedenfalls vor. Als die Staatsanwältin die Tür hinter sich schloss, ging er doch etwas in Habachtstellung.

Sie lächelte ihn übers ganze Gesicht an. »Hör mal, mein Guter, das war ja ein Superjob, den du heute Nacht gemacht hast. Gratuliere.«

Er war irritiert. »Sieht man das?«

»Gesehen habe ich's nicht, aber gelesen.«

Er war erleichtert. »Ach, das meinst du.«

»Und was ich noch sagen wollte«, grinste sie ihn übers ganze Gesicht an, »als wir diese eine Nacht miteinander gevögelt haben, warst du den nächsten Morgen etwas verklärt und durch den Wind. Kannst du dich noch daran erinnern?«

Er wurde rot. »Ja, sehr gut sogar.«

»Aber was den Sex betrifft, muss dir heute Nacht der Messias begegnet sein.«

Er war bestürzt. »Das sieht man also doch?«

Sie lachte. »Aber richtig deuten können es nur Insider. Also, war es der Messias?«

Er lächelte verlegen. »Wollen wir mal sagen, es war eine seiner Jüngerinnen.«

»Halte sie fest, mein Junge, ich glaube, das ist eine ganz Nette.« Sie drückte ihn herzlich.

»Das kannst du auch an der Nasenspitze sehen?«

»Bei ihr springt einem das förmlich ins Gesicht. So, gehen wir nun Bänker jagen?«

Er zeigte mit einer leichten Verbeugung in Richtung Tür. »Nach Ihnen, gnädige Frau.«

»Was ich noch fragen wollte, hast du denn die zusätzlichen Leute für den Speicheltest beantragt?«

»Natürlich, aber ich bin ziemlich heftig abgeblitzt.«

»Kannst du dir das erklären?«

»Ehrlich gesagt, nein. Komm, lass uns gehen. Die Hochfinanz wartet auf uns.«

***

Der junge Graf hatte eine schlechte Nacht. Das gestriges Gespräch mit seinem Vater steckte ihm noch in den Knochen. Wie gerne hätte er das jetzt alles mit Wolfgang besprochen, aber das ging ja nicht. Er musste froh sein, dass er überhaupt noch lebte.

Er ging im Geiste noch einmal die ganze Auseinandersetzung durch. Er versuchte sich an jedes Wort und an jeden Gesichtsausdruck seines Vaters zu erinnern und je mehr er den Abend Revue passieren ließ, desto heftiger wurde seine Angst. Das Schlimme an seiner Situation, und das interpretierte sein Vater richtig, war die völlige Ausweglosigkeit. In dem Augenblick, in dem er sich irgendeiner staatlichen Institution offenbarte, wäre das sein kompletter Ruin. Er mochte sich vielleicht nicht strafbar gemacht haben und vielleicht nicht ins Gefängnis wandern, aber allein die Steuerschuld würde sein komplettes Erbe verschlingen. Mehr als das, er würde noch sein ganzes Leben daran abbezahlen müssen. Vielleicht könnte er auch sein Erbe ausschlagen, aber nein, dazu war er viel zu sehr Sohn seiner Familie. Er war nun mal Ronald Graf von Minkwitz zu Kraichgau und das würde er auch in schlechten Zeiten sein. Vielleicht war es genau das, was ihn von seinem Vater unterschied.

Es klopfte an seiner Tür.

»Bitte sehr!«

Fritz, der alte Butler des Hauses, brachte dem jungen Grafen sein Frühstück. »Wenn ich mir erlauben dürfte zu bemerken, dass der junge Graf aber sehr schlecht aussehen.«

»Mein lieber Fritz, der junge Graf möchte auch schlecht aussehen, weil sich der junge Graf auch verdammt schlecht fühlt.«

»War die Aussprache gestern so schlimm?«

»Noch schlimmer! Ich wurde von der Bruderschaft zwangsweise aufgenommen.«

»Ich habe befürchtet, dass das einmal so kommen wird. Und nun?«

»Du wusstest also von dieser ganzen Scheiße und hast mir nie auch nur ein Sterbenswörtchen gesagt?«

Der alte Mann setzte sich neben Ronald aufs Bett. »Was sollte ich denn machen, mein Junge? Ich bin seit über vierzig Jahren bei seiner Durchlaucht in Diensten. Hätte ich dich als Kind damit belasten dürfen? Außerdem war das der Job deines Vaters. Ich kann nichts dafür, dass er ihn erst jetzt erledigt hat.

»Da hast du mir lieber nichts gesagt und ich bin dennoch eine verkrachte Existenz geworden.«

»Hör auf zu jammern, das steht dir als Ronald nicht und als Graf Ronald schon gar nicht.«

»Was soll ich denn machen? Ich bin ein schwuler, mittelloser Träumer mit einem abgeschlossenen BWL-Studium und genau auf so was hat die Welt gewartet.«

»Dass du mittellos bist, ist in deinem Alter für die Kreativität nur förderlich. Dass du deinen Abschluss gemacht hast, ist gut so, und dass du schwul bist, ist einfach wunderbar. Wo ist jetzt bitte das Problem?« Der alte Mann legte seinen Arm um den jungen Grafen und drückte ihn. »Geh einfach nur deinen Weg, dann tust du das Richtige. Und wenn alle Stricke reißen, dann ist auch noch der alte Fritz da.«

»Es wird hier einen großen Knall geben, dann ist hier alles aus – mit dem Luxus eines Butlers auf jeden Fall, mein lieber Fritz. Dann kann ich dich nicht mehr bezahlen, dann haben du und ich hier im Schloss fertig.«

Er erhob sich. »Ich möchte dem jungen Grafen nur mitteilen, dass ich unkündbar bin, und wenn alle Stricke reißen, stelle ich Sie einfach als meine Durchlaucht ein.«

Hoch erhobenen Hauptes verließ der alte Mann das gräfliche Zimmer.

***

In der Bank war der Teufel los. Biegert hatte derartig getobt, dass er nur mit Handfesseln beruhigt werden konnte. Als ihm die Staatsanwältin dann den Vorwurf der Bildung einer kriminellen Vereinigung vorlas, lachte er nur noch hysterisch. »Machen Sie sich doch nicht lächerlich. Wer soll Ihnen denn den Scheiß glauben? Geben Sie mir lieber ein Telefon, dann rufe ich mal einen richtigen Staatsanwalt an und Sie dürfen dann wieder spielen gehen.«

Frank setzte sich zu dem Filialleiter. »Herr Biegert, es tut mir leid, Ihnen das sagen zu müssen, aber Sie sitzen bis zum Hals in der Scheiße. Ich kann Ihnen nur den Rat geben, von sofort an nur noch ganz kleine Brötchen zu backen, nur noch zu antworten, wenn Sie gefragt werden und vor allem ein umfassendes Geständnis abzulegen.«

»Sagen Sie mir doch bitte, was ich gestehen soll, dann mache ich es vielleicht auch.«

»Versuchen wir es doch mal mit einem Stichwort. Goldbarren.«

»Goldbarren?«

»Jawohl, Herr Biegert. Goldbarren bestehen aus Edelmetall in größerer Menge. Solche Dinger liegen zum Beispiel auch im Schließfach 1058, sogar in ziemlich großer Menge.«

Der Mann schaute sie glasig an. »Und wen geht das was an, was ich in meinem Schließfach habe?«

»Die Staatsanwaltschaft, das Finanzamt und auch mich.«

»Und was ist an meinen Goldbarren so interessant? Es ist schließlich nicht strafbar, Gold zu besitzen.«

»Dann werden Sie doch sicher dessen Herkunft belegen können, oder?«

»Das habe ich nach und nach gekauft, von meinem Gehalt.«

»Und das auch schon vor 1945? Menschenskinder, machen Sie sich doch nicht lächerlich.«

»Ich möchte sofort meinen Anwalt sprechen.«

»Das lässt sich machen, Herr Biegert, den hat Frau Birnbacher schon für Sie angerufen.«

Er schaute verblüfft. »Die Birnbacher? Was hat die denn damit zu tun?«

»Gar nichts, sie ist Ihre Stellvertreterin und als ich ihr gesagt habe, warum Sie hier in Handfesseln sitzen, hat sie gleich Ihren Anwalt angerufen. Falls es Sie beruhigt, Frau Birnbacher ist genauso verhaftet wie Sie.«

»Aber die hat doch nun überhaupt nichts damit zu tun.«

»Das glauben wir Ihnen und dann können Sie uns sicher auch sagen, womit sie nichts zu tun hat.«

Dass die Schließfächer der Bank beschlagnahmt wurden, sprach sich in Schwalbach wie ein Lauffeuer herum. Viele Mieter kamen mit Tüten und Taschen in die Bank und wollten sie auflösen. Einige von ihnen kamen auch gleich schon mit Anwälten. Nach einer kurzen Besprechung mit der Kollegin Tichel kam man überein, dass die geschlossenen Kassetten auf eine Waage gelegt wurden. Waren sie schwerer als 10 Kg, mussten sie geöffnet werden, waren sie leichter, galt der Besitzer als entlastet und das Bankgeheimnis blieb gewahrt.

Biegert wurde hellhörig. »Und bei mir wurde nichts gewogen und Sie wollen trotzdem wissen, dass in meinem Fach Goldbarren liegen?«

»Das haben wir an dem goldenen Glanz in Ihren Augen erkannt, Herr Filialleiter.«

Frau Tichel mischte sich ein. »Kommen Sie mal bitte, Herr Kommissar?«

Stefan folgte ihr verwundert in eine andere Ecke des Safes.

Sie schien etwas ärgerlich. »Du bist gerade dabei, unsere ganze Aktion in den Sand zu setzen. Du hast offiziell wirklich noch nicht in sein Fach geschaut und weißt schon von dem Gold.«

Er schüttelte den Kopf. »Sorry, du hast recht. Das war ein Anfängerfehler.«

»Und was willst du sagen, wenn dich sein Anwalt das noch mal fragt?«

»Das hat mir dann jemand anderes gesagt, den wir bereits mit der Waage überführt haben.«

Sie lächelte ihn an. »Die Ausrede war professionell, Herr Posselt. Das gibt mir zu denken.«

***

Chistopher Heisele kam sich in Frau Dr. Kleefischs Praxis vor, als sei er in die frühen Sechzigerjahre zurückversetzt worden. So jedenfalls hatten immer die Arztpraxen ausgesehen, in denen ein junger Joachim Fuchsberger in den Wallace-Krimis ermittelte.

Die von der Helferin herbeigerufene Doktorin kam aus ihrem Sprechzimmer heraus. »Meine Herren, womit kann ich Ihnen behilflich sein?«

Heisele schaute sie freundlich an. »Sie sind Frau Dr. Kleefisch?«

Sie schaute die beiden Beamten streng von oben herab an. »Handelt es sich um einen Notfall?«

Der Kriminalbeamte lächelte sie an. »Das ist der Kollege Meiser von der hiesigen Schutzpolizei, mein Name ist Heisele, ich bin von der Kripo Heilbronn. Wir müssen laut Beschluss der Staatsanwaltschaft Stuttgart Ihre komplette Patientenkartei zur Einsichtnahme beschlagnahmen. Wir haben hier jede Menge Kartons mit, wir wären Ihnen dankbar, wenn Sie uns durch Ihre Unterstützung unsere Arbeit erleichtern würden.«

Else Kleefisch glaubte ihren Ohren nicht trauen zu können. »Sie wollen meine Patientenkartei beschlagnahmen?«

»So ist es.«

»Wissen Sie eigentlich, wen Sie hier vor sich haben? Wissen Sie, dass ich Ihren Vorgesetzten kenne?«

Heiseles Lächeln war verbindlich und aus Granit. »Und er lässt Ihnen seine Grüße ausrichten, da er sich absolut sicher war, dass Sie mit uns kooperieren werden.«

»Und darf ich bitte wissen, in welchem Fall ich Gegenstand Ihrer Ermittlungen geworden bin?«

Heisele überreichte ihr den Beschluss der Staatsanwaltschaft. »Schauen Sie doch einfach selbst.«

Sie überflog den Inhalt des Schreibens. »Tut mir leid, meine Herren, aber diese hier erwähnten Patienten sind teilweise schon über ein Jahr tot. Da habe ich keine Unterlagen mehr.«

»Aber Frau Doktor, ich bitte Sie. So dämlich sehe ich doch nun wirklich nicht aus, als dass Sie mich dafür halten könnten, oder? Dass Sie diese Karteien mindestens 10 Jahre lang aufheben müssen, weiß doch nun jedes Kind.«

Sie funkelte die beiden Beamten böse an. »Sie werden bestimmt nichts dagegen haben, wenn ich meinen Anwalt anrufe?«

»Kein Problem. Wenn wir dann schon mal mit unserer Arbeit beginnen könnten, wären wir Ihnen dankbar.«

Mit einem freundlichen Nicken schob der Kollege Meiser die Sprechstundenhilfe auf ihrem Schreibtischstuhl von den hellbeigen Karteikartenschränken weg.

Sie war entrüstet. »Sie wollen doch nicht etwa Hand an mich legen?«

Kollege Meiser schaute noch nicht einmal hoch. »Aber nein, wir sind schließlich nicht zu Ihrem Vergnügen hier, gnädige Frau!«

Die Stimme der Doktorin wurde eisig. »Meine Herren, das wird ein Nachspiel haben!«

Heisele lächelte sie verbindlich an. »Deswegen sind wir hier, Frau Doktor.«

Wutschnaubend drehte sie sich um und rauschte in ihr Sprechzimmer. Die Tür fiel mit einem lauten Knall ins Schloss. Mit hastigen Bewegungen wählte sie die Nummer ihres Anwalts. »Ist der Chef da? – Nein, der ist in der Bank? – Was macht er denn da?«

Je mehr die Doktorin hörte, desto blasser wurde sie. »Ich danke Ihnen.«

Sie legte wie in Trance den Hörer auf und wählte die Nummer des Grafen. »Reginald, jetzt ist es so weit, jetzt reißen sie uns den Arsch auf.«

Sie erzählte dem ahnungslosen Grafen alles, was sie von der Anwaltsgehilfin gehört hatte und was in ihrer Praxis los war.

Er wirkte nachdenklich, aber noch lange nicht so geschockt wie die Ärztin. »Wegen des Goldes können die uns gar nichts. Das haben wir alle so, wie es die Staatsanwaltschaft in unseren Schließfächern gefunden hat, von unseren Eltern geerbt. Der Besitz von Gold ist schließlich nicht strafbar. Und was deine Kartei anbelangt, meine Liebe, da wirst du ja wohl am besten wissen, was da Kompromittierendes drinsteht.«

»Aber was machen wir jetzt, wie reagieren wir?«

»Jedenfalls nicht so, wie die Herrschaften es vielleicht wollen.«

»Und wie, wenn ich fragen darf?«

»Schalte Giesecke ein, die Pastorin muss weg.«

***

In der Bank war inzwischen der Bestatter Ederer eingetroffen, der, und das war schon lange geplant, ausgerechnet heute sein Schließfach auflösen wollte. Natürlich seien dort nur Familienunterlagen und sonstige Papiere drin.

Die Waage sagte allen etwas anderes. »Aber wenn da nur Papiere drin sind, warum wiegt allein dieses Kassette über 60 Kilo?« Frank schaute ihn durchdringend an. »Ist das nicht ein wenig schwer für Papier?«

Ederer schaute ihn leicht panisch an. »Was meinen Sie, was Papier so wiegt. Das sind alles uralte, amtliche Unterlagen, noch auf handgeschöpftem Bütten geschrieben.«

»Wenn Sie darin nicht seit Generationen sämtliche Ausgaben von Stuttgarts Telefonbüchern sammeln, kommt das nicht hin, Herr Ederer. Meinen Sie nicht auch, dass es jetzt besser wäre, diese dusselige Kiste in unserem Beisein zu öffnen?»

Mit der Körperhaltung eines geprügelten Hundes folgte er der Anordnung. Aus der offenen Stahlkiste blinkte ihnen Gold und Platin entgegen.

»Neben den Papieren ist da natürlich auch noch der Familienschmuck meiner Mutter drin.«

Frank lächelte. »Ihre Frau Mutter, Gott hab' sie selig, hatte große Ohrläppchen, so weit ich mich an sie erinnere, aber dass da an jeder Seite über dreißig Kilo gehangen haben sollen, erscheint mir unglaubwürdig. Und dann auch noch Nazigold.«

»Woran wollen Sie denn das erkennen, Herr Oberkommissar?«

»Am Hakenkreuz, das der Reichsadler so zärtlich in den Klauen trägt, Herr Ederer. Aber ich sehe schon, Sie interessieren sich nicht für Ihren Familienschmuck.«

Der Bestatter stellte auf stur. »Ich weiß nichts von Nazigold. Das hat alles meinen Eltern gehört, das habe ich noch nie in meinem Leben angerührt.«

Frank war sehr freundlich, was ihm größte Mühe abverlangte. »Tja, Herr Ederer, wäre es nicht vielleicht an der Zeit, der Staatsanwältin und mir einmal etwas vertrauensvoll mitzuteilen?«

»Ich wüsste nicht was, Herr Kommissar.«

»Dass Sie Staatseigentum in Ihrem Schließfach haben.«

»Aber ich sagte Ihnen doch schon. Das ist das Gold und Platin meiner Eltern.«

»Sorry, Herr Ederer, aber auf den Barren steht etwas anderes.«

***

Der junge Graf war von alldem völlig unberührt. Er hatte ja auch kein persönliches Schließfach bei der Bank, nur ein höchst bürgerliches Girokonto. Er kam gerade bei der Jagdhütte seines Vaters an und war voller Freude, dort in Ruhe mit seinem Geliebten über Handy telefonieren zu können. Dort konnte er sich wenigstens sicher sein, nicht von irgendjemandem abgehört zu werden. So sehr er Fritz auch mochte, aber das Gehör dieses alten Mannes funktionierte weitaus besser, als es der jungen Grafschaft lieb war. Pünktlich um 11 Uhr hatte es sich Graf Ronald auf der Terrasse bequem gemacht und wartete voller Ungeduld auf das Vibrieren seines Handys. Endlich war es so weit. »Hallo, Liebling, bist du es?«

Das entspannte Lächeln verriet, dass sein Freund am anderen Ende der Leitung war.

Nicht weit weg von der Hütte befand sich Falk auf dem Weg zum gräflichen Anwesen, um sich dort etwas genauer umzusehen. Obwohl der junge Graf relativ leise in sein Handy sprach, war für ein geübtes Ohr schon von Weitem zu hören, dass da jemand telefonierte. Ohne den kleinsten Laut zu verursachen, schlich sich Falk an den jungen Grafen heran und bald konnte er ihn auch sehen. Aber der war so sehr mit seinem verliebten Gesäusel beschäftigt, dass Falk sich gar nicht hätte verstecken müssen, um nicht vom Grafen bemerkt zu werden.

Falk war sich relativ sicher, mit wem der junge Mann dort telefonierte, obwohl es eigentlich gar nicht sein konnte. Der Kaplan war doch tot! Sollte der Graf wirklich so ein abgezocktes Wesen sein und schon einen Tag vor der Beerdigung seines Geliebten wieder einen Neuen haben?

Falk war von Graf Ronald enttäuscht. Er empfand die Liebe der beiden jungen Männer als etwas sehr Schönes und Reines, und es hatte ihm richtig leid getan, dass er den Kaplan hatte umbringen müssen, aber so hatte nun mal sein Auftrag gelautet.

Nur wusste er jetzt, dass er sich um ein gemeines Luder Gedanken gemacht hatte.

Der junge Graf hatte keine Chance. Er spürte nichts weiter als einen betörenden Frühlingsduft, der seine Nase umspielte, dann war ihm so, als bekäme er einen gewaltigen Orgasmus, einfach so, wie er noch nie einen erlebt hatte.

Falk trat an ihn heran und hob das Handy, das dem jungen Mann auf den Schoß geglitten war, an sein Ohr.

»Hallo, Liebling, nun sag doch was, mein Gott, was ist denn, ist dir schlecht geworden? Sag doch was!«

Erstaunt erkannte Falk die Stimme aus dem Hörer. Es war mit Sicherheit die des Kaplans. Wie konnte das sein?

Er beendete das Gespräch und blätterte in der Telefonliste nach. Schade, die Rufnummer war unterdrückt.

Einerseits war der junge Scharnow verärgert, dass er als Mörder völlig versagt zu haben schien, andererseits freute er sich darüber, sich doch nicht so sehr in der Liebe der beiden geirrt zu haben. Er legte das Handy wieder auf den Schoß Ronalds und überließ ihn dann einfach sich selbst, so wie er da auf dem Stuhl hing.

Lächelnd setzte Falk seinen Weg zum Schloss fort. Er war sich sicher, den Kaplan bald endgültig erwischen zu können. Es war nur eine Frage der Zeit, bis sich die beiden Liebenden wieder treffen würden. Er malte sich aus, selbst von dem Grafen verwöhnt zu werden, selbst an die Stelle des Priesters zu treten. Dieser Gedanke erregte ihn und er überlegte kurz, zur Hütte zurückzugehen und die Bewusstlosigkeit des Mannes in seiner Begierde auszunutzen, doch sein Pflichtbewusstsein siegte. Morgen würde Wulfila, sein alter Gefährte, wieder bei ihm sein und in der langen Zeit ihrer gemeinsamen Ausbildung und ihrer dabei erlittenen Einsamkeit waren sie sich in allen Situationen wirklich sehr gute und liebevolle Kameraden geworden.

***

Bevor Frau Dr. Kleefisch zur Bank ging, wollte sie schnell noch im Kurzwarenladen vorbeischauen. Sie hätte natürlich auch anrufen können, nur war sie sich nicht sicher, ob ihr Telefonanschluss abgehört werden würde. Das war ja schließlich heute kein Problem mehr.

Giesecke saß wie immer am Tisch seiner kleinen Ladenküche und löste Kreuzworträtsel. Als er die Türglocke hörte, stand er auf und schlug die beiden Vorhänge zur Seite. »Hallo, Schwester Else. Was darf ich heute für dich tun?«

Sie schaute sich vorsichtig um, um sicherzugehen, dass sie auch niemand hören konnte. »Ich bin heute ausnahmsweise einmal dienstlich hier.«

»Was ist denn?«

»Wir haben beschlossen, dass die Pastorin eine Gefahr für die ganze Bruderschaft geworden ist. Sie muss für ihre Neugier unbedingt dem Schöpfer Rechenschaft ablegen, bald.«

»Dann sollten wir beim nächsten Thing darüber sprechen. Aber ich sage gleich, dass ich gegen diese Heimführung stimmen werde.«

»Da gibt es wenig abzustimmen, Bruder Harald. Es gibt einen ganz klaren Befehl der Bruderschaft und damit basta.«

»Und wer hat den bitteschön ausgegeben, eine Schwester Kleefisch vielleicht?«

»Nein, die Leitung der Bruderschaft.«

»Und woher weiß ich, dass die liebe Schwester Else mit der neuen Pastorin nicht eventuell ein kleines privates

Problem hat, das sie auf diese Weise elegant lösen möchte?«

Sie tat entsetzt. »Das würdest du mir zutrauen?«

Giesecke schaute ihr in die Augen. »Jederzeit, liebe Schwester. Wenn ich also diesen Auftrag erledigen soll, dann sollte vorher schon ein vertrauensvolles Gespräch mit dem Bruder Abt stattgefunden haben. Und selbst dann fehlt, der Meinung bin ich jedenfalls, noch immer die Legitimation. So etwas kann nur auf einem Thing beschlossen werden und zwar nur von allen!«

Sie schüttelte den Kopf. »Im Prinzip hast du ja recht, aber es gibt auch Notfälle, die ein derartig schnelles Vorgehen rechtfertigen. Es ist sozusagen Gefahr im Verzug!«

Giesecke fühlte sich bedrängt. »Aber Schwester, ich bin kein Killer.«

»Nun stell doch dein Licht nicht so unter den Scheffel. Du bist zu einem wichtigen Mann in unserem Orden geworden und ich bin sicher, dass du bald zur engen Führung gehören wirst.«

Giesecke wurde hellhörig. »Und wen muss ich dafür alles umbringen?«

»Die Pastorin, zum Beispiel.«

»Und wie soll ich das machen?«

»So, wie du es auch bei den anderen gemacht hast.«

Plötzlich piepte ihr Handy. Nachdem sie sich gemeldet hatte, erschrak sie und zeigte mit vor Entsetzen geweiteten Augen immer wieder auf ihr Telefon.

Giesecke beugte sich zu ihr vor und flüsterte leise: »Wer ist denn das?«

»Der Großmeister«, flüsterte sie zurück und nickte ein paar Mal in den Hörer. Danach legte sie auf.

»Und, was ist?«

»Er will an einem geheimen Ort mit mir reden, und auf dich, Bruder Harald, warten noch große Aufgaben.«

Wie in Trance verließ sie seinen Laden. So seltsam hatte der Kurzwarenhändler diese knochenharte Frau noch nie gesehen. Entweder sie hatte ihm eine bühnenreife Vorstellung gegeben oder es war wirklich der Großmeister am anderen Ende der Leitung gewesen. Giesecke wurde mulmig. Vielleicht konnte er die Pastorin warnen, dann würde sie flüchten, und er musste sie nicht mehr umbringen. Das würde ihm doch sehr entgegenkommen.

14

Der Graf ärgerte sich maßlos über die Durchsuchung der Bank. Er selbst hatte zwar nichts zu befürchten, denn sein Gold und Platin hatte er schon vor geraumer Zeit verkauft und es auf legalem Wege wieder zu Gold gemacht. Seine Barren trugen keinerlei Staatssignet. Sie hatten den handelsüblichen Degussastempel und er besaß sämtliche Kaufbelege inklusive der Quittungen über die gezahlte Mehrwertsteuer. Dennoch, die Aktion brachte Unruhe in die Reihen der Bruderschaft, und er war sich sicher, dass kaum jemand außer seiner Person das Schwarzgold in legales Edelmetall umgetauscht hatte. Dazu waren seine Mitbürger einfach zu geizig. Das Telefon läutete schrill. Diesmal war der Zeitungshändler Schrader dran: »Bruder, was ist denn da in der Bank los?« Wieder sagte der Graf sein Sprüchlein auf: »Es tut mir leid, lieber Bruder. Ich habe dir das schon vor Jahren gesagt, aber du wolltest mir ja nicht glauben und nun hast du den Salat.«

Er fand sich in dieser Situation zwar selbst ziemlich ekelig, aber er hatte es den Brüdern wirklich schon vor Jahren versucht einzubläuen, dass sie ihr Gold umwandeln müssten. Er legte auf und klingelte nach Fritz, der sich mit einer leichten Verbeugung näherte.

»Fritz, seien Sie bitte so lieb und schalten Sie die Telefonanlage aus. Ich werde noch wahnsinnig.«

»Wenn ich mir die Frage erlauben darf, Durchlaucht, was ist denn der Grund für die Aufregung?«

»Ach, Fritz, was soll ich dir da sagen, die Bankschließfächer werden alle von der Polizei durchsucht und die Besitzer bitten mich, dass ich ihnen helfen soll. Das kann ich aber nicht. Vor 200 Jahren hätte ich vielleicht noch etwas machen können, aber heute doch nicht mehr.«

Fritz entfernte sich wieder, um mit einem leichten Lächeln seinen Auftrag zu erledigen. Er hatte das Gold, das für ihn persönlich abgefallen war, längst gewaschen, aber er hatte immer wieder betrübt feststellen müssen, dass er der einzige war, der auf den Grafen gehört hatte.

Wie sich Falk Scharnow Zugang zu dem gräflichen Schloss verschafft hatte, wusste niemand. Als der Graf aufschaute, stand er plötzlich wie ein böser Geist mit einer Gasmaske vor ihm.

»Was machen Sie denn hier? Wer sind Sie? Sind Sie von der Feuerwehr?« Aber kaum hatte er das gesagt, war ihm die Unsinnigkeit seiner Worte klar, denn der Unbekannte hatte keinen Helm auf. Als er sich entschloss, zum Telefonhörer zu greifen, vernahm er plötzlich ein leises Zischen und verspürte den süßesten Geruch in der Nase, den er jemals gerochen hatte. Er saß noch immer mit einem schwärmerischen Gesichtsausdruck und einer rosaroten Gesichtsfarbe in seinem Sessel, als er schon längst tot war.

***

Der Schalterraum der Bank glich einem Hexenkessel. Schreiende Anwälte, Krokodilstränen heulende Schließfachbesitzer und greinende Bankbeschäftigte zeterten durcheinander.

Frank saß an einem der Schreibtische und war mit seinen Nerven ziemlich am Ende. Erst als Stefanie von den Exhumierungen kam, besserte sich seine Laune zusehends. »Gut, dass du kommst. Ich wäre in den nächsten Minuten zum Meuchelmörder geworden.«

»Was denn, so schlimm?«

Er nickte. »Ich würde dir so gerne einen Kuss geben.«

»Nix da, du bist im Dienst und das gehört sich nicht für einen uniformierten Beamten, klar?«

Ihr Handy klingelte. Während sie telefonierte, beobachtete sie Frank voller Hingabe. Er schien noch nie in seinem Leben derartig verliebt gewesen zu sein und sie genoss es, dass sie das Objekt seiner Zuneigung war. Sie beendete das Telefonat und beugte sich an sein Ohr.

»Ich muss mal rasch in die Kirche. Da wartet eine Beichte auf mich.«

Frank sprang auf. »Da gehst du aber nicht allein hin. Ich möchte dich nicht so vorfinden, wie wir den Kaplan bei der Beichte erwischt haben. Wer hat dich denn bestellt?«

»Du wirst es nicht glauben. Herr Giesecke war so frei.«

Er pfiff leise durch die Zähne. »Nun wird's aber interessant. Sollten wir die Front bereits aufgeweicht haben?«

»Wurde denn in seinem Schließfach was gefunden?«

Frank blätterte kurz in seinen Unterlagen. »Nee, wurde nicht. Trotzdem ist mir die Sache zu heiß!«

Er hielt kurz mit der Staatsanwältin Rücksprache und die beiden machten sich auf den Weg.

Da sie bis zur Verabredung noch ein wenig Zeit hatten, setzten sie sich in die erste Reihe der Kirchenbänke und schauten schweigend auf den kleinen Altar.

Er griff nach ihrer Hand. »Da vorn würde ich gerne mit dir stehen.«

Sie war verblüfft. »Um was zu machen?«

»Ich würde dich gerne heiraten.«

Sie war wie gelähmt und brachte kein Wort heraus. Ihr Bauch hätte sofort ja gesagt, aber ihr Kopf sperrte sich.

Er lächelte sie an. »Jetzt bist du erst einmal baff, was?«

Sie küsste ihn. »Erwartest du sofort eine Antwort? Wir haben erst einmal miteinander geschlafen.«

»Nein, zweimal, aber nur einmal miteinander gevögelt. Das ist ein guter Schnitt, findest du nicht auch?«

»Wenn du den halten willst, wird das aber eine ziemlich anstrengende Beziehung.«

Er zeigte etwas unsicher in Richtung Kreuz. »Müssen wir eigentlich über Sex reden, wenn er da hängt?«

Sie lächelte verschmitzt. »Das kann der ab. Im Grunde genommen war er auch unter der Dusche dabei.«

»Ich habe da kein Kruzifix.«

»Er war eher schützend über uns.«

»Findest du das nicht ein wenig despektierlich?«

»Nein, ganz im Gegenteil. Alles bittet um Gottes Beistand, wenn Angst herrscht. Gott ist im Sterbezimmer, im Schützengraben, in der Matheklausur, er sitzt bei der Fahrprüfung mit im Auto und er war sogar bei den Menschen im World Trade Center. Warum soll er ausgesperrt werden, wenn zwei verliebte Menschen wunderbaren Sex miteinander machen?«

Er war unsicher. »Du meinst, er hat zugeschaut, bei allem?«

»Woher soll ich das wissen? Vielleicht war er auch nur in unseren Hirnen und hat reichlich Endorphine genascht.«

Sie kuschelte sich an ihn.

»Was ist denn nun mit meinem Vorschlag?«

»Darüber können wir reden, wenn ich dich richtig liebe.«

Er richtete sich irritiert auf. »War das heute Nacht etwa nicht richtig geliebt?«

»Das, mein Schatz, war erst der Anfang.«

Hinter ihnen war plötzlich ein Räuspern zu hören. Beide fuhren erschreckt herum.

Sie fand als Erste Worte. »Hallo, Herr Giesecke, fanden Sie unser Gespräch interessant?«

Er wirkte etwas verlegen. »Ach, wissen Sie, als alleinstehender, praktizierender Katholik stehen bei mir andere Themen mehr im Vordergrund.«

»Und darüber möchten Sie auch mit mir reden?«

Er nickte. »Wie Sie es sagen, mit Ihnen, Frau Pastor.«

»Verstehen Sie mich bitte nicht falsch, aber meinen Sie nicht, dass nach den Vorkommnissen in unserer Stadt auch ein zusätzlicher, weltlicher Gesprächspartner gut sein könnte?«

»Und Sie werden schweigen, Herr Kommissar?«

»Ich werde die Quelle meines Wissen verschweigen, mehr nicht.«

»Das würde mir schon reichen.«

Sie lächelte ihn an. »Na, dann setzen Sie sich bitte zu uns und beginnen Sie, Herr Giesecke.«

»Da gibt es nicht viel zu sagen, Frau Pastorin, bis auf die Tatsache, dass ich den Auftrag habe, Sie zu töten.«

Stefanie schluckte, ihr Lächeln wirkte unter den entsetzten Augen etwas verloren. »Und wann gedenken Sie Ihren Job zu machen?«

»Das wollte ich gerade mit Ihnen besprechen.«

Frank hörte bisher ungläubig zu. »Sie können nachvollziehen, dass es uns augenblicklich nur ganz schlecht passt?«

Giesecke schaute traurig. »Bitte, ziehen Sie das Ganze nicht ins Lächerliche. Es ist mir bitterernst. Ich soll Sie wirklich töten.«

»Und von wem haben Sie den Auftrag, wenn ich fragen darf?«

»Von einer Macht, die stärker ist als wir.«

Sie versuchte vorsichtig zu sondieren. »Von einer höheren Macht?«

Er schüttelte den Kopf. »Frau Pastorin, ich bin nicht verrückt. Gott schickt niemanden, um eine untadelige Pastorin zu töten. Ich rede hier von irdischen Kräften, vielleicht sogar von dämonischen.«

Sie wollte protestieren, aber Frank hielt sie zurück. »Und wie können wir dem entgehen?«

»Sie kommen doch aus dem Norden, Frau Pastorin. Gehen Sie wieder dorthin und ich garantiere Ihnen, dass ich Sie dort nicht behelligen werde.«

»Und was ist mit mir?«

»Sie, Herr Kommissar, sollten gleich mit Ihrer Freundin gehen. Ich nehme an, dass das nur noch eine Frage der Zeit ist, wann ich den Auftrag bekomme, Sie unserem Gott näherzubringen. Und dann wären Sie nur ein weiterer ungelöster Mordfall nach Pastor Jänicke und dem guten Hauptkommissar.«

Frank wurde hellhörig. »Sie haben den Kaplan vergessen.«

Giesecke lächelte. »Stimmt, aber Ihnen kann ich es ja sagen. Alle halten mich für seinen Mörder, aber ich war es nicht.«

»Moment mal, drei Morde kurz hintereinander, alle durch das gleiche Gift und Sie waren es nicht?«

»Gift, wieso Gift?« Giesecke wirkte betroffen. »Ich beherrsche die hohe Kunst des mentalen Tötens, ich benötige kein Gift. Also, werden Sie vor mir flüchten?«

Stefanie und Frank schauten sich an.

»Wir werden, Herr Giesecke.« Frank reichte ihm die Hand. »Aber geben Sie uns noch ein paar Tage Zeit, damit es nicht wie eine Flucht aussieht.«

Giesecke ergriff sie erleichtert. »So lange kann ich meine Auftraggeber hinhalten.«

Sie schwiegen eine Weile, als sie in seinem Auto saßen. Beide staunten über das, was ihnen eben eröffnet worden war.

»Du bist ein gelernter Kriminaler, du solltest dir aus dem ganzen Quatsch einen Reim machen können.«

»Wer Giesecke nicht kennt, der würde ihn jetzt in die Klapsmühle stecken.«

»Es hört sich ja auch alles etwas wirr an, oder findest du nicht?«

»So wirr war das gar nicht. Die Morde an deinem Vater und an Bornheim waren nahezu identisch. Der Kaplan hingegen hatte von einem Fremden Besuch, das hatte mit den anderen Morden nichts zu tun. Das wusste Giesecke zum Beispiel, also ganz doof kann der nicht sein. Außerdem hätte er, wenn er einen Dachschaden hat, deinen Wink mit der göttlichen Kraft aufgenommen, das war ja geradezu eine goldene Brücke, die du ihm gebaut hast, aber da wollte er nicht drüber.«

»Bin ich nun in Gefahr oder nicht?«

»Wenn Gieseckes Story stimmt, dann erst einmal nicht.«

»Und wenn sie nicht stimmt?«

»Dann erst recht nicht.«

»Und warum schaust du dann so sorgenvoll?«

»Wenn diese geheimnisvollen Auftraggeber wirklich existieren und Giesecke von denen nicht ernst genommen wird, dann könntest du doch in Gefahr sein.«

»Und warum?«

»Weil es dann eine Taktik sein könnte, um uns aus der Ruhe zu bringen und uns unvorsichtig werden zu lassen.«

Sie wurde ungeduldig. »Was ist denn aber nun, soll ich nun Schiss haben oder nicht?«

»Du bleibst am Besten ganz ruhig. Es reicht, wenn ich Angst um dich habe.«

***

Inzwischen zog sich die Schlinge um Biegerts Hals immer enger. Die Postfächer der Kunden waren inspiziert worden und bei den meisten Bankkunden, in deren Schließfächern auch belastetes Gold gefunden worden war, lag jeweils in einem Umschlag auch eine Summe Bargeld. Harald Giesecke war zum Beispiel jemand, der bekam Bargeld, aber sein Fach war sauber. Der Filialleiter saß mit gesenktem Haupt vor der Staatsanwältin, schwieg aber eisern.

Nur sein Anwalt redete ständig: »Was ist nun, Frau Kollegin, mein Mandant hat alles gesagt, was er weiß. Sie können ihn nicht länger gegen seinen Willen festhalten.«

»Aber mich wundert, dass der so überhaupt nichts weiß. Der weiß noch nicht mal, wie das ganze Bargeld in die Postfächer seiner Bank gekommen ist.«

»Wenn er damit nichts zu tun hat, woher soll er das dann wissen?«

»Weil er es selbst reingelegt hat. Das lässt sich an den Fingerabdrücken und an der DNA ganz leicht nachweisen. Sparen wir uns also sämtliche Ausreden und beginnen gleich mit dem Geständnis.«

Biegert schaute sie an. Zum ersten Mal konnte sie seine Augen sehen und die waren kalt und wässrig.

»Ich würde mir gern mein Nitrospray aus meinem Schreibtisch holen, ich merke, wie meine Angina Pectoris wieder kommt.«

»Können Sie allein gehen oder sollen wir das für Sie holen?«

»Ich kann allein gehen.«

Er stand mit etwas Mühe auf und ging zu seinem Büro. Die Staatsanwältin gab Birnbacher mit dem Kopf ein Zeichen, dass er sicherheitshalber mitgehen sollte. Dann ging plötzlich alles ganz schnell. Biegert rannte wie ein Wiesel in sein Büro, schlug dem verdutzten Birnbacher die Tür vor der Nase zu, und bevor der die Klinke erreichen konnte, war schon das Verriegeln des Schlosses zu hören.

Birnbacher rüttelte vergeblich an der Klinke. Durch die Glaswände konnte er gleichzeitig sehen, wie der Mann an seinen Schreibtisch stürzte, mit zitternden Händen einen Schlüsselbund aus der Hosentasche holte, eine Schublade aufschloss, eine Pistole herausholte, sie entsicherte und durchlud.

»Machen Sie keinen Quatsch, Herr Biegert. Damit ändern Sie doch auch nichts.« Fieberhaft versuchte sich der junge Polizist daran zu erinnern, was ihnen zu diesem Thema auf der Schule beigebracht worden war. Richtig, man sollte die Familie ansprechen, wie traurig alle wären.

Der Mann schob sich den Lauf der Waffe in den Mund.

»Mensch, Herr Biegert, denken Sie doch an Ihre Frau!«

Biegert lachte nur hysterisch auf und dann schoss er. Den Knall der Waffe hörte er nicht mehr, Birnbacher zuerst auch nicht. Durch die Scheibe nahm er nur wahr, dass der Kopf des Bankdirektors einfach platzte. Erst danach hörte er den Knall.

Birnbacher stand kalkweiß vor der Tür, noch immer die Klinke in der Hand, und konnte das, was er da sah, gar nicht richtig begreifen. »Mein Gott, was habe ich da nur angerichtet?«

Die Staatsanwältin nahm den zitternden Mann in den Arm. »Sie können überhaupt nichts dafür, Kollege. Sie hatten nicht die Bohne einer Chance, dagegen etwas zu tun.«

»Wäre ich doch nur eine Sekunde schneller gewesen, dann hätte er nicht mehr zuschließen können.«

»Dann wäre er vielleicht anders an die Waffe gekommen und hätte Sie mitgenommen.« Sie schaute sich nach Birnbachers Ehefrau um, die ebenfalls völlig geschockt auf das Büro ihres Chefs schaute. »Sind Sie in der Lage, sich um Ihren Mann zu kümmern? Der will sich gerade für etwas die Schuld geben, womit er überhaupt nichts zu tun hat.«

Sie kam und führte ihren völlig paralysierten Mann weg.

Frau Tichel zog ihr Handy aus der Tasche und wählte die Nummer des Professors. »Hallo Prof, lässt du bitte alles stehen und liegen und kommst zu mir. Hier in der Bank wartet leider eine Leiche auf dich.«

Sie klappte ohne einen weiteren Kommentar ihr Telefon wieder zu. Pfarrer Nickel kam zögerlich auf sie zu. »Frau Staatsanwältin, dürfte ich bitte zu dieser armen Seele hinein? Ich möchte ihm die Sterbesakramente geben. Er war schließlich ein guter Katholik.«

»So dolle scheint das mit seinem Glauben aber nicht gewesen zu sein, sonst hätte er keinen Selbstmord begangen, Hochwürden.«

»Er wurde dahin getrieben, Frau Staatsanwältin, von Ihnen.«

Sie schaute auf ihre Unterlagen und tippte mit dem Zeigefinger auf eine Zeile. »Wie ich sehe, Hochwürden, hätten sie in Ihrem Postfach auch Bargeld zu erwarten gehabt. Können Sie sich erklären, wie es da hingekommen sein könnte?»

Er räusperte sich. »Ich bin ebenfalls Mitglied in einer Art Sparverein und das war für uns alle die Jahresrendite.«

Marion Tichel schaute den Geistlichen völlig verblüfft an. Sie hatte mit allem gerechnet, nur nicht mit einer auf den ersten Blick durchaus plausiblen Begründung. Sie schnappte nach Luft. »Das ist doch wohl nicht Ihr Ernst,

Hochwürden, oder? Warum erschießt der Mann sich denn dann, wenn er lediglich Zinsen eines Sparvereins auszahlt?«

»Sie haben ihm offensichtlich Angst gemacht.«

So viel Dreistigkeit eines Geistlichen hatte sie noch nie erlebt und musste alle Mühe aufbringen, die Fassung zu bewahren.

»Was ist nun, darf ich dieser armen Seele die Sterbesakramente erteilen oder nicht?«

»Oder nicht, Herr Pfarrer. Als Mitglied dieses Sparvereins sind Sie Beteiligter. Wenn Sie schon dabei sind, dann zeigen Sie doch auch gleich Ihre Sparbüchse. Sollte da etwa Gold der Reichsbank drin sein, dann ist das mit den Sakramenten für Sie erst einmal gestorben, das schwöre ich Ihnen.«

Er schaute sie aschfahl an. »Sie werden welches darin finden.«

»Und, bleiben Sie bei Ihrem Sparverein oder ziehen Sie jetzt das Beichtgeheimnis aus dem Ärmel?«

Man sah förmlich, wie der Mann mit sich kämpfte. »Es tut mir leid, aber wenn ich Ihnen Rechenschaft über meinen Besitz ablege, dann breche ich automatisch das Beichtgeheimnis anderer.«

Sie funkelte ihn böse an. »Sie sind Mitglied dieses Sparvereins?«

»Ja.«

»Dann nehme ich Sie hiermit fest, Herr Pfarrer.«

Der Rechtsanwalt mischte sich ein. »Moment mal, Frau Kollegin, da muss ich aber protestieren.«

»Sind Sie nun der Anwalt des soeben verstorbenen Biegert oder vertreten Sie Hochwürden?«

»Beide, Frau Kollegin. Was liegt gegen diesen Gottesmann eigentlich vor, was eine Verhaftung begründen würde?«

»Das kann ich Ihnen ganz genau sagen, Herr Kollege. Mitgliedschaft in einer kriminellen Vereinigung und Verdunkelungsgefahr.«

Der Anwalt plusterte sich auf. »Aber werte Frau Kollegin, nun machen Sie sich doch bitte nicht lächerlich. Wegen so einer kleinen Goldschieberei können Sie doch nicht einfach einen Priester verhaften.«

»Doch, lieber Herr Kollege. Dabei rede ich nicht von dem bisschen Gold. Es geht um mindestens 10 Tote rund um diesen seltsamen Sparverein herum!«

***

Das Treffen am Nachmittag fiel aus. Es waren zu viele Soko-Mitglieder damit beschäftigt, ihre Ermittlungen auszuwerten. Professor Himmer, Frau Tichel, Frank und Stefanie wollten sich aber doch noch mal im *Ochsen* in Heilbronn treffen, um erneut alles in Ruhe durchgehen zu können. Gerade als sie aufbrechen wollten, klingelte es an Franks Haustür. Der junge Graf wollte sie kurz sprechen.

Als Stefanie aus dem Bad kam, stand sie wie vom Donner gerührt da. »Was ist denn mit Ihnen passiert?«

Der junge Graf setzte sich ganz vorsichtig auf einen Stuhl. »Also, ich war heute Morgen in unserer Jagdhütte, um mit Wolfgang zu telefonieren.«

»Wer bitte ist Wolfgang?«, fragte Frank.

Sie schüttelte den Kopf. »Der Kaplan.«

Frank wurde sauer.»Mein Gott, den haben wir nicht umsonst sterben lassen. Woher wissen Sie überhaupt, wo der ist?«

»Das weiß ich doch gar nicht. Er ruft mich mit einem völlig neuen Handy einmal am Tag an. Das ist noch nirgends registriert und die Nummer ist unterdrückt.«

»Na, wenigstens etwas. Und weiter?«

»Heute Vormittag haben wir miteinander telefoniert. Es war genau um 11 Uhr, da rief er an, wir telefonierten und ...«

»Was, und?« Frank wurde ungeduldig.

»Ja, und dann hatte ich plötzlich einen ganz gewaltigen Brummschädel, das Handy lag abgeschaltet auf meinem Schoß, es war nach 15 Uhr, und was ganz komisch war ...«

Stefanie nickte. »Sie hatten einen seltsamen Geschmack in Mund und Nase, der nur zäh wegging. Es roch ganz penetrant nach Frühling, stimmt's?«

Graf Ronald strahlte sie an. »Richtig. Hatten Sie das auch schon einmal?«

»Ja, leider. Es handelt sich dabei um ein Gas. Manche tötet es sofort, andere macht es nur bewusstlos. Mein Vater und der gute Hauptkommissar starben daran.«

Der Graf war erleichtert. »Gott sei Dank ist ja nichts weiter passiert.«

Frank wurde nachdenklich. »Sagen Sie das nicht. Derjenige, der Sie bewusstlos gemacht hat, könnte jetzt wissen, dass der Kaplan noch lebt.«

»Wie kommst du darauf?« Sie zog die Stirn kraus.

»Wenn der Graf beim Telefonieren bewusstlos wird, dann landet so ein Handy nicht auf seinem Schoß, sondern neben ihm auf der Erde. Ich nehme an, der Unbekannte hat es hochgenommen und gehorcht, wer dran ist, und wenn er nicht ganz doof ist, dann hat er die Stimme des Kaplans erkannt.«

»Und wo ist das Problem?«

»Dann weiß eventuell der, der ihn versucht hat zu ermorden, dass es nicht geklappt hat.«

»Und was machen wir nun?«

Frank zuckte mit den Achseln. »Gar nichts. Der Killer weiß ja nicht einmal, wo der Kaplan ist. Trotzdem, ich werde den Bischof anrufen und um eine Verlegung Wallners bitten.

Stefanie ging dazwischen. »Übrigens, ich hatte eine Mail von dem bischöflichen Sekretariat auf meinem Handy, dass morgen um 10 Uhr die Beerdigung des Kaplans angesetzt ist. Hier in Schwalbach auf dem Kirchhof von St. Adomar.«

»Dann werde ich das Videoteam der Schutzpolizei anfordern. Das ist ein Schauspiel, das ich gern archiviert hätte. Vor allem können wir jeden ganz genau aufs Korn nehmen, der sich auf dem Friedhof befindet oder drumherum schleicht.«

»Aber Sie, Herr Graf, werden doch wohl anwesend sein?«

»Aber natürlich, und ich werde den trauernden Witwer spielen wie abgemacht. Aber wer wird die Beerdigung vornehmen?«

Die Pastorin zuckte mit den Achseln. »Na, ich denke Pfarrer Nickel.«

»Nee, unser Diener Fritz erzählte mir, dass der heute Nachmittag verhaftet worden sei, in der Bank.«

Frank runzelte die Stirn. »Es wird Zeit, dass wir uns im *Ochsen* treffen. Ich bin nicht mehr auf dem Laufenden, wie ich merke. Kommen Sie mit, Herr Graf?«

»Nein danke, ich habe noch einen Kater von dem Zeug.« Er zögerte beim Aufstehen. »Herr Kommissar, was ich noch fragen wollte, wissen Sie zufällig, wo mein Vater steckt? Ist der etwa auch verhaftet worden?«

Frank zuckte mit den Achseln. »Nein, nicht dass ich wüsste. Aber von Pfarrer Nickel hatte ich ja auch keine Ahnung. Vermissen Sie denn Ihren Herrn Vater?«

»Vermissen nicht direkt. Fritz fragte mich vorhin, wo er sei, und normalerweise weiß der immer ganz genau Bescheid. Das ist der Nachteil an so einem steten Leben. Da braucht nur eine Kleinigkeit schiefzugehen, und schon macht sich alles Sorgen. Vielleicht ist er auch nur wieder im Puff.«

***

Der Prof und die Staatsanwältin waren schon beim zweiten Schoppen, als Stefanie und Frank endlich im *Ochsen* ankamen.

»Es tut uns leid, aber der junge Graf hat uns noch mit der Suche nach seinem Vater aufgehalten.«

Frau Tichel nickte den beiden freundlich zu. »Sind seine Durchlaucht augenblicklich nicht zu finden?«

Der Prof grinste gehässig. »So, wie die Schwalbacher augenblicklich drauf sind, würde es mich nicht wundern, wenn der irgendwo tot aus einem Schrank kippen würde.«

»Malen Sie bloß nicht den Teufel an die Wand«, raunte die Staatsanwältin. »Wir haben im Augenblick zehn Tote, davon acht Morde, einen Selbstmörder und einen Pechvogel. Alles in diesem entzückenden Örtchen. Dann haben wir morgen noch einen riesigen Tross an Presse, die eine feierliche Beerdigung des Kaplans filmen möchte, und einen Bankdirektor und einen Priester in U-Haft. Wenn wir nicht morgen oder spätestens übermorgen mit Fakten über den Tisch kommen, dann werden sie uns in Stuttgart den Arsch aufreißen.«

Stefanie nickte. »Im Endeffekt wissen wir immer noch nicht, was hier eigentlich abgeht. Ich bekomme erst am Wochenende mehr Informationen von meinem befreundeten Rabbi.«

»Wenn ein Pathologe dazu mal etwas sagen dürfte. Sie haben mir ja eine Kopie von den hebräischen Aufzeichnungen Ihres Vaters gefaxt. Ich kann nur ganz wenig Hebräisch, aber irgendwie scheint da von einer Bruderschaft die Rede zu sein. Auch ist öfter ein Schriftzeichen zu sehen, das mit einer germanischen Rune vergleichbar ist und Thing bedeutet, also einen Rat der Stammesführer, soweit ich informiert bin.«

Frank nickte. »Um jede Menge Gold aus der Nazizeit geht es auch. Runen und Nazis, das passt ja ebenfalls. Was wir übrigens eben noch vergessen haben zu erwähnen: Der Kurzwarenhändler des Ortes hat Stefanie eröffnet, dass er den Auftrag bekommen hätte, sie zu ermorden.«

Die Staatsanwältin war irritiert. »Ja, sind die denn jetzt alle durchgeknallt? Will er es wie einen Häkelunfall aussehen lassen?«

»Ganz so durchgeknallt scheint er nicht zu sein, denn er wusste genau zwischen dem vermeintlichen Mord an dem Kaplan und den Morden an dem Pastor und dem Hauptkommissar zu unterscheiden. Der weiß mehr als ein einfacher Trittbrettfahrer.«

Der Prof wurde nachdenklich. »Wenn der Mann wirklich zu dieser Bruderschaft gehört und er einen tatsächlichen Mordauftrag hat, dann hat er ihn auf einem Thing bekommen, das soll damals üblich gewesen sein. Auf so einer Versammlung wurde der verurteilt, der gegen die Regeln der Stammesgesetze verstoßen hatte, und es wurde dort auch beschlossen, wer ein eventuelles Todesurteil zu vollstrecken hatte.«

Stefanie lachte. »Ich stelle mir gerade Herrn Giesecke vor, wie er mit einem germanischen Ziegenfell bekleidet um ein Lagerfeuer hopst.«

»Aus Sicht einer Staatsanwältin finde ich das aber gar nicht so lustig. Am liebsten würde ich Sie beide unter Polizeischutz stellen.«

Frank legte seinen Arm um die Pastorin. »Das ist sie schon. Mach dir darüber bitte keine Gedanken. Aber wenn Giesecke wirklich Mitglied dieser Bruderschaft ist, dann sollten wir ihn ab sofort unter Beobachtung halten. Vielleicht führt er uns zu diesem Thingplatz und wir können mal live miterleben, was da so beschlossen wird.«

»Der Mord an mir ist wohl schon abgesegnet, soweit ich Herrn Giesecke verstanden habe. Aber wir haben ja ausgehandelt, dass wir noch ein paar Tage hier bleiben und dann erst nach Hannover ziehen, unter diesen Umständen verzichtet er nämlich großzügig auf meine Tötung.«

Der Prof wurde hellhörig. »Dann scheint aber noch Verhandlungsspielraum zu sein. Vielleicht kommt es erst noch zu diesem Thingentscheid.«

»Um so wichtiger wäre es, dann auch dabei zu sein.«

Die Staatsanwältin fischte ihr Handy aus der Handtasche und stellte den Kurzwarenhändler ab sofort unter Sonderbeobachtung.

Stefanie lächelte. »Und, wie habe ich mir das jetzt vorzustellen? Rennen jetzt an die hundert Leute mit durchlöcherten Zeitungen durch Schwalbach?«

»Non, ma chère, da kommen Profis und keine Kabarettisten. Wenn du es nicht wüsstest, dass Giesecke beschattet wird, würdest du es nicht merken, Hand drauf.«

»Na, wenn die dir mal nicht abfällt. Aber was mir noch aufgefallen ist, war eine Äußerung Gieseckes. Danach nahm er die Morde an meinem Vater und am Hauptkommissar ohne zu zögern auf seine Kappe. Er würde mental morden, wie er es ausdrückte. Aber mit dem Mord am Kaplan wollte er nichts zu tun haben. Dann muss doch ein Bruder etwas aus dem Ruder gelaufen sein, oder?«

»Stimmt, denn ein echter Bruder mordet nur nach Thingbeschluss», räusperte sich der Prof. »Aber was meinte der Mann mit mental morden?«

»Das hat er nicht gesagt.«

»Das wäre für die Blutanalysen der Mordopfer interessant zu wissen, denn dieses mentale Morden kann eigentlich nur aus der Welt des Voodoos entnommen sein, in der Menschen durch schiere, künstlich erzeugte Angst sterben. Das würde sich in einem enormen Adrenalinspiegel niederschlagen, der schon bei der Standardobduktion zu erkennen wäre. Ein anderes mentales Morden kann ich mir nicht vorstellen.«

»Und wann ist die Blutanalyse endlich fertig? Ich möchte bald mal wissen, wie mein Vater zu Tode gekommen ist.«

»Morgen müsste es so weit sein. Das Problem an der ganzen Sache ist, dass wir nicht wissen, wonach wir suchen. Ich bin mir sicher, dass uns da nur die angeschriebenen Labore in Übersee weiterhelfen können.«

»Hören Sie mal, Prof, könnten Sie eventuell Ihren Bruder mal etwas fragen?«

»Was denn?«

»Mir kommt das etwas komisch vor, dass wir hier ohne das BKA und die ganzen Großkopferten aus Stuttgart herumwursteln dürfen – oder müssen.«

Die Staatsanwältin nickte. »Ich würde eher sagen müssen, denn eigentlich bräuchten wir etwas Hilfe. Die Nummer wird mir ein wenig groß.« »Gern«, der Professor machte sich eine dementsprechende Notiz auf dem Handy. »Mich würde auch interessieren, was der dazu sagt. «

Frank wurde ungeduldig. »Und wie gehen wir nun morgen vor?«

»Um 11 Uhr steht die Beerdigung des Kaplans auf dem Programm. Der Sekretär des Bischofs wird die Kiste feierlich aussegnen.«

»Weiß der eigentlich, dass der Sarg leer sein wird?«

Die Staatsanwältin war erstaunt. »Davon gehe ich doch wohl stark aus, oder?«

Frank grinste. »Da wäre ich mir nicht so sicher. Ich an der Stelle des Bischofs würde dem guten Mann nichts davon sagen, um so weniger verhaspelt er sich. Was wird danach stattfinden?«

»Die Presse wird verarztet werden müssen. Übrigens, Prof, bis dahin muss ich von Ihnen noch einen ganz genauen Bericht haben, woran der Kaplan gestorben sein soll. Tja, dann werden wir sehen, was die Beschattung Gieseckes bringt, und die restlichen Schließfächer müssten bis dahin gesichtet sein. Wenn das alles passiert ist, setzen wir uns wieder zusammen.«

»Ich habe übrigens das Videoteam aus Stuttgart angefordert. Die sollen die Beerdigung mitdrehen.«

»Sehr gut, gibt es sonst noch was?«

»Ja, das habe ich vergessen. Bis ich nicht eine gesonderte Bewachung für euch beide organisiert habe, möchte ich nicht, dass ihr in Schwalbach übernachtet. Ihr pennt heute Nacht hier im Hotel, wir treffen uns dann morgen in Schwalbach auf dem Revier, okay?«

»Und was ist mit dir, fährst du heute noch nach Stuttgart?«

Sie schüttelte den Kopf. »Nein, ich werde bei Werner schlafen.«

»Bei wem, bitte?«

»Ich werde beim Prof schlafen, vielleicht sogar auch mit ihm, wenn noch Zeit ist, wo ist das Problem?«

Frank war völlig verdattert. »Davon wusste ich gar nichts.«

»Warum auch, wir haben vergessen, dich zu fragen.«

»Herr Professor, Sie haben mir nie ein Sterbenswörtchen darüber erzählt!«

Stefanie tätschelte Franks Arm. »Warum sollte er das tun, Herr Oberkommissar. Der Mann erzählt nur etwas über Frauen, die er obduziert hat. Und so weit wollen wir es doch bei der lieben Frau Staatsanwältin nicht kommen lassen, gelle?«

»Stimmt«, lachte sie. »Das wäre mir dann doch ein wenig zu intim!«

15

Der Friedhof lag in der prallen Sonne und die kleine Trauergemeinde stöhnte unter der Hitze. Frank war sich inzwischen sicher, dass der bischöfliche Sekretär keine Ahnung davon hatte, was hier gespielt wurde. Sichtlich darüber erschüttert, dass niemand von der Familie des jungen Kaplans anwesend war, segnete er den Sarg höchst bewegt in der leeren Trauerhalle aus.

Mit erkennbarer Anteilnahme verfolgten die paar Anwesenden, wie sehr sich die vier bestellten Sargträger abmühten, das schlichte Erdmöbel vom Katafalk auf den Trauerwagen zu wuchten. Ein älterer Träger brach fast unter der Last zusammen.

Stefanie beugte sich zu Frank und flüsterte. »Kannste mal sehen, wie sehr sogar die Katholen sparen müssen. Von uns hätte er zwei Träger mehr bekommen.«

»Wozu?«, raunte der zurück. »So schwer kann doch die leere Kiste gar nicht sein.«

Der kleine Zug mit dem Sarg an der Spitze setzte sich in Bewegung. Der junge Graf, der sich sichtlich bemühte, einen forschen Schritt an den Tag zu legen, folgte stellvertretend für die engsten Angehörigen dem Sarg, und dann kamen schon Stefanie und Frank. Frau Tichel und der Prof hätten sich dazu bereit erklärt, die Trauergemeinde zu verdoppeln. Es schlossen sich noch einige Pressevertreter an. Sie konnten es überhaupt nicht nachvollziehen, warum die Redaktion sie hierher nach Schwalbach gejagt hatte, nur weil hier ein Verlierer verscharrt wurde. Es war wieder so ein heißer, drückender Tag, der nicht der ihre zu werden schien.

Am Grab angekommen, begann erneut das Schauspiel der unfreiwilligen Gewichtheber. Vor allem der Alte war es, der Frank Sorgen bereitete, und bevor er helfend dazueilen konnte, brach der Mann unter der Last zusammen. Der Mann schrie auf, als hätte der Sarg ihm das Bein gebrochen, mit dem er versucht hatte, sich vor dem Fall zu schützen. Frank hob den Sarg mit hoch, während Stefanie den jammernden Mann darunter wegzog.

Der Kommissar schüttelte den Kopf. »Entweder werden hier Bleiplatten entsorgt oder wir beerdigen gerade einen Elefanten.« Er gab den Sargträgern ein Zeichen. »Macht die Kiste auf, ich will sehen, was da drin ist.«

Die Sargträger schauten sich unsicher an. »Dürfen wir das überhaupt?«, fragte einer unsicher in die Runde. »So was habe ich noch nie gemacht.«

Frank winkte Birnbacher heran. »Dann machen wir das eben.«

Zu dritt brauchten sie kaum zwei Minuten, um die Sargschrauben zu lösen und den Deckel anzuheben. Der alte Graf grinste ihnen mit völlig entspanntem Gesicht entgegen, noch immer rosarot und geradezu grotesk anzusehen.

Die Staatsanwältin schaute sich um und glotzte ziemlich dämlich in diverse Kameraobjektive, die aber hauptsächlich Großaufnahmen vom völlig fassungslosen Graf Ronald machten, der seinen toten Vater im Sarg immer wieder anstupste. »Mensch, Papa, mach doch keinen Quatsch, was ist denn mit dir?«

Der Professor fasste ihn bei den Schultern und richtete ihn wieder auf. »Mein Beileid, Herr Graf. Ihr Vater ist tot.«

Stefanie zog ihn von dem Sarg weg. »Komm her, mein Junge, hier kannst du nichts mehr tun.«

»Aber wie kommt mein Vater in diesen Sarg hinein?«

»Das zu klären, wird nun die Aufgabe der Polizei sein.«

***

Falk hätte einiges dafür gegeben, bei der Beerdigung des Kaplans dabei zu sein, aber er musste seinen alten Freund und Mitarbeiter Wulfila von Tirpitz vom Parkplatz abholen. Wie er es nicht anders von ihm gewohnt war, rollte der Mietwagen um Punkt 11.30 Uhr auf dem von ihm beschriebenen Parkplatz aus. Die beiden Männer begrüßten sich herzlich. Von Tirpitz hätte ebenfalls aus einem Modemagazin stammen können, so sehr ähnelten sich die beiden gelockten Muskelprotze.

»Na, altes Haus, hast du noch ein paar Seelen für mich übrig gelassen, oder ist Schwalbach schon eine Geisterstadt?«

»Mach dir keine Sorgen, es ist noch genug für dich da. Im Augenblick beerdigen sie grade den alten Grafen, ohne es zu wissen.«

»Und was ist mit dem jungen?«

»Der tut's noch.«

»Ach, schau mal einer an, die Sahneschnittchen hast du für dich gelassen, oder?«

Nach einer halben Stunde Fußmarsch hatten sie ihre Höhle erreicht.

Mit anerkennendem Blick registrierte Wulfila die technische Ausstattung der Unterkunft.

»Ist das hier das Schwalbacher Pressezentrum?«

Falk lachte. »So ähnlich. Komm, hilf mir mal mit der Satellitenschüssel.«

Anhand des Pieptones konnten sie die Antenne exakt ausrichten und kurze Zeit später erschien auch der Farbbalken auf dem Bildschirm des Laptops.

»Was ist überhaupt mit deinem Großonkel los? Von Schaltung zu Schaltung wird der alte von Tirpitz immer weniger.«

»Der Krebs frisst ihn auf.«

»Und warum macht er keine Chemotherapie?«

»Weil ihm die Haare ausgehen könnten und das würde dieser eitle Knopf nicht verkraften.«

»Da hat er sich einfach entschlossen zu sterben?«

»Du kennst ihn, konsequent war er schon immer.«

Die beiden alten Herren waren plötzlich auf dem Bildschirm zu sehen.

Der alte General eröffnete die Runde. »Hallo, Wulfila, schön, dass du gut angekommen bist.«

»Guten Tag, Herr General, hallo, Onkel.«

Von Tirpitz nickte ihm zu.

»Wie sieht es in Schwalbach aus, Falk, hast du alles erledigen können?«

»Den alten Grafen kannst du abhaken, den findet man vorläufig nicht wieder.«

»Das ist gut so, mein Junge. Leichen können doch ganz schön plaudern.«

»Wie meinst du das?«

»Ein guter Freund aus Chile soll gerade eine Anfrage aus Stuttgart bearbeiten, einen Mordfall in Schwalbach betreffend.«

»Geht es um die Orchidea Marron?«

»Si, mein Sohn. Die scheinen da einen recht pfiffigen Rechtsmediziner zu haben.«

»Könnt ihr ihn erst einmal mit Unsinn beschäftigen?«

»Das habe ich schon veranlasst. Dennoch sollte er beizeiten weggeräumt werden, bevor er zu pfiffig wird. Und nun, ihr Kerle, hört gut zu. Unser Stützpunkt in Schwalbach wird aufgelöst.

Der Schwalbacher Forst wird, durch einen Sponsor finanziert, einen neuen Feuerturm bekommen. Mit allem modernen Schnickschnack. Der wird am Montag, den 5. Juli, durch eine, sagen wir mal, befreundete Firma aufgestellt. Den Materialtransport übernimmt eine Helikopterfirma aus der Schweiz mit einem speziellen Lastenhubschrauber. Die Genehmigungen werden bis dahin von unserem Mann im Landratsamt beschafft werden. Ihr habt dann dafür zu sorgen, dass das gesamte Rest material auf den Paletten verzurrt wird und pünktlich zum Abtransport vor dem alten Bergwerk bereitsteht.«

»Und wie sollen wir das zu zweit schaffen?«

»Im Stollen steht für solche Transporte ein Radlader, der noch keine zehn Jahre alt ist. Sorgt dafür, dass bis dahin die Batterien aufgeladen sind.«

»Und wohin wird das alles transportiert?«

»Auf einem nahe gelegenen Militärflughafen wird eine von der chilenischen Luftwaffe gecharterte Antonow bereit stehen, die alles an Bord nimmt. Offiziell lädt sie Hilfsgüter für die Erdbebengebiete.«

»Und was ist mit unserer Bruderschaft?«

»Die wird so gut wie gar nichts davon mitbekommen. Frau Dr. Kleefisch wird heute noch von mir instruiert werden. Ihr müsst vorher nur die Leitung zum alten Hochstand aufbauen, die dann vom Schloss aus auf den Satelliten geht. Der Graf kann uns ja jetzt leider nicht mehr weiterhelfen.«

»Großvater, eine Frage hätte ich noch. Was wird aus dieser Schwester Else?«

»Sie wird den Abtransport des Materials nicht überleben, tragisch, aber nicht zu ändern.«

»Und wer wird mit ihr gehen?«

»Das werden wir von Fall zu Fall entscheiden.«

»Was haben wir in den nächsten Tagen zu tun?«

»In Stuttgart sitzt einer unserer Brüder in U-Haft. Es ist nur noch eine Frage der Zeit, wann der plaudert. Ein Anwalt wird heute noch Antrag auf Kaution stellen. Morgen früh um 9 Uhr deutscher Zeit wird er frei sein. Kümmert euch bitte um ihn.«

***

Als Frank die Sitzung eröffnete, war er denkbar angespannt. Sie hatten enorm viel Wirbel verursacht, inzwischen war mit dem Grafen der elfte Tote in dieser Sache aufgetaucht, aber sie waren kein Stückchen weitergekommen. Nun saß ihnen natürlich auch die Presse im Nacken. Für den späten Nachmittag wurde eine Pressekonferenz einberufen.

»So, Leute«, schüttelte Frank den Kopf. »Um 16 Uhr werden Frau Tichel und ich der Presse zum Fraß vorgeworfen. Was sollen wir denen bitteschön sagen? Fällt jemandem irgendetwas ein?«

Birnbacher meldete sich. »Wir sollten denen alles sagen, von jedem einzelnen Toten, von der Bruderschaft, vom Gold, einfach alles.«

»Und was versprechen Sie sich davon?«

»Dass uns die Presse vielleicht so unterstützt, dass die Damen und Herren der Bruderschaft noch mehr unter Druck geraten und endlich die Fehler machen, auf die wir schon so lange hoffen.«

Die Staatsanwältin schüttelte den Kopf. »Lieber Kollege Birnbacher, was meinen Sie, was in Schwalbach los sein wird, wenn morgen in der Bildzeitung etwas von elf Toten stehen sollte, und dass hier jede Menge Nazigold gefunden wurde. Dagegen wäre der Goldrausch vom

Clondike nur ein müdes Volksfest gewesen. In kürzester Zeit hätten wir Mord und Totschlag und in einer knappen Woche wäre das gesamte Naturschutzgebiet komplett umgepflügt und Schwalbach platt.«

Frank nickte. »Du hast ja völlig recht, aber irgendetwas müssen wir denen sagen. Dass wir plötzlich den toten Grafen in einem Sarg finden, der eigentlich für den Kaplan bestimmt war, ist schlicht und ergreifend erklärungsbedürftig. Wir wollten diese Beerdigung als Show für die Galerie, nun haben wir den Salat, der Clown ist vor laufender Kamera geplatzt.«

Der Kollege Reindl vom BKA nickte. »Wenn wir mit den offensichtlichen Giftgasopfern kommen und dann noch eventuell mit Nazigold, dann ist hier politisch die Hölle los.«

»Ich bin zwar kein Freund von Lügen«, der Professor putzte sich seine Brille, »aber wie wäre es, wenn wir einen Schwalbach-Ripper kreieren würden. Die Presse hätte etwas zu schreiben, die Leute würden voller Panik Frauen und Kinder von der Straße holen, aber wir könnten hier die nächsten Tage schalten und walten. Wir jagen ja den Ripper, während sich die wahren Mörder in Sicherheit wiegen würden.«

Frank nickte. »Das erscheint mir augenblicklich der beste Weg. Gibt es Einwände?«

Stefanie verzog nachdenklich das Gesicht. »Ihr seid euch darüber im Klaren, dass wir dann zur Hatz blasen und mit Sicherheit irgendwelche arme, fremde Schweine gehetzt werden, die damit nichts zu tun haben?«

»Das ist richtig.« Die Staatsanwältin ballte derartig heftig die Fäuste, dass ihre Knöchel weiß schimmerten. »Aber wir hätten die Situation einigermaßen unter Kontrolle, wovon wir bei den ersten Möglichkeiten nur träumen könnten.«

Sie schaute sich in der Runde um. Keiner erwiderte etwas. »Okay, dann werde ich das mit Stuttgart absprechen.«

Birnbacher wunderte sich. »Und was ist mit dem hiesigen Landratsamt?«

»Die sollen schön weiterrätseln. Ich könnte einiges darauf verwetten, dass da irgendein Bruder oder eine Schwester an der Quelle sitzt. Die sind mir hier zu nahe dran.«

Marion Tichel verließ kurz die Sitzung, um alles mit ihren Vorgesetzten abzustimmen und sich somit Rückendeckung zu holen. Als sie wieder in den Sitzungssaal kam, stand Frank am Flipchart und teilte die Mannschaft gerade neu ein.

»Leute, die Situation hat sich vollständig verändert. In Schwalbach wird fröhlich gemordet, aber von verschiedenen Personen, und deshalb sollten wir unsere Untersuchungsgruppen neu formieren.«

In diesem Augenblick wurde Stefanie vom Wachhabenden ein Fax gereicht. Sie schaute kurz auf den Absender und begann sofort zu lesen. Je weiter sie kam, desto blasser wurde sie.

»Entschuldige bitte, Frank«, räusperte sie sich. »Ich würde gerne etwas vorlesen. Das hier ist die Übersetzung der hebräischen Niederschrift meines Vaters, die der Rabbi aus Hannover liebenswürdigerweise angefertigt hat.«

»Ja natürlich, fang bitte an.«

»Mein Kind, ich weiß nicht, wann du diese Zeilen lesen wirst. Gott wird mir, deiner Mutter und uns alten Schwalbachern kaum verzeihen können, und so bitten wir um die Gnade, dass wenigstens du uns verzeihen mögest. Wir waren verblendet von sehr viel Gold. Seit 1946 bis heute lebte fast das ganze Dorf von einem sagenhaften Schatz, den Nazis gegen Ende des Krieges im alten Silberbergwerk versteckt hatten. Die Schwalbacher Honoratioren gründeten eine Bruderschaft. Schon bald zeigte sich der Fluch des Segens, denn die Verschwendungssucht der Jugend machte es uns Alten unmöglich, unser Geheimnis an folgende Generationen weiterzugeben, ohne Gefahr zu laufen, alles zu verlieren. So schwiegen wir uns den folgenden Generationen gegenüber aus, und wer zu alt und im Geiste zu schwach wurde, den mordeten wir zur Schande unseres Schöpfers. Ich schwieg, also mordete ich mit. Gott möge den Unwissenden gegenüber gnädig sein, aber uns strafe er so, wie wir es nicht anders verdient haben, in Ewigkeit, amen.«

Stefanie wischt sich Tränen aus dem Gesicht. Frank legte seinen Arm um ihre Schultern.

Die Staatsanwältin ergriff nach einem kurzen Augenblick des Schweigens das Wort. »Also haben wir hier ein Dorf, das sich seelenruhig selbst gemordet hat – in mindestens vier Fällen, bis«, sie zögerte, »ja, bis was passierte?«

»Bis ein junger Oberkommissar den Tod einer Pastorengattin im eigenen Garten als brutalen fünften Mord entlarvte.« Der Prof putzte schon wieder an seiner Brille herum. »Aber dann kam ein Schnitt. Es wurde nicht mehr gemordet, es wurde gemetzelt. Der alte Maubach war kein Brudermord, das war ein hasserfülltes Abschlachten. Ich bin fest davon überzeugt, dass da ein Trittbrettfahrer zugeschlagen hat.«

Die Staatsanwältin nickte. »Wäre nicht das Schicksal in Form eines wirklichen Unfalls dazwischengekommen, dann hätte Schwalbach zum zweiten Mal einen Maubach aufgefressen, nämlich nach seiner Frau auch den alten Meister.«

Frank schaltete sich wieder ein. »Ab diesem Zeitpunkt wurde in einem noch nie da gewesenen Umfang professionell getötet, heimtückisch, schnell und absolut präzise.«

»Wir haben zwar nur einen Fall, aber mindestens drei Mörder, wobei ich ebenfalls sicher bin, dass der Mord an dem alten Fleischermeister nicht in die Reihe gehört. Deswegen werden Sie drei Ermittlungsgruppen gründen: Die Ermittlungsgruppe *Bruderschaft* besteht aus Oberkommissar Posselt, der Frau Pastorin und dem Kollegen Birnbacher. Die Gruppe *Maubach* bilden die Kollegen Reindl und Heisele und last but not least haben wir die Gruppe *Giftgas,* die von Professor Himmer geleitet wird. Dort werden die Kollegen Schnitzler und Brandtner ermitteln. Der Kollege Meiser macht z.b.V.« Sie schaute sich in der Runde um. »So, Leute, nun drückt die Daumen, dass uns die Presse die Rippernummer abkauft. Und wenn es stimmt, dass Gott mit den Ahnungslosen ist, haben wir ein weiteres Teammitglied, denn ich bin mir absolut sicher, dass wir noch einige Überraschungen erleben werden.«

***

Es war schon später Nachmittag, als Else Kleefisch am Hochstand ankam. Um Punkt 16.30 Uhr sollte sie dort eintreffen, war ihr von einer unbekannten Stimme am Handy gesagt worden, und nun hatte sie nur noch fünf Minuten, um sich darüber zu ärgern. Wenn man sie schon über Handy erreichen konnte, warum musste sie dann hierher in den Wald kommen und auf dieses Ding hochsteigen? Immer wieder schaute sie sich nervös um, ob sie nicht eventuell von einem Spaziergänger beobachtet wurde. Was sollte auch eine ältere Dame ohne jegliche waidmännische Ausrüstung auf einem Hochstand? Sie fühlte sich gedemütigt, vor allem hatte sie Angst vor dem, was sie zu hören bekommen würde. Sie war völlig außer Form und musste nach jeweils drei Sprossen, die sie sich hochzog, eine Pause machen. »Else, du fettes Schwein, eigentlich hätten sie dich notschlachten müssen, nicht den Grafen.«

Bei einer weiteren Pause dachte sie darüber nach, ob der Graf eigentlich gewusst hatte, dass seine Stunde geschlagen hatte. Man will sich ja schließlich vorbereiten, wenn man vor seinen Schöpfer treten soll. »Also, wenn sie mir jetzt die rote Karte zeigen, dann werde ich das erhobenen Hauptes hinnehmen, basta. Wenn ich etwas hasse, dann sind es Menschen, die um ihr lächerliches Leben auch noch jammern.«

Sie hing an der Leiter und musste wieder Pause machen, um eine neue Panikattacke abzuwarten. »So, Elseken, jetzt durchatmen, dann noch drei Stufen und dann auf in den Kampf!«

Begleitet von einigen Flüchen zog sie sich mühsam auf die Plattform. Sie blieb erst einmal liegen, um durchzuatmen, dann setzte sie sich auf die Holzbank. Ihr blieben lediglich 30 Sekunden und sie schnaufte noch immer wie ein Walross. Sie beschloss, in Zukunft mehr für ihre Kondition zu tun, wenn ihr überhaupt die Zeit dazu bliebe. Wieder kam Panik in ihr hoch. Auf die Sekunde pünktlich zog sie den Holzpfropf aus dem Astloch.

»Guten Tag, Schwester Else, wie geht es Ihnen?«

»Ich glaube kaum, Bruder Großmeister, dass Sie mich durch den Wald scheuchen, um mich das zu fragen.«

»Wie wahr, Schwester Else, wie wahr. Von dem Heimgang des Grafen haben Sie gehört?«

»Natürlich, ganz Schwalbach spricht von nichts anderem – und von den Schließfächern und überhaupt.«

»Und was beschäftigt die Leute am meisten am Tod des Grafen?«

»Eigentlich gar nicht der Tod selbst, sondern die Frage, was aus dem Kaplan geworden ist.«

»Tja, so sind sie, unsere Schwalbacher. Schwester Else, wissen Sie, dass jetzt Großes auf Sie zukommt?«

Sie lächelte gespannt. »Ich habe schon daran gedacht, nur wagte ich es ehrlich gesagt nicht zu hoffen.«

»Doch, Schwester Else, Sie sind einstimmig zur Äbtissin erhoben worden.«

Die Ärztin glitt von der Bank und kniete ergriffen vor dem Astloch. »Bruder Großmeister, das ist der Ehre zu viel. Ich bin doch nur eine kleine Arbeiterin im Weinberg des Herrn.« Es war vielleicht ein wenig dick aufgetragen, aber das hatte der deutsche Papst auch gesagt, als er die Wahl annahm, und das hatte ihr gefallen. »Bruder Großmeister, Sie beschämen mich.«

»Nein, Schwester. Sie beschämen mich mit Ihrer ehrlichen Demut. Wen wollen Sie sich als Stellvertreter nehmen?«

Sie zögerte. »Darüber konnte ich natürlich noch gar nicht nachdenken, aber wenn ich mir jemanden aussuchen dürfte, dann würde ich mich auf ...«

Die Stimme unterbrach sie. »Das ist eine gute Wahl, Schwester Else. Bruder Giesecke schwebte uns auch vor. Sie werden mit Sicherheit gut miteinander harmonieren.«

»Ja, aber ...«

»Gibt es noch Fragen?«

»Nein.«

»Dann sollten Sie ganz schnell ein Thing vorbereiten, auf dem Sie den personellen Wunsch der Ordensleitung per Wahl bestätigen lassen sollten.«

»Das werde ich machen, Bruder Großmeister, aber es gibt noch so viele andere Dinge, die ich mit Ihnen besprechen muss.«

»Die da wären?«

»Wir sollten uns zum Beispiel um unseren inhaftierten Bruder kümmern.«

»Darum brauchen Sie sich nicht zu kümmern, das werden wir machen.«

»Und was soll mit den ganzen Finanzen werden, wir müssen uns eine neue Bank suchen.«

»Derartige Probleme hat Ihr seliger Vorgänger ohne unsere Hilfe lösen können.«

»Dann werde ich dies auch tun.«

»Wohlan, Schwester Äbtissin, wir erwarten Großes von Ihnen.«

Sie hörte nur noch ein Klicken, dann verstopfte sie wieder das Astloch.

»Wir erwarten Großes von Ihnen«, äffte sie den Großmeister nach, während sie sich die Leiter wieder hinunterquälte. »Der wird Großes von mir kriegen, verdammte Hacke, und es wird so groß werden, dass ich nie wieder auf dieses verschissene Ding klettern muss!«

***

Die Pressekonferenz lief überraschend friedlich ab. Der Ripper wurde sofort gefressen und die Presse machte sich gleich ans Werk, um mit spitzer Feder oder ungeheuer wichtigem Kameragesicht diese Neuigkeit unters Volk zu bringen.

Die Staatsanwältin reichte Frank ein Fax, das ihr zwischendurch gegeben worden war. Er überflog es kurz.

Stefanie runzelte die Stirn. »Und, gibt es etwas Weltbewegendes?«

»Wie man es nimmt. Der Schwalbacher U-Häftling ist ab morgen wieder auf freiem Fuß. Es wurde für ihn eine Kaution hinterlegt.«

»Aber wer hinterlegt für einen Pfarrer eine Kaution? Etwa die Kirche? Und wie geht das überhaupt an? Es handelt sich um mehrfachen Mord und eine kriminelle Vereinigung.«

Frau Tichel lächelte sarkastisch. »Was mich in meiner Meinung bestärkt, dass hier ein ganz großes Ding abgezogen wird. Und wir gucken wie die angeketteten Tanzbären nur dumm zu.«

Auch Frank wurde sauer. »Was geht hier ab? Normalerweise kommt bei elf Toten der Innenminister persönlich und zu uns schicken sie noch nicht einmal seinen Chauffeur.«

Die Brille des Professors war immer noch nicht sauber. »Also entweder gehört zu den Brüdern und Schwestern jemand ganz Großes, oder die ganze Sache ist von so hohem Wert, dass sich keiner die Finger verbrennen will.«

Frank überlegte. »Morgen wird Pfarrer Nickel auf Geheiß von irgendjemandem auf freien Fuß gesetzt. Vielleicht geht er zu diesem, wenn er draußen ist. Vielleicht sollten wir einfach bei ihm sein, damit wir morgen Abend schlauer sind.«

»Na, dann werden wir ihm morgen eine Zecke mit auf den Weg geben.« Sie zog ihr Handy aus der Tasche und leitete in Stuttgart alles Nötige ein, um den Pfarrer beschatten zu lassen.

Frank ergriff Stefanies Hände. »Die Übersetzung hat dich vorhin ziemlich umgehauen, oder?«

»Ja, natürlich, dass in Schwalbach etwas oberfaul war, wussten wir ja schon, aber dass es so dicke kommen würde und dass unsere Eltern da derartig mitgemischt haben, hätte ich niemals für möglich gehalten.«

»Aber zwischen mitmischen und mitwissen ist doch ein kleiner Unterschied.«

»Wo denn, bitte? Wer davon reich wird, ist mehr als nur ein Mitwisser.«

»Aber was bringt dich dabei so in Nöte?«

Ihr kamen die Tränen. »Irgendwie hat meine eigene Kindheit dadurch ihre Unschuld verloren. Wir beide wurden dadurch auch reich und wir sind dadurch auch mitschuldig.«

Er nahm sie in den Arm. »Wären wir es weniger, wenn wir das Geld dem Staat zurückgeben? Würdest du dich nur ein kleines bisschen besser fühlen, wenn sich der Landrat von diesem Geld einen neuen 7er Dienst-BMW kaufen würde?«

Sie schnaubte kräftig in ein Taschentuch. »Eigentlich nicht.«

»Siehst du, aber du fühlst dich verdammt viel besser, seitdem du keine finanziellen Sorgen mehr haben musst.«

»Genau das macht mich ja so schuldig.«

»Wirst du das Geld zurückgeben?«

Sie musste gleichzeitig lachen und weinen. »Bist du wahnsinnig, vielleicht kann man mit der ganzen Knete auch hier und dort mal ein wenig Engel spielen.«

Sie lächelte wieder. »Also nicht mehr Bonnie and Clyde?«

»Nein, nur noch Robin und Hood.«

Sie küssten sich.

Marion verstaute ihr Handy wieder in der Tasche. »Was ist, Herr Oberkommissar, finden Sie es richtig, der örtlichen Kirchenleitung in den Kopf zu beißen?«

»Solange Sie, Frau Staatsanwältin, mit dem leitenden Pathologen Körperflüssigkeiten austauschen, ja.«

Sie musste grinsen. »Es sind zumindest unsere eigenen, aber Touché, Herr Kollege, Touché.«

Stefanie schaute auf die Uhr. »Was liegt jetzt noch an?«

»Wir werden jetzt den morgigen Tag vorbereiten. Den Schlossberg nach dem Schatz zu durchsuchen, wird eine anstrengende Sache.«

»Kommt denn wirklich keine Verstärkung?«

»Wenn ich morgen noch jemanden für die Beschattung bekomme, kann ich von Glück reden.«

Frank überlegte. »Ich werde mal einen alten Kumpel besuchen. Der ist in der Gegend ein höheres Tier beim THW. Die spielen ja hin und wieder gerne mal in alten Höhlen. Mal sehen, ob ich die nicht zur Mithilfe überreden kann.«

»Ich würde gerne mal im Pfarrbüro nach dem Rechten sehen und natürlich auch zu Hause vorbeischauen, ob noch alles steht.«

Die Staatsanwältin schaute besorgt auf. »Das ist mir aber gar nicht recht, wenn Sie allein auf Entdeckungstour gehen.«

Frank beruhigte sie. »Was soll schon passieren, das Objekt wird doch bewacht.«

»Okay, aber nehmen Sie sich sicherheitshalber den Meiser mit. Wer weiß, wie lange die Kollegen vor der Tür zufällig auf dem Klo waren, wenn es ernst wird.«

***

Inzwischen war es Abend geworden, Meiser saß mit einer riesigen Tüte Chips vor dem Fernseher und die Pastorin machte es sich mit einer großen Tasse Tee in der Küche bequem. Eben hatte sie eine geschlagene Stunde mit ihrem Sohn telefoniert. Sie hatte ihm genau vom Tod seiner Großeltern erzählt und auch von Frank, dass es etwas Ernstes zwischen ihnen werden könnte. Was heißt werden könnte, das war es ja schon. Im Grunde ärgerte sie sich darüber, wie sehr sich eine gestandene Frau, Mutter und Akademikerin derartig in einen Kerl verlieben konnte. In den Augen, mit denen sie noch vor einer Woche die Welt betrachtet hatte, war das geradezu lächerlich.

Es klingelte an der Tür. Der Wachtmeister verschüttete beim Hochspringen einen Teil seines Knabberzeugs.

Beide waren gleichzeitig an der Tür, Meiser hatte die Hand an seiner Dienstwaffe. Stefanie öffnete die Tür. Der Professor und einige andere Kollegen standen davor.

»Guten Abend, Stefanie.«

»Hallo Prof, was machen Sie denn hier?«

Sie traten ein und die Kollegen der Spurensicherung begannen sofort mit ihrer Arbeit.

»Es tut mir leid, wir müssen noch mal dienstlich werden.«

»Mein Gott, was ist denn passiert?«

»Wir haben in dieser Wohnung DNA von einer Person gefunden, die mit der mutmaßlichen Mörderin des Fleischermeisters blutsverwandt ist. Obendrein ist diese Person auch noch die Tochter des Grafen.«

»Die Mörderin oder die Person?«

»Die Mörderin.«

Sie starrte ihn fassungslos an. »Und Herr Posselt ist eigentlich meine Urgroßmutter?«

»Selbst das würde ich in diesem seltsamen Dörfchen nicht mehr kategorisch ausschließen.«

Sie setzte sich mit glasigem Blick. »Wollen Sie auch einen Tee?«

»Gern.« Der Professor goss sich ein und setzte sich ebenfalls.

»Lassen Sie uns doch bitte noch mal rekapitulieren. Sie behaupten, oder besser gesagt, die DNA-Spuren belegen, dass die mutmaßliche Schlächterin des alten Fleischermeisters Maurer zum einen die Tochter des Grafen ist und zum anderen eine Mutter hat, die hier, in diesem Haus, gewesen sein muss.«

»Das erzählte uns ein benutztes Taschentuch aus dem Abfalleimer dieser Küche hier. Nun wollen wir noch mehr DNA davon sichern, um diese Person zweifelsfrei identifizieren zu können.«

»Ein Taschentuch aus dieser Küche hier?«

»Dann kann nur ich die Mutter der Mörderin sein oder meine Mutter.«

»Nein, Ihre DNA hatten wir ja, als Ausschlussmaterial.«

Sie schlug mit den Händen auf den Tisch. »Dann hat der Graf die erste unbefleckte Zeugung hingelegt. Tja, so heilig scheint der heilige Geist dann doch nicht gewesen zu sein. Dumm gelaufen, schon wieder eine Religion im Eimer.«

Der Prof schlürfte seinen Tee. »Und welche Frauen laufen hier sonst noch so rum?«

»Na eben keine, bis auf Frau Kruse.«

»Und das ist keine Frau.«

»Ist sie schon, aber keine, mit der ein Graf ein Kind gezeugt haben könnte. Das ist doch lächerlich. Da glaube ich eher an die unbefleckte Zeugung.«

»Dann gibt es hier aber auch einen Heiligen Geist mit Schnupfen.«

»Also, wenn Sie sichergehen wollen, nehmen Sie sich die Haarbürste, die unter dem Spiegel unten im Gästebad liegt. Die wird nur von Frau Kruse benutzt, sonst von niemandem.«

Kurz vor 23 Uhr kam Frank aus dem Revier. Kollege Meiser freute sich, dass damit für ihn Feierabend war.

»Na«, Frank nahm Stefanie in den Arm, »hat der Prof alles gefunden, was er suchte?«

»Ich kann's immer noch nicht glauben, dass unsere Frau Kruse etwas mit dem ganze Kram zu tun haben soll, schon gar nicht mit dem Mord am alten Maubach.«

»Spätestens in zwei Tagen wissen wir mehr. Hast du Lust, etwas essen zu gehen?«

»Um diese Zeit? Da kannst du grade mal noch schottisch essen gehen, ansonsten sind die Küchen zu.«

»Dann gehen wir zu mir, ich habe noch ein paar Pizzas in der Tiefkühltruhe.«

»Ich denke, das wurde uns von der bösen Tante Marion verboten.«

»Mir wurde es als Jugendlicher auch verboten, mit nackten Frauen gemeinsam duschen zu gehen, und es war einfach herrlich.«

Sie küssten sich.

Sie lächelte ihn an. »Wie gut muss dann erst die Pizza werden.«

***

Es war 5 Uhr morgens, als die beiden frierend auf dem Parkplatz unterhalb des Schlosses standen. Sie versuchten, sich mit Kaffee zu reanimieren. Diesmal war es nicht wilder, hemmungsloser Sex, der sie um den Schlaf gebracht hatte, sondern ein wildgewordener, hemmungsloser Wecker.

Frank übernahm die Gruppe, die in das stillgelegte Bergwerk einsteigen sollte, Stefanie schloss sich der Gruppe an, die das Schloss nach irgendwelchen geheimen Gängen in das Bergwerk untersuchen sollte. Beide waren durch Sprechfunkgeräte miteinander verbunden.

Um Punkt 5.30 Uhr wurde der versiegelte Eingang der alten Silbermine geöffnet. Das THW war mit mehreren Lichtwagen vor Ort, um für genügend Arbeitsbeleuchtung zu sorgen.

Frank hatte eine starke Halogen-Stirnleuchte um und in der Hand noch einen starken Scheinwerfer. Der erste Blick in den Hauptstollen war wenig verheißungsvoll. »Mein Gott, da brauchen wir ja allein für die Spinnweben eine Machete.«

»Lassen Sie mal«, beruhigte ihn ein Gruppenführer des THW. »Weiter drin sind keine Spinnen mehr. Selbst diese

Viecher benötigen hin und wieder Sonne, um Beute zu machen.«

Sie machten sich auf. Der Mann hatte recht, schon nach 20 Metern war nichts mehr von Gespinsten zu sehen. Dafür wurde die Luft recht modrig. Sicherheitshalber führte das THW eine Atemluftmessung durch. »Stopp, hier geht es vorläufig nicht weiter. Der Partialdruck des Sauerstoffs ist zu weit unten.«

Er forderte Kollegen mit schwerem Atemschutz an, die ein ganzes Stück tiefer in der Mine Lüftungsgebläse aufbauen sollten. Frank ging erst einmal wieder an die frische Luft. Er probierte den Sprechfunk aus. »Stefanie, hörst du mich?«

»Klar und deutlich. Seid ihr schon drin?«

»Noch nicht, es muss erst noch für frische Atemluft gesorgt werden. Und ihr?«

»Nein, wir sind erst in zwei Minuten oben am Schloss. Ich melde mich dann, wenn wir drin sind.«

Der junge Graf, der schon am Vorabend informiert worden war, wartete bereits auf sie. »Morgen, Frau Pastorin, einigermaßen geschlafen?«

»Ging so, und Sie?«

»Kaum, mir ging so viel durch den Kopf.«

»Das kann ich nachvollziehen. Haben Sie denn schon den Rest der Familie benachrichtigen können?«

»Nein, noch lange nicht. Ich muss mich erst einmal mit der Hilfe von Fritz durch den Stammbaum arbeiten. Im Laufe von 1200 Jahren hat sich da einiges zusammengeläppert. Was wollen Sie von unserem Schloss genau wissen?«

»Ob es irgendwelche geheimen Gänge zwischen dem Schloss und dem alten Bergwerk gibt.«

»Die gibt es. Ich bin als Kind selbst mal durch einen solchen Gang geschlichen und habe dafür von meinem

Vater ganz gewaltig den Hintern voll bekommen. Mal sehen, ob wir den wiederfinden. Kommen Sie doch erst einmal herein.«

Sie und der Kollege Birnbacher folgten Graf Ronald auf den Schlosshof.

»Aber lieber Graf, wenn Sie den Gang als Kind gefunden haben, dann werden Sie ihn uns doch wohl auch jetzt noch zeigen können, oder?«

»Versuchen kann ich es ja. Fritz hat heute seinen freien Tag, da ist er immer auswärts bei seiner Schwester. Der wüsste genau, wo wir zu suchen hätten. Fritz ist der einzige noch lebende Mensch, der in diesem Gemäuer wirklich jeden Winkel kennt«, lächelte er Stefanie an. »Sie schauen so zweifelnd?«

»Ehrlich gesagt, ja. Wenn Sie mir sagen, dass Sie sich in dem Schloss, in dem Sie Ihre Kindheit verbrachten, nicht genau auskennen, kommen mir Zweifel daran, ob Sie wirklich bereit sind, uns bei der Suche zu helfen.«

»Wenn Sie erst einmal unten sind, dann werden Sie mir glauben. Die Kellergewölbe sind ca. eineinhalb mal so groß wie der Grundriss des Schlosses, und Dresche habe ich deswegen bekommen, weil meine Eltern Angst hatten, mich in diesem Labyrinth nie mehr wiederzufinden.«

Sie stiegen einer nach dem anderen eine schmale, feuchte Kellertreppe hinab in die alten Vorratsräume der Grafen.

»Hier wurden einmal Kartoffeln, Rüben und Wurzeln eingelagert. Dort hinten waren die Fleisch- und Käsekeller. Weiter dahinter die Apfel- und Obstkeller.«

»Mein Gott«, raunte Stefanie erstaunt. »Wie groß war Ihre Familie eigentlich?«

»In der großen Zeit des Adels waren im Schloss über 50 Bedienstete, die alle neben einem kleinen Gehalt auch Kost und Logis erhielten. Mit deren Familien waren aus diesen Kellern den Winter über 300 Menschen zu ernähren. Und damals gab es noch keine Kühlschränke.«

Sie gingen immer tiefer in die Gewölbe hinein. Die Pastorin schaute sich ehrfurchtsvoll um. »Wie lange waren Sie nicht mehr hier unten?«

Er lachte. »Na, zwanzig Jahre werden es schon sein.«

Sie kamen in die alte Mosterei. In der Mitte des großen Arbeitsraumes standen alte Bottiche, die von dichtem Schimmel überzogen waren. An den Wänden ragten Regale bis zur Decke, auf denen noch immer Tausende von Saftflaschen lagerten.

»Könnte man das noch trinken?«

»Ich glaube nicht. Da hinten haben wir noch alte Fruchtweine. Da könnte vor allem von den Roten noch etwas genießbar sein. Wir haben Obst bis Mitte der 70er Jahre gekeltert, dann hat es sich wegen der Steuer nicht mehr gelohnt.«

Die Kellerlandschaft wurde immer unwirklicher. Nun waren auch die Flurwände über und über mit Wein- und Sektregalen verstellt. Hin und wieder glimmte eine Kellerlampe hinter völlig verstaubten Lampengläsern, die alles in ein honigfarbenes Licht tauchten. Dann durchquerten sie einen großen Raum, in deren Mitte große Kupfergefäße standen.

»Was wurde hier gemacht?«

»Das war die Brennerei und ein Raum weiter die Brauerei.«

»Ihre Familie hatte auch Braurecht?«

»Nicht direkt. Neben der Schlosskapelle lebten immer ein oder zwei Mönche, die das Bier und den Schnaps für uns brauten bzw. brannten. Mitte des 15. Jahrhunderts bekam mein Urahne, weiß der Teufel, der wievielte es war, deswegen auch Ärger mit dem Kurfürsten. Da wurde bei einem Ball dem Kardinal, der damals noch im Schloss

Ludwigsburg beim König wohnte und immer nur pleite war, ein Ledersäckchen voller Dukaten zugesteckt. Von da ab durfte sich der gräfliche Sitz auch Kloster nennen, solange ein Mönch hier wohnte. Das war damals ein heiß begehrter Job. Hier konnte weitab der Kirche gebraut, gebrannt, gefressen und gehurt werden, und die Minkwitze hatten die lästige Steuer von der Backe und immer jemanden zur Hand, der die Beichte abnehmen konnte.«

Die Pastorin lachte. »Also hat sich, was die Politik betrifft, nicht viel geändert.«

»Gar nichts hat sich geändert. Überhaupt nichts.« Er zeigte auf eine schier endlose Reihe von Weinregalen, die noch voll mit Weinflaschen waren. »Hinter einem dieser Gestelle ist ein zugemauerter Zugang zum Bergwerk, aber fragen Sie mich bitte nicht, hinter welchem.«

***

Inzwischen hatten die Ventilatoren genug frische Luft in die Gänge des alten Bergwerks gepumpt, dass Frank und seine Gruppe tiefer in die Stollen vordringen konnten. Seit Stunden kontrollierten sie nun schon einen Stollen nach dem anderen, und nichts deutete darauf hin, dass hier in den letzten zwanzig Jahren jemand gearbeitet hätte oder nur entlanggegangen wäre. Manche Stollen waren so einsturzgefährdet, dass ein Begehen lebensgefährlich gewesen wäre.

Wieder im Hauptstollen angelangt, kontrollierten sie die Karten, die sie vom Landratsamt erhalten hatten. »Also ich sehe nichts, was nur annähernd auf den Versammlungsort einer Bruderschaft hindeuten würde. Gibt's eventuell einen zweiten Einstieg oder sogar einen Schacht?«

Der Einsatzleiter des THW, ein erfahrener Höhlenforscher, schüttelte den Kopf. »Hier ist nichts eingetragen und das sind offizielle Karten, die von einem öffentlich bestellten Vermesser angefertigt wurden. Da kann ich mir kaum irgendwelche Unregelmäßigkeiten vorstellen. Was mich hingegen wundert, ist die Tatsache, dass der Berg nur zur Hälfte ausgebeutet wurde. Meinen Messungen nach müsste die Ausdehnung des Bergs doppelt so weit sein.«

Frank kratzte sich am Kinn. »Das ist wirklich merkwürdig. Ich kann ja mal die anderen fragen, ob die nun inzwischen einen Einstieg gefunden haben. Stefanie, hörst du mich?« Sein Funkgerät begann plötzlich zu rauschen und ihre Stimme war völlig verzerrt und unverständlich.

»Nee Leute, das hat keinen Sinn.«

»Herr Oberkommissar«, der THW-Mann tippte auf einen nicht weit entfernten Punkt auf der Karte, »hier war in der Stollenwand ein Stück gemauert. Das könnte ein Durchbruch zu irgendwas sein. Da würde ich gerne noch mal dran kratzen.«

Frank nickte. »Na, dann auf. Noch haben wir ja Zeit. Ich bin selbst drauf gespannt, wo wir landen werden.«

Nach fünf Minuten hatten sie den Ort erreicht und fingen sofort an, mit Brecheisen die Steine der schlecht gemauerten Wand zu lockern. Schon nach fünf Minuten war durch kleine Ritzen ein schwacher Lichtschein wahrzunehmen, und kurze Zeit später hatten sie ein Loch von einem halben Meter Durchmesser in den Durchbruch gestemmt. Vor sich erkannten sie die Rückseite eines Weinregals.

Frank versuchte noch einmal zu funken. »Stefanie, hörst du mich jetzt?«

»Ja, jetzt kommst du laut und deutlich hier an. Wo seid ihr denn?«

»Wir haben einen Mauerdurchbruch gemacht und stehen nun vor einem Weinregal.«

»Wunderbar, wir stehen seit Stunden vor Weinregalen und suchen danach, wo es weitergehen könnte. Könnt ihr euch nicht irgendwie bemerkbar machen?«

»Wir halten mal die Pressluftröte bei euch rein. Das müsstet ihr hören.«

Der Krach war infernalisch, aber sie konnten sich wunderbar orientieren. Schon nach kurzer Zeit fanden sie sich.

»Und nun, sollen wir das Regal zur Seite räumen?«

Frank schüttelte den Kopf. »Wozu? Wir können euch jetzt sagen, was hier hinter ist, nämlich nichts von Interesse. Habt ihr was gefunden?«

»Wie denn? Diese Seite des Berges ist weitaus unüberschaubarer als euer Bergwerk. Hier gibt es keine Karten, dafür jede Menge Regale, Gerümpel und Schimmelpilze.«

»Dann verstopfen wir das Loch wieder und machen Schluss. Wir treffen uns nachher auf dem Parkplatz.«

16

Um Punkt 9 Uhr früh öffnete sich das Tor der Untersuchungshaftanstalt. Pfarrer Nickel wirkte etwas verloren, wie er da stand und sich umschaute. Ein silberfarbener Passat hielt direkt vor ihm und ein junger Geistlicher stieg aus, um ihn zu begrüßen. Aus sicherer Entfernung beobachteten zwei Kriminalbeamte aus Stuttgart die Szene.

Nickel schien zuerst zu zögern, stieg dann aber doch in den Wagen des Geistlichen mit ein. Der junge Mann verstaute die Reisetaschen des entlassenen Häftlings im Kofferraum und startete den Motor. Der Wagen der Kripo folgte.

Kurze Zeit später befuhr der kleine Konvoi die Autobahn, um aber gleich wieder an einem Autohof den Blinker zu setzen und abzufahren. Nach einigem Herumkurven hielt der Priester an einer Tankstelle. Die beiden Beamten blieben in Sichtweite.

»Was meinst du«, fragte ein Polizist den anderen, »warum er ihn gerade aus dem Knast abholt?«

»Keine Ahnung. Mich würde wundern, wenn die sich überhaupt etwas zu erzählen haben. Nach dem, was ich so durchs Fernglas erkennen kann, ist das noch ein ziemlich junger Spund. Sieht ganz gut aus mit seinen langen blonden Haaren. Scheint auch ein ziemlicher Hüne zu sein. Der wird einige Probleme haben, sein Zölibat vor den Weibern zu verteidigen.«

»Aber so, wie es aussieht, hat der Knacki auch nicht viel zu erzählen. Es sieht so aus, als würde der die ganze Zeit auf seiner Hinterbank schmollen.«

Beide lachten und warteten geduldig, dass es weiterginge. Der junge Mann hängte die Tankpistole wieder ein und ging zum Bezahlen.

***

Der Professor saß zu diesem Zeitpunkt nach langer Abwesenheit wieder einmal an seinem Schreibtisch. Die Proben, die sie gestern in der Pastorenwohnung genommen hatten, waren eingereicht, nun konnte er nur noch auf die Ergebnisse des Labors warten.

Sein Telefon klingelte. Er nahm ab und zögerte erstaunt. »Das Wolferl Laumann, bist du das?«

»Ich bin es wirklich, altes Haus!«

»Hör mal, du Wiener Wimperntierchen, woher rufst du an, das hört sich nach einer fremden Galaxie an?«

»Aus Santiago de Chile, ich habe hier an der Uni einen Forschungsauftrag erhalten.«

»Na hör mal, dann bist du dort am Tropeninstitut?«

»Genauso ist es.«

»Das ist ja ein Zufall, ich habe da gerade eine Anfrage laufen, weißt du davon?«

»Genau deshalb rufe ich dich an. Das Militär hat sich eingeschaltet und das hat nach wie vor hier nichts Gutes zu bedeuten. Du wirst heute oder morgen eine negative Antwort bekommen, ich habe davon etwas in der Kantine mitbekommen. Das ist Bullshit, was sie dir da auf Anweisung erzählen sollen. Irgendwie spielt bei der ganzen Nummer eine Orchidea Marron eine Rolle.«

»Eine braune Orchidee?«

»Richtig. Am besten, du wendest dich mit dieser Information an die Professorin Estrella Marcia in São Paulo vom dortigen Tropeninstitut. Die kann dir mit Sicherheit weiterhelfen.«

»Ja, Wolferl, ich danke dir, aber das scheint doch mit Sicherheit keine Frage des Könnens, sondern des Wollens zu sein.«

»Deswegen die Marcia. Die hat einen ungeheuren Rochus auf jegliches Militär und alle Geheimdienste dieser Welt. Die hat selbst jahrelang im Militärgefängnis gesessen.«

»Okay, Wolferl, ich danke dir für den Tipp. Und pass auf dich auf, hörst du?«

***

Die beiden Kripobeamten warteten noch immer auf die Rückkehr des jungen Priesters.

»Mein Gott, nimmt der noch jemandem die Beichte ab oder haben sie den auf dem Klo eingeschlossen?«

»Vielleicht beides und er lässt sich obendrein noch einen Hamburger heiß machen.«

»Aber das mache ich doch nicht, wenn ich einen Passagier habe, der sowieso schon stinkig ist.«

Das Handy klingelte. Der Beamte meldete sich.

»Hallo, Frau Staatsanwältin. – Nein, der wurde von einem Priesterkollegen abgeholt. Die tanken gerade hier am Autohof. Es müsste aber jeden Moment weitergehen. Der Fahrer ist schon eine ganze Weile beim Bezahlen.«

Da wurde der Beamte von seinem Kollegen angestoßen. »Guck doch mal da. Da scheint etwas nicht zu stimmen. Die gucken so komisch in das Auto rein.« Er zeigte auf das von ihnen zu beobachtende Fahrzeug.

»Frau Staatsanwältin, ich melde mich gleich noch einmal bei Ihnen. Hier scheint irgendetwas anzubrennen. Wir schauen gleich mal nach.« Er legte auf.

Sein Kollege setzte das Blaulicht auf das Fahrzeug und die beiden rasten zur Tankstelle hinüber. Als sie dort ankamen, hatte sich schon ein dichter Menschenring um den Passat gebildet. Der Beamte schaute durch die Autofenster auf einen stur geradeaus blickenden Priester, der sich nicht regte, selbst wenn man heftig gegen die Scheiben klopfte. Die Türen ließen sich nicht öffnen.

Ohne zu zögern holten sie aus ihrem Wagen ein Brecheisen und schlugen die Scheiben des Passats ein. Der seltsame Geruch eines sehr aufdringlichen Parfums strömte ihnen entgegen. Beiden Polizisten wurde schwummerig. Einer von ihnen setzte sich taumelnd an den Bordstein, erbrach sich und kippte nach links. In diesem Augenblick traf der erste Streifenwagen ein, den der Tankwart alarmiert hatte.

Der andere Kripobeamte schaute, nachdem er ein paar Mal kräftig durchgeatmet und wieder einen klaren Kopf hatte, nach dem Insassen. Fassungslos musste er dessen Tod feststellen.

Da sah er seinen Kollegen auf der Straße liegen. »Mein Gott, Jürgen, was ist denn mir dir los?« Er rannte ums Auto herum und drehte seinen Kollegen auf den Rücken.

Die beiden Schutzpolizisten halfen ihm dabei. Vergeblich horchte er am Mund des anderen, ob er Atemgeräusche hören konnte. Ihm schossen die Tränen in die Augen. Verzweifelt begann er mit Herzdruckmassage. Einer der Schupos klopfte ihm tröstend auf die Schultern. »Mensch, Kollege, das wird nix mehr. Guck mal, wie komisch der aussieht.«

Er hatte recht. Beide Leichen hatten einen Teint wie rosarote Marzipanschweinchen. In diesem Augenblick landete ein Rettungshubschrauber auf dem Parkplatz.

Der völlig verschreckte Kripobeamte wählte die eingespeicherte Nummer der Staatsanwältin. »Frau Tichel, hier ist etwas Furchtbares passiert. Der Entlassene sitzt tot in einem ganz seltsam riechenden Auto und mein Kollege hat etwas von diesem Duft eingeatmet und sich gleich danebengelegt.« Er wischte sich die Tränen aus dem Gesicht. »Das kann ich Ihnen nicht sagen. Ich habe keinen Puls mehr gefühlt, der Notarzt kümmert sich schon um ihn.«

Er wurde von einem anderen Beamten unterbrochen. »Wissen Sie, wo der Fahrer des Wagens ist?«

»Der muss drin sein, um zu bezahlen. Ein junger Priester, ein Riesenkerl, knapp zwei Meter groß und lange blonde Haare.«

Der Tankwart schüttelte den Kopf. »Hier war kein Priester zum Bezahlen, und schon gar nicht so einer. Hier war überhaupt kein Kirchenmann.«

Marion Tichel hörte gespannt am Telefon mit, während sie mit der anderen Hand auf ihrem Handy die Telefonnummer der Einsatzzentrale wählte. »Hier Tichel, Staatsanwaltschaft. Hört mal her, Kollegen, es geht um den Einsatz, der gerade auf dem Autohof an der ..., richtig, genau der. Schickt hin, was ihr habt. Sofort alles großräumig absperren, jeder, der den Autohof verlassen will, muss sich ausweisen. Schickt bitte auch einen Polizeihubschrauber, der den Wald hinter dem Rastplatz im Auge behält. Wir suchen einen jungen Priester, 1,95 Meter groß mit langen blonden Haaren, der mindestens fünf Morde auf dem Gewissen hat.« Sie horchte angespannt. »Ja, das kann man so sagen. Wir suchen im wahrsten Sinne des Wortes einen Todesengel.«

***

Frank und Stefanie trafen sich wie verabredet. Sie gab ihm einen Kuss, was ihm vor versammelter Mannschaft etwas peinlich war.

»Der Graf hat uns beide eingeladen, auf dem Schloss einzuziehen. Er lässt den Motorbau sein, ich die Religion, du die Verbrecherfängerei, und wir lassen alle drei Käse im Schlosskeller verschimmeln. Wäre das nicht eine Alternative?«

»Wenn wir mit diesem ganzen Mist nicht weiterkommen und noch mehr von solchen Nullnummern landen, dann schon. Dann brauchen wir nur noch irgendwelche Viecher, die Milch geben.«

»Die können wir in der Gegend bei den Bauern kaufen.«

»Ich sehe dich schon auf dem Wochenmarkt den *Minkwitzer Stinker* verkaufen und irgendwann wirst du dann genau wie der Käse riechen.«

»Und spätestens dann wirst du mit der Fischverkäuferin aus dem Dorf durchbrennen, weil die etwas besser riecht, ich weiß.«

»Hat denn der Graf noch irgendetwas zu unserem Fall beisteuern können?«

»Nein, dazu war auch gar keine Zeit.«

Ihr Handy klingelte. Der Prof war dran.

»Hallo, Stefanie, leider habe ich eine schlechte Nachricht für Sie. Die betreffende weibliche DNA in Ihrer Wohnung ist eindeutig Frau Kruse zuzuordnen. Ich würde sagen, wir treffen uns gegen 13 Uhr bei Ihnen im Pfarrhaus und Sie bestellen die liebe Frau dorthin. Ich komme dann auch, wenn nichts dazwischenkommt, okay?«

Die Pastorin war völlig von den Socken. »Okay, Professor, ich leite alles Nötige ein.« Sie legte auf.

Frank schaute besorgt. »Schon wieder eine Hiobsbotschaft?«

»Das kannst du wohl sagen. Himmer war gerade dran. Wir wissen, wer die Eltern der mutmaßlichen Mörderin des alten Maubachs sind.«

»Mach's nicht so spannend, wer ist es denn?«

»Unser Graf und meine Frau Kruse.«

Frank war jetzt ebenfalls völlig ratlos. »Das gibt es doch gar nicht. Da kannst du mir genauso gut erzählen, dass Claudia Schiffer und Dirk Bach die Eltern vom Daniel Küblböck sind.«

»So dämlich es sich anhören mag, es stimmt, was ich dir sage. Der Prof hat das gestern extra noch mal überprüft.«

»Aber ich bitte dich, wie kommt denn ein Graf dazu, etwas mit einem so einfachen Mädchen anzufangen? Das kann ich mir einfach nicht vorstellen.«

Noch während der Fahrt auf die Polizeidienststelle erreichte sie ihre Haushälterin telefonisch und verabredete sich um 13 Uhr mit ihr. Als sie am Revier eintrafen, war vor dem Gebäude der Teufel los. Rundherum hatten Satellitenübertragungswagen geparkt, die alle bereits ihre Antennen ausgerichtet hatten. Mindestens 20 Kamerateams lagen vor dem Haupteingang auf der Lauer. Frank hatte Mühe, seinen Wagen auf den Hof zu steuern, dessen Einfahrt vorher von Kollegen geräumt werden musste.

»Kann mir mal jemand sagen, was hier los ist? Wurde Bornheim inzwischen heiliggesprochen?«

»Das wäre kein Thema für die Presse. Aber wie ich sehe, sind Sie völlig doof, oder?«

»Mensch, Birnbacher, nun spannen Sie mich nicht auf die Folter. Was ist geschehen?«

»Pfarrer Nickel und ein Polizeikollege sind auf der Fahrt von der U-Haft nach Schwalbach umgebracht worden, von einem 1,95 Meter großen, blondgelockten Rauschgoldengel.«

»So eine Scheiße, warum erfahre ich davon nichts?«

»Weil Sie in diesem Bergwerk nicht über Handy zu erreichen waren. Außerdem ist Frau Tichel schon vor Ort.«

»Toll, dann werden wir uns den Termin mit dem Prof auch abschminken können.«

Stefanie konnte den beiden Herren, die die Treppen raufstürmten, kaum folgen. »Nun wartet doch mal. Mir ist da etwas eingefallen.«

»Und was, wenn ich bitten darf?«

»Sei doch nicht so gereizt, ich habe schließlich niemanden umgebracht.«

Er nahm sie kurz in den Arm. »Sorry, meine Nerven sind ein bisschen dünn. Also, was ist dir eingefallen?«

»Dieser Mietwagen, den wir nach dem Vorfall mit dem jungen Kaplan gefunden haben, die Beschreibung des Vermieters war ganz ähnlich. Er sprach von einer Art Jung Siegfried.«

»Stimmt, du hast recht. Birnbacher, sorgen Sie bitte dafür, dass der Mietwagenfritze auf dem Präsidium eine Phantomzeichnung anfertigt.«

»Und was kann ich jetzt tun?«

»Ruf gleich mal bei Frau Kruse an. Unser Date wird sich wohl auf den Nachmittag verschieben.«

»Und was machst du?«

»Ich werde einen Dompteur anrufen. Vielleicht kann der mir Tricks verraten, wie ich nachher mit der Presse fertig werden kann.«

Pünktlich um 14 Uhr begann die Pressekonferenz. Weil das Polizeirevier nicht mehr ausreichte, wurde sie kurzerhand in den Stadtsaal verlegt. Sogar der Landrat gab sich die Ehre. Geleitet wurde sie von der Staatsanwältin, die ebenso pünktlich in Schwalbach eintraf. Aber auch sie konnte nicht verhindern, dass sich die Veranstaltung ins Tumultartige aufschaukelte.

Kurz vor drei fuhren Frank und Stefanie mehr oder weniger geschafft zum Pastorenhaus. Frau Kruse wartete schon mit einer frischen Tasse Kaffee und frisch gebackenem Butterkuchen auf sie.

Stefanie umarmte sie dafür. »Anja, ich danke Ihnen, ohne Sie wären wir glatt verhungert.« Sie begutachtete die Kaffeetafel. »Nur zwei Gedecke?«

Frau Kruse war verlegen. »Ich dachte, Sie möchten mit dem jungen Herrn Kommissar allein sein.«

»Nein, Anja, holen Sie sich bitte auch Tasse und Teller. Wir haben etwas mit Ihnen zu besprechen.«

Anja ging in die Küche.

»Hör mal, bist du dir darüber im Klaren, dass du eventuell eine Mörderin umarmt hast?«

»Erstens ist sie nur die Mutter einer mutmaßlichen Mörderin und zweitens heißt es noch immer *In dubio pro reo*, verstanden?«

Frau Kruse kam mit ihrem Geschirr herein, setzte sich und goss auch sich eine Tasse Kaffee ein. »Das ist aber schön, dass wir einmal zusammen an einer Kaffeetafel sitzen. Zuletzt war das bei Ihrer Konfirmation, können Sie sich daran noch erinnern?«

Die Pastorin schaute sie prüfend an. »Richtig, war da nicht auch noch Ihre Tochter dabei?«

Frau Kruse war verblüfft. »Was für eine Tochter?«

»Na, Ihre Tochter!«

»Ich weiß wirklich nicht, von welcher Tochter Sie reden, Frau Pastor.«

Frank mischte sich ein. »Frau Kruse, wir wissen, dass Sie eine Tochter haben, aus sicherer Quelle!«

»Aber woher soll ich eine Tochter haben?« Plötzlich schossen ihr Tränen in die Augen. »Es war also ein Mädchen?«

Sie griff nach einem Taschentuch und weinte plötzlich hemmungslos. Frank und Stefanie sahen sich hilflos an. Sie nahm ihre Haushälterin liebevoll in den Arm und wartete, bis sie sich etwas beruhigt hatte. »Anja, ich glaube, Sie sollten uns jetzt einmal alles erzählen, was Sie bedrückt.«

Sie schnäuzte sich. »Alles, nein, Fräulein Pastor, alles kann ich Ihnen nicht erzählen.«

»Fangen Sie am besten mit Ihrem Elternhaus an. Ihr Vater war doch Apotheker, stimmt's?«

Frau Kruse schaute sie fassungslos an. »Woher wissen Sie das?«

»Sie hatten so etwas Seltsames in Ihrer Stimme, als Sie davon erzählten.«

»Das kann sein.« Sie schnäuzte sich wieder.

»Was passierte in der Nacht, als Ihr Vater umgebracht wurde, wer war alles dabei?«

»Die Scharnow-Zwillinge, der alte Kleefisch, der Vater vom Bank-Biegert und vor allem der alte Maubach. Der war ja der SA-Gauleiter und der hatte auch noch ein paar Kerle mit.«

Frank wurde stutzig. »Schau an, der alte Maubach war also noch der einzige Zeit- und Augenzeuge.«

»Richtig, das waren die Schlimmsten. Die kamen auch zu uns. Es war der 22. Juli 1944. Meine Geschwister und ich wurden von einem gellenden Schrei wach und hörten immer wieder die Stimme meines Vaters, der dauernd rief: *Nehmt mich, aber lasst meine Frau in Ruhe*! Wir sprangen sofort aus unseren Betten und schauten, was unten los war, und so wurden wir Zeugen, was sie mit unserer Mutter machten. Zwischendurch entdeckten sie uns Kinder, meine große Schwester, meinen kleinen Bruder und mich. Wir mussten mit ansehen, wie meine Mutter immer wieder unter dem dröhnenden Gelächter dieser Tiere vergewaltigt wurde. Als sie zu stark blutete, kamen wir Kinder dran, immer und immer wieder. Dann haben sie meinen tobenden Vater, den sie schon vorher mit den gefesselten Händen ans Treppengeländer gehängt hatten, einfach hinter sich hergeschleift, als sie gingen.«

»Haben Sie ihn in der Kirchenglocke hängen sehen?«

»Nein, ich konnte eine ganze Woche nicht mehr laufen. Meine Geschwister auch nicht. Als wir davon hörten, was mit ihm passiert ist, hat sich Mutter die Pulsadern aufgeschnitten. Wir Kinder wurden aufgeteilt. Ich kam zu den Maubachs, meine Schwester zum Kleefisch, zum sozialen Jahr, hieß es offiziell, und Bruno zu den Scharnows, aber er ist, so wie ich hörte, eine Woche später an einer Darmentzündung gestorben. Weiß der Teufel, was die mit ihm noch alles angestellt haben. Meine Schwester konnte während der Wirren, als die Amis 1945 die Stadt eroberten, aus dem Hause Kleefisch fliehen. Wohin, weiß ich nicht. Ich habe auch nie wieder etwas von ihr gehört.«

»Wie erging es Ihnen?«

»Na ja, ich habe halt überlebt.«

»Nein, Frau Kruse, Sie können jetzt nicht einfach Schluss machen. Jetzt müssen Sie endlich einmal reinen Tisch machen.«

Sie nickte und nahm sich ein neues Taschentuch. »Ich hatte insofern Glück, dass der Meister damit zufrieden war, wenn ich ihn oral befriedigte. Auf diese Weise konnte unten herum alles heilen. Nach einem halben Jahr musste ich aber wieder ran. Er befriedigte sich und dann brachte er auch ab und zu ein paar alte SA-Leute mit. Nach Kriegsende bin ich zur amerikanischen Stadtkommandantur und habe mich dem diensthabenden Sergeant anvertraut. Der Meister kam ins Gefängnis.

Zwei Tage später wurde plötzlich die Tür meiner Kammer aufgerissen, und der Sergeant und vier Militärpolizisten fielen über mich her, dabei hörte ich, wie der Meister in der Küche laut lachte. Danach hat er mir gesagt, wenn ich das noch einmal täte, würde er mit mir zur Garnison fahren, und da würden 1.000 Mann nur auf mich warten. Ich blieb dann beim Meister. So musste ich wenigstens nur ihm und jeden Donnerstag seinen Skatbrüdern zu Willen sein.«

»Wer waren diese Skatbrüder?«

»Damals war ja der alte Maubach noch Gauleiter der Wehrwölfe, der noch blutjunge Graf sein Adjutant und die anderen Skatbrüder waren wieder der alte Biegert und der Vater der Doktorin. Die alle freuten sich natürlich auf jeden Donnerstag, den es der Herrgott werden ließ, jahrelang. Irgendwann wurde ich schwanger und am 12. Dezember 1960 wurde ich entbunden, unten in der Wurstküche. Die Doktorin Kleefisch war damals als junge Medizinalassistentin dabei. Ich habe das Kind nur ein Mal schreien hören, das war alles. Während der Schwangerschaft habe ich immer gedacht, es wären zwei, aber mir haben sie gesagt, es sei nur eines gewesen und das sei gestorben. Aber ein paar Jahre später, als der Meister mal besoffen war, hat er mir gesagt, dass er das Kind damals verkauft habe, an irgendeine Industriellenfamilie, die keine eigenen Kinder hatte, und wegen ihrer, wie er im Suff sagte, deutschen Gesinnung, die dem jüdischen Jugendamtsleiter nicht passte, keine Kinder adoptieren durften.«

»Sie blieben danach weiter in Maubachs Diensten?«

»Ein paar Jahre noch, bis er plötzlich nach einer Prostataoperation impotent war. Da wurde ich gefeuert.«

»Wie haben Sie sich dann über Wasser gehalten?«

»Was sollte ich machen, ich konnte doch nur Wurst und die Beine breit machen, und Wurst gab es in Schwalbach schon genug. Da habe ich in meiner kleinen Wohnung halt Männerbesuch gehabt. Der Landrat, der alte von Gentern und der Bürgermeister durften umsonst und der Rest musste bezahlen.«

»Wie lange ging das so?«

»Knapp zwei Jahre. Da kamen eines Nachts plötzlich die Damen der Gemeinde, vorneweg die Ehefrauen des Landrates und des Bürgermeisters. Die sind über mich hergefallen und haben mir mit einem Rasiermesser die Brüste zerschnitten. Dann haben sie auch noch mein Zimmer in Brand gesteckt. Ihr Herr Vater, Gott sei seiner Seele gnädig, hat mich aus dem brennenden Haus gerettet. Im Krankenhaus wollten sie keine Hure aufnehmen und da hat er mich ins Pastorenhaus geschleppt. Ihre Mutter, dieser Engel, war ja im Krieg an der Front Krankenschwester gewesen, die hat mich genäht, mit in Jod getränkter Paketschnur, so gut sie eben konnte. Ihr Vater ist noch mitten in der Nacht mit dem Fahrrad zum Militärhospital der Amis nach Heilbronn gefahren und hat dort Sulfonamidpulver geschnorrt, für eine kranke Kuh, wie er sagte. Seit diesem Tage bin ich in diesem Haus in Sicherheit, Fräulein Pastor, Dank Ihrer Eltern, die mich immer gegen den Rest des Dorfes verteidigt haben.«

»Wie soll ich sagen ...«

Frau Kruse lächelte. »Nein, Fräulein Pastor, ich weiß, was Sie fragen wollen. Ihr Vater hat sich immer nur ritterlich mir gegenüber verhalten. Seit ich in diesem Haus leben durfte, musste ich nie wieder mit einem Mann zusammen sein, und dafür bin ich meinem Gott unendlich dankbar.«

Stefanie gab ihr einen Kuss auf die Wange. »Sie werden auch weiterhin in diesem Haus Ihren Platz haben, liebe Anja, und wenn ich weggehen sollte, kommen Sie einfach mit.«

Ihr schossen wieder Tränen in die Augen und sie schüttelte den Kopf. »Womit habe ich nur so viele liebe Menschen verdient.«

Stefanie drückte sie ganz fest. »Allein schon dafür, dass Sie mir den Glauben an meine Eltern zurückgegeben haben.«

***

Oberwachtmeister Meiser hatte noch nicht lange seinen Dienst angetreten, da kam plötzlich Bewegung in Gieseckes Kurzwarengeschäft. Gardinen rührten sich, Lichter wurden angeknipst und wieder gelöscht, es sah ganz so aus, als würde der Kurzwarenhändler etwas suchen oder alle Räume noch einmal gründlich kontrollieren, bevor es ins Wochenende ging. Schon gestern hatte sich der Polizist in der McDonald's-Filiale gegenüber den Hintern plattgesessen, und nun war er fast begeistert, als Giesecke seinen Laden verließ. Er hatte eine Tüte in der Hand, es schien zum Einkaufen zu gehen. Wenigstens etwas.

***

Auf dem Polizeirevier herrschte noch immer angespannte Arbeitsstimmung. Die Staatsanwältin saß in Bergen von Faxen, E-Mails und Ermittlungsberichten und versuchte sie zusammenzufassen. Der Prof kam lächelnd in ihr Zimmer. »Na, Kleine, wie ist dir?«

»Ich ersticke in dem ganzen Mist. Ich würde jetzt am liebsten mir dir eine Schiffsreise machen und zwar auf einem U-Boot.«

»Wäre mal was Neues.« Er gab ihr einen Kuss auf die Stirn. »Und dann komme ich auch noch mit Neuigkeiten.«

»Ist es was Gutes, dann bleib hier, ansonsten geh auf den Hof und erschieß dich.« Er blieb sitzen. »Also fang schon an.«

Er nahm sich seine Brille von der Nase und begann sie zu putzen, was er immer tat, wenn er sich konzentrierte. »Ich habe heute einen Tipp aus Chile bekommen, von einem alten Wiener Kollegen, der momentan dort am Tropeninstitut einen Forschungsauftrag hat. Er hat mitbekommen, dass die Antwort auf meine Anfrage frisiert wird.«

»Von wem denn?«

»Vom chilenischen Militär.«

»Was sollen die bitteschön mit den Morden in Schwalbach zu tun haben?«

»Hier geht es schließlich um eine nicht unbeträchtliche Menge von Nazigold.«

Sie schaute ihn ungläubig an. »Nachtigall, ick hör dir trapsen. Weißt du, was das bedeutet, wenn jetzt auch noch fremde Länder mitmischen?«

»Natürlich, du musst den Generalbundesanwalt einschalten.«

»Was glaubst du, was ich die ganze Zeit versuche? Aber die nehmen mich einfach nicht ernst.«

»Ich glaube übrigens inzwischen auch zu wissen, was für ein gasförmiges Gift hier zum Einsatz kommt.«

»Ach, guck mal, wer hat dir denn das geflötet?«

»Eine Professorin Estrella Marcia aus São Paulo. Den Tipp habe ich auch von meinem Kumpel. Die hat eine Zeit lang in der Giftküche der Geheimdienste rumgerührt und dafür auch gesessen. Sie ist sich sicher, dass es sich dabei um die Exkremente einer Raupe handelt, die den Nektar der braunen Orchidee getrunken oder gefressen hat. Dieses Gift wird wohl von Schamanen in Papua-Neuguinea verwendet.«

Sie schaute ihn mitleidig an. »Du willst mir gerade erzählen, dass irgendein südamerikanischer Geheimdienst nach Schwalbach kommt und hier mit Raupenscheiße schmeißt? Hör mal, Schatz, welchen Stoff rauchst du eigentlich?»

Er lächelte sie an. »Ich weiß, dass es sich völlig bescheuert anhört, aber es ist mein voller Ernst. Es gibt nur eine Sache, die nicht zusammenpasst. Eigentlich ist der Extrakt aus dieser Raupenscheiße, wie du so nett formuliert hast, nur ein starkes Narkotikum, das sich nicht nachweisen lässt. Frau Marcia hat noch nie gehört, dass es das auch in Gasform geben soll. Wir wissen das inzwischen definitiv. Aber durch die Veränderung des Aggregatzustandes kann auch eine molekulare Veränderung stattgefunden haben, die dieses Narkotikum zu einem tödlichen Gift umgewandelt hat.«

»Und warum lebst du dann noch? Die Frau Pastorin, der gute Graf und Frank haben ebenfalls eine Wolke davon abbekommen und euch hat der Sensenmann verschmäht. Der arme Kollege hat heute Nachmittag an der Tankstelle nur ein kleines Näschen voll genommen und den hat es sofort umgehauen. Deine Theorie hinkt, mein Lieber.«

»Moment mal ...« Der Prof stellte plötzlich seine Augen auf unendlich, lächelte durchgeistigt und schwieg.

»Wenn ich deiner Mutter glauben darf, hast du das letzte Mal so geschaut, als du in deine Windeln einen kleinen Stinker gesetzt hast. Sollte dir jetzt gerade etwas Ähnliches widerfahren sein?«

»Nein, ich glaube, ich habe die Lösung.« Er sprang von seinem Stuhl auf. »Die Wirkung einiger Medikamente kann durch andere Medikamente verstärkt, aufgehoben oder sogar völlig verändert werden. Bei unserem heutigen Tablettenwahn kann es durchaus etwas geben, das wir nicht genommen haben, aber die anderen alle. Lass alles stehen und liegen und hilf mir zu telefonieren. Aus Kleefischs Patientenunterlagen müsste zu ersehen sein, was Bornheim, dein Vater, der Graf und die anderen alle gefuttert haben. Ich rufe die Gattin des heute getöteten Kollegen und die Überlebenden an. Vielleicht haben wir dann die Lösung.«

***

Harald Giesecke hatte inzwischen alles für sein Wochenende eingekauft. Dabei benahm er sich wie eine alte Witwe, die eine wartende Kundschaft dadurch nervt, dass sie immer nur eine Scheibe von jeder Wurst kauft. Nur sparte er es sich dabei zu betonen, dass er alleinstehend sei. Nach dem Einkauf ging er wieder in sein Geschäft. Der Polizist war schon enttäuscht, wieder im Schnellrestaurant schmoren zu müssen, da kam Giesecke wieder heraus. Er schien seine Einkäufe nur in den Kühlschrank gelegt zu haben. Nachdem er seinen Laden gründlich abgeschlossen hatte, machte er sich schnellen Schrittes auf einen Weg, der ihn aus der Stadt hinausführte. Meiser meldete sich per Handy auf der Wache und teilte seinen Standort mit.

Zuerst sah der Weg, den der Kurzwarenhändler einschlug, nach einem ausgedehnten Spaziergang aus, dann schien er aber doch auf einen ganz bestimmten Punkt hin zuzuhalten. Der Polizist hastete von einer Wegbiegung zur nächsten, damit er nicht bei einem kurzen Halt des Beobachtungszieles gesehen werden konnte. Es ging immer weiter bergauf und Meiser kam ganz schön außer Atem. Doch so sehr er auch sein Ziel im Auge behielt, Giesecke war plötzlich weg. So schnell er auch den Berg bis zum Schloss hochlief, der Mann blieb unsichtbar. Über Handy meldete er sich sofort bei seinem Vorgesetzten.

»Herr Oberkommissar?»

»Ja, Meiser, was gibt's denn?»

»Der Giesecke ist plötzlich wie vom Erboden verschwunden. Wir sind bis zur Hälfte des Schlossbergs hoch und plötzlich war er weg.«

»Ist er vielleicht abgestürzt?«

»Nein, dann hätte ich ihn doch schreien gehört.«

»Bleiben Sie bitte vor Ort, ich komme zu Ihnen.«

Frank verabschiedete sich von Stefanie, die eine noch immer völlig aufgelöste Frau Kruse nicht einfach allein lassen konnte.

»Ruf bitte Marion an und erzähl ihr, was wir eben erfahren haben. Ich bin wieder da, sobald wir Giesecke gefunden haben.«

Sie küssten sich. »Pass auf dich auf.«

Er lachte. »Was soll mir auf dem Schlossberg schon passieren?«

Kaum zehn Minuten später traf der Kommissar am Fuß des Berges ein, von Meiser dringend erwartet. »Hallo, Herr Kollege, warum so aufgeregt?»

»Weil ich nicht begreife, wo die Leute bleiben. Auf dem Weg hier zum Parkplatz kamen mir der Bestatter Ederer zusammen mit dem Zeitungshändler Schrader entgegen. Ich konnte mich verstecken und ließ sie an mir vorbeiziehen.»

»Und, wo sind sie?«

»Weg, genau wie der Giesecke, und ich habe keine Ahnung, wohin.«

»Nun regen Sie sich mal ab. Wir werden die schon wieder finden.«

Nachdem Frank seinen Dienstwagen hinter einem großen Holzstapel versteckt hatte, machten sich die beiden Polizisten auf den Weg. Über Handy erstatteten sie der Leitstelle Meldung.

Ungefähr in der Mitte des Bergs hielten sie an. »Hier habe ich den Zweig in den Boden gesteckt. An dieser Stelle habe ich den Giesecke und die anderen beiden zum letzten Mal gesehen. Hinter der nächsten Wegbiegung waren sie verschwunden.«

»Dann gehen Sie nach oben und suchen, ich suche von hier unten aus alles ab.«

»Aber wo soll ich suchen?«

»Die müssen im Felsen verschwunden sein. Irgendwo muss es hier den Einstieg zu einem unbekannten Höhlensystem geben. Eine andere Möglichkeit besteht doch gar nicht und wir können uns den Eingang nicht herbeiquatschen. Also, sehen Sie zu, dass Sie nach oben kommen. Wir treffen uns in der Mitte und wer den Eingang gefunden hat, der meldet sich beim anderen.«

Beide trennten sich.

Frank suchte die Felswand Meter für Meter ab, doch nach einer halben Stunde trafen sich die beiden wieder.

Frank wurde sauer. »Menschenskinder, irgendwo müssen die doch abgeblieben sein. Was gibt es hier noch für Möglichkeiten zu verschwinden?«

»Wir haben uns immer zum Berg hin orientiert. Man kann ja auch ein kleines Stückchen bergab klettern, um in einer Höhle zu verschwinden.«

»Sehr gut, Meiser. Da zeigt es sich wieder: Man kann noch so pfiffig sein, wenn sich zwei Deppen zusammentun, können sie es schaffen.«

Meiser lachte. »Danke für den Depp.«

»Bitte, keine Ursache.«

Nun achteten sie auf einen Trampelpfad, der erst einmal vom Berg wegführte. Hier wurden sie bald fündig. Ein kleiner Weg ging etwas bergab, um dann hinter einem dichten Efeuvorhang im Fels zu verschwinden.

»Bingo, Meiser. Melden Sie sich kurz in der Leitstelle und sagen Sie denen, wo wir genau sind. Ich stelle mein persönliches Handy auf lautlos und verstecke es neben dem Eingang, dann kann das jederzeit geortet werden, falls uns etwas passieren sollte.«

***

Frau Tichel legte den Hörer ihres Telefons auf.

»Na, bist du durch?«

»Ja, das war eben Stefanie. Sie nimmt nichts weiter als Thyroxin für ihre Schilddrüse, sonst nichts. Frank nimmt gar nichts, wenn er nicht gerade etwas Aktuelles hat. Gestern und heute hat er jedenfalls nichts genommen.«

»Dann haben wir ja alles zusammen und wie du siehst: Alle Toten nahmen Betablocker.«

»So ein Mist, hätten wir darauf nicht schon früher kommen können?«

»Was hätte das gebracht? Glaubst du etwa, dass uns die Herren Beamten etwas von ihren Betablockern sagen würden? Nachher müssen sie jährlich zum Betriebsarzt und wer will das schon.«

»Aber ich denke, Betablocker sind gut fürs Herz, jetzt bringen sie einen um.«

»Aber doch nur mit diesem Raupenschiss zusammen. Das kann dir sogar mit einem ganz normalen Abführmittel passieren.«

»In diesem Fall würde das sogar Sinn machen. Gibt es eigentlich auch etwas, das gegen dieses Gas immun macht?»

»Da müsste ich noch mal in São Paulo anrufen. Vielleicht weiß Frau Marcia etwas darüber.»

»Dann mach das bitte, wir müssen uns irgendwie gegen dieses Gas schützen können.»

Stefanie betrat den Raum. »Hallo, Frau Staatsanwältin.«

»Wo kommen Sie denn her?«

»Ich habe gerade meine Haushälterin rüber in ihre Wohnung im Gemeindehaus gebracht. Danach wollte ich kurz horchen, ob Sie etwas von Frank wissen. Er geht nicht an sein Handy.«

»Er und Meiser haben ein zweites Höhlensystem entdeckt und er hat sein Handy als Markierung draußen gelassen. Was gab es denn mit Ihrer Haushälterin so Dringendes zu besprechen? Frank machte da ein paar Andeutungen.«

Selbst als Stefanie die Geschichte wiedererzählte, konnte sie sich kaum die Tränen verkneifen, und obwohl der alte Maubach schon tot war, entstand in Stefanie ein unglaublicher Hass gegenüber diesem Mann. Würde dieser Mensch noch leben, sie würde ihn umbringen wollen.

***

Es dauerte nicht lange, da sahen Frank und sein Kollege Licht am Ende des Tunnels. Es war aber kein Tageslicht. Sie löschten ihre Lampen und tasteten sich vorsichtig bis an den Rand einer großen Höhle, in der eine unüberschaubare Menge an Menschen stand. Soweit Frank sie sehen konnte, kannte er sie fast alle. Meiser war irritiert und flüsterte: »Was ist denn hier los? Ist das so etwas wie eine Stadtratssitzung?«

»Keine Ahnung. Lassen Sie uns doch mal zuhören. Vielleicht wissen wir dann mehr.«

Else Kleefisch führte das Wort. »Liebe Brüder und Schwestern, ich danke euch für diese ergreifende Schweigeminute, die unseres Bruders Abt würdig war.«

Der Schrader knurrte dazwischen. »Würde er noch leben, dann bräuchten wir keinerlei Andenken. Wie kam der Mann zu Tode? Wir hätten ihn lebend gebraucht!«

Anerkennendes Murmeln rollte durch die Höhle, die so groß war, dass Frank bei diesem fahlen Licht kein Ende entdecken konnte. Sie musste riesig sein, sonst hätten die gesprochenen Worte nicht so gehallt.

Die Ärztin versuchte zu beschwichtigen. »Bei dem Tod des Grafen handelt es sich, so heißt es aus Polizeikreisen, eindeutig um Mord. Zu meiner großen Erschütterung muss ich euch auch sagen, dass es sich um einen für den Rotlichtbezirk ganz typischen Mord handelte. Der Graf wurde auf ganz gemeine Weise von hinten erstochen.«

Die Bettenwinklerin nickte. »Stimmt, in den Puff ist er gegangen!«

»Lächerlich, der Graf im Puff, woher willst du denn das wissen?«

»Ich weiß es eben!«

»Na, wenn er dich da getroffen hätte, wäre er da doch nicht freiwillig wieder hingegangen!«

»Das muss ich mir nicht bieten lassen!«

Die Ärztin hob wieder die Arme. »Brüder und Schwestern, ich bitte euch. Selbst wenn der Graf auch ein paar Schwächen gehabt haben mag, so war er für uns doch ein wertvoller Mensch.«

»Ja, aber wenn der im Sarg des Kaplans gefunden wurde, wo ist dann der Kaplan hin?«

Sie zuckte mit den Achseln. »Die Polizei sucht fieberhaft nach der Leiche, mehr kann ich euch auch nicht sagen. Wir sollten uns nun aber um die Aufgabe kümmern, die jetzt vor uns liegt. Wir müssen einen neuen Abt wählen.«

Jetzt mischte sich der Ederer ein. »Wozu brauchen wir den denn? Unsere privaten Goldreserven auf der Bank sind weg und unser Geld werden sie uns auch wegnehmen. Wir brauchen keinen neuen Abt, wir brauchen neues Gold!«

Beifall brandete auf.

»Aber Leute, ich bitte euch, bleibt doch ruhig.«

»Wieso ruhig bleiben, der Ederer hat doch recht!«

»Habt ihr am Monatsende euer Geld im Postfach gehabt oder etwa nicht?«

»Da waren die Bullen ja auch schneller.«

»Aber es war da. Auf Bruder Wilhelm war Verlass.«

»Was hat er davon, er sitzt ja nun im Knast!«

»Nein«, rief eine Frau dazwischen, »der soll sich doch in der Bank erschossen haben.«

»Blödsinn«, hallte es aus einer anderen Ecke der Halle, »warum sollte er sich denn umbringen?«

»Brüder und Schwestern«, ging die Kleefisch dazwischen, »nur ein neuer Abt kann da wieder Ordnung hineinbringen, dieser Meinung ist jedenfalls der Großmeister!«

»Dann soll der Großmeister mal seinen Arsch hier auf den Thingplatz heben. Dem hätte ich sowieso einiges zu erzählen.«

»Und bevor wir hier einen neuen Abt wählen, will ich erst einmal wieder ein paar Barren Gold haben, direkt hier und jetzt. Soll ja genug davon da sein!«

Mit einer derartig heftigen Reaktion der Bruderschaft hatte Else Kleefisch nicht gerechnet. Jetzt bereute sie es, dem Großmeister gegenüber so selbstsicher behauptet zu haben, sie habe die Lage im Griff. »Brüder und Schwestern, bitte, so haltet doch Ruhe. Ich werde eure Bitte mit dem Großmeister besprechen, und beim nächsten Thing bekommt jeder ein oder zwei Barren zur Überbrückung.«

»Nichts da«, schrie jetzt der Zeitungs-Schrader. »Woher wissen wir denn, ob es überhaupt einen Großmeister gibt? Ich kenne niemanden, der den schon mal gesehen hätte. Lasst uns das Gold, das noch da ist, untereinander aufteilen, und dann kann uns dieser ganze Bruderschaftsquatsch gestohlen bleiben. Das hat mir in der letzten Zeit sowieso nicht mehr gepasst. Ständig diese Heimführungen, man kann ja förmlich drauf warten, dass man selbst dran ist.«

»Richtig, wir wählen Schrader zum neuen Großmeister! Einen neuen Abt brauchen wir dann gar nicht mehr!«

Ein allgemeines Gejohle und Geklatsche dröhnte durch die Höhle.

Frank grinste. »Wenn das noch eine Viertelstunde so weitergeht, zerfleischen sie sich selbst.«

Meiser schüttelte den Kopf. »Mein Gott, was ist das hier, ein ausgehungertes Hyänenrudel?«

»Nein, nichts weiter als ganz friedliche, durchschnittliche Menschen, die Geld haben wollen.«

In diesem Augenblick betrat ein in einen Umhang gehüllter Riese nahezu lautlos die Höhle. Dieser Bruder war seltsam anzuschauen. Vielleicht lag es daran, dass er nicht normal ging, sondern fast schon schwebte. Er kam auch aus einer Richtung, aus der eigentlich niemand kommen konnte. Die Kapuze des Umhangs fiel ihm so weit ins Gesicht, dass nicht zu erkennen war, wer sich darunter verbarg. Eine unheimliche Stille herrschte plötzlich. Die

Kleefisch dachte zuerst, dass es ihr gelungen sei, die Meute zum Schweigen zu bringen, aber dann sah sie an den Augen ihrer Brüder und Schwestern, dass sich irgendetwas hinter ihrem Rücken abspielen musste. Sie drehte sich um und das Blut gefror ihr vor Schreck in den Adern.

Die riesige Gestalt blieb schweigend vor der Menge stehen. Es schien so, als würde sie jeden Einzelnen genau mustern. »Ihr wolltet den Großmeister sehen, hier bin ich.«

Es antwortete niemand. Das beklommene Schweigen erzeugte eine derartig aufgeladene Atmosphäre, dass auch einem unbeteiligten Zuschauer die Haare zu Berge standen.

»Wer gerade eben sein Gold wollte, der soll vortreten.«

Vor dem völlig verschüchterten Schrader öffnete sich die Menschenreihe, und er wurde mehr oder weniger nach vorn gestoßen, als dass er freiwillig gegangen wäre. Unsicher suchte er in seinem Umhang nach einem Taschentuch, um sich den Schweiß von der Stirn zu wischen.

»Richtig, Großmeister, ich will das Gold, das mir zusteht, und dann bin ich schon weg. Wissen Sie, mir wird die ganze Nummer hier zu heiß, ich will mit der ganzen Heimführerei und der Bruderschaft nichts mehr zu tun haben.«

Es entstand ein kurzer Augenblick des Schweigens. Dann hob der Großmeister seinen rechten Arm und zeigte auf den armen Schrader. »Wenn das dein Wunsch ist, Bruder, dann sei es so.«

Wie vom Blitz getroffen sackte der Zeitungshändler lautlos in sich zusammen.

»Moment mal«, regte sich die Bettenwinklerin. »Der Mann wollte doch nur haben, was ihm von Rechts wegen zusteht, sein Gold!«

»Das hat er bekommen, Schwester. Er steht jetzt vor einem goldenen Thron und verneigt sich in Demut vor seinem Schöpfer.«

Der Ederer beugte sich zu seinem Mitbruder hinunter und fühlte nach seinem Puls. »Ich werd verrückt, der ist ja wirklich tot.«

Die Anwesenden wichen vor dem Großmeister und der Leiche in der ersten Reihe zurück.

»Möchte sonst noch jemand zu seinem Schöpfer?«

Wieder schwieg alles.

»Dann würde ich vorschlagen, mit der Wahl von Dr. Else Kleefisch zur neuen Äbtissin zu beginnen.«

Schweigend hoben alle Anwesenden bis auf den Großmeister und die Ärztin ihre Hand.

Sie war irritiert. »Und für was stimmt ihr jetzt?«

»Für dich, einstimmig für dich, und mit dem Gold wollen wir alle noch warten.«

Der Großmeister nickte unter seiner Kapuze. »Dann würde ich noch Bruder Harald zum Stellvertreter vorschlagen. Wer ist für Bruder Giesecke?«

Wieder hob alles schweigend die Hand und wieder nickte er. Danach drehte er sich um und verschwand unerkannt im Dunkeln. Lächelnd nahm Wulfila den zweiten kleinen Giftspan aus dem Blasrohr. Jetzt brauchte er ihn nicht mehr.

Zwar wollte jeder wissen, wohin der verschleierte Hüne verschwunden war, es traute sich aber niemand, ihm zu folgen.

Der Bestatter fand als Erster Worte. »Heilige Scheiße, Schwester Else, wer war das?«

»Woher soll ich denn das wissen?«

»Ich denke, du kennst den Großmeister!«

»Ich soll ihn kennen, woher denn? Ich weiß noch nicht mal, ob ihn der Graf jemals gesehen hat.«

Er schaute sich um. »Mensch, Leute, der Schrader ist wirklich mausetot!«

»Dann halt die Schnauze, sonst bist du es auch.«

17

Nachdem Stefanie mit ihrem Bericht fertig war, entstand zwischen ihr und der Staatsanwältin eine seltsame Stimmung. Sie glaubte, Marion als eine sehr herzliche Frau kennengelernt zu haben, aber je weiter sie in ihrer Geschichte kam, desto mehr glaubte sie kein Gesicht, sondern eine Maske vor sich zu haben.

»Ist mit Ihnen alles in Ordnung?«

Sie schreckte wie aus einer Trance hoch. »Wie bitte?«

»Ob alles in Ordnung ist!«

»Ja natürlich, ich war nur etwas geschockt von dieser ganzen Story und sie erscheint mir noch immer fast unwirklich.«

»Was mag in so einem Menschen nur vor sich gehen? Das war nun heute das erste Mal, dass sich Frau Kruse dazu geäußert hat, und auch nur, weil wir ihr quasi die Pistole auf die Brust gesetzt haben.«

Marions Züge versteinerten geradezu. »Was muss erst die Tochter erlitten haben?«

»Wieso, die könnte doch rein theoretisch Glück gehabt haben und in einem liebevollen Elternhaus gelandet sein, oder?«

Die Staatsanwältin schüttelte den Kopf. »Warum glauben Sie eigentlich immer nur an das Gute?«

»Wenn ich das nicht täte, wäre ich Staatsanwältin geworden und keine Pastorin.«

Marion lächelte ein wenig. »Hat Ihnen Frank erzählt, was zwischen uns war?«

»Hat er.«

»Dann wird es Zeit, dass wir uns duzen. Wir waren schließlich mit ein und dem selben Kerl in der Kiste.«

Stefanie grinste sie an. »Okay, aber mir fehlt dann noch der Professor.«

Marion lachte laut auf. »Ha, dann kann es dir aber passieren, dass du dir dabei einen wissenschaftlichen Vortrag über den Koitus als solchen und den Geschlechtsverkehr im Allgemeinen anhören musst. Ich kann dir nur dringend empfehlen, beim gehobenen Polizeidienst zu bleiben.«

»Apropos, der müsste sich doch bald mal wieder melden, oder?« Wie aufs Stichwort kam der Professor herein. »Ich habe mit São Paulo gesprochen.«

»Und, was hat dir deine Professorin erzählt?«

»Dass sie mal von einer absoluten Spezialistentruppe gehört hat, deren Angehörige genauso vorgehen, wie es unser Mörder hier gemacht haben. Das sollen die perfektesten Killermaschinen sein, die jemals ausgebildet wurden.«

Die beiden Frauen schauten sich an. »Na, klasse. Das macht ja richtig Mut.«

***

Der Thing neigte sich dem Ende zu. Frank packte seinen Kollegen an der Schulter und zog ihn mit sich in Richtung Ausgang. «Nun kommen Sie schon, Meiser, ich habe absolut keinen Bock, von irgendjemandem entdeckt zu werden. Dann wäre unser ganzer Vorteil im Eimer.«

»Aber was soll denn mit der Leiche passieren?«

»Das ist doch nicht unser Problem. Die müssen die Brüder wegschaffen und wir werden sie dabei beobachten.«

Hinaus ging es viel schneller als hinein. Frank schnappte sich schnell sein Handy, und dann sahen sie zu, dass sie sich unterhalb des Höhleneingangs neu postierten. Draußen war es noch nicht ganz dunkel, sodass sie noch erkennen konnten, wer die Höhle verließ.

Nur Minuten später erschienen die ersten Brüder und Schwestern im Freien. Unter ihnen herrschte eine ziemlich betretene Stimmung.

Hanne Winkler schien Gewissensbisse zu haben. »Mein Gott, was sagen wir denn nur den Schraders? Wir müssen der Ilse irgendwie erklären, was mit Kurt passiert ist.«

Der Ederer ließ sie abblitzen. »Warum, soll sie selber draufkommen. Ich habe nichts gesehen und weiß auch von nichts.«

»Und was machen wir mit der Leiche?«

»Wir haben doch jetzt eine ganz tolle neue Äbtissin. Soll sie sich um den Kadaver kümmern!«

Mehr war für die beiden nicht zu verstehen. Frank notierte inzwischen eifrig, wen er alles aus der Höhle kommen sah. »Da kannst du mal wieder sehen. Das komplette Who's who des berenteten Schwalbachs«, murmelte er. »Da scheinen aber einige ihre Goldbarren im Garten vergraben zu haben, denn von denen hatten nicht alle ein Schließfach bei der hiesigen Sparkasse.«

Meiser stieß seinen Chef plötzlich an. »Da, gucken Sie doch mal, neben der habe ich bei der Pressekonferenz gesessen. Das ist eine Referentin vom Landrat. Die macht da, glaube ich, Öffentlichkeitsarbeit. Mein Gott, wenn die das wirklich ist, dann wissen die alles, was beim Stab miteinander besprochen wurde.«

Frank ärgerte sich. »Und wir wundern uns, wo die undichte Stelle ist.«

»Aber Herr Kommissar, die müssen wir doch sofort verhaften. Die ist doch ein Maulwurf!«

»Moment, Meiser, nichts überstürzen. Ein erkannter Maulwurf ist für uns ungefährlich, aber er kann Dinge in die Bruderschaft hineintragen, woran die sich den Magen verderben könnten.«

»Wir können die doch sowieso alle festnehmen nach dem Mord an dem Schrader.«

»Und die Hintermänner kommen wieder mal ungeschoren davon? Nee, Meiser, darauf habe ich nun überhaupt keinen Bock.«

»Und was passiert jetzt mit der Leiche?«

Der Kommissar lachte leise. »Da kann ich mich dem Ederer nur anschließen. Wir haben doch jetzt eine Äbtissin. Mal sehen, wie die das auf die Reihe kriegt.«

***

Eine knappe halbe Stunde später saßen die beiden in Marions behelfsmäßigem Büro. Stefanie war froh, ihren Oberkommissar wieder im Arm halten zu können, der Prof hatte sich einen Stuhl neben dem Schreibtisch geschnappt, und nachdem auch der herbeigerufene Birnbacher Platz genommen hatte, konnten sie mit ihrem Bericht beginnen. Alle hörten den beiden Polizisten fasziniert zu. Nachdem Frank geendet hatte, brachte sie nun auch der Prof auf den letzten Stand seiner Ermittlungen.

Marion suchte in ihren Unterlagen. »So ganz untätig waren wir Weiber aber auch nicht. Ich habe mal beim Verfassungsschutz eine Anfrage nach den Gebrüdern Scharnow gestellt. Da hieß es, einer sei 1958 bei einem Flugzeugabsturz in den Anden ums Leben gekommen. Der andere konnte erfolgreich in Panama untertauchen.«

Stefanie schüttelte den Kopf. »Von Panama war noch gar nicht die Rede.«

In diesem Augenblick kam der Wachhabende mit einem Fax. »Frau Staatsanwältin, hier ist eine Nachricht aus Wiesbaden für Sie.«

Schon beim Lesen erhellten sich ihre Gesichtszüge. «Na, das ist ja interessant! Wir haben doch von dem Vermieter dieses herrenlosen Mietwagens ein Phantombild erstellen lassen. Mit diesem Bild sind die BKA-Leute dann zu dem Kollegen, der gestern den Pfarrer Nickel beschatten sollte, und der hat den Rauschgoldengel glatt wiedererkannt. Nun saß der arme Kerl seit heute Morgen da und hat alle an diesem Tage aus Lateinamerika in Frankfurt ankommenden Passagiere anschauen dürfen und da gab es wieder einen Treffer. Unser Mann heißt offiziell Oscar Falcon und kommt aus Buenos Aires.«

»Wie groß ist der?«, fragte Frank.

»Im Pass steht 1,96 Meter.«

»Entweder dieser geheimnisvolle Mönch hatte Plateauschuhe an, oder Blondie hat sich einen noch größeren Kumpel nachkommen lassen. Bitte, Marion, frag doch die Kollegen vom BKA noch mal, ob in der letzten Woche in Frankfurt auch ein Mann mit einer Größe von über zwei Metern gelandet ist. Der müsste dann auch aus Argentinien gekommen sein. Weiterhin benötigen wir noch einen Elektronikfreak vom BKA und BND, der in einer Stunde hier aufzuschlagen hat, mit jeder Menge drahtloser, hochauflösender Minikameras und einem vernünftigen Sendeverstärker. Und Birnbacher, Sie installieren bitte rund um den Schlossberg die drahtlosen Webcams, die wir zur mobilen Verkehrsüberwachung für unsere Direktion bekommen haben. Damit werden wir feststellen, ob uns hier noch ein Frankfurter Mietwagen besucht hat.«

Marion nickte. »Also, wenn wir die Sache unter uns lassen wollen, dann sollten wir niemanden mehr vom BKA um Hilfe bitten. Was die Kameras betrifft, kenne ich einen pfiffigen Privatdetektiv. Der ist der staatlichen Technik auch meilenweit voraus.«

Frank freute sich. »Wunderbar, ab heute Nacht gibt's hier in Schwalbach Thing-TV. Ich würde nämlich zu gerne wissen, wer bei dieser Seifenoper die Hauptrollen spielt.«

Die Staatsanwältin notierte. »Das könnte wirklich spannend werden. Was gibt es sonst noch?«

»Wir brauchen alles über den Landrat und seine Landratte. Wenn die da drin hängt, dann mischt der mit Sicherheit auch mit. Die gute Frau Birnbacher kann uns sicher bei der Frage behilflich sein, ob die beiden irgendwo Schließfächer haben.«

Der junge Kollege schüttelte den Kopf. »Das wäre dann aber mit Sicherheit nicht legal.«

»Wäre es das, dann würde es auch keinen Spaß machen, oder?«

»Richtig, und was soll ich machen?«

»Sie forschen nach, ob die Landratsbehörde vor Kurzem oder in nächster Zeit irgendetwas genehmigt hat, was sich rund um den Schlossberg, sagen wir mal im Umkreis von zehn Kilometern, abgespielt hat oder abspielen wird.«

Stefanie schaute ihn fragend an. »Und was ist mit mir?«

»Wir gehen jetzt zum Italiener in Brackenhausen essen. Es wird nämlich noch eine verdammt lange Nacht.«

Als sie loszogen, sahen sie eine völlig verheulte Ilse Schrader beim Wachhabenden sitzen. Sie gab gerade eine Vermisstenanzeige wegen ihres Mannes auf.

***

Eine Stunde später tauchten auch Marion und ihr Professor beim Italiener auf.

»Na, hast du alles bekommen können?«

»Habe ich, um Mitternacht sind wir an der Wache startbereit.«

Stefanie war bei der ganzen Sache nicht wohl. »Wie hieß es vorhin? Der Rauschgoldengel und sein Kumpel sollen die perfektesten Killermaschinen sein, die man sich nur vorstellen kann.«

»Und, wo ist das Problem? Du bist die schönste Pastorin weit und breit, und ich küsse dich trotzdem.«

Sie war sauer. »Du bist einfach nur blöd. Wenn ich etwas hasse, dann ist es, wenn man meine Bedenken nicht ernst nimmt.«

»Tut mir leid Schatz, das wollte ich nicht, aber ich kann die doch nicht einfach nach ihrem Geschmack hier in Schwalbach wirken lassen, nur weil sie gefährlich sein sollen.«

»Dann schicke andere vor, du bist schließlich ihr Chef.«

»Na super. Alles nach vorn, ich bleib hinterm Baum, wie es meine Art ist.«

»So meine ich das doch nicht.«

»Aber es läuft darauf hinaus. Mir sind nun mal die Hände gebunden und ich muss diese Irren einfangen.«

Marion unterbrach ihn. »Du könntest auf deinen Pelz aber auch ein wenig mehr aufpassen und nicht immer ganz vorn mitmischen.«

«Blödsinn, bevor ich denen erklärt habe, wo die welche Kameras installieren sollen, habe ich das doch schnell selbst gezeigt, oder?«

Stefanie grinste ihn an. »Und wenn das Ganze gar nicht so gefährlich ist, dann können wir ja mitkommen.«

»Und was wollt ihr bitteschön in so einer Höhle?«

»Einen Thing abhalten, was sonst!«

Eine halbe Stunde vor Mitternacht wurden sie auf der Wache von einem ziemlich nervösen Birnbacher mit ersten Ergebnissen empfangen.

»Also, Chef, es ist wirklich vorgestern ein Riese aus Buenos Aires gelandet. Ein gewisser Riccardo Lupo, 28 Jahre alt und 2,01 Meter groß. Er hat dunkle Haare, aber eine ähnliche Frisur wie unser Todesengel. Dafür hat er die stahlblauen Augen. Als Nazis könnten sie beide was hermachen.«

»Und, hat er einen Mietwagen?»

»Einen silberfarbenen 3er BMW. Der ist bis zum 6. gemietet. Dann hat sich im Landratsamt was getan. Sowohl die Referentin als auch der Landrat selber haben ein Schließfach bei der Stadtsparkasse Heilbronn.«

Marion schüttelte den Kopf. »Aber das kann ich denen erst einfrieren, wenn die wirklich Dreck am Stecken haben. Sonst komme ich in Teufels Küche.«

»Gibt's denn sonst noch was?«

»Wir haben noch etwas vom Landratsamt reinbekommen. Am 5., also am Montag, bekommen wir einen neuen Feuerturm in der Nähe des Schlosses.«

»Und wo da?«

»Zwischen Kraichsee und dem Schlossberg, ziemlich genau in der Mitte.«

»Das dürfte ja nicht weiter beunruhigend sein, oder?«

»Ich weiß nicht. Ich habe gerade eben noch mit dem Förster darüber gesprochen, der überhaupt nicht weiß, was er davon halten soll. Vor einer Woche meldete sich diesbezüglich das Landratsamt bei ihm mit der Frage, ob es größere Arbeiten in der Nähe des Schlossberges zu erledigen gäbe. Sie hätten nämlich einen Sponsor dafür.«

Frank war gespannt. »Und sagen Sie bloß, dass es sich um eine argentinische Firma handelt.«

»Nein, eine Firma aus Panama.«

Der Prof putzte schon wieder seine Brille. »Was wollen denn die Panamaer hier?«

»Vielleicht den Dünkirchen-Wladiwostok-Kanal bauen. Liegt doch nahe.« Marion war ratlos. »Kann sich der Förster einen Reim auf dieses Engagement machen?«

»Das einzige, was Sinn macht, ist die Tatsache, dass diese Firma wohl die Forstrechte für die an den Panamakanal heranreichenden Wälder hat.«

»Moment mal.« Stefanie versuchte sich zu erinnern. »Die wollten früher doch mal aus dem Kraichtal einen Stausee machen. Steht uns das eventuell doch wieder bevor?«

Frank wiegelte ab. »Leute, das ist zwar alles recht wichtig zu klären, aber dazu haben wir keine Zeit.«

»Das könnte für unseren Fall aber durchaus relevant sein«, überlegte Marion und wandte sich plötzlich zum Prof. »Hör mal, du hast doch die Telefonnummer von dieser Öko-Trulla hier in Heilbronn. Wollen wir die nicht mal auf die Talsperre ansetzen?«

»Das ist keine Öko-Trulla, sondern die Landesvorsitzende der Grünen.«

»Und wie soll ich der das bitte stecken?«

»Du würdest dir Sorgen machen, weil du gehört hast, dass ... Ob sie davon auch etwas gehört hätte.«

»Dann macht die doch Himmel und Hölle verrückt!«

»Das soll sie ja auch. Vergiss aber nicht, ihr zu sagen, dass du über ihre Recherchen informiert werden willst.«

»Okay, dann werde ich sie morgen anrufen.«

»Nicht morgen, jetzt. Das wirkt viel konspirativer, wenn du um Mitternacht mit der Nummer rausrückst.«

Birnbacher ging noch einmal seine Listen durch. »Mehr lag jetzt nicht an, Chef, gibt es noch etwas für morgen?«

»Ja, wir brauchen morgen früh um 9 Uhr eine Sitzung mit dem großen Stab, also mit allen, die mit unserem Fall zu tun haben, inklusive Landrat. Danach, sagen wir um 11 Uhr, halten wir eine Pressekonferenz ab.«

»Und was wollen Sie dort sagen?«

»Dass wir völlig im Dunkeln tappen. Was unsere südamerikanischen Freunde betrifft, haben wir da noch nicht einmal gelogen.«

Um Mitternacht traf sich der kleine Kreis der Ermittler und als Neuling der Privatdetektiv mit seinem elektronischen Spielzeugladen.

Frank begrüßte ihn herzlich. »Hallo, Kollege, vielen Dank, dass Sie um diese Zeit noch hier herausgekommen sind. Wie ist Ihr Name?«

»Nennen Sie mich einfach Q, unter diesem Namen bin ich in Ermittlerkreisen bundesweit bekannt. In meinem Pass steht aber Thorsten Loevenich.«

»Na, dann kommen Sie mal. Sollen wir Ihnen beim Tragen helfen?«

»Das wäre nett.«

Mit dem zusätzlichen Gepäck vom Professor, der unbedingt die Leiche untersuchen wollte, kamen sie sich wie Sherpas auf dem Himalaja vor. Der Mond schien so hell, dass sie gar keine Taschenlampen benötigten. Nach einer halben Stunde Fußmarsch hatten sie die Mitte des Bergweges erreicht.

Frank sah sich um. »Moment mal, hier müsste es sein. Hier habe ich am Felsen zwei Steine aufeinandergelegt. Von hier aus 100 Schritte nach oben, dann geht der Trampelpfad nach links in die Pampa und da ist dann auch der Höhleneinstieg.«

Nach weiteren zehn Minuten standen sie mit allem Gepäck in der Höhle. Sie knipsten ihre Stirnlampen an und gelangten schweigend im Gänsemarsch auf den Thingplatz.

»Komisch«, kam es plötzlich von Frank und seine Stimme hallte unheimlich von allen Seiten wieder. »Wenn man weiß, dass draußen Geisterstunde ist, wirkt das hier drin plötzlich gruselig.«

Marion schaute sich um. »Und hier fand das alles statt?«

»Ja, wir standen dort hinter diesem Stein und konnten das Zentrum mit dieser seltsamen Bühne und schätzungsweise zwei Drittel der Leute sehen. Wer und wie viele da hinten in der anderen Ecke standen, wissen wir nicht. Es waren auf jeden Fall mehr, als bei unserem Eingang rauskamen. Ich tippe mal, dass es noch weitere Eingänge zu diesem Labyrinth gibt.«

»Sonst gäbe es hier auch nicht so gute Luft«, warf der Prof im Vorbeigehen ein. »Und wo hat nun unser Freund gelegen?«

»Da vorn, direkt vor der Bühne.«

Frank stieg auf das Felsenpodest. »Hier hat die Kleefisch gestanden und von dort hinten kam der Riese um die Ecke.«

Jetzt meldete sich der Kollege Meiser zum ersten Mal. »Aber mir ist noch immer nicht klar, wie sie den Schrader umgebracht haben. Es war so still, dass man sogar das Plopp eines Schalldämpfers gehört hätte.«

»Hier lag er«, kam es vom Prof, der den Boden ableuchtete. Er schnüffelte am Höhlenboden. »Das ist einwandfrei Urin, was typisch für meine Vermutung wäre.«

»Und was vermuten Sie?«

»Die Kollegin Marcia sprach von ausgebildeten Killern in Geheimdiensten. Da ist es durchaus üblich, die Delinquenten mit Giftkristallen in Form eines Spanes zu töten, die mit großem Druck unter die Haut gebracht werden.«

»Und wie machen die das?«

»Mit einem speziellen Blasrohr ist das kein Problem.«

»Der Schuss muss dann in etwa von dort hinten gekommen sein.« Meiser leuchtete mit seiner Lampe den Felsen an. »Das sind gut und gerne 15 Meter.«

«Die Profis treffen aus 30 Metern eine Briefmarke, und Sie dürfen vorher sagen, welche Zacke dabei abfallen soll.»

Während Himmer damit beschäftigt war, am Fußboden Reste von Körperflüssigkeiten aufzuspüren, betete Stefanie an der Stelle, an der Schrader gestorben war, für seine Seele.

Frank und Meiser halfen Q dabei, die Minikameras zu postieren.

»Und mit den Dingern kann man wirklich etwas erkennen?«

»Das ist der neueste Schrei auf dem Technikmarkt. Diese Kameras sind kaum größer als eine Medikamentenkapsel, übertragen aber wahlweise Wärme- oder Normalbilder. Das können wir auch miteinander kombinieren. Wir haben sogar eine Zoomfunktion, nur schwenken können wir damit noch nicht.«

Meiser hatte während dieser kurzen Einführung in die Welt der Elektronik die Ecke der Höhle inspiziert, woher der vermeintliche Großmeister gekommen war.

»Herr Oberkommissar, kommen Sie doch mal bitte her.»

Frank ließ keine Zeit verstreichen.

»Schauen Sie doch mal bitte hier, die Fußabdrücke. Die enden und beginnen im Nichts.«

»Im Nichts geht nicht.«

»Dann schauen Sie doch selbst!«

Meiser hatte recht. Sie begannen und endeten mitten im Gang, als ob derjenige bis zu dieser Stelle geschwebt wäre.

»Dann müssen wir überall die Wände kontrollieren, ob da irgendein Mechanismus untergebracht ist«

Q unterbrach die beiden. »Nee, meine Herren, wir leben im Zeitalter der Infrarottechnik, da ist nichts mehr mit Hebeln und Griffen.«

Er hatte plötzlich ein Stabfeuerzeug in der Hand, nur dort, wo eigentlich die Flamme herauskommen sollte, befand sich eine rote Leuchtdiode.

»Haben Sie eine Kerze entdeckt?«

»Das ist ein Breitbandimpulsgeber, damit können Sie jedes Auto und jede Garage öffnen.«

Er drückte auf den Knopf, die Lampe leuchtete und ein ganz leises Surren war zu hören. Alles blieb angespannt auf der Stelle stehen und horchte, woher dieses Surren kommen könnte. In diesem Augenblick bekam Meiser etwas Hartes auf den Kopf. »Aua, was ist denn das?«

Alle Lampenkegel waren plötzlich auf ihn gerichtet. Eine Art Sitzbank, an vier Seilen hängend, glitt schräg an ihm hinunter und kam in Kniehöhe zum Stehen.

Frank war begeistert. »Na, schau doch mal einer an. Die Damen und Herren schwebten mit einer Hollywoodschaukel vom Himmel und machten so ihre Wunder.« Er lächelte in die Runde. »Wer will noch mal, wer hat noch nicht. Eine Traumfahrt ins Nirwana.«

»Ich komme mit«, kam es sofort von Stefanie.

»Das könnte dir so passen, mein Schatz. Du bleibst hier schön beim Prof und schnüffelst nach Pipi. Das ist nicht so gefährlich. Meiser und Q kommen mit.«

Während sich Stefanie schmollend abwendete, setzten sich die drei vorsichtig auf die Schaukel und Q drückte wieder auf seinen Zauberstab. Langsam fuhren sie nach oben. Nach zirka 30 Sekunden glitten sie durch eine Klappe in einen Felsenraum hinein, der ungefähr so groß wie ein normales Wohnzimmer war. Erst schien es so, als würden sie durch ihn hindurch weiter nach oben fahren, aber dann blieb der Sitz ruckartig stehen. Unter ihnen schloss sich geräuschlos die Klappe und der Sitz fuhr wieder so weit nach unten, dass sie bequem aussteigen konnten.

»Das erinnert mich irgendwie an James Bond. Bei dem sind die Schlingel auch immer auf dem neuesten technischen Stand.«

»Und 007 hat einen Q«, bemerkte der Detektiv, »daher habe ich ja meinen Spitznamen.«

Sie untersuchten den Raum gründlich. In einer Ecke stand eine Art Technikturm mit vielen Schaltern und drei beschrifteten Bildschirmen. *Panorama* stand darauf, *Thingplatz* und *Hochstand*.

Frank war ratlos. »Und was soll das hier nun sein?«

»In ziemlich veralteter Form das, was wir hier gerade installieren.«

»Und was heißt bitteschön Panorama und Hochstand?«

»Panorama wird eine Rundumsichtkamera irgendwie oben auf dem Schloss sein und Hochstand hört sich nach Jagd an.«

Meiser untersuchte den Raum weiter. »Hier geht eine Treppe nach oben.«

»Während Q hier seine Bilderwanzen installiert, können wir ja mal kurz auf Entdeckungstour gehen.«

Ohne Licht zu machen, stiegen sie eine schier endlose Wendeltreppe hoch.

Frank stöhnte. »Mein Gott, ich wusste gar nicht, dass das Schloss auf dem K1 steht.«

»Fassen Sie doch mal an die Wände, Chef, das ist doch kein Fels mehr, das ist gemauert. Wir müssten eigentlich schon im Schloss sein.«

Nachdem sie sich noch drei bis vier Mal um sich selbst gedreht hatten, kamen sie in einen völlig leeren Raum, der offenbar seit Jahrhunderten nicht mehr bewohnt wurde. Durch zwei Fenster konnten sie den Nachthimmel sehen.

Frank staunte. »Wir müssen ziemlich hoch oben im Schloss sein. Ein anderes Haus steht hier doch gar nicht.«

Meiser stieß ihn an. »Da ist eine Tür. Vielleicht sollten wir mal nachschauen.«

Sie versuchten, sie vorsichtig zu öffnen, fanden sie aber verschlossen vor.

»Ich könnte probieren, sie zu knacken.« Meiser kramte in seinen Taschen nach Werkzeug.

»Lassen Sie lieber. Das hinterlässt Spuren. Wir werden den jungen Grafen fragen, was das hier für ein Raum ist.«

»Bringen Sie den dann nicht auf unsere Spur?«

»Da ist der schon lange, Meiser. Graf Ronald ist in diesem Spiel einer von den Guten.«

Eine Viertelstunde später fuhren die drei wieder auf dem Seillift in die Thinghöhle. Dort wurden sie schon sehnlichst erwartet.

»Warum dürft ihr Kerle immer auf Tour gehen und wir Weiber sitzen mit unseren Sorgen dumm rum? Das nächste Mal darfst du dir Gedanken machen, während Marion und ich das Abenteuer suchen.«

Der Prof mischte sich ein. »Das habt ihr doch längst gefunden, nämlich uns. Wohlan, D'Artagnan, sprich frisch, was weißt du zu berichten.«

»Über uns ist ein Raum, von dem aus alles über Kameras beobachtet werden kann. Von dort aus geht eine Treppe ins Schloss. Wir sind in einem Raum gelandet, der auch Fenster in Richtung See hat. Da ist noch eine Tür, die war aber verschlossen.«

Marion nickte. »Es wird Zeit, dass wir uns noch mal den jungen Grafen vorknöpfen. Ich bin fest davon überzeugt, dass der mehr weiß, als er zugibt. Ich glaube ihm, dass er niemals zur Bruderschaft gehört hat, aber dass der so völlig doof ist, kann ich mir nicht vorstellen.«

»Du hättest mal einen Blick in die Kellergewölbe werfen sollen, dann würdest du ihm glauben.«

»Das mag vielleicht sein, aber kannst du dir vorstellen, in einem Haus aufzuwachsen, in dem du nicht alle Zimmer zumindest schon mal gesehen hast? Ich nicht.«

Frank nickte. »Marion hat recht. Wir sollten ihn uns noch mal vornehmen.«

»Ich würde«, der Prof putzte schon wieder seine Brille, »den jungen Grafen und seinen Diener, den Fritz, so heißt er glaube ich, völlig aus dem Verkehr ziehen.«

»Und warum?«

»Weil die mir hier im Schloss zu gefährdet sind. Wenn sie etwas wissen, dann wäre es ein Grund sie umzubringen, und wenn sie nichts wissen und so dicht beim Geschehen wohnen, dann stören sie erst recht.«

»Was schlägst du vor?«

»Wir könnten sie in Schutzhaft nehmen.«

»Du kennst doch die Gefangenen-Sammelstelle. Dort jemanden umzubringen ist wirklich einfach, und der alte Fritz nimmt mit Sicherheit Betablocker.«

Marion nickte. »Dann sollten wir den Grafen zu seinem Kaplan an die Ostsee schicken, aber was machen wir mit dem Alten?«

»Vielleicht können wir den bei unserer Frau Kruse im Gemeindehaus unterbringen. Der alte Fritz ist laut Graf, und darin glaube ich ihm, eine absolute Seele von Mensch, und meine Anja braucht auch mal einen weiteren Menschen, dem sie vertrauen kann.«

»Würde es dann nicht mehr Sinn machen, ihn zu seiner Schwester zu schicken?«

»Er ist der einzige, der sich im Schloss auskennt, und wenn er bei Anja wohnt, dann ist er für uns greifbar.«

Marion gab das Zeichen zum Aufbruch. »Was ist, Portos, bist du fertig mit Pipi finden, dann können wir ja endlich nach Hause. Ich bin müde.«

Der Prof wunderte sich. »Meinst du etwa mich mit Portos?«

»Ja, wen denn sonst?«

»Also, wenn überhaupt, hätte ich da eigentlich mehr an Aramis gedacht.«

»Dann stell dich doch bitte mal auf die Waage.«

***

Stefanie und Frank verbrachten die kurze Nacht in einem Hotel in Ludwigsburg. Langsam sehnten sie sich wieder nach ihrem eigenen Bett, aber die Staatsanwaltschaft wollte es so. Es war kurz vor acht und sie befanden sich auf der Fahrt zur Dienststelle. Er saß versonnen lächelnd am Steuer. »Na, wie fühlst du dich?«

»Etwas zerschlagen, aber sonst gut.« Sie warf ihm einen Kuss zu. »Gefährlich gut. Ich hoffe nur, dass wir nicht immer zusammen duschen müssen.«

Er grinste. »Warum nicht, die Kabine war doch groß genug?«

»Groß genug? Ich kam ja noch nicht einmal an den Thermostat heran, weil der Herr nur noch dämlich grinsend unter der Brause stand und, äh, sagen wir mal, ausgeschachtet hatte.«

»Wer war denn bitteschön der Meinung, dass auch ihm guten Morgen gesagt werden sollte?«

»Du hättest ja nicht unbedingt antworten müssen.« Sie setzte sich mit schmerzverzerrtem Gesicht etwas anders hin. »Außerdem tut mir der Rücken weh.«

»Vom Ischias her?«

»Nein, weil mir ein ganz gewisser Herr die Seifenschale in den Rücken gebohrt hat.«

»Aber das hat er nur gemacht, weil sich die gnädige Frau an der Kabinenscheibe einen kalten Hintern geholt hätte.«

Sie lächelte. »Vielleicht sind wir für so eine stürmische junge Liebe einfach zu alt?«

»Und wie stellst du es dir altersgemäß vor?«

»Licht aus und Nachthemd hoch. Außerdem erkennt Frau am Nachthemd, ob Mann sie noch liebt.«

»Ist ja interessant. Wie das denn?«

»Er zieht es danach wieder runter, damit sie sich nicht erkältet.«

»Mein Gott, kannst du romantisch sein.« Er schaute etwas verwundert auf die vielen Menschen vor dem Polizeirevier. »Kannst du mir mal sagen, was die alle hier wollen?«

»Du hast die Presse doch bestellt, nicht ich.«

»Ja, aber erst um 11 Uhr. Was lungern die jetzt schon hier rum?«

»Das wirst du ganz allein herausbekommen müssen, ich fahre jetzt aufs Schloss, um Graf Ronald und den alten Fritz zu evakuieren.«

Nachdem sie Frank abgesetzt hatte, machte sie sich auf den Weg.

Frank ging etwas missmutig nach oben. Ihm war es gar nicht recht, dass seine Stefanie allein durch die Gegend fuhr.

Die Staatsanwältin saß an ihrem Schreibtisch und ging sämtliche Faxe und Mails durch, die im Lauf der Nacht eingetroffen waren.

»Moin, Marion, alles frisch?«

Sie schaute kurz von ihren Unterlagen hoch. »Du hast ja schon wieder so einen seltsamen Glanz in den Augen.«

»Ich schwöre es dir, ich bin völlig unschuldig.«

Sie hielt den Druckabzug einer Fotografie hoch. »Na, Bingo, unser Miet-BMW ist uns heute Morgen schon in die Falle gegangen.«

»Ist ja toll, dass Birnbacher das gestern Abend noch hinbekommen hat. Und wer sitzt am Steuer?«

»Freund Lupo, wenn ich richtig informiert bin. Aber viel interessanter ist der Beifahrer.«

»Sag bloß, unser Rauschgoldengel?«

»Doppelbingo!«

»Also bilden die doch so eine Art Duo Infernale.«

»Aber gemordet kann der doch noch nicht haben, oder?«

»Es sei denn, er kann jemanden am gestreckten Arm blitzartig verhungern lassen wie den Schrader.«

»Werner tippt ja auf die Blasrohrvariante.«

»Das wäre für die Frage interessant, ob wir in Zukunft nicht nur mit einer kugelsicheren Weste herumlaufen müssen, sondern auch noch mit einem Metallkragen. Die zielen mit diesen Röhrchen doch immer auf die Halsschlagader, oder?«

»Frag mich nicht, ich bin kein Indio.«

»Gibt es sonst noch etwas?«

»Q hat sich gemeldet. Er sitzt in seinem Lieferwagen irgendwo unten am Schlossberg und hat schon alles fix und fertig verkabelt. Auf deinem Schreibtisch ist ein kleiner Monitor, da kannst du dir über das Intranet der Polizei das Livebild vom Thingplatz ansehen. Das ist aber noch nicht alles. Auf dem Monitor ist eine kleine Lampe, und die blinkt ganz heftig, wenn sich auf dem Bild etwas bewegt.«

Frank lächelte. »Dieser Q ist schon ein toller Typ. Alle Achtung. So einen hätte ich gerne dauernd in meiner Truppe. Und, gehen wir nun rüber zur Stabsbesprechung?«

»Natürlich, aber ich weiß immer noch nicht, was wir denen für einen Schmonzes erzählen werden.«

»Horchen wir eben erst einmal, was die anderen zu sagen haben. Dann wird uns schon etwas einfallen.«

***

Kaum 20 Minuten später traf Stefanie auf dem Schloss ein. Sie musste nur einmal kurz hupen und schon ging das Schlosstor automatisch auf.

»Allein für das Öffnen und Schließen dieses Monstertores hat man in früheren Zeiten mindestens zehn Angestellte gehabt«, dachte sie ehrfürchtig, als sie an die riesigen Vorratskeller dachte. »Aber damals musste man Kartoffeln auch noch nicht mit Gold aufwiegen.«

Der Diener Fritz erwartete sie bereits im Hof und öffnete ihr die Wagentür, ganz die alte Schule . »Frau Pastorin, ich begrüße Sie auf Schloss Schwalbach. Ich hoffe, Sie hatten eine angenehme Fahrt.«

»Danke, Fritz.« Sie stieg aus und lächelte ihn an. »Schön, dass Sie da sind, denn ich hätte etwas mit Ihnen und dem jungen Grafen zu besprechen.«

Sie wurde von dem Butler in die große Empfangshalle geführt. »Einen kleinen Augenblick bitte, ich werde Sie seiner Durchlaucht melden.«

Er wollte sich gerade abwenden, da hielt sie ihn zurück. »Ach, Fritz, ich wäre Ihnen wirklich sehr dankbar, wenn ich bei Ihnen in der Küche warten dürfte. Da komme ich mir nicht ganz so verloren vor.«

Er schaute sie ungeheuer würdevoll an. »Das ist zwar nicht Ihrem Stand entsprechend, gnädige Frau, aber wenn ich Ihnen damit eine Freude machen kann, folgen Sie mir bitte.«

Sie gingen an einer schier endlosen Reihe von blinkenden Ritterrüstungen vorbei, um dann rechts durch eine Tür in der Wandtäfelung in den Gesindetrakt zu gelangen.

Er schob ihr einen Küchenstuhl zurecht und verbeugte sich leicht. »Wenn sich die gnädige Frau setzen wollen? Darf ich Ihnen eine Erfrischung anbieten?«

Stefanie sah die Teekanne auf dem Küchentisch. »Was trinken Sie denn, wenn ich fragen darf, denn Tee aus so einer schönen Kanne muss einfach lecker schmecken.«

»Ich trinke Pfefferminztee, wenn es beliebt.«

»Dann hätte ich auch gerne eine Tasse.«

Er zog die Augenbrauen hoch. »Aus meiner Kanne?«

Sie lächelte ihn an. »Wenn Sie ihn so trinken, dann ist er für mich mehr als ausreichend.«

Fritz verbeugte sich. »Ich danke Ihnen.« Nachdem er eine frische Tasse hingestellt und ihr eingegossen hatte, ging er los, um dem Grafen Bescheid zu geben, dass sie da war.

Stefanie schaute sich derweil um. Höchstwahrscheinlich war dies der einzige Raum im ganzen Schloss, in dem sie leben könnte. Hier war nichts dunkel und muffig, hier dominierten Chrom und freundliche Farben, hier konnte man durchatmen.

Der Graf eilte in die Küche und stürmte lächelnd auf sie zu. »Na, das ist aber eine Überraschung. Heute so ganz ohne Hundertschaft?«

Sie lächelte zweideutig. »Dank Ihrer tatkräftigen Hilfe haben wir ja nichts gefunden. Dann versuche ich es eben allein noch mal.«

Auf der Stirn des Grafen erschien eine nachdenkliche Falte. »Höre ich da eine Anklage?«

»So sehr ich Sie mag, Graf Ronald, so wenig kann ich Ihnen Ihre komplette Ahnungslosigkeit glauben.«

Fritz blieb steif neben den Herrschaften stehen. Er räusperte sich. Der Graf sah zu ihm hoch. »Sie können sich entfernen, Fritz.«

Jetzt wurde Stefanie deutlich. »Nein, Fritz, das können Sie nicht. Jetzt möchte ich verdammt noch mal wissen, was hier los ist. Sie setzen sich gefälligst zu uns und werden antworten, wenn ich Sie frage.«

Verblüfft setzte er sich.

»Also, was ist hier los? Wieso versuchen Sie mir unterzujubeln, dass Sie seit dreißig Jahren in diesem Schloss wohnen, und, was die Architektur betrifft, dumm wie Brot sind?«

Fritz schaute sie würdevoll an. »Da gibt es eine einfache Erklärung, Frau Pastorin.«

»Und die wäre?«

»Weil er in diesem Punkt dumm wie Brot ist.«

Der Graf war entsetzt: »Aber Fritz, was wollen Sie damit sagen?«

»Nichts weiter, als dass Sie sich um Ihr zukünftiges Anwesen herzlich wenig gekümmert haben.«

Stefanie begann zu lachen. »Der hat wirklich keine Ahnung?«

Ronald hob die rechte Hand. »Ich schwöre es Ihnen.«

»Wer Sie umbringen will, der braucht Sie nur in einen der Türme zu stecken und Sie verhungern dann brav und artig?«

»So ähnlich.«

»Und Sie, lieber Fritz, Sie sind genauso ahnungslos?«

Er wand sich. »Das kann man nicht so direkt sagen.«

»Also, was wissen Sie von einem zweiten Höhlensystem unter dem Schloss und was vor allem von einem Zugang vom Schloss aus?«

Fritz schaute verzweifelt auf den jungen Grafen. Der nickte ihm kurz zu.

»Also, es gibt da ein zweites Höhlensystem und sogar noch ein drittes.«

»Ach nee. Und wozu dient das?«

»Als Schatzkammer, um ehrlich zu sein.«

»Und woraus besteht dieser Schatz?«

»Aus mehr Gold als Sie sich überhaupt nur vorstellen können.« Fritz goss ihr und sich frischen Tee ein. »Tausende von Barren.«

»Und das ganze Platin nicht zu vergessen.«

Fritz schaute sie erstaunt an. »Sie wissen davon?«

»Ganz doof sind wir ja nun auch nicht. Aber eines müssen Sie mir doch noch erklären. Wie kann das ganze Dorf von diesem Gold seit nunmehr 60 Jahren leben?«

Der Graf zuckte nur mit den Schultern und zeigt auf Fritz. »Da sitzt der Fachmann. Mein Vater hat mich erst Stunden vor seinem Tod überhaupt in die ganze Goldgeschichte und die Bruderschaft eingeweiht und das nur ganz grob. Er wollte erst in den nächsten Tagen mit Einzelheiten rausrücken.«

Sie schaute erwartungsvoll auf den Diener.

»Den vollen Durchblick habe ich da auch nicht. Ich weiß nur so viel, dass einmal im Monat der Graf mit mehreren Barren in die Fabrik fuhr, und diese dort zu einem Motorblock gegossen wurden, der dann nach Übersee ging.«

Stefanie wurde hellhörig. »Nach Panama eventuell?«

»Kann sein, da bin ich überfragt. Ich glaube mal etwas von Argentinien gehört zu haben.«

»Bei welcher Gelegenheit?«

»Als ein gewisser Miguel Hernandez hier zu Besuch war, aus Argentinien. Mich wunderte, dass ihn Ihr Vater und der Landrat ständig mit von Tirpitz anredeten, wenn sie glaubten, unbeobachtet zu sein.«

Graf Ronald wunderte sich. »Mir sagt dieser Name überhaupt nichts.«

»Ich habe einmal in einem Buch über die deutsche Wehrmacht den Namen gefunden. Ein von Tirpitz war während der Ardennenoffensive dem Stab der Heeresgruppe West zugeteilt und dort Adjutant eines SS-Generals von Scharnow.«

Der Graf horchte auf. »Der Name sagt mir was. Meine Mutter sagte immer, wenn es hier mal Ärger gab: Und wenn alle Stricke reißen, dann ziehen wir eben zu Onkel von Scharnow nach Amerika.«

Stefanie stutzte. »Onkel von Scharnow?«

»Ja seltsam, nicht wahr, sie hat nie seinen Vornamen erwähnt, immer nur Onkel von Scharnow.«

Stefanie überlegte. »Kann es sein, dass dieser Hernandez etwas mit einer Firma in Panama zu tun hat, nachdem auch das Gold dahin geht?«

Der Graf nickte. »Das ist durchaus möglich. Mir fällt ein, da war auch irgendetwas mit Panama. Ich habe gestern einen Brief vom Landratsamt bekommen, dass der erst für 2015 geplante Feuerturm nun doch schon am kommenden Montag gebaut werden wird, und dass der Sponsor für das Ding wohl aus Panama komme. Das kann doch kein Zufall sein, oder?«

Stefanie sprang auf. »Darf ich mal telefonieren?«

»Aber natürlich, da drüben steht der Apparat.«

»Wunderbar, dann werde ich kurz Bericht erstatten. Es muss doch etwas über unsere argentinischen Freunde herauszubekommen sein.«

18

Der Landrat beschwerte sich in der Stabssitzung gerade über die mangelnde Zusammenarbeit zwischen den einzelnen Behörden, da traf Stefanies Anruf ein. Frank war erst etwas sauer darüber, dass sie ihn aus der Sitzung hatte herausrufen lassen. Als er aber die Einzelheiten erfahren hatte, strahlte er über das ganze Gesicht. »Der Landrat, diese Mistmade, schau mal einer an. Ich danke dir, mein Schatz. Ich werde sofort Marion unterrichten.«

Bevor er wieder in den Sitzungssaal ging, rief er Birnbacher zu sich. »Alarmieren Sie bitte sofort Ihre Frau. Ich muss in der nächsten Viertelstunde wissen, ob der Landrat ein Schließfach bei einer Brackenhausener oder Heilbronner Bank hat.«

Birnbacher nickte nur kurz und machte sich auf den Weg.

Wieder im Sitzungssaal, erklärte Frank der Staatsanwältin kurz die Lage. Inzwischen hatte die Öffentlichkeitsreferentin des Landrats das Wort übernommen, um zu erklären, wie in Zukunft mit der Presse zu verfahren sei. Birnbachers Handy klingelte. Frank und Marion schauten gespannt zu ihm rüber. Er nickte ihnen zu und tippte etwas in sein Telefon. Nun begann plötzlich Franks Telefon zu vibrieren. Im Display seines Handys war die Botschaft zu lesen: Der Landrat hat sein Schließfach vorgestern gekündigt.

Frank zeigte die SMS Marion und die telefonierte daraufhin kurz mit ihrer Dienststelle.

Der Landrat wurde ungehalten. »Frau Staatsanwältin, Herr Oberkommissar, ich wäre Ihnen dankbar, wenn Sie aufhören würden, mit Ihren Telefonen zu spielen.« Er schaute sich in der Runde um. »Hiermit weise ich an, dass in dieser Runde bis auf Weiteres alle Mobiltelefone auszuschalten sind.«

Demonstrativ legte er sein ausgeschaltetes Telefon vor sich auf den Tisch.

Marion grinste und beugte sich zu Frank. »Dann kann er wenigstens nicht gewarnt werden.«

***

Zwischenzeitlich hatten Fritz und der Graf die Pastorin in die Schatzkammer geführt. Sprachlos vor Staunen stand sie vor den Paletten. Graf Ronald tätschelte einen Barren. »Er fühlt sich kalt an, der Stoff, für den schon so viel gemordet wurde.«

Stefanie betastete einen anderen Barren. »Deswegen wurden Kriege geführt und ganze Völker ausgerottet.« Ihr lief ein Kälteschauer über den Rücken. »Lassen Sie uns bitte wieder nach oben gehen. Unsere finsteren Freunde aus Südamerika gehen hier ungehindert ein und aus und denen möchte ich nicht begegnen.«

Aus der Nachbarhöhle roch es seltsam nach Treibstoff. »Wozu brauchen Sie denn hier unten Heizöl? Ist hier unten auch Ihr Heizungskeller?«

Fritz schüttelte den Kopf. »Nein, Frau Pastorin, hier steht ein Radlader. Der scheint frisch betankt worden zu sein.«

»Von Ihnen?«

»Nein. Von uns beiden war da keiner dran.«

Sie schauten kurz in die zweite Höhle. Dort lagen neben einem Gabelstapler jede Menge Lastennetze.

Stefanie war ratlos. »Wozu braucht man so was?«

»Um schwere Lasten von Hubschraubern wegtransportieren zu lassen. Ich kenne das vom Bund.«

»Aber was soll dieser Schwachsinn? Hier ist doch weit und breit kein Helikopter.«

Der Graf fasste sich an den Kopf. »Natürlich haben wir hier einen Hubschrauber. Am Montag werden die einzelnen Elemente für den Feuerturm mit einem Lastenhubschrauber hierhergebracht. Das stand jedenfalls in dem Brief vom Landrat.«

Stefanie grinste. »Nun wird doch ein Schuh draus. Bitte, meine Herren, lassen Sie uns doch wieder nach oben gehen, dann packen Sie bitte Ihre Siebensachen und dann bringen wir Sie erst einmal in Sicherheit.«

Der Graf schreckte zurück. »Meinen Sie wirklich, dass das nötig ist?«

»Uns beide auch noch umzubringen, Durchlaucht, ist für die ein Klacks. Das haben die ja schon hinlänglich bewiesen.«

»Aber warum sollten sie das tun?«

»Weil die hier übermorgen einen Riesenkrach machen werden, um die Paletten aus dem Berg zu kriegen. Da müssen die uns schon zur eigenen Sicherheit aus dem Weg räumen und vor allem könnten wir zu viel über sie wissen.«

»Da kann ich Fritz nur recht geben.«

Sie stiegen die Treppe zur Küche hoch.

»Aber wohin sollen wir denn gehen?«

»Was halten Sie denn davon«, meinte die Pastorin zum Grafen gewandt, »dass wir Sie einfach in die Rehaklinik Ihres Freundes einweisen? Da können auch Partner wohnen, soweit ich weiß.«

»Und wo ist das?«

»Das werden Sie sehen, wenn Sie da sind.«

»Und was ist mit Fritz?«

»Den kriegen wir auch gut unter.«

»Ich kann ja zu meiner Schwester gehen.«

Die Pastorin schüttelte den Kopf. »Das halte ich für eine schlechte Idee. Der Landrat hängt mit drin und man wird sicher wissen, wo Ihre Schwester wohnt. Außerdem halte ich es nicht für fair, sie da mit reinzuziehen.«

Sie waren in der Küche angelangt und setzten sich, von der Exkursion etwas erschöpft, an den Küchentisch. Fritz goss wieder frischen Tee nach.

»Fritz, wir werden Sie sicherheitshalber ganz in unserer Nähe unterbringen, für den Fall, dass wir ein paar Fragen über das Schloss an Sie haben sollten.« Sie schaute fragend zum Grafen. »Graf Ronald, gestatten Sie mir noch eine Frage. Warum erzählen Sie mir das eigentlich alles jetzt erst?«

»Weil ich selbst erst vorgestern von meinem Vater eingeweiht wurde und das auch nur ganz grob. Minkwitz senior wollte mir alles noch genau erklären. Ich weiß erst seit vorgestern von dem Gold, von der Bruderschaft und dass mein Vater dort einer der Oberindianer war. Und durch seinen Tod kam ich noch gar nicht richtig zum Nachdenken.«

»Und wie ist es bei Ihnen, Fritz, Sie hätten doch wissen müssen, dass da nichts Rechtes abgeht?«

»Ich war doch nicht Mitglied dieser Bruderschaft. Ich wusste nur von der Existenz des Goldes. Dass darum auch gemordet wurde, habe ich auch erst jetzt begriffen.«

Stefanie war mit diesen Antworten nicht ganz zufrieden. »Seien Sie mir bitte nicht böse, meine Herren, aber bevor ich Ihnen das alles von Herzen glauben kann, muss ich noch eine Weile darüber nachdenken. Jetzt packen Sie bitte Ihre Sachen und dann fahren wir.«

***

Vor dem Haus des Landrats und vor seinem Amtssitz fuhren gleichzeitig Wagen der Staatsanwaltschaft und der Polizei vor. Die Beamten zeigten der völlig verblüfften Familie und den Büroangestellten die Durchsuchungsbeschlüsse und fingen sofort mit ihrer Arbeit an.

Vor allem die Ehefrau des ehrenwerten Herrn war völlig verstört. Daher bemühte sich der junge Staatsanwalt, besonders freundlich zu ihr zu sein. »Frau von Gentern, haben Sie im Haus einen Safe?«

»Natürlich haben wir einen Safe, ich bitte Sie. In solchen Zeiten kann man den Familienschmuck doch nicht einfach so im Haus herumliegen lassen.«

»Würden Sie uns den bitte öffnen?«

»Da muss ich erst meinen Mann fragen, ob ich das darf. Es werden bestimmt auch Dinge drin sein, die nicht für die Öffentlichkeit bestimmt sind.«

»Und genau für diese Dinge interessieren wir uns ganz besonders, gnädige Frau. Wenn ich Ihnen noch einmal die amtliche Verfügung zeigen darf, da steht explizit auch etwas davon drin, dass Safes und andere Sicherheitseinrichtungen zu öffnen sind, ansonsten werden sie von uns geöffnet und Sie tragen dann den Schaden allein.«

»Ich beuge mich der Gewalt, junger Mann, aber Sie werden nichts darin finden, was Sie interessieren dürfte.«

Während die Kollegen damit begannen, jede Menge Aktenordner in Umzugskartons aus dem Haus zu tragen, führte die Dame des Hauses den Staatsanwalt und zwei weitere Beamte in den Keller zum Safe. Die Beamten staunten. »Für einen privaten Haushalt ist das ja ein enormes Ding, sagen Sie mal, wie alt ist der denn?«

»Der stammt noch aus dem Jahr 1938, meine Herren, das war noch Wertarbeit aus Dresden.«

Sie schloss erst mit zwei Schlüsseln im Doppelschloss herum, dann wurde an drei Einstellrädern die Zahlenkombination eingestellt und schließlich noch mal mit den Schlüsseln zurückgeschlossen. Die Tür war schwer und ließ sich nur langsam öffnen.

Der Safe war derartig vollgestopft, dass kaum noch eine Briefmarke hineingepasst hätte. Der Staatsanwalt pfiff durch die Zähne. »Sie haben aber viel Familienschmuck. Lohnt sich da nicht ein Bankschließfach?«

»Das war meinem Mann und mir nicht mehr sicher genug. Die letzten Tage, meine Herren, gehörten nicht unbedingt zur Ruhmeszeit der deutschen Staatsgewalt.«

Die Beamten begannen ungerührt den Schrank auszuräumen.

»Meine Herren, würden Sie bitte meinen schärfsten Protest in Ihren Unterlagen protokollieren.«

»Wir nehmen ihn zur Kenntnis, gnädige Frau.«

In den oberen zwei Fächern stapelten sich etliche Schatullen, voll mit Halsketten, Armbändern, Ohrringen und Diademen.

»Mein Gott«, entfuhr es einem der Beamten, »damit kann man ja den ganzen deutschen Adel ausrüsten!«

Frau von Gentern überhörte diese Äußerung geflissentlich.

Der Staatsanwalt zog eine Schublade auf. Darin befanden sich unter Familienbüchern und anderen Dokumenten, in grüne Filztücher gehüllt, sechs schwere Barren, vier aus Gold und zwei aus Platin. Alle waren mit Reichsadler und Hakenkreuz verziert.

Der Staatsanwalt bemerkte die Verblüffung im Gesicht der Dame des Hauses.

»Was haben wir denn da, meine Dame?«

Sie schüttelte den Kopf. »Ich kann es Ihnen nicht sagen, meine Herren, das sehe ich zum ersten Mal. Das ist doch nicht etwa das, wonach es aussieht, nämlich Gold und Silber?«

»Nein, meine Dame, das ist nicht Silber, das ist Platin.«

»Aber woher sollen wir denn so etwas haben? Ich kann mir nur vorstellen, dass mein Mann das für irgendjemanden aufhebt. Vielleicht für den Grafen, die beiden sind ja schon ein Leben lang miteinander befreundet, oder waren es, besser gesagt.«

Der Staatsanwalt ging wieder ins Erdgeschoss und zog sein Handy aus der Tasche. Er wählte die Nummer der Kollegin Tichel.

***

Der Landrat tickte fast aus, als er Marion lächelnd telefonieren sah.

»Frau Tichel, ich muss doch sehr bitten, ich habe eine ganz klare Anweisung erteilt und kann doch wohl erwarten, dass so etwas sogar von einem weiblichen Gehirn umgesetzt werden kann!«

»Das können Sie, Herr Landrat. Das wird in Ihrer Amtszeit nicht mehr vorkommen.« Marion setzte ihr süßestes Lächeln auf.

»Also bitte.« Von Gentern ging wieder dazu über, dem Stab zu erklären, was er unter effektiver Polizeiarbeit verstehe.

Frank beugte sich zu Marion rüber. »Was ist nun, haben wir ihn bei den Eiern?«

»Aber wie. Es waren zwei mal Platin und vier Barren Gold in seinem Safe. Alles mit dem Reichsadler gestempelt.«

»Entweder das Ehepaar von Gentern oder Vater und Sohn. Papa war ja auch lange Zeit Landrat.«

»Nehmen wir ihn jetzt hopp oder warten wir auf das Ende der Veranstaltung?«

»Wir warten lieber. Je weniger Aufsehen, desto besser. Wir müssen nur aufpassen, dass niemand von denen telefonieren kann. Und sag dem Wachhabenden Bescheid, dass er nichts an den Landrat oder seiner PR-Tante weitergeben darf, auch wenn die uns mit Anrufen und Faxen zuschütten, okay?«

»Du kannst dich darauf verlassen.«

Plötzlich wurde Marion ganz hektisch. »Komm mal kurz mit raus.«

Unter den wütenden Blicken des Landrats verließ sie mit Frank das Sitzungszimmer.

»Was ist denn nun wieder?«

»Die Mörder dürfen auf keinen Fall gewarnt werden. Das würden sie aber, wenn bekannt würde, dass wir den Landrat festgenommen haben.«

»Mir fällt da etwas ein, aber das würde einiger Interpretation des Gesetzes bedürfen.«

»Raus mit der Sprache.«

»Wir nehmen die beiden fest und bringen sie zum BKA nach Wiesbaden. Vorher stellen wir das Auto vom Landrat sicher und verstecken es irgendwo. Bis Dienstag bleiben die beiden einfach verschollen, für jeden.«

»Und warum das Ganze?«

»Wir haben doch Grund zur Annahme, dass die Bruderschaft durch das Landratsamt, also durch Frau Schäfer und den Landrat, mit Informationen versorgt wird, oder?«

»Ja, das stimmt.«

»Dieser nicht unwichtige Hahn wird hiermit zugedreht.«

»Dass uns die Nummer die Pension kosten kann, ist dir klar, oder?«

»Hier gilt es, Gefahr von uns allen abzuwenden. Sprich die ganze Geschichte aber noch mit der Bundesanwaltschaft und dem BKA ab.«

»Okay, ich werde anrufen. Geh du schon mal wieder rein. Wenn ich nachkomme und dir zunicke, machen wir das so.«

Kurze Zeit nach ihm kam sie wieder in den Sitzungssaal und nickte.

Frank flüsterte Birnbacher etwas ins Ohr. Der nickte ebenfalls nur einmal kurz und suchte Blickkontakt zur Staatsanwältin. Die lächelte ihn an und nickte ebenfalls. Man merkte richtig, wie der junge Polizist einmal heftig schluckte, zum Landrat ging und ihm etwas ins Ohr flüsterte.

Der reagierte übernervös. »Was ist denn nun schon wieder los? Das ist ja hier ein Irrenhaus! Was, mein Wagen steht im Weg?« Verärgert gab er Birnbacher seinen Autoschlüssel. »Dann parken Sie ihn in Gottes Namen um, aber machen Sie mir keinen Kratzer rein, das ist schließlich ein Dienstwagen.«

Birnbacher verschwand mit einem zufriedenen Lächeln im Gesicht. Er hatte noch nie einen 7er BMW fahren dürfen.

Die Konferenz des Ermittlungsstabs wurde beendet. Marion ging sofort zum Landrat. »Die Unterbrechungen tun mir leid, Herr von Gentern, aber es ließ sich wirklich nicht verhindern.«

»Mein Gott, ist denn etwas passiert?«

»Wenn Sie und Ihre Mitarbeiterin mir bitte folgen würden, dann können wir Sie in alles einweihen.«

Die beiden Ahnungslosen folgten der Staatsanwältin in ihr Büro. Sie setzten sich auf die ihnen angebotenen Stühle und wunderten sich nur über die vier Beamten hinter ihnen.

»Herr von Gentern, Frau Barbara Schäfer, ich verhafte Sie beide im Namen und auf Anweisung der Bundesanwaltschaft wegen Mitgliedschaft in einer kriminellen Vereinigung.«

Die PR-Referentin wurde blass um die Nase. »Aber Liebling, das kannst du dir nicht bieten lassen.«

Marion war etwas erstaunt. »Na, aber hoppla, haben wir da etwas übersehen? Hätten wir nur annähernd gewusst, dass Sie nicht nur interne Rundschreiben, sondern auch noch Zärtlichkeiten miteinander austauschen, dann hätten wir für Sie doch eine Doppelzelle reserviert!«

Der Landrat versuchte aufzuspringen, wurde aber von den Beamten hinter seinem Stuhl daran gehindert. »Wie wollen Sie denn beweisen, dass wir beide einer kriminellen Vereinigung angehören?«

»Sie, Herr Landrat, hatten zu Hause in Ihrem Safe – wie übrigens auch andere Mitglieder einer ganz gewissen Bruderschaft – sechs Barren Edelmetall versteckt, die zweifelsfrei als Eigentum des Deutschen Reiches gekennzeichnet sind. Und Sie, Frau Schäfer, haben an allen Dienstvorschriften vorbei die Aufstellung eines Feuerturms genehmigt, wobei es sich eindeutig um eine Aktivität dieser kriminellen Vereinigung handelt.«

Sie kämpfte mit den Tränen. »Aber ich habe doch nur auf Befehl gehandelt!«

»Von derartigen Befehlsopfern, meine Dame, waren die Nürnberger Gefängnisse schon voll. Meine Herren«, sie gab den Beamten ein Zeichen, »führen Sie die Herrschaften bitte ab. Sie werden nach Wiesbaden gebracht, dort wird Ihnen ein Anwalt gestellt.«

»Aber was ist mit meiner Frau, wer benachrichtigt meine Frau?«

»Das werden wir machen, Herr von Gentern. Wir werden ihr von Ihnen erzählen und wir werden ihr vor allem von Ihnen beiden erzählen. Sie wird beruhigt sein, dass Sie in der Haft auch etwas für Ihr Herz haben. So, und nun raus mit Ihnen, bevor mir schlecht wird.«

Die beiden wurden mit Decken verhüllt in einen fensterlosen Lieferwagen geführt und zum Sportflughafen Heilbronn verbracht. Den weiteren Transport übernahm ein Hubschrauber der Bundespolizei.

Marion und Frank schauten sich an.

»Jetzt bleibt nur zu hoffen, dass Birnbacher auch ein sicheres Fleckchen für die Edelkarosse gefunden hat.« Er lächelte sie an. »Dieser Landrat und seine Schnecke gingen dir aber ganz gewaltig auf den Sack, oder?«

»Hast du eine Ahnung. Ich könnte bei solchen Typen nur noch kotzen.«

»Trotzdem wäre ich an deiner Stelle etwas vorsichtiger mit deinen Antipathien, denn der wird uns beide mit Wonne zertreten, wenn der wieder rauskommen sollte.«

»Wird er nicht, denn sollte er das wirklich schaffen, dann würde ich seiner Frau alles stecken und dann wäre er wirklich im Eimer.«

Er schüttelte lächelnd den Kopf. »Bäh, kannst du fies werden. Da kann ich von Glück reden, dass ich dich nur mit einer Pastorin betrogen habe. Apropos Partner, wo ist eigentlich dein Professor hin?«

»Der ist heute Morgen in aller Herrgottsfrühe als Jäger verkleidet mit zwei Kollegen der Spurensicherung, die ebenfalls wie die Waldschrate aussahen, abgerauscht. Sie wollten sich mal im Kraichgauer Forst umsehen.«

»Und wonach suchen die?«

»Wir werden es mit Sicherheit nachher erfahren.«

***

Nachdem der Kollege Birnbacher wieder gesund und munter auf die Wache gekommen war und nun auch die Pressekonferenz hinter ihnen lag, entschlossen sich alle, sich bei Frank im Haus zu treffen. Dort waren sie vor fremden Ohren sicher und Essen konnten sie sich auch dorthin bestellen.

Frank schaute immer wieder nervös auf seine Uhr.

»Meine Herren, schon 16 Uhr und noch immer nichts!«

»Was ist denn los? Worauf wartest du?« Stefanie war eben erst nach Hause gekommen und goss sich einen Tee ein. »Seit über fünf Stunden rasen die Penner an der vermeintlichen Unfallstelle am See vorbei und keinem fällt auf, dass da ein Stück Leitplanke fehlt. Man stelle sich nur mal vor, da würde wirklich jemand verunglücken.«

»Wenn gar nichts passiert, dann fingieren wir eben einen Anruf.«

Er beruhigte sich wieder. »Und wie lief es bei dir?«

»Die wirklichen News habe ich dir ja schon telefonisch mitgeteilt. Dank Marions Einsatz konnte der junge Graf mit dem Landrat nach Wiesbaden fliegen und wird von da aus mit den Feldjägern weiter nach Norden gebracht. Fritz konnte ich bei Frau Kruse unterbringen. War schon interessant, wie die sich beide beäugt haben. Fritz ist eine Seele von Mensch. Wenn Anja jemals wieder Vertrauen zu einem männlichen Wesen schöpfen sollte, dann zu ihm.«

Marion kaute lustlos am letzten Stück ihrer Pizza herum. »Leute, können wir uns bald mal zusammensetzen, ich möchte die nächsten Tage mit euch besprechen. Es gibt bestimmt noch jede Menge Dinge, die wir bisher nicht bedacht haben.«

Frank hatte es sich in seinem Sessel bequem gemacht. »Ich denke, wir warten noch auf deinen Privatprofessor. Rennt der eigentlich immer noch im Dirndl durch den Wald?«

»Das war kein Dirndl, sondern eine Joppe. Außerdem hat er sich schon wieder aus dem Institut gemeldet, wo er mit hingebungsvoller Begeisterung irgendwelche Stuhlproben untersucht.«

»Das kommt dabei heraus, wenn man als Kind seine anale Phase nicht ausleben kann.«

Es klingelte an der Haustür.

»Das wird der Jäger sein. Hoffentlich hat er nichts von seiner Beute mitgebracht.«

Es war wirklich der Professor. »Hallo, Liebes«, gab er der Staatsanwältin einen flüchtigen Kuss, »ich habe Neuigkeiten.«

»Und was, wenn ich fragen darf?«

»Ich glaube, ich weiß, was diese Herren gegen ihr eigenes Gas immun macht.«

»Und wie heißt dieses Wundermittel?«

»Vitamin-B-Komplex.«

»Aber das gibt es ja in jeder Apotheke zu kaufen.«

»Man muss es nur wissen, das ist der Haken.«

»Aber man entwickelt doch kein Giftgas für Millionen von Dollars, gegen das man sich für 25 Cent immun machen kann.«

»Die Stuhlproben der beiden Südamerikaner lügen nicht.«

Marion wollte Fakten. »Bist du dir sicher, dass dieser Vitamin-B-Komplex das Wundermittel ist, oder gibt es daran noch Zweifel?«

»Hundertprozentig sicher kann ich mir natürlich nicht sein. Es ist eine Vermutung.«

»Dann können wir damit leider nicht planen.« Sie schaute sehr nachdenklich drein.

Stefanie spürte diese Unsicherheit. »Kann mir jetzt mal jemand sagen, wie es in den kommenden Tagen weitergeht, ich habe irgendwie den Überblick verloren. Passiert heute noch etwas?«

Frank schlug seinen Notizblock auf, in dem er sich gerne Stichworte aufschrieb. »Für den heutigen Tag erwarten wir nur noch die schreckliche Nachricht, dass der Landrat von den Wassernixen entführt wurde. Mich wundert, dass sich seine Frau noch nicht gemeldet hat. Entweder sie weiß ganz genau, was passiert ist, oder der Mann ist ihr schlicht und ergreifend egal.«

»Und was ist bei der ersten Variante zu erwarten?« Stefanie goss sich Tee nach. »Hat das irgendwelchen Einfluss auf die kommenden Aktionen?«

»Einen ganz entscheidenden sogar, denn wenn Frau von Gentern im Bilde ist, was mit ihrem Mann passiert ist, dann dürfen Marion und ich auf ein mildes Urteil wegen KFZ-Diebstahls und auf Hartz IV hoffen. Was aber im Augenblick noch schlimmer wäre: Wir hätten noch immer ein Leck in unserer Truppe und wüssten nicht, was unser Gegner über uns weiß.«

»Aber das sind doch nur zwei Mann, die kann man doch einfach aufscheuchen und fertig.«

Nun griff Marion ein. »Aber das sind zwei hochgezüchtete Killermaschinen, die sich besser im ABC der Morde auskennen als du dich in der Bibel, und sie haben diese Gaswaffe.«

»Da kann man sich doch Gasmasken aufsetzen und sie dann verhaften.«

»Woher weißt du, dass der Mensch dieses Gas durch die Atmung aufnimmt? Es könnte genauso gut ein Kontaktgift sein, das über die Haut aufgenommen wird. Die schlagartige Wirkung von diesem Zeug spricht sogar dafür. Willst du kurz mal eine Hundertschaft von jungen Polizisten auf dem Gewissen haben?«

Stefanie wurde kleinlaut. »Sorry, das habe ich nicht bedacht. Aber könnte man diese Verbrecher dann nicht durch Scharfschützen aus großer Entfernung erledigen?«

»Das liefe unter finaler Todesschuss und wäre nur dann mit dem Gesetz vereinbar, wenn das Leben Dritter unmittelbar und vor allem nachweislich bedroht wäre.«

Der Prof begann wieder seine Brille zu putzen. »Wir wissen zwar schon eine Menge, aber noch immer viel zu wenig, um aus gesicherter Position heraus tätig zu werden. Was ist zum Beispiel mit dieser Bruderschaft? Besteht die wirklich nur aus den paar Tattergreisen oder haben die auch ihre militante Ordensjugend?

Haben die beiden Killer eventuell noch Unterstützung anderer Geheimdienste?«

Marion wurde ärgerlich. »Würdest du mal bitte die Kirche im Dorf lassen?«

»Was ist daran übertrieben? Hier geht es nicht nur um Millionen, sondern um Milliarden, wie Stefanie berichtete. Es waren immerhin 25 bis 30 Paletten von diesen Barren zu sehen. Stellt euch nur mal vor, das würde zum Beispiel der iranische Geheimdienst mitbekommen, und die würden sich das Gold unter den Nagel reißen.«

»Aber Werner, ich bitte dich, was will denn der iranische Geheimdienst mit den Goldbarren?«

»Den ganzen Quatsch auf einmal auf den Markt werfen. Der gesamte Goldmarkt und diverse Rohstoffbörsen würden mit einem Schlag kollabieren. Das wäre ein schwerer Schlag für die jüdisch-kapitalistische Weltwirtschaft.«

»Hör mal, du redest wie ein antisemitischer Idiot, weißt du das?«

»Ich rede nur so, wie diese Spinner ticken. Dann gibt es aber noch die Variante, dass der Mossad sich für das Gold interessieren könnte. Nazi-Gold ist Gold, das den Juden weggenommen wurde, denken die. Zum Teil hätten sie sogar recht und wenn der Mossad etwas haben will, dann können die mitunter ganz schön rabiat werden.«

Frank nickte. »Diese paar Tonnen Feingold würden auch einer Wirtschaft wie der argentinischen gut zu Gesichte stehen. Dafür würden sie den zwei Spezis auch gerne Verstärkung schicken.«

Marion unterbrach ihn. »Es kann aber auch sein, dass wir es nur mit zwei durchgeknallten aber exzellent ausgebildeten Jungnazis zu tun haben, die einfach versuchen sollen, das alte Tafelsilber der Familie zu bergen.«

Stefanie schaute verzweifelt. »Aber dann ist ja eigentlich alles möglich.«

Es klingelte an der Haustür. Der Kollege Meiser kam mit enttäuschtem Gesichtsausdruck von der Wache wieder. »Der Landrat wird noch immer nicht vermisst.«

Frank schlug verärgert die Hände ineinander. »So eine Scheiße! Wir haben doch ein Leck, ich sage es euch. Auch wenn der Landrat vielleicht ein Arschloch sein mag, aber bei einer von Gentern verschwindet der Ehemann nicht so einfach. Wenn die sich noch nicht bei uns gemeldet hat, dann weiß die einfach, was gebacken ist.«

»Aber wer wusste denn davon?«, versuchte Marion ihn zu beruhigen. »Das sind doch nur wir, die paar Hanseln vom BKA, mein Chef und der Generalbundesanwalt.«

Meiser wurde unruhig. »Ich habe aber noch etwas, das eventuell interessant sein könnte.«

»Raus damit«, entfuhr es Frank.

»Auf dem Luftwaffenstützpunkt Röblingen wurden heute die fertigen Bauteile für den Feuerturm angeliefert und für Montag früh ist dort die Landung eines Transporthelikopters einer Schweizer Firma angekündigt, der die Teile hierherfliegen soll. Ebenfalls für Montag ist eine Antonow Frachtmaschine anvisiert, die Hilfsgüter für Afghanistan aufnehmen soll.»

Frank staunte. »Woher wissen Sie das alles?«

Er lächelte. »Meine Schwägerin ist dort Stabsfeldwebel bei den Feldjägern.«

Marion zweifelte. »Aber warum soll für uns eine Antonow interessant sein, die dann nach Afghanistan weiterfliegt?«

»Fliegt sie eben nicht. Sie macht in Panama eine Zwischenlandung.«

Marion wurde hellhörig. »Na. Das liegt ja auch direkt auf dem Weg. Nachtigall, ick hör dir mal wieder janz laut trapsen.«

»Jetzt wird mir alles klar«, fuhr der Prof dazwischen. »Der Feuerturm ist nichts weiter als das Alibi für den Transporthubschrauber. Folgendermaßen ist alles geplant: Während der Helikopter die ersten Teile des Turms herfliegt, nimmt er auf dem Rückweg in diesen Netzen immer eine Palette Gold mit zurück auf den Flughafen. Die werden vorher mit dem frisch aufgetankten Gabelstapler aus der Mine geholt. Und auf dem Fliegerhorst angekommen, gehen die Goldpaletten immer gleich in die Antonow.«

Frank schüttelte den Kopf. »So weit zur einfachen Familie mit ihrem Tafelsilber. Da steckt mehr dahinter. Leute, ich sage es euch. Auch als alter deutscher Naziadel kann man nicht einfach so einen ganzen Militärflugplatz für seine Dinge in Anspruch nehmen, ohne dass da nicht ganz weit oben mitgespielt wird.«

Marion resignierte. »Wir sind in unserem eigenen Land der Hase, umgeben von diversen feist grinsenden Igeln.«

Stefanies Gesichtszüge leuchteten plötzlich. »Okay, dann schalten wir zu Plan B um.«

Frank zuckte zusammen. »Toll, machen wir. Und wie geht der?«

»Wir gehen in den Widerstand. Wir verteidigen nicht mehr das Gesetz, womit alle rechnen und wobei wir blockiert werden können, sondern wir boykottieren einfach das Verbrechen.«

Marion war wie elektrisiert von der Idee. »Und wie stellst du dir das vor?«

»Werfen wir beim nächsten Thing Stinkbomben, tun wir Zucker in den Tank des Gabelstaplers, schneiden wir die Hubschraubernetze an, aber so, dass sie reißen müssen, werden wir einfach destruktiv, werden wir Partisanen gegen die Korruption in unserem eigenen Land!«

Alles sah sich lange schweigend an.

Frank fand als Erster Worte. »Also, wenn ich dich nicht schon lieben würde, dann hätte ich jetzt damit begonnen.«

Birnbacher lächelte in die Runde. »Verstehe ich das Ganze jetzt als eine neue Bruderschaft, die eben gegründet wurde?

»Im Grunde ja.« Marion lächelte ihn an. »Ich nehme an, Sie und Ihre Frau sind auch dabei.«

»Natürlich.«

»Und was ist«, Frank beugte sich über den Tisch, um ihn richtig sehen zu könne, »mit unserem Freund Meiser?«

»Klar mache ich mit. Es wäre natürlich schön, Sie als Vorgesetzten zu behalten, wenn wir gefeuert werden.«

»Okay, wir ärgern sie. Wie fangen wir es an?« Der Prof grinste Stefanie an. »Erläutern Sie bitte Ihre Pläne. Wir lauschen angestrengt Ihren Worten.«

Stefanie überlegte. »Also, zuerst würde ich damit anfangen, die Bruderschaft auseinanderzudividieren.«

»Und wie machen wir das bitte?«

»Da erhoffe ich mir eine zündende Idee aus unserem Kreis.«

Marion überlegte. »Die Idee ist nicht schlecht. Wie hetzen wir die Herrschaften gegeneinander auf?«

Der Prof grinste. »Wir klauen uns aus der Schatzkammer ein wenig Gold und jubeln es der guten Frau Doktor Kleefisch unter. Das Ganze klären wir natürlich in aller Schwalbacher Öffentlichkeit auf und Bruder Giesecke wird dann schon von sich aus tätig werden.«

»Wie tätig?«

»Er wird, nehme ich mal an, als Stellvertreter eine Art Blitz-Thing abhalten wollen, bei dem sie dann der guten Oberschwester Else die Klotten um die Ohren hauen.«

Frank überlegte. »Okay, aber was haben wir davon?«

»Wir haben die Meute am Montag aus unserer Schuss- und deren Gaslinie. Außerdem hätte ich dem gutem Mann schon mal gerne gesagt, dass er mit den Morden absolut nichts zu tun hat. So, wie ihr mir das berichtet habt, hält der sich ja für den Schwalbach-Ripper, und falls er das wirklich denkt, tut er sich noch etwas an, wenn der ganze Quatsch hier auffliegt.«

Frank nickte. »Stimmt, Prof, das läge mir auch am Herzen. Aber zuerst schicken wir mal die Kollegen Reindl, Heisele, Schnitzler und Brandtner ins Wochenende. Dann haben wir einen Tag gewonnen, an dem nichts von dem durchsickern kann, was wir planen. Professor, was machen Sie?«

»Ich werde noch mal schnell in den Wald fahren, ich habe da etwas vergessen zu tun. Es dauert aber nicht lange.«

Die Staatsanwältin wurde hellhörig. »Allein fährst du mir da aber nicht hin. Kollege Meiser, könnten Sie den Herrn bitte begleiten? Und bringen Sie ihn mir heil zurück. Ich bin zwar die einzige, aber ich kann mit dem was anfangen!«

Die beiden machten sich auf den Weg.

Frank sah auf die Uhr. »Es wäre noch ein wenig Zeit, mit Fritz zusammen auf das Schloss zu fahren, um die Goldbarren zu holen, die wir in Kleefischs Garten verbuddeln wollen. Herr Kollege Birnbacher, ich wäre Ihnen dankbar, wenn Sie mir dabei helfen würden.«

Nach einem kurzen Abschiedskuss für Stefanie waren nun die beiden Frauen allein.

»Nun, Fräulein Pastor, wie gefällt dir die Ermittlungsarbeit?«

»Also, wenn ich ehrlich bin, möchte ich wieder zu meinen Schäfchen zurück. Dieser Job ist mir zu stressig. Aber was ist mir dir? Irgendetwas lastet dir auf der Seele.«

»Sieht man mir das an?«

»An der Nasenspitze, jedenfalls für ein seelenkummergeschultes Auge.«

»Du siehst mich etwas irritiert. Heute Vormittag bekam ich einen Anruf von meinem Kollegen in Stuttgart. Der kennt den Sachverhalt unseres Falles ganz genau. Dessen Freundin arbeitet in der Psychiatrie in Backnang. Und dort ist eine Frau mit Depressionen, die bei der Anamnese fast die gleiche Geschichte erzählt wie deine Frau Kruse. Nur erzählte sie diese aus Sicht der Tochter.«

Stefanie guckte ungläubig. »Gibt es denn ein Syndrom, bei dem die Menschen das Gleiche erzählen, wenn es sie befällt?«

»Das wäre mir unbekannt.«

»Dann kann das kein Zufall sein. Dem würde ich aber sofort auf die Spur gehen. Fahr doch hin, das ist nur ein Katzensprung.«

»Würdest du mitkommen?«

»Brauchst du denn jemanden zum Händchenhalten?«

»Es hört sich dämlich an, aber ich glaube, ja.«

***

Fritz war nicht unbedingt erfreut darüber, mit den beiden Polizisten noch mal aufs Schloss zu fahren. Vor allem konnte er sich mit dem Gedanken, die Goldbarren jetzt noch über so weite Strecken schleppen zu müssen, überhaupt nicht anfreunden.

Frank störte die gute Seele nämlich dabei, eine andere gute Seele in die Kunst des Bridge einzuweihen, was beiden Seelen augenscheinlich wunderbar fanden.

»Na, wenn sich da mal keine Freundschaft entwickelt«, dachte Frank lächelnd, als er auf Fritz wartete, der sich noch schnell etwas anderes anziehen wollte.

»Muss ja nicht mehr mit Sex sein.« Aber kaum hatte er das gedacht, da ärgerte er sich auch schon wieder über sich selbst. »Warum sollen die beiden Altchens eigentlich keinen Sex mehr haben? Stefanie und ich können ja nicht die einzigen sein, die mit 80 noch miteinander duschen.«

Während der Fahrt zum Schloss weihten sie Fritz in ihr Vorhaben ein.

»Da gebe ich Ihnen recht, Herr Oberkommissar. Diese Bande bekommt man nur auseinander, wenn man dem einen auch nur ein Gramm mehr Gold gibt als dem anderen.«

»Sie scheinen die Brüder und Schwestern nicht gerade zu mögen.«

»In einen wirklichen Orden gehören Menschen von Rang und Stand, dazu gehören Treue und Prinzipien. Ein Orden ist kein Tummelplatz für neureiche Fleischermeister und korrupte Landespolitiker.«

»Den alten Maubach scheinen Sie aber ganz besonders gefressen zu haben.«

»Wenn Ihnen schon mal jemand eine Vase aus dem 18. Jahrhundert vollgekotzt hätte, dann würden Sie auch etwas differenzierter über diese Person reflektieren.«

»Das haben Sie aber schön gesagt, Fritz. Darf ich diese Redewendung auch einmal benutzen?«

»Gern, ich nehme an, bei Ihrer Klientel haben Sie reichlich Verwendung dafür.«

Und nun plagte ihn die Neugier doch. »Ach Fritz, was ich noch fragen wollte. Fühlen Sie sich bei Frau Kruse einigermaßen wohl?«

»So wohl, Herr Oberkommissar, wie sich ein Mensch nur fühlen kann, wenn er nicht nach Hause darf. Anja tut alles, um mir das Leben angenehm zu gestalten. Dafür bin ich ihr sehr dankbar.«

Inzwischen waren sie auf dem Schlosshof eingetroffen. Fritz ließ seine Blicke suchend umherschweifen, konnte aber keinerlei Veränderung zum vorigen Tag feststellen. Auch im Eingangsbereich und in seiner Küche war alles an seinem Platz.

»Diese Gangster scheinen Wege zu kennen, die ich noch nicht gefunden habe«, grübelte Fritz laut.

»Und die wären?«

»Zum Beispiel die Verbindung von der Versammlungshöhle zur Schatzkammer. Es muss auch einen Weg von der Schatzkammer direkt nach draußen geben. Dieser Weg muss sogar befahrbar sein, aber ich konnte ihn bisher nicht finden.«

Sie gingen wortlos durch die ehemalige Gesindeküche und einige Lagerräume, bis sie die Kellertreppe in die Schatzkatakomben hinuntersteigen konnten. Ab und zu blieb Fritz stehen, um zu horchen, aber alles blieb still.

Plötzlich stoppte der Butler erneut, diesmal horchte er nicht, sondern klopfte mit der flachen Hand an die Felswand. »Mit dem Schlüsselkasten habe ich immer meine Probleme. Es kann einen kleinen Augenblick dauern, bis ich die Stelle gefunden habe.«

Die beiden Polizisten warteten geduldig.

Plötzlich klang es hohl. »Na endlich.« Fritz drückte mit der Faust gegen die Stelle und zog sie wieder zurück. Eine Tür sprang auf. Er nahm einen Schlüssel heraus und gab den beiden ein Zeichen, dass sie ihm folgen sollten.

Nach 50 Metern kamen sie an eine große Stahltür. Fritz schloss auf und mit einem leichten Quietschen schwang sie zur Seite. Als er das Licht anknipste und Fritz die Paletten sah, erschrak er.

»Was ist denn hier passiert?«

Frank wurde neugierig. »Wieso, fehlt was von dem Gold?«

»Nein, die Paletten sind mit einer Folie verschweißt. Das war gestern noch nicht der Fall.«

»Das wird nicht geschweißt, sondern gewickelt.«

Fritz war entsetzt. »Aber wer macht denn so was?«

»Zwei Südamerikaner, die mit ihrem ganzen Hausrat umziehen wollen, lieber Fritz. Das sind die Herren, vor denen wir Sie gewarnt haben.«

»Aber wenn die hier so einfach reinkönnen, dann dürfte es für die auch kein Problem sein, in das Schloss zu gelangen.«

»Deswegen haben wir Sie ausquartiert. Übrigens, man kommt von einem der Schlosstürme über eine Wendeltreppe bis hinunter zur Thinghöhle. Wussten Sie das?«

»Ich ahnte so etwas. Im Westturm ist eine Tür, die vom Grafen immer sorgfältig verschlossen gehalten wurde. Als ich ihn einmal darauf ansprach, was dahinter sei, reagierte er äußerst ungehalten. Aber wie wollen wir jetzt an das Gold herankommen?«

Meiser hob einen Barren in die Höhe. »Sagenhaft, da ist wirklich Gold auf den Paletten.«

»Dann müssen Sie sich mal die hinteren vorknöpfen. Da sind sogar Platinbarren drauf.«

Fritz war verwundert. »Dafür, dass Sie noch nie hier unten waren, kennen Sie sich aber gut aus.«

»Tja, lieber Fritz, die Frau Pastorin verfügt über eine sehr bildhafte Sprache.«

Meiser bohrte sich durch das Plastik einer hinteren Palette und zog ohne Probleme auch dort einen Barren heraus.«

»Können Sie das Loch auch wieder verschließen?«

»Klar.« Der junge Polizist nahm sich ein Stück Plastik von der Rolle und schob es in das Loch. »Das ist zwar nicht besonders schön. Aber man sieht es nur, wenn man drauf achtet. Die Folie ist ja an einigen Stellen schon so krumpelig.«

Innerhalb kürzester Zeit hatten sie zehn Barren zusammen.

Frank lächelte grimmig. »Tja, Frau Doktor, daran werden Sie einiges zu knabbern haben.«

Die Ehefrau von Marions Arbeitskollegen erwartete sie bereits im Eingangsbereich der Klinik.

Marion lächelte sie etwas schüchtern an. »Ich danke Ihnen, dass Sie sich für uns Zeit nehmen. Können Sie uns etwas über die junge Dame erzählen?«

»Sie ist in Ihrem Alter, und obwohl sie keinerlei abgeschlossene Ausbildungen vorweisen kann, war sie ausgesprochen gebildet.«

»Wieso war, sie lebt doch noch, oder?«

»Ja schon, aber vor ein paar Tagen muss sie bei ihrem Ausgang ein furchtbares Trauma durchlebt haben. Seitdem sitzt sie nur noch da wie eine Seelenlose. Sie reagiert auf nichts mehr, keine Ansprache, keine Schmerzreflexe, nichts mehr. Wenn Sie die hier in den Raum stellen würden, würde sie hier stehen bleiben, bis sie tot umfällt. Wir sind völlig ratlos. Sogar im EEG gibt es keine Ausschläge auf audiovisuelle Reize.«

Stefanie war erschüttert. »Dürfen wir die Arme denn einmal sehen?«

»Gerne, sie ist in ihrem Zimmer. Bitte folgen Sie mir.«

Nachdem sie der Ärztin in die dritte Etage gefolgt waren, betraten sie einen sonnendurchfluteten großen Raum mit einer riesigen Panoramascheibe. In einem Sessel, der Natur zugewandt, saß das bedauernswerte Geschöpf.

In Marion stieg tiefes Mitgefühl auf, als sie diese Frau sah. Sie begann zu weinen.

Stefanie war besorgt. »Nanu, Frau Staatsanwältin, was ist denn mit dir los?«

»Keine Ahnung. Das war wohl alles ein wenig viel in den letzten Tagen. Irgendwie nimmt mich das Schicksal dieser jungen Frau auf noch nie erlebte Weise mit. Ich habe keine Ahnung, warum.«

Die Frau wirkte, als würde sie jeden freundlich ansehen, der vor ihr stand. Ihre komplette Geistesabwesenheit war daran zu erkennen, dass ihre Augen immer starr nach vorn gerichtet waren und durch alle, die sich vor sie hinstellten, hindurchsahen.

»Frau Doktor, wie lange kann denn so ein Zustand anhalten?«

»Das ist schwer zu sagen, Frau Tichel. Das kommt auch auf das Trauma an, das sie erlebt hat. Es gibt Fälle, in denen Feuerwehrmänner, die etwas Schreckliches erlebt haben, auf ähnliche Weise ausgetickt sind. Bei denen hat sich das Bewusstsein einfach abgemeldet. Bei manchen ist es niemals wiedergekommen. Ein Mensch kann nur eine gewisse Portion Grauen vertragen; wenn das Maß des Erträglichen überschritten ist, wehrt sich der Körper auf solche Weise.«

Stefanie wurde neugierig. »Und wenn das Bewusstsein wiederkommen sollte, erinnern sich diese Menschen dann an das auslösende Trauma, oder ist und bleibt das ausgeblendet?«

»Auch da haben wir beide Varianten erlebt.«

»Es tut mir leid, Frau Doktor, wenn ich jetzt dienstlich werde, aber diese Frau steht unter Verdacht, einen Menschen ermordet zu haben, und zwar den, der ihre Mutter wiederholt vergewaltigt hat.«

»Um Gottes Willen, reden Sie etwa von diesem Fleischerei-Mord, von dem mir mein Mann erzählt hat?«

»Genau der«, kam es von Stefanie, »und das Verrückte ist, dass ihre Mutter eventuell die Haushälterin meines verstorbenen Vaters ist.«

»Wenn sie es wirklich sein sollte, dann wurde ihr leiblicher Vater gerade ermordet.«

»Moment bitte! Wenn ich das Ganze richtig verstanden habe, reden Sie jetzt von dem Vergewaltiger ihrer Mutter?«

Marion nickte.

Stefanie sah sich erneut im Zimmer um. »Und hier wohnt die junge Frau schon eine ganze Weile?«

Die Ärztin nickte. »Solange sie hier in diesem Haus ist.«

»Und sie konnte jederzeit die Klinik verlassen?«

»Ja. Wir sind schließlich keine geschlossene Abteilung. Davon hat sie reichlich Gebrauch gemacht. In letzter Zeit blieb sie sogar manchmal nachts weg. Sie scheint einen Freund gehabt zu haben.«

»Wenn sich unser Verdacht bestätigt«, bemerkte die Staatsanwältin trocken, »dann war das ihr Halbbruder.«

Stefanie zeigte auf eine Kommode. »Die sieht so privat aus. Dürfen wir da mal reingucken?«

Die Ärztin hatte keine Einwände.

Stefanie öffnete die oberste Schublade. Unter ein paar Pullovern war ein an den Ecken mit Gummis verschlossener Aktenordner. Als sie ihn öffneten, grinste ihnen auf einem Jugendfoto der alte Maubach entgegen. Darunter waren noch viele andere Fotos, anhand derer sich das gesamte Alltagsleben der Fleischerfamilie rekonstruieren ließ.

Die Staatsanwältin nahm sich den Ordner und pfiff durch die Zähne. »Na, da hat aber jemand seine Schularbeiten sehr gründlich gemacht.« Sie sah die Ärztin fragend an. »Kann das eine psychisch kranke Frau überhaupt?«

»Natürlich. Sie war ja nicht schwachsinnig, sondern manisch-depressiv. Sind Sie sich denn sicher, dass sie diesen Mord begangen hat?« Die Ärztin ging an das Bett der Patientin und ergriff eine ihrer Hände.

Marion wiegte den Kopf. »Sagen wir mal so: Die Wahrscheinlichkeit wird immer größer. Und nun wird mir auch ihr jetziger Zustand immer plausibler.«

Die Ärztin zog die Stirn kraus. »Inwiefern?«

»Wenn man erfährt, dass der eigene jüdische Großvater vom eigenen Pflegevater kopfüber so lange in eine Kirchenglocke gehängt wurde, bis er vom Klöppel erschlagen wurde, dann kann die Psyche schon mal einen Knacks bekommen. Wenn sich eine psychisch bereits labile Person dann noch dazu entschließt, ihren verhassten Vater ebenfalls kopfüber hängend bei lebendigem Leibe über einer Blutwanne auszuweiden, um ihn danach zu verwursten, wird aus einem Knacks schon mal ein richtiger Aussetzer.«

»Wenn sie dann noch mit ansehen muss«, fuhr Stefanie fort, »wie ihr Geliebter von dem Messer getötet wird, das eigentlich ihren Vater zerhacken sollte, dann kann aus so einem Aussetzer auch ein irreparabler psychischer Schock werden, denke ich.«

»Wobei nicht geklärt ist«, beendete die Staatsanwältin das geschilderte Drama, »ob die Liebschaft mit dem eigenen Pflege-Halbbruder nicht nur Mittel zum Zweck war.«

»Aber nach Ihren Worten hatten sie Sex miteinander«, warf die Ärztin ein.

»Das hat doch nun wirklich nichts zu sagen.« Marion schloss den Aktenordner. »Frau Doktor, diese junge Dame steht unter dringendem Mordverdacht. Ich lasse sie erst einmal in Ihrer Obhut und ordne hiermit den Einschluss an. Alles Weitere wird sich dann zeigen und Sie werden unmittelbar darüber von mir in Kenntnis gesetzt werden.«

Die Ärztin strich der Frau vorsichtig eine Haarsträhne aus dem Gesicht und streichelte ihre Wange. »Vielleicht ist es dann sogar besser für sie, sie bleibt in diesem Zustand.«

Marion entnahm der Frau eine Speichelprobe, dann machten sich die beiden wieder auf den Weg.

Stefanie saß am Steuer, Marion war nicht danach. Ihr ging die hilflose Frau nicht aus dem Kopf.

Stefanie stieß sie aufmunternd an. »Hallo, Erde an Tichel, ist jemand zu Hause?«

»Nicht direkt. Ich würde mir jetzt auch so einen Schutzmechanismus wünschen, bei dem ich ein paar Tage lang in einen erholsamen Schlaf sinke, und dann irgendwo in der Südsee, unter einer Palme im Schatten liegend, von Werner mit einem Coconut-Punch geweckt werde.«

»Und der ganze Mist hier war natürlich nur ein böser Traum.«

»Aber ein ganz böser.«

»Eigentlich schade. Dann hätten wir uns nicht kennengelernt, ich würde noch immer frustriert vor meiner Töpferscheibe in Hannover sitzen und von einem Menschen wie Frank nur träumen.«

Marion lächelte. »Für den lohnt es sich zu träumen, aber ich bin mit meinem Werner auch glücklich, irgendwie ist er auch einzigartig.«

Stefanie lächelte. »Das seid ihr beide. Du bist die einzige Frau, die sich wünscht, nackt im Bett zu liegen, um von einem Rechtsmediziner versorgt zu werden.«

19

Else Kleefisch machte sich wie an jedem Samstag für ihren Ausgang zum Dorfkrug bereit. Vielleicht gab es unter den Brüdern und Schwestern wenigstens am Stammtisch auch einmal andere Themen als die Bruderschaft. Sie hatte sich so lange gewünscht, auf dem Platz des Grafen zu sitzen, nun wollte sie sich das Gefühl des Triumphes nicht von dem Gerede über die Umstände ihrer Wahl zur Äbtissin kaputt machen lassen.

Vor der Tür warteten Frank und der Kollege Meiser in ihrem Auto darauf, dass sich die Ärztin endlich auf den Weg machte.

Fritz hatten sie vorher wieder im Gemeindehaus bei Frau Kruse abgeliefert.

Kollege Meiser schaute unwirsch auf seine Uhr. »Die soll mal langsam in die Puschen kommen. Ich habe heute eigentlich noch etwas vor.«

Frank lächelte. »Eine nachträgliche Sonnenwendfeier?«

»Nicht mal das, Chef. Ich bin noch so jung, dass ich auch ohne Grund feiern kann. Hauptsache, es wird gefeiert.« Er machte sich auf seinem Sitz möglichst klein, um nicht entdeckt zu werden. »Da kommt sie. Heute wieder mit ihrem unsäglichen Hut. Dieses Ding da aufzusetzen läuft bei der alten Doktorin unter aufbrezeln. Den trägt sie immer im Krug.«

»Da ist jeden Samstag Stammtisch der Honoratioren?«

»Streng genommen kann man jetzt sogar von einem Ordenstreffen sprechen. Da haben sie ja immer alle gesessen. Bin gespannt, wer die Nachrücker sind. Allein vom Stammtisch sind mit Bornheim, den beiden Pfarrern, dem Grafen und dem alten Maubach schon fünf Leute tot.«

Frank wurde neugierig. »Wissen Sie denn, wer von den Lebenden immer noch mit dort saß?«

»Am Haupttisch saßen noch der Landrat, die Kleefisch und meistens der Ederer, da immer einer fehlte und der Ederer der erste Nachrücker war. Dann kam noch der Staufinger aus Brackenhausen dazu, der ist ja der Oberrotarier vom ganzen Kraichgau.«

Frank winkte ab. »Stimmt, die sitzen ja auch überall da rum, wo Geld ist. Aber Sie sagten etwas von einem Haupttisch. Gab es auch einen Nebentisch?«

»Den Katzentisch, wie die Bedienung immer sagte. Da saßen als Nummer eins der Ederer, dann der Schrader, die Winklerin, die Franzes und die Heinrichs.«

»Was für ein gespenstisches Szenario, und ich blinder Idiot habe das mein Leben lang miterlebt und keine Ahnung davon gehabt! Mein alter Herr gehörte mehr zur Katzentischfraktion, stimmt's?«

»Soweit ich mich dran erinnern kann, ja. Aber ich war ja auch nur so lange richtig dabei, wie ich was mit der Bärbel hatte.«

»Das ist doch die Wirtstochter, oder?«

»Ja, und als einfacher Dorfpolizist war ich nicht gut genug für sie und wurde von der Familie kurz und schmerzlos entsorgt. Zum Glück, muss ich sagen, sonst hätte ich meine Janine nicht kennengelernt.«

»Wo haben Sie Ihr Herzblatt denn getroffen?«

»Natürlich im Dienst. Das war ein ziemlich dicker Verkehrsunfall. Sie war als Notärztin da.« Er lachte kurz auf. »Die Opfer haben mit dem Wiederbelebungsgerät die Stromschläge bekommen, aber gefunkt hat's zwischen uns. Das war sozusagen Liebe auf den ersten Stromschlag.«

Frank reckte sich. »So schön es ist, sich mit Ihnen zu unterhalten, Kollege Meiser, aber die Kleefisch ist weg, wir können zuschlagen. Nun stellt sich nur noch die Frage, wo wir das Zeug hinlegen. In die Praxis wäre vielleicht ein wenig unglaubwürdig.«

Meiser kratzte sich am Kinn. »In so einer Praxis gibt es doch auch, wie in jeder Apotheke, einen Giftschrank, oder?«

»Aber da kriegen wir mit Sicherheit keine 10 Barren rein.«

»Dann sollten wir im Garten gucken. Vielleicht gibt's da eine Laube oder so etwas. Das wird ja in Krimis immer wieder gerne genommen.«

Nachdem sich die beiden vergewissert hatten, dass sie nicht beobachtet wurden, stiegen sie über den Jägerzaun und wurden von der inzwischen herrschenden Dunkelheit verschluckt.

***

Nachdem sie die Speichelprobe im Stuttgarter Kriminallabor abgegeben hatten, machten sich die beiden Frauen auf den Heimweg.

Marion hatte sich inzwischen so weit gefasst, dass sie wieder fahren wollte.

»Was glaubst du denn, was es ist, das dich bei dieser Frau so in Bann zieht?«

Marion schüttelte den Kopf. »Ich kann es dir noch gar nicht mal sagen. Ich fühle mich ihr schlicht verbunden. Ich war ja schließlich auch ein Adoptivkind und die ticken einfach anders.

Wie oft habe ich mir vorgestellt, eine echte Schwester zu haben. Wie oft habe ich es mir ausgemalt, sie alle wiederzusehen, Mutter, Vater, Geschwister. Total bescheuert, nicht wahr?«

»Hast du denn so unter deinen Pflegeeltern gelitten?«

»Nein, ganz im Gegenteil. Das waren rührende Menschen, die mich mehr geliebt haben, als es gut für mich war. Um von Anfang an für das Alltagsleben tauglich zu sein, war ich viel zu behütet.«

»Da war ja die Staatsanwaltschaft eine ziemlich harte Schule.«

Marion lachte. »Das kannst du wohl sagen. Dann kam noch diese katastrophale Ehe dazu, bei der ich mir eingeredet habe, einen netten, sympathischen Trinker, dessen Eltern und Großeltern schon an Leberzirrhose gestorben sind, vom Alkohol wegbringen zu können. Ich Schaf dachte einfach, dass meine Liebe und ich unbesiegbar sind.«

»Und wie ging's dann weiter?«

»Riesenkräche, Notbremse und Tschüss.«

»Musst du heute für ihn zahlen?«

»Bewahre, der Mann ist Richter.«

»Und dann säuft er?«

»Die Angeklagten sitzen ja immer ein wenig weiter weg.«

»Und was ist, wenn ihr euch heute begegnet?«

»Der Mann sitzt am Finanzgericht, ich hoffe, mit denen bekomme ich mein Lebtag nichts zu tun. Aber dann kam ja mein Werner, der hat zwar einen leichten Schuss, aber er hat mich für vieles, was ich erlebt hatte, durch seine liebe Art entschädigt.«

Marions Gesichtszüge entspannten sich. Sie brauchte nur von ihrem Freund zu erzählen, dann ging es ihr schon besser.

Stefanie blieb das nicht verborgen und sie überlegte, ob das bei ihr und Frank auch einmal so werden würde. Im Augenblick hing ihr Himmel noch voller Geigen, aber ihre erste Ehe hatte lange genug gedauert, dass sie wusste, wie schnell an so einem Himmel auch Gewitter aufziehen konnten. Plötzlich bemerkte sie, wie sich Marion verstohlen wieder eine Träne aus dem Augenwinkel wischte.

»Was ist denn los? Hat es dich schon wieder erwischt?«

Marion wirkte etwas verzweifelt. »So lächerlich es ist, aber allein der Gedanke an diese Frau treibt mir die Tränen in die Augen. Ist doch verrückt, oder?«

»Nun warte doch erst einmal ab, was die Probe ergibt, ob sie überhaupt für die Tat infrage kommen kann.«

***

Kurz vor Mitternacht trafen sich wieder alle in Franks Haus. Er und sein junger Kollege hatten die Goldbarren inzwischen in Else Kleefischs Gartenlaube versteckt, Birnbacher und der Professor hatten den Wald unsicher gemacht und die beiden Frauen berichteten von der mutmaßlichen Maubachmörderin. Inzwischen war Kollege Meiser nach Hause gefahren, dafür war Frau Birnbacher eingetroffen und hatte für die ganze Truppe Gulasch mit Nudeln gekocht.

Frank war begeistert. »Frau Birnbacher, verheiratet sind Sie ja schon, aber wenn Sie noch mal so etwas Leckeres kochen, dann werde ich Sie gegen Ihren Willen adoptieren müssen, mitsamt Ihrem Ehemann.«

Marion ging dazwischen. »Bevor wir jetzt komplett zum Blödeln übergehen, würde ich ganz gerne wissen, was ihr im Wald gemacht habt.«

»Wir haben nach weiteren Kotproben und Walderdbeeren gesucht«, strahlte sie der Professor an. »Damit wir mehr über unseren Gegner erfahren.«

»Wunderbar, wir wissen also jetzt, dass er nach dem Essen immer wieder gerne mordet, Walderdbeeren an Vitamin-B-Komplex schlemmt und über eine geregelte Verdauung verfügt. Meine Damen und Herren, ich denke, der Fall ist damit gelöst.«

Der Prof schaute sie lächelnd an. »Sarkasmus macht Falten, Schätzchen, ich habe keine Lust, mit Inge Meysel zusammenzuleben. Außerdem essen die Herren auch noch jede Menge Brennnesselsalat.«

»Ach, da hat die Stuhlprobe wohl auf der Zunge gebrannt, oder?«

Jetzt griff Stefanie ein. »Ich sehe ja ein, dass es die Verdauung fördert, wenn man sich nach dem Essen gegenseitig die Schädel einschlägt, aber wenn, dann sollten wir das machen, wenn der ganze Spuk zu Ende ist. Lasst uns lieber nachdenken, was wir morgen erledigen müssen. Wir haben nur noch einen Tag zur Vorbereitung, wenn uns überhaupt etwas einfällt, was wir vorbereiten könnten.«

»Fangen wir mit der Kleefisch an. Die hat nun jede Menge Gold in der Hütte, was passiert jetzt?«

Frank überlegte kurz. »Wir müssen das jetzt irgendwie der Bruderschaft stecken.«

»Also zu Giesecke gehen und ihm von der Kleefisch-Laube erzählen?« Marion schüttelte den Kopf. »So blöd ist der nun auch nicht, dass er so eine plumpe Finte nicht durchschauen würde.«

»Dann muss er das einfach selbst entdecken.«

»Und wie?«

Stefanies Gesichtszüge erhellten sich. »Wir drehen ihn um.«

Frank winkte ab. »Dazu sollten wir uns dann beide Strapse anziehen. Wir wissen ja gar nicht, ob der schwul oder hetero ist.«

»Stellt euch nicht so blöd an, wir ziehen ihn auf unsere Seite. Wenn Marion zustimmt, könnten wir ihm sogar Straffreiheit anbieten.«

»Einspruch, Euer Ehren, das Mildeste, was ich ihm anbieten könnte, wäre eine Bewährungsstrafe. Und das auch nur, wenn ich diese Truppe als politische Vereinigung durchkriege.«

»Und, kriegst du das durch?«

»Nazigold, Altnazis in Argentinien, eigentlich müsste es klappen.«

»Kannst du das auf dem kleinen Dienstweg schaffen?«

»Du meinst wegen des Lecks?«

»Richtig. Wir wissen noch immer nicht, wo es ist. Nur den Landrat konnten wir bisher abschotten, aber es müsste mit dem Teufel zugehen, wenn da nicht noch mehr wäre.«

Marion schreckte hoch. »Apropos Landrat, hat sich bisher jemand wegen der Leitplanke gemeldet?«

Birnbacher schüttelte den Kopf. »Ich habe gerade noch mal nachgefragt. Auch keine Vermisstenanzeige.«

Die Staatsanwältin sackte in sich zusammen. »Posselt, nun reißen sie uns beiden den Arsch auf. Wer kam eigentlich auf diese Schnapsidee, einen neuen 7er BMW zu klauen?«

Frank räusperte sich. »Ich war das.«

»Klasse, dann können wir ja beide irgendwo im Wald einen Zeitungskiosk eröffnen.« Sie tätschelte dem Prof die Hand. »Und wenn du beim Kotsammeln zufällig in die Nähe kommst, kaufst du dann eine Zeitung bei uns, stimmt's?«

Birnbacher unterbrach die beiden beim Jammern. »Die Kiste steht fahrbereit in meiner Garage, Sie könnten jederzeit da ran.«

Marion schnippte mit den Fingern. »Es wäre schön, wenn der noch ein paar Tage dort stehen könnte, denn wenn uns morgen oder übermorgen irgendjemand mit der Seenummer an den Karren fahren will, wissen wir, wer noch auf der Gehaltsliste unserer Ordensbrüder steht.«

Stefanie lächelte in die Runde. »Eine Hürde wäre aus dem Weg geräumt, aber was bitte ist mit Bruder Giesecke?«

Frank zuckte mit den Achseln. »Kronzeugenschutzprogramm, mehr können wir nicht bieten, und wir sollten ihm klarmachen, dass er nichts mit den Morden zu tun hat, damit er die Angst vor der Justiz verliert.«

Marion nickte. »Einverstanden. Gibt es sonst noch was?«

»Ich möchte«, dabei stellte der Prof mehrere Tablettenröhrchen auf den Tisch, »dass jetzt alle Beteiligten für die nächsten Tage dieses Vitamin B hier einnehmen. Zu ihrer eigenen Sicherheit.«

Marion grinste. »Hast du das aus den Stuhlproben der Argentinier gewonnen?«

»Nein, das habe ich aus der Apotheke.«

»Und warum sollen wir das nehmen?«

»Weil es die beiden Argentinier auch nehmen und das muss einen tieferen Sinn haben. Auf jeden Fall schadet es nicht. Und noch was, nimmt jemand Betablocker?«

Alle schüttelten den Kopf. »Das ist gut, denn alle, die diese Herzmedikamente genommen und das Gas eingeatmet haben, sind tot. Wer weiß, ob wir in den nächsten Tagen nicht noch mal zum Schnüffeln kommen.«

***

Wieder einmal war es Zeit für die beiden argentinischen Freunde, die Leitung in ihre Heimat vorzubereiten. Da sie den Nachmittag damit verbracht hatten, in der Schatzkammer alles für den Montag zu überprüfen, hatten sie die Zeit etwas vertrödelt. Sie entschlossen sich, die Verbindung über den Kontrollraum oberhalb der Thinghöhle aufzunehmen. Es dauerte nicht lange, bis sie das Testbild des Satelliten auf einem der Fernsehschirme hatten. Sekunden später waren auch von Tirpitz und der General zu sehen. Dessen Gesicht war alles andere als zuversichtlich.

»Hallo, ihr beiden.« Der Alte versuchte wenigstens freundlich zu klingen. »Ich hoffe, ihr kommt mit guten Nachrichten.«

»Hallo, Großvater, hallo, Herr Generalleutnant.« Falk kam gleich zur Sache. »So richtig Angenehmes haben wir nicht zu melden. Für Montag steht alles bereit, aber irgendetwas Ungewöhnliches geht hier vor, nur wissen wir noch nicht genau, was. Das Schloss ist plötzlich unbewohnt, und es kann uns niemand sagen, wo der junge Graf ist. Noch viel seltsamer: Auch sein Butler ist nicht aufzufinden.«

»Was sagt die Kleefisch dazu?«

»Wir können sie nicht erreichen.«

Der Alte kratzte sich am Kinn. »Das ist in der Tat merkwürdig. Von Tirpitz, was sagen Sie dazu?«

Miguel Hernandez alias Wilhelm von Tirpitz hielt sich, vom Krebs und von den Chirurgen zerfressen, nur mühsam aufrecht und hatte Probleme, sich auf die Gegebenheiten zu konzentrieren. Das Morphium, das er inzwischen gegen seine Schmerzen nehmen musste, vernebelte seine Sinne. »Wir sollten sie heimführen wie alle anderen auch. Sie sind eine Gefahr für unsere Sache geworden.«

Wulfila war entsetzt. »Aber wir können doch nicht das halbe Dorf umbringen!«

»Das müssen wir, bevor sie uns umbringen. Sie sind uns auf den Fersen. Der Landrat und seine Assistentin sind bereits ausgeschaltet.«

»Ach, deswegen meldet der sich nicht«, kam es von Falk. »Ich versuche den laufend zu erreichen. Wer hat sie denn?«

Weil von Tirpitz immer schwächer zu werden schien, nahm der General wieder das Wort an sich. »Die beiden sitzen beim BKA.«

»Beim BKA sind sie doch unter unserer Kontrolle.«

»Das schon, aber so, wie du das sagst, ist es nun auch nicht. Wir haben dort unsere Leute, aber das BKA gehört nicht uns. Wir wissen zum Beispiel, ob von Gentern dichthält, aber wir können nicht entscheiden, was er gefragt wird.«

Falks Augen wurden gefährlich klein. »Und was ist mit dem Landrat, hat er bisher dichtgehalten?«

»Bisher ja, aber ich habe bei seiner Assistentin so meine Bedenken.«

»Sollen wir in ihrem Fall tätig werden?«

»Vergiss es, mein Junge, das ist zu weit weg. Dafür hätten wir auch unsere Leute in Wiesbaden.«

Wulfila war noch immer entsetzt. »Aber Großvater, General, ich bitte Sie beide, wir können doch nicht sinnlos vor uns hintöten.«

»Ob das einen Sinn ergibt oder nicht«, bellte der Alte ihn an, »das bestimmen noch immer wir. Du bist zum Morden dort, wir sind zum Denken hier, verstanden?«

Wulfila knallte die Hacken zusammen. »Zu Befehl, General!«

»Also, wir werden die Kleefisch anweisen, am Montag früh einen außerplanmäßigen Thing zur Goldausgabe anzusetzen, dann kommen auch alle zu ihrer Heimführung.«

Wulfila schnarrte wie ein Roboter. »Außerplanmäßiger Thing zur Goldausgabe, alle werden eingeladen und gesammelt heimgeführt, verstanden, General!«

Der Alte schüttelte den Kopf. »Nun sei nicht gleich wieder beleidigt, Junge. Dein Großvater möchte dir noch etwas sagen.

Von Tirpitz hob mühsam seinen Kopf. »Mein Junge, wie du siehst, geht es mir beschissen. Der Krebs hatte an mir bereits seinen Sonntagsbraten, für die Ärzte ist kaum noch was Gesundes übrig geblieben. Wir werden uns wohl nicht mehr auf dieser Erde wiedersehen. Ich möchte euch beiden für eure Treue danken. In ein paar Tagen werde ich vor unserem Schöpfer stehen und dann wird sich zeigen, ob Gott auch ein Deutscher ist. Wenn nicht«, er versuchte zu lachen, es klang aber sehr schwach und gequält, »dann werde ich versuchen, euch zu warnen. Vielleicht habt ihr dann noch auf Erden genug Zeit, alles wiedergutzumachen.«

Bevor Wulfila etwas erwidern konnte, waren schon die Farbbalken zu sehen. Die Transmission war beendet.

***

Im Dorfkrug verlief der Stammabend lange nicht so harmonisch, wie Else Kleefisch es sich gewünscht hatte. Es fing damit an, dass am Katzentisch, dort, wo sonst immer der Schrader gesessen hatte, plötzlich seine Frau Platz nahm. Natürlich ahnte sie, was mit ihrem Mann geschehen war, und kam eigentlich nur, um endlich Klarheit zu bekommen und zu erfahren, wo sie seine Leiche abholen konnte.

»Was schaut ihr mich so an, ihr falschen Schlangen? Sagt mir, was ich wissen will, und ich lass euch in Ruhe feiern.«

Der Ederer versuchte sie zu besänftigen. »Mensch, Ilse, ich schwöre dir, wir wissen nicht, wo dein Mann im Augenblick ist.«

Sie ließ sich nicht beruhigen. »Ihr könnt mich nicht täuschen. Warum sitzt ihr denn hier rum wie die geprügelten Hunde? Nur aus dem Grund, da ihr genau wisst, was passiert ist. Kurt ist tot, das spüre ich, so etwas spürt eine Ehefrau nach über 40 gemeinsamen Jahren. Er wurde von eurer Wahnsinnsvereinigung ermordet. Nun gebt mir wenigstens seine Leiche, damit ich ihn würdig beerdigen kann!«

Alles starrte die zitternde Frau an. Es traute sich niemand etwas zu sagen. Es gab auch nichts zu sagen, denn sie wussten ja wirklich nicht, wo seine Leiche war.

Ilse Schrader erhob sich und schaute noch einmal in die schweigende Runde. In ihrem Blick lag grenzenlose

Verachtung. Dann ging sie, ohne ein Wort zu sagen. Sie war sich sicher, diesen Raum nie wieder zu betreten.

Die neue Äbtissin fand als Erste ihre Stimme wieder. »Na, das war ja kein so schöner Beginn unseres Stammabends.«

Der Ederer wollte es nicht dabei belassen. »Ihr könnt sagen, was ihr wollt, die Frau hat recht.«

Die Ärztin funkelte ihn böse an. »Hör mal, Ederer, ist dir eigentlich schon mal aufgefallen, dass du immer nur dann moserst, wenn du die Befürchtung hast, dass dir eine Beerdigung durch die Lappen geht?«

»Und habt ihr eine Ahnung, wie es ist, um einen engen Angehörigen trauern zu müssen, ohne dass es eine Leiche gibt? Meinen kleinen Edgar hat sich damals der See geholt. Auch als das Eis weg war, hat man den Kleinen nie gefunden. Könnt ihr euch überhaupt vorstellen, was es bedeutet, mit so einer Sache nie abschließen zu können?«

Die Winklerin winkte ab. »Hör mal, Franz, dann hast du aber den falschen Beruf, wenn dir ein Toter so an die Nieren geht, selbst wenn das einer von dir war.«

Nun erhob sich auch der Ederer. »Ist das, was die Hanna eben gesagt hat, auch eure Meinung?«

Alles schwieg.

»Dann habe ich hier nichts mehr zu suchen.« Ohne sich noch einmal umzusehen, verließ der Bestatter den Dorfkrug.

»Na ja«, räusperte sich die Kleefisch. »Die fettesten Ratten verlassen so ein Schiff auch schon mal, wenn es nicht sinkt.«

***

Die Birnbachers waren gerade gegangen, da entschlossen sich die restlichen vier, die Nacht entgegen ihrer eigenen

Dienstanweisung doch in Franks Haus zu verbringen. Marion und der Prof wollten sich in die Gästewohnung verziehen und die anderen beiden noch eine halbe Stunde in den Kamin gucken. Plötzlich klingelte Franks Diensthandy.

»Ja? Hallo, Q, ich bin zu Hause. Nein, habe ich nicht. Gut, dann kommen Sie her, einen Fernseher habe ich auch hier. Wissen Sie, wo es ist? Wunderbar, dann kommen Sie bitte gleich vorbei.«

Stefanie war genervt. »Was ist denn nun schon wieder? Ich will jetzt langsam meine Ruhe.«

»Q kommt gleich vorbei. Er hat Aufnahmen von unseren beiden Gauchos, die er uns gerne vorführen würde. Sie zeigen, wie die beiden über Satellit Kontakt mit zu Hause halten.«

Marion staunte. »Und wo macht man so etwas?«

Himmer lächelte sie an. »Jetzt, wo das Schloss dank unserer Intervention sturmfreie Bude der Bösewichter ist, zahlt es sich eben aus, dass da ein paar kleine Kameras installiert wurden und wir somit völlig gefahrlos in der ersten Reihe sitzen.« Er erhob sich vom Sessel. »Dann werde ich mir an dem wunderbaren Automaten wohl doch noch einen Kaffee machen. Möchte sonst noch jemand?«

Marion gähnte. »Befürchtest du, dass der Film Überlänge haben wird? «

»Nein, aber die anschließende Regiebesprechung.«

Es vergingen keine zehn Minuten, da stand Q vor Franks Fernseher und schloss seinen DVD-Player an. »Es tut mir leid, aber ich konnte nur das aufnehmen, was die beiden sagten, da die Verbindung über Kopfhörer ging.

Sprachlos vor Staunen sahen sich die vier die Aufzeichnung an.

Danach herrschte erst einmal eine ungläubige Stille.

Marion griff zu ihrem Diensthandy und wählte die Nummer ihres Kollegen. »Hallo, Christian, tut mir leid, dass ich dich am heiligen Samstag störe, aber du musst zusehen, dass du die Pressetante des Landrats von Gentern beim BKA rausbekommst ...

Nein, ich spinne nicht, ich habe hier den klaren Beweis, dass ihr Leben dort in Gefahr ist ... Ja, ganz genau, beim BKA ... Das ist mir egal, was du mit ihr machst, selbst wenn du sie bei dir zu Hause vögelst, das überlebt sie wenigstens ... Denk dir was aus und hol sie da raus ... Danke.« Sie blickte in die Runde. »So, und nun schauen wir uns das alles noch mal an und schreiben diesmal mit, dann ersparen wir uns die ewige Hin- und Herfahrerei mit dem Band.«

Sie hörten alles noch einmal gründlich ab.

Frank lehnte sich in seinem Sessel zurück. »Obwohl wir die Gegenseite nicht gehört haben, bleibt eigentlich keine Frage offen. Der Längere von den beiden scheint der etwas Moderatere zu sein, denn er scheint Skrupel zu haben, das halbe Dorf umzubringen.«

»Richtig«, unterbrach ihn die Staatsanwältin. »Und so wie er zum Schluss strammgestanden hat, wiederholte er nur seinen strikten Befehl. Was mir ganz besonders in den Ohren klingt, ist der Satz: Beim BKA sind sie doch unter unserer Kontrolle. So weit sind wir also schon.«

Der Prof beruhigte sie. »Mehr als zu versuchen, die Schäfer da rauszubekommen, kannst du nicht machen, und Christian wird damit professionell umgehen.«

»Hoffen wir es.« Frank wirkte nachdenklich. »Jetzt bräuchten wir dem Giesecke einfach nur noch das Band vorspielen, dann hätten wir den auch ohne die Goldbarren in Kleefischs Laube auf unsere Seite bekommen. Dann werden wir den wohl morgen in aller Form aufs Revier zum Tee bitten, oder?«

Marion schüttelte den Kopf. »Wenn, dann sollten wir das noch heute Nacht machen. Wer weiß, was morgen noch alles auf uns zu kommt.«

»Okay, dann bleiben Werner und Stefanie hier, die können schon schlafen, und wir beide verarzten zusammen den Giesecke. Wie sieht es aus, Q, können wir die CD auch auf einem ganz normalen DVD-Player abspielen?«

»Wenn das nicht so ein uraltes Ding ist, auf jeden Fall. Die CD können Sie auch behalten, das ist schon eine Kopie.«

»Danke, Q, das war saubere Arbeit.« Marion machte sich auf. »Dann bereite ich schon alles auf der Dienststelle vor und du fängst uns den Giesecke ein.«

Kurze Zeit später waren alle auf dem Weg. Q zog sich wieder auf seinen Wachposten zurück, Marion bereitete alles auf dem Revier vor und Frank zog es zum Dorfkrug. Er war ja schon manches Mal noch auf ein kurzes Helles dort eingekehrt und gleich danach wieder gegangen, sodass sein heutiger Auftritt besonders auffallen sollte.

Als er in den Schankraum trat, waren bis auf den harten Bruderschaftskern schon fast alle anderen Gäste gegangen. Zu seiner Erleichterung stellte er fest, dass Giesecke noch da war. Zwar kämpfte er heftig gegen Müdigkeitsattacken, hielt sich jedoch annehmbar. Als der Wirt den Polizisten sah, fing er gleich an, ein kleines Helles zu zapfen.

»Guten Abend, Herr Hauptkommissar, so spät noch auf Streife?«

Frank rang sich ein Lächeln ab. »Abend auch, lassen Sie den Haupt weg, ich bin noch Oberkommissar. Auf Streife bin ich auch nicht mehr, sonst müsste ich bei dem Hellen leider abwinken. Ich brauche nur ein Bettgewicht.«

»Ist ja im Augenblick auch viel los bei Ihnen, oder?«

»Das kann mal wohl sagen.«

Der Wirt sah ihn erwartungsvoll an. »Und, weiß man bereits, wer für die ganzen Morde verantwortlich ist? Ist das wahr, was die Zeitung schreibt? «

»Was schreibt sie denn?«

»Na, das mit dem Schwalbach-Ripper.«

Frank winkte ab. »Seien Sie mir bitte nicht böse, aber darüber kann ich nichts weiter sagen, solange die Ermittlungen noch laufen.«

Er trank sein kleines Bier aus, zahlte und ging mit einem kurzen Nicken. Mit Erleichterung sah er, dass die Bedienung bei der Bruderschaft abkassierte, dann konnte es mit Giesecke auch nicht mehr lange dauern.

Er kam sich fast vor wie ein Ganove, als er sich, um nicht von Weitem gesehen zu werden, in den Hausflur neben dem Kurzwarenladen stellte, über dem Giesecke seine Wohnung hatte, und der bekam einen Todesschrecken, als er ein paar Minuten später nichtsahnend zu seiner Wohnungstür wollte.

»Um Gottes Willen, Herr Oberkommissar, erschrecken Sie nachts gerne harmlose Passanten?«

»Nein, Herr Giesecke. Es tut mir leid, wenn ich Ihren Blutdruck in die Höhe getrieben habe, aber ich muss Sie unbedingt sprechen.«

»Aber Herr Posselt, doch nicht mitten in der Nacht, oder?«

»Leider doch, Herr Giesecke. Ich muss Sie bitten, möglichst unauffällig mit mir auf meine Dienststelle zu kommen.«

Der Mann staunte. »Bin ich denn verhaftet?«

»Nein, Herr Giesecke, und wenn Sie jetzt in aller Freundschaft mit mir mitkommen, dann können wir das vielleicht auch in Zukunft vermeiden.«

Giesecke schaute ihn an wie ein aufgescheuchtes Reh. »Mein Gott, dass hört sich ja fast wie eine Drohung an.«

»Wenn ich ehrlich bin, dann ist es auch eine. Aber wie gesagt, wir können uns auch friedlich einigen.«

»Bekomme ich denn bei Ihnen auch einen Kaffee, zum Wachwerden?«

»Wenn Sie wollen, literweise.«

***

Eine Viertelstunde später saßen die beiden Männer vor dem Schreibtisch der Staatsanwältin. »Schön, dass Sie noch kommen konnten, Herr Giesecke.«

Der Mann nahm einen großen Schluck Kaffee. »Ich habe mich dem sanften Druck des Herrn Oberkommissars gebeugt.«

»Herr Giesecke, ich möchte Ihnen ohne Umschweife mitteilen, dass Ihr Leben in höchster Gefahr ist.«

Der Kurzwarenhändler wurde kalkweiß. Auf seiner Stirn bildete sich Angstschweiß. »Sie machen doch wohl nicht etwa um diese Zeit Witze mit mir? Hören Sie mal, Fräulein, wenn Sie nur ein wenig Ahnung hätten, mit wem Sie hier derartig despektierlich sprechen, dann würden Sie erheblich kleinere Brötchen backen.«

Marion fixierte ihn mit einem stechenden Blick. »Ich bin nicht Ihr Fräulein, mein Herr, ich bin Frau Tichel, Staatsanwältin Tichel, um es ganz genau zu sagen, und wenn Sie gleich wissen, was ich alles jetzt schon weiß, dann werden Sie mir bis an Ihr Lebensende dankbar sein, dass Sie auch weiterhin in Ihrem Heiabettchen schlafen dürfen. So, und jetzt schauen wir uns zusammen ein kleines Filmchen an, das in einem Felsenzimmer über Ihrer seltsamen Thinghöhle heute Abend aufgenommen wurde.«

Frank betätigte die Fernbedienung, und als das Bild der beiden Argentinier erschien, zuckte Giesecke zusammen.

»Mein Gott, den Linken, den Blonden«, Giesecke zeigte aufgeregt mit einem Finger auf Falk, »den habe ich schon auf dem Marktplatz gesehen. Und der andere, dieser Riesenkerl, das könnte der Großmeister sein.«

Frank drückte auf *Pause*. »Sie meinen den, der mit einer Handbewegung den armen Schrader umgebracht hat?«

»Um Gottes Willen, Sie wissen davon?«

Marion lächelte kalt. »Wir haben es Ihnen schon gesagt, wir wissen mehr als Sie.«

Frank drückte wieder auf *Play* und Giesecke sah mit bewegtem Gesicht weiter zu. Als der Riese die Hacken zusammenknallte und er die Heimführung der Bruderschaft ankündigte, schossen ihm die Tränen in die Augen. »Mein Gott, und für diese Schweine habe ich gemordet. Frau Staatsanwältin, ich muss Ihnen etwas gestehen, wofür Sie mich verhaften müssen, ich bin der Schwalbach-Ripper!«

Marions Stimme wurde weicher. »Bleiben Sie ruhig, Herr Giesecke, Sie haben niemanden ermordet, man wollte nur, dass Sie das selbst von sich glauben.

»Aber den Pastor, den Bornheim und den Kaplan, die habe ich doch umgebracht. Ich habe doch die Voodoo-Puppe erstochen und die Opfer waren danach gleich tot!«

»Nein, Herr Giesecke, die beiden Argentinier dort auf dem Bildschirm sind die Mörder. Sie töten mit pflanzlichen Giften und Gasen, die sie aus dem Amazonasgebiet mitgebracht haben.«

Giesecke war ratlos. »Wieso denn Amazonas, die beiden sprechen doch Deutsch miteinander?«

»Wir nehmen an, dass das entweder Söldner oder direkte Nachkommen derer sind, die irgendwann einmal das Nazigold im alten Bergwerk versteckt haben.«

Giesecke war einesteils erleichtert, anderenteils aber auch wieder einmal von sich enttäuscht. »Also sind sie wieder hier, die Nazis. Und ich habe wirklich nichts mit den Morden zu tun?«

»Nein, Herr Giesecke, aber Sie könnten uns dabei helfen, weitere zu verhindern. Sie können Ihren Brüdern und Schwestern das Leben retten.«

»Indem ich meines gebe? Nein, Frau Staatsanwältin, ich bin kein Held, wissen Sie.«

»Wir benötigen keinen Helden, Giesecke, wir brauchen nur jemanden, dem wir vertrauen können. Übrigens, nehmen Sie Betablocker?«

»Sie meinen diese Herztabletten?«

»Richtig.«

Er schaute sich um, um sicherzugehen, dass sie niemand belauschte. »Die Kleefisch verschreibt sie mir ständig, aber ich schmeiße sie immer weg. Die Dinger machen meschugge, ich sage es Ihnen. Fast alle älteren Brüder und Schwestern kriegen diese Pillen von ihr und von denen sind mir zu viele im Alter schwachsinnig im Kopf geworden.«

»Wunderbar, Herr Giesecke, dann sind Sie unser Mann. Vertrauen Sie mir?«

Giesecke schaute Marion verschreckt an. »Ich weiß nicht ...« Er rang die Hände. »Ich steige überhaupt nicht mehr so richtig durch, wem ich vertrauen kann und wem nicht.«

»Tja, Herr Giesecke, ich freue mich, dass Sie ehrlich zu mir sind, aber Sie müssen sich jetzt entscheiden.«

Er schaute sie groß an. »Was habe ich denn für eine Wahl?«

»Zwischen der Bruderschaft, die Sie mit Sicherheit umbringen will, und uns, die wir Ihnen eine reelle Chance bieten, einigermaßen glimpflich aus der ganzen Sache herauszukommen. Wenn Sie mitarbeiten, haben Sie ein Leben danach, und zwar eines in Freiheit.«

Er zögerte nicht lange. »Wie ich schon sagte, ich bin kein Held, ich wähle Sie.«

»Gut, dann kommen Sie morgen früh zum evangelischen Gottesdienst. Verstecken Sie sich danach in der Kirche, wir holen Sie dort ab, wenn die Luft rein ist.«

Giesecke nickte. »Morgen nach dem Gottesdienst. Ich warte in der Kirche auf Sie. Darf ich jetzt nach Hause gehen?«

»Natürlich, Herr Giesecke, Sie sind ein freier Mann, aber Sie gehören jetzt zu uns, zu den Guten, verstehen Sie? Und glauben Sie mir, wenn Sie einmal in Ihrem Leben ein Held werden wollen, dann werden Sie es nur bei uns.«

Der verstörte Mann nickte und sah schnell zu, das Polizeirevier zu verlassen.

Frank schüttelte den Kopf, als er dem Kurzwarenhändler nachsah. »Na, das wird ja ein toller Kampf. Schwerer Säbel gegen Cocktailwürstchen.«

Sie lächelte bedient. »Wir sind auch nur Würstchen, Frank, aber zusammengenommen sind wir eine ganze Dose voll, und die kann schon ganz schön weh tun, wenn sie jemand an den Kopf bekommt.«

20

Was das Wetter betraf, herrschte in Schwalbach wieder einmal ein Paradesommer. Für den frühen Abend waren aber schwere Wärmegewitter vorhergesagt worden.

Normalerweise war an einem Sonntagmorgen der Platz vor der Kirche voller Menschen, doch heute konnte man die paar Figuren, die dort auf den Gottesdienst warteten, an zwei Händen abzählen.

Vielleicht war das der Grund, warum Frau Kruse die Kirchenglocken heute ganz besonders laut läuten ließ. So kam es Frank jedenfalls vor, der mit den Birnbachers zusammen vor dem Gotteshaus stand.

Die Letzten, die sich noch vor Beginn abgehetzt auf die Kirchenbank drückten, waren Marion und ihr Professor, der seinen Bruder, den Polizeidirektor, mitbrachte.

Stefanie musste fast lachen, als sie das verbliebene Häuflein ihrer Gemeinde sah.

»Ich danke euch, ihr Lieben, dass ihr heute den Weg zum Haus unseres wahrhaftigen Herrn gefunden und somit eure Verbundenheit zu ihm und auch zu uns und unserer Sache ausgedrückt habt. So, wie ihr hier vor Gott sitzt, habt ihr den Kampf gegen euer Gewissen verloren, aber mit dieser Niederlage hat die Gerechtigkeit je einen weiteren Kämpfer dazugewonnen. Lasset uns also zusammen streiten und zusammen beten, im Namen des Vaters, des Sohnes und des Heiligen Geistes, amen.« Bei den letzten Worten begrüßte sie mit einem besonders warmherzigen Nicken Harald Giesecke, der ganz verstohlen dreinblickend auf einer der Bänke Platz genommen hatte.

Nach dem Gottesdienst trafen sich alle im Gemeindesaal, in dem Fritz bereits Kaffee und einen von Frau Kruse gebackenen Butterkuchen aufgetischt hatte. Das Arrangement erinnerte Stefanie an die von ihrer Mutter auf genau diese Art bewirteten Bibelkreise, die früher immer nach den Sonntagsgottesdiensten abgehalten worden waren.

Marion stellte sich vor die Restgemeinde. »Obwohl ich hier nicht das Hausrecht habe, möchte ich euch dennoch für euer Kommen herzlich danken, besonders freue ich mich über zwei neue Streiter, wie Stefanie sie nannte, einmal den hiesigen Kurzwarenhändler Harald Giesecke und den Herrn Polizeidirektor Himmer, den Bruder unseres Rechtsmediziners. Ich darf Ihnen weiterhin auch die Grüße des jungen Grafen und des Herrn Kaplan übermitteln, mit denen ich gerade eben noch telefoniert habe.«

Sie sah das ungläubige Gesicht Gieseckes und musste lächeln. »Tja, Herr Giesecke, wie wir es Ihnen schon gestern sagten, der Kaplan ist nicht tot.«

Fritz schaute sich bei den Worten prüfend um. »Vielleicht sollten wir hier nicht ganz so laut sprechen, man weiß ja nie, wer gerade mithört, oder?«

Stefanie erhob sich. »Da können Sie ganz unbesorgt sein, Fritz, Herr Direktor Himmer hat zwei SEK-Beamte mitgebracht, die das Gemeindehaus absichern. Hat jemand, bevor wir mit dem beginnen, was sich heute und morgen hier in Schwalbach abspielen wird, noch irgendwelche Fragen?«

Niemand meldete sich, so ergriff die Staatsanwältin wieder das Wort. »Bevor wir nun an die Aufgabenverteilung herangehen, möchte ich Polizeidirektor Himmer bitten, unsere Situation aus seiner Sicht zu beschreiben.

Der Polizist war etwas überrascht, so unvermittelt das Wort erteilt zu bekommen. »Tja, was soll ich sagen, eure Situation ist geradezu grotesk. Ihr habt zwar die seltene Gelegenheit, ganz allein vor euch hin zu wurschteln, ich habe aber dennoch das Gefühl, dass jede einzelne Aktion genauestens beobachtet wird.«

Frank unterbrach ihn. »Mit anderen Worten: Man sieht uns mit höchstem Interesse aus sicherer Entfernung dabei zu, wie wir auf die Fresse fliegen werden.«

»Ich hätte es nicht besser ausdrücken können. Ihr habt von nirgends her Verstärkung zu erwarten. Leider auch nicht von meiner dienstlichen Seite. Die beiden Kollegen, die ich heute mitgebracht habe, sind offiziell dabei, Überstunden abzubummeln.«

Marion schüttelte den Kopf. »Aber warum lässt man uns hier so im Dreck sitzen?«

»Weil man sich als Offizieller an dieser Kiste eigentlich nur die Finger verbrennen kann. Alles ist sich klar darüber, dass ganz oben an der Nummer richtig dick verdient wird, und zwar nicht nur hier bei uns. Es geht um Milliarden und nicht um Millionen. Es wäre auch für die einzelnen Leute nicht nur töricht, sondern gefährlich, sich zu früh festzulegen. Unterstützt man euch, kann man seinen Job und viel Geld verlieren, und verweigert man euch die Unterstützung, dann bekommt man unter Umständen auch die Arschkarte gezeigt.«

»Und was würdest du uns raten?«

»Besorgt euch eine Versicherung.«

»Und wie?«

»Ihr habt zwar keine Chance, aber mit der Presse im Rücken könntet ihr sie nutzen.«

Frank schaltete sich ein. »Wie ich merke, haben Sie keinen Spaß daran, um den heißen Brei herumzureden.« Er schaute auf den Professor. »Das scheint bei Ihnen in der Familie zu liegen. Und wo nehmen wir jetzt einen Starreporter her?«

»Ich kann euch da weiterhelfen. Ich kenne einen freien Kameramann, der schon auf sämtlichen Kriegsschauplätzen dieser Welt gedreht hat, und dann hätte ich auch noch jemanden von den Printmedien, der euch weiterhelfen könnte.«

Frank schaute in die Runde. »Was ist, Leute, wollen wir? Wenn ja, dann bitte Handzeichen geben.«

Alle bis auf Fritz, Frau Kruse und Harald Giesecke hoben die Hand.

Marion war erstaunt. »Sie drei sind dagegen?«

Giesecke schreckte hoch. »Dürfen wir denn mitstimmen?«

»Natürlich, Sie gehören zu uns.«

Die drei schauten sich an und hoben dann auch die Hand. »Dann sind wir auch dabei.«

»Okay, Herr Himmer, heute ist Sonntag, dann machen wir aus unserer wackeren Truppe eben einen Presseklub.

***

Else Kleefisch war im höchsten Maße zornig. Wie so ein kleiner, dummer Lehrling wurde sie per Handy zum Hochstand zitiert. Und worüber sie sich am meisten ärgerte, war die Tatsache, dass sie gar keine Chance hatte, dagegen aufzubegehren. Sie fühlte sich zu tiefst gedemütigt.

Um ihre Schmach nicht ganz so schmerzhaft werden zu lassen, nahm sie sich die Freiheit, mit ihrem Wagen den gräflichen Privatweg zu benutzen. Der führte sie wenigstens direkt zum Hochstand.

Mühsam krabbelte sie die steile Leiter hoch und wieder musste sie zweimal Pause machen, weil ihre Kondition nicht ausreichte.

Völlig erschöpft zog sie sich endlich auf die Plattform. »Mein Gott, habe ich die Schnauze voll. So können die doch nicht mit einer Äbtissin umspringen.«

Stöhnend kniete sie erst, dann setzte sie sich auf die einfache Holzbank, um zu verschnaufen. Als sie wieder ein wenig Luft hatte, zog sie den Pflock aus dem Astloch.

»Guten Morgen, Schwester Else. Wie ist das Befinden?«

»Ich wäre Ihnen dankbar, Großmeister, wenn Sie mich in Zukunft zu unseren Treffen bitten und nicht zitieren würden. Ich glaube, diese Forderung wäre nach so vielen Jahren des Dienens durchaus auch meinem Rang angemessen.«

»Wenn es an der Zeit ist, Schwester, werden wir auch wieder Muße haben, auf derartige Floskeln zu achten. Haben Sie Ihren Laden im Griff?«

Sie war verärgert. »Ich habe jedenfalls nichts von einer Rebellion gehört – noch nicht.«

»War das eine Drohung?«

»Nein, eine Darstellung des nervlichen Zustands der Brüder und Schwestern. Mit dem Mord an Bruder Schrader sind Sie eindeutig zu weit gegangen.«

»Das war die einzige Möglichkeit, die Goldgier der einfachen Ordensleute im Zaum zu halten.«

»Sie haben sich diese Leute dadurch zum Feind gemacht, das war unüberlegt.«

»Mäßigen Sie sich, Schwester Else!«

Ihre Augen verengten sich und ihre Stimme wurde drohend. »Großmeister, ich würde mir sogar von Gott nicht den Mund verbieten lassen und von Ihnen schon gar nicht. Womit wollen Sie mir drohen, mit der Heimführung etwa?« Sie lachte schrill auf. »Ich bin Ärztin, Großmeister, der Tod fürchtet sich vielleicht vor mir, aber nicht umgekehrt, also überlegen Sie sich, womit Sie mir drohen wollen. Und noch eins, mein Herr, Sie werden mich nie wieder auf dieses zugige Ding hier bestellen.« Sie schaute lächelnd in das Astloch hinein. »Und wann unser nächstes Treffen stattfindet, das werde ich Sie wissen lassen.«

Mit diesen Worten stopfte sie den Pflock wieder in das Astloch zurück. Sie hörte den Großmeister noch ärgerlich etwas rufen, aber sie reagierte nicht darauf, sondern steckte sich breit grinsend eine Zigarette an. »Ruf du nur, Großmeisterlein, wir sitzen hier auf dem Gold und nicht du, wo immer du jetzt auch sein magst!«

Etwas mulmig war ihr dennoch zumute, dennoch genoss sie jeden einzelnen Zug und machte sich selbst Mut. »Das war's wohl mit der Äbtissin. Großmeisterin hört sich auch sehr viel besser an.« Nachdem sie ihre Zigarette in einem eigens dafür mitgebrachten Taschenaschenbecher gelöscht hatte, begann sie mit dem Abstieg. Sie fühlte sich fast wie eine Feder, nein, wie ein junges Reh, so leicht und so unbeschwert, so erleichtert. Um sie herum war nur wunderbare Natur. Plötzlich griff sie mit der Linken ins

Leere, es gab nur noch einen höllischen Schmerz, denn das Holz der Leiter war förmlich explodiert und ihre linke Hand mit. Fassungslos stürzte sie die restlichen zwei Meter in den weichen Waldboden.

Rund 150 Meter weiter weg lud Falk das großkalibrige Jagdgewehr nach, das er sich gestern aus dem Waffenschrank des Grafen genommen hatte.

»Hast du sie erwischt?«

Wulfila war sich nicht sicher. »Irgendetwas Rotes ist explodiert, ich bin mir nicht sicher, ob es ihr Kopf war.«

Falk gab ihm einen aufmunternden Stoß in die Seite. »Dann werden wir mal die Schweißspur aufnehmen.«

Während Falk im Dickicht verschwand, informierte Wulfila den General über das Geschehene. Plötzlich hörten sie, wie ein Motor angelassen wurde und ein Wagen mit durchdrehenden Reifen davonraste. Wenig später trafen die beiden am Hochstand ein und betrachteten den Waldboden vor der Leiter. »Mein Gott, sie hat geblutet wie ein Schwein, aber ein Kopfschuss war das nicht, sonst läge sie hier und würde nicht Auto fahren. Schau mal.« Wulfila stieß mit der Fußspitze ein Stückchen Fleisch an. »Ihre Hand muss bei dem Kaliber geradezu explodiert sein, hier liegen ein paar Finger.«

Falk nickte. »Was meinst du, macht es Sinn, sie zu verfolgen?«

»Zu Fuß nicht. Sie wird einen Schock haben und mit ein wenig Glück langsam in ihrem Auto verbluten.«

»Sie ist Ärztin und könnte sich die Wunde auch selbst versorgen. Ach, was soll's, sie ist weg und zur Polizei kann sie nicht. Dazu hängt sie viel zu sehr mit drin.«

»Und wer wird nun das letzte Thing morgen leiten?«

»Der General möchte heute um 17 Doppelnull eine Verbindung mit Bruder Giesecke haben, hier auf dem Hochstand. Er ist schließlich der stellvertretende Abt.«

»Dann werden wir wohl die Leiter flicken müssen, sonst kommt der hohe Herr da nicht mehr rauf.«

Beide lachten über ihren bösen Scherz.

***

Natürlich hatte Direktor Himmer die erwähnten Presseleute bereits in Schwalbach postiert und so trafen sie zehn Minuten nach seinem Anruf im Gemeindehaus ein. Mit einem Bissen Kuchen im Mund ergriff Marion das Wort und erklärte die Situation.

»Warum?«, fragte der Kameramann, als sie geendet hatte. »Hier müsste der Staat zugreifen und zwar mit all seiner Autorität!«

Marion war dankbar für diese Frage und überlegte kurz. »Wie schon gesagt, hier geht es um mehrere Milliarden, und da lässt jeder Kleinganove die Finger weg, wenn ihm sein Leben lieb ist. Die, die ganz oben sitzen, wissen nicht, inwieweit ihre Basis in die ganze Geschichte verwickelt ist und ob sie für Dinge die Verantwortung übernehmen müssen, von denen sie keine Ahnung haben. Die Basis ist sich hingegen nicht sicher, wer von ganz oben mitspielt und wie weit man seinem Chef die Nummer versaut. So was macht jede Karriere kaputt, denn der Nachfolger dieses Chefs wird erst dann Ruhe geben, wenn der illoyale Mitarbeiter weg ist. Jeder von den Genannten würde aber gern ein Stückchen von dieser Milliardentorte für sich haben, nur ist sich jeder bewusst, dass er sich daran ganz schnell den Magen verderben kann. Der einzige wahre Sieger bei dieser ganzen Nummer darf nur das Finanzamt sein, nur dann sind alle anderen die Verlierer, da auch diese enormen Summen im Staatshaushalt fast unbemerkt versickern werden. Dennoch, wir sind ein Rechtsstaat, für den wir hier einstehen, und in den Haushalt eines solchen gehört das Gold. Die Nummer ziehen wir nun durch, egal, was danach mit uns geschieht. Alle, die uns jetzt die offizielle Hilfe versagen, schauen morgen aus sicherer Entfernung zu, was hier in Schwalbach passiert und werden sich erst dann heldenhaft profilieren wollen, wenn der Gegner klar definiert und mit Sicherheit auch unterlegen ist.«

Fritz horchte interessiert zu. »Und wie soll das Ganze vor sich gehen?«

»Wir wissen, dass das Gold am Montagmorgen mit dem Radlader aus dem Höhlensystem herausgebracht werden soll. Vor dem Berg soll es mit Hilfe von Transportnetzen vom Hubschrauber auf den nahegelegenen Militärflughafen Röblingen gebracht werden. Die ersten drei oder vier Paletten werden den Flughafen auch erreichen, aber dort werden die bereitstehenden Feldjäger mal unter das Plastik schauen. Parallel dazu fängt das Theater am Schloss damit an, dass dieser Radlader nicht mehr lange durchhalten wird, weil wir ihn sabotiert haben. Es werden von da ab auch die ersten morschen Netze unter den Hubschrauber gehängt. Nach ein paar hundert Metern wird das Material reißen und der Zoll, der dort durch Zufall eine kleine Übung abhalten wird, das hat der Kollege Himmer so wunderbar eingefädelt, wird plötzlich mit Goldbarren beworfen, die auch noch dem Staat gehören. Denen wird gar nichts anderes übrig bleiben, als das an deren ganz große Zollglocke zu hängen, und damit kann die Sache auch nicht mehr unter den Tisch gekehrt werden. Von dieser ganzen Aktion bekommen unsere argentinischen Freunde höchstwahrscheinlich über Funk Wind und kommen tierisch in Stress. Leider wird zu diesem Zeitpunkt der Radlader ganz stehen bleiben und dann wird der Strom im ganzen Schloss ausfallen. Diese kleine Gefälligkeit hat Frank von der Feuerwehr erbeten und die ziehen auf unser Zeichen hin die Hauptsicherung. Hinzu kommt auch noch eine für unsere argentinischen Freunde ziemlich unerklärliche Rauchentwicklung, die eine weitere Arbeit im Stollen unmöglich macht. Wozu Übungsrauchbomben des THW doch nütze sind.«

Harald Giesecke wurde immer unruhiger. »Das ist ja alles schön und gut, aber warum schießen Ihre Scharfschützen die Kerle nicht einfach über den Haufen? Das sind doch Mörder.«

Marion nickte. »Einer davon ist ein mutmaßlicher Mörder, der andere aber ist noch nicht mal ein Komplize, weil er erst nach den uns bekannten Morden eingereist ist. Es geht von ihnen auch keine unmittelbare Gefahr für Leib und Leben von Geiseln aus. Der finale Todesschuss wäre somit rechtlich nicht haltbar, der würde auch nur von ganz oben angeordnet werden können. Wir hätten dafür auch kein SEK hier und nur die wären dazu legitimiert – bis auf unsere beiden Freizeitbeamten, die draußen für uns Schmiere stehen. Außerdem müssen wir so vorgehen, dass wir mit dieser ganzen Sache überhaupt nichts zu tun haben, weil wir von alldem nichts wussten. Wenn Fritz als augenblicklicher Hausherr bestimmt, dass er auf dem Schloss für eine Weile keinen Strom haben möchte, dann ist das so. Wenn er entscheidet, dass Insekten im Kellergewölbe ausgeräuchert werden sollen, dann ist das noch viel besser so, und wenn er entscheidet, dass der Radlader ohne Öl fahren soll, dann ist das idiotisch aber legal. So«, sie schaute sich in der Runde um, »gibt es noch weitere Fragen?«

Fritz räusperte sich. »Ja, die habe ich. Was soll das Ziel der ganzen Aktion sein?«

»Das erklärte Ziel der Südamerikaner ist es, die noch lebenden Mitglieder der Bruderschaft zu töten und das Gold außer Landes zu bringen. Das Erstere muss unbedingt verhindert werden, und wenn wir es schaffen würden, den Goldtransport auch noch zu verhindern, dann würden wir uns freuen.«

»Und was ist mit den beiden Verbrechern?«

»Die werden wir nicht daran hindern, das Land mit ihrer Antonow zu verlassen. Das Risiko, dass jemand bei der Festnahme zu Tode kommt, ist einfach zu groß, und die Wahrscheinlichkeit, dass die beiden Herren auch wirklich verurteilt werden, ist viel zu klein, als dafür etwas zu riskieren, so bitter diese Erkenntnis auch sein mag.«

Stefanie meldete sich. »Und wer wird morgen an welchem Platz stehen und welche Aufgaben übernehmen?«

Marion schaute auf den Oberkommissar. »Frank, das ist jetzt dein Part.«

»Tja, Freunde, wir werden Teams bilden, die alle über Sprechfunk in Verbindung stehen. Die betreffenden Geräte wird uns Herr Himmer dankenswerterweise zur Verfügung stellen.

Folgendermaßen habe ich mir das vorgestellt:

In der Thinghöhle wird Herr Giesecke sein, um die Bruderschaft zu beruhigen, ferner die Staatsanwältin, die beiden SEK-Beamten, die mit Nachtsichtgeräten und geeigneten Waffen ausgerüstet sind, um einschreiten zu können, und meine Person.

Um die Schatzkammer kümmern sich die Kollegen Birnbacher und Meiser, die beide mit Atemschutz und Nachtsichtgeräten ausgerüstet sind.

Im Schloss selbst sind der Professor, die Pastorin, Frau Kruse und Fritz.

Frau Kruse und Fritz halten die Stellung im Schloss selbst, während der Prof und Stefanie im Turmzimmer die Einsatzleitung bilden. Dort oben sind sie immer für alle zu erreichen, wenn nicht über Funk, dann über Handy. Dort oben können sie auch sehen, wann der Hubschrauber wieder neu einschwebt, um die Netze anzuhängen.

Mit *Q* ist abgesprochen, dass er euch da oben einen Monitor hinstellt und noch weitere drahtlose Kameras installiert. Übrigens, die Herrschaften von der Presse werden möglichst viel davon dokumentieren.«

Meiser wurde neugierig. »Und können wir uns dann am Dienstag im Fernsehen bewundern?«

»Wenn alles gut geht, dann nicht, und das wissen die Kollegen auch.«

Frank schaute sich um. »Gibt es noch Fragen? Nein, dann bereitet sich bitte jedes Team separat auf den morgigen Tag vor. Jedes Team ist auch allein für seine Ausrüstung verantwortlich. Die Funkgeräte gibt es beim Kollegen Himmer und wenn die nicht ausreichen, kann uns *Q* auch noch aushelfen.«

Im Gemeindesaal brach Geschäftigkeit aus. Die Teams rückten näher zusammen, um sich gemeinsam auf das Kommende einzustimmen. Franks und Marions Handys klingelten fast gleichzeitig und beide fertigten ihre Gesprächspartner kurz ab. »Was war bei dir?« Frank schaute die Staatsanwältin fragend an.

»Mir wurde mitgeteilt, dass die Kleefisch mit einer so gut wie abgetrennten Hand auf dem Seeparkplatz von Wanderern in ihrem Auto sitzend entdeckt wurde und nun im Kreiskrankenhaus versorgt wird.«

»Das hat mir mein Wachhabender auch gerade mitgeteilt.«

»Und nun?«

»Nun sollten wir uns mal mit ihr unterhalten.«

Nachdem sie allen Anwesenden von ihrem Anruf erzählt hatten, machten sie sich mit Franks Dienstwagen auf den Weg.

Er war sehr schweigsam.

»Wenn du so gut wie gar nichts sagst, dann hatte das nie etwas Gutes zu bedeuten.«

»Hat es jetzt auch nicht.«

»Inwiefern?«

»Ich habe mehr Schiss als Vaterlandsliebe. Außerdem begreife ich das alles noch nicht so richtig.«

»Und was genau?«

»Warum wir zum Beispiel diesen Schwachsinnsthing nicht einfach abblasen. Der findet nicht statt, deswegen geht keiner hin, basta.«

»Diesen Gedanken hatten Werner und ich auch schon, aber dann haben wir die ganzen Brüder und Schwestern wieder über Schwalbach verteilt und können niemanden mehr kontrollieren und somit auch niemanden mehr vor diesen Typen schützen.«

»Das ist kein Argument. Pfarrer Nickel haben sie getötet und die Polizei hat seelenruhig in der ersten Reihe gesessen und zugesehen.«

»Jetzt wissen wir, wie es funktioniert, und außerdem haben wir einen ausgezeichneten Oberkommissar und zwei ebenso gute SEK-Leute mit in der Thinghöhle, das hatten wir auf dem Rasthof nicht. Übrigens, ich muss dich loben. Ich bin dir sehr dankbar, dass du Werner und Stefanie so weitab vom Schuss postiert hast. Das erleichtert mich doch sehr.«

»Ich denke, das ist alles so unglaublich sicher, was wir da morgen veranstalten.«

»Ich habe schon Pferde vor der Apotheke kotzen sehen.«

»Nur diesmal müssten wir es auch selbst aufwischen.«

***

Else Kleefisch lag wie bewusstlos in ihrem Bett. Die Ärzte waren ratlos, denn alle medizinischen Werte sprachen dafür, dass sie eigentlich wach sein müsste. Jegliche Ansprache verhallte ungehört. Nachdem Frank und die Staatsanwältin im Krankenhaus eingetroffen waren, informierte sie der diensthabende Oberarzt. »Meine Zeit beim Bund liegt nun schon einige Jahre zurück, aber ich könnte wetten, dass es sich bei der Dame um eine ziemlich großkalibrige Schussverletzung handelt, die selbst gar nicht so katastrophale Folgen gehabt hätte, wäre in der Hand nicht etwas Hölzernes geplatzt. Es muss auch Weichholz gewesen sein, sonst wäre diese Explosion nicht so verheerend gewesen. Nicht nur die ganze Hand- oder besser Stumpfwunde ist voller kleiner Holzsplitter, sondern auch noch die linke Gesichtshälfte.«

»Und Frau Dr. Kleefisch schweigt zu allem?«

»Ja.«

»Dürfen wir sie sehen?«

»Gern.«

Frank und Marion stellten sich so neben die Schockraumliege, dass sie sich nicht abwenden konnte.

Franks Stimme klang eher persönlich als dienstlich. »Tja, Frau Doktor, früher lag ich auf Ihrem Tisch, wenn es mal etwas zu nähen gab.«

Sie hielt ihre Augen geschlossen. »Glauben Sie mir, an meiner Hand gibt es nichts mehr zu nähen, Sie können sich also nicht an mir rächen.«

»Na hoppla, Sie sind ja doch ansprechbar.«

»Das war ich die ganze Zeit.«

»Und warum antworteten Sie nicht, als man Sie ansprach?«

»Den Verlust einer Hand sollte man erst mit sich selbst abmachen, bevor man mit Kollegen darüber diskutiert.«

»Soweit ich mich erinnere, haben Sie früher Orgel gespielt.«

»Das wollte ich auch gerne wieder tun, aber damit ist jetzt Schluss. Die Sonate für eine Hand und einen Haken muss erst noch komponiert werden.«

Marion mischte sich ein. »Frau Doktor, wie ist das passiert?«

Sie zuckte mit den Achseln. »Ich wollte auf einen Jägerhochstand klettern, um die Aussicht zu genießen. Da ist plötzlich die Leiter explodiert, an mehr erinnere ich mich nicht.«

»Und welcher Hochstand war das?«

»Ich erinnere mich nicht mehr.«

»Sie können sich auch nicht erinnern, wer auf Sie geschossen hat?«

»Nein.«

Frank übernahm wieder die Befragung. »Frau Doktor, wir kennen uns lange genug und müssen nicht lange um den heißen Brei herumreden. Werden Sie sich heute überhaupt noch an irgendetwas erinnern?«

»Nein.«

»Wissen Sie, was jetzt mit Ihnen geschehen wird?«

»Das ist mir egal.«

»Sie werden in eine Spezialklinik für plastische und Rekonstruktionschirurgie verlegt. Wenn Sie Glück haben, dann wird der von Ihnen erwähnte Haken aus Fleisch und Blut sein. Damit könnten Sie eventuell sogar weiter praktizieren.«

Sie schaute ihn lange an. »Machen Sie sich nicht lächerlich, Herr Oberkommissar.« Sie schloss ihre Augen. »Und nun lassen Sie mich in Ruhe, ich habe einen Schock und bin müde.«

Marion war sichtlich enttäuscht. »Mehr haben Sie uns wirklich nicht zu sagen?«

Die Doktorin behielt die Augen geschlossen. »Für Sie, Fräulein, war das schon mehr als genug.«

***

Die Vorbereitungen der einzelnen Teams waren abgeschlossen. Bruder Giesecke saß etwas verloren auf seinem Stuhl und rührte schon seit Minuten in seinem Kaffee herum. Stefanie setze sich zu ihm. »Was ist, Herr Giesecke, fühlen Sie sich etwa genau so, wie Sie aussehen?«

Er lächelte versonnen. »Sehe ich wirklich so schlecht aus?«

»Fühlen Sie sich denn so?«

»Ich kann Ihnen nicht genau sagen, wie ich mich fühle, aber es fühlt sich nicht so gut an.«

»Würden Sie gerne darüber reden?«

»Tun wir das nicht schon?«

Sie goss sich einen Tee ein. »Ich meine, richtig darüber reden.«

Er lachte verlegen. »Ich habe mein ganzes Erwachsenenleben nur allein vor mich hin gelebt, da weiß ich gar nicht mehr, wie das geht.«

»Haben Sie Angst?«

»Ich habe mich noch nie in meinem Leben mehr vor etwas gefürchtet. Ich schwöre Ihnen, Frau Pastorin, dass ich der größte Angsthase unseres Sonnensystems bin.«

»Der zweitgrößte, Giesecke, denn der größte bin ich.«

»Und warum sind Sie dann noch hier? Vielleicht weil Sie und der Oberkommissar ein Paar sind?«

»Nur zum Teil. Was mir am meisten Mut gemacht hat, ist die Tatsache, dass Sie hier sind, Herr Giesecke.«

Er schaute sie fassungslos an. »Dass ich hier bin?«

»Ja doch, wie einfach wäre es für Sie, sich hinter Ihren Wollknäuel und Garnrollen zu verstecken. Stattdessen stellen Sie sich.«

»Stimmt, ich stelle mich tatsächlich mit einer Stricknadel bewaffnet auf die Fechtbahn, vor mir zwei Riesenkerle mit schweren Säbeln, und ich Idiot brülle auch noch: *En garde*!«

»Sagen Sie selbst, Herr Giesecke, kann ein Mann noch mutiger sein?«

Giesecke schaute sie mit großen Augen an. »Meinen Sie das wirklich?«

Er schüttelte den Kopf. »Hören Sie mal, Sie wollen mir nur Schmus um den Bart schmieren, dabei wollte ich Sie vor drei Tagen noch umbringen.«

Sie lächelte ihn entwaffnend an. »Und, hat Ihnen der Gedanke Spaß gemacht?«

»Ich bitte Sie, Frau Pastorin, wäre ich sonst zu Ihnen gekommen?«

»Dann wollten Sie mich also gar nicht ermorden, Sie hatten nur den Auftrag.« Sie schaute ihm in die Augen. »Und hätten Sie es gemacht?«

»Sie umbringen?«

»Ja.«

Er schüttelte den Kopf. »Vielleicht mit meiner dummen Voodoo-Nadel, aber so in echt glaube ich nicht. Dazu wäre ich bestimmt nicht ängstlich genug.«

Sie sah ihn an. »Das ist ein wirklich interessanter Gedanke. Sie meinen, dass nur der zum Mörder werden kann, der auch genug Angst hat?«

»Ja, das glaube ich. Mein Vater war dafür ein wunderbares Opfer. Ich kenne keinen Menschen, der mehr von dieser unglaublichen Großmannssucht der Nazis befallen war als er. Alles, was nicht arisch war, war für ihn kein Leben. Und schauen Sie sich die heutigen Nazis an, das sind im Grunde alles auch nur verschreckte, kleine Würstchen, die einfach die Schnauze davon voll haben, sich bei dem kleinsten Geräusch, bei der kleinsten Bewegung um sie herum zu erschrecken. Eins hat sich bis heute nicht geändert, Frau Pastorin. Wer mit beiden Beinen erfolgreich im Leben steht, der benötigt keinen Nationalsozialismus oder etwas anderes für sein Ego.«

Stefanie lächelte ihn an. »Da haben Sie völlig recht.«

»Aber jetzt noch ein anderes Thema, Frau Pastorin, und das beschäftigt mich im Moment am meisten. Was soll morgen mit dem Thing werden?«

»Stimmt, nach dem, was man so über Frau Kleefisch gehört hat, wird sie Mühe haben, diese Zusammenkunft morgen zu leiten.«

»Ich hatte gehofft, sie von der Ausweglosigkeit der Sache überzeugen zu können, um sie so auf unsere Seite rüberzuziehen, aber wenn sie wirklich so schwer verletzt ist, dann muss ich wohl ran. Das Problem beginnt aber schon damit, dass ich gar nicht weiß, wen ich einladen soll.«

Stefanie stutzte. »Alle Brüder und Schwestern.«

»Und wenn die mir wie die Fliegen umfallen? Die nehmen doch alle dieses Herzzeug, fast alle zumindest.«

»Stimmt, daran habe ich gar nicht gedacht.« Sie schaute zu dem Professor rüber, der gerade mit Notizen beschäftigt war. »Prof, könnten Sie bitte mal zu uns rüber kommen, hier ist ein Problem aufgetaucht.«

»Gern, was gibt es denn?«

Giesecke schilderte dem Rechtsmediziner seine Sicht der Dinge.

Der Prof nickte. »Das stimmt, was Sie sagen. Alle Leute, die Betablocker nehmen, dürfen morgen auf keinen Fall mit auf den Thingplatz.«

Stefanie schaute irritiert. »Ich denke, man wird mit diesem Vitamin-B-Komplex immun gegen das Gas?«

»Das ist aus wissenschaftlicher Sicht lediglich eine These von mir, die ich noch durch nichts belegen kann. Der tödliche Zusammenhang zwischen dem Medikament und dem Gas hingegen ist so gut wie bewiesen.«

»Okay.« Giesecke zuckte mit den Achseln. »Also niemanden einladen, der diese Herzpillen nimmt, aber wer bleibt dann noch für unser Thing übrig, und woher soll ich wissen, wer das Zeug nimmt?«

»Auf dem Revier liegen sämtliche Patientenunterlagen der guten Kleefisch. Wir sollten ganz schnell dorthin fahren und unsere Schularbeiten machen.«

***

Falk und Wulfila hatten sich in ihrer Höhle auf dem Campingkocher ein paar Ravioli warm gemacht, die sie am Vormittag aus der gräflichen Speisekammer entwendet hatten. Zum Nachtisch gab es wieder einmal Walderdbeeren, die Falk frisch gepflückt hatte. »Wenn die Deutschen nur wüssten, wie schön und reichhaltig ihre Wälder sind.«

»Sag es ihnen, sie werden kommen und alles niedertrampeln.«

»Meine Herren, du hast ja heute wieder einen Supertag erwischt. Das baut einen auf. Liegt dir irgendetwas im Magen?«

»Das kannst du wohl sagen. Ich verstehe unseren Auftrag nicht und ich verstehe dich auch langsam nicht mehr.«

»Unser Auftrag ist klar. Wie sollen für unsere Familien das Gold sichern.«

»Das allein ginge ja noch. Aber wir sollen auch andere Familien dafür ausrotten und das ist unrecht.«

»Das nennt man auch Evolution. Nur die Stärksten der reinsten Rassen werden überleben.«

»Das sind hier aber auch alles Deutsche, wenn ich dich daran erinnern darf.«

»Quatsch. Für wirklich Deutsche ist hier gar kein Platz mehr. Das, was sich hier deutsch nennt, ist doch inzwischen alles mit allem vermischt. Reinrassiges, arisches Blut gibt es doch nur noch bei uns zu Hause.«

»Dann gehen wir doch besser zu uns nach Hause und schwängern dort alles, was deutsch und weiblich ist. Dann tun wir wirklich etwas für unsere reine Rasse. Außerdem macht es auch erheblich mehr Spaß, als mordend durch Schwalbach zu ziehen.«

Falk schaute irritiert auf seinen Freund. »Du hast verdammt Glück, dass dein Großvater dich nicht so hören muss. Der würde sich in Grund und Boden schämen.«

»Würde er nicht. Du hast doch gehört, was er gesagt hat.«

»Hör mal, langsam habe ich den Verdacht, dass du bei der Kleefisch absichtlich danebengeschossen hast.«

»Quatsch, es kam der Befehl *eliminieren* und ich habe sofort geschossen.«

»Und leider nur die Leiter getroffen, was für ein Zufall.«

Wulfila war beleidigt. »Das waren gut 200 Meter und ein bewegliches Ziel.«

»Das waren gerade mal gute 150 Meter und da hing ein Walross auf der Leiter. Es gab Zeiten, mein Lieber, da hast du aus einem Kilometer Entfernung einem Floh die Eier abgeschossen, einem hüpfendem Floh.«

»Es gab aber auch Zeiten, da habe ich einfach nicht nachgedacht, wenn ich Befehle befolgte.«

»Also hast du doch absichtlich danebengeschossen.«

»Selbst wenn, das Klassenziel ist erreicht, die Doktorin wird uns morgen mit Sicherheit nicht stören. Du hast selbst ihre Finger mit aufgesammelt, oder das, was davon noch übrig war. Sie wurde also quasi eliminiert. Du kannst es so deinem Großvater melden.«

»Einen Teufel werde ich tun. Nachher muss ich dich eliminieren.«

»Ach, schau an, haben dich die Bedenken von Opa Tirpitz doch erreicht?«

»Von was für Bedenken redest du?«

»Davon, dass Gott eventuell doch kein Deutscher sein könnte. Diese Möglichkeit wird immerhin schon ins Kalkül gezogen.«

»Und, wie denkst du darüber?«

Wulfila zuckte mit den Achseln. »Um dir diese Frage beantworten zu können, müsste ich noch mehr darüber nachdenken.«

Falk wurde ungeduldig. »Vielleicht solltest du eine Tatsache mit in deine Überlegungen einbeziehen. Gott ließ erheblich mehr Juden als echte Arier sterben. Fällt dir darauf eine Antwort ein?«

»Dann weiß er vielleicht gar nicht, was ein Arier ist.«

Falk brauste auf. »Willst du damit sagen, dass Gott erheblich mehr Arier hätte sterben lassen, wenn er sie besser gekannt hätte?«

Wulfila lächelte ihn an. »Nein, aber das ist ein interessanter Gedanke, den du da äußerst. Lass mich darüber nachdenken. Du kannst ja inzwischen den Aushilfsabt anrufen und ihn zum Hochstand bestellen.«

***

Der Professor, Stefanie und der Kurzwarenhändler hatten gerade die ersten Patientenkarten vor sich liegen, als Gieseckes Handy klingelte. Die beiden waren sofort ruhig, als sie den entsetzten Blick in den Augen des Kurzwarenhändlers bemerkten. »Ja, das werde ich machen. Den Hochstand an der Gemarkung 93/94 und 118/119, um 17 Uhr. Ich werde kommen – natürlich werde ich allein sein, wenn Sie es wünschen. Aber soll ich nicht eventuell Schwester Else mitbringen, die ist doch die Äbtissin? Selbstverständlich, ich werde pünktlich da sein.«

Er legte auf und wischte sich den Schweiß ab.

Stefanie legte ihre Hand auf seine Schulter. »Waren die das?«

Giesecke nickte.

»Und was soll dort auf dem Hochstand passieren?«

»Keine Ahnung, ich soll pünktlich dort sein, der Großmeister hätte mit mir etwas zu besprechen.«

In diesem Augenblick kamen Marion und Frank auf die Dienststelle.

»Na, die Herrschaften«, Frank nahm sich einen Becher Wasser aus dem Spender, »ich denke, das Pfarrhaus ist das Hauptquartier?«

Stefanie gab ihm einen Begrüßungskuss. »Giesecke soll um 17 Uhr an einem Hochstand sein und dort mit seinem Ordenschef sprechen.«

Marion wunderte sich.

»Und warum laden sie nicht Oberschwester Kleefisch zu diesem Treffen ein?«

Frank ging ein Licht auf. »Weil sie von ihrer Unpässlichkeit wissen.«

Giesecke nickte. »Stimmt, sie sagten mir, dass Else ihr Amt heute niedergelegt hätte.«

Marion lachte auf. »Es wurde ihr aus der Hand geschossen.«

Frank überlegte. »So ein Hochstand ist ja meist aus Fichtenholz gebaut, das würde zu den Verletzungen der Kleefisch passen.«

Marion informierte mit ein paar Sätzen Professor Himmer über alles.

Stefanie schüttelte den Kopf. »Aber warum schießen die denn auf die Person, die für sie die Arbeit machen soll?«

Frank nickte. »Weil sie diese Arbeit vielleicht nicht mehr machen wollte.«

Giesecke unterbrach ihn. »Vielleicht hat man ihr gesagt, dass das Gold abtransportiert werden soll, und da hat sie sich geweigert mitzuhelfen.«

»Was denn, gibt es die Kleefisch auch in einer Version mit Gewissen?« Stefanie schüttelte den Kopf. »Das kann ich mir beim besten Willen nicht vorstellen. Aber seit wann schießen die, ist denen das Gas ausgegangen?«

»Weil sie davon ausgehen müssen, dass sie keine Betablocker nimmt. Mit ihrem Wissen wäre sie auch schön blöd, wenn sie es täte. « Der Professor suchte umständlich ein Taschentuch, um seine Brille zu reinigen. »Also, Herr Giesecke, wenn Sie heute Nachmittag vom Oberguru der Bruderschaft zum Tee gebeten werden, dann immer schön ja und amen sagen, wir brauchen Sie nämlich noch.«

Der Kurzwarenhändler war erstaunt. »Und ich soll da wirklich hingehen? Und wenn die auch auf mich schießen?«

»Wenn Sie sich nicht bockig zeigen, dann wird Ihnen auch nichts passieren. Und vor allem erfahren wir auf diesem Weg genauer, was diese Bande morgen vorhat.«

Giesecke schluckte und erhob sich. »Dann werde ich mich wohl auf den Weg machen. Könnten Sie mir vielleicht auf der Karte zeigen, wo das genau ist?«

Frank ging an die große Wandkarte und zeigte mit dem Finger auf eine Stelle. »Das ist hier, wo der alte Graf immer seinen Wagen bei der Jagd abgestellt hat. Da kommen Sie über den Seitenweg vom öffentlichen Parkplatz ran.«

»Dann weiß ich es schon.«

Giesecke verbeugte sich kurz und ging.

Frank überlegte. »Und was machen wir so lange?«

»Mit uns die Patientenakten nach Brüdern und Schwestern mit Betablocker durchsehen, mein Schatz, damit wir wissen, wen Giesecke zum morgigen Thing einladen darf und wen nicht.«

»Und was machen wir bitteschön mit denen, die morgen dann nicht kommen dürfen?«

Marion verzog ihren Mund. »Wenn uns nichts Besseres einfällt, dann müssen wir die verhaften.«

Frank schüttelte den Kopf. »Dann muss uns etwas Besseres einfallen, denn so viele Gefängnisszellen haben wir hier gar nicht.«

21

Harald Gieseckes Herz schlug ihm bis zum Hals. Das lag zum einen daran, dass er schon seit Monaten nicht mehr eine so lange Strecke mit dem Fahrrad zurückgelegt hatte und ihm die Kondition fehlte, zum anderen hatte er schlichtweg Angst. Als er vor dem Hochstand anhielt, war ihm so, als würde er von hundert Augenpaaren beobachtet werden, aber so sehr er sich auch umsah, er konnte nichts entdecken.

Während er sein Fahrrad anschloss, kämpfte er mit sich, ob er nicht doch lieber wieder umkehren sollte, aber die Angst davor, unverrichteter Dinge wieder zu seinen neuen Freunden zurückzukehren, war größer.

Er zögerte, bevor er die wacklige Leiter bestieg, und schaute sich ganz genau um, so wie es ihm der Professor eingebläut hatte. Aber hier war nichts von dem zu sehen, worauf er achten sollte. Kein Blut und auch keine Einschüsse. In der Mitte der Leiter war einer der Holme zersplittert und teilweise mit einer schwarzen, übelriechenden Flüssigkeit bespritzt. Die Stelle war aber durch einen anderen dünnen Stamm notdürftig geflickt worden und Giesecke war sich relativ sicher, dass gedungene Mörder nicht den Nerv dazu hatten, die Schauplätze ihres furchtbaren Handwerks nach erfolgter Tat zu reparieren.

Es hieß bei der Einladung, er solle sich auf die Plattform begeben und dort auf Anweisungen warten. Das tat er.

Giesecke setzte sich und horchte auf die Stille des Waldes. Würde er jetzt, genau wie die arme Schwester Else, durch ein Zielfernrohr beobachtet werden? Würde der Finger des Killers bereits den Abzugshahn umschließen? Er spürte die heranfliegende Kugel förmlich und da war auch schon der Einschlag des Projektils in sein Bein. Voller Panik schaute er an sich hinunter. Vielleicht konnte er die Blutung stillen, aber da war gar nichts zu sehen. Da war kein blutiger Stumpf, sondern ein ganz normales graues Hosenbein ohne jegliches Blut, und da waren auch gar keine Schmerzen.

Da, der nächste Einschlag, oder besser gesagt, nur ein Brummen. Giesecke wurde vor Erleichterung etwas flau, als er das vibrierende Handy aus seiner Hosentasche nahm und es mit zitternden Fingern einschaltete.

»Guten Tag, Herr Giesecke, der Großmeister möchte mit Ihnen sprechen. Sehen Sie vor sich den Pfahl?«

Giesecke schaute sich irritiert um.

»Ich sagte vor Ihnen.«

Seine Kehle war staubtrocken. »Ja, jetzt sehe ich ihn.«

»In Augenhöhe steckt ein Pflock in einem Astloch. Ziehen Sie diesen heraus.«

Giesecke griff mit zittrigen Fingern danach und zog daran, aber nichts passierte. Das Ding saß felsenfest.

»Das geht nicht«, flehte er in sein Handy. »Das Ding sitzt zu fest. Soll ich nach Hause fahren und einen Korkenzieher holen?«

Die Stimme im Telefon wurde ärgerlich. »Mensch, Herr Giesecke, Sie werden es doch wohl noch schaffen, so ein kleines Stückchen Holz aus dem Stamm zu ziehen.«

»Vielleicht ist es festgewachsen.« Er hatte plötzlich eine Idee. »Moment mal, ich versuche es mit meinem Schuhabsatz!«

Schnell hatte er die Senkelschleife geöffnet, den Schuh ausgezogen, und dann begann er, mit dem Absatz seitlich an den Pflock zu schlagen.

Falk beobachtete die Szene kopfschüttelnd durch die Zieloptik des Jagdgewehrs. »Mein Gott, ist das ein Umstandspinsel. Was ist das nur für eine Type? Der hat sogar sein Fahrrad angeschlossen, bevor er da hochgekrabbelt ist.«

Der General meldete sich über die Tonleitung. »Mein Bildschirm ist noch dunkel. Hat dieser Idiot den Pflock noch immer nicht raus?«

Falk grinste. »Er prügelt mit seinem Schuh darauf rum.«

Plötzlich wurde es hell auf dem Monitor. Zu sehen war ein grenzenlos dämlich dreinschauender Giesecke, der vergeblich darauf wartete, dass etwas aus dem Loch herauskam.

Der General versuchte geduldig zu sein. »Ich bin hier, in diesem Loch.«

Giesecke ging dichter ran und versuchte hineinzuspähen, als ob er durch ein Schlüsselloch schauen würde. Auf dem Bildschirm wurde es wieder dunkel.

»Giesecke, setzen Sie sich bitte wieder auf die Bank.«

Der verstörte Mann tat, wie ihm geheißen.

»Ich bin nicht in dem Pfahl, dort ist nur das Objektiv, durch das ich Sie sehen kann.«

Giesecke nickte. »Hallo.«

»Schön, dass wir uns auch einmal kennenlernen.«

Giesecke bekam hektische Flecken im Gesicht. »Ich finde es auch ganz reizend«, krächzte er.

»Wie geht es Ihnen, Bruder Harald?«

»Gut.« Giesecke beugte sich wieder zu diesem Astloch vor und steckte einen Finger hinein, um zu erfühlen, was darin verborgen war.

Der General wurde ärgerlich. »Giesecke, setzen Sie sich sofort wieder hin!«

Giesecke fuhr blitzartig zurück und setzte sich.

»So eine Kamera ist keine Termite, also hören Sie damit auf, wie ein hungriger Primat danach im Holz zu pulen!«

Der General wartete, bis sich der Mann etwas beruhigt hatte. »Also, Giesecke, ich habe Sie deshalb auf unseren Hochstand gebeten, um Ihnen ...«

Giesecke kramte umständlich in seinen Hosentaschen.

»Mein Gott, was ist denn nun schon wieder?«

Der kleine Mann schaute entschuldigend zu dem Astloch. »Ich suche ein Taschentuch.«

»Ist das denn in diesem Augenblick so wichtig? Wozu brauchen Sie das denn jetzt?«

»Mein Finger ist ganz dreckig, von dem Loch.« Giesecke beugte sich wieder nach vorn und auf dem Bildschirm wurde es schon wieder dunkel. »Da, sehen Sie?«

Der General war kurz davor zu platzen. »Giesecke, setzen Sie sich sofort wieder hin!«

Der Kurzwarenhändler zuckte zurück.

»Und jetzt bleiben Sie auf dieser Bank da sitzen und rühren sich nicht mehr vom Fleck, verstanden?«

Er nickte.

»Also, wir möchten, dass Sie als Stellvertreter von Schwester Else ihre Amtsgeschäfte übernehmen.«

Giesecke schaute wie gebannt auf das Loch. »Aber sie ist doch bei sich zu Hause, warum ist sie nicht hierher bestellt worden?«

»Sie ist bedauerlicherweise Opfer eines dummen Jagdunfalls geworden.«

Gieseckes gespieltes Erstaunen wirkte echt. »Um Gottes Willen, ist sie denn tot?«

»Nein, ist sie nicht, aber sie steht uns augenblicklich nicht zur Verfügung.«

»Und was soll ich nun machen?«

»Sie, Bruder Harald, werden für morgen früh um 9 Uhr einen Thing einberufen.«

»Und was darf ich den Brüdern und Schwestern für einen Grund der Versammlung angeben?«

Der General zögerte etwas. »Da die privaten Goldvorräte von der Polizei eingezogen wurden, werden neue ausgegeben.«

Giesecke lächelte in Richtung Loch. »Das wird die Brüder und Schwestern aber beruhigen.«

»So ist diese Geste auch von uns gedacht. Aber sorgen Sie bitte für vollständiges Erscheinen.«

»Ich tue, was in meiner Macht steht. Äh, darf ich denn das Gold für Schwester Else in Empfang nehmen? Jetzt, wo sie nicht selbst kommen kann?«

»Das werden wir ihr persönlich geben, wenn sie wieder in der Lage dazu ist. Gibt es noch Fragen?«

Giesecke schüttelte den Kopf. »Nein.«

»Dann bereiten Sie alles für morgen vor. Ende der Durchsage. Und, Giesecke, ...«

»Ja bitte?«

»Verschließen Sie wieder das Astloch.«

Wulfila trennte die Verbindung zum Hochstand.

Der General wurde neugierig. »Was macht er jetzt?«

Falk schaute durch sein Zielfernrohr und schüttelte den Kopf. »Er hat schon wieder seinen Schuh in der Hand und hämmert den Pflock zurück in den Pfahl.«

»Kinder, ich weiß ja nicht, aber mir kommt es so vor, als hätten wir eben gerade Mr. Bean zum Abt der Bruderschaft gemacht.«

***

Die Truppe hatte sich aufgelöst, die Arbeit war getan. Es lag eine genaue Liste derer vor, denen von Frau Dr. Kleefisch Betablocker verschrieben worden war, und nun wartete eigentlich nur noch alles auf den erlösenden Anruf Gieseckes.

Der Prof putzte schon wieder seine Brille. »Nun müssen wir aber noch klären, was morgen mit den ganzen Betablocker-Patienten passiert. Zum Thing dürfen die nicht mit.«

Stefanie schien gar nicht bei der Sache, sondern roch plötzlich an ihrem Arm. »Irgendwie stinke ich.«

Frank schaute sie erstaunt an. »War wohl eine anstrengende Predigt. Martin Luther King musste auch immer nach seinen Predigten duschen.«

»Ich stinke nicht, so wie du meinst, sondern ich stinke irgendwie anders.«

Sie hielt ihren Arm dem Professor entgegen. »Riechen Sie doch mal bitte.«

Marion lachte. »Also, wenn ein Rechtsmediziner an einem schnüffelt, dann ist das meist kein gutes Zeichen.«

Der Prof schnüffelte. »Das ist der Vitamin-B-Komplex. Das kann man durch die Haut riechen, wenn viel davon genommen wurde.«

»Bin ich nun gegen diesen Raupenschiss immun?«

»Sind Sie.«

Auch Frank roch an seinem Arm. »Dann rieche ich ja auch so seltsam. Ich dachte vorhin schon die ganze Zeit ...«

Marion unterbrach ihn. »Untersteh dich weiterzureden. Du hast vorhin neben mir gesessen.«

Sie lachten erst, dann schwiegen sie wieder.

Es schienen alle an dasselbe zu denken.

Marion beobachtete ihren Freund dabei, wie er ein ums andere Mal an seiner Brille herumputzte. »Langsam müssen die Gläser durchgescheuert sein. Gibt es denn so viel zu grübeln?«

»Im Grunde genommen schon.«

»Und was beschäftigt dich so sehr?«

»Ob wir auch wirklich alles bedacht haben und wir uns morgen Abend noch immer als Beamte fühlen dürfen. Wir haben schließlich gegen alles verstoßen, was jemals in unseren Dienstvorschriften gestanden hat.«

Stefanie war etwas verschreckt. »Ist es wirklich so schlimm?«

»Beamtenrechtlich ist es noch viel schlimmer.«

Marion legte ihre Beine auf die Tischplatte. »Für mich noch viel wichtiger ist die Frage, ob mir der Job nach dem ganzen Hickhack überhaupt noch Spaß macht. Mit welchem Recht fordere ich für jeden kleinen Beschaffungskriminellen Gefängnis, während wir gerade planen, zwei mehrfache Mörder mehr oder weniger ungeschoren laufen zu lassen.«

»Weil du vernünftig bist und abwägst.« Frank hatte es sich auf seinem Stuhl bequem gemacht. »Es hat einfach keinen Sinn, bei der Verfolgung eines Hühnerdiebes einen Personen- oder Sachschaden in Kauf zu nehmen, der den Wert des Huhns um ein Vielfaches übersteigt. Und was unsere beiden Pampakiller betrifft, können wir nicht wissentlich junge Beamte opfern, nur um unser Mütchen der Gerechtigkeit zu kühlen.«

»Moment mal, das ist alles, was wir Staatsanwälte haben. Wenn das auch noch wegfällt, dann können wir komplett einpacken.«

»Das könnt ihr im Grunde schon jetzt, wenn ich mir überlege, was allein im Fall Schwalbach alles schiefgegangen ist, und wenn man wirklich an einen Rechtsstaat glaubt.«

»Kannst du das mal näher erläutern?«

»Gern. Wo ist denn die Unterstützung, die wir benötigen würden, um diesen Fall einem Rechtsstaat gemäß zu erledigen? Da ist absolut gar nichts, niente, nada, nickesse, nicht mal das kleinste bisschen. Da sitzen die hohen Herren dick und phlegmatisch in ihren Dienstsesseln und schauen zu. Sie tun gerade mal so viel, dass man ihnen dienstrechtlich nicht an den Karren fahren kann, sollten die Guten gewinnen, aber sie könnten auch jederzeit für sich beanspruchen, dass sie die erfolgreiche Aufklärung des Falles Schwalbach durch ihre höchst zögerliche Mitarbeit fast unmöglich gemacht haben. Wenn man das alles selbst erlebt, kann man sich gut vorstellen, wie die ganze Nummer mit der und um die NSU-Affäre herum gelaufen sein könnte.«

Stefanie schüttelte den Kopf. »Aber warum das alles?«

»Wie du selbst weißt, geht es hier nicht nur um Millionen, sondern um Milliarden. Irgendetwas davon wird mit Sicherheit wieder zurückfließen und wenn es auch nur ein großzügig dotierter Forschungsauftrag für die Großnichte des Schwippschwagers ist.«

»Aber das ist Betrug!«

»Unsinn, das ist politischer Alltag unserer Demokratie und ich möchte anmerken, dass das die beste Demokratie ist, die wir Menschen bisher hatten.«

Stefanie zweifelte noch immer. »Aber seid ihr sicher, dass da wirklich von ganz oben her mitgemischt wurde?«

»Da bin ich mir sogar sehr sicher. Versuch du doch mal in einem Staatsforst eine von dir bezahlte Wetterhütte aufzustellen und das Baumaterial dafür von einer russischen Antonow auf einem Nato-Flughafen der Bundeswehr ausladen zu lassen. In diesen Verwaltungsakt sind normalerweise ein Drittel aller deutschen Beamten eingebunden. Wenn du das als Dreißigjährige beantragst, dann liegt eine Entscheidung, egal ob positiv oder negativ, weit jenseits deiner statistischen Lebenserwartung. Hier hat das innerhalb von Tagen alles geklappt und das wird jedem leitenden Beamten so viel Respekt abnötigen, dass er, selbst wenn er nichts dafür bekommen sollte, alles dafür tun wird, um sich nicht mit dieser ungeheuren Macht anzulegen.«

Marions Handy klingelte. Nach den ersten Worten, die sie gehört hatte, lächelte sie und zeigte mit dem Daumen nach oben.

»Wunderbar, Giesecke ist auf dem Rückweg und kommt hier vorbei, um alles für morgen zu besprechen.«

»Hat er etwas davon gesagt, dass die Kleefisch auf diesem Hochstand angeschossen wurde?«

Marion schüttelte den Kopf. »Nein, aber wozu auch.«

Frank wunderte sich. »Normalerweise müssten wir die Spurensicherung dorthin schicken, wenn wir wüssten, welcher Hochstand das war.«

»Vergiss es. Wenn wir überhaupt nicht darauf reagieren, dann bringen wir die Brüder noch viel mehr ins Grübeln.«

Nun war es eine SMS, die die Staatsanwältin beschäftigte.

»Von irgendjemandem gute Wünsche für ein gutes Gelingen morgen?«

»Leider nicht. Die Kleefisch hat sich selbst aus dem Krankenhaus entlassen.«

»Wie wirst du darauf reagieren? Lässt du sie festnehmen?«

»Ich denke nicht. Ohne ihr Gold wird die nicht abhauen. Festnehmen können wir sie immer noch morgen, wenn wir alles hinter uns haben.«

***

Falk und Wulfila hatten ebenfalls ihre Vorbereitungen so weit abgeschlossen, dass sie nur noch ihre Wohnhöhle herrichten mussten. Sie waren es durch ihren beruflichen Alltag gewohnt, keinerlei Spuren zu hinterlassen, und so wollten sie auch hier verfahren.

Wulfila war gerade damit beschäftigt, die Satellitenschüssel zusammenzulegen, als er plötzlich Zweifel bekam. »Ich habe für morgen ein schlechtes Gefühl.«

Falk sah gar nicht von seiner Arbeit auf. »Das habe ich, seitdem du da bist. Eigentlich kenne ich dich als aufrechten Menschen, mit unbedingter Loyalität unserer Sache und unseren Vorgesetzten gegenüber.«

»Der bin ich noch immer.«

»Nein, Wulf, du bist ein Zauderer geworden. Dir fehlt plötzlich der unbedingte Siegeswille, der dir von deinen Großeltern mit in die Gene gegeben wurde.«

Wulfila lachte. »Das sind ja auch absolute Supergene gewesen, wenn ich mir meinen Vater betrachte. Sein Hirn hat er sich schon als Jugendlicher kaputtgeschnieft und heute empfindet er nur noch Freude, wenn er sich an einem Knaben vergehen darf.«

»Nun mach dich nicht lächerlich. Auch ich musste den Erwachsenen als Kind dienen und es hat mich hart gemacht. Was hast du neuerdings dagegen?«

»Ich habe absolut nichts dagegen, wenn sich zwei junge Kämpfer in ihrer Einsamkeit gegenseitig erleichtern, aber ich finde es nur noch zum Kotzen, wenn damit geprahlt wird, wie kleine Jungen vergewaltigt werden, nur weil die edle Gattin nach der Hochzeit partout nicht mehr wöchentlich die Beine breit machen will. Das hat absolut nichts mehr mit einer arischen Kultur zu tun, der wir uns verpflichteten. Kämpfen wir denn wirklich nur noch fürs Geld und für perversen Sex?«

»Wir sind eine Herrenrasse, die in den letzten tausend Jahren hart um diese Privilegien gekämpft hat.«

Wulfila schnaubte aus. »Dann wird es höchste Zeit, dass diese Herrenrasse ausstirbt.«

»Hör mal, was redest du da eigentlich für einen Blödsinn. Ist dir eigentlich klar, dass ich dich für diese Äußerung sofort wegen Wehrkraftzersetzung erschießen müsste?«

Wulfila schraubte ungerührt weiter. »Nur zu. Tu dir keinen Zwang an, aber vergiss nicht, danach feucht zu wischen. Du weißt, was das für einen Dreck macht.«

Falk sprang auf und zog seine Pistole. »Du, ich mache ernst!«

»Was soll das, Falk?« Wulfila drehte sich um. »Um einen richtigen Ernst machen zu können, müsstest du mal wieder mit einer Frau ins Bett, aber das erregt dich schon lange nicht mehr, was? Du gehörst doch schon zu diesen phantastischen Herrenmenschen, die, wenn sie geil sind, nicht von einem Puff, sondern von einem Kindergarten träumen. Nun drück ab, du Würstchen, und hol dir dann einen runter.« Er drehte sich wieder um und widmete sich der Satellitenschüssel.

»Ha, ich habe dich durchschaut!« Falk ereiferte sich. »Du willst, dass ich dich umbringe, weil du lebensmüde aber zu feige bist, dich selbst zu töten.«

»Genau das wird es sein. So, nun schieß oder pack weiter, aber hör auf, so einen Mist zu labern.«

»Ich werde packen, mein Freund, aber ich werde dich genau im Auge behalten und dich beim General melden, wenn wir wieder zu Hause sind. Das wird nämlich Konsequenzen haben.« Er steckte seine Waffe wieder ins Halfter und überlegte eine Weile. »Wie kamen wir eigentlich auf dieses Thema? Richtig, du hattest ein schlechtes Gefühl für morgen, warum eigentlich?«

»Weil mir das alles nicht gefällt. Ich würde es verstehen, wenn die hier mit Hundertschaften von Scharfschützen anrücken würden. Uns gegen die durchzusetzen, das haben wir gelernt, aber hier passiert gar nichts. Die lassen uns einfach schalten und walten, wie wir wollen, und das macht mir Sorgen. Damit umzugehen haben wir eben nicht gelernt.«

»Dann guck dir doch diesen Giesecke an, diese Karikatur von einer zu Fleisch gewordenen Strickliesel. Was soll dieses lächerliche Männchen gegen uns schon ausrichten?«

»Ich weiß nicht, aber der hat sich heute einen Tick zu dämlich angestellt, finde ich. Auf den sollten wir aufpassen. Und in Schwalbach wohnen nicht nur Gieseckes.«

Falk lachte auf. »Eigentlich doch, denn den Rest des Oppositionspotenzials haben wir bereits umgebracht.«

»Und was ist mit diesem neuen Polizisten und mit dieser Pastorentussi?«

»Die erwischen wir morgen noch, wenn sie überhaupt den Mut haben hierherzukommen.«

Wulfila schüttelte den Kopf. »Die werden morgen da sein, da mach dir mal gar keine Gedanken. Die werden morgen präsenter sein, als uns lieb sein wird.«

»Lass die beiden mein Problem sein, und kümmere dich nur darum, deine Paletten an den Hubschrauber zu hängen. Das ist schließlich dein Job.«

***

Inzwischen war es schon später Abend. Vor dem gemeinsamen Abendessen wurde Giesecke noch ein exakter Plan mitgegeben, wen er nach den Patientenunterlagen der

Praxis Kleefisch alles zum morgigen Thing einladen solle. Er machte sich gleich auf den Weg, um den Betreffenden möglichst schnell Bescheid zu geben. Bescheid gegeben wurde aber allen, nur den Betablocker-Patienten wurde von Giesecke gesagt, dass auf ihr Herz Rücksicht genommen werde und sie ihr Gold am Nachmittag direkt auf der Sparkasse in Empfang nehmen könnten. Frank war noch immer begeistert über diesen Kniff, den sich Stefanie ausgedacht hatte.

»Hör mal, wenn dir solche fantastischen Ausreden auch im alltäglichen Leben einfallen, dann werde ich überhaupt keine Chance gegen dich haben.«

Der Prof grinste verstohlen. »Die haben Sie auch so nicht. Sie sind ja nur ein Mann.«

Marion schlug die Hände über dem Kopf zusammen. »Na klasse, darauf habe ich schon die ganze Woche gewartet. Jetzt kommt nämlich die Himmer'sche Lagetheorie.«

Stefanie lachte. »Das hört sich aber interessant an. Es ist immerhin schon eine Theorie und keine These mehr.«

Frank beugte sich vor, um ihn zu sehen. »Jetzt habt ihr mich neugierig gemacht, bitte, Herr Professor.«

Der Professor schaute zu seiner Freundin. »Nee, Leute, das ist mir zu riskant. Meine Holde hat bereits einen geschwollenen Kamm und da kommt das Thema momentan nicht so günstig.«

»Nun red nicht lange um den heißen Brei herum, dadurch wird dieser Schwachsinn nur aufgewertet. Also, mein Lieblingspathologe ist tatsächlich der Meinung, dass Männer beim Sex nur deswegen oben liegen dürfen, weil dort die Arbeit gemacht wird.«

»Richtig, und würde es nur um die Dominanz gehen, dann müssten sie längst unten schuften.« Er zog es nun doch vor, seine Theorie selbst zu beenden.

Stefanie schaute ihn etwas mitleidig an. »War da nun der Anatom Himmer auf der Suche nach einer neuen Stellung oder will der Philosoph Himmer nur mal kurz auf den Arm?«

Marion jubelte. »Das war mit dem Florett gefochten, wie der Herr *Professor post mortem* es liebt. Eine kurze *Parade Riposte,* ein trockener Stich – und der Gegner ist versenkt. Stefanie, ich neige mein Haupt in Ehrfurcht und werde augenblicklich evangelisch.«

Der Professor grinste Frank an. »Nun, Herr Oberkommissar? Noch irgendwelche Fragen?«

»Nein, Herr Professor. Dieses Thema wäre ein für allemal geklärt. Ich werde der Dinge harren, die da kommen, und zu gegebener Stunde in aller Demut den Platz im Bett einnehmen, der mir zugewiesen wird.«

»Apropos gegebene Stunde. Wir sollten uns langsam überlegen, wo wir die Nacht der Nächte verbringen werden. Schwalbach wäre vielleicht nicht so der geeignete Ort, um ruhig zu schlafen.«

»Wir müssen aber morgen früh noch im Dunkeln im Schloss sein, damit unser Kommen unbemerkt bleibt.«

Frank zuckte mit den Achseln. »Dann sollten wir uns jetzt schon Fritz schnappen und alle zusammen für heute aufs Schloss ziehen. Wenn die Killer uns heute Nacht wirklich suchen sollten, dann mit Sicherheit nicht dort.«

Alle vier schauten sich zuerst fragend an, dann nickten sie sich zu.

»Dem ist aus staatsanwaltschaftlicher Sicht nichts hinzuzufügen, zumal wir sowieso noch zusätzliche Kameras mit Q zusammen installieren wollten.«

Nachdem sie sich Stullen geschmiert, Kaffee gekocht, bei Frau Kruse und den anderen Bescheid gegeben und danach geduscht hatten, machten sie sich auch den Weg. Unterwegs wurden Fritz und Frau Kruse eingesammelt, die sich beide weigerten, ohne den anderen das Gemeindehaus zu verlassen. Auf dem Schloss angekommen, wurden Franks Dienstwagen und Marions Auto sofort in der alten Sattlerei untergestellt, in der noch mehrere alte Motorroller standen, die früher als Ersatzteillager für die Lieblingsvespa des jungen Grafen hatten herhalten müssen.

Während Fritz und Frau Kruse für alle die Gästezimmer herrichteten, machten sich der Prof, Frank und Q daran, alles für die behelfsmäßige Einsatzleitung im Westturm vorzubereiten.

Marion und Stefanie deckten fürs Abendbrot, für das Frau Kruse jede Menge Nahrungsmittel mitgebracht hatte.

Marion wunderte sich. »Hat die das geahnt, dass sie heute noch zehn Leute verköstigen muss?«

Stefanie lachte. »Ich kenne sie nicht anders. Ich konnte mit Freunden bei uns zu Hause auftauchen, Frau Kruse hatte immer so viel Köstlichkeiten zu bieten, dass sich der Esstisch bog. Frag mich bitte nicht, wie sie das macht.«

»Läuft da eigentlich etwas zwischen Fritz und ihr?«

Die Pastorin lachte. »Ich habe auch so das Gefühl, ist das nicht goldig?«

Die Staatsanwältin schüttelte den Kopf. »Dann gibt es hier zwei verschieden Scharfschützen. Der eine kommt aus Argentinien und ist auf Hände spezialisiert, und der andere verschießt Liebespfeile.«

»Und Letzterer scheint hier ganz gewaltig rumzuballern«, lachte Stefanie. »Erst hat er Frank und mich kalt von hinten erwischt, dann scheint er Anja und Fritz geradezu erschossen zu haben, und wen noch?«

»Mein Herzallerliebster scheint zumindest einen Streifschuss abbekommen zu haben, denn seit ein paar Tagen ist er wie ausgewechselt. Gestern hat er sogar um meine Hand angehalten.«

»So richtig mit Blumen und mit allem Zipp und Zapp?«

Sie lächelte gerührt. »Für seine Verhältnisse war das geradezu ein romantischer Urknall. Als wir uns gestern früh nebeneinander die Zähne putzten, sagte er mir plötzlich, dass er mich lieben und mich gerne heiraten würde.«

»Das passt doch zu euch. Stelle dir mal vor, er hätte womöglich noch vor Zeugen mit Blumen und Ring vor dir gekniet und dich um deine Hand angehalten. Du, als Berufscoole, wärst doch vor Scham im Boden versunken, oder?«

Sie lächelte. »Stimmt auch wieder. Und was ist mit euch?«

Stefanie bekam einen seltsamen Glanz in ihren Augen. »Wenn ich ehrlich bin, habe ich keine Ahnung. Kennen tun wir uns schon seit 35 Jahren, aber verknallt bin ich erst seit ein paar Tagen in ihn.«

»So richtig mit Schmetterlingen im Bauch?«

»Aber hallo, ich habe da unten keine Eier-, sondern Bienenstöcke.«

»Aber es scheint doch etwas Ernsteres zu werden, oder?«

»Ich befürchte, ja. Wenn er mich heute fragen würde, dann würde ich ihn morgen heiraten.«

»Und wenn er heute keinerlei Anstalten macht?«

Sie seufzte. »Dann werde ich ihn morgen wohl fragen.«

***

Der Westturm erwies sich als ideal für ihre behelfsmäßige Einsatzleitung. In dem großzügig bemessenen Turmzimmer gab es in alle vier Himmelsrichtungen Fenster, von wo aus sie das ganze Geschehen rund um das Schloss beobachten konnten. Die Fenster ließen sich sogar öffnen, sodass man sich auch etwas hinausbeugen konnte.

»Herr Oberkommissar, würden Sie bitte wieder hereinkommen. Ich halte es für wenig sinnvoll, wenn Sie dem ganzen Kraichtal zeigen, dass das Schloss in unserer Hand ist.«

Frank war etwas verlegen. »Sorry, ich war so von der Aussicht begeistert, dass ich gar nicht daran gedacht habe.«

Nachdem Q sein Equipment aufgebaut hatte, ging er auch ans Fenster. »Und nun zeigen Sie mir mal bitte, wo die mit ihrem Gabelstapler die Paletten zum Abtransport hinstellen werden.«

Frank schüttelte den Kopf. »Ich habe keine Ahnung. Der Kollege Meiser und ich sind schon einige Male um den Berg herumgerannt, aber haben nichts gefunden. Die einzige Lichtung, die dafür infrage käme, befindet sich direkt hier unten.«

Q schaute hinunter. »Dann muss ich aber noch mal kurz das Fenster öffnen, um die Kamera hier anzubringen. Ich glaube, von hier oben hat man den besten Überblick, und dann muss sich auch keiner mehr hinauslehnen, um etwas sehen zu können.«

Er klemmte die kleine Kamera zwischen zwei Mauersteine und keilte sie mit Holzspänen fest. »So, die hält.«

Zwischenzeitlich vertiefte sich Frank in die Aufzeichnungen des Professors. »Hören Sie mal, Sie haben hier ja schon einen minutiösen Ablaufplan gemacht.«

»Soweit es eben ging.«

»Und auf welcher Erfahrung beruht der?«

»Auf der Erfahrung, dass Genialität gerne mit akribischem Fleiß verwechselt wird. Dass ich morgen den Überblick verlieren werde, ist so gut wie sicher.«

»Und wozu dann die ganze Arbeit hier?«

»Dank meiner Aufzeichnungen wird es niemand merken und nur darauf kommt es an. Kommen Sie, meine Herren, es ist Essenszeit.«

Inzwischen waren auch beide Birnbachers, der Kollege Meiser mit seiner Notärztin und die beiden dienstfreien Kollegen des Stuttgarter Sondereinsatzkommandos auf dem Schloss eingetroffen. Frank war über die beiden mitgebrachten Damen seiner Schwalbacher Kollegen alles andere als erfreut. »Mensch, Birnbacher, musste das sein?«

»Musste es, Chef. Das hier könnte morgen eine ziemlich heiße Nummer werden, die wir einfach gemeinsam durchstehen möchten, und wenn Sie sich eine eigene Pastorin mitbringen, dann können Sie mir doch wohl meine Bänkerin nicht verweigern, oder?«

»Und wenn ich das hier so höre«, Meiser nahm seine Freundin schützend in den Arm, »dann macht eine Notärztin in unserer Truppe richtig Sinn. Meinen Sie nicht auch, Herr Oberkommissar?«

Frank lächelte. »Meinetwegen, aber habt ihr auch alle schön euer Vitamin-B-Komplex gefuttert?«

»Wir können uns fast schon nicht mehr riechen, Herr Oberkommissar.«

Wie selbstverständlich standen plötzlich sechs Gedecke mehr auf dem riesigen Gesindetisch und es wurde getafelt.

Natürlich waren die morgigen Ereignisse das Gesprächsthema Nummer eins. Jeder ging noch mehrmals ganz genau durch, was er zu tun und worauf er zu achten hatte. Anja und Fritz tischten dabei auf, als betrieben sie eine Firma für First-Class-Catering.

Stefanie war begeistert. »Anja, Fritz, wir haben euch erst eine halbe Stunde, bevor wir euch abgeholt haben, von dem Plan, hier zu übernachten, erzählt. Wo habt ihr die ganzen Fressalien her?«

Fritz war nicht einmal zu einem Lächeln zu überreden. »Wir hatten uns vorbereitet, gnädige Frau.«

»Aber Sie wussten doch gar nicht, worauf.«

Fritz servierte Espresso. »Man kann sich in gewisser Weise schon auf den Winter vorbereiten, ohne genau zu wissen, wann es wie kalt sein wird. Und dass es einen solchen Abend geben würde, das war doch klar, oder?«

Der Prof schüttelte lächelnd den Kopf. »Fritz, Sie sind ein Phänomen. Was ich aber nicht ganz verstehe, ist die erwiesene Tatsache, dass es bei Ihnen im Kopf doch zu weit mehr gereicht hätte als zum Butler.«

Dieser vermeintliche Angriff auf Fritz' Tätigkeit fand Anjas Missbilligung. »Mit Verlaub, Herr Professor, aber Sie scheinen das Berufsbild des Butlers nicht zu begreifen. Das mag daran liegen, dass Ihr geistiges Potenzial bereits mit Ihrer akademischen Laufbahn ausgereizt war.«

Es gab drei Menschen in der großen Küche, die nicht lachten. Das waren Fritz, der ungerührt Espresso ausschenkte, Anja, die dem Professor lächelnd die Zuckerdose hinhielt, und der Professor, der verzweifelt, aber erfolglos gegen seine Schamröte ankämpfte.

Als sie nach dem köstlichen Mahl gemeinsam den Abwasch bewältigten, nahm Stefanie plötzlich Fritz in den Arm und drückte ihn herzlich.

»Ich danke Ihnen«, flüsterte sie ihm ins Ohr. »Wenn meine Anja einen Menschen wirklich verdient hat, dann sind Sie es, Fritz.«

***

Es war Nacht geworden. Sie hatten sich gemeinschaftlich dazu entschlossen, dass immer zwei von ihnen Wache hielten und stündlich wechselten. Dabei hielten sie sich strikt an die alte Polizeiregel, dass Paare nie gemeinsam Dienst taten.

Als Frank zwischen 3 und 4 Uhr dran war, hatte er seine Dienstwaffen dabei, seine P2000 und die Heckler & Koch Maschinenpistole aus dem Streifenwagen.

Auf ihrem Rundgang konnte sich Fritz ein Lächeln nicht verkneifen. »Howdy, Mr. Cartwright, Sie scheinen heute Nacht noch mit vielen Indianern zu rechnen, oder?«

Frank wurde etwas verlegen. »Darf ich Sie erinnern, dass die Kerle seit gestern auch scharf schießen?«

»Entschuldigen Sie bitte, es lag mir fern, Sie kritisieren zu wollen, ich werde nur immer nervös, wenn ich mit derartigen Waffen zusammen in einem Raum bin.«

»Brauchen Sie nicht, lieber Fritz, und sollte ich Sie doch versehentlich erschießen, werde ich das mit einem lauten und deutlichen Uups ankündigen.«

Das konnte den Butler nur mäßig beruhigen.

»Da wäre ich Ihnen äußerst dankbar, Herr Oberkommissar.«

Plötzlich erstarrten beide. Vom Hof her waren deutlich Geräusche zu hören.

»Fritz, bevor die hier drin sind, haben wir noch genug Zeit, die beiden SEK-Leute zu wecken. Machen Sie das bitte. Ich halte inzwischen die Stellung.«

Ohne weitere Fragen zu stellen, verschwand Fritz in der Dunkelheit.

Frank schlich währenddessen durch die Eingangshalle. Links und rechts neben dem Portal waren Fenster, durch die er etwas zu erspähen hoffte, aber der Mond beschien leider nur den hinteren Teil des Schlosshofes, sodass die Portalseite noch dunkler wirkte.

In diesem Augenblick erschien Fritz wieder und zwei dunkle Schatten schwebten lautlos links und rechts neben die Portaltür. Gebannt hörten alle, wie ein Schlüssel im Schloss gedreht wurde. Langsam öffnete sich die Tür und zwei Männer betraten das Schloss.

»Ich weiß auch nicht«, sagte der eine. »Irgendetwas ist hier anders als sonst.«

In diesem Augenblick lagen die beiden Eindringlinge schon mit auf den Rücken gedrehten Armen und schrien vor Entsetzen auf.

Fritz schaltete seine Taschenlampe an, um Licht in das Gewirr von Leibern zu bringen. Dabei leuchtete ein ganz bestimmter Siegelring an einer der verdrehten Hände auf.

»Euer Durchlaucht, was machen Sie denn hier?«

»Menschenskind, Fritz«, kam es unter einem der beiden Polizisten hervor. »Nehmen Sie um Gottes Willen Ihre Kampfhunde an die Leine.«

»Wieso Kampfhunde«, ertönte die Stimme des Kaplans unter dem anderen. »Bist du gebissen worden?«

Frank schüttelte den Kopf. »Sie können die beiden Herren loslassen, die gehören hier hin.«

Der junge Graf rappelte sich stöhnend auf. »Mann Gottes, die haben aber einen Griff wie ein Schraubstock. Sagen Sie mal, Fritz, ist das denn eine Art, im eigenen Haus willkommen geheißen zu werden?«

Fritz war etwas beleidigt. »Wenn Sie demnächst auf eine standesgemäße Begrüßung Wert legen, dann bitte ich Sie in Zukunft um die Mitteilung Ihrer Ankunftszeit.«

Frank war stinksauer. »Was ist eigentlich mit Ihnen los, Herr Graf? Was machen Sie hier?«

»Der Kardinal hat uns gewarnt, dass durch eine versehentliche Indiskretion seitens seines Büros unser Aufenthaltsort bekannt geworden ist. Wir sind dann natürlich sofort los, aber wussten nicht wohin, und wir dachten, dass das Schloss der Ort sein würde, wo man uns am wenigsten vermutet.«

»Da hat wohl der Sekretär, diese Pflaume, wieder gequatscht. Und dann haben Sie auch wirklich nichts anderes zu tun gehabt, als sich mit traumwandlerischer Sicherheit gleich das heißeste Parkett auszusuchen, das es für

Sie auf dieser Welt gibt. Durchlaucht, morgen früh wird hier nämlich zum Showdown geblasen.«

»Ach du mein Schreck, ich hatte gehofft, dass der Spuk längst von Ihnen beendet sein würde.«

Inzwischen hatte sich auch der Kaplan mit Hilfe des Beamten wieder aufgerichtet. »Aber wo sollen wir denn jetzt um diese Zeit noch hinfahren?«

»Nun müssen Sie schon bleiben. Mitgefangen, mitgehangen.«

Der Graf schaute sich um. »Und wer ist noch alles hier?«

»Alle, die auf unserer Seite sind, Durchlaucht.«

Er lächelte wieder. »Dann werden ja noch einige Zimmer für uns frei sein, denke ich.«

Der Kaplan war entsetzt. »Aber Schatz, meinst du nicht, dass es sicherer für uns wäre, wieder irgendwohin zu fahren?«

»Nein, Wolfgang, ich habe es satt wegzulaufen. Wir haben jetzt so lange um unsere Liebe gekämpft, da lohnt es sich auch, für unser Leben zu fighten.«

22

Gieseckes Uhr zeigte kurz nach 6, als er den Schlossberg hochlief. Im Grunde war er noch immer wie paralysiert. Solange er denken konnte, lebte er nicht nur von der Bruderschaft, sie war auch sein Leben, und mit einem Mal war alles schlecht, was sie getan hatten. Sie hatten alle zusammen getötet, das war richtig, aber bisher waren das ehrenvolle Heimführungen gewesen, doch nun waren es plötzlich gemeine Morde.

Er fühlte sich wie ein Verbrecher, der schon viel zu alt war, um seine Taten wiedergutmachen zu können. Das deprimierte ihn zutiefst.

Wie gewohnt schaute er sich um, als er zum Eingang der Thinghöhle kam, doch um diese frühe Zeit war weit und breit niemand zu sehen. Das Schlimmste, was ihm jetzt passieren konnte war, dass Else Kleefisch zu diesem Thing auftauchte, um alles in Aufregung zu versetzen, aber damit musste er dann fertig werden, wenn es so weit war.

Er hatte ein kleines Blumensträußchen mitgebracht und seine erste Amtshandlung als stellvertretender Abt der Bruderschaft war, es an der Stelle mit einem kurzen Gebet niederzulegen, an der Bruder Schrader getötet worden war. Als er danach daran dachte, was ihn heute noch erwarten würde, fingerte er einen Streifen Tabletten aus seiner Jackentasche, brach eine davon aus der Verpackung und schluckte sie ohne Wasser. Sie schmeckte widerlich.

»Moin, Herr Giesecke!«

Der Kurzwarenhändler fuhr herum und erkannte den Oberkommissar. Er staunte über die Bewaffnung des Polizisten. »Mein Gott, Herr Oberkommissar, Sie scheinen aber heute noch mit einem größeren Krieg zu rechnen, oder?«

»Mir ist es lieber, wenn ich mich meiner Haut wehren kann. Und Sie schlucken noch schnell eine Fuhre Vitamin-B-Komplex!«

»Wenn ich damit meinen eigenen Tod verhindern kann. Es drängt sich dabei aber auch die Frage nach dem Warum auf.«

Frank legte tröstend die Hand auf Gieseckes Schulter. »Die kann ich Ihnen beantworten, wir brauchen Sie noch.«

Der Kurzwarenhändler lachte. »Stimmt, wenn der ganze Spuk hier vorbei ist, dann brauchen Sie ja noch jemanden, der die Verantwortung übernimmt und verurteilt werden kann.«

»Glauben Sie denn, dass wir mit Ihnen den Richtigen haben?«

»Darüber grüble ich schon die ganze Nacht und ich befürchte, ja! Ich hab' den ganzen Irrsinn schließlich mitgemacht, und was noch viel schlimmer ist: Bis Sie kamen, fand ich das völlig in Ordnung. Beim Treueschwur hatte ja schließlich jeder in seine eigene Heimführung durch die Bruderschaft eingewilligt.« Er schüttelte den Kopf. »Herr Posselt, ich schwöre Ihnen, dass ich nicht einen Moment lang moralische Bedenken gehabt habe.«

»Und wenn Sie welche gehabt hätten, was hätte sich dann geändert?«

Giesecke sackte in sich zusammen. »Ich fürchte gar nichts. Ich bin mir sogar ziemlich sicher, dass ich viel zu viel Angst gehabt hätte, dagegen aufzumucken. Ich hätte mich noch nicht einmal getraut, innerhalb der Bruderschaft nach einem eventuellen Gleichgesinnten zu suchen.«

Frank schüttelte den Kopf. »Selbst wenn Sie einen gefunden hätten, Sie hätten doch keinerlei Chance gehabt, dagegen vorzugehen. Wem hätten Sie denn was melden sollen, dem Bornheim etwa, oder dem Landrat?«

»Ich hätte in Stuttgart oder Heilbronn Anzeige erstatten können.«

»Und die wäre dann zum Bornheim weitergeleitet worden.«

»Aber doch nicht, wenn ich den alten Wachtmeister angezeigt hätte.«

»Dann wäre die Sache zum Landrat gegangen. Herr Giesecke, lassen Sie sich bitte diesen Zahn ziehen, Sie wären gegen die Herren nicht angekommen, selbst wenn Sie die ganze Wahrheit erzählt hätten. Dann wären nicht die anderen im Knast, sondern Sie in der Irrenanstalt gelandet, und damit hätten Sie noch Glück gehabt.«

»Stimmt, ich wäre wahrscheinlich in allen Ehren heimgeführt worden.«

Frank räusperte sich. »Wie kamen Sie eigentlich zur Bruderschaft? Ich habe gelesen, dass Sie aus Dresden gekommen sind.«

»Wenn ich ehrlich bin, weiß ich selbst nicht, woher ich bin, aber aus Dresden auf keinen Fall. Meine erste Erinnerung habe ich aus einem Kinderheim der SS. Da saßen wir von morgens bis abends und mussten Schneeanzüge für die Sturmtruppen nähen. Ich kann Ihnen beim besten Willen nicht sagen, wie alt ich damals war, aber ich konnte noch nicht auf den Tisch gucken, daran erinnere ich mich.«

Frank war betroffen. »Sie mussten als so kleiner Wicht schon nähen?«

»Nein, ich habe immer Watte in die Stoffkaros gestopft. Geleitet wurde das Heim von dem Bruder des ersten Landrats nach dem Krieg. Das war auch der Vater vom heutigen Landrat.«

»Und was war dessen Bruder von Beruf?«

»Der war Feldgeistlicher bei der SS und offiziell Leiter dieses Kinderheimes.«

»Und nach dem Krieg?«

»Da wurden wir alle unter den alten Nazis aufgeteilt, wir waren ja schließlich reinrassig und wurden in einschlägigen Kreisen gern genommen.«

»An Kindes statt oder zu sexuellen Frondiensten?«

»Beides, bei der damaligen Herrenrasse wurden da nicht so deutliche Grenzen gezogen und wer hatte nach dem Krieg nicht Hunger? Die richtig strammen Nazis hatten auch in dieser schlechten Zeit immer volle Speisekammern, und wer von uns Jungens seinen Hintern hingehalten hat, der hatte auch was zu futtern, so einfach war das.«

»Und warum blieben ausgerechnet Sie Waise? Sie waren doch auch reinrassig, was immer das auch bedeuten mochte.«

»Wir waren Kinder von verdienten SS-Leuten, die im Urlaub oder während der Genesungszeit mit verdienten BDM-Mädels gezielt zusammengebracht wurden. Der Führer brauchte damals arische Kinder. Nach der Geburt wurden die Mädchen wieder weggeschickt und wir Kinder kamen zur geeigneten Aufzucht in diese SS-Heime.«

»Und warum konnten Sie nicht vermittelt werden?«

»Ich sollte zu einer Familie von Scharnow. Die hatte schon ein Pflegekind, das ihnen dann aber irgendwie weggestorben ist. Ich habe dann von der damaligen Gauleitung diesen Dresdenstatus bekommen, damit ich überhaupt in Pflege genommen werden konnte, aber am Vorabend der Übergabe sind die Scharnows geflüchtet. Das waren wohl ziemlich hohe SS-Leute. Einen sollen die Amis wohl noch auf der Flucht erwischt haben.«

»Und wie kamen Sie dann in die Bruderschaft?«

»Nachdem er mich nicht losgeworden war, blieb ich bei Pfarrer von Gentern. Der war zwar ein strammer Nazi, aber er hat mich wenigstens in Ruhe gelassen. Der gehörte mit zu der Truppe, die das Gold im Bergwerk gefunden hatte. Die Barren lagen teilweise so weit hinten in den letzten Stollen, dass sie Kinder brauchten, um die Barren bergen zu können. Ich war 1946 gerade mal sieben Jahre alt und so dünn wie einer Ihrer Unterarme, Herr Oberkommissar. Ich habe mich damals in die hintersten und kleinsten Ecken quetschen können und so eine Menge Goldbarren gefunden.«

»Dann kennen Sie sich doch hier aus.«

»So recht und schlecht.«

Frank kratzte sich nachdenklich am Kinn. »Gibt es von der Thinghöhle aus eine Verbindung zur Schatzkammer?«

»Die muss es geben.« Er zeigte auf die Stirnseite der Höhle. »Dort ist irgendwo eine breiter Durchbruch, sodass man sogar mit einem Gabelstapler durchfahren kann. Aber fragen Sie mich bitte nicht, wie man den öffnet.«

Frank nickte. »Tut mir leid, dass ich Sie unterbrochen habe.«

Giesecke lächelte bescheiden. »Haben Sie gar nicht, mehr gab es nicht zu erzählen. Die brauchten damals einen Zwerg, ich war einer, und so kam ich zur Bruderschaft. Das war ein großes Glück für mich, denn von dieser Kinderarbeit, wie man heute sagen würde, lebe ich heute noch wie die Made im Speck.«

»Und wann hat das mit diesen unsäglichen Heimführungen angefangen?«

»Beim alten Heinrich wurde das zum ersten Mal von der ganzen Bruderschaft entschieden und der Vollstrecker per Los bestimmt. Ich kann Ihnen beim besten Willen nicht sagen, wen es damals getroffen hatte. Aber vorher hatte ich schon lange den Verdacht, dass Schwester Else von sich aus ganz schön kräftig an der Schicksalsschraube einiger ihrer Patienten gedreht hatte. Bei Ihrem Vater war es damals ganz krass, Herr Posselt. Wie kann man in so einer kurzen Zeit eine durch familiären Stress bedingte Alzheimerkrankheit bekommen?«

Frank schüttelte den Kopf. »Eine Antwort auf diese Frage habe ich bis heute nicht.«

Giesecke richtete sich auf. »Ich muss gestehen, dass es vor Ihrem Vater noch einige Kandidaten gab, bei denen wir uns alle über den raschen Tod gewundert hatten. Laut gefragt hat aber keiner, auch ich nicht.« Sein Körper spannte sich. »Wenn dieser ganze Spuk vorüber ist, dann werde ich Selbstanzeige stellen.«

Frank winkte ab. »Damit mal wieder ein Kleiner gehängt wird und sich die Großen das Gold teilen können?«

»So ist nun mal der Lauf der Dinge, Herr Oberkommissar.«

»Das stimmt, aber hätten Sie nicht auch ein wenig Lust, daran etwas zu ändern?«

»Wie denn? Wollen Sie die Obrigkeit bestehlen, um den Armen davon zu geben, wie im Märchen?«

»Das würden wir gern tun, aber die Schwierigkeiten fangen schon damit an, dass wir nicht genau wissen, wem wir's klauen sollen.«

»Sind die Strukturen derartig verwischt?«

Frank zuckte mit den Achseln. »Leider. Früher erkannte man schon an der Kleidung, wer der Herr und wer das Gescherr war, und man konnte ganz klar zwischen Gut und Böse unterscheiden. Das machte die Welt vielleicht brutal, aber man kannte sich besser aus als heute.«

Marion und die beiden SEK-Beamten erschienen auf dem Thingplatz.

»Guten Morgen, die Herren.«

»Guten Morgen, Frau Staatsanwältin.«

»Wir sollten uns jetzt hier lieber verkrümeln. *Q* hat gemeldet, dass unsere argentinischen Freunde im Anmarsch sind, und wenn die heute wirklich die chemische Keule auspacken wollen, gibt es hier noch einiges vorzubereiten.«

»Und wo sollen wir hin, wieder nach oben aufs Schloss?«

»Nein, dann kommen wir nicht mehr rechtzeitig herunter, wenn es nachher ernst wird. Hier gibt es ja genug tote Seitenstollen, wir können ja dort abwarten.«

Giesecke strahlte. »Dann folgen Sie mir bitte, meine Herrschaften. Dahinten gibt es den idealen Gang für uns. Zum einen kann man von da aus beobachten, was hier vor sich geht, und zum anderen hat man nach hinten einen Fluchtweg.«

Frank erhob sich von seinem Felsensitz. »Na, dann lasst uns verschwinden.«

***

Q, Stefanie und der Professor hatten inzwischen in ihrem Turmzimmer Position bezogen und beobachteten über ihre Monitore gespannt, wie sich die Kollegen Meiser und Birnbacher hinter den letzten Goldpaletten mit ihrem Material auf die Lauer legten. Keinen Augenblick zu früh, denn Falk und Wulfila kamen ziemlich schnell den Schlossberg hoch.

Der Prof pfiff durch die Zähne. »Das sind aber zwei sportliche Kerlchen, alle Achtung.«

Auch Stefanie staunte. »Schauen Sie sich mal Jung Siegfried an. Also, wenn die Faustregel stimmt, dass jedes Gramm Muskelmasse im Hirn fehlt, dann hat der aber eine dunkle Halle hinter den Augen.«

Der Prof hob das Funkgerät an den Mund. »Fritz, wie sieht es bei Ihnen aus, sind Sie und der Graf in Bereitschaft?«

»Sind wir, Professor«, kam es aus seinem Kopfhörer. »Wir können jederzeit die Feuerwehr hier auf dem Schlosshof in Empfang nehmen.«

Der Prof fragte weiter ab. »Und wie sieht es bei Ihnen aus, Frau Doktor?«

»Auch die Sanitätseinheit steht bereit«, meldete sich Janine. »Oberschwester Kruse, Frau Birnbacher und der Kaplan sind bei mir, wie auch der Kollege von der Zeitung.«

Der Prof stutzte. »Wo kommt der denn plötzlich her?«

Janine war verlegen. »Sorry, dessen Ankunft habe ich vergessen zu melden. Der kam hier schon vor einer halben Stunde an.«

Professor Himmer nickte. »Und was ist mit unseren beiden Kollegen Meiser und Birnbacher?«

Das Funkgerät schnarrte etwas. »Wir sind ebenfalls in Position. Die obersten beiden Helikopternetze im Palettenkorb sind noch in Ordnung, den Rest haben wir bearbeitet und die müssten eigentlich unter Last reißen.«

»Wunderbar, und jetzt an alle.« Der Professor beobachtete, wie die beiden Südamerikaner das Höhlensystem der Schatzkammer betraten. »Die beiden Zielpersonen sind im Haus. Absolute Vorsicht bitte.«

Das war auch für Q das verabredete Zeichen, den Recorder zu starten. Von nun ab wurde alles, was auf seinem Kontrollmonitor zu sehen war, auch aufgezeichnet.

***

Wulfila setzte sich ohne viele Worte auf den Fahrersitz des Gabelstaplers. »Ich werde die Netze und die ersten Paletten lieber jetzt rausbringen, damit draußen alles bereitsteht. Du kannst ja schon mal den Rest vorbereiten.«

Falk nickte und wollte eigentlich gleich weitergehen, aber er drehte sich noch einmal zu Wulfila. »Hör mal, Wulf, es tut mir leid, was ich gestern zu dir gesagt habe. Wenn ich ehrlich bin, dann ist mir jetzt auch ein wenig mulmig.«

»Inwiefern?«

»Ich werde das Gefühl nicht los, als würde mich alles um mich herum anstarren.«

»Vielleicht sind es die Geister derer, mit denen wir keine Gnade hatten. Warum sollen sie jetzt gnädig zu uns sein?«

»Weil wir für eine gerechte Sache kämpfen.«

»Davon war Al Capone auch überzeugt.«

Wulfila wandte sich von ihm ab und ließ den Motor des Gabelstaplers an. Falk wollte zwar etwas erwidern, aber er drehte sich um und machte sich in Richtung Thinghöhle auf.

Mit traumwandlerischer Sicherheit fand er sofort den tief in der Wand eingelassenen Hebel, der die große Schwingtür in Bewegung setzte. Auch nach 60 Jahren funktionierte das Teil noch einwandfrei und nahezu geräuschlos. Er trat auf den Thingplatz und betrachtete skeptisch die trüb brennenden Wandlampen. Sich vorsichtig umschauend hob er sein Funkgerät an den Mund. »Wulf, bitte kommen!«

Die unwirsche Stimme seines Kumpans tönte durch die ganze Höhle. »Was ist denn?«

»Hier auf dem Thingplatz brennt Licht.«

»Dann werden wir das gestern Abend angelassen haben. Ich hab's jedenfalls nicht ausgemacht, kannst du dich explizit daran erinnern?«

»Nein!«

»Na also. Nun mach deinen Kram mit den Leitungen und dann kommst du wieder zu mir und hilfst mir bei den Paletten.«

Mürrisch ließ er das Funkgerät in die Brusttasche seiner schwarzen Weste gleiten und machte sich daran, rund um den Thingplatz einen durchsichtigen Kunststoffschlauch zu verlegen. Dabei blickte er sich immer wieder vorsichtig um wie ein auf einer Lichtung äsendes Reh, hielt kurz inne, lauschte, und machte dann kopfschüttelnd weiter. Mit Genugtuung registrierte Frank die Nervosität, die von dem jungen Mann ausging. »Stufe eins wäre schon mal geschafft«, dachte er zufrieden. »Sie fühlen sich nicht mehr sicher. Damit ist die Chance, dass sie Fehler machen, erheblich gestiegen.«

***

Der Professor stand wie ein Feldherr am Fenster und beobachtete das Schlachtfeld mit einem Fernglas.

»Gibt's was Interessantes?«, fragte Stefanie ungeduldig.

»Ja, da sitzt ein fast ausgewachsener Eichelhäher in seinem Nest und lässt sich doch tatsächlich noch von seinen Eltern füttern.«

Stefanie tat entrüstet und schüttelte den Kopf. »Das ist ein absoluter Skandal. Da muss man doch einschreiten!«

Der Prof setzte das Glas ab und schaute die Pastorin lächelnd an. »Es gibt Geistliche, die segnen die Teilnehmer vor so einer Aktion, die anderen verarschen sie. Kann es sein, dass Sie zu der letzten Fraktion gehören?«

»Wenn ein Einsatzleiter vor einer derartigen Aktion nichts weiter zu tun hat, als Eichelhäher bei der Brutpflege zu beobachten, dann bleibt mir mein Segen ehrlich gesagt im Halse stecken.«

»Das ist aber schlecht für Ihre Gesundheit, Frau Pastorin. Nicht, dass sie mir nachher noch sakral aufstoßen. Außerdem wäre ich Ihnen dankbar, wenn sie einmal hinter diese putzigen Vögel schauen würden, dann werden Sie mit Genugtuung feststellen, dass dort die Bundespolizei für eine Übung vorgefahren ist.«

»Und was üben die genau?«

»Die machen so lange eine kleine, interne Übung, bis sie zufällig mit Goldbarren beschmissen werden. Dann schreiten sie ein, so ist es jedenfalls mit meinem Bruderherz besprochen.«

Stefanie nahm erneut das Glas an die Augen.

»Ich nehme alles zurück, Professor. Aber, mein Gott, die sind ja bewaffnet, als würden sie in den Krieg ziehen.«

»Im Wald, da sind eben die Räuber, und im Kraichgau sogar welche aus Südamerika.«

»Und wo genau sitzt jetzt das Kamerateam?«

»Die haben sich von Tierfilmern Tarnzelte besorgt und lauern irgendwo in der Pampa. Alles, was sich vor der Höhle abspielt, wird bereits gefilmt.«

***

Marion schaute Falk mit ihrem Schicksal hadernd dabei zu, wie er seine Kunststoffschläuche auf dem Thingplatz verlegte. Links und rechts von ihr waren die beiden SEK-Beamten postiert, und es wäre für sie ein Leichtes gewesen, diesen Verbrecher mit nur einem Kopfnicken ausschalten zu lassen. Aber von diesem Mann ging derzeit beim besten Willen keine unmittelbare Bedrohung aus, und mit so einem Befehl hätte sie, das wusste sie genau, ihre Karriere gleich mit ausradiert. Diese Genugtuung gönnte sie den Kerlen nicht, die an dem Gold hier mitverdienen wollten.

Frank, der direkt neben ihr stand, schien ihre Gedanken gespürt zu haben, denn er legte beschwichtigend seine Hand auf ihre Schulter. Als sie sich zu ihm umsah, schüttelte er seinen Kopf. Er machte ein paar Handzeichen zu ihr.

Sie verstand zwar nichts davon, nickte aber dennoch.

Dass er nervös werden konnte, kannte Falk schon von früheren Aktionen, aber da hatte die Anspannung mit zunehmender Tätigkeit nachgelassen. Heute empfand er genau das Gegenteil. Vielleicht hätte er doch auf Wulfila hören sollen.

Seine Bewegungen wurden mit zunehmender Zeit immer schneller, dennoch beendete er seine Arbeit sorgfältig. Der Schlauch reichte jetzt einmal um den ganzen Thingplatz und dort, wo er gut zu sehen war, bedeckte er ihn mit Sand.

Nachdem er sein Werk gründlich überprüft hatte, verließ er die Höhle und betätigte das große Schwingtor. Langsam glitten die Wände wieder vor die Öffnung. Falk vergewisserte sich, dass der Schlauch nicht von den Türflügeln eingeklemmt werden würde und verließ den Ort des Geschehens mit zufriedenem Gesichtsausdruck.

In diesem Augenblick trafen die ersten Schwestern und Brüder auf dem Thingplatz ein. Sie waren mit stoffbespannten Einkaufswägelchen und Rucksäcken bepackt, um den erhofften Goldsegen auch abtransportieren zu können, und wenn jedem Mitglied wieder drei Barren zustanden, dann musste jeder eine Menge Kilos bergab schleppen.

Frank wunderte sich über die Kaltschnäuzigkeit des Kurzwarenhändlers, der sich, ohne Nerven zu zeigen, plötzlich aus ihrer Gruppe löste und sich wie selbstverständlich unter die Brüder und Schwestern mischte.

»Hallo, Bruder Harald«, wurde er begrüßt. »Was ist mit Schwester Else?«

»Ich habe leider noch immer keine Nachricht. Soweit ich gehört habe, ist sie nicht mehr im Kreiskrankenhaus, sondern irgendwo anders.«

»Ich habe gehört, ihr soll eine Hand fehlen?«

Giesecke nickte. »Das habe ich auch gehört, aber ihr kennt doch Schwester Else, wie soll denn das bitteschön passiert sein, kann mir das mal jemand sagen?«

Die anderen schüttelten den Kopf.

»Lasst uns noch auf die anderen warten und dann mit der Goldausgabe beginnen, wenn der Großmeister da ist.«

Die Bettenwinklerin erschrak bei diesen Worten. »Der ist heute auch wieder da?«

Der Kurzwarenhändler nickte. »Natürlich, denkt ihr vielleicht, ich habe das Zeug in der Tasche?«

»Vielleicht kommt ja auch noch Schwester Else mit neuen Instruktionen.«

»Hoffen wir's«, kommentierte der Kurzwarenhändler trocken.

Marion nickte Frank beruhigt zu. Giesecke spielte seinen Part hervorragend.

***

Der Professor konnte durch die am Vorabend senkrecht über dem Vorplatz installierte Kamera alles genau beobachten, was sich unten tat. Inzwischen war Wulfila dabei, mit dem Gabelstapler die sechste Palette auf ein auf dem Boden ausgebreitetes Transportnetz zu stellen.

Er schüttelte den Kopf. »Der Meiser hat doch Zucker in den Tank geschüttet. Das Ding müsste doch langsam mal den Geist aufgeben!« Er betätigte die Sprechtaste seines Funkgerätes. »Meiser für die Einsatzleitung kommen!«

»Meiser hört.«

»Was ist denn nun mit dem Gabelstapler. Ich denke, Sie haben den präpariert?«

»Habe ich auch. Ich habe ein ganzes Kilo Würfelzucker in den Tank gekippt.«

»Warum denn ausgerechnet Würfelzucker?«

»Um am Tankstutzen keine Zuckerkruste zu hinterlassen. Die Stückchen lösen sich auch in Diesel auf, das habe ich vorher ausprobiert.«

»Aber dieses Scheißding bleibt einfach nicht stehen!«

»Das höre ich auch. Wir machen uns auch schon langsam darüber Gedanken, wohin wir uns mit unserem ganzen Zeug verziehen. Wenn der so weiterarbeitet, dann sitzen wir bald auf dem Präsentierteller.«

»Dann fangt bitte jetzt schon mal damit an, ohne großen Stress zu machen. Noch sind es 24 Paletten, und die Zeit müsste für euch reichen, um neue Deckung zu suchen.« Der Professor nickte zufrieden. »Nun mal bitte Fritz für die Einsatzleitung kommen.«

»Fritz hört!«

»Ist der Elektriker inzwischen bei Ihnen eingetroffen?«

»Ist er und wir stehen schon am Hauptverteiler und warten auf Ihr Zeichen.«

»Verstanden, Einsatzleitung Ende.«

Q nickte zum Zeichen, dass er mitgehört hatte, und schaltete zur Sicherheit jetzt schon auf Notstrom aus den mitgebrachten Batterien um. In der Einsatzleitung hatten sie jetzt Saft für sechs Stunden und das müsste für das ganze Unternehmen reichen.

In diesem Augenblick war das flap, flap, flap eines ziemlich großen Transporthubschraubers direkt über ihnen zu hören. Kurz darauf war das Riesending bei seinem ersten Anflug auf die Baustelle zu sehen. Als Last schwebte das erste Stahlelement an Stahlseilen unter ihm. Das Fundament für den Feuerturm befand sich knapp 500 Meter hinter dem Schloss, direkt im Kraichtal, und je mehr sich der Helikopter senkte, desto lauter schien er zu werden, aber das lag daran, dass das Dröhnen der Rotoren durch die Felswände zurückgeworfen wurde.

Stefanie bekam vor Aufregung hektische Flecken im Gesicht. »Dann müssten die ja bald wieder hier sein und die erste Palette laden.«

Der Professor nickte. »Achtung an alle! In rund zehn Minuten wird der Helikopter die erste Palette laden. Schatz, hast du gehört?«

Marions Stimme hörte sich etwas genervt an. »Natürlich hat Schatz gehört. Das Schätzchen sitzt ja nicht auf seinen Kopfhörern.«

Der Prof wunderte sich. »Was ist denn mit der los? Sonst darf ich doch auch Schatz sagen.«

Stefanie schüttelte den Kopf. »Aber nicht im Dienst und schon gar nicht, wenn das Ganze aufgezeichnet wird. *Zuckermaus an Pu-Bärchen, du darfst jetzt schießen* hört sich vor einem Untersuchungsausschuss unprofessionell an, oder?«

Der Prof schaute sie groß an. »So schlimm ist *Schatz* doch gar nicht. Was sagt ihr denn so zueinander?«

Stefanie grinste ihn an. »Das wäre eine Indiskretion, die dem Pathologen meines Vertrauens durchaus Freude machen würde, stimmt's?«

»Stimmt.«

»Wie lange sind denn Marion und Sie schon zusammen?«

»Über 10 Jahre.«

»Dann muss ich Sie warnen, Herr Professor. Während Sie in Ihrer langjährigen Beziehung schon beim Katechismus angekommen sind, studieren wir noch das Kamasutra und unser Vokabular ist dementsprechend.«

»Das ist aber spannend. Ich werde schweigen wie ein Grab, das verspreche ich Ihnen.«

Stefanie setzte ihr süßestes Lächeln auf. »Ich auch!«

***

Falk und Wulfila waren gerade dabei, die siebte Palette auf ein Transportnetz zu stellen, da schwebte der Lastenhubschrauber senkrecht über ihnen. Auf ein Handzeichen von Wulfila hin sackte dieses Ungetüm der Lüfte mit einem infernalischen Krach immer weiter nach unten. Als er tief genug war, um das Netz einzuhaken, gab der Argentinier das Stoppzeichen und der Helikopter schwebte auf der Stelle. Falk benötigte etwas Zeit, um alle Ösen an den Haken zu bekommen, aber als es so weit war, ließ sein Freund den nach oben weisenden Zeigefinger ein paar Mal in der Luft kreisen. Das war das Zeichen, die Last anzuheben. Mit einer leichten Drehung der Hand verstellte der Pilot den Anstellwinkel der Rotoren und mit einem ohrenbetäubenden Geknatter hob sich die Maschine mitsamt der Last immer weiter in die Höhe, bis sie über dem Schloss verschwand.

Stefanie beobachtete dieses Schauspiel fasziniert von ihrem Fensterplatz aus und hielt sich dabei die Ohren zu.

»Mein Gott, ist das eine gewaltige Maschine.«

Der Prof nickte. »Und hat ganz locker Gold für rund 120 Millionen Euro am Haken. Keine schlechte Rate, für ein Mal fliegen, was?«

Die Pastorin zückte ihr Handy, um die Feldjäger auf dem Militärflugplatz über das Eintreffen der ersten Fuhre zu benachrichtigen.

Währenddessen hob der Prof das Funkgerät wieder an seinen Mund. »So, Leute, die erste Fuhre ist weg. Unsere Aktion startet, wenn sie die dritte Lieferung am Haken haben.«

Marion bestätigte die Durchsage, indem sie zwei Mal kurz die Sprechtaste betätigte. Sagen konnte sie ja nichts, ohne die inzwischen eingetroffenen Brüder und Schwestern auf sich aufmerksam zu machen.

Während immer mehr Ordensleute, wie sie sich selbst gern bezeichneten, auf dem Thingplatz eintrafen, war der zweite Anflug des Hubschraubers in der Felshöhle nur noch durch ein leises Brummen wahrzunehmen. Trotzdem waren die anwesenden Mitglieder der Bruderschaft beunruhigt.

»Was ist denn da draußen los?«, kam es vom Bäckermeister Franze.

Giesecke hob zur Beschwichtigung seine Hände. »Da werden von einem Hubschrauber lediglich die Großteile für den neuen Feuerturm herangebracht. Das stand doch gestern in der Zeitung.«

»Komisch, das hört sich aber an, als würden die hier oben auf dem Schlosshof landen.«

Eine andere Stimme meldete sich von weiter hinten. »Was ist denn nun, Harald? Kommen der Großmeister oder Schwester Else nun oder nicht? Wir haben unsere Zeit auch nicht gestohlen.«

Giesecke war etwas ungehalten. »Glaubt ihr etwa, ich hätte nicht auch etwas anderes zu tun?«

»Nur, wir stehen in unseren Geschäften, um zu verkaufen, und nicht, um Kreuzworträtsel zu lösen.«

Allgemeines Gelächter.

***

Kaum war der Hubschrauber mit der zweiten Palette weg, da war plötzlich neues Rotorengeknatter zu hören, und dort, wo eben noch der Schweizer Transporthubschrauber schwebte, hielt eine Privatmaschine in der Luft. Zu beiden Seiten des Helikopters wurden Kletterseile aus den offenen Schiebetüren geworfen, an denen jeweils schwarz gekleidete Figuren in die Tiefe glitten.

Stefanie glaubte ihren Augen nicht zu trauen. »Professor, kommen Sie schnell hier ans Fenster, das sieht aus, als würde hier ein Überfall auf die Goldpaletten stattfinden!«

Himmer stürzte an Fenster und riss sofort sein Funkgerät hoch. »Achtung, Überfall auf die Goldpaletten, Meiser, sofort alles einnebeln, alles setzt sofort die Gasmasken auf, Fritz, Strom weg.«

Die Anweisungen wurden sofort ausgeführt. Aus dem Stollen quollen die ersten, noch dünnen Rauchwolken und das Licht erlosch schlagartig.

»Marion, sofort die Thinghöhle räumen! Frank und die beiden SEK-Beamten sofort zur Unterstützung von Meiser und Birnbacher in die Schatzkammer.«

In diesem Augenblick ging unten, um die Goldpaletten herum, eine infernalische Schießerei los. Wulfila hatte sich hinter dem Gabelstapler verschanzt und Falk hechtete hinter eine Palette. Beide zogen aus ihren Westen automatische Schusswaffen und erwiderten das feindliche Feuer.

Stefanie hatte sich aus Schutz vor Querschlägern flach auf den Boden geworfen und robbte zu *Q* hinüber, um auf dem Monitor das Geschehen vor dem Turm verfolgen zu können. Der Prof hingegen lugte vorsichtig über das Fensterbrett, um den Hubschrauber identifizieren zu können.

Franks Stimme quäkte aus dem Funkgerät. »Was ist denn da oben los, kann mir das mal jemand sagen?«

»Keine Ahnung«, schrie der Prof zurück. »Hier sind plötzlich bewaffnete Leute aus einem Hubschrauber ohne jegliche Nationalitätenkennzeichen gesprungen und haben eine wilde Schießerei angefangen.«

»Der Hubschrauber muss doch eine Kennung auf der Seite haben.«

»Hat er auch«, kam es gequetscht von Himmer, »die ist aber überklebt.«

Auf dem Thingplatz rannte alles in Panik durcheinander.

»Giesecke«, brüllte Marion quer durch die Höhle. »führen Sie Ihre Leute aus der Höhle und sammeln Sie sich unten auf dem Parkplatz. Dort warten Sie auf die Polizei und weisen die neuen Kräfte ein, die dorthin kommen werden.«

Frank hatte sich zum Wandhebel vorgetastet und öffnete die Schwingtür. Sowohl er als auch die beiden

SEK-Leute hatten sich inzwischen mit Atemschutz und Nachtsichtgerät ausgerüstet, womit sie aber nicht durch den dichten Qualm schauen konnten, der ihnen entgegenkam. Kaum waren die drei durch die Tür gehuscht, schob Marion die Hebel wieder nach oben. Die Tür schloss sich.

»Passt auf euch auf«, rief sie ihnen noch hinterher.

Durch den Rauch brach nun auch in der Thinghöhle eine Panik aus, in der Giesecke fantastisch reagierte. Er hatte schnell den Ausgangsstollen ertasten können und winkte von dort mit einer Taschenlampe. »Kommt hierher, Leute, hier ist der Ausgang, und immer nur einer nach dem anderen.

Meiser und Birnbacher waren sich unsicher, was sie nun machen sollten. Sie tasteten sich, ebenfalls mit automatischen Waffen ausgerüstet, durch den Gang zum Hauptstollen. Dort hielt sich einer links und der andere ihm gegenüber ganz dicht an der Felswand in Deckung.

Frank und die beiden SEK-Leute tasteten sich ebenfalls nur mühsam voran. Vor der Höhle hingegen herrschte das Inferno.

Frank wollte Informationen. »Stefanie, beschreib doch mal bitte, was sich da vor der Höhle abspielt!«

Die Pastorin umklammerte die Sprechtaste ihres Funkgerätes. »Die beiden Argentinier liefern sich ein erbittertes Gefecht mit den anderen Typen. Augenblicklich hat sich alles verschanzt und ballert wild durcheinander. Achtung Leute, einer der Argentinier robbt gerade in den Stollen hinein, das ist der Blonde. Lasst euch von dem nicht über den Haufen schießen, aber der kriecht so, als wäre er getroffen worden. Seine Bewegungen sehen von hier oben etwas unrund aus.«

Inzwischen waren Frank und die beiden SEK-Kollegen bei Meiser und Birnbacher eingetroffen.

»Los, Leute, wir bleiben jetzt in einer Linie, damit wir uns nicht gegenseitig abknallen. Sollte uns jemand entgegenkommen, dann wird sofort das Feuer eröffnet. Haben alle gehört?«, quäkte es aus allen Lautsprechern. »Leute, bloß nicht in die Schatzhöhle kommen, hier wird scharf geschossen, und bei dem Qualm können wir Freund und Feind nicht unterscheiden.«

Plötzlich war Janines Stimme zu hören. »Professor, ich habe inzwischen über Handy den Rettungsdienst informiert. Die schicken mehrere Notarztwagen. Auf unserem Monitor habe ich mindestens drei Verletzte ausmachen können.«

Der Professor war erleichtert. »Dank Ihnen, Frau Doktor, daran hatte ich in der Aufregung nicht gedacht.«

Plötzlich hörte er die Stimme seines Bruders. »Werner, melde dich bitte, was ist denn bei euch da oben los?«

»Gott sei Dank, Bruder, ich wollte dich eben über Handy anrufen. Wir wurden von acht schwerbewaffneten Leuten angegriffen, die von einem Hubschrauber abgesetzt wurden. Ich habe keine Ahnung, wer die sind.«

»Von uns ist das mit Sicherheit niemand. Wir sind hier im Tal und können den Hubschrauber von hier aus beobachten. Dieses Ding habe ich noch nie in meinem Leben gesehen. Wir kommen jetzt mit Spezialkräften der Bundespolizei langsam zu euch nach oben und nehmen die Kerle dann in die Zange.«

»Habe mitgehört«, kam Franks Stimme dazu. »Im Stollen kann sich keiner von denen verschanzen. Langsam hat sich auch der Rauch verzogen und wir haben wieder bessere Sicht.«

Marion meldete sich. »Der Thingplatz ist geräumt. Wir haben außerdem eine leicht verletzte Person, wahrscheinlich ein gebrochener Unterschenkel. Haben aber alles unter Kontrolle. Fritz, wie sieht es bei Ihnen aus?«

»Hier ist alles ruhig.«

Der Professor lugte vorsichtig über das Fensterbrett, denn vor dem Fenster war plötzlich erneut ein heftiger Lärm. Der fremde Hubschrauber schwebte jetzt ganz dicht über dem Vorplatz.

»Stefanie, können Sie auf dem Monitor etwas erkennen?«

»Ja, der eine Argentinier hinter dem Gabelstapler scheint getroffen worden zu sein, der rührt sich nicht mehr. Nur noch der im Höhleneingang feuert unvermindert weiter. Jetzt versuchen die anderen gerade eine Palette an den Hubschrauber zu hängen, und jetzt schießen sie wie wild um sich, worauf, ist von hier nicht zu erkennen.«

»Auf uns«, kam plötzlich die Stimme des Polizeidirektors aus dem Funkgerät. »Wir haben jetzt ebenfalls das Feuer eröffnet.«

Mittlerweile hatten sich alle Gruppenführer der Bundespolizei auf ihre Funkfrequenz geschaltet. »Hier Führer Zebraeinheit, die haben jetzt eine Palette am Haken, an der sich vier der Zielpersonen festhalten und versuchen zu entkommen!«

Der Helikopter gewann zusehends an Höhe. Die vier Männer schienen sich mit Kletterhaken am Transportnetz eingeklinkt zu haben, jedenfalls hatten sie die Hände frei und schossen während des Fluges noch ihre Magazine leer. Von unten wurde das Feuer erwidert, wobei einer der Kerle schwer getroffen wurde. Seine Maschinenpistole entglitt ihm und er hing nur noch leblos an dem Transportnetz.

Auf dem Vorplatz herrschte plötzlich gespenstische Ruhe.

In diesem Augenblick war Franks gehetzte Stimme über Funk zu hören. »Achtung Leute, vor uns, Feuer frei.«

Durch das Funksprechgerät hörte sich die kurze Salve der Maschinenpistolen infernalisch an. Falk wurde völlig überrascht. Mehrfach getroffen taumelte er zurück, ins Freie hinein. Er sah nach oben, auf den mit der Palette und den Leuten wegfliegenden Hubschrauber. Er stolperte weiter. Seine Maschinenpistole schleifte er, nur noch am Riemen haltend, achtlos hinter sich her.

»Wulf«, röchelte er. »Wulf, hörst du mich?«

Er sackte auf die Knie. »Wulf, was ist denn?«

Falk sackte nach vorn über und schlug hart mit seinem Gesicht auf dem Schotterboden auf. Im Gegensatz zu seinen Opfern stand ihm Panik ins aschfahle Gesicht geschrieben und selbst im Tod schien er noch zu verkrampfen.

Frank und seine Leute stürmten vor. »Achtung«, kam es über Funk, »wir verlassen die Höhle, nicht schießen.«

Vorsichtig schritten die fünf Polizisten auf den Vorplatz und blinzelten dem fremden Hubschrauber hinterher.

Alle sahen, wie das präparierte Netz riss und das Gold mit den daran hängenden Menschen in die Tiefe stürzte.

Danach herrschte gespenstische Stille.

Die Stimme des Polizeidirektors hörte sich ungewohnt sachlich an. »Gruppen bitte mit Meldungen.«

»Zebragruppe ein Bauchschuss, ansprechbar mit deutlichen Vitalfunktionen.«

»Omegagruppe ein Steckschuss in Extremität, Vitalfunktionen stabil!«

»Bertagruppe unverletzt vollzählig.«

Frank schloss sich an. »Gruppe Schutzpolizei Leibach ist ebenfalls klar. Notärztin bitte auf den Vorplatz, Terrain ist gesichert.«

»Alphagruppe für Direktion bitte kommen.«

Der Polizeidirektor meldete sich.

»Wir sind an der Absturzstelle. Eine Person mit Multitrauma auf Transport zum Vorplatz, ansonsten drei Tote. Die Goldbarren stehen unter Bewachung.«

Frank schaute sich um. Der arme Birnbacher stand am ganzen Leibe schlotternd hinter ihm und schaute auf den toten Falk. »So eine Scheiße, ich habe noch nie auf einen Menschen geschossen. Warum muss ich ausgerechnet heute damit anfangen.«

Frank legte einen Arm um seine Schultern. »Weil es heute eben gepasst hat und der da oben es so wollte.«

»Was meinen Sie, habe ich getroffen?«

»Wir alle haben getroffen, Birnbacher, und hätten wir das nicht, dann wären wir getroffen worden. Dann schon lieber der.«

Inzwischen waren der Professor und Stefanie die schier endlosen Treppen von ihrem Turmzimmer zum Vorplatz hinuntergeeilt. Sie war froh, ihren Straps unbeschädigt in den Arm nehmen zu können. »Liebling, was ist denn hier nur passiert? Ich begreife das alles nicht. Woher kommen all diese schießwütigen Irren?«

»Hast du ja gesehen, vom Himmel hoch. Aber frage mich nicht, wer die sind.«

Der Bruder des Professors zog einem der toten Männer die Sturmhaube vom Kopf. »Habe ich's mir doch gedacht, meine Herren, hier liegt ein Bulldog.«

Frank staunte. »Wer sind denn nun schon wieder die Bulldogs?«

»Das ist eine private Kampftruppe, die sich aus geschassten GSG9-Männern und ehemaligen Kampfschwimmern der russischen Armee rekrutiert. Eigentlich beschäftigen sich die Herren mit äußerst brutalen Inkassodiensten. Das hier ist aber eine völlig neue Dimension. Ich würde was drum geben, wenn wir herausfinden würden, wer die engagiert hat.«

Der Professor schüttelte den Kopf. »Es kann aber auch sein, dass sich der einfache Ganove in diesen Herren lediglich eine ganz dicke, goldene Scheibe abschneiden wollte, und es spricht nicht für unsere Professionalität, dass wir an diese Möglichkeit überhaupt nicht gedacht hatten.«

»Herr Direktor«, einer der Bundespolizisten schaute hinter dem Radlader hervor, »der hier lebt noch. Das scheint einer von den Südamerikanern zu sein.«

In diesem Augenblick hatten es auch Janine und ihre Erste-Hilfe-Truppe geschafft. Sie kümmerte sich sofort um den Mann und um die anderen Verletzten.

Frank glaubte das Gesicht zu erkennen. »Das ist einer der beiden Argentinier. Gegen ihn dürfte eigentlich nichts vorliegen, denn er kam, glaube ich, erst nach den letzten Morden nach Deutschland. Der gesuchte Schwalbach-Ripper liegt tot da hinten.«

Der Kaplan nahm eine schmale Stola aus seiner Tasche, küsste sie, legte sie um seinen Hals und begann damit, einem der Bulldogs die Sterbesakramente zu erteilen. Stefanie ging zu Falks Leiche und sprach ebenfalls ein Gebet.

Der Professor schaute sich um. »Kann mir jetzt mal jemand sagen, wo mein Weib ist? Ich habe auch weiche Knie und brauche jetzt unbedingt einen Kuss.«

»Hier bin ich.« Marion umarmte ihren Freund. »Und so einen Mist möchte ich nie wieder erleben. Menschenskinder, was hatte ich für eine Scheißangst. Wo kamen die her, wer sind die überhaupt?«

Der Professor nahm seine Brille ab und begann sie bedächtig zu putzen. »Ich befürchte, da hat eine achtköpfige Gangstertruppe versucht, einem professionellen Killerduo eine Palette Goldbarren zu klauen, und wir ahnungslosen Deppen haben da mittendrin gehangen.« Er legte seinen Arm um ihre Schultern.

»In wessen Auftrag sind die gekommen?«

»Woher soll ich das wissen?« Seine Hände zitterten so sehr, dass er seine Brille beim Aufsetzen beinahe zerbrach.

»Und wie ist dir?«

»Ich habe mir vor Angst beinahe in die Hose gemacht. Und dir?«

»Ich würde mich besser fühlen, wenn ich endlich einmal begreifen würde, was hier eigentlich alles passiert ist, und wer vor allem dahintersteckt. Wie viele Leichen soll ich denn noch in meinen Bericht aufnehmen? Da brauchst du ja bis jetzt schon eine Gummischürze, wenn du diese Akte aufschlagen willst, und nun kommen die noch alle dazu. Wie viele Tote sind es denn genau?«

»Hier und heute fünf, mit dem einen Argentinier zusammen.«

Marion war fassungslos.

Der Professor versuchte, sie etwas von ihren trüben Gedanken abzubringen. »Lief denn bei euch alles glatt ab?«

Marion putzte sich die Nase. »Ja, Giesecke hat sich toll verhalten. Ohne den hätte ich richtige Probleme gehabt.«

»Wo ist er denn?«

»Unten auf dem Parkplatz, und hält seine Truppe in Schach. Eigentlich schade, dass das mit der Bruderschaft heute zu Ende ist. Einen besseren Abt als ihren Bruder Harald hatten die noch nie.«

Die ersten Notarztwagen trafen ein, sodass mit der intensiven Versorgung der vielen Verletzten begonnen werden konnte.

Je weiter der gefährliche Teil der Aktion hinter ihr lag, desto unruhiger wurde die Staatsanwältin. Während der Professor schon wieder mit seinem Handy kämpfte, saß sie noch immer auf einem Felsvorsprung, schlürfte Kaffee, der von Frau Kruse und Fritz ausgeschenkt worden war, und dachte über das nach, was in den nächsten Tagen und Wochen alles auf sie zukommen würde.

Der Prof klappte sein Telefon zu und setzte sich neben sie.

»Wenn du so ankommst, dann ist irgendetwas. Raus mit der Sprache.«

»Die DNA-Analysen sind fertig. Wir müssen Frau Kruse irgendwie schonend beibringen, dass ihre Tochter erstens eine Mörderin ist und zweitens ihr Leben lang wohl ein Pflegefall bleiben wird.«

Marion schielte ihn von der Seite an.»Und was noch?«

»Wie, was noch?«

»Nun mach's nicht so spannend. Ich weiß genau, dass du auch Genmaterial von mir mitgeschickt hast. Bin ich nun eine Gräfin von Kruse und habe ich nun einen mordenden Zombie als Zwillingsschwester, oder nicht?«

Er legte einen Arm um sie. »Keine Sorge, weder noch.«

Die Staatsanwältin fing vor Erleichterung an zu weinen. »Gott sei Dank, das hätte ich jetzt nicht auch noch verkraftet!« Sie beobachtete ihren Freund aus dem Augenwinkel. »Aber du hast doch noch etwas auf der Pfanne, oder?«

»Einer der Leute meines Bruders hat den fremden Hubschrauber als den einer Air-Service-Firma aus Heilbronn identifiziert. Der Pilot wurde bei der Landung in Haft genommen. Und dreimal darfst du raten, wer da als Auftraggeber der Aktion gleich mit ins Netz ging.«

»Irgendein reicher Russe oder Südamerikaner?«

»Nein«, schüttelte Himmer den Kopf. »Es war keine Geringere als die gute Dr. Else Kleefisch.«

Die Staatsanwältin pfiff anerkennend. »Nachdem alles im Eimer war, wollte sie sich wohl noch mal die Rente aufbessern.«

»Aber wieso konnte die denn so einfach das Krankenhaus verlassen?«

»Weil ich noch nicht dazukam, einen Haftbefehl auszustellen. Und wer konnte schon damit rechnen, dass sie so schnell wieder so fit sein würde.«

Himmer nahm sie in den Arm. »Und nun wäre es an der Zeit, auch wieder etwas entspannt zu gucken. Meinst du nicht auch?«

»Du hast gut reden. Für mich beginnt der Kampf jetzt erst richtig.«

23

Die nächsten Wochen waren wirklich die härtesten, die Marion jemals erlebt hatte, obwohl sie endlich die Unterstützung hatte, die ihr die ganze Zeit verwehrt worden war. Auf eine weitere Mitarbeit der vier BKA- und LKA-Kollegen hatte sie verzichtet. Alle vier hatten sich an dem besagten Montagmorgen auf dem Revier krank gemeldet, was von Marion nicht gerade als vertrauensfördernde Maßnahme gewertet wurde. Dieses Verhalten gab ihr auch nachträglich darin recht, die Herren in der entscheidenden Phase gar nicht erst eingeplant zu haben.

Wulfila, Else Kleefisch und die vier Bulldogs kamen nach ihrer Genesung in Untersuchungshaft und die Verhöre erwiesen sich größtenteils als unbefriedigend. Die Bulldogs redeten ohne Punkt und Komma, auch wenn sie nicht gefragt wurden, und der Anführer der Gruppe, der bei dem Überfall ums Leben gekommen war, wurde von ihnen als für alles verantwortlich und zuständig erklärt. Der Pilot des von den Herren gecharterten Hubschraubers wollte noch nicht einmal mitbekommen haben, dass unter ihm eine wilde Schießerei stattgefunden hatte.

Selbst die Einschüsse in den beiden Frontscheiben wollte er nicht bemerkt haben.

Else Kleefisch schwieg zu allem, was über die Nennung ihres Namens hinausging.

Die Verhöre mit Wulfila hingegen waren weitaus angenehmer. Marion bedauerte es fast, mit ihm einen Kriminellen vor sich zu haben, denn der Mann entpuppte sich als ein Mensch von außergewöhnlicher Bildung und Sensibilität, nur weigerte er sich in aller gebotenen Höflichkeit, etwas zu sagen, was mit der Bruderschaft und seinen argentinischen Auftraggebern in Zusammenhang stehen könnte. Mit dieser Taktik war er gut beraten, denn ihm konnte kein Mord nachgewiesen werden, nur illegaler Waffenbesitz. Die ballistische Auswertung der Projektile hatte ergeben, dass keines der Geschosse, die aus den Verletzten und Toten dieser Schießerei herausoperiert wurden, aus der Waffe stammte, die neben dem bewusstlosen Wulfila gefunden wurde.

Worüber die Staatsanwältin sich am meisten wunderte, war, dass sowohl sie als auch Frank als leitende Beamte des Unternehmens völlig ungeschoren blieben. Im Gegenteil, man wurde nicht müde, ihre Umsicht und Hartnäckigkeit zu loben. Das mochte daran liegen, dass ihre Ermittlungen für den Staat im wahrsten Sinne des Wortes wertvoll waren. Immerhin hatten sie 12.678 Gold- und 6.650 Platinbarren von einem Gesamtwert von rund 4,5 Milliarden Euro sichergestellt. Seltsamerweise war in einigen Paletten ein weitaus weniger wertvoller Kern als angenommen, nämlich in goldenes Weihnachtspapier eingewickelte Ziegelsteine. Das fiel erst auf, als die Paletten von der Bundesbank genauer untersucht wurden.

Entweder es hatte sich jemand Gold im Wert von über 150 Millionen Euro auf die Seite geschafft, oder die

Schwestern und Brüder hatten ihre Vereinskasse schon damals etwas üppiger erscheinen lassen wollen. Untersuchungen ergaben jedenfalls, dass das dafür verwendete Goldpapier aus den Jahren vor 1953 stammte, deshalb wurden keine weiteren Ermittlungen eingeleitet. Eingestellt hingegen wurde das Verfahren gegen die Mörderin des Fleischermeisters Maubach. Die Pflege der völlig hilflosen Person wurde dem Heim übertragen, in dem Marion sie angetroffen hatte. Wer damals von der Bruderschaft den Auftrag bekommen hatte, den alten Maubach zu ermorden, blieb ein Geheimnis. Er oder sie wird sich gefreut haben, dass die Heimführung von einer anderen Person erledigt wurde.

Den größten Aufwand in der ganzen Ermittlungsarbeit stellten die Recherchen um die Bruderschaft und die Verhöre mit den Mitgliedern der Vereinigung dar. Marion machte sich die Mühe, jeden einzelnen Fall separat zu sehen. Natürlich spielte Frau Dr. Kleefisch in diesem Trauerspiel eine exponierte Rolle, was sich auch in ihrer Verurteilung niederschlagen würde.

Rund ein Vierteljahr nach dem infernalischen Showdown auf dem Schlossberg saßen die vier Freunde, die sich inzwischen alle duzten, wieder einmal im *Ochsen* in Heilbronn.

Stefanie freute sich, ihre Freundin wiederzusehen, aber sie war doch etwas entsetzt. »Sorry, wenn ich dir das so ins Gesicht sage, aber doll siehst du nicht aus.«

Der Professor putzte wieder seine Brille. »Mal abgesehen davon, dass diese Worte nirgendwo besser hinpassen als dort, kann ich ihr nur recht geben, mein Schatz.«

Marion war genervt. »Fängt das jetzt schon wieder an!«

»Richtig«, grinste Frank sie an, »und wir sollten nicht eher damit aufhören, bis du wieder besser drauf bist.«

»Ich habe verstanden, Freunde, und ich werde mich bessern, einverstanden?«

Stefanie schüttelte den Kopf. »Du sollst dich nicht bessern, du sollst weniger arbeiten.«

»Wie denn? Allein was die Bruderschaft betrifft, habe ich 85 verschiedene Fälle zu bearbeiten.«

Frank war irritiert. »Aber das ist doch nur ein Sachverhalt, oder etwa nicht?«

»Das ist schon richtig, aber eine derartig einseitige Beurteilung würde dem Einzelnen nicht gerecht werden.«

Der Prof wurde ungeduldig. »Aber Schatz, du kannst das doch nicht alles bis zur Unendlichkeit zerfleddern.«

»Das will ich auch gar nicht, aber ich sehe es einfach nicht ein, dass bei jedem kleinen Ganoven strafmildernd berücksichtigt wird, dass er von seinem Vater geschlagen wurde und seine Mutter gesoffen hat. Und ausgerechnet diese mildernden Umstände sollen bei Menschen, die meist schon als wehrlose Kinder in eine Art Sekte hineingesogen wurden, unberücksichtigt bleiben? Wenn alle in einen Topf geschmissen werden, wäre das vielleicht auf den ersten Blick gerecht, aber wenn eine Kleefisch und ein Giesecke oder Ederer gleichermaßen be- und verurteilt werden würden, wäre das eine himmelschreiende Ungerechtigkeit!«

Stefanie wurde kleinlaut. »Stimmt.«

»Na also! Es lässt sich so einfach sagen: *Marion, du siehst scheiße aus, du musst weniger arbeiten.* Aber es gibt niemanden, der diese Arbeit dann in meinem und auch in eurem Sinne erledigen würde.«

»Apropos Giesecke.« Stefanie wurde neugierig. »Was wird denn nun mit Bruder Harald?«

Marions Gesicht entspannte sich zusehends. »Da es sich bei der Bruderschaft zweifelsfrei um eine kriminelle Vereinigung handelte und seine Aussage und Mitarbeit maßgeblich zur Aufklärung und Bewältigung des Falles beitrug, hat das Gericht schon sein Wohlwollen ihm gegenüber signalisiert. Harald Giesecke wird straffrei bleiben, und da er sein Reichsbankgold schon rechtzeitig in den 80er Jahren mit Rechnung und Mehrwertsteuer in offizielles Anlagegold umgewandelt hatte, kommt er aus der ganzen Sache als wohlhabender Mann heraus.«

»Was ihm zu gönnen ist.« Frank genoss den ersten Schluck Bier und wischte sich den Schaum von der Oberlippe. »Was mich übrigens noch interessieren würde: Wir haben noch immer keinen neuen Landrat – oder kriegen wir den alten etwa wieder zurück?«

Marion lachte gehässig. »Das mit Sicherheit nicht, aber so lange gegen seine fristlose Kündigung noch ein Berufungsverfahren anhängig ist, kann niemand Neues eingesetzt werden.«

Der Professor nickte. »Was ist eigentlich aus seiner PR-Referentin geworden? Die hast du doch in einer Nacht- und Nebelaktion deinen Kollegen aus der U-Haft beim BKA rausgeholt.«

»Die hat sich als ganz kleines Licht erwiesen, die wirklich nur das getan hat, was ihr von Gentern aufgetragen hat. Zu der Zeit war das arme Ding noch völlig verknallt in den.«

Und die wurde auch suspendiert?«

»Nein, sie hat von sich aus gekündigt. Aber was ich ganz putzig finde, ist Folgendes: Nachdem Christian mich gefragt hatte, was er mitten in der Nacht mit dieser Dame machen soll, habe ich in meiner schnoddrigen Art gesagt, dass er sie einfach mit nach Hause nehmen und dort meinetwegen vögeln solle.«

Stefanie lachte. »Ich erinnere mich, und?«

Marion lachte auch. »Der Kollege hielt sich an meine Anweisungen. Seit dieser Nacht sind die ein unzertrennliches Paar.«

Frank nickte. »Dann gab's ja da auch ein gutes Ende. Apropos, was wird nun aus der Kleefisch? Ich hoffe, die bleibt trotz ihres Alters im Bau?«

»Sie ist wegen Beihilfe zu achtfachem Mord angeklagt. Hinzu kommt noch Steuerhinterziehung, Betrug sowie Gründung und Führung einer kriminellen Vereinigung. Bei dem Register kann selbst ein Methusalem nicht auf eine Haftverschonung hoffen. Daran wird sich auch nichts ändern, wenn alle Punkte geklärt sind.«

Stefanie grinste die Staatsanwältin an. »Wenn wir schon bei der Lösung noch ungeklärter Punkte sind ...»

Marion schien irritiert. »Was wäre da noch ungeklärt?«

Stefanie übernahm das Wort. »Wir hätten da noch acht Gold- und zwei Platinbarren, die in der Aufregung im Boden des Gartenhäuschens einer Else Kleefisch schlichtweg vergessen wurden. Was soll mit denen werden?«

Die Staatsanwältin wunderte sich. »Was soll schon mit denen werden? Die werden natürlich der Bundesbank überstellt, was dachtet ihr denn?«

Der Prof grinste Stefanie an. »Wie ich Frau Pastorin so einschätze, hat sie andere Pläne mit den Barren. Lass doch mal hören.«

Marion winkte ab. »Was heißt hier andere Pläne? Das ist Staatseigentum und damit basta.«

»Meinst du nicht, dass der Staat genug bekommen hat?«

»Aber Stefanie, ich bitte dich.« Die Staatsanwältin war entsetzt. »Was willst du denn damit machen?«

»Man könnte es sehr viel sinnvoller einsetzen, als es in irgendwelchen Bundestresoren verschwinden zu lassen, um davon Lösegelder an irgendwelche War Lords zu finanzieren. Das sind rund 2,25 Millionen Euro, die in einer Gemeinde wie Schwalbach gut aufgehoben wären.«

Marion war fassungslos. »Woran dachtest du da genau?«

Die Pastorin war in ihrem Element. »Ist dir eigentlich schon einmal aufgefallen, dass die beiden Birnbachers und der Meiser und seine Freundin unendlich viel zum guten Ausgang der Geschichte beigetragen, aber bis auf einen feuchten Händedruck nichts dafür erhalten haben und auch nichts mehr erhalten werden?«

Die Staatsanwältin nickte. »Da muss ich euch recht geben. Ich habe wenigstens einen Ober vor meinen Titel bekommen.«

»Siehst du, das macht sich auch in deinem Geldbeutel nicht unwesentlich bemerkbar. Wärest du also damit einverstanden, wenn wir jetzt nur noch von vier Gold- und zwei Platinbarren reden würden?«

»Hört mal, Leute, wisst ihr, was ihr da von mir verlangt?«

Der Professor legte einen Arm um ihre Schulter. »Liebling, hat dir Stefanie eigentlich davon erzählt, dass die Kirche eine neue Empore und eine neue Orgel braucht?«

»Den geplanten Kindergarten und die behindertengerechten Klassenräume in der Grundschule nicht zu vergessen«, warf Frank ein.

»Na, was bleibt denn da noch von den Barren übrig? Dann können wir die ja gleich ganz vergessen!«

Stefanie lächelte sie an. »Das ist aber ein schöner Vorschlag. Ich danke dir.«

Marion schaute mit glasigen Augen zwischen den dreien hin und her. »Moment mal bitte, ich werde das Gefühl nicht los, hier gerade ganz gewaltig ausgebremst worden zu sein, gibt es jemanden an diesem Tisch, der mir da eventuell recht gibt?«

»Ach, weißt du ...« Der Prof putzte erneut seine Brille, und Frank führte den Satz weiter: »Man könnte das durchaus so, also, wie soll ich sagen ...«

Stefanie nickte. »Ich kann mich den beiden Männern eigentlich nur anschließen.«

Marion schüttelte den Kopf. »Wisst ihr eigentlich ...«

»Der Professor schüttelte den Kopf. »Wissen wir nicht. Ich habe jetzt ehrlich gesagt auch den Faden verloren. Um was geht es eigentlich?«

Marion wurde unsicher. »Wir unterhalten uns doch hier gerade über Gold- und Platinbarren, oder?«

Stefanie tat begeistert. »Über Gold und Platin, ist ja interessant. Wo sollen die denn sein?«

Frank sinnierte. »Was ist ein Barren?«

Marion trank einen großen Schluck Wein. »Ihr seid unmöglich, wisst ihr das? Ihr seid Verbrecher.« Der Professor gab ihr einen Kuss.

Sie wandte sich lächelnd von ihm ab. »Und was mich am meisten erschüttert, ist die Tatsache, dass ich mit so einem Menschen auch noch ins Bett gehe.«

Der Prof grinste. »Ich hoffe, du hast in deinem Leben schon größere Opfer gebracht. Apropos«, er zeigte auf Stefanie, »seid ihr beiden denn inzwischen schon beim Katechismus des Alltags oder immer noch beim Kamasutra?«

Sie grinste ihn an. »Die Gentlewoman schweigt und genießt.«

***

Im Kreise aller, die an der großen Aktion beteiligt waren, traf man sich genau an deren erstem Jahrestag wieder. Diesmal war jedoch auf dem Schloss etwas anderes als das allgemeine Überleben zu feiern. Am Vormittag wurden nämlich Anja und Fritz von Stefanie in der kleinen Schlosskapelle im engsten Familienkreis getraut. Anjas Trauzeugin war Marion, und Fritz freute sich sehr darüber, Harald Giesecke als seinen Trauzeugen gewonnen zu haben, mit dem ihn seit den Vorfällen eine herzliche Freundschaft verband.

Am Nachmittag gab es ein wunderbares Fest für alle geladenen Gäste auf dem Schloss. Eingeladen dazu wurde von den beiden ebenfalls erst kürzlich verheirateten Grafen Ronald und Wolfgang von Minkwitz zu Kraichgau – Letzterer war ein geborener Wallner. Fritz wollte eigentlich heimlich heiraten, aber die beiden Schlossherren ließen es sich nicht nehmen, die Hochzeit für ihre beiden so liebgewordenen Mitbewohner auszurichten. Der ehemalige Kaplan war nach seiner Kündigung beim Arbeitgeber Kirche ebenfalls aufs Schloss gezogen. Er wollte seine Homosexualität nicht weiter verbergen, obwohl er genau wusste, dass ihn das Outing seine Berufung zum Priester kosten würde. Beide Männer leiteten inzwischen eine ausgesprochen gut gehende Schlosskäserei. Der Minkwitzer Stinker schlug auf dem Markt sensationell gut ein – und da gab es ja auch noch die kleine Motoren- und Zubehörfabrik, die weiterhin florierte.

Zur Hochzeitsgesellschaft zählte auch die Halbschwester des Grafen Ronald und Tochter der Braut. Sie saß zwar teilnahmslos in ihrem Rollstuhl, nahm aber seit einem halben Jahr an allem teil, was sich auf dem Schloss abspielte. Sie wohnte jetzt sogar offiziell dort. Anja freute sich vor allem darüber, dass ihre Tochter wieder lächelte, wenn man ihr zärtlich über die Wangen strich.

Weitere Gäste waren natürlich Professor Werner Tichel, geborener Himmer, und die Ehepaare Birnbacher und Meiser, wobei sich die beiden jungen Damen nicht darüber einigen konnten, wer von ihnen schwangerer war. Beide saßen beim Essen jedenfalls ziemlich weit vom Tisch weg.

Der Kollege Meiser, der neben seinem Chef saß, nutzte die Gelegenheit, ihn mal wieder privat sprechen zu können.

»Chef, ich hätte da mal eine Frage.«

»Worum geht es denn?«

»Können Sie sich erklären, wer meiner Frau, den beiden Birnbachers und mir je einen sehr dicken, eingeschriebenen Brief geschickt hat, in dem sich jeweils 180.000 Euro in bar und eine Aufforderung des absoluten Stillschweigens befanden?«

Frank schaute wie ein Lamm. »Nein, aber Sie verstoßen gerade gegen das Stillschweigen.«

»Stimmt, Herr Hauptkommissar, aber selbst auf diese Gefahr hin, dürfte ich Ihnen noch eine letzte Frage stellen?«

»Nein«, mischte sich nun Stefanie ein. »Ziehen Sie in Ruhe Ihre Gören groß und halten Sie endlich Ihre Klappe.«

Sie erhob ihr Glas und prostete den vieren zu, die ihr gegenüber saßen. Die erhoben ebenfalls lächelnd ihre Gläser.

***

Später am Abend saß Frank etwas abseits und freute sich über den guten Tropfen in seinem Glas. Marion setzte sich neben ihn.

»Zufrieden?«

Er lächelte selig und nickte. »Nur ein ganz kleines bisschen mehr Glück würde schon weh tun. Und bei dir?«

»Mehr Zufriedenheit wäre gar nicht auszuhalten.«

Er schaute sie an. »Und, hast du alles aufgeklärt, was unbekannt, und alles verurteilt, was zu verurteilen war?«

Marion grinste. »Man muss dem gönnen können, der es verdient, was immer es auch sei.«

Stefanie gesellte sich zu den beiden. »Na, Frau Oberstaatsanwältin, haben Sie den Herrn Dorfgendarm schon in die neuesten Pläne der beiden Grafen eingeweiht?«

Frank schaute sich irritiert um. »Was gibt es denn nun schon wieder?«

Stefanie lächelte ihn an. »Die beiden wollen das ganze Schloss renovieren und es zu einer Begegnungsstätte für homosexuelle Christen ausbauen.«

Frank staunte. »Da bin ich aber platt. Kann man denn mit Minkwitzer Stinkern so viel Geld verdienen?«

»Nein«, lachte Marion. »Der gute Fritz war so frei, mit einem Scheck auszuhelfen.«

»Einem Scheck?«

Stefanie grinste. »Jawohl, einem Scheck über 30 Millionen Euro.«

Frank winkte ab. »Siehst du, ich liege dir schon die ganze Zeit damit in den Ohren, dass wir auch einen Butler mit solchen Schecks brauchen.«

Marion lachte. »Stefanie, ich hab's dir gesagt! Dein Lover glaubt uns kein Wort.«

Frank winkte ab. »Woher soll bitte ausgerechnet Fritz so viel Geld haben?«

»Tja, mein Schatz, das hat er sich vor vielen Jahren mit vielen kleinen, goldenen Päckchen verdient, die er für schlechte Zeiten zurücklegen wollte.«

Frank glaubte seinen Ohren nicht zu trauen.

»Waren in diesen Päckchen etwa sorgfältig in Weihnachtspapier eingewickelte Ziegelsteine?«

Marion nickte.

Frank staunte. »Und wann hat er euch das gebeichtet?«

»Anja hat uns das bei unserem letzten Weiberkränzchen erzählt.«

»Und warum haben Frau Staatsanwalt nicht sofort alles verhaftet, was sich auf diesem Schloss bewegt hat?«

Die Staatsanwältin lächelte ihn an. »Weil es nichts zu verhaften gab. Es ist nichts weiter passiert, als dass ein Mensch einer juristisch bewanderten Person von einem kleinen Fehltritt eines Bekannten berichtet hat. Diese juristisch bewanderte Privatperson hat dann völlig unleidenschaftlich festgestellt, dass dieser kleine Fehltritt bereits verjährt ist. That's all!«

Frank staunte. »Das ist ja ein dicker Hund, und nun?«

»Fritz und Anja möchten eine wohltätige Stiftung gründen, bei der wir den Aufsichtsrat stellen sollen.«

Frank lachte. »Ausgerechnet wir?«

Stefanie nickte ihm zu.

»Aber haben wir denn überhaupt Zeit für so etwas?«

Der Professor grinste. »Ich weiß ja nicht, wie viele Seiten das Kamasutra hat, aber irgendwann müsstet ihr den Kram doch mal fertig durchgelesen haben, oder?«

»Tja«, lächelte ihn die Pastorin an, »in unserem Alter liest man eben etwas langsamer und wir lassen uns die Zeit, jede einzelne Zeile zu genießen.«

ENDE